CELIA REES

DER GEHEIME CODE DER FRAUEN

rütten & loening

CELIA REES

DER GEHEIME CODE DER FRAUEN

ROMAN

Aus dem Englischen von Matthias Frings

rütten & loening

Die Originalausgabe unter dem Titel
Miss Graham's Cold War Cookbook
erschien 2020 bei HarperCollins Publishers Ltd, London.

FSC
www.fsc.org
MIX
Papier aus verantwortungsvollen Quellen
FSC® C083411

ISBN 978-3-352-00948-8

Rütten & Loening ist eine Marke der Aufbau Verlag GmbH & Co. KG

1. Auflage 2020

Gesetzt aus der Caslon durch Greiner & Reichel, Köln
Druck und Binden CPI books GmbH, Leck, Germany
Printed in Germany

www.aufbau-verlag.de

SPEISESAAL
Grand Hotel Mirabeau,
Lausanne, 10. November 1989

Gebratener Barsch …

Filets vom Barsch in Eigelb wälzen, dann mehlieren, pfeffern und salzen und mit einem Hauch Paprika in Butter braten … Spezialität des Hauses. Ein heikler Fisch – kaum den Aufwand wert – Gräten wie Nadeln. Schmeckt nach Flussbett.

Sie legte den Füller nieder und schob ihren Teller von sich weg. Sie war nicht hier, um zu essen oder Wein zu trinken. Sie hatte sowieso keinen Appetit. Sie hatte einen Umweg über Natzweiler-Struthof gemacht, ein Konzentrationslager etwa dreihundertzwanzig Kilometer nördlich von hier. Eine Nacht-und-Nebel-Aktion. Passender Name. Vier britische Mädchen waren dort gestorben, von der Welt nahezu vergessen, versteckt in der Gesäßtasche eines Geheimkrieges.

Vier rote Rosen hatte sie in den schwarzen Schlund eines rostigen Ofens gelegt. Eine Art Pilgerfahrt.

If these do not die well, it will be a black matter …

Sie waren nicht gut gestorben.

Wilder Jubel brach in der Küche aus. Durch die Schwingtüren konnte sie weiß gekleidete Rücken vor einem tragbaren Fernsehapparat ausmachen. Aus dem Foyer dumpf und blechern ein Kommentarton, Publikumsgeschrei, Gläserklirren und Zurufe, vermischt mit dem angeregten Geplauder von Gästen und Personal, die sich um einen größeren Bildschirm versammelt hatten, weil sie unbedingt

Zeugen des Dramas in Berlin werden wollten, Geschichte, die sich ins Heute entlud und die gedämpfte Förmlichkeit dieses Grand Hotels durchbrach. Ein Ende? Ein Anfang? Beides? Unmöglich zu sagen.

Nicht, dass es eine Rolle spielte. Wenig spielte noch eine Rolle.

»Sind Sie fertig, Madame?« Der ältliche Kellner zögerte, bevor er den Teller abräumte. »Hat es Ihnen nicht geschmeckt?«

»Ich habe keinen Hunger.« Sie schraubte ihren Füller zu und zündete sich eine Zigarette an.

»Waren Sie schon einmal hier?«, fragte er und füllte ihr Glas erneut. Ein Chasselas. Schweizer Wein, dafür gar nicht schlecht.

»Früher einmal. Vor langer Zeit.«

Gleich nach dem Krieg. Sie bezweifelte, dass er sich erinnern würde. Wie viele Menschen traf er? Sie war hier unter einem anderen Namen abgestiegen. Eine andere Person. Eine andere Zeit. Sie erinnerte sich an ihn. Sein Name war Joseph. Sie hatte ein gutes Gedächtnis für Gesichter. Das brauchte sie in ihrem Geschäft. Ein schlanker, ernster, anmutiger junger Mann, dunkelhaarig, schmales Gesicht mit einem Menjoubärtchen. Sein Haar war jetzt Silber, sein Bärtchen immer noch vorhanden – eine dünne Linie wie gezeichnet. Französisch, wie sie sich erinnerte, und jüdisch. Er hatte hier in der Schweiz Sicherheit gefunden. Sie fragte sich, ob seine Familie genauso viel Glück gehabt hatte.

»Kann ich sonst noch etwas für Sie tun, Madame? Ein kleines Dessert vielleicht? Kaffee?«

»Nein, vielen Dank.« Sie stieß das Glas um, ihre Hand plötzlich nutzlos wie ein Stock. Wein ergoss sich über den Tisch. Joseph sprang nach vorn, um den Schaden zu beheben. »Bemühen Sie sich nicht.« Sie schüttelte den Kopf. »Wie ungeschickt von mir.«

Sie ließ die Hände im Schoß ruhen und blickte auf die makellos gedeckten Tische um sich herum, die schweren, gestärkten Tischdecken, der Glanz des schweren Silberbestecks, die schimmernden Gläser, die anderen Gäste. Einige von ihnen gebrechlich in Rollstühlen, wie sie bemerkte. Die Bedienung musste an die verschiedensten Stufen der Altersschwäche gewöhnt sein. Sie schob ihren Stuhl zurück. Da er voraussah, dass sie gleich aufbrechen würde, war Joseph sofort zur Stelle, zog den Stuhl weg, bot seinen Arm an.

Sie lehnte seine Hilfe ab und ging langsam los. Joseph eilte voraus und nickte den jungen Kellnern auffordernd zu, die Doppeltüren zu öffnen. Er verbeugte sich, als sie den Raum verließ. Sie lächelte ihm zu und verabschiedete sich. Es war das letzte Mal, dass sie hier essen würde oder auch sonst irgendwo. In etwas weniger als vierundzwanzig Stunden würde Stella Snelling, Restaurantkritikerin und Kochbuchautorin, gleichermaßen gefeiert wie gefürchtet, nicht mehr leben.

Sie hatte eine Suite mit Seeblick genommen. Die Art-déco-Einrichtung war abgeschabt genug, um authentisch zu sein. Sie verschob den schwarz lackierten Schreibtisch so, dass er sich von dem schonungslosen, kannelierten, fächerförmigen Spiegel abwandte. Sie empfand ihre Erscheinung als befremdlich. Nie hatte sie damit gerechnet, so alt zu werden, so lange zu leben. Sogar mit den zehn weggeschummelten Jahren auf Stellas Pass sähe sie jetzt nach ihrem wahren Alter aus. Sie trug kein Make-up, ihr Haar, ihr schwarzes Haar war eine zerstrubbelte Mähne, die dunklen Augen, tiefliegend und verhangen, hatten zu viel gesehen, die tiefen Runzeln auf der Stirn und um den Mund kündeten von zu viel Schmerz. Sie erkannte die Person kaum, zu der sie geworden war. In ihren Träumen war sie immer jung.

Sie öffnete die Reisetasche, die sie mitgebracht hatte, und entnahm ihr eine kleine grüne Reiseapotheke. Sie entfernte die obere Ablage, die Pflaster, Scheren, eine antiseptische Creme, Paracetamol und Antihistaminika enthielt, die jede Reisende dabei haben könnte, um an mehrere Einwegspritzen zu gelangen, Ampullen mit Diamorphin und mehr von dieser Droge in Kapselform. Sie legte die Medikamente in den kleinen Kühlschrank und nahm den Koskenkorva-Wodka heraus. Sie schenkte sich ein Glas ein, zündete sich eine Zigarette an und trat auf den Balkon.

Es war fast dunkel, der See ein einziges zinnfarbenes Lila. Gegenüber lagen die Berge im kalten, bläulichen Schimmer verborgen.

Nebel war aufgezogen, zerstreute das letzte Licht des Sonnenuntergangs und bedeckte den See mit blutbeschmierter Gaze.

Sie nippte an ihrem Getränk, genoss den scharfen, klaren Alkohol. Es gab Kliniken hier in der Schweiz, die zum Ende des Lebens hin einen diskreten Service anboten. Solche Einrichtungen wurden nicht öffentlich beworben. Sie war reich, hatte keine lebenden Verwandten und glaubte fest an das Recht des Menschen, entscheiden zu dürfen, wie oder wo man sterben will. Arrangements waren getroffen worden, Geld überwiesen (für gewisse Dienstleistungen verlangte die Klinik Vorkasse). Morgen um 10:30 Uhr hatte sie einen Termin. Eine beachtliche zusätzliche Spende verschaffte ihr die persönliche Behandlung durch den Direktor. Nichts würde dem Zufall überlassen werden. Daher das Diamorphin. Der See hatte sich inzwischen in glitzernde Schwärze verwandelt. Die bunten Uferlichter tanzten auf seiner rastlosen Oberfläche. Zeit, wieder nach innen zu gehen.

Sie öffnete einen Attachékoffer und begann, dessen Inhalt auf dem Tisch auszulegen. Eine Broschüre der Endymion-Klinik am wunderschönen Ufer des Genfer Sees, die bewährten Anti-Aging-Behandlungen sowie unvergleichliche Kompetenz in den Bereichen Fruchtbarkeit und sexuelle Gesundheit anpries. Der Name des Direktors war eingekreist worden. *Weitere Dienste auf Anfrage*, doppelt unterstrichen. Die Broschüre war in ihrer Pariser Wohnung mit einer angehefteten Notiz von Adeline aus New York angekommen. *Darauf haben wir gewartet!* in Adelines arthritischem Gekritzel mit der Aufforderung, sich zu kümmern und Vorkehrungen zu treffen. Sie würden es gemeinsam machen, hatte Adeline gesagt, aber sie tat es allein. Tage später, wie es ihr vorkam, las sie Adelines Nachruf.

ADELINE CURTIS CROFT PARNELL, die gefeierte Kriegskorrespondentin, die über jeden großen Konflikt vom Zweiten Weltkrieg bis zu San Salvador berichtete, starb am Sonntag im Alter von 79 Jahren in ihrem West Village Apartment in New York.

Adeline Parnell war eine der ersten Journalistinnen, die zusammen mit den Alliierten nach Deutschland kamen. Ehrlich und furchtlos dokumentierten ihre Reportagen die Ereignisse, während sie sich zutrugen, einschließlich der Befreiung von Buchenwald und Dachau. Sie berichtete von den Nürnberger Prozessen und gewann einen Pulitzer-Preis für ihre Reportagen aus Korea. Sie schrieb über den Krieg in Vietnam und den Konflikt in San Salvador, bis ihre Gesundheit ihren Tribut forderte. Sie fotografierte weiterhin ihre Heimatstadt New York, die sie als »ihre Kriegszone« beschrieb.

Als Adeline Curtis Croft 1910 in Poughkeepsie im Staat New York geboren, erhielt sie ihre Ausbildung am Bryn-Mawr-College und der Columbia University. Sie schrieb für diverse Zeitungen, einschließlich der New York Times und Herald Tribune, wie für das Life-Magazine. Im Jahr 1942 heiratete sie den Journalistenkollegen Sam Parnell, der 1944 getötet wurde. Sie heiratete nie wieder und hinterlässt keine engeren Verwandten. Ihr Vermächtnis und ihr beträchtliches Archiv überließ sie der Columbia University.

Es war keine Überraschung. Das letzte Mal hatte sie Adeline ungefähr einen Monat zuvor in ihrem New Yorker Apartment gesehen. Sie hatte versucht, sich angesichts ihrer alten Freundin nichts anmerken zu lassen, die so geschrumpft, zusammengefallen und verdreht in ihrem Rollstuhl gesessen hatte, so dünn, dass ihre blaue Bluse und beigen Cordhosen leer zu sein schienen, wie die Kleidung einer Puppe. Ihre Ringe hingen lose an den klauenhaften Fingern, die sich um die Steuerung ihres elektrischen Gefährts krallten.

»Ziemlich abgetakelt, was?« Adeline sah auf, ihre blauen Augen, früher so scharf, milchig vom Grauen Star. Sie wussten beide, dass dies ihr letztes Treffen sein könnte. Sie hatte sich abgewandt, um ihre Tränen zu verbergen.

»Ist okay.« Adeline ließ einen Hauch ihres alten Lächelns aufblitzen. »Solange wie das hier noch arbeitet,« sie tippte sich an die Schläfen, »ist es mir egal. *Gott gewähre mir die Gelassenheit, die Dinge zu akzeptieren, die ich nicht ändern kann* und all das Blabla. Komm, komm hierher ins Licht.« Sie kurvte durch ihr »Archiv«. Stapel von Zeitungen, Akten und Ausschnitten türmten sich vom Boden bis zur Decke. Sie hielt vor dem hohen Fenster ihres eleganten Stadthauses an, von dem man aufs West Village blickte. »Ich möchte, dass du dir das anschaust.«

Der schwere Holztisch in der Fensternische war aufgeräumt. Eine Tiffanylampe stand neben einer Favrile-Vase in Gold und Elfenbein mit Canna Lilien auf einem verblassten lila Tischläufer aus Samt. Mitten auf dem Tisch lag ein Buch, dessen brauner Einband beschädigt und fleckig war, der Titel in verblasstem Gold.

THE RADIATION COOKERY BOOK
Zur Benutzung mit den »New World«
Regulo-Gaskochern.

Die vordere Umschlagseite war schmutzig und mit Rostflecken übersät. Dort stand ein Name, dazu Ort und Datum:

Lübeck, britische Besatzungszone, Deutschland, Januar 1946.

Der Name kaum leserlich. Von der Zeit ausgelöscht.

»Es lag auf einem Stapel von anderem Zeug, als ob jemand es gerade erst dort abgelegt hätte. Am Tag zuvor war es noch nicht da, ich schwöre es … Dann habe ich die hier gefunden.« Adeline zeigte auf einen Umschlag mit Fotografien. »Einfach so auf den Boden geschmissen. Nach all den Jahren. Muss etwas zu bedeuten haben …«

Sie öffnete den Umschlag und spürte denselben Schauder. Sie wussten beide, dass Fügung, Synchronizität, Zufall, wie immer man es nennen mochte, nicht zu unterschätzen war, dass Intuition mehr zählte als kalte Logik. Ihrer Erfahrung nach konnte es den Unterschied zwischen Leben und Tod ausmachen.

»Ich habe mir noch einmal angeschaut, was passiert ist, weißt du?«, sagte Adeline in die Stille hinein. »Ich glaube, ich bin da einer Sache auf der Spur.« Ihre Augen funkelten ein wenig wie früher. »Ich warte auf eine Bestätigung. Jetzt gieß uns einen Drink ein. Da drüben steht Bourbon. Trinken wir darauf!« Adeline erhob ihr Glas mit beiden Händen. »Wenn ich richtig liege, machen wir es zusammen.«

Adeline hatte es nicht geschafft. Jetzt lag es an ihr. Sie legte das Kochbuch auf den lackierten Tisch und öffnete den braunen, mit Stoff bezogenen Umschlag. Ein nichtssagendes Äußeres, abgegriffen und voller Wasserflecken, selbst jetzt noch ein schwacher Geruch von Rauch. Es gab handgeschriebene Rezepte, Ausschnitte aus Zeitschriften – *Stella Snellings fabelhafte Ideen für Canapés* – Rezeptkarten, immer noch fettig und mit einem Hauch Mehl, wie Souvenirs zwischen die Seiten geschoben. Jede von ihnen vollkommen harmlos aussehend und doch vor Bedeutung triefend, als wären sie mit Blut geschrieben. Alles befand sich zwischen diesen beiden Buchdeckeln, nicht zuletzt der Grund dafür, warum sie hier war.

Sie ließ das Buch sinken, dunkle Tropfen auf dem Einband. Tränen kamen heutzutage schneller als früher.

Sie kniff kurz die Augen zusammen, um ihren Blick zu schärfen, schüttelte die Fotos aus einer braunen Versandtasche und fächerte sie auf dem Tisch wie Spielkarten auf.

Was sie in Deutschland gefunden hatte, was sich daraus ergeben hatte, war hier zu sehen.

Bilder einer zerstörten Stadt: Kilometer um Kilometer der Verwüstung; Berge von Trümmern unter einer Schneedecke; in der Ferne einige zahnlose schwarze Gebäude gegen den Himmel; die Hausnummer 24 auf eingestürztem Mauerwerk … Ein Mann starrte auf wirr verdrehte Stahlträger, die sich ihm entgegenstreckten wie ein gefallenes Stahlmonster. Gekenterte Schiffe lagen im Hafen, halb versunken, Trichter voller Wasser. Schnappschüsse einer grauenerregenden Dystopie, aufgenommen im Deutschland des Jahres 1946.

Das zugefrorene Meer in einem Bild von Caspar David Friedrich, die Ostsee wahrscheinlich, vom Frost geschäumte Wellen, die so unheimlich wie schneebedecktes Mauerwerk aussahen, das zu scharfkantigen Stapeln zusammengeschoben war. *Niflheim*, das Königreich von Eis und Kälte.

Das Foto von Adeline war dasselbe wie im Nachruf, aufgenommen von jemand anderem auf irgendeinem Schlachtfeld. Adeline, den Kragen ihrer Kampfjacke aufgestellt, blonde Locken unter eine Kappe gestopft, ein Großteil des Gesichts von ihrer Leica verdeckt, im Hintergrund ein Panzer.

Adeline war nie ohne Kamera unterwegs. Sie hatte ein Auge für ein gutes Bild, war berühmt dafür, aber da war noch etwas. Es war, als sähe sie sich genötigt, im Netz der Zeit Erinnerungen einzufangen. Hier waren sie alle. Klick. Sie hatte sie alle eingefangen.

Und da war *sie*, lächelnd, glücklich, wie sie an einem Tisch auf einem sonnenbeschienenen Platz saß, das Foto ein Dreiviertelprofil, blaugraue Augen, die nach rechts blicken, Lichtflecken auf ihrem Gesicht, die Flugzeuge und Schatten zeigten und das Schimmern der Sonne im Haar. Es war eine gute Aufnahme. Die letzte, die von ihr gemacht wurde.

Und ein jüngeres Ich, glamourös in einem tief ausgeschnittenen Schiaparelli-Kleid, das sie von einer Pariser Gräfin gekauft hatte, die in einer Wohnung mit fließend kaltem Wasser in Maida Vale lebte. Silvester 1945.

Da war der attraktive Harry Hirsch auf derselben Silvesterparty. Jüdische Brigade und später Mossad, jungenhaft aussehend, wenn auch ein wenig hohläugig, leicht zerzaust, schwarzes Haar, das ihm in die Augen fiel, lose Krawatte und die Hemdsärmel hochgekrempelt. Er hatte den Barkeeper gegeben, hatte Fusel an die Lebenskünstler ausgeschenkt, die Emigranten, Militärs und Tunichtgute, die dort versammelt waren. Dann der Amerikaner, Tom McHale, verkatert und unrasiert, das Foto am Tag darauf geschossen, immer noch jungenhaft, aber irgendwie aalglatt und hinterlistig, was er natürlich auch war. Dann Leo Chase. Endete übel. Starb in irgendeinem grässlichen Loch in Moskau, Leber, die zu Foie gras wurde. Sie lächelte ein wenig, stolz auf ihren Anteil an seinem Abgang. Adeline hatte Glück gehabt, ihn erwischt zu haben. Leo wurde nicht gerne fotografiert. Inzwischen wusste jeder, warum, aber hier war er, die spätere Schande noch in ferner Zukunft, den Kragen hochgestellt gegen den Nieselregen an Silvester, glitzernde Regentropfen auf Bowler und Mantelkragen, fotografiert, wie er die Party betritt, blasse Augen, die hinter Brillengläsern verschlagen zur Seite blicken, weichlicher Mund, irgendwo zwischen Grimasse und Lächeln.

Als Nächstes die von Stavenows. Elisabeth im Abendkleid, Kopf zur Seite geneigt, große Augen, die ins Leere starren, so bezaubernd wie ein nordischer Filmstar. Sie legte sie neben das erste Foto und schaute von einem zum anderen. Elisabeths Glamour abgezogen, hätte man sie für Schwestern halten können. Abgesehen von den Augen. Ihre waren eisig, die der anderen gütig. Dann kam Kurt als Sturmbannführer, hübsch wie eine Viper in seinem Schwarz und Silber. Darunter ein weiteres Bild. Ein junger von Stavenow, sehr einnehmend im Cricketpullover, ganz Blondhaar und gemeißelte Wangenknochen. Kein Wunder, dass sie sich in ihn verliebt hatte. Das Foto hatte die Größe eines Passbilds und war von einer Büroklammer gehalten worden: Ein langer Haken aus rotbraunen Punkten verunzierte seine weiße Schulter. Automatisch rieb sie mit dem Daumen darüber, wohl wissend, dass es nichts bewirken würde. Manche Flecken ließen sich nicht entfernen.

Sie hatte die Fotos wie ein Tarotspiel in Pyramidenform ausgelegt. Sie legte die lächelnde Frau auf das sonnenbeschienene Viereck an der Spitze, ordnete die anderen darunter ein. Interpretation unmöglich. Hier gab es keine guten Karten.

Oh, mein liebes Mädchen, was haben wir dir angetan?

Eine Rechnung musste aufgemacht werden, eine Schuld beglichen.

LONDON

1945/46

1

REGIERUNGSBÜROS
Marylebone
31. Dezember 1945

Kennen Sie diesen Mann?«

Edith Graham erwiderte den Blick aus unerbittlichen Augen, der sie musterte, blickte dann nach unten auf das Foto. Ein griechischer Kouros im Cricketpullover, ein junger Mann in der Blüte seiner Jugend, hatte sie gedacht, als sie sich an diesem Nachmittag in ihn verliebte. Sie erinnerte sich, dass das Foto 1932 aufgenommen worden war. Die Parks in Oxford. Er stand an der Ecke des Spielfeldes, Hände in den Hosentaschen, Gesicht im Profil, blondes Haar, das von einer hohen Stirn geweht wurde. Schatten formten sich unter seinen Brauen und akzentuierten seine hohen Wangenknochen. Die Stirn leicht gerunzelt, war sein Mund ein gerader Strich.

»Doch, ja, ich kenne ihn. Das ist Kurt von Stavenow.«

»Sind Sie sicher?«

»O ja, ganz sicher.«

»Und ihre *Beziehung*?«

»Wir … wir waren eine Weile lang ein Paar …«

Die Frau machte sich mit ihrem grün marmorierten Sheaffer eine Notiz. Edith beließ es dabei. Sie würde sich dieser strengen Fremden mit ihren kalten, abschätzenden Augen nicht anvertrauen.

»Wie lange?«, fragte sie im Ton von jemandem, der die Antwort längst kannte.

»Nicht lange. Ein Jahr vielleicht«, antwortete Edith. Er war ihre erste Liebe gewesen, die einzige wahre Liebe, um genau zu sein. Merkwürdig, dass ihre Zeit so kurz bemessen war. In ihren gesammelten Erinnerungen nahm sie einen viel größeren Platz ein.

Die Frau machte sich noch eine Notiz, legte ihren Stift beiseite und musterte Edith wieder, Kopf zur Seite geneigt. Sie war außerordentlich gutaussehend, schwarzes Haar, aus einem bleichen Porzellangesicht nach hinten gekämmt, große, dunkle Augen, schräg und leicht verhangen. Sie trug roten Lippenstift, den Farbton, den Ediths Schwester Louisa bevorzugte, ansonsten nur sehr wenig Make-up. Ihr Mund ließ vermuten, dass sie selten lächelte. Ihr dunkelgraues Kostüm war mit der Strenge einer gutgeschneiderten Uniform geschnitten. Jeder Anflug von Maskulinität wurde von einer elfenbeinfarbenen Seidenbluse zerstreut, deren Peter-Pan-Kragen mit einer kleinen Perlenbrosche durchstochen war. Edith bewunderte die Raffinesse. Ich bin eine Frau von gewissem Rang in einer Männerwelt, sagte das Outfit.

Die Frau führt eine Hand zum Hals, als würde sie sich unbewusst gegen Ediths prüfenden Blick zur Wehr setzen.

»Ich frage mich«, durchbrach Edith die Stille, »was das alles zu bedeuten hat?«

»Sie sind hier, um Fragen zu beantworten, nicht, um welche zu stellen.«

Edith hatte keine Vorstellung, warum sie hier war oder wo auch nur »hier« war.

Sie war von der Kontrollkommission, Germany Headquarters in Kensington, hierhergebracht, ohne Erklärung aus ihrem abschließenden Briefing geholt und wortlos von einem jungen Mann in Doppelreiher und Wächterkrawatte abgeliefert worden. Er hatte lediglich auf den Eingang mit den Säulen gewiesen.

»Erster Stock, Gang links.«

Es handelte sich wohl um Regierungsbüros, obwohl die Proportionen für Büros unpassend waren: der Gang zu breit, die Decken zu hoch. Der Raum, in dem sie sich befanden, könnte einmal ein herrschaftliches Wohnzimmer gewesen sein. Ein Gasofen hockte winzig in einem ausladenden Kamin, der durch seinen höhlenartig gähnenden Abzug sämtliche Wärme schluckte, und man hörte durch eine dünne Trennwand aus Sperrholz das gedämpfte Geklapper einer Schreibmaschine. Keine Namensschilder an den Büros, keine Nummern an den Türen. Musste irgendetwas mit Cousin Leo zu tun haben. Edith würde darauf wetten. Sie waren Cousin und Cousine zweiten Grades, aber zusammen aufgewachsen, weil ihre Mütter sich sehr nahestanden. Leo blieb bei seiner Arbeit für die Regierung immer vage, aber jeder wusste, dass sie streng geheim war.

Edith blickte auf einen leeren Schreibtisch, darauf nichts als ein Schreibblock, ein Füller und zwei braune Umschläge. Die Frau dahinter öffnete den zweiten Umschlag, und Edith erhaschte einen Blick auf ihr eigenes Passfoto.

»Sie werden bald nach Deutschland gehen, um eine Stellung bei der Kontrollkommission, Abteilung Erziehung, aufzunehmen«, las die Frau aus der Akte vor. »Trifft das zu?«

Sie sprach jetzt Deutsch. Edith antwortete in derselben Sprache. Die Befragung nahm eine andere Richtung.

»Vorher haben Sie an einer Oberschule für Mädchen gearbeitet und Moderne Sprachen unterrichtet?«

Edith stimmte wieder zu.

»Wie lange?«

Edith beantwortete die Frage und ging die Stationen ihrer Ausbildung durch: ihr Abschluss in Deutsch am Bedford College in London. Die Zeit, die sie in Deutschland verbracht hatte, Daten und Orte. Schließlich kehrte sie zu ihrer Bewerbung für die Kontrollkommission Deutschland zurück. Warum?

»Warum was?«

»Warum haben Sie sich beworben? Das ist eine einfache Frage, Miss Graham.«

»Das sind oft die schwersten«, sagte sie. Ihr Lächeln wurde nicht erwidert. »Ich habe den Krieg in der Heimat verbracht. Für mich ist das eine Gelegenheit, mich nützlich zu machen, einen Beitrag zu leisten.«

Sogar in ihren Ohren klangen ihre Worte trivial, banal. Wie konnte diese Frau mit ihrer wichtigen Arbeit, beschäftigt mit Wunder was, auch nur ansatzweise die Langeweile einer leitenden Lehrerin einer Oberschule für Mädchen in der Provinz verstehen, mit ihrer Zuständigkeit für Sprachen, alte und neue, und für die Unterstufe. Und wenn sie damit nicht beschäftigt war, kümmerte sie sich um ihre Mutter, während scheinbar alle anderen unterwegs waren und etwas *taten*. Gefährlich, vielleicht sogar lebensgefährlich, aber wenigstens aufregend.

Im Rückblick wirkte diese Zeit, die Kriegszeit, wie eine geballte Masse, wie die erstarrten Klumpen von Metall und Glas, die man nach einem Angriff fand, unmöglich festzustellen, wo ein Teil anfing und ein anderes aufhörte. Und so war es auch mit der Aufeinanderfolge der Tage. Selbst die Angriffe waren von ermüdender Gleichförmigkeit. Das trostlose Heulen der Sirenen, Mutter in den Schutzraum bringen und wieder zurück, das Horchen auf das Dröhnen der Bomber mit ihrer nervenaufreibenden Mischung aus Grauen und Langeweile, weil man nicht wusste, wann sie erneut kommen würden, wie lange es dauern würde und wann es vorüber war. Dann ein, zwei Stunden unruhigen Schlafes, bevor wieder der anstrengende Arbeitsweg zu Fuß oder mit dem Rad anstand, bei dem Gips- und Ziegelstaub in der Luft hing, der überall einen feinen Film hinterließ und Mutters unermüdliches Staubwischen und Putzen sinnlos erscheinen ließ. In manchen Nächten, wenn sie ihre Mutter im Schutzraum in Sicherheit gebracht hatte, kehrte sie in ihr Bett zurück, unbekümmert darum, ob sie in tausend kleine Stücke gebombt würde, manchmal sich regelrecht danach sehnend. Die einzige Abwechslung waren ihre seltenen Ausflüge nach London zu Leo gewesen.

»Und wie sind sie auf die Kontrollkommission gekommen?«

»Ein Kollege, Frank Hitchin.«

»Wer ist er?«

»Meine Entsprechung in der Abteilung für Sprachen in der Jungenschule.«

»Sie suchen Lehrer«, hatte Frank gesagt, »Leute, die Deutsch sprechen und dorthin gehen, um in dem Kuddelmuddel zu helfen, das dort herrschen muss, nachdem alles vorüber ist. Ich werde es versuchen. Wahrscheinlich nehmen sie auch Frauen. Junggesellinnen, weißt du? Keine Bindungen und nichts, was sie hält. Frei und ungebunden.« Er blinzelte. »Warum bewirbst du dich nicht?«

Frei und ungebunden? Wenn der wüsste!

Sie war an diesem Abend nach Hause geradelt, hatte ihr Rad in der Garage abgestellt, während Mutter schon am Gartentor wartete. Dann Kakao und die Sechs-Uhr-Nachrichten im Radio. Weitere V2-Raketen über London, aber die Alliierten hatten den Rhein überquert, die Russen standen an der Oder. Der Krieg war doch sicher bald zu Ende? *»Dann wird alles wieder normal«*, hatte ihre Mutter zufrieden verkündet, als sie bei ihrer Strickarbeit eine neue Reihe begann. Damit hatte sie gemeint *wie früher*. Für Edith fühlte sich die Aussicht auf Frieden wie eine zuschnappende Falle an. Die Kontrollkommission bot einen Ausweg. Für eine Junggesellin und Lehrerin in ihren Dreißigern kamen solche Gelegenheiten nicht oft. Sie war ebenso qualifiziert wie Frank Hitchin und hatte vor dem Krieg einige Zeit in Deutschland verbracht, mehr als er jedenfalls.

Ihrer Familie gegenüber hatte sie kein Wort davon erwähnt. Sie hätten sie nur abgehalten.

Sie hatte umgehend Antwort erhalten, Formulare zum Ausfüllen, ein Bewerbungsgespräch. Niemand zu Hause hatte auch nur die geringste Ahnung. Sie sagte es ihnen nicht, bis es zu spät war und sie die Kündigung eingereicht hatte.

»Und was wird Ihre Arbeit umfassen? Unterrichten?«

»Unterrichten werden die Deutschen«, antwortete Edith und bezog sich damit auf die Einsatzbesprechung an diesem Tag. »Wir sind dort als Verwalter. Inspektoren. Unsere Arbeit wird darin bestehen, zerstörte Schulen wiederaufzubauen und ans Laufen zu bringen. Personal zu überprüfen, Kinder einzuweisen.«

»Ich verstehe.« Die Frau blickte wieder in die Akte. »Und eine hohe Position. Senior Officer entspricht dem Rang eines Lieutenant Colonel.« Sie lehnte sich zurück, Fingerspitzen aneinandergelegt, abwägend. Dann lächelte sie. »Sie sprechen sehr gut Deutsch«, sagte sie auf Englisch. »Sehr flüssig mit einem guten Akzent.«

Edith nickte dankend für das Kompliment. Sie hatte ein gutes

Ohr für Sprachen und Akzente. Etwas in der Sprechweise der Frau verriet ihr, dass sie keine Britin war. Es hatte am College einen Lehrbeauftragten gegeben, der ihr Bruder hätte sein können.

»Dasselbe könnte ich auch sagen. Ich habe versucht, Ihren Akzent einzuordnen. Rumänisch vielleicht?«

Ein Zufallstreffer. Die Frau errötete leicht. Es entstand eine Pause. Dann nickte sie leicht, als hätte sie einen Entschluss gefasst.

»Ich hätte gerne, dass Sie das lesen und unterschreiben.« Sie entnahm ihrer obersten Schreibtischschublade ein Formular und schob es zu Edith hinüber.

»Was ist das?«, fragte Edith und nahm es entgegen.

»Der Official Secrets Act«.

Edith blickte kurz auf die Seite mit den Vorschriften.

»Worum geht es genau?«, fragte sie erneut.

Die Frau gönnte sich ein schmallippiges Lächeln. »Wir können nicht in die Tiefe gehen, bevor Sie nicht unterschrieben haben.« Sie bot ihr ihren Füller an. »Hier. Und noch einmal dort, wenn ich bitten darf. Und ihr Name in Druckbuchstaben. Danke.« Sie griff nach dem Dokument und steckte es in einen Ordner. »Ich bin Vera Atkins.« Der Name sagte Edith nichts, obwohl er offensichtlich Respekt hervorrufen sollte und als bekannt vorausgesetzt wurde. »Alle weiteren Vorgänge unterliegen nun der Geheimhaltung und dürfen weder jetzt noch in Zukunft jemand anderem zugänglich gemacht werden. Haben Sie das verstanden? Vielleicht benötigen Sie noch etwas Zeit, um darüber …?«

Edith schüttelte ungeduldig den Kopf, weil sie wissen wollte, was hier gespielt wurde.

»Nun zurück zu Kurt von Stavenow. Oder soll ich ihn *Graf von Stavenow* nennen? Ein Mann mit vielen Titeln, wie es aussieht.« Miss Atkins schob seine Akte über den Tisch. »Erkennen Sie ihn hier?«

Edith hätte ihn gern nicht erkannt, wollte ihn nicht wiedererkennen. Sein außerordentlich gutes Aussehen wurde von dem teuflischen Glanz seiner schwarzen SS-Uniform noch unterstrichen:

die silbernen Epauletten, die Rune mit den Blitzen auf dem rechten Kragenspiegel und den vier silbernen Sternen auf dem linken, die seinen Rang anzeigten. Aber natürlich erkannte sie ihn. Sein blondes Haar sah dunkler aus und war anders frisiert, zur Seite gekämmt und kürzer geschnitten. Sein Gesicht war voller geworden, zeigte aber immer noch diese gewisse Jungenhaftigkeit; diese hohen Wangenknochen, dieses Grübchen im breiten kantigen Kinn. Er schaute nicht direkt in die Kamera, sondern ein wenig nach rechts, der Inbegriff resoluter Unnahbarkeit, seine tiefliegenden blauen Augen hell unter den dunklen, schwungvollen Augenbrauen.

»Wussten Sie, dass er in der SS einen hohen Rang innehatte?«, fragte die Frau mit einem schneidenden Lächeln.

»Nein, natürlich nicht.«

Edith merkte, wie ihre Wangen zu glühen begannen. Sie war kurz davor, bei diesem Begutachten und Abklopfen die Geduld zu verlieren, aber das war es nicht, was sie rot anlaufen ließ. Ihr Griff um das Foto wurde fester, verbeulte die Ecken. Sie hatte ihn gekannt. Gut gekannt. Sie waren ein Liebespaar gewesen. Was auch immer zwischen ihnen geschehen war, sie hatte ihn für grundsätzlich gut gehalten. Sie hatte sich oft gefragt, was er wohl arbeiten würde, aber so etwas hätte sie sich niemals vorstellen können. Das Glanzpapier knitterte unter ihren Fingern. Ein Offizier der SS? Das Gegenteil, wenn überhaupt. Sie hatte sich Sorgen gemacht, dass er in etwas verstrickt war, in einem Konzentrationslager enden würde. *Das* hätte sie *nie* von ihm gedacht. Nicht im Traum. Wie konnte er nur? Wie konnte das sein? Ihr starrer Blick verstärkte sich noch, als könne das Foto zu ihr sprechen. Sie schaute weg und wieder hin. Vielleicht lag ein Irrtum vor. Vielleicht war er es nicht. Aber das war noch alberner. Sie spürte, wie etwas in ihrer Gewissheit über die Beschaffenheit der Welt und ihren Platz darin ins Wanken geriet. Er war es, ganz eindeutig.

»Wann hatten Sie das letzte Mal Kontakt mit *Sturmbannführer* Kurt von Stavenow?«

»Ich kannte ihn nicht als *Sturmbannführer* von Stavenow.«

Die Frau seufzte frustriert, aber Edith hatte das Gefühl, darauf hinweisen zu müssen.

»Nun gut, wann haben sie Kurt von Stavenow zum letzten Mal gesehen?«

Edith dachte kurz nach. »Das muss 1938 gewesen sein.«

»Sie scheinen sich nicht so sicher zu sein.«

»Es war 1938. Im Sommer.«

»Seither nicht mehr?«

»Natürlich nicht!«, fauchte Edith. »Wir waren im Krieg.«

Vielleicht hat er nichts Schlimmes gemacht, versuchte ein Teil ihres Verstandes zu argumentieren, während sie die Fragen beantwortete. Vielleicht *war* er irgendwie im Widerstand engagiert, eine Verschwörung gegen Hitler. Vielleicht war das der Grund für das momentane Interesse an ihm. Und doch war da etwas in diesen schräg stehenden schwarzen Augen, in diesem geschürzten Mund, das von einer tiefen Geringschätzung kündete, sogar von Hass auf jeden, der diesem Mann auch nur nahestand, der ihn jemals einen Freund genannt hatte. Solche Abscheu wurde nicht durch Unschuld geweckt. Was hatte er getan?

»Ah, da sind Sie ja!«

Die Verbindungstür zum nächsten Büro öffnete sich, und Leo trat in großer Eile ein. Edith hatte das Gefühl, dass er die ganze Zeit über dort gewesen war.

»Tut mir leid, dass ich so spät dran bin! Das Treffen wollte nicht aufhören. Wie kommen Sie beide miteinander zurecht? Prächtig, nehme ich an.« Er rieb sich die Hände, entschlossen, die frostige Atmosphäre zu ignorieren, oder er nahm sie tatsächlich nicht wahr.

»Ich denke, wir sind durch.« Vera schraubte ihren Füller zu.

»Alles zu Ihrer Zufriedenheit? Edith hat alle Hürden mit fliegenden Fahnen genommen?«

»Perfekt.« Die Frau erhob sich. »Und ja.«

»In diesem Fall, vielen Dank, Vera«, sagte Leo von oben herab. »Dann wollen wir Sie nicht länger aufhalten. Sie haben sicher eine Menge zu tun, allerlei Aufräumarbeiten und so weiter.«

Vera blickte sich im leeren Zimmer um. »Schon geschehen, wie Sie sehen.«

»Hm, ja, nun …« Leo rieb sich wieder die Hände. »Lassen Sie sich nicht aufhalten, wie ich schon sagte …«

Vera hielt kühl seinem Blick stand, bevor sie ihren Füller in die Aktenmappe steckte. Es war nicht ganz klar, wer hier wen entließ.

»Oh, und lassen Sie die Akten bitte liegen?«, fügte Leo hinzu.

»Ich hatte durchaus die Absicht«, sagte Vera, als sie ihren Mantel anzog, »da sie nicht mehr meine Angelegenheit sind.« Etwas unerwartet wandte sie sich um, als sie zur Tür ging, und streckte Edith die Hand hin. »Auf Wiedersehen, Miss Graham«, sagte sie auf Deutsch. Ihr Handschlag war fest und stark. »Sie haben in der Kontrollkommission eine wunderbare Aufgabe vor sich. Eine große Verantwortung.« Ihr Griff wurde emphatischer. »Darf ich Ihnen Glück dafür wünschen?«

»Du musst dich um unsere Miss Atkins nicht scheren«, sagte Leo, als die Tür sich hinter ihr schloss. »Sie hat ein gutes Auge, die liebe Vera. Gute Instinkte.« Er sammelte die Akten vom Schreibtisch ein. »Besonders gut bei den Mädchen. Gibt keine bessere. Wenn du den Vera-Test bestehst, steht dir nichts mehr im Weg.«

»Auf dem Weg wohin?«, fragte Edith, als sie Leo auf den Gang folgte. Etwas fahrig und immer noch schockiert über das, was sie über Kurt erfahren hatte, nahm sie seinen Arm. »Was mache ich hier, Leo? Was wird hier gespielt?«

»Als du sagtest, dass du nach Deutschland gehst, hatte ich so eine Idee, das ist alles. Es herrscht ziemliches Durcheinander da drüben. Chaos beschreibt es nicht einmal ansatzweise. Unsere Zone ist voll bis zum Platzen, Gott weiß von woher auch immer – die bedauernswerten Bürger der ausgebombten Städte, die aus dem Wehrdienst entlassenen Soldaten, ehemalige Zwangsarbeiter, Flüchtlinge von überallher aus dem Osten, die vor Väterchen Stalin geflüchtet sind, und wer kann es Ihnen verdenken?« Er runzelte die Stirn. »Unter ihnen sind ein paar schlimme Finger, ein paar sehr schlimme Finger, die sich das Chaos und Durcheinander zunutze machen. Tauchen unter, passt ihnen ausgezeichnet. Unser Job dabei ist, sie auszusondern. So einfach ist das. Offengestanden brauchen wir dabei jede Hilfe, die wir kriegen können.« Er blickte sie an, seine blauen Augen durch die Brillengläser vergrößert. »Da du dorthin gehst, dachte ich mir, du könntest uns einen kleinen Gefallen tun.«

»Ist Kurt einer dieser schlimmen Finger?«

»In hohem Maße, fürchte ich.«

»Aber was hat er getan?« Sie griff nach seinem Arm, wollte, musste eine Antwort hören. Wie konnte das möglich sein? Der Kurt, den sie kannte, verwandelt in einen *Sturmbannführer* von Stavenow?

Leo blickte umher. »Nicht hier. Ich werde es dir später erklären.«

Edith blickte den menschenleeren Flur entlang, das Parkett stumpf und abgetreten, überall Brandflecken von Zigaretten. Die hohen Fenster voller Ruß, immer noch kreuz und quer mit Folien beklebt.

»Wo sind wir, Leo?«

»Dieser Ort hat offiziell nie existiert und es wird ihn bald nicht mehr geben.« Er wies mit dem Kopf auf einen Stapel Kartons neben der Tür.

»Geheim, meinst du?«

Er nickte.

»Was mache ich hier? Was genau willst du von mir?«, fragte Edith mit einer plötzlichen Ahnung. »Soll ich eine Art Spionin werden?«

»So weit würde ich nicht gehen. Nicht im üblichen Sinn.«

»Der Official Secrets Act?«

»Oh!« Leo winkte ab. »Jeder unterschreibt das. Die Leute denken sich weiß Gott was beim Thema Geheimdienst. Das meiste wird von ganz normalen Menschen erledigt: Geschäftsleute, Reisebüroangestellte, Lehrer, Angestellte, Schreibkräfte, Verkäufer, eigentlich jeder. Ganz gewöhnliche Männer – und Frauen. Meist ist es eine Sache von Augen und Ohren offenhalten, Informationen weitergeben. Frauen sind sehr gut darin. Überlegene Intuition.«

Elizabeth legte die Stirn in Falten. »Woher weißt du, dass ich mich dazu eigne?«

»Oh, du wärst perfekt.« Er schaute auf seine Uhr. »Du machst dich besser auf die Socken. Der Fahrer wird auf dich warten.« Er küsste sie auf die Wange. »Ich werde dich bei Dori so um acht abholen. Zieh was Hübsches an. Ich habe einen Tisch im Savoy bestellt.«

Edith saß auf der Rückbank. Der Fahrer schien auch ohne ihre Anweisung zu wissen, wohin es ging. Was war hier los? Sie hatte Leo schon früher den einen oder anderen Gefallen getan. Versammlungen an der Universität besucht, ein Päckchen hier oder dort abgegeben, selbige angenommen. Auf einer ganz bestimmten Parkbank gesessen, bis ein Mann mit einem Hund vorbeikam. Noch ein Park in einer anderen Stadt. An der Blumenuhr gewartet. Derselbe Mann, anderer Hund. Was wollte Leo von ihr? Der Official Secrets Act legte etwas Ernstes nahe. Ediths Erfahrung war: je protziger der Ort, desto größer der Gefallen, und protziger als das Savoy an einem Silvesterabend ging es nicht.

2

34 CROMWELL SQUARE
Paddington

31. Dezember 1945

Canapés auf Bezugsschein

Schnell gemacht mit leicht erhältlichen Zutaten, köstliche Appetithappen, zu Drinks oder vor dem Essen zu servieren. Bieten Sie gebratene Würfel von Dosenfleisch aufgespießt auf Zahnstocher an; Dreiecke von dünn geschnittenem heißem Toast, Krusten entfernen, mit gebratenem Corned Beef oder Hecht aus der Dose belegen, mit Pfeffer und Essig verfeinern. Bewahren Sie die Kruste für Croutons auf.

Stella Snellings Zwölf zauberhafte Canapérezepte
Women's Journal, Wochenende 23. Januar 1943

Der Platz, an dem Dori wohnte, lag in der Nähe des Bahnhofs Paddington. Eine Seite war nur noch ein großes, gähnendes Loch. Die Gebäude rechts und links davon wurden mit Balken abgestützt. Doris Häuserreihe war mehr oder weniger intakt, obwohl einige der Gebäude mit Brettern verbarrikadiert waren. Sie waren entweder baufällig oder warteten auf die Rückkehr ihrer Besitzer. Das von Dori war das zweite am Ende. Ein Großteil des Stucks fehlte, und die cremefarbene Front benötigte dringend einen Anstrich. All dies war eine Auswirkung der Bombe, die Edith überhaupt erst hierhergeführt hatte.

Edith bedankte sich bei dem Fahrer und stieg die Stufen zur Küche im Basement hinab. Sie war noch nicht so weit, sich zur Party zu gesellen, die oben stattfand. Doris Partys fingen früh an und endeten spät.

Zur Osterzeit 1941 war sie genau diese Stufen hinabgestolpert, überall Glockengeläut und schreiende Luftschutzhelfer, der halbe Platz nichts als rauchender Schutt und brennende Bäume. Nach einem Wochenende in Leos Wohnung hatte sie versucht, nach Hause zu kommen, als sie in einen Angriff geriet und in einen Schutzraum des U-Bahnhofs Paddington gelotst wurde. Adeline hatte auf dem Bahnsteig gestanden und Fotos gemacht. Eine unverkennbare Gestalt, ihre Fliegerjacke mit Kameras behängt, ihr weißblondes Haar unter eine weiche Schirmmütze gesteckt. Edith hatte die amerikanische Journalistin zuerst über Leo kennengelernt. Sie hatten sich sofort gemocht und stets getroffen, wenn ihre Wege sich in London kreuzten. Edith winkte, erleichtert, ein freundliches Gesicht unter so vielen Fremden zu entdecken. Adeline lächelte, ebenso froh, Edith zu sehen. Adeline reichte ihr einen kleinen Flachmann aus Silber gefüllt mit Bourbon, und sie ließen sich häuslich nieder, um den Angriff abzuwarten und darüber zu reden, wen sie getroffen hatten, wo sie gewesen waren und so weiter.

Nach der Entwarnung hatten sie draußen gesehen, wie das Feuer tobte. Dann, aufgeschreckt durch eine Art Vorahnung, hatte Adeline Edith just in dem Moment in einen Hauseingang gezerrt, als in der Nähe eine weitere Bombe hochging. Eine verspätete Zündung, ein Nachzügler, der seine letzte Ladung abwarf. Die Explosion hatte sämtliche Luft aufgebraucht. Sie hatten sich aneinandergeklammert, während das Vakuum sie wie mit riesigen Händen zusammenpresste und Ziegel wie Kinderspielzeug vorbeiflogen. Adeline hatte sie bei der Hand genommen, und sie waren zwischen zusammengefallenen Gemäuern und verlassenen Autos zum Platzeingang gestolpert. Ein Helfer brüllte: *Sie können hier nicht weiter!* Edith hatte gezögert, aber Adeline griff ihre Hand nur umso fester und zog sie die Stufen hinab, während der Helfer immer noch schrie.

Das Basement wurde vom halben Platz bevölkert. »Straßenkinder, Heimatlose und Waisenkinder!« Dori winkte zur Begrüßung mit einer Flasche Gin. »Kommt und trinkt etwas, meine Lieben. Was können wir sonst tun?«

Adeline war gleich wieder zurückgelaufen. Sie musste festhalten, was sie gerade gesehen hatte: die Zerstörung des Platzes, die Flammen in den Bäumen, die Gesichter der Feuerwehrleute und Krankenwagenbesatzungen, kreidebleich und angespannt im grellen Blitzlicht. Sogar der wütende Luftschutzwart würde auf amerikanischen Frühstückstischen in den Seiten der *News Illustrated* zu finden sein. Edith war einfach nur froh, es geschafft zu haben, freute sich über die Zuflucht und die improvisierte Party. So viel besser, als im eiskalten Bahnhof darauf zu warten, bis wieder ein Zug fuhr, so viel vergnüglicher, als im Luftschutzkeller zu Hause zu sitzen. Bis zu dem Zeitpunkt, wo die Bahnen wieder fuhren, hatte Dori Edith schon liebgewonnen. »Du kannst kochen! Komm jederzeit!«, hatte sie gesagt und es auch so gemeint. Edith mochte Dori ebenfalls, ihre Überschwänglichkeit, ihre Extravaganz. Sie war auf faszinierende Weise anders als alle anderen, die sie kannte. Sie gewöhnte sich an, immer vorbeizuschauen, wenn sie in London war, und wenn sie einen Platz zum Übernachten brauchte, gesellte sie sich zur ewig wechselnden Gruppe von Leuten, die bei Dori logierten. Es war nie lange, ein oder zwei Tage, ein Wochenende hier und da, höchstens eine Woche, aber Dori wurde ihr Rettungsanker.

Edith öffnete die Tür zur Küche und traf auf ein paar junge Dinger, die am Küchentisch standen und verdutzt aufsahen.

»Bist du das, Edith?« Dori kam nach unten. »Ich dachte, ich hätte dich reinhuschen sehen.« Sie lallte ein wenig, als hätte die Party schon früh begonnen, aber als sie im Kücheneingang auftauchte, sah sie entzückend aus. Ein tief ausgeschnittenes Kleid aus grüner Seide und schwarzes Haar, das sich in weichen Wellen ergoss. Eine leichte Schicht Puder gab ihrer blassen Elfenbeinhaut einen Hauch von Farbe. Die Augenbrauen waren so akzentuiert, dass sie die Schrägstellung ihrer Augen betonten. Ein Lidstrich und der großzügige

Gebrauch von Mascara ließen sie noch dunkler erscheinen. »Das hier sind Pam und Frankie.« Die beiden Mädchen neigten kurz den Kopf, als gehörte Dori zu den Royals. »Du könntest ihnen nicht helfen, eben ein paar Canapés zu zaubern, Liebes?« Sie schenkte Edith ihr schönstes Lippenstiftlächeln. »Ich schmeiß den Boiler an und lass dir ein Bad ein.« Sie verschwand nach oben. »Und wirf einen Blick auf mein Gulasch!«

Die Mädchen wandten sich ihr erwartungsvoll zu. FANYs höchstwahrscheinlich. Dori hatte viele Freunde in der »First Aid Nursing Yeomanry«, einer ausschließlich weiblichen Wohltätigkeitsorganisation, die sowohl in der Krankenpflege als auch für den Nachrichtendienst tätig war. Was immer auch ihre Pflichten waren, Kochen gehörte anscheinend nicht dazu. Edith ging zum Herd und klappte den Deckel auf. »Du meine Güte! Was ist denn das?«

»Gulasch?«, schlug das größere Mädchen vor.

Edith betrachtete den dünnen Eintopf, der auf dem Herd vor sich hin köchelte. Dori war stolz auf ihr Nationalgericht, aber sie war keine Köchin. »Was sollen wir tun?«, fragte das andere Mädchen maulig.

Edith schickte sie in die Speisekammer, um Corned Beef und Hecht zu besorgen. In der ersten Nacht hatte sie etwas Ähnliches hergestellt, um sich für die Großzügigkeit ihrer Gastgeberin zu bedanken. Sie war überrascht und erfreut gewesen über Doris aufrichtige Freude an ihrem Talent, aus nichts etwas zu machen – Canapés, eine schmeichelhafte Bezeichnung für ein paar Kleinigkeiten auf Toast.

»Oh, Stella Snellings Canapés.« Das Mädchen lächelte. »Meine Mutter hat sie an Weihnachten gemacht. Sie sammelt alle ihre Rezepte.«

»Dann wisst ihr ja, was zu tun ist«, erklärte Edith lächelnd.

Edith trat in der Vorratskammer an ihre privaten Regalbretter und griff nach den OXO-Würfeln, Bovril und ihrer kostbaren Flasche mit Worcestershiresauce. Sie durchsuchte Doris Schrank nach der schwer bewachten Dose mit Paprika. Ein paar Teelöffel mehr würden nicht schaden.

»Könntest du nach oben gehen?«, fragte sie die Große. Frankie, oder? »Und nachschauen, ob du mir etwas Angostura besorgen kannst?« *Ein einziger Tropfen bewirkt Wunder! Stella Snelling: Tipps, um langweilige Gerichte aufzupeppen.* Pam war mit den Häppchen fertig. »Unter den Grill. Nicht der Herd. Der Gaskocher.«

Eine Neuerwerbung in Doris Küche. Der Herd war ziemlich launisch geworden und das Brennmaterial knapp.

Pam öffnete die Ofentür. »Hier drinnen liegt ein Buch!«

»Dann nimm es raus! Und dann lege ein paar Kartoffeln rein zum Backen.«

Über dem Herd hingen ein paar Kräuter, die Edith aus einem ausgebombten Garten gemopst hatte. Sie brach etwas Thymian, Salbei, Rosmarin und Lorbeer ab. Der Duft erinnerte sie an Zuhause. Sie versuchte, an etwas anders zu denken. Mutter würde inzwischen bei ihrer Schwester Louisa sein, einen festlichen Sherry trinken, ihrer jüngeren Schwester schon auf die Nerven gehen und sich über Ediths bevorstehende Abreise nach Deutschland beklagen. Sie wollte sich nicht schuldig fühlen. Das war jetzt deren Problem.

Edith nahm die schmalen Stufen zur winzigen Dachkammer, die sie oben in Doris Haus gemietet hatte, ihr Refugium. So hatte sie eine Unterkunft bei ihren Spritztouren, um Leo zu treffen, oder wenn sie einfach nur der Enge ihres Elternhauses entfliehen wollte. Sie bezahlte es vom Geld, das sie für ihre Rezepte bekam. Sie hatte es dem Mädchen nicht verraten, aber sie schrieb nun schon seit Jahren Küchentipps unter dem Namen Stella Snelling.

Das Tolle war, dass Stella eine reale Person in Ediths Leben gewesen war – eine Freundin aus Collegezeiten, die zur Fiktion wurde, eine nützliche Freundin in London und Reisebegleiterin. Die Familie hatte Stella getroffen, also wunderte sich niemand darüber, wenn Edith sie in London besuchte oder mit ihr zusammen Ferien im Ausland machte, die Tarnung für ihre Ausflüge mit Leo. Obwohl er zur Familie gehörte und sie zusammen im Kinderwagen gelegen hatten, würde eine Tour mit ihm so manche Augenbrauen nach oben schnellen lassen. Edith fand heraus, dass eine erfundene Gefährtin sie wenigstens zeitweise von der langweiligen Routine ihrer Arbeit und den Einschränkungen durch ihre Familie befreite.

Sie hatte Stella wieder aus dem Hut gezaubert, als sie damit begann, auf Anfrage von *Woman's Own* Rezepte für Kriegszeiten zu verfassen. Edith liebte das Kochen und hatte Spaß daran, sich Kniffe auszudenken, wie man eine Ration strecken konnte. Es gab keinen Mangel an Tipps. Jede hatte ihre Tricks und Finten: ihre Mutter, Louisa, Mutters Freundinnen in der lokalen Frauenorganisation und der Townswomen's Guild. Die Zeitschrift veröffentlichte ihre Rezepte und wollte mehr davon. Sie sandte sie als Stella Snelling ein und verbarg sich hinter der Anonymität des Pseudonyms. Sie wollte nicht, dass jemand zu Hause Wind davon bekam, und schätzte die Mär von Stella genauso, wie sie die Angewohnheit der Leute hasste, Urteile über sie zu fällen aufgrund ihrer Arbeit und ihres Junggesellinnendaseins.

Sie stieg aus dem Tweedkostüm und entledigte sich ihrer vernünftigen Bluse, knüllte die Strümpfe zusammen und warf sich in eine Robe aus Shantungseide in flammendem Orange, die sie inzwischen als Stellas Morgenrock betrachtete. Tipps und Rezepte interessierten Dori nicht, aber sie hatte sich sofort in die Idee von Stella verliebt, fasziniert von diesem Geheimnis und zunehmend bereit, Edith dabei zu helfen, was sie ihre »Stellaseite« nannte. Sie hatten für »Stella« eingekauft. Dori kannte jede Menge Pechvögel, die bereit waren, ihre schönsten Kleidungstücke für einen Appel und ein Ei zu verscherbeln. Sämtliche Bedenken wurden mit einem nachdrücklichen *Unsinn, Darling, du tust ihnen einen Gefallen damit* abgebügelt. Dori hatte ihr einiges über Marken und Modehäuser beigebracht, ihr gezeigt, wie sie ihre neue Garderobe tragen sollte, wie man Make-up verwendete, sich frisierte, eine sehr andere Version seiner selbst wurde.

Dori schien Talent für solch chamäleonartigen Wechsel von einer Persönlichkeit zur anderen zu haben. Nichts bei ihr war fest gefügt: wer sie war, woher sie kam, wie sie in London aufgeschlagen war, was genau sie tat, selbst ihr Alter fiel der Spekulation anheim. Die Geschichten änderten sich, je nachdem, wer sie erzählte. Sie war eine ungarische Gräfin und mit einem polnischen Kavallerieoffizier verheiratet, der beim letzten Kommando gefallen war. Sie war vor den Nazis geflüchtet, während man sie über die Berge auf Skiern verfolgte. Nein, sie war zwar Ungarin, aber jüdisch und musste über den Balkan flüchten. Nein, das stimmte nicht. Sie war polnisch, nicht ungarisch. Sie hatte einen Weißrussen geheiratet und in Paris gelebt und war vor der Besatzung von Frankreich entkommen. Die Geschichten gingen ineinander über, eine exotischer als die andere. Der rote Faden? Sie war eine Spionin.

Es stimmte, wie Edith wusste. Dori hatte während des Krieges einige Zeit in Frankreich verbracht. Dies war der Grund für ihre mysteriösen Abwesenheiten gewesen, und Edith hatte die Narben auf ihrem Körper gesehen, ebenso wie die inneren, die sie zu verbergen suchte. Einmal war sie krank und schwach von einer dieser Abwesenheiten zurückgekehrt, unfähig zu schlafen, Augen weitaufgerissen von all dem Horror, den sie gesehen hatte. Edith, die an diesem Wochenende in London gewesen war, hatte sie ausgemergelt und erschöpft vorgefunden, zusammengekrümmt und zitternd mit einem rasselnden Husten. Edith hatte nicht gefragt, wo sie gewesen war oder was geschehen war, dass sie sich in einem solchen Zustand befand, und Dori hatte sich nicht erklärt: *Leichtsinniges Gerede kostet Leben.* Sie streckte einfach eine dünne Hand aus, und Edith hatte dem unausgesprochenen Bedürfnis nach einer Freundin entsprochen. Sie war geblieben, um sie zu pflegen, hatte ihrer Mutter ein Telegramm gesandt, dass sie sich um eine kranke Freundin kümmerte, und Anton losgeschickt, beim Fleischer um ein paar Knochen für eine Brühe zu betteln. Als es Dori langsam wieder besser ging, hatten sie ihre Fleischbezugsscheine zusammengeworfen, und Edith war es gelungen, Paprika aufzutreiben, um ein Gulasch zu machen, nach dem sie sich sehnte.

Es waren Osterferien. Edith blieb eine Woche, dann noch eine. Während dieser Zeit der Krankheit und Rekonvaleszenz hatte Dori begonnen, mehr über sich zu erzählen. Sie stammte aus Ungarn, war aber nach Polen gezogen. Sie hatte sich in einen Oberleutnant der britischen Luftwaffe verliebt, Robert Stansfield, der polnische Piloten ausbildete. Als der Krieg ausbrach, waren sie über den Balkan nach Griechenland geflohen, dann nach Alexandria, wo sie geheiratet hatten, bevor sie zurück nach England kamen.

Bobby war im Kampf um England gefallen. Er hatte ihr dieses Haus am Cromwell Square vermacht. Hier endete die Geschichte, so wie Dori sie erzählte. Einige Wochen später lieferte Adeline den Rest. Für Dori war es eine persönliche Sache. Die Deutschen hatten ihr die zweite Heimat und den Mann geraubt, den sie liebte. Sie betrachtete sie mit tiefsitzendem, unversöhnlichem Hass. Sie wollte Rache.

»Sie wollte in der Lage sein, sie zu töten«, hatte Adeline gesagt. »Also meldete sie sich freiwillig für eine Geheimoperation, wo man sie genau das tun ließ.«

Inzwischen war alles vorbei, aber seit dem Tag der Befreiung hatte Edith an Dori eine störrische Unzufriedenheit wahrgenommen, Verzweiflung fast, als ob das Leben aufgebraucht wäre und alles danach nichts als ein hohles Echo. Edith wusste, dass andere sich ebenso fühlten, doch niemand wurde von so rastloser Langeweile geplagt wie Dori.

Edith stieg die Treppe zum Badezimmer hinunter. Sie konnte durch die Tür das *Et-Noir*-Badeöl riechen. Direkt aus Paris. Eine von Doris Nebenbeschäftigungen. *Irgendwie muss man sich über Wasser halten, Darling!* Es war mehr als eine Nebenbeschäftigung, und sie machte mehr als ein paar Pennys. Nicht nur Badeöl. Parfüm, Make-up, Nylons, Seidenstrümpfe. Aber es war ein riskantes Geschäft, und Dori wurde immer tiefer verwickelt. Unmöglich, sie zu stoppen. Sie brauchte das Geld, aber sie brauchte das Risiko noch mehr.

Nach ihrem Bad zurück in der Dachkammer öffnete Edith die Schublade, die sie für »Stellas Sachen« reserviert hatte, entrollte kostbare Seidenstrümpfe und legte seidene Unterwäsche aus. *Seide, Darling, immer Seide.* Dori bestand darauf. Dann inspizierte sie ihre Kleiderstange, um etwas Hübsches für Leo zu finden: das Seidenkleid in

Mitternachtsblau, lang und enganliegend mit einem kleinen Aufschlag am Saum, den Schalkragen nach unten geschlagen, um ihr Dekolletee freizulegen.

Zufrieden mit ihrer Wahl ging sie zu der kleinen Frisierkommode, um ihr Haar zu richten. Sie kämmte ihre goldenen Wellen aus, glättete die Seiten, steckte sie mit Haarnadeln fest und rollte die Vorderpartie auf Lockenwickler. Sie lehnte sich nach vorn, um das Make-up so aufzutragen, wie Dori es ihr beigebracht hatte: Augenbrauenstift für die Form, ein Hauch Rouge. Als i-Tüpfelchen nahm sie einen Lippenstift von Marcel Rochas zur Hand und legte einen Farbton auf, den sie in ihrem alltäglichen Leben niemals gewählt hätte. Sie presste die Lippen aufeinander und lächelte ihr Spiegelbild an. Die endgültige Verwandlung. Dies war der Moment, den sie am meisten genoss. Als sie einen Schluck von Miss Lambert's süßem Sherry nahm und ein wenig von der mit Petersilie gefüllten Hackfleischpastete knabberte, zweifelte sie daran, dass viele ihrer Kollegen beim Neujahrsempfang der Rektorin sie erkannt hätten.

3

CROMWELL SQUARE
Paddington, W2
31. Dezember 1945

Wintergulasch

Ein guter Rinderschmortopf ist immer willkommen an einem Abend, der möglicherweise auf einem Wachposten oder im Luftschutzbunker verbracht wird. Dieses köstliche kontinentaleuropäische Gericht ist eine schöne Alternative zu den traditionelleren Rezepten, die aus preiswerten Fleischstücken zubereitet werden: ein Pfund Zwiebeln, eineinhalb Pfund Rindfleisch zum Kochen (Wadschinken oder die am billigsten erhältlichen Fleischstücke – Zwerchfell reicht aus) und reichlich Wurzelgemüse für Farbe und Geschmack gut anrösten. Etwas Mehl zum Andicken, ein Zweig Thymian falls vorhanden; Salz, Pfeffer, Paprika wenn möglich. Tomaten aus dem Glas oder der Dose, ein Schuss Worcestershiresauce und (meine Geheimzutat) ein Spritzer Angostura. Fond zum Kochen kommt von den treuen Küchenhelfern Bovril oder dem OXO-Würfel. Auf niedriger Stufe simmern lassen oder in einem nicht zu heißen Ofen zwei bis drei Stunden erhitzen.

Wärmende Abendessen von Stella Snelling
Home Monthly, November 1944, No. 36, Vol. 24

Im Basement brutzelte das Gulasch friedlich vor sich hin, während die Kartoffeln gebacken wurden. Die Platten mit den Canapés waren leer zurückgekommen. Zeit für einen Drink.

Die Trennwand, welche die unteren Räume aufteilte, stand offen. Das Grammophon spielte Jazz. Eine Melodie, die Edith bekannt vorkam, wurde von einem Tenorsaxophon aufgepickt und herumgewirbelt. Ein Paar versuchte zu tanzen, aber es gab kaum Platz, sich zu bewegen. Männer in Nadelstreifenanzügen mit schmalen Schnurrbärten, Doris neue Freunde, stellten Mädchen mit blondierten Haaren nach. Heftig rauchende Polen lehnten an der Tür, die von einem großen, alten Mann mit langem weißem Haar beobachtet wurden, tiefliegende Augen und ein sardonisches Lächeln unter gelbem Schnäuzer. Anton lebte auf dem ersten Treppenabsatz und bezahlte keine Miete. Er trug den Paprika bei. Er verbeugte sich vor Edith und grüßte mit seinem Stock mit Elfenbeingriff.

Es war stickig vor Zigarettenrauch, Parfum und Körpergeruch. Edith ließ sich treiben und genoss es.

»Die Canapés sind sehr gut angekommen. Komm her und trink was. Es gibt hier unglaublich umwerfende Männer, die du unbedingt kennenlernen musst.« Dori führte sie zu dem Tisch mit den Drinks. »Das ist Edith«, sagte sie zu einem jungen Mann, der dort bediente. »Küchengenie und eine meiner besten Freundinnen auf der ganzen Welt. Gib ihr einen Drink, ja, Darling? Nicht den Punsch. Die Polen haben eine ganze Flasche schrecklichen Fusel reingekippt.«

»Freut mich, Sie kennenzulernen. Ich bin Harry Hirsch.« Er griff unter den Tisch nach einer Flasche Gordon's. »Ist der in Ordnung?«

»Sehr gut.«

»Was hätten Sie gerne dazu? Gibt nicht viel Auswahl, fürchte ich.«

»Limonade ist prima.«

Er schenkte ihr ein strahlendes Lächeln, das Edith erwiderte. Nicht sehr groß, eher schmächtig, aber er hatte etwas Drahtiges an sich. Gutaussehend auf eine feingliedrige Art: sehr hellhäutig mit dichtem, schwarzem Haar, das ihm in einer Locke jungenhaft in die Stirn fiel. Er war wahrscheinlich älter, als er aussah. Man sah es an den Stirnfalten und den roten Flecken wie Daumenabdrücke unterhalb der tiefliegenden Augen. Edith betrachtete beim Einschenken seine Hände, die sehnigen Handgelenke, die Venen, die über die

Muskeln seines Unterarms glitten, die sonnenverbrannte Haut, als hätte er mit hochgerollten Hemdärmeln längere Zeit in der Sonne verbracht.

»Wo waren Sie in Übersee?«, fragte sie.

»Oh, Italien«, antwortete er. »Davor Ägypten. Und Deutschland. Frisch zurück.« Er goss einen Schuss Limonade ein. »Ich würde etwas Angostura hinzufügen, um es aufzupeppen, aber es hat sich in Luft aufgelöst.«

Sie nahm den angebotenen Drink entgegen. »Wie war es? Deutschland, meine ich?«

»Es ist ein Schlamassel.« Er zog eine Grimasse.

»Wirklich? Ich soll in ein paar Tagen dorthin.«

»Ach.« Seine Augenbrauen schossen nach oben, was ihn jünger aussehen ließ. »In welcher Funktion?«

»Ein Posten bei der Kontrollkommission. Sie könnten mir nicht ein wenig mehr erzählen, oder? Ich weiß wirklich nicht, was mich erwartet.«

»Natürlich. Mit Vergnügen.«

Er rollte seine Hemdärmel nach unten und schlüpfte in sein Tweedjackett. Er kam hinter dem Tisch hervor, nahm sie leicht beim Ellenbogen und führte sie zu einem ruhigeren Plätzchen im Gedränge. Seine grauen Flanellhosen hatten längst ihre Bügelfalte verloren, falls sie je eine gehabt hatten. Sein Hemd stand offen am Hals, und er trug keine Krawatte. Bläulicher Schatten lag auf Wangen und Kinn. Er hatte eine leicht verwegene, künstlerische Ausstrahlung, die gewiss nicht britisch war. Sein Englisch war tadellos, jedoch mit einem Akzent, den Edith nicht genau verorten konnte.

»Was werden Sie in Deutschland tun?«

»Wissen Sie es?« Sie zuckte verzagt die Schultern. »Ich weiß es jedenfalls nicht genau.«

Er lachte. »Da sind Sie in guter Gesellschaft. Wo werden Sie wohnen?«

»In Lübeck. Schleswig-Holstein.«

»Was für ein Zufall. Dorthin gehe ich auch demnächst.«

»Sie sind dort stationiert?«, fragte Edith beiläufig in der Hoffnung, dass er bejahte. Er war ziemlich attraktiv.

»B.A.O.R. VIII Corps District.« Er salutierte spöttisch. »Ich bin Captain. Jüdische Brigade. Wir führen dort Befragungen durch. Ich komme ursprünglich aus Litauen, und Norddeutschland ist voll von sogenannten Displaced Persons, Vertriebenen aus den Baltischen Staaten. Wir sollen sie aussieben. Schafe und Böcke. Gut und Böse.«

»Das muss schwierig sein.«

Er zog eine Grimasse. »Fast unmöglich, allerdings notwendig.«

»Einige der Böcke sind sehr böse?«

»Böcke im Schafspelz könnte man sagen.« Er verschränkte die Arme, plötzlich sehr ernst dreinschauend. »Wann geht es los?«

»Am vierten Januar.«

»Ich fahre eine Woche später. Zuerst Belgien, Hamburg, dann Kiel.« Sein Gesicht hellte sich auf. »Vielleicht können wir uns mal treffen?«

»Ja, sehr gern.« Edith lächelte in der Gewissheit, dass sie es auch so meinte.

»Huhu! Edith!« Dori winkte vom anderen Ende des Zimmers.

»Hierher!« Edith winkte zurück. Sie wandte sich an Harry. »Ich muss gehen.«

»Es war mir ernst mit dem Treffen.« Er nahm ihre Hand, um zu verhindern, dass sie losstürmte. »CCG Education Branch Lübeck?«

»Da bin ich.« Es ist ihm *wirklich* ernst, dachte Edith und hielt den Atem an. Nicht nur das, sie würde auch in Deutschland sein. In diesem Moment spürte sie, dass ihr Leben eine andere Wendung nahm. Es passiert wirklich, und es passiert mir …

»Ich werde Sie finden.«

Edith hoffte, dass er recht hatte.

»Für den Fall, dass ich Sie nicht schon vorher sehe«, sein Griff wurde fester, »frohes neues Jahr!«

Sein Mund auf ihrem war warm. Der Kuss dauerte einen Hauch länger als angemessen. Seine Intensität überraschte beide.

»Frohes neues Jahr.« Edith wusste nicht, was sie sagen sollte. »Vielleicht sehe ich Sie in Deutschland?«

»Ganz bestimmt.« Er küsste ihr die Hand. »Ich sollte mal wieder den Barmann spielen.«

»Du gehst ganz schön ran, muss ich sagen!« Dori stand neben ihr. Sie nickte Harry Hirsch zu. »Was war das denn?«

»Keine Ahnung«, antwortete Edith ehrlich überrascht.

»Ich hatte schon ein Auge auf ihn geworfen. Aber keine Sorge. Alles ist erlaubt, und die Nacht ist noch jung. Außerdem ist Leo da. Taxi steht draußen. Hab einen schönen Abend, Darling.« Sie senkte ihre Stimme; ihr Griff um Ediths Arm wurde fester. »Morgen müssen wir reden.«

»Worüber?«

»Nicht hier,« flüsterte Dori ihr ins Ohr. »Nicht jetzt. Neue Gäste sind eingetrudelt.«

Edith wandte sich um und wäre fast mit einer großen eleganten Frau in langer schwarzer Robe und Pelzstola zusammengestoßen. Sie war in Begleitung eines jungen Lockenkopfs im Abendanzug.

»Oh, tut mir leid. Entschuldigen Sie.«

»Kein Problem, nichts passiert.« Vera Atkins schaute genauer hin. »Miss Graham? Ich habe Sie kaum erkannt. Was für eine Veränderung! Gehen Sie aus?«

Ihr Blick fiel auf Leo, der gerade durch die Tür kam und die Feuchtigkeit von seinem Hut schüttelte.

»Furchtbares Wetter! Nebel, der zu Nieselregen wird. Edith? Bist du soweit? Das Taxi wartet.« Er schaute auf die Frau an Ediths Seite. »Vera. Und Drummond. Ja, ja. Jeder kennt jeden, was?«

Die beiden Männer gaben sich die Hand.

»Leo, was für eine Überraschung.« Vera blickte von ihm zu Edith, wobei ihre dunklen Augen vor Vergnügen sprühten. »Woher kennen Sie beiden sich? Wie war das noch mal?«

»So etwas wie Cousin und Cousine. Fertig, Edith?«

Leo ging nicht ins Detail. Edith auch nicht. Kindheitsfreunde, entfernte Verwandte. Manchmal Liebhaber. Als Kinder waren sie

Verschwörer gewesen, obwohl Edith gelernt hatte, auf der Hut zu sein. Leo fühlte sich letztendlich niemandem verpflichtet und besaß eine grausame Ader. Er hatte ein Talent dafür, einen in Schwierigkeiten zu bringen, und Edith hatte das Gefühl, dass es bald wieder so weit war.

4

SAVOY GRILL
London
31. Dezember 1945

Menu
Steak Diane Noisettes d'Agneau
Glacés
Tergoule Normandie

Eins für Louisa!

Das Steak, würde ich sagen. Was ist mit dir?«

»Das Lamm.«

In die Weinkarte versunken nickte Leo. »Ein Riesling, weil du nach Deutschland gehst. Dann einen Duhart-Milon Rothschild '34.« Er klappte die Karte zu. »Hatte ich vor ein paar Abenden. Nicht schlecht.«

Der Savoy Grill war überfüllt. Leo grüßte Leute an den umliegenden Tischen. Es gab hier Gäste, deren Ruhm ihren Gesichtern eine gewisse Vertrautheit verlieh. Edith versuchte nicht zu starren. Leo würde sie als seine Cousine vorstellen, falls er sie überhaupt vorstellte.

»Dünnes Zeug«, verkündete Leo nach zwei Löffeln Consommé. »Ich ziehe eine richtige Suppe vor.«

»Ich dachte gerade, wie sehr sie sich von Suppe unterscheidet.« Edith sah auf. »So unterschiedlich wie die Namen. Suppe hört sich so trüb an. Dick.«

»Hm. Genauso mag ich sie.«

»Was wird hier gespielt, Leo?«, fragte Edith als sie ihre Consommé gegessen hatten.

Leo hob die Hand, um sie zum Schweigen zu bringen, während ein Kellner nähertrat, um den Tisch abzuräumen, und ein anderer sich mit einem Servierwagen näherte.

»Ah, das Steak Diane! Beste Art, es zu essen. Man kann sehen, was die Kerle machen.«

Leo lehnte sich zurück, um das Schauspiel zu genießen, wie der geschickte Kellner das Steak in Butter briet, dabei die Flammen mit der Grandezza eines Bühnenmagiers regelte, bevor er das Fleisch auf dem Teller anrichtete und die Sauce ebenso gewandt wie tatkräftig fertigstellte.

»Wie ist es?«, fragte Edith.

»Nicht schlecht.« Leo kaute. »Besser als das Steak, das ich letzte Woche im Club hatte – man hätte Schuhe damit besohlen können. Wie ist das Lamm?«

»Gut.«

Es war innen noch rosa. Zuhause verursachte der Anblick von Blut allgemeines Entsetzen.

Leo häufte Püree auf seine Gabel. »Ein bisschen zu nobel für meinen Geschmack. Der Club macht das besser.«

Edith probierte die Herzoginkartoffeln, samtig und gehaltvoll unter einer dünnen, goldenen Kruste. Typisch Leo, Klümpchen zu bevorzugen. Genug Tatsachenverdrehung.

»Wirst du es mir endlich sagen?«

»Nicht hier!« Leo warf einen Blick auf die umliegenden Tische. »Man weiß nie, wer alles da ist. Lass uns einfach genießen, ja? Es ist eine üble Sache«, fügte er hinzu und schob die Möhrenschnitze beiseite, weil er Gemüse noch nie gemocht hatte. »Kein Gesprächsthema beim Essen. Es steckt alles in der schwarzen Aktenmappe in meiner Wohnung.«

Als sie in der Wohnung ankamen, hatte Leo andere Dinge im Sinn. Schon im Taxi wurde er zutraulich, und später liebten sie sich schnell mit der Beiläufigkeit großer Vertrautheit. Schon seit den Fummeleien ihrer Jugend waren sie mit Unterbrechungen ein Liebespaar. Sie fühlten sich wohl miteinander, und ihr Arrangement gefiel ihnen beiden. Edith genoss ihre Fluchten nach London, und Leo liebte die Abwechslung. Er hatte sein Leben hübsch aufgeteilt: Sybil auf dem Land, die Jungs auf dem Internat, Apartment in Marylebone für seine Woche in London, Geliebte in Hampstead und Edith, wenn sie in der Stadt war. Edith kannte Sybil natürlich. Sie trafen sich bei Familienfesten, Hochzeiten und Begräbnissen, noch mehr Zerstreuung für Leo.

Edith ließ ihn schnarchen, schlüpfte in einen Morgenmantel, goss sich ein Glas Champagner ein, knipste dann das Schreibtischlicht an und öffnete den Aktenordner mit der Aufschrift *Kurt von Stavenow*.

Sie hielt sich das Foto von Kurt in seinem Cricketpullover nah vor die Augen, damit sie es mit der Eindringlichkeit studieren konnte, die ihr zuvor unmöglich gewesen war. Sie war mit dem Zug nach Oxford gefahren, um Leo zu besuchen. Kurt war im Park gewesen, um beim Cricket zuzuschauen. Leo hatte das Foto gemacht. Der Schnappschuss war in Schwarzweiß, aber Ediths Erinnerung war äußerst farbig: blauer Himmel, grünes Gras, die Cremefarbe des Pullovers, Kurts Haar ein weiches, tiefes Gelb wie altes Gold. Als er sich umdrehte und lächelte, schien die Welt kurz anzuhalten und sich dann weiterzudrehen. Edith konnte ihn nicht richtig anschauen, es war, als starre man in die Sonne.

Er hatte an der Universität Heidelberg mit Anthropologie begonnen, erzählte er ihr in seinem peniblen Englisch, war aber zum Studiengang Medizin gewechselt. »Ich möchte nach Wegen suchen, beide Disziplinen zusammenzuführen«, sagte er und verschränkte die Finger. »Um Menschen zu helfen, weißt du, sie besser zu machen.« Noch ein Lächeln. Perfekte Zähne und Grübchen. Edith hätte nicht gedacht, dass ein Mann so schön sein konnte. Sie hörte kaum zu, als er weiterhin erklärte, in Oxford sein Englisch vervollkommnen zu wollen und seine zweite Liebe zu studieren: Altenglisch. Er redete begeistert über das Angelsächsische, nordische

Mythen und seine neueste Leidenschaft: Artus und die Ritter der Tafelrunde.

»Er will den Heiligen Gral finden«, brüllte Leo vor Lachen.

Kurt runzelte die Stirn und lächelte unsicher, als könne er den Scherz nicht recht verstehen.

Das war der Moment, in dem Edith sich in ihn verliebte.

»Leo hat versprochen, mir die wichtigsten Orte zu zeigen«, sagte er und blickte auf sie hinab. Im Fokus seiner geballten Aufmerksamkeit schmolz sie dahin wie Wachs. »Wenn es dich interessiert, komm doch mit.«

So hatte es begonnen. In den Semesterferien wohnte Kurt bei Leo in Gorton, Leos Familiensitz. Edith blieb oft über Nacht. Ihre Exkursionen erforderten frühes Aufstehen. Sie besuchten die Rollright Stones, Wayland's Smithy, das Uffington White Horse, dann etwas weiter entfernt Stonehenge, Avebury, die Templerkirchen in den Marchen. Kurt nahm diese Expeditionen sehr ernst, wühlte im Tornister nach Fernglas, Geländekarte. Lineal und Kompass zur Orientierung und Zeichenblock plus Kamera, um Skizzen und Fotos zu machen. Leo zeigte wenig Interesse und machte in einem Pub Station, während Kurt und Edith alleine unterwegs waren.

Zum Abendessen kehrten sie nach Gorton zurück. Das Haus wäre zauberhaft, fand Kurt. *Ein nettes kleines Haus*. Die Bemerkung traf Leo. Er fand es ganz und gar nicht klein, obwohl Gorton eher Gärten als Anlagen hatte und groß war, aber nicht annähernd würdevoll, alt aussah, sondern ziemlich neu war. Leo war ungehalten, als wäre man ihm irgendwie auf die Schliche gekommen. Kurt gehörte einer schrecklich aristokratischen alten preußischen Familie an und sprach von Hausgesellschaften und Jagdgesellschaften in großen Schlössern. Leo war zunehmend vergrätzt. Kurt war sich dessen nicht bewusst, aber seine Bemerkungen kratzten an einigen tief verborgenen Unsicherheiten: Leos Vater kam aus Birmingham, eine Generation entfernt von einer Fleischertheke. Leo hatte begonnen, sich in Kreisen zu bewegen, wo so etwas eine Rolle spielte.

»Er hat hier sturmfreie Bude«, murrte er gegenüber Edith. »Ich schleppe ihn durchs ganze Land, und der kleine Mistkerl beleidigt mich! Gibt mit seinen gottverdammten Schlössern an.«

Eines Abends war die Stimmung so angespannt, dass sogar Kurt es merkte. Später kam er auf Ediths Zimmer und setzte sich auf ihr Bett. Es war heiß in dieser Nacht, und sein Pyjamaoberteil stand offen. Der Mond war voll, lugte durch die Vorhänge und warf silberne Streifen über seine nackte Brust.

»Irgendwie habe ich Leo verärgert«, sagte er mit gefurchter Stirn. »Heute Abend war er kurz angebunden. Ist das der richtige Ausdruck?« Er blickte sie um Zustimmung heischend an. Edith nickte. »Ich verstehe nicht, warum er böse ist.«

Edith versuchte zu erklären. Sie glaube nicht, dass er ihn beleidigen wollte, fürchte aber, dass Kurt den Eindruck erweckt haben könnte, Leos Haus sei nicht ganz, nun ja, angemessen.

»Nichts könnte mir ferner liegen.« Kurt schaute erschrocken drein. »Es ist mein Englisch. Ich sage so etwas nur, weil ich stolz bin, ein Preuße zu sein. Ich würde mich so freuen, wenn ihr mich dort besuchen kommt. Meine beiden besten Freunde.« Er rückte näher, nahm ihre Hände in die seinen. »Du glaubst mir doch, oder?«

»Natürlich glaube ich dir.«

»Ich dachte, er wäre mir deinetwegen böse.«

»Meinetwegen?«

»Ja, ich dachte, du und er wären … du weißt schon, und dass ich mich zwischen euch gedrängt hätte.«

»Oh, nein!« Edith musste ein Lachen unterdrücken. »Wir sind, wir waren, aber …«

Sie ließ ihre Worte im Sand verlaufen. Es war schwer zu erklären. Sie waren sehr jung gewesen. Es war alles Leos Idee, und sie hatte es nicht sehr gemocht. Seit Leo nach Oxford gezogen war, war er weniger aufmerksam und hinter etwas anderem her, vermutete Edith, obwohl sie sich nicht die Mühe machte, ihn zu fragen.

»Jetzt aber nicht?«

»Jetzt nicht«, bestätigte Edith. »Ich nehme an«, sie zögerte, »dass er anderweitige Interessen hat.«

Kurt hatte genickt. »Ich verstehe. Viele der Jungs auf den Colleges haben, äh …« Jetzt war es an ihm, innezuhalten. »… eine ähnliche Neigung. Ist das korrekt?«

»Absolut.«

»Ich bin froh, dass Leo so ist.« Er lehnte sich nach vorn, und sie küssten sich.

»Lass uns nach draußen gehen.« Er nahm ihre Hände in die seinen.

Im Mondlicht liefen sie barfuß über den silbrigen Rasen zum See, der still dalag. »Lass uns schwimmen«, flüsterte er. Sie liefen ins Wasser, das sich wie Seide auf der Haut anfühlte. In der nächsten Nacht schwammen sie zur Insel. Sie liebten sich auf einer alten Picknickdecke, die Kurt einige Stunden zuvor angeschleppt hatte. Er war so *sehr* anders als Leo …

Sie versuchten, diskret zu sein, doch Leo merkte es sofort. Es schien ihm überhaupt nichts auszumachen. Er war froh, dass er Kurt los war. *Er ist ganz der deine, altes Mädchen.*

Kurt besuchte sie in Coventry auf einem alten Motorrad, das er in den Ställen entdeckt hatte. Wenn Gorton klein gewirkt hatte, musste er Ediths Haus als sehr klein empfunden haben, aber Kurt schien gerne zu kommen. Er verbrachte Ewigkeiten damit, zusammen mit ihren Brüdern Ron und Gordon am Motorrad zu schrauben. Sie waren verrückt nach Maschinen. »Ich mag deinen Vater und deine Brüder«, erklärte er ihr. »Sie sind *Arbeiter*.« Er hob die Hände »Sie *machen* Dinge.« Er sprach gerne mit ihnen über Autos und die Motorindustrie. In einer Stadt, die für den Autobau berühmt war, folgten die Jungen ihrem Vater ins Werk, Gordon zur Standard Motor Company und dann zu Whitley. Ron machte eine Ingenieurlehre bei einer Firma in Rugby, die Turbinen herstellte. Sie waren stolz auf ihre Arbeit, begierig, Kurt alles zu zeigen. Er begleitete sie mit seinem Tornister, machte sich Notizen, schoss Fotos und war so interessiert an den Fabriken, wie er in Avebury gewesen war.

Jetzt wusste sie warum.

Da waren Landkarten in seinen Akten. Coventry und die umliegenden Städte, die Fabriken für die Luftwaffe gekennzeichnet. Lockheed in Leamington Spa, BTH in Rugby. Ihre Familie hatte Kurt gemocht, ihn willkommen geheißen. Er konnte gut mit ihnen, flirtete mit Louisa, machte ihrer Mutter Komplimente über ihre Kochkünste. Er wusste, wie man mit Männern klarkam und Frauen gefiel. Sie waren gut zu ihm gewesen, und doch hatten ihr Vater und ihre Brüder sich vielleicht in diesen Fabriken aufgehalten, als die Bomben niederprasselten.

Wie naiv sie gewesen war! Wie unglaublich dumm! Hier stand alles schwarz auf weiß.

Von Stavenow, Kurt Wolfgang
1931 *– tritt der Nationalsozialistischen Deutschen Arbeiterpartei bei*
1936 *– Mitglied der Schutzstaffel (SS)*
1937 *– Universität Heidelberg – Doktor der Medizin*
1937 *– Ahnenerbe* (und eine hilfreiche Anmerkung mit Bleistift: pseudowissenschaftliches Institut gegründet von Himmler, um archäologische und kulturelle Geschichte der arischen Rasse zu untersuchen)
Sicherheitsdienst des Reichsführers-SS (Ausland-SD) (Auslandsaufklärung - siehe nächste Seite)

Lügen von Anfang bis Ende. Für jeden Ausflug ein plausibler und ganz anderer Beweggrund: Principia Mathematica des menschlichen Herzens. Der Schreck fuhr ihr in die Glieder, alte Narben brachen auf, bis sie mit den Tränen kämpfte.

Am Ende des Sommers war Kurt zurück nach Deutschland gegangen, eine Abreise mit unerklärter Eile und vollmundigen Versprechungen. Er würde schreiben. Sie würde ihn besuchen. Sie würden Rhein und Neckar entlang wandern, eine Fahrradtour in den Odenwald machen. Er würde ihr Verse aus der Edda vortragen, Heldenballaden, Geschichten über die Nibelungen. Sie würden in Hütten schlafen, die nach Kiefer und Harz rochen. Sie würden den Schwarzwald und den Harz besuchen, auf dem Brocken zelten und den Morgen des Maifeiertages begrüßen.

Bevor er abreiste, kamen sie überein, dass Edith im Jahr darauf weggehen würde. Sie erinnerte sich an die glühende Aufregung, die sie verspürt hatte, wenn sie an ihr Treffen dachte. Sie würden alle Zeit der Welt miteinander verbringen können. Den Rest ihres Lebens.

So war es nicht gelaufen. Was im Leben lief schon so?

Edith kniff die Augen zusammen und konzentrierte sich auf die nächste Akte, wobei ihr das Geläut der Kirchenglocken kaum auffiel, so still während langer Kriegsjahre, die das Ende des alten Jahres verkündeten und das neue einläuteten.

Sie nahm das Foto von Kurt als SS-Offizier heraus und studierte seine Karriere während des Krieges.

***1939–45** – Sturmbannführer Kurt Wolfgang von Stavenow*

Welchen Rang hatte ein Sturmbannführer inne? Sie hatte keine Ahnung.

***1939–40** – Friedrich-Wilhelm-Universität, Berlin, Psychiatrie/Neurologie*
***1939–1941** – SS Sonderkommando. Aktion T4*
***1941–43** – Medizinischer Offizier mit besonderem Aufgabenbereich*
***1943–45** – Stellvertreter des Ärztlichen Direktors. Charité Berlin.*
***April 1945** – Zuletzt gesehen in Berlin, derzeitiger Aufenthaltsort unbekannt.*

Darunter lagen eng beschriebene Schriftstücke, manche mit Reichsadler und Hakenkreuz gestempelt. Die unteren Hälften mancher Papiere waren verfärbt, geknickt und steif, als wären sie mit Wasser in Berührung gekommen und dann getrocknet worden, was die getippten Seiten noch unleserlicher machte. Sachdienliche Beweise. Sie las, soviel sie entziffern konnte, während die Zeilen immer undeutlicher wurden, je weiter sie die Seiten überflog, und dabei vor- und zurückblätterte. Eiseskälte hatte sich um sie ausgebreitet, und sie rieb sich die Arme. Entweder es ergab keinerlei Sinn, oder es ergab Sinn auf die entsetzlichste Weise.

Sie wusste nicht, wie lange Leo schon in der Tür gestanden und beobachtet hatte, wie ihr Gesichtsausdruck sich von verdutzt zu ungläubig veränderte, um schließlich blankes Entsetzen zu zeigen.

»Verstehst du jetzt?« Er schenkte ihnen zwei Whisky ein. »Hier, trink das. Du siehst aus, als könntest du einen vertragen.«

»Du hast ihn nie in Verdacht gehabt?« Ihre Stimme klang belegt, distanziert. »Dass er ein Nazi war?«

»Du?«

Edith schüttelte langsam den Kopf.

»Er hat uns zum Narren gehalten, altes Mädchen. Hinters Licht geführt. Als könne er kein Wässerchen trüben. Ich nehme an, wir hätten es merken müssen. Sein Interesse am Okkulten und Aleister Crowley – ziemlich schlimmer Finger. Wenn ich auf diesen Sommer zurückblicke – König Artus, die Templer, Druiden – passt alles. Erinnerst du dich an die Diskussionen?« Edith nickte. Sie und Leo darauf bestehend, dass es Mythen und Legenden wären, Kurt überzeugt davon, dass es sich ganz im Gegenteil um Geschichte handle, gemeinsame Geschichte. Die Geschichte des arischen Volkes. »Es war ihm todernst. Damals haben wir das nicht gesehen, wie auch? Wir begriffen nicht die Gründe für sein Interesse. Er war Mitglied der Thule-Gesellschaft, wusstest du das?«

»Ich habe noch nicht einmal davon gehört.«

»Genau. Er hat es geheimgehalten. Orden für deutsche Art. All diese irren Theorien.« Er hielt inne. »Erinnerst du dich an die Ausflüge kreuz und quer durchs Land, auf die er so scharf war …«

Edith schloss die Augen. Ja, sie erinnerte sich, wie sie auf dem Glastonbury Tor standen und er ein Netz von Romantik und Geheimnis um den Tod von Artus wob. Mit ausholenden Armbewegungen und leidenschaftlichen Worten veränderte sich die Welt. Das Land vor ihnen wurde von Horizont zu Horizont zu einer weiten, spiegelglatten See, zu hören nur der gemessene, gedämpfte Ruderschlag der düsteren Totenbarke, die den tödlich verwundeten

König trug. Zwei tief verschleierte Priesterinnen sitzen regungslos wie ein Tableau an Bug und Heck, während eine andere barfuß ans steinige Ufer tritt, um den König auf der Insel Avalon willkommen zu heißen … Nebeneinander hatten sie gestanden, Hand in Hand den Sonnenuntergang im Westen beobachtet. Lichtstrahlen fielen durch Linsenwolken, und gefangen von der Magie des Ortes, der Zeit und ihm, hatte sie einen Moment transzendentalen Staunens empfunden.

»… nun stellt sich heraus, dass sie einfach nur dazu dienten, Theorien über die arische Überlegenheit vom Stapel zu lassen«, sagte Leo, »und sich im Antisemitismus der widerlichsten und bösartigsten Art zu suhlen. Der Nazipartei 1931 beigetreten. Viele dabei von ähnlicher Denkweise, eingeschlossen Heinrich Himmler. Entschiedene Verfechter einer Herrenrasse und all dem. Quatsch natürlich, aber gefährlicher Quatsch. Quatsch, der Millionen Menschen das Leben kosten würde …«

»Aber er befand sich in einer Ausbildung zum Arzt.« Edith schüttelte den Kopf und wehrte den Gedanken schon während seiner Entstehung ab. Stattdessen kam ein anderer auf. Ihre Mutter, wie sie sich die Hand an einem Topf im Ofen verbrennt und die Verletzung mit einem »Es ist nichts, wirklich« beiseitewischt. »Lassen Sie mal sehen.« Kurt besteht darauf, Augenbrauen besorgt hochgezogen, während er die Hand ihrer Mutter mit seinen schlanken Fingern nimmt, um sich die Verbrennung anzuschauen. Edith erinnerte sich daran, wie stolz sie auf seine Geschicklichkeit war, seine selbstsicheren Bewegungen, als er eine Salbe auftrug und die Hand bandagierte.

»Du wirst ein wunderbarer Arzt werden, Kurt«, hatte ihre Mutter gesagt, als sie ihr Handgelenk hin- und herdrehte, um seine kunstvolle Arbeit zu bewundern.

»Seine Berufswahl hatte mit dem hippokratischen Eid ziemlich wenig zu tun«, fuhr Leo fort und wies auf die Papiere, die vor ihr lagen. »Seine Spezialisierung ist der Hauptanhaltspunkt.«

Edith warf einen Blick darauf und legte die Stirn in Falten. »Psychiatrie? Ich verstehe nicht …«

»Wie solltest du auch? Kein vernünftiger Mensch würde das verstehen. Kurt war vor dem Krieg und während des Krieges an etwas beteiligt, was Aktion T4 genannt wurde.«

»Ich habe es in den Aufzeichnungen gesehen. Wofür steht das?«

»Es ist eine Adresse in Berlin: Tiergartenstraße 4, hört sich unschuldig an, neutral. Hauptsitz der Gemeinnützigen Stiftung für Heil- und Anstaltspflege.«

»Heil- und Anstaltspflege?«

»In solchen Dingen waren sie gut, die Nazis, Euphemismen erfinden, um ihre dreckige Arbeit zu vertuschen. Sie nannten es Euthanasie-Programm, die systematische Ermordung aufgrund einer Ideologie, wer leben sollte und wer nicht. Sie hatten einen Begriff dafür: lebensunwertes Leben. Steht alles hier schwarz auf weiß. Und dann passt es, ergibt plötzlich Sinn.«

Lebensunwertes Leben. Mit geschlossenen Augen rieb Edith sich die Schläfen und versuchte die Wörter gegen die schreckliche Erkenntnis wegzumassieren, dass sie genau das bedeuteten, was sie sagten.

»Ich muss zugeben, es übersteigt die Vorstellungskraft. Es begann in den Nervenheilanstalten mit geistig behinderten Erwachsenen und Kindern. Zwangssterilisation. Alles wegen der Reinheit der Rasse. In ihrem Streben nach Erkenntnis sind Ärzte im Namen der Wissenschaft in sehr dunkle Bereiche vorgestoßen, um eine fehlgeleitete Ideologie zu beweisen. Unser Freund Kurt war einer von ihnen.«

»Medizin und Anthropologie vereint.« Edith schaute Leo an. »Er hat beim ersten Kennenlernen darüber gesprochen.« Eine Erinnerung, seine schmalen Hände ineinander verschränkt. *Ich möchte die beiden zusammenführen.* Wie konnte sie seine inneren Abgründe übersehen? Er hatte es ihr selbst erzählt.

»Vermischt mit Eugenik. Und diesen anderen lächerlichen Theorien.«

»Ich nehme an, für mehr haben wir es nicht gehalten …«

»In der Tat. Wir haben nicht geglaubt, dass sie die Theorie in die Praxis umsetzen würden. Und wir waren in guter Gesellschaft. Niemand hat es geglaubt. Obwohl es überall in *Mein Kampf* steht. Sterilisation und das alles. Und dann reichte noch nicht einmal das. Sie waren vielleicht nicht mehr in der Lage, Kinder zu zeugen, aber eine Last für Familien und Staat. Also entschied man sich, sie umzubringen.«

»Wer? Wer entschied das?«

»Nun, Hitler gab den Befehl, aber es hätte ohne die Mitarbeit von Ärzten und Krankenschwestern in den Einrichtungen nicht umgesetzt werden können.«

»Sie haben ihre eigenen Patienten getötet? Wie?«

»Verhungern lassen. Und wenn das nicht gelang, tödliche Injektionen. Und Gas.«

»Wie … wie viele?«

»Zehntausende in Deutschland, Hunderttausende wahrscheinlich, wir kennen die genaue Zahl nicht, und der Himmel weiß, wie viele noch im gesamten Reich.«

Edith starrte ihn ungläubig an. »Ich habe noch nie etwas davon gehört.«

»Nur wenige wissen davon. Sie hielten es geheim, selbst vor ihren eigenen Leuten. Es wird noch schlimmer.«

Edith blickte zu Boden und schüttelte bedächtig den Kopf. Wie viel schlimmer konnte es werden?

»Nicht schwer, es auf andere ›unerwünschte Elemente‹ auszudehnen«, fuhr Leo fort. »Untermenschen: Juden, Zigeuner, Homosexuelle, Slawen. Sie brachten das mit allem Drum und Dran bis in den Osten, benutzten die Techniken, die Ausrüstung, das Personal, um Vernichtungslager für Juden zu bauen.«

Edith legte den Kopf in ihre Hände und raufte sich die Haare, weil sie sich davor fürchtete, wovon Leo sprach. Sie hatte die Wochenschauen gesehen. War zu Tränen gerührt gewesen, als Richard Dimbleby aus Bergen-Belsen berichtete, Schock, Wut und Empörung in der Stimme, als er das Grauen beschrieb, dessen Zeuge er geworden war.

Es war nicht kalt im Zimmer, aber Edith konnte ihr Zittern nicht unterdrücken. Die Beweise lagen vor ihr. Es gab keinen Zweifel. Und doch. Und doch. Verantwortlich gewesen zu sein, direkt oder indirekt für den Tod von Millionen, wie konnte sie das von jemandem annehmen, geschweige dem Mann, den sie geliebt hatte? Sie musste angestrengt schlucken, um den Whisky, der ihr in der Kehle brannte, unten zu behalten.

»Und wo komme ich ins Bild?«, fragte sie, als sie ihre Stimme wieder unter Kontrolle hatte.

»Halte deine Augen und Ohren offen, wenn du nach Deutschland kommst. Streck die Fühler aus, finde heraus, was die Leute wissen. Vorsichtig, weißt du? Das sollte nicht allzu schwer sein. Die meisten von ihnen würden für etwas Dosenfleisch ihre eigene Großmutter verkaufen.«

»Und wenn ich etwas entdecke?«

»Adams ist dein Kontaktmann. Captain Adams. Er wird mit dir in Verbindung stehen. Oh, und hab ein Auge auf Elisabeth.«

»Elisabeth?« Das hatte Edith nicht erwartet.

»Seine Frau. Du erinnerst dich an sie?«

»Natürlich erinnere ich mich an sie. Ich hatte nur nicht erwartet, dass ihr Name fällt.«

»Sie hat eine Cousine oder so, lebte in der Nähe von Lübeck. Sie könnte sich gut in der Gegend aufhalten, sie sind alle aus Ostpreußen vertrieben worden. Das heißt, wenn …«

»… sie überlebt hat?«

»Nun ja. Offensichtlich. Die Frauen erweisen sich als ziemlich hilfreich. Finde die Frau, dann hast du den Mann.«

»Glaubst du, dass *sie* darin verwickelt war?«

»Nicht direkt. Viele Frauen haben es vorgezogen wegzuschauen. Sie kam mir sehr standesbewusst vor. Fand Hitler hoffnungslos vulgär, und außerhalb von Preußen existierte nichts. Alles, worum sie sich kümmerte, waren ihr Grundbesitz und ihre Pferde. Wahrscheinlich ist sie so lange geblieben und hat sich gekümmert, bis die Rote Armee vor ihren Toren stand. Genau weiß man es natürlich nicht.«

Leo zuckte die Schultern. »Solltest du sie finden, musst du entscheiden.« Er füllte ihre Gläser erneut. »Frohes neues Jahr, übrigens. Und herzlichen Glückwunsch zum Geburtstag.«

5

CROMWELL SQUARE

Paddington

Service Women's Club, Lower Sloane St.

1. Januar 1946

Corned Beef trifft auf Gemüsegröstl

Traditionell mit Resten des Sonntagsessens zubereitet: Kohl, Kartoffeln und kalte Bratenstücke ergeben zusammen mit gewürfeltem Corned Beef ein schönes Abendessen für jeden Wochentag. Eine gute Prise Salz und Pfeffer hinzugeben, zu einen großen Kuchen formen, beide Seiten braten, bis sie angeröstet sind.

Stella Snelling, Ideen für Reste

Als Edith am nächsten Morgen zurückkehrte, saß Dori in Pyjama und Morgenmantel am Küchentisch und nippte gedankenverloren an einem schalen Glas Champagner. Selbst in dieser Aufmachung waren Haare und Make-up tadellos. Edith war müde, erschöpft. Sie hatte den Rest der Nacht neben einem schnarchenden Leo verbracht, wohl wissend, dass sie bei dem Gewicht dessen, was er ihr erzählt hatte, kein Auge zukriegen würde.

»Wie war das Essen mit Leo? Wart ihr hübsch aus?«

»Das Savoy.«

»Oh, sehr beeindruckend. Du konntest nicht vielleicht etwas auftreiben, Darling? Wir verhungern!« Dori erhob ihr Glas. »Schönes neues Jahr!«

»Wir?«, fragte Edith.

»Adeline ist hier. Wundert mich, dass du sie nicht gesehen hast. Sie ist draußen auf dem Platz und schießt schon wieder Fotos.«

Edith ging in die Speisekammer, wo sie ein paar übriggebliebene Kartoffeln fand, einen verwelkt aussehenden Kohlkopf und das unvermeidliche Corned Beef. Sie schnitt den Kohl in schmale Streifen, warf sie in eine Pfanne, fügte die gebackenen Kartoffeln und das gewürfelte Fleisch hinzu.

»Herzlichen Glückwünsch zum Geburtstag!«

Edith blickte überrascht hoch und lächelte Adeline an, die in einer Uniformjacke, olivfarbenen Hosen und Tennisschuhen aus dem Basement hochkam. Sie legte ihre Kamera auf den Tisch.

»Erstaunlich, dass du dich erinnerst.«

Adeline legte ihr einen Arm um die Schultern und küsste sie auf die Wange. »Du kennst mich doch, ich vergesse selten etwas. Ich habe ein paar gute Schnappschüsse gemacht. Vorher und nachher, weißt du? Schön, dass die Bäume wieder wachsen. Ich liebe den Nebel. Gefällt den Leuten daheim. Nebliges London. Gut, dass ich meinen Rucksack bei mir hatte. Zu kalt, um draußen im Cocktailkleid rumzulaufen.«

»Schläft er noch?« Dori wies auf die Uniformjacke.

Adeline zuckte die Schultern. »Soviel ich weiß.«

»Du musst ihn fertiggemacht haben, Darling.« Sie wandte sich an Edith.

»Du hast eine fabelhafte Party verpasst, nicht wahr, Adie?«

Während Edith Teller, Messer und Gabeln zusammensuchte, schüttete Dori zwei weitere Gläser ein und leerte die Champagnerflasche.

»Einen Toast. Auf Edith und das neue Jahr!«

Sie erhoben ihre Gläser, und Edith trug das Essen auf.

Adeline nahm einen Bissen. »Hm, nicht schlecht. Ein wenig wie Hackfleisch mit Roten Beten. Passt gut zum Champagner.«

»Oder?« Dori stochert mit etwas weniger Enthusiasmus auf ihrem Teller herum. Sie legte die Gabel nieder und verschränkte die Arme. »Also Edith, Zeit zu beichten, angefangen von der Frage, wer der hübsche Sturmbannführer ist, bis dahin, was Leo von dir will.«

Edith ließ Messer und Gabel sinken. »Woher weißt du das?«

»Ich war gestern in Veras Büro.« Dori zündete sich eine Zigarette an. »Stell dir meine Überraschung vor, als ich dort eine Akte mit *deinem* Namen sah. Stell dir die zusätzliche Überraschung vor, als ich herausfand, dass sie mit einer Büroklammer an einer weiteren Akte befestigt war und sich innen das Foto eines hochrangigen Nazioffiziers befand. Wer ist das?, habe ich mich gefragt. Kennt Edith ihn? Was für ein *sehr* tiefes Wasser sie doch ist.«

»Was hast du dort gemacht?«

»Ich habe zuerst gefragt.«

Edith warf einen Blick auf Adeline.

»Keine Bange«, sagte Dori ungeduldig. »Sie wird niemandem etwas sagen. Hat selbst keine Bedenken, so ein kleines bisschen zu spionieren, nicht wahr, Darling?«

Edith war nie in den Sinn gekommen, Adeline könne eine Spionin sein, aber es war durchaus denkbar. Sie konnte außerordentlich heimlichtuerisch sein und war sehr gut darin, Informationen aus anderen Leuten herauszukitzeln. Sie kannte die Kraft des Schweigens und wie sehr es Menschen schmeichelte, wenn man ihnen große Aufmerksamkeit schenkte. Sie war erfahren darin, eine Story zu riechen und beharrlich dranzubleiben. Deswegen war sie so gut in ihrem Beruf.

»Also los!« Dori lehnte sich zurück. »Wir sind gespannt.«

Edith seufzte. Doris Frivolität setzte ihr zu, und sie wollte nicht über Kurt reden und was sie über ihn erfahren hatte. Sie kämpfte selbst noch mit dem Abgrund zwischen dem Mann, den sie gekannt hatte, und dem, was aus ihm offenbar geworden war.

»Ich weiß nicht so recht.« Sie schüttelte den Kopf. »Ich habe den Official Secrets Act unterschrieben …«

»Wer hat das nicht! Ist ein bisschen spät, sich jetzt Gedanken darüber zu machen. Wer ist er? Mach schon, raus damit!«

Edith seufzte noch einmal. Irgendetwas würde sie ihnen erzählen müssen. Vorher würden sie keine Ruhe geben. »Das ist jemand, den ich vor dem Krieg kannte.«

»Ein Freund von Leo?«

»Nun ja. Ursprünglich.«

»Und dann ein Freund von dir?«

»Wir waren eine Zeitlang zusammen.«

»Es hat Leo nichts ausgemacht?«

»Nein, nicht sehr. Er hat mich ermutigt, wenn überhaupt.«

»Wirklich? Und was will Cousin Leo jetzt?«

»*Entfernter* Cousin«, berichtigte Edith. »Ich soll für ihn die Augen aufhalten – Kurt von Stavenow, das ist sein Name –, wenn ich in Deutschland bin.«

»Und ein paar andere seiner Sorte, auf die du möglicherweise triffst, nehme ich an?«

»Etwas in der Art. Er nennt sie ›schlimme Finger‹. Ich soll mich ein wenig umhören.«

»Hm.« Mit einem Mal ernst, runzelte Dori die Stirn. »Ich weiß, dass er dein *Cousin* ist und so weiter, aber pass auf, worauf du dich einlässt. Leo ist ein gerissener Kerl, und du bist unerfahren.« Sie schüttelte den Kopf. »Er hätte dich da nicht reinziehen sollen.«

»Nun mach aber mal einen Punkt, Dori«, ergriff Adeline das Wort. »*Harmlos aussehende Menschen sind die besten Spione*, stammt das nicht aus Doris goldenen Regeln der Spionage? Die Typen, die kein Wässerchen trüben können. Wer würde bei denen schon Verdacht schöpfen?«

»Sie können auch zum Spielball werden, umgedreht, verraten und verkauft«, knurrte Dori.

»Dieser von Stavenow«, wandte Adeline sich an Edith, »was hat er getan?«

»Er war Arzt. Verwickelt in etwas, was Euthansieproj…«

Adeline brachte sie mit einer Handbewegung zum Schweigen. Alle drei blickten zur Treppe, wo das Geräusch nackter Füße auf Holz zu hören war. Da war jemand. Keine Ahnung, wie lange schon.

»Nun ja, wer war das nicht!« Adeline schnappte sich die Kamera.

»Hey!«

Der große junge Mann schlug die Hand vors Gesicht, doch es war zu spät. Genau wie Leo wurde er nicht gerne fotografiert, aber der Moment war schon festgehalten, unrasiert in verknitterten Khakis, rötlichbraunes Haar wie stoppeliger Weizen.

»Ich wünschte, du würdest das nicht tun, Adie.« Er griff nach der Kamera.

»Aber nicht doch!« Adeline riss sie ihm aus der Hand. »Das ist für mein Archiv.«

»Ich habe nach meinem Jackett gesucht. Dann habe ich was zu futtern gerochen. Etwas für mich übrig?«

Er setzte sich neben Adeline. Sie legte eine schützende Hand auf ihre Leica.

Edith ging zum Herd und machte ihm einen Teller zurecht. Tom McHale. Sie hatte ihn ein- oder zweimal getroffen. Er war irgendwie mit der amerikanischen Armee verbandelt, einer dieser jungen Männer, die im Krieg kamen und gingen. Man wusste nicht, was sie taten. Man fragte nicht.

»Gibt es Ketchup?« Er stocherte in seinem Essen herum. »Das braucht Ketchup. Oder eine scharfe Soße. Irgendwas in der Art?«

»Wir sind hier in Großbritannien, Tom.« Adeline schüttelte den Kopf. »Natürlich haben sie keinen Ketchup.«

Edith ging in die Vorratskammer und kramte Tomatensoße und Tabasco hervor.

»Schau mal einer an.« Tom grinste Adie über sein Essen hinweg an.

»Edith geht nach Deutschland«, sagte Adeline.

»Du machst Witze.« Tom blickte hoch, während er die Sauce auf seinem Teller verteilte.

»Keineswegs.« Edith starrte ihn an. Irgendetwas an ihm ging ihr auf die Nerven. Sein Blick aus blassen, blauen Augen, der durch die blonden Brauen und Wimpern noch nebulöser wurde, suggerierte eine Leere, die nicht nur die Augen betraf. »Ich habe einen Job bei der Kontrollkommission, Abteilung Erziehung.«

»Könnte sein, dass wir uns da sehen«, sagte er zwischen zwei Bissen.

»Könnte sein?«

»Ja, ich fahre nachher los.«

»Ich auch«, sagte Adeline. »Im Auftrag der *Tribune* berichte ich über die Nürnberger Prozesse und ein paar andere Sachen.«

»Welche anderen Sachen?« fragte Tom McHale.

»Wird sich zeigen.«

»Ein Trüffelschwein?«, schlug Edith vor.

»Genau.« Adeline lächelte. »Oder vielleicht eine Art Elster.«

»Angezogen von allem, was blinkt, und Aas in gleichem Maße?« McHale lachte.

»Irgendwas in der Art.« Ihr Grinsen wurde breiter. »Leichen und Büroklammern.«

Sie wechselten einen Blick. Er presste die Lippen aufeinander, und sein Blick verhärtete sich, bevor die hellen Wimpern sich über diese eisblauen Augen senkten.

Er schob den Teller von sich. »Wollen momentan wohl alle hin.« Er erhob sich. »Ich brauche meine Jacke. Wenn ich dich mitnehmen soll, Adie, kommst du besser in die Gänge.«

»Glaubst du, er hat etwas mitbekommen?«, fragte Dori, nachdem er nach oben gegangen war.

Adeline zuckte die Schultern. »Keine Ahnung. Er ist gewieft.«

»Er ist bei der OSS, oder? Führen die noch Operationen durch?«

»Ja, obwohl sich der amerikanische Auslandsnachrichtendienst nicht mehr OSS nennt. Heißt jetzt irgendwie anders.«

»Namen sind nicht so wichtig.« Dori blickte finster drein. »Kommt immer drauf an, was sie tun. Er geht nach Deutschland. Irgendeine Idee, was er im Schilde führen könnte?«

Adeline gab ein Zeichen, still zu sein. Schritte, die sich entfernten, eine Tür, die sich schloss.

»Er wird Nazis jagen, sie aber nicht vor Gericht bringen. Sie suchen nach Personen, die ihnen nützlich sein könnten.« Sie breitete die Hände aus. »Für uns, die Alliierten. Wenn Tom damit befasst ist, heißt das nützlich für die Amerikaner und weniger nützlich für die Russen und Väterchen Stalin.«

»Nach wem suchen sie?«

»Wissenschaftler in der Hauptsache. Experten diverser Fachgebiete. Sie haben schon alle Raketenspezialisten eingesammelt, die für die V1 und V2 verantwortlich sind, jedenfalls so viele, wie sie finden können. Sie rechtfertigen sich damit, dass sie die Dinger nur entworfen haben. Aber das sind keine unschuldigen Jungs.« Adelines haselnussbraune Augen wurden so hart wie Achat. »Sie haben Raketen entworfen, die wahllos Tausende getötet haben, hier mitten in London. Raketen entwickelt und unterirdisch von Zwangsarbeitern und Insassen von Konzentrationslagern bauen lassen, die zu Zehntausenden gestorben sind. Ich war in Nordhausen. Ihr hättet den Zustand der Arbeiter dort sehen sollen, halbnackte Skelette, kaum noch am Leben. Fast unmöglich, die Sterbenden von den Toten zu unterscheiden, Körper überall, Leichen gestapelt wie Holzscheite. Niemand ist hier unschuldig.«

»Was machen sie mit den Wissenschaftlern, die sie aufgespürt haben?«, fragte Edith.

»Sie bringen sie in ein spezielles Verhörzentrum und bleichen sämtliche braune Flecken aus. Wenn sie dann versprochen haben, gute Jungs und Mädels zu sein, gibt man ihnen eine neue Identität und verschifft sie in die Staaten. Sie suchen auch nach anderen, echten Verbrechern, die für die Abwehr gearbeitet haben, den deutschen militärischen Geheimdienst oder den SD – Geheimdienst der SS. Die Deutschen hatten während des Krieges die Sowjetunion erfolgreich unterwandert. Wir interessieren uns für diese Netzwerke. Die Russen sind jetzt der Feind. Es dreht sich alles darum, sie zu übertrumpfen. Die ganze Geschichte wird Operation Büroklammer genannt wegen der Büroklammern, die sie benutzen, um die neuen Pässe an ihre Akten zu heften, so habe ich es jedenfalls gehört. Die größten Übeltäter haben sie eingebuchtet, nun sind sie hinter den kleinen Fischen her. Eure Jungs werden auch damit beschäftigt sein. Es ist ein Wettlauf darum, wer der Erste ist. Es geht nicht um Bestrafung, nicht einmal um Rache. Die Reparationsleistungen werden in Form von Menschen geleistet. Eine Art Menschenplünderung.«

»Adie!« Toms Stimme erschallte von oben. »Mein Jackett!«

»Ich muss los.« Sie erhob sich. »Pass auf dich auf, Süße.« Sie beugte sich hinab, um Edith rasch auf die Wange zu küssen.

»Leo hat diese Büroklammergeschichte mit keinem Wort erwähnt«, sagte Edith, nachdem Adeline gegangen war.

»Ja, nicht wahr?«

»Wusstest du darüber Bescheid?«

»Ist eine Zeit her, dass ich irgendetwas wusste, Darling.« Dori runzelte die Stirn. »Aber sie werden sich mit etwas Ähnlichem beschäftigen, da kannst du sicher sein.« Sie erhob sich vom Tisch. »Zeit, es herauszufinden. Ich treffe dich im Flur in zwanzig Minuten.«

•••••

Am Sloane Square verließen sie die U-Bahn. Edith glaubte, dass sie einkaufen gingen, aber statt die Straße zum Kaufhaus Peter Jones zu überqueren, bog Dori in die Lower Sloane Street ein. Sie kamen an einer Zeile hübscher roter Backsteingebäude vorbei und hielten vor einem breiten Vorbau, der reich mit Terrakotta verziert war. Zwei Wappenschilder an jedem Stützpfeiler verkündeten, dass sie sich im Service Women's Club befanden.

»Mrs Stansfield und Gast«, sagte die Concierge. »Sie werden erwartet. Madam ist in der Bibliothek.«

Man wies ihnen den Weg zu einem gemütlichen Raum, der dezent mit warmem Licht aus Wandleuchtern und Tischlampen erhellt wurde. Magazine und Zeitungen lagen auf einem hellen Eichentisch. Die Zeitungen sahen aus, als hätte man sie gebügelt. Ein großes Feuer brannte im ausladenden Kamin. Nach dem erbarmungslosen Januartag draußen war es hier warm und behaglich.

Die Frau im Sessel neben dem Feuer erhob sich, um sie zu begrüßen. Sie trug ein eng anliegendes schwarzes Kostüm und eine hellgrüne Seidenbluse, die am Hals von einer Perlenbrosche gehalten wurde.

»Vera!« Dori umarmte sie und küsste beide bleiche Wangen.

»Dori«, erwiderte Vera Atkins mit gehauchten Küssen. »Und Miss Graham. Wie schön, Sie wiederzusehen. Bitte nehmen Sie Platz.« Sie wies auf das Sofa neben ihrem Sessel. »Drinks?« Sie klingelte mit einer kleinen Glocke. »Gin und Tonics«, sagte sie zu dem Mädchen, das daraufhin erschien. Eine Wahl wurde ihnen nicht gelassen. »Dies ist ein sehr guter Ort für ein Treffen.« Sie blickte auf das Porträt einer hübschen Frau in der Unform der WAAF, die vom enormen Kaminsims auf sie herablächelte. »Die Drinks sind billig, es gibt hier keine Männer, und man ist äußerst diskret. Ich will nicht um den heißen Brei herumreden«, sagte sie, als die Getränke serviert wurden. »Ich habe einen Vorschlag zu machen.«

Sie wandte sich ihnen zu. Als ihr Blick auf sie beide fiel, schien sogar Doris Selbstbewusstsein zu schrumpfen. Vera Atkins war die eleganteste und beängstigendste Frau, die Edith je getroffen hatte.

»Ich habe Sie ziemlich in die Mangel genommen, Miss Graham, habe ihnen ein wenig auf den Zahn gefühlt, aber ich musste mir sicher sein, dass Sie die Richtige sind.«

»Wofür? Für Leo?«

»Nein, nicht für ihn.« Sie lächelte dünn. »Für mich. Ich habe mit dieser Abteilung nichts mehr zu schaffen. Diese Befragung war meine letzte Verpflichtung.« Sie zupfte ihren Rocksaum zurecht. »Ich war kürzlich in Deutschland und werde bald zurückkehren. Ich werde in wenigen Tagen fahren, genau wie Sie, Miss Graham. Ich war damit beschäftigt, herauszufinden, was mit den Mädchen ist, die für die Special Operations Executive, Section F gearbeitet haben.« Sie blinzelte Dori zu. »*Unser* Ableger des Dienstes.«

Sie griff nach ihrer Aktentasche, entnahm ihr einige Fotografien und breitete sie auf dem niedrigen Tisch aus: Frauen in Uniform und ohne, manche lächelnd, andere ernst, manche recht hübsch, alle jung.

»Das sind die Mädchen, die nach Frankreich geschickt wurden«, sagte sie, während ihre Finger die Fotos exakt ausrichteten. »Die

Mädchen, die *ich* nach Frankreich geschickt habe«, korrigierte sie sich. »Diejenigen, die nicht zurückgekehrt sind.«

Vier Paar Augen blickten Edith an. Vier couragierte, stolze Frauen, die sich gemeldet hatten, um ins besetzte Frankreich zu gehen, die tödlichste aller Arenen. Vier Leben, die im Dienst für ihr Land geopfert wurden. Vier Familien, die immer noch auf Nachricht warteten.

»Glauben Sie, dass welche von ihnen überlebt haben?«, fragte Edith.

»Kann sein. Alles ist möglich. Es gibt immer Hoffnung.« Die schwarzen Augen wurden trüb. »Aber ich halte es für unwahrscheinlich.« Vera hielt inne und schien sich zu sammeln. »Wir müssen herausfinden, was unseren Frauen zugestoßen ist. Wohin man sie gebracht hat, wer die Befehle gab, wie diese Befehle lauteten, wer sie ausgeführt hat. Es wird mein letzter Einsatz sein.« Veras Finger fuhren flüchtig über ihre jungen Gesichter. »Ich bin es ihren Familien schuldig. Ich bin es ihnen schuldig.« Ihre Stimme klang heiser. »Ich möchte, dass man ihnen Ehre erweist. Ich habe damit begonnen, aber täglich kommen neue Nachrichten. Es ist für eine Person zuviel Arbeit. Ich brauche Hilfe.« Sie blickte Dori an. »Jemanden, dem ich vertrauen kann, und ich habe darum gebeten, dass Dori mir zur Seite steht. Wir werden mit der War Crimes Commission zusammenarbeiten, deren Aufgabe es ist, die Verantwortlichen vor Gericht zu bringen, während sie an einer groß anlegten Suche nach weiteren Kriminellen des Naziregimes teilnehmen. Männer wie Ihren von Stavenow.«

Dori hockte ganz vorn auf der Sofakante. Sie saß kerzengerade mit fest zusammengepressten Händen, als wolle sie die Anspannung bändigen, die sie durchfuhr. Sie fixierte Vera, wobei ihr Gesicht bleicher denn je war, Hoffnung und Erwartung im Kampf mit der Furcht vor Enttäuschung im düsteren Blick.

»Ich habe Dori heute eingeladen, um ja oder nein zu sagen.« Vera griff nach einem silbernen Zigarettenetui und zündete sich eine Zigarette an. »Ich bin sehr froh, dass es ein Ja ist. Wäre es anders gewesen, hätten wir uns nicht getroffen.«

Edith wandte ihre Augen nicht von Dori. »Du hast kein Wort davon erwähnt.«

»Dori ist sehr gut darin, Geheimnisse für sich zu behalten.« Vera nahm einen tiefen Zug von ihrer Zigarette und stieß den Rauch aus. »Dasselbe glaube ich auch von Ihnen, Miss Graham, nach dem, was Dori mir erzählt hat. Tiefes Wasser.« Sie ließ eines ihrer raren Lächeln sehen. »Ich mag das. Ich habe mit deutlich weniger vielversprechendem Material gearbeitet, muss ich sagen. Deswegen sind Sie hier.« Sie schnipste etwas Asche in einen Kristallaschenbecher. »Leo hat darum gebeten, dass Sie ein Auge auf Naziverbrecher halten, nicht wahr? Wie auf ihren Freund von Stavenow oder sonst jemanden von diesem Schlag, dem sie möglicherweise begegnen. Ja?« Edith stimmte zu. »Alles, worum ich Sie bitte, ist, dass Sie uns erzählen, woran Leo interessiert ist.«

»Warum sollte ich das tun?«

»Weil ich nicht recht davon überzeugt bin, dass er vollständig mit uns an einem Strang zieht.« Vera drückte ihre Zigarette aus, lehnte sich zurück und faltete die Hände. »Leo gehört jetzt zu einer anderen Abteilung des Dienstes. Eine Abteilung, die nicht daran interessiert ist, diese Männer der Justiz zuzuführen, eher im Gegenteil.«

»Das, wovon Adeline gesprochen hat«, sagte Dori eindringlich. »Die Büroklammergeschichte.«

»Haben Sie Beweise dafür, dass Leo und seine Leute auch so etwas tun?«, fragte Edith.

Vera nickte. »Sie nennen es Heuhaufen, so wie Nadel im …«

»Und wenn ich etwas finde?«

»Sie erzählen es trotzdem Leo oder welchen Untergebenen er auch immer schickt. Der einzige Unterschied ist nur, dass sie auch uns informieren.«

»Dann wäre ich eine Art Doppelagentin?«

»Wenn Sie es so ausdrücken wollen.«

»Oh, ich weiß nicht …«, sagte Edith unsicher.

»Willst du, dass diese Männer ungeschoren davonkommen?« Dori packte sie hart am Arm. »Willst du das? Denkst du, es ist richtig, wenn so viele gestorben sind, wenn sie soviel Blut an den Händen haben?« Sie blickte auf die Fotografien auf dem Tisch. »Sieh sie dir an. Schau hin! Das sind unsere Mädchen, meine Freundinnen. Hätte ganz leicht auch ich sein können.« Sie ließ einen tiefen Seufzer hören. »Im Mai 44 erreichte uns eine Nachricht. Aus Paris. Sie war schwer zu dechiffrieren, lautete aber ungefähr: *Sie jagen unsere Leute durch den Kamin.* Wir verstanden es so, dass sie in Konzentrationslager geschickt wurden. Die Nazis säuberten das Gestapo-Hauptquartier in der Avenue Foch, wohin sie die Agentinnen und Agenten brachten. Ich bin dort gewesen, habe das Blut gesehen, bei dem sie sich nicht mal die Mühe machten, es aufzuwischen. Die Instrumente lagen dort fein säuberlich aufgereiht: Skalpelle, Zangen, Hammer und Meißel, wie eine Mischung aus OP und Schreinerwerkstatt. Es waren nicht nur unsere jungen Frauen, die dort festgesetzt und gefoltert wurden, sondern auch zahllose andere. Zahllose! Und es sind nicht nur die Jungs mit der Keule in der Hand und der Keule in der Hose, auf die wir es abgesehen haben, denn beides benutzten sie, nicht wahr?« Ihr trotziger Blick forderte Veras erschrockene Missbilligung heraus. »Vergewaltiger und Folterer? Die sind nicht so schwer zu fangen. Ich will diejenigen, die uns entkommen, wenn wir nicht aufpassen. So viel Tod, so viel Leid.« Mit plötzlich deutlich hörbarem Akzent zitterte Doris Stimme vor Ergriffenheit. »Am Ende sind diese, diese Monster frei und haben irgendwo ein schönes Leben mit neuer Identität als wäre nichts geschehen. Willst du das?«

Edith hatte Dori nie so wütend gesehen, so leidenschaftlich. Ihr Gesicht war so bleich wie das von Vera, in ihren dunklen Augen schimmerten Tränen. Sie zitterte und krallte sich so hart in Ediths Arm, dass es wehtat. Ihre sorgfältig kultivierte Unbekümmertheit war verflogen. Edith erkannte nun, dass es sich nur um eine weitere Verkleidung handelte.

»Natürlich nicht«, sagte Edith und legte eine Hand auf Doris, um sie zu beruhigen.

»Dann weiß ich nicht, was hier groß zu überlegen ist.« Dori lockerte langsam ihren Griff, die Stimme voller unvergossener Tränen.

»Dori liegt sehr viel daran, Miss Graham, wie mir auch, obwohl ich mich nicht derselben Sprache bedienen oder meine Gefühle so bereitwillig zur Schau stellen würde«, sagte Vera Atkins ruhig.

»Ich werde tun, was immer ich kann.«

Vera quittierte ihre Antwort mit einem leichten Nicken und lehnte sich in ihrem Sessel zurück, Augen fast geschlossen. Stille trat ein.

»Zum Austausch von Nachrichten werden wir eine Art Code benötigen.«

»Ich kann nicht einfach an Dori schreiben, nehme ich an?«

»Nein!«, riefen beide Frauen gleichzeitig.

»Deine Briefe werden mit der Post der Streitkräfte kommen«, sagte Dori. »Man weiß nie, wer alles mitliest.«

»Dass jemand es tun wird, ist sicher.« Vera rollte mit den Augen. »Deutschland befindet sich unter militärischer Besatzung und Lübeck liegt gleich an der Grenze zu den Sowjets.«

»Wir brauchen einen Code und ein sicheres Übermittlungssystem.« Dori zündete sich eine Zigarette an. »Etwas Einfaches.«

Vera warf Edith einen langen, abschätzenden Blick zu. »Genau. Etwas, das ganz unschuldig klingt, es aber nicht ist. Etwas, das nur diejenigen verstehen, die den Code kennen.«

»Ein Wortcode würde ausreichen«, sagte Dori.

»Ja.« Vera dachte kurz nach. »So ist es.«

»Ein Wortcode?«

»Einer der einfachsten, aber erstaunlich schwer zu knacken«, erklärte Dori. »Nachrichten werden aufgrund eines gemeinsamen Interesses mittels Postkarte oder Brief übersandt, Vogelbeobachtung, beispielsweise oder sonst ein Hobby. Die Nachrichten scheinen vollkommen harmlos zu sein, aber die vorher abgesprochenen Wörter übermitteln eine ganz andere Botschaft.«

»Wie in *Alice hinter den Spiegeln.*« Edith lächelte. »›Wenn ich ein Wort verwende, dann bedeutet es genau, was ich es bedeuten lasse‹«.

»Genau.«

Edith runzelte die Stirn. »Warum die ganze Heimlichtuerei?«

Dori warf Vera einen Blick zu, die kaum merklich nickte.

»Im Krieg wurden nicht nur Einzelpersonen, sondern ganze Netzwerke verraten. Männer und Frauen wurden geopfert …« Sie blickte auf die Fotos, die ausgebreitet auf dem Tisch lagen. »Einige der Mädchen wurden mehr oder weniger schon bei ihrer Ankunft festgenommen, was bedeutet, dass ihr Umkreis aufgeflogen war oder es gab …«

»Einen Verräter mitten in der Special Operations Executive, SOE«, vollendete Vera den Satz. »Wer immer es war, ist möglicherweise in eine andere Abteilung des Dienstes versetzt worden. *Deswegen* die Geheimhaltung. So jemand agiert ohne Skrupel und wird alles tun, um seine Haut zu retten. Worum wir Sie bitten, ist nicht ganz ungefährlich.«

»Wir können nicht riskieren …«, begann Dori.

»Nein, ganz und gar nicht«, unterbrach Vera sie. »Wir müssen abhörsicher sein. Zwischen uns. Wir werden darüber nachdenken, Miss Graham. Würden Sie uns jetzt kurz entschuldigen? Wir haben noch etwas zu besprechen.«

»Selbstverständlich.« Bestürzt erhob Edith sich. Sie hatte nicht erwartet, auf diese Weise entlassen zu werden.

»Mach einen Spaziergang.« Dori lächelte im Versuch, Veras Schroffheit abzumildern. »Es wird nicht lange dauern.«

•••••

Edith stellte ihren Kragen gegen die feuchte Kälte hoch, die vom Fluss kam, und lief los, ohne genau zu wissen wohin. Die Hände tief in den Taschen vergraben, ging sie mit sich zurate, worum man sie gebeten hatte. Sie legte die Stirn in Falten und drückte ihr Kinn tief in den Schal. Dori und Vera erzählten ihr eine Sache, während Leo ihr eine ganz andere erzählt hatte. Genau genommen hatte er das nicht. Auf seine typische Art hatte er Kurts Verbrechen umrissen, ihr unwiderlegbare, schockierende Beweise vorgelegt, dass der Mann, den sie geliebt hatte, verbogen und verdorben wurde, die schrecklichsten Verbrechen beging und von dem Regime, dem er diente, in ein Monster verwandelt worden war. Was Leo ihr *nicht* erzählt hatte war, *warum* er ihn aufspüren wollte. Nichts über Heuhaufen, nichts über Wissenschaftler, die man benutzen konnte, nichts von alledem. Das blieb Dori und Vera überlassen. *Sie* wollten Männer wie Kurt finden, um sie vor Gericht zu stellen, um sie für ihre Verbrechen bezahlen zu lassen. Soweit sie sehen konnte, hatte sie kaum eine Wahl. Official Secrets Act hin oder her. Überhaupt keine Wahl.

Sie hatte sich entschieden und blieb stehen, nur um festzustellen, dass sie jede Orientierung verloren hatte. Plötzlich wurde sie nervös, verfiel fast in Panik, weil die Umgebung so unvertraut war. Nebel allenthalben, der vom Fluss hochzog. Rechts und links der Straße befanden sich Antiquitätenläden, die meisten geschlossen, in den Auslagen hauptsächlich Ramsch, geborgen aus Häusern mit Bombenschaden. Sie eilte zu einer der wenigen Laternen, die Licht spendete, und ließ ihren Blick über angeschlagenes Porzellan, staubige Skulpturen, haufenweise Bric-à-brac wandern. Der Mann hinter dem Tresen sah auf, als die Glocke klingelte. Er war im Mantel, und sein Gesichtsausdruck mäanderte zwischen dem Wunsch, etwas zu verkaufen, und dem Bedürfnis, in den Pub zu gehen.

»Ich bin gerade dabei zu schließen«, sagte er. »Halbtags.«

»Ich möchte Sie nur nach dem Weg fragen.«

»Wohin?«

»Lower Sloane Street?«

Er lachte pfeifend. »Da sind sie aber etwas vom Weg abgekommen. Hier.«

Er entfaltete eine abgenutzte Karte der Gegend und folgte der Route mit einem nikotingelben Finger. Als Edith sich nach vorn lehnte, stieß sie an einen Stapel Bücher, der vor dem Tresen stand.

»Wie ungeschickt.« Sie hob so viele Bücher auf, wie sie konnte, hielt eines aber zurück. »Wie viel kostet das?«

Der Händler nahm das Buch zur Hand, betrachtete es von allen Seiten, als sei es eine wertvolle Erstausgabe, obwohl es voller Flecken war, nach dem Rauch irgendeiner ausgebombten Küche roch, und er wusste sehr genau, dass es eines der Bücher war, die man gratis zu einem Gaskocher erhielt.

»Kommt drauf an, wie sehr Sie es wollen, nicht wahr?«

»Sixpence?«, schlug Edith vor. Es war gar nichts wert, aber Edith wollte es. Unbedingt.

»Oh!« Er rieb sich die Seite seiner roten vernarbten Nase. »Ich weiß nicht …«

»Ninepence?«

»Verkauft.«

Edith gab ihm einen Schilling. Er griff nach braunem Packpapier.

»Nicht nötig.« Edith nahm das Buch und ging zur Tür.

»Hier, Sie haben das Wechselgeld vergessen!«

Er zuckte die Schultern und warf die Münzen in die Kasse.

Edith steckte das Buch unter ihren Mantel. Genau so eines hatten sie zu Hause: fleckiger Einband wie dieser, Fettspritzer, eingetrocknetes Mehl, Seiten, zwischen denen Prospekte steckten (*Ministerium der Landwirtschaft*, *So legen Sie einen Kriegsgarten an*), Rezepte, die aus Zeitungen ausgeschnitten und aus Magazinen herausgerissen worden waren (*Mahlzeiten auf Zuteilung*, *Ruth Morgan's Kriegsküche*, *Stella Snellings Ideen für Reste*). Sie kündeten von Verknappung, der Tyrannei der Rationierung, davon, den Garten nur noch mit Gemüse zu bestellen. Neben Ausschnitten enthielt das Buch Speisekarten aus Restaurants, Hotels, Messen der Royal Air Force, Rezepte in Mutters ordentlicher Handschrift auf liniertem Papier, Louisas Gekritzel mit roter Tinte auf Büttenpapier, Ediths gepflegte, kleine Schreibschrift in abwaschbarem Blau auf Basildon Bond. Nahrung, Rezepte, Speisekarten erzählten einem schrecklich viel. Geschmack und Vorlieben definierten eine Person; das, was im Angebot war, lieferte den größeren Kontext.

Nachrichten, die auf einem gemeinsamen Interesse beruhen. Nachrichten, die vollkommen harmlos erscheinen. Wenn das nicht passte …

Die beiden saßen noch genau dort, wo Edith sie verlassen hatte, und genossen eine zweite Runde Gin Tonic. Die Concierge hatte versucht, sie aufzuhalten, aber sie war hereingeplatzt, immer noch im Mantel, das Gesicht rosig vor Kälte und Aufregung.

»Ich hab's!«, rief Edith und wedelte mit dem Buch.

»Du hast was?« Dori sah auf.

»Den Code. Ich bin darauf gekommen, als ich das hier sah – The Radiation Cookery Book. Ein Code, der auf Rezepten beruht. Jeder ist von Essen besessen, habt ihr das bemerkt? Was ist erhältlich, was nicht: auf Zuteilung, ohne Zuteilung, auf dem Schwarzmarkt? Rationierungen und Knappheit kurbeln den Appetit nur noch mehr an. Wenn das bei uns zutrifft, warum sollte es dort drüben anders sein?« Edith hielt inne, um die Ideen, die in ihr brodelten, zu ordnen und zu präzisieren. »Dieselben Wörter, die wir benutzen, können auf zwei Arten gelesen werden, manchmal mehr als zwei. Wir reden davon, etwas abzuschrecken oder anzuheizen oder abkühlen zu lassen, Brühen werden geklärt und Soßen reduziert, man muss etwas Aufkochen, Ablöschen, Durchdrehen und, ich weiß nicht, ich glaube, dass uns noch mehr einfällt. Regulo-Gaskocher regulieren die Temperatur. Regulo 7 ist sehr heiß. Dinge kochen schnell. Regulo 1 oder 2, kühl, langsam kochend. Ich bin mir sicher, dass wir einen ganzen Code entwickeln können, der auf diesem Buch basiert. Nur wir verstehen ihn, jede Mitteilung formuliert in Küchensprache. Und Dori hat dieselbe Ausgabe.«

»Habe ich das?«

»In deiner Speisekammer. Kam zusammen mit dem Gaskocher. Wir benutzen es, um einen Code zu vereinbaren, alles, was für uns von Interesse ist. Ich sende auf einem Zettel, einer Karte oder in einem Brief ein Rezept oder einen Menüvorschlag – Nachricht untergehoben. Alle Frauen, die sich fürs Kochen interessieren, tauschen Rezepte aus«, fügte Edith hinzu. »Was könnte normaler sein? Oder unauffälliger …«

»Oder geeigneter, unterhalb des Aufmerksamkeitsradars eines möglichen Zensors zu liegen«, endete Dori, »der höchstwahrscheinlich ein Mann ist.«

Vera lehnte sich zurück, das Gesicht so ernst wie immer.

»Könnte funktionieren.« Sie lächelte matt. »Wie genau, ist Ihre Sache. Halten Sie es simpel. Das ist mein Rat.«

Nachdem Vera gegangen war, bestellte Dori weitere Gin Tonic. Halten Sie es simpel. Edith würde Dori Rezepte schicken und zur Sicherheit ebenfalls an ihre Schwester Louisa. Die Miteilungen mussten nicht kompliziert sein. Man konnte sie auf bestimmte Kategorien begrenzen. Eine Person von besonderem Interesse. Kontakte, die geknüpft wurden. Entwicklungen in dieser oder jener Gegend. Eingegrenzt durch das jeweilige Rezept, verfeinert je nach Nationalität. Britisch, amerikanisch, deutsch und wer sonst noch so dabei wäre. Was könnte normaler sein, als Rezepte, Menüs und Speisen aller Herren Länder zu sammeln?

»Eine Sache riecht nach etwas, eine andere schmeckt einem nicht.«

»Ein neues Gericht ausprobieren, nichts anbrennen lassen?«, schlug Dori vor.

»Genau. Das alles in Bezug auf die Rezepte hier drin.« Edith klopfte auf das Buch. »Nur damit du Bescheid weißt, wie wichtig so ein Ding ist.«

»Aber ich kann nicht kochen«, fiel Dori plötzlich ein. »Ist das schlimm?«

»Überhaupt nicht.« Edith lächelte. »Ist sogar besser. Ich werde dich anlernen …«

»Oh, das ist gut«, erwiderte Dori grinsend. »Wir werden Seiten markieren, wenn wir zu Hause sind, Bedeutungen festlegen. Muss alles nicht überpräzise sein, mehr so wie Zwischenberichte. Wie du vorankommst, so etwas. Ist genial, Edith. Ich finde es gut.« Sie trank ihr Glas aus. »Mehr als das, es könnte wirklich funktionieren.«

Zurück in der Wohnung, liefen sie sofort in die Küche. Dori fand das Radiation Cookery Book hinter dem Bird's Puddingpulver.

»Viel macht er nicht her, um der Wahrheit die Ehre zu geben.« Dori lehnte sich zurück, als sie den Code festgelegt hatten. »Den Anforderungen der SOE, des Special Operations Executive oder jedes anderen Nachrichtendienstes würde er sicher nicht genügen, aber vielleicht ist das umso besser. Genug für heute.«

In den nächsten Tagen erledigten sie die profanen Dinge: Kleidung einkaufen und Gebrauchsartikel, die vielleicht schwer zu bekommen wären: Damenbinden, Zahnbürsten, Zahnpasta, Talkumpuder, eine gute Seife, Make-up, Parfüm und Kurzwaren. Nähmaschinennadeln und Spulen, einfache Nadeln und Nähgarn. Zweitwährung nannte Dori das. An Ediths letztem Abend kam Dori mit einem Pelzmantel über dem Arm auf ihr Zimmer.

»Ich möchte, dass du den mitnimmst. Es wird kalt sein da draußen. Du glaubst nicht, wie kalt. Komm her, probier ihn an.«

Edith steckte die Arme in die Ärmel. Ihre Hände streichelten automatisch den dicken Pelz. Weich an ihrer Wange und unter ihren Fingern. Er roch leicht nach Puder, Doris Parfüm, *Guerlain L'Heure Bleue*, und darunter entfernt ein scharfer Tiergeruch.

»Dori, nein, das geht wirklich nicht«, begann Edith, obwohl sie sich jetzt schon nicht mehr von der Wärme und der weichen, üppigen Schönheit des Pelzes trennen wollte. »Du wirst ihn selbst brauchen.«

»Wofür? Ich gehe nirgendwo hin. Jedenfalls noch nicht. Hier ist es nie sonderlich kalt. Ich habe noch Stiefel. Gute Stiefel. Schönes Leder, fellgefüttert, kniehoch. Die nimmst du auch. Probiere sie an. Wir haben in etwa dieselbe Größe.«

Edith stieg in die Stiefel. Sie passten perfekt.

»Das ist sehr großzügig von dir.« Edith steckte eine Hand in die Tasche. »Was ist das?«

Ihre Finger umfassten kaltes, glattes Metall.

»Eine Pistole. Hier sind die Patronen.« Dori hielt ihr eine Pappschachtel hin.

Edith drehte und wendete die Waffe in der Hand. »Ich hätte nicht die geringste Idee, wie ich die benutzen sollte.«

»Ich werde es dir zeigen.«

»Aber ist es wirklich … nötig?«

»O ja«, sagte Dori. »Vera ist meiner Meinung. Wir denken, du solltest sie zu deiner eigenen Sicherheit mitnehmen. Es könnte gefährlich werden.« Edith hatte noch nie eine Waffe in der Hand gehabt, geschweige eine benutzt. Sie blickte auf das matte, dunkle Metall des kurzen Laufs hinab, fuhr mit dem Finger über den Abzug, spürte das geriffelte Plastik des Griffs an ihrer Handfläche.

»Aber ich kann die doch nicht mitnehmen. Was ist, wenn ich angehalten werde? Durchsucht?«

»Wickle sie in Unterwäsche ein, vorzugsweise in getragene. Sie mögen es nicht sonderlich, schmutzige Schlüpfer zu durchwühlen. Oder in einer Schachtel mit Damenbinden. Die fassen sie nie an. Und du hast einen Rang. Nutze ihn. Benimm dich unauffällig, aber überheblich. Überheblichkeit ist eine große Hilfe.«

»Aber ich weiß nicht, was ich zu tun habe.«

»Ich werde es dir zeigen.«

Edith lauschte Doris Instruktionen, beobachtete, wie ihre schlanken, starken geübten Hände mit der Waffe umgingen. Unter den aufmerksamen Augen der Freundin lud und entlud sie die Pistole, fütterte das Magazin mit Patronen, holte es heraus, betätigte den Abzug bei leerem Patronenlager, studierte, wie der Sicherheitsmechanismus funktionierte, bis ihre Hände grau und mit einem feinen Film von Waffenöl überzogen waren.

»Das sollte reichen. Du musst nicht wirklich schießen«, sagte Dori. »Einfach nur wissen, wie es geht. Ziele auf den Körper. Er ist ein größeres Ziel. Nah genug rangegangen, und sogar du kannst nicht danebenschießen. Wenn er einmal am Boden liegt, tritt näher für den Kopfschuss. So kommt er nicht mehr hoch.«

Diese Frau hatte den Tod gesehen und sich ihm gestellt. Edith blickte auf die Waffe in ihrer Hand und hoffte, dass sie ihren Ratschlägen nie folgen musste.

»Das reicht. Wickle sie in deine Höschen ein.« Dori trat einen Schritt zurück, um sie zu begutachten. Edith fühlte sich wie ein Ritter, der für sein erstes Turnier ausgerüstet wird. »Da ist noch etwas, was ich dir geben möchte.« Dori öffnete das Medaillon, das sie um den Hals trug, und reichte es Edith. »Es ist unsere Frau von Tschenstochau.«

In Ediths Hand lag eine winzige ovale Ikone, ausgeführt in

Emaille und in Gold gefasst: eine schwarze Madonna, Gesicht voller Risse und Schrammen, das Jesuskind in ihren dünnen Armen.

»Das kannst du mir nicht schenken!«

»Nimm es!« Dori schloss ihre Hand um den Talisman. »Du brauchst ihn mehr als ich. Sie wird dich beschützen.«

»Vielen Dank!« Edith spürte, wie die Großherzigkeit der Freundin ihr die Tränen in die Augen trieb.

»Ich lege es dir um.« Dori griff um Ediths Hals und sicherte den Verschluss. Sie drückte sie kurz an sich und flüsterte: »Möge sie dich beschützen.«

Als Dori sie losließ, standen auch ihr Tränen in den Augen.

DEUTSCHLAND

1946

6

BLAUER ZUG

Hoek van Holland-Hamburg

4. Januar 1946

Picknick Blauer Zug
**Broodje kroket*
Rookworst (Räucherwurst)
Senf
Hartgekochte Eier
Genever

Broodje kroket: Ähnlich wie eine Frikadelle gespickt mit Petersilie. Aus gehackten oder geschnittenen Fleischresten hergestellt, Zwiebeln untermischen und mit einer Béchamel binden, dann eine dicke Wurst daraus formen, panieren und frittieren. Zusammen mit mildem holländischem Senf in einem länglichen Brötchen verzehren.
Mehr Frikadelle als Krokette. Zu finden unter FLEISCH (66,63). Kann bei Regulo 7 (oder je nach Ofen 6) gebacken oder frittiert werden (nach 5 Minuten wenden).

Bahnhof Hoek van Holland. Eine Plakette aus blauer Emaille zeigte ihren Sitzplatz im Zug nach Hamburg an. Die Waggons nahmen die gesamte Länge des Bahnsteigs ein. Die mächtige Lokomotive am Kopfende ließ Dampf ab. Reisen war wie eine Partie *Mensch ärgere dich nicht*. Liverpool Street Station bis Harwich. Schiff nach Hoek van Holland. Nun saß sie im Zug nach Hamburg. Bisher kein Ärger.

Edith verstaute ihren Gladstone-Koffer im Gepäcknetz und sicherte sich einen Fensterplatz, den Blick entschlossen nach vorn gerichtet. Das Fenster war von außen beschmiert, aber sie wischte trotzdem darüber, voller Ungeduld, wann es endlich losgehen würde. Der stehende Zug beschwor andere Bahnsteige auf anderen Bahnhöfen herauf. Erinnerungen kamen hoch, die sie lieber verdrängen wollte. Die bedrückende Verabschiedung in Coventry. Die ganze Familie versammelt, ein steifer Abschied, immer noch überschattet von dem Streit, als sie ihre Absicht verkündet hatte, nach Deutschland zu gehen und für die Kontrollkommission zu arbeiten.

»Bist du von Sinnen, Edith? Ich habe noch nie so etwas Lächerliches gehört!«

Ihre Schwester, Louisa, griff sie an, sobald Mutter zu Bett gegangen war.

Louisa war die Schönheit der Familie. Sogar als Kind hatte sie mehr als hübsch ausgesehen. Üppiges kastanienbraunes Haar, große dunkle Augen in einem herzförmigen Gesicht. Louisa war der Liebling ihres Vaters gewesen, der Liebling von jedermann. Verzogen und eigensinnig, hatte sie jung geheiratet. Der Krieg war für sie ein Geschenk gewesen. Endlich konnte sie das Leben in der Vorstadt hinter sich lassen und mit ihrem attraktiven Ehemann bei der RAF überall im Land von Stützpunkt zu Stützpunkt reisen. Aber jetzt war Schluss damit. Der ganze Glamour hatte ein Ende. Und nun dies! Gerade als sie sich wieder in das Leben einer Zivilistin einfädeln musste, ein ganz normales Leben, wollte Edith sich dünnmachen. Nicht nur das, auch die Verantwortung für die Mutter würde selbstverständlich bei Louisa liegen. Es war nicht richtig. Es war gegen die natürliche Ordnung der Dinge und machte sie mächtig wütend. Sie hatte ihre eigene Familie. Edith war Junggesellin: Es war ihre Aufgabe, nach Mutter zu schauen.

Louisa hatte sich selbst und den Rest der Familie zu einem sonntäglichen Plauderstündchen bei Tee und Kuchen eingeladen. In gestreifter Seidenbluse und perlgrauem Kostüm perfekt zurechtgemacht wie immer, ihr volles Haar zurückgekämmt und im Nacken in einem Netz gefangen, stampfte sie voller selbstgerechter Empörung durch das kleine vordere Wohnzimmer und gestikulierte mit ihrer Zigarette.

»Was um Himmels willen denkst du dir dabei? Wie konntest du von so einer Sache auch nur träumen? Was ist mit Mutter? Wie soll sie klarkommen? Du weißt doch, dass man in diesen Zeiten keine Haushaltshilfe findet …«

Ihre Brüder Ronald und Gordon pflichteten ihr wie immer bei und fügten im Chor hinzu: »Lou hat da wirklich recht.« »Hast du dir das alles auch gut überlegt, altes Haus?« »Bist du nicht ein bisschen spät dran?«

»So alt bin ich nun auch wieder nicht …«

»Fast vierzig!« Louisa lachte spöttisch und barsch.

Die weinerlichen Schwägerinnen Trudy und Vi meldeten ebenfalls Protest an, schockiert darüber, dass sie es wagte, sich ihren Verpflichtungen als unverheiratete Tochter einer älteren Mutter zu entziehen. In Wahrheit fürchteten sie, sich nun selbst um die Mutter kümmern zu müssen, um Hausarbeit, Waschen, Einkaufen und Gartenpflege inklusive Rasenmähen und Heckenschneiden.

Edith versuchte zu erklären, dass sie es nicht aus Bosheit tat oder um sich vor der Verantwortung zu drücken. Sie wollte etwas *tun*. Den ganzen Krieg über hatte sie gesehen, wie andere zur Armee gingen, sinnvolle Aufgaben übernahmen. Sie hatte nichts dergleichen getan. Sie fühlte sich überflüssig, unerfüllt, als hätte sie eine wichtige Erfahrung verpasst. Andere hatten ihr Leben riskiert, etwas geleistet, was zählte. Alles, was sie getan hatte, war, zur Schule und zurück zu trotten, die Klasse nach dem Alphabet aufzurufen, die Mädchen zu unterrichten, nach Hause zu kommen, den Garten für den Sieg umzugraben, sich um die Essenmarken zu kümmern, das Abendessen zuzubereiten und zusammen mit Mutter Radio zu hören. Dies nun war ihre Chance, wirklich einen Beitrag zu leisten. All das wurde von Louisa lediglich mit entnervtem Starren kommentiert.

»Du meine Güte, Edith! Wofür hältst du uns?« Ihre sorgfältig gezupften Augenbrauen schnellten in die Höhe, und ihr rot angemalter Mund verzog sich ärgerlich. »Ich habe noch nie so ein Gesülze gehört.«

Louisa wandte sich ab, um sich eine weitere Zigarette anzuzünden. Sie bog dabei ihre krallenartigen Finger, als stünde sie mitten im Sturm.

Nur ihr Schwager Ted hatte Verständnis gezeigt. Gutaussehend und freundlich wie immer, stand er am Kamin, Hände in den Hosentaschen, sein gepflegtes, kurz geschnittenes Haar von seinem spitz zulaufenden Haaransatz nach hinten gekämmt. Er hatte die Auseinandersetzung mit einem kleinen Lächeln verfolgt, das die Lücke zwischen seinen perfekten weißen Zähnen freilegte. Louisa hatte ihn mehr wegen seines Aussehens als wegen seiner Zukunftsaussichten geheiratet.

Er war der Einzige, mit dem Edith wirklich reden konnte, der Einzige, mit dem sie zumindest einen Berührungspunkt hatte. Auch er war Lehrer. Er hatte sich freiwillig gemeldet und eine Stelle bekommen. Louisa wollte ihren Ehemann nicht als einfachen Zivilisten sehen, aber Ted schien es nicht das Geringste auszumachen, seine RAF-Uniform gegen eine graue Hose und einen Pullover zu tauschen und wieder in seinen Beruf zurückzukehren. Er freute sich sogar darauf, Teil der Veränderungen zu sein, die das neue Ausbildungsgesetz mit sich bringen würden.

Er half Edith dabei, die Tee-Utensilien in die Küche zu tragen. Eine kostbare Dose Lachs war für die Sandwichs draufgegangen und die Butterration einer gesamten Woche für den Früchtekuchen. Beides kaum angerührt. Mutters geliebte Himbeerbrötchen waren mit einem mürrischen »Die Kerne setzen sich immer so unter meinem Gebiss fest« beiseitegeschoben worden.

»Ach was!« Ted grinste. »Die Kinder haben die sowieso in Windeseile weggeputzt. Lass uns rausgehen, ja? Mal sehen, wie der Garten sich macht.«

Er zündete seine Pfeife an, und sie gingen nach draußen. Auf den Gehwegplatten aus York-Sandstein liefen sie das Blumenbeet und den Rasen entlang. Die Kinder sprangen zwischen den Büschen herum. Teds Pfeifenrauch kräuselte sich in der kalten, feuchten Luft wie ein Schleier. Sie blieben am Gemüsebeet stehen, Kohlstrünke, die aus der Erde lugten, eine einsame Reihe Rosenkohl. Die Bohnenstangen standen geisterhaft im Nebel.

»Ich müsste ihn wirklich mal umgraben«, sagte Edith. »Die Saubohnen sind dran.«

»Mach dir keine Sorgen, ich kümmere mich darum.« Ted klopfte seine Pfeife auf der Sohle seines Schuhs aus. »Was meint Leo? Habt ihr überhaupt Kontakt? Eine Zeitlang wart ihr euch ziemlich nah. Seine Mutter lebt in einem Pflegeheim, hat Lou mir erzählt. Hat Haus und Land an einen Bauunternehmer verkauft. Es gibt Pläne, das gesamte Umfeld zu entwickeln. Muss schön was eingebracht haben.«

Das war kein Neid, sondern schlicht eine Feststellung, die von der Familie geteilt wurde: Leo war der Reiche, Privatschule und Oxford. Nicht wie wir.

»Hab ihn während des Krieges ein paar Mal in London getroffen«, fuhr Ted fort. »Immer sehr zugeknöpft über das, was er im Schilde führte. Ich hatte den Eindruck, dass es ziemlich geheim war.« Er warf ihr einen Blick zu. »Habe euch, glaube ich, einmal in der Innenstadt gesehen. Du hast deine Freundin Stella besucht. Hab nie ein Wort darüber verloren.« Ted blickte sie mit seinem breiten, weißen Lächeln an. »Du ziehst los und machst das, Mädel. Du musst von hier weg. Du hast dich genug um deine Mutter gekümmert. Jetzt sind die anderen dran. Lou wird meckern, aber sie kommt klar. Sie werden da drüben gute Leute brauchen. Ziemliches Chaos dort, wie ich höre. Du hast diese Chance verdient.«

Ein schriller Pfiff ertönte. Türen wurden zugeschlagen. Ein ausgiebiger Dampfstoß kündigte die Abfahrt an. Edith machte es sich in ihrem Sitz bequem, als Rauchwolken am Fenster vorbeizogen und die Räder begannen, sich zu drehen, zuerst langsam, dann immer schneller. Es fühlte sich vollkommen richtig an. Die richtige Entscheidung. Sie wusste plötzlich, dass sie nicht zurückkehren würde. Niemals. Sie hätte schon vor langer Zeit einen Schlussstrich ziehen sollen.

»Darf ich mich zu Ihnen setzen?« Ein junger Armeeoffizier steckte seinen Kopf in ihr Abteil. »Nicht mehr viel frei.«

»Ja, bitte nehmen Sie Platz.«

»Puh! Hab's gerade noch geschafft!« Er zog seinen Handschuh unter Zuhilfenahme seiner Zähne aus und streckte ihr die Hand hin. »Alex Drummond. Bulldog, unfreiwillig.«

Edith lachte. »Ich bin Edith – Edith Graham.«

Bulldog. Einer dieser Armee-Spitznamen: Tinker Taylor, Chalky White. Von mittlerer Statur, nicht sehr groß, aber in der Breite seiner Schultern und der gelassenen Körperlichkeit, mit der er sich hielt und bewegte, lag eine gewisse Kraft. Sein freundliches Gesicht war fast hübsch zu nennen. Breit um Stirn und Augen mit einem starken, eckigen Kinn. Mehr Bullterrier als Bulldog, aber der Spitzname passte zu ihm.

»Freut mich, Sie kennenzulernen, Miss Graham.« Er hob seine Tasche mit einer Hand an und verstaute sie im Netz. Er blickte fragend auf sie herab. »Sind wir uns nicht schon einmal begegnet?«

»Nicht, dass ich wüsste …«

Er setzte seine Kappe ab und enthüllte einen bronzefarbenen Lockenkopf wie eine griechische Statue, an den Seiten kurz geschnittten, als wäre er gerade beim Friseur gewesen.

»Silvester auf Doris Party. Als wir ankamen, sind Sie gerade mit Leo Chase gegangen.«

»Natürlich. Sie waren mit Vera Atkins da.«

Er lächelte, anscheinend erfreut, dass sie ihn wiedererkannte. Er legte seinen Mantel ab und setzte sich ihr gegenüber. Edith lächelte ebenfalls. Sie hatte das Gefühl, dass es sich um mehr als nur einen Zufall handelte, höchstwahrscheinlich Dori oder Vera, die ein Auge auf sie hatten, was ihr nicht das Mindeste ausmachte. Es war eine Erleichterung, sich gut behütet zu wissen, und sie war froh über die Gesellschaft.

»Wahrscheinlich sehen wir ein wenig anders aus als in unserem Sonntagsstaat.« Er nickte in Richtung des Mantels, den sie trug. »Obwohl das wirklich ein herrlicher Pelz ist.«

»Gehört Dori.« Sie zog den Mantel enger um sich. »Sie hat darauf bestanden, dass ich ihn mitnehme gegen die Kälte.«

»Habe mir schon gedacht, dass die nicht bei der Kontrollkommission ausgegeben werden.« Drummond warf einen Blick auf das Abzeichen der Kappe, die in ihrem Schoß lag: CCG – ineinandergeschlungene Buchstaben in Gold. »Da arbeiten Sie?«

Edith nickte.

Er öffnet eine Zigarettendose und bot ihr automatisch eine an.

»Ich rauche nicht. Danke.«

»Vernünftige Frau.« Er ließ die Dose zuschnappen und zündete sich eine an. »Vergessen Sie nicht, ihre Ration abzuholen. Deutsche lassen sich lieber in Zigaretten als in Mark bezahlen. Streng gegen die Regeln, aber jeder macht es. Fahren Sie weit?«

»Hamburg. Dann Lübeck. Ich bin dort stationiert. Education Officer.«

»Bis zur Endstation also.« Er lächelte und zeigte dabei eine kleine Lücke zwischen den Vorderzähnen.

»Sie?«

»Bad Oeynhausen. Ich steige in Osnabrück aus.«

Sie schwiegen eine Weile. Edith schaute aus dem Fenster. Drummond rauchte seine Zigarette zu Ende.

Der Zug fuhr durch Vororte von Rotterdam. Überall Zeichen schwerer Bombardements: zerstörte Gebäude, schwarz und ausgehöhlt, Lagerhallen zerknautscht wie Pappe. In der Ferne riesige Kräne, aus den Angeln gehoben und verbogen, die sich zum Fluss krümmten.

»Rotterdam wurde doppelt getroffen.« Drummond starrte in die Verwüstung, die sich vor ihrem Fenster darbot. »Die Deutschen in den Vierzigern und dann wir – Schiffswerften, Docks und die S-Boote.«

»S-Boote?«

»Schnellboote.« Er verschränkte die Arme. »Verdammte Beeinträchtigung unserer Schifffahrt, also musste es gemacht werden.«

Sie verfielen wieder in Schweigen.

Schließlich ließ der Zug die urbanen Zerstörungen hinter sich und durchquerte eine flache, geometrische Landschaft, trostloses Grün und Braun mit Deichen, Poldern und Windmühlen. So stellte man sich ein Holland aus dem Bilderbuch vor, aber die Lehrbücher und Baedeker zeigten nicht die kaputten Brücken, deren Stahlholme sich in den Flüssen stapelten, als hätte die Faust eines Riesen sie aus ihren Stützträgern gerissen.

»Möchten Sie etwas davon?« Er zauberte einen Flachmann mitsamt zwei fingerhutgroßen Metallbechern hervor. »Genever. Nehmen Sie einen Schluck. Hält schön warm.« Er schenkte ihr einen Schluck ein. »Cheers!« Er kippte den seinen und genehmigte sich noch einen. »Wunderbar. Nicht wie dieses Londoner Zeug. Davon wird man einfach nur betrunken. Das hier wärmt nachhaltig. Ein wirkliches Aqua Vita.«

Edith nippte vorsichtig. Gewöhnlich trank sie keinen puren Gin am helllichten Tag. Der Schnaps war dickflüssig, fast ölig, mit der harzigen Schärfe von Wachholder und weiteren Aromen, die sie nicht herausschmecken konnte.

»Das ist schon was, oder?« Er beugte sich vor und goss ihr noch einen ein. »Sie haben eine gute Party verpasst. Schade, dass Sie so früh gehen mussten. War eine von Doris besten.«

»Ist mir zu Ohren gekommen.«

Edith betrachtete die Dörfer, die vorüberflogen. Orte, die man flüchtig sah, aber nie besuchen würde. Über die Zügel gebeugt, lenkte ein Mann in mittlerer Distanz sein Pferdefuhrwerk. Im Vordergrund trottete eine Gruppe von Männern eine matschig glänzende Straße entlang. Hätte ein Brueghel sein können. Renaissance.

»Hören Sie mal!« Edith wandte den Blick und sah, dass Drummond sie anlächelte. »Ich würde gerne in den Speisewagen gehen. Hätten Sie Lust mitzukommen?« Er griff nach seinem Rucksack. »Das Essen ist ziemlich schlecht in diesen Zügen. Zum Glück habe ich Proviant mitgebracht. Wir können uns den gern teilen.«

Der Speisewagen war fast voll. Sie rutschten an einen Tisch. Drummond holte ein Baumwollbündel hervor, das am oberen Ende ordentlich zusammengeschnürt war. Er öffnet den Knoten und förderte mehrere Päckchen zutage.

»Wir haben Broodje kroket mit Senf – Fleischkroketten in einem weichen Brötchen, wirklich köstlich – und Rookworst – holländische Rauchwurst, dazu hartgekochte Eier. Ich sterbe nach der Überfahrt immer vor Hunger, aber ich kann den Fraß nicht essen, den sie servieren, wenn wir zum Hoek kommen.« Er schüttelte sich. »Also frühstücke ich in diesem kleinen Café. Warme Brötchen, richtige Marmelade, guter Kaffee. Genau das Richtige. Ich habe sie gebeten, für mich ein kleines Picknick zusammenzustellen.«

Er teilte die Mahlzeit sorgfältig in zwei Hälften. Für einen Mann hatte er gute Hände, breit, aber nicht plump, gepflegte Nägel mit kurzen, starken Fingern. Edith fielen Hände immer ins Auge. Sie hatte gar nicht gemerkt, wie hungrig sie war. Das Essen war köstlich. Anders. Kontinental.

»Sind Sie religiös?«, fragte er aus dem Nichts heraus.

»Nein, nicht sonderlich. Warum fragen Sie?«

»Oh, nichts.« Er zuckte die Schultern. »Es ist nur der Anhänger, den Sie tragen. Die Schwarze Madonna von Tschenstochau, nicht wahr?«

»Oh.« Edith griff an ihr Medaillon. »Dori hat es mir gegeben. Zum Schutz.«

»Wir alle tragen etwas.« Drummonds Hand fuhr zu seiner obersten Jackentasche. »Sie muss eine gute Freundin sein, wenn sie Ihnen so etwas mitgibt.« Er betrachtete sie mit einer merkwürdigen Form von Achtung. »Hoffentlich benötigt sie es nicht selbst.«

»Warum sollte sie?« Irgendetwas in seinem Ton ließ Edith aufhorchen.

»Nichts Besonderes.« Er zuckte mit den Schultern. »Woher kennen Sie Dori?«

Da lag etwas Weiches in seinen Augen, der Anflug eines privaten Lächelns, als er ihren Namen aussprach, der Edith auf den Gedanken kommen ließ, dass er einer ihrer vielen Liebhaber gewesen sein könnte. Vielleicht war er es immer noch.

»Durch Adeline Croft.«

»Die amerikanische Journalistin?«

»Ja, kennen Sie Adeline?«

»Hab sie ein paar Mal getroffen.«

Sie führten diese Sorte Konversation. Neue Bekannte, die versuchen, herauszufinden, ob sie gemeinsame Bekannte haben.

»Und Vera?«, traute Edith sich zu fragen. »Woher kennen Sie beide sich?«

»Und Sie?«, erwiderte er.

»Ich kenne sie nicht. Ich habe sie nur einmal getroffen.« Edith zögerte. »Nun, zweimal, wenn man Doris Party mitzählt. Ich kenne sie kaum.«

Sie unterschlug das dritte Mal im Service Women's Club. Er schaute sie wieder an, als wüsste er, dass sie etwas verschwieg, zollte ihr aber Anerkennung dafür, dass sie es tat. Sein Lächeln wurde breiter, als ob sie einen Test bestanden hätte.

»Sie müssen sie ziemlich beeindruckt haben.«

»Wie kommen Sie darauf?«

»Auf der Party. Sie hat von Ihnen gesprochen. Sie schneidet sogar Menschen, die sie seit Jahren kennt. Schürzt Kurzsichtigkeit vor. Keine Lust, dürfte es eher treffen.«

»Sie kennen Vera also gut?«

»Gut genug.« Nun war er es, der ausweichend antwortete. »Wir haben gemeinsame Bekannte, könnte man sagen.« Er starrte aus dem Fenster, wobei sein Gesicht schlagartig einen verschlossenen und abwesenden Ausdruck annahm, als wären sie auf unsicheres Terrain geraten. Dann wandte er den Kopf, als hätte er sich zu etwas durchgerungen. »Vera und ich werden zusammenarbeiten. War Crimes Comission.« Er blickte nach unten auf das Abzeichen seiner Mütze. »Wir wollen herausfinden, was mit unseren Leuten passiert ist, und diese mordenden Nazibastarde jagen, sie der Gerechtigkeit zuführen.«

Er wandte sich wieder ab, als wäre das alles, was er dazu zu sagen hätte. In Windeseile war er eingeschlafen. Die Landschaft draußen sah nun winterlich aus, Deiche und Flüsse mit dem trostlosen grau-grünen Schimmer von Eis, die Felder schneebestäubt. Johannes Janson – *Winterlandschaft ohne Schlittschuhläufer*. Edith nahm Stift und Notizbuch zur Hand, ließ ihren Blick über den Abfall auf dem Tisch schweifen und blieb bei einer Krokette hängen: eine Fleischmischung, eine gute Art der Resteverwertung. Im Grunde genommen eine Frikadelle … Sie schrieb schnell und entwarf ein Rezept. Hin und wieder blickte sie kurz hoch, als sie die Zutaten dazu auflistete.

Im Sitz gegenüber, den Kopf gegen das Fenster gelehnt, Mund halb offen, Körper entspannt und jede Anspannung im Gesicht wie weggepustet, sah Drummond jünger aus. Er erinnerte sie ein wenig an ihren Schwager Ted: die im Zaum gehaltene Kraft, die geraden Augenbrauen über grüngrauen Augen, sogar die kleine Lücke zwischen den Zähnen.

Der Zug hielt mit einem Ruck, und Drummond war augenblicklich wach. Edith schaute schnell weg, er sollte nicht denken, dass sie ihn anstarrte. Der Stift in ihrer Hand zuckte und hinterließ einen Klecks auf der Seite.

»Was tun sie?«, fragte er.

»Oh, ich …« Sie blickte auf den Stift in ihrer Hand, das Notizbuch in ihrem Schoß. »Nur ein paar Sachen festhalten. Ich sammle Rezepte. Gerichte, die ich kennenlerne, Menüs und so weiter.«

»Unser Picknick?« Er schien amüsiert.

»Nun, ja.« Sie warf einen Blick auf ihre Zeilen. »Essen erzählt eine Menge über eine Person, ermöglicht einen Blick jenseits der Fassade.«

»Und was erzählt Ihnen das hier«, er wies auf die Überreste, »über mich?«

»Oh, Sie sind anspruchsvoll, reiselustig, kosmopolitisch. Sie sind ein kleiner Rebell, improvisieren gerne, sind ideenreich, brechen Regeln. Gut ausgebildet, sprachbegabt, intelligent. Sie sind charmant, besonders gegenüber Frauen, aber von Männern werden Sie auch gemocht.«

»Ich werde rot!« Er lachte. »Das alles können Sie sehen? Handinnenflächen überflüssig?«

»Ja, Essen enthüllt sehr viel. Auch, um sich etwas ins Gedächtnis zu rufen. Besser als ein Tagebuch. Selbst Jahre später stehen einem bestimmte Momente sofort vor Augen. Tagebücher können nichtssagend sein, farblos.«

»Und sie sind verboten.« Sein Blick war frank und frei. »Ich verstehe.« Er verfiel wieder ins Sinnieren. »Doch, ich verstehe.«

»Ja?«, fragte sie. »Was verstehen Sie?«

Mit gefalteten Händen beugte er sich vor. »Die Wüste. Ich war den ganzen Tag über mit der Long Range Desert Group unterwegs. Infernalisch heiß. Wir machten erst bei Sonnenuntergang Halt.« Seine Augen blickten in die Ferne. »Ich sehe diese lange Düne, wie ein Messer vor einem violetten Himmel. Wir waren furchtbar hungrig. Alles, was wir hatten, waren trockene Kekse und Pökelfleisch in Dosen. Dieser Neuseeländer schlug das obere Ende mit seinem Bajonett ab. Ich sehe ihn genau vor mir, das Tattoo auf seinem nackten Arm. Das Fleisch war zu dünnem Brei geschmolzen. Wir kratzten es mit den Plätzchen raus, aßen es gleich aus der Dose. Da draußen unter den Sternen schmeckte es besser als Foie gras.« Der Zug ruckelte heftig und verringerte holpernd sein Tempo, bis er zum Stillstand kam. »Was ist nur los mit diesem verdammten Zug? Wenn das so weitergeht, kommen wir nie an.«

Er wischte über die beschlagene Scheibe, was aber auch keinen Unterschied machte. Die Welt da draußen war diesig geworden, perlgrau. Eine Horde Kinder tauchte geisterhaft aus dem Nebel auf, rannte den Zug entlang und schrie auf Deutsch: »Haben Sie Brot?« Einige der Passagiere im Speisewagen ignorierten sie, andere öffneten die Fenster, und von überall aus dem Zug regnete es Sandwichs, Zigaretten, lose und als Päckchen, Tafeln Schokolade.

»Es war schlimm dort«, sagte Drummond, als die Kinder die Gleise entlangliefen. »Gegen Ende des Krieges sind sie mehr oder weniger verhungert. Der Winter wird wieder hart. Von jetzt an wird es stets dasselbe sein. Wann immer der Zug anhält, werden Horden von Kindern von Gott weiß woher kommen und rufen: *Schoki, Tommy. Zigaretten, Tommy! Butterbrot, Tommy!* Die Jungs werfen ihnen zu, was sie nicht mögen oder erübrigen können, einfach nur, um zu sehen, wie sie sich darum kabbeln und prügeln. Vielleicht tun ihnen die kleinen Racker auch leid.« Drummond warf ihnen den Rest der Wurst zu, und ein paar der Kinder stürzten sich darauf. »Sie werden viele wie diese an ihrem Zielort sehen.«

Ein Kind bewegte sich nicht, starrte sie nur an. Ein kleines Mädchen in einer dünnen Strickjacke über einem Sommerkleid und in etwas, was wie Sandalen aussah. Eingehüllt von Nebel stand es auf dem grau gefrorenen Boden einfach da. Edith erinnerte sich an eine Einsatzbesprechung der Kontrollkommission: eine große Frau mit scharf gezeichneten Gesichtszügen in Kampfjacke und Marinerock, ein Education Officer, gerade zurückgekehrt. Sie hatte Dia auf Dia von zerstörten Städten voller verwahrloster Kinder gezeigt, die in Bergen von Schutt und Asche spielten. »Sie werden nicht verstehen, wie es wirklich ist, bevor Sie vor Ort sind«, hatte sie bleich und ernst gesagt, als könne sie es selbst nicht glauben. Edith hatte sich die Statistik gemerkt: Köln, 92% der Gebäude unbrauchbar, nur 162 Grundschulen in ganz Schleswig-Holstein. Aber es waren die Trümmerkinder mit ihren verkniffenen, mürrischen Gesichtern gewesen, die sie nicht vergessen hatte. Was immer sonst sie dort auch tat, Edith war gekommen, um das Leben dieser Kinder zu verbessern. Sie durfte das nie vergessen.

Ihr Zug nahm wieder Fahrt auf. Drummond schaute aus dem Fenster. »Bald kommt die Grenze. Papiere bereithalten.« Edith fiel plötzlich die verflixte Pistole ein. Ihre Sorge musste offensichtlich gewesen sein. »Kein Grund, so bekümmert dreinzuschauen.« Er beugte sich vor. »Sie durchsuchen nie etwas. Nun«, er grinste, »fast nie.«

Die Überprüfung war oberflächlich, nur Papiere und Pass. Als die Formalitäten erledigt waren, entspannten sich die Grüppchen um sie herum zusehends und ließen Flaschen mit Brandy und Schnaps kreisen.

»Merkwürdig«, sagte Drummond und nickte in Richtung Fenster. »Manche Orte sind fast unversehrt geblieben, als hätte es nie einen Krieg gegeben.« Sie fuhren durch Bad Bentheim. Es sah aus wie eine Postkarte oder die Kulisse eines Märchens. Ein großes Schloss thronte auf einem Felsvorsprung, darunter die roten Ziegeldächer der Stadt, gepudert mit Schnee. »Andere«, er zuckte die Schultern, »sind fast komplett zerstört. Es ist überall das Gleiche in Deutschland.«

Die nächste größere Stadt war Rheine. Hier war ein Verschiebebahnhof ausgiebig bombardiert worden. Die Zerstörung breitete sich bis in die Stadt aus. Die Häuser und Gebäude an der Strecke waren ausgebrannte schwarze Hüllen, die Abstellgleise mit Überbleibseln von Güterwagen und Waggons gefüllt, deren Seiten zersplittert und bis zu den Rädern abgebrannt waren. Entgleiste Lokomotiven lagen rostend auf der Seite. Einige Reparaturen wurden vorgenommen. Männer schweißten einen Tender auseinander, ein Bogen aus gelben und roten Funken war der einzige Farbtupfer weit und breit.

»Schön zu sehen, dass wenigstens einer versucht, etwas zu tun, selbst wenn es nur darum geht, eine Lok zu richten.« Ein Ausbruch von brüllendem Gelächter erregte kurz Drummonds Aufmerksamkeit. »Das ist es, was wir hier tun, während wir Ordnung in das Chaos bringen sollen, das wir angerichtet haben: uns betrinken. Von einem anderen Leben träumen.«

Drummond widmete sich wieder den Männern, die in der einsetzenden Dunkelheit arbeiteten.

Die Zerstörung wurde schlimmer, je näher sie Osnabrück kamen. Es schien, als würde der Zug seine Fahrt verlangsamen, damit sie einen besseren Blick hatten. Soweit das Auge reichte, war beidseitig der Strecke fast nichts als eine Kirchturmspitze hier und da stehengeblieben. In der Ferne sah man die zerklüftete Silhouette ehemaliger Wohnhäuser dunkel gegen die Abenddämmerung.

»Geschieht ihnen recht, würde ich sagen!«

Die Stimme eines Mädchens, scharf und schrill, durchbrach die

Stille, die sich im Waggon ausgebreitet hatte. Sie ließ ihrer Bemerkung ein nervöses Lachen folgen, und verhalten geknurrte Zustimmung war ebenfalls zu hören. Es wurde dunkel, die Nacht brach an. Das Fenster wurde zu einem reflektierenden Spiegel, und Edith musterte das Mädchen gegen die vorbeiziehenden Phantasmagorien: Rauch, der sich aus ihrem Zigarettenhalter kräuselte, ihr dick mit Lippenstift bearbeiteter Mund eingefroren zu einem Lachen, ihre Augen dunkel unter dünn aufgemalten Augenbrauen, kurzes blondes Haar in Wellen gelegt.

Drummond beobachtete die Gruppe mit aufeinandergepressten Lippen.

»Der Zug wird jetzt in zwei Teile geteilt.« Er erhob sich. »Hier verlasse ich Sie.«

Er suchte seine Habseligkeiten zusammen und schlüpfte in seinen Wintermantel. Sie traten auf den Gang, Drummond zündete sich eine Zigarette an.

»Es wird eine Weile dauern. Lokomotivwechsel. Die Verwüstung hier ist immens. Es wird schlimmer, je weiter man nach Norden kommt.« Er nickte in Richtung Speisewagen. »Ich weiß nicht, ob die eine große Hilfe sein werden. Gute Burschen für einen Krieg, kurz vor der Entlassung, und sie wollen die Party noch ein wenig verlängern. Man kann es ihnen wahrscheinlich nicht verdenken. Ziemlich trostlos zurück daheim mit der Rationierung und all dem. Hier bekommt man alles, was man will.« Er stierte nach draußen in die Dunkelheit. »Und ich meine alles.« Er blickte sie wieder an und seine graugrünen Augen verhärteten sich. »Verstehen Sie mich nicht falsch – ich habe kein Mitleid mit ihnen, den Deutschen. Ich war in Bergen-Belsen, was schlimmer war als alles, was die meisten von denen gesehen haben. Glauben Sie mir, was immer Sie über diesen Ort gehört haben, ist wahr, und es ist noch nicht einmal das Schlimmste, bei weitem nicht. Aber dieses ›Verpass ihnen mal eine Dosis ihrer eigenen Medizin …‹« Er schüttelte den Kopf. »Da bin ich anderer Meinung. Wir brauchen Zivilisten. Ich glaube nicht, dass wir überflüssig sind, das Militär hat genug zu tun, aber ich bin mir nicht sicher, ob wir die richtigen Leute schicken. Sie meine ich natürlich nicht. Sie sind überhaupt nicht so oder wie die andere Sorte, was das anbetrifft.«

»Die andere Sorte?«

»Bürokraten, Sesselpupser mit einem Tisch voller Stempel. Entweder die oder die aufgeblasenen Lachnummern.« Er lächelte sie an. »Lassen Sie sich von ihnen nicht anstecken, Edith. Die finden hundert Wege, um nichts zu unternehmen. Finden Sie Ihren eigenen Weg. Tun Sie etwas.« Ein Pfiff ertönte. »Ich sollte mich auf den Weg machen.« Er zog das Fenster nach unten und griff nach außen, um die Tür zu öffnen. »Vielen Dank, dass Sie mir die Reise so angenehm gemacht haben.« Er salutierte ironisch. »Auf Wiedersehen!«

Drummond schulterte seine Tasche, drehte sich noch einmal um und winkte, bevor er den langen Bahnsteig entlanglief. Edith fand es schade, dass er sie verließ. Sie mochte diesen Mann. Er war faszinierend. Entspannte, amüsante Gesellschaft, obwohl er zurückhaltend bei allem gewesen war, was er hier vorhatte oder während des Krieges getan hatte. »Ach, wissen Sie, dies und das, an den üblichen Orten.« Die Verschwiegenheit mancher Männer entstammte dem Wunsch, zu vergessen, sich ins Zivilleben zurückzuziehen. So war er nicht, eher im Gegenteil. Immer noch in Uniform. Soldat durch und durch. Und es war nicht das, was er sagte, sondern das, was er nicht sagte, was zählte. Das Unausgesprochene.

Edith ging zurück in ihr Abteil. Die Vorhänge waren nun zugezogen, die blaue Nachtbeleuchtung war eingeschaltet. Im Wagen schliefen fast alle. Hier drinnen war es warm genug, stickig sogar, draußen jedoch kalt, sehr kalt, sie konnte es durchs Fenster fühlen. Sie zupfte Doris Pelz wie eine Decke zurecht und lehnte ihr Gesicht in eine Ecke. Der abgegriffene Plüsch, der Geruch von Staub und Rauch erinnerte sie an eine andere Reise, die sie unternommen hatte.

Ostern 1933. Unterwegs zu Kurt, ihr lang erwartetes Wiedersehen nach diesem wunderbaren Sommer. Es war kalt gewesen, aber nicht so kalt wie hier. Sie hatte ein Abteil in einem Liegewagen reserviert und ihn besetzt vorgefunden. Zu schüchtern, die dicke deutsche Dame zu verscheuchen, die ihr Bett belegt hatte, war sie zu ihrem Sitzplatz zurückgekehrt und hatte sich in einer Ecke zusammengekauert, wo sie lange nicht einschlafen konnte. Sie hatte den ganzen Tag über nichts gegessen. Die Sandwichs, die sie mitgebracht hatte, waren ranzig geworden. Fischpaste – keine kluge Wahl. Aber es war nicht der Hunger gewesen, der sie wach gehalten hatte. Es war fast ein ganzes Jahr vergangen, seit sie ihn gesehen hatte, und jetzt war sie unterwegs, jetzt war es endlich soweit. Ihre Vorfreude, ihre Aufregung lösten sich schnell in Nichts auf und wurden zu Angst. Sie wollte die unaufhaltsame Vorwärtsbewegung des Zuges anhalten, damit er sie zurückbrachte zu allem, was sicher war, zurück in die Welt, die sie kannte.

Sie rutschte auf ihrem Sitz herum und versuchte, eine bequemere Position zu finden. Es war nicht nur der Geruch des Plüschs an diesem kalten, frühen Morgen in dieser gespenstisch blau erleuchteten Dunkelheit. Angst drang in sie ein wie die Kälte durch die Dichtung rund um die Scheibe. Hatte sie sich richtig entschieden? War sie wirklich für so etwas gemacht? War sie einfach nur verrückt? Genau das dachten sie zu Hause. Hätte sie dort bleiben sollen und tun, was man von ihr erwartete? Sie hatte einen Beruf, Familie, Sicherheit. Das alles hinzuwerfen konnte sich als riesengroße Dummheit erweisen. Sie fühlte sich sowieso schon im Nachteil, als würden alle anderen den Bogen raushaben. Wahrscheinlich stimmte das nicht, aber das tröstete sie wenig. Im Speisewagen hatte eine so hektische Atmosphäre geherrscht, die sie befremdlich fand, als bräuchten sie Alkohol und Aufschneiderei, um ihre eigene Unsicherheit zu überspielen.

Was, wenn diese Reise sich als ebenso fatal wie ihre letzte erweisen würde?

Nach und nach lullte der Rhythmus der ratternden Wagen auf den Gleisen sie ein. Sie fiel in einen unruhigen Schlaf, unterbrochen nur von plötzlichen Erschütterungen, lauten Stimmen, schrillenden

Pfeifen, abgelassenem Dampf. Das Zischen und Fauchen der Lokomotive, wenn sie in Bahnhöfe einfuhren und wieder hinaus, begleitete sie tiefer nach Deutschland hinein, tiefer in das dunkle Unbekannte.

7

HOTEL ATLANTIC
Hamburg
5. Januar 1946

FRÜHSTÜCK
Pilzomelette
Oeufs au Jambon
Brötchen und Confitüre
Kaffee

Omelette aus echten Eiern, verfeinert mit Estragon und mit Champignons bestreut. Alles sehr »Continental«, von den tiefgelben Eidottern über den stark duftenden Estragon bis zu den winzigen wilden Pilzen.
Siehe Rezept für schmackhaftes Omelette mit Käse und Eiern, vegetarisch S. 178. Fünf oder sechs Pilze hinzufügen (geschnitten)
Für die süße Variante siehe S. 180. Einfaches Gericht, benötigt aber große Sorgfalt. Man muss ebenso wachsam sein wie bei einem anspruchsvollen Crêpe Suzette, ansonsten besteht die Gefahr, alles zu ruinieren – äußerst ungenießbar.

Als der Zug im Hamburger Hauptbahnhof einfuhr, wachte Edith steif und verfroren auf. Endstation, sie war praktisch der letzte Fahrgast auf der Strecke. Sie nahm ihren Koffer und trat auf den Bahnsteig. Es gab kein Glas mehr zwischen den mächtigen Stahlträgern des gewölbten Dachs. Dampf und Rauch der Lokomotive verloren sich in der Dunkelheit. Einige wenige Flocken ließen Eiskristalle auf ihrem Mantelärmel funkeln.

Am Ende des Bahnsteigs trat der Rail Transport Officer aus seiner provisorischen Bude, ganz und gar nicht glücklich darüber, die gemütliche Wärme seines Paraffinofens gegen die beißende Kälte des offenen Bahnhofs einzutauschen.

Er würdigte Ediths Reisedokumente kaum eines Blickes und wies nur mit dem Kopf zur Schranke. Edith nahm ihren Koffer und lief durch die demolierte Halle. Sie sollte ihre Reise in Hamburg unterbrechen, bevor es nach Lübeck weiterging. Die riesige Bahnhofsuhr zeigte 5:55 Uhr. Sie schaute sich im verlassenen Bahnhofsgebäude um, sah die Schilder und Anschläge mit ihren schweren gotischen Schriftzügen, und die Zweifel und Ängste der Nacht lösten sich in Nichts auf. Mit festerem Griff packte sie ihren Koffer und hörte das Echo ihrer eigenen Absätze, als sie sich auf den Weg zum Haupteingang machte. Sie war da. In Deutschland. Sie war angekommen.

Sie blieb stehen. Ihr Befehl hatte nicht angegeben, *wo* genau in Hamburg, einfach nur, dass sie »abgeholt« werden würde. Es war niemand zu sehen, und sie war seit zwei Tagen unterwegs. Ihr war kalt, sie war müde, brauchte ein Bad und einen Kaffee und war sich keineswegs sicher, wohin sie eigentlich ging.

»Miss Graham?«

Edith wandte sich beim Klang ihres Namens um. Ein Mann in Uniform lief ihr hinterher. Sie hatte schon fast den Ausgang erreicht. Was sie für einen Müllhaufen gehalten hatte, rührte sich, ein Bündel Lumpen, aneinandergedrängt und tief in eine schmutzige Ecke gepfercht. Da waren Menschen, die vor der Kälte Schutz suchten.

»Sie haben aber einen ordentlichen Schritt drauf. Ich dachte, ich hätte Sie verpasst.« Der Mann tippte an seine Mütze. »Jack Hunter, Ma'am. Ihr Fahrer. Ich war in der Bude des RTO, um mich aufzuwärmen.« Er führte sie aus dem Bahnhof, umkurvte einen hartgefrorenen Trümmerberg, der früher einmal einer der Türme am Haupteingang gewesen war. »Der Wagen ist da drüben.«

Ein Fahrer. Das hatte sie nicht erwartet. Sehr vornehm. Sie konnte den Chor Zuhause geradezu hören. Die größenwahnsinnige Edith. Er lotste sie zu einem schwarzen Humber, der an der Seite des Bahnhofs geparkt war. Hunter war groß, weit über Durchschnittsgröße, massig in seinem Wintermantel. Unter dem Rand der Mütze lugten ein paar dunkle Locken hervor.

Er öffnete den Kofferraum und verstaute ihren Koffer mitsamt Reisetasche. »Sie haben nicht viel dabei.«

»Der Rest wird nachgeschickt.«

»Sehr klug.«

Er hielt ihr die Tür auf.

»Ich sitze lieber vorn, wenn es Ihnen nichts ausmacht.«

»Wie Sie wollen.« Er rutschte neben sie und ließ den Motor an.

»Würden Sie mir sagen, wohin wir fahren?«

»Atlantic Hotel, Regional Headquarters. Sie werden in Lübeck nicht vor Montag erwartet. Das Büro ist geschlossen, Wochenende, wissen Sie? Miss Esterhazy hat sie hier untergebracht. Etwas Erholung nach der Reise.«

»Wer ist Miss Esterhazy?«

»Sie führt das Lübecker Büro. Schlagkräftige kleine Abteilung. Sie werden es im Atlantic mögen«, fügte er hinzu. »Alle Oberen steigen da ab.«

Sie schaute aus dem Fenster. Es war sechs Uhr morgens und immer noch dunkel. Einige wenige Passanten waren schon unterwegs, aber man konnte unmöglich sehen, ob es sich um Männer oder Frauen handelte, einfach formlose Bündel gegen die Kälte eingemummelt. Einige zogen kleine Karren hinter sich her.

»Die Menschen versuchen, nicht vor Kälte zu sterben«, kommentierte der Fahrer. Sie näherten sich langsam einem Haltesignal. Eine zusammengekrümmte Gestalt mit umwickeltem Kopf watschelte an ihnen vorbei, die Schultern reifbedeckt. »Suchen nach Arbeit, Fressen, Kohle, Feuerholz, alles, was sie verkaufen oder tauschen können. Frühaufsteher, das. Man sieht sie überall mit ihren kleinen Karren.«

»Stammen Sie aus dem Black Country?«, fragte Edith.

»Ja.« Er grinste, sein Akzent wurde noch breiter. »Von wo sind Sie denn?«

»Coventry.« Edith lächelte. Sie mochte seinen Akzent, etwas Vertrautes.

»Hab 'nen Cousin da unten. Arbeitet bei Standard. Haben es böse abgekriegt, nicht wahr? Nicht so übel wie Birmingham natürlich. Oder die armen Kerle hier.« Er bog um die Ecke, dann um eine weitere. »Manches hier sieht ganz normal aus, besonders im Dunkeln, aber die Hausreihen da sind nur Fassade, nix dahinter. Andere Ecken? Überhaupt nichts.« Zwischen Bergen von Backsteinen fuhr er Slalom, wobei die Scheinwerfer die Glassplitter aufblinken ließen. »Ich kann Ihnen später eine kleine Besichtigungstour bieten, wenn Sie mögen.«

»Ich kenne Ruinenstädte.«

»So was nicht.« Der Wagen bog um eine weitere Ecke. »Da sind wir.«

Sie hielten vor einem hohen, säulenbewehrten Eingang, wo ein Pförtner schon die breiten Stufen hinabeilte. Keine Zerstörung hier. Das Atlantic stand genauso da wie immer, eine imposante Erscheinung. Seine weiße Stuckfassade nahm die Länge des ganzen Blocks ein, die Fensterreihen mitsamt Balkonen schauten auf eine ausgedehnte Wasserfläche, die Außenalster.

»Sie sehen erledigt aus. An Ihrer Stelle würde ich mir eine Mütze Schlaf und etwas zu futtern gönnen«, sagte Hunter, als er ihr Gepäck aus dem Kofferraum holte. »Ich habe Anweisung, Sie um elf abzuholen.«

»Oh, von wem?«

»Captain Adams. Geheimdienst. Ihre Gesellschaft ist erwünscht. Lunch im Club.« Er salutierte und drehte sich wieder zum Auto. Ihr Kontaktmann. Es hatte begonnen. Sie spürte ein unangenehmes Grummeln bei der Nennung des Namens, war aber zu müde, um groß darüber nachzudenken.

Edith trug sich bei einem reizenden deutschen Mädchen ein. Ein älterer Portier begleitete sie zu einem angenehmen Zimmer mit Blick auf die Außenalster. Sie hängte Doris Mantel in den Schrank, zog die Schuhe aus, ließ sich ein Bad ein. Das Wasser war heiß, und parfümierte Seife stand bereit. Sie ließ die Badewanne volllaufen und plantschte eine Weile herum, bevor sie den Schmutz der Reise abwusch. Sie wickelte sich in einen Bademantel und legte sich aufs Bett.

Ohne Vorstellung von Zeit und Ort wachte sie unvermittelt auf. Es dauerte eine Weile, bis das Zimmer mit seiner hohen Decke, das strahlende Licht und die flauschige Überdecke, unter der sie lag, Sinn ergaben.

Sie bestellte Frühstück. Omelette, Brötchen und Kaffee. Der Kellner setzte das Tablett auf einem Beistelltisch vor dem Fenster ab. Das Omelette (echte Eier) ragte über die Ränder des Tellers hinaus. Edith butterte ein warmes, weißes Brötchen und goss sich aus einer Silberkanne Kaffee ein. Draußen wirkte die Außenalster durch die kahlen Lindenbäume schwarz.

Die Szenerie war monochrom, und mit dem Schleier unablässigen Schneefalls davor hatte man das Gefühl, einen alten Film zu betrachten.

Edith hatte gerade beschlossen, sich anzukleiden, als es an der Tür klopfte.

»Adeline!«

Edith trat einen Schritt zurück, um sie ins Zimmer zu lassen. Geschmolzener Schnee schmückte Adies Wollmütze und ihre voluminöse, gefütterte Jacke. Sie roch nach kalter Luft und Rauch.

»Was machst du denn hier?«

»Ich schreibe einen Artikel über die Zerstörung der deutschen Städte und fand es eine gute Idee, in Hamburg anzufangen. Bin gerade mit dem Nachtzug aus Nürnberg angekommen. Ich habe gesehen, dass du dich eingetragen hast, dachte aber, du könntest noch etwas Schlaf gebrauchen.«

»Woher wusstest du es? Dass ich hier bin, meine ich.«

»Zufallstreffer.« Adeline grinste. »Nein, nicht ganz. Ich habe dein Büro angerufen. Hast du schon mit Miss Esterhazy gesprochen? Sie sagte, du wärst hier übers Wochenende untergebracht. Ich wollte sowieso hier hoch, beschloss also, dich zu besuchen.« Sie ließ ihre Jacke von den Schultern rutschen und setzte sich in einen der Sessel neben dem Fenster. »Hübsche Aussicht. Ich könnte einen Kaffee gebrauchen.«

Edith goss ihr eine Tasse ein, während Adeline von den Nürnberger Prozessen erzählte, von den Richtern und Anwälten, den Männern auf der Anklagebank, ihren Kollegen und Kolleginnen von der Presse.

»Aber es könnten genauso gut Schauprozesse sein, wenn ich an diese Büroklammer-Geschichte denke. Deine Leute machen wohl etwas Ähnliches?«

»Ja, das tun sie. Sie nennen es Heuhaufen.«

»Sehr passend. Kommt das von Leo?«

»Nein. Er hat sich noch nicht weiter dazu geäußert. Nur so viel, dass ich ein Auge auf Kurt und seine Frau Elisabeth haben soll und auf wen ich sonst noch so treffe.«

»Und wenn du etwas findest?«

»Melde ich es Captain Adams. Ich bin mit ihm zum Lunch verabredet. Ich werde um elf abgeholt.« Edith warf einen Blick auf ihren Reisewecker. »Ich sollte mich sputen. Es ist schon halb elf.«

»Übrigens, wer hat dir vom Heuhaufen erzählt?«, fragte Adeline, als Edith sich anzukleiden begann.

»Reicht das hier für einen Lunch?« Edith hatte ein hellgraues Kostüm und eine pfirsichfarbene Seidenbluse aus ihrem Koffer genommen.

»Sehr chic. Also, wenn nicht Leo …«, drängte Adeline.

»Dori und Vera Atkins.« Edith zwängte sich in den Rock. »Ist der zu eng, was meinst du?«

»Nein, sieht gut aus. Ich verstehe nicht, was Dori und Vera Atkins damit zu tun haben.«

»Arbeiten beide für die Abteilung War Crimes.« Edith knöpfte ihre Bluse zu. »Nazis jagen, um sie vor Gericht zu bringen. Hat Dori es dir nicht erzählt?«

»Nö.« Adeline schüttelte den Kopf und zündete sich eine Zigarette an.

»Oh …« Edith schwankte. Vielleicht sollte sie es Adeline nicht erzählen, aber es war nicht gerade ein *Geheimnis*. Oder doch? »Sie haben mich gebeten, ihnen zu helfen.«

»Okay.« Adeline ließ sich zurück in den Sessel fallen. »Lass mich das klarstellen. Du wirst für Leo arbeiten, wahrscheinlich über Adams, der *nicht* daran interessiert ist, diese Männer der Justiz zuzuführen. Ganz im Gegenteil. Während du Vera Atkins und Dori hilfst, die für eine ganz andere Truppe arbeiten und die wollen, dass sie zur Rechenschaft gezogen werden.« Sie schaute Edith forschend an. »Wie willst du verhindern, dass Leo und Co. wissen, was du wirklich tust? Es müsste da so eine Art Zensur geben.«

»Wir haben einen Code entwickelt, der auf einem Kochbuch basiert«, sagte Edith, während sie ihr Make-up auftrug.

»Und wie funktioniert das?«

Adeline machte sich nie Notizen. Das brauchte sie nicht. Sie konnte jede Unterhaltung wortwörtlich wiederholen wie ein Tonband. Sie vergaß nie etwas, sondern behielt es im Kopf, überprüfte dann die Fakten und suchte nach Querverweisen, bis sie die Sache weiterverfolgte. Wenn sie so zuhörte, hatte sie einen ganz bestimmten Gesichtsausdruck: ihre braunen Augen weit aufgerissen und den Kopf erwartungsvoll zur Seite geneigt. Dabei drehte sie eine Locke ihres Haares. Und so sah sie jetzt aus.

Edith unterbrach ihr Schminken. »Warum möchtest du das wissen?«

»Es interessiert mich nur, das ist alles. Und ich mache mir Sorgen.« Sie breitete die Hände aus. »Es ist gut, ein System zu haben. Man weiß nie, wer sonst noch die Augen aufhält.«

»Zum Beispiel?« Edith fuhr fort, die Wimperntusche aufzutragen.

»Wir zum Beispiel. Und sogar die Russen.«

»Russen!« Edith hielt inne, die Wimpernbürste erhoben. Überrascht betrachtete sie sich im Spiegel, ein Auge größer als das andere.

»Nun ja. Wenn wir ein Netzwerk in ihrer Zone aufbauen – und darauf kannst du Gift nehmen –, werden sie dasselbe tun. Und Lübeck liegt praktisch an der Grenze.«

»Niemand hat etwas von *Russen* gesagt.«

»Du sollst eben nicht wissen, dass …«

Adeline erhob sich plötzlich und ging zum Fenster. Lange starrte sie auf die Außenalster, deren graphitartige Oberfläche von Schlittschuhen gezeichnete Einkerbungen, Linien und Kringel aufwies, obwohl heute keine Schlittschuhläufer zu sehen waren.

»Das kann ich nicht«, sagte sie zu sich selbst.

»Was kannst du nicht?« Edith beendete das Tuschen, während Adeline weiterhin Schlittschuhläufer anstierte, die es nicht gab. Sie schien im Geiste etwas abzuwägen.

»Weißt du was?«, sagte Adeline. »Scheiß drauf.« Sie wandte sich wieder Edith zu. »Und wenn er mich zurückschickt. Ist mir egal.«

»Wer? Zurückschicken wohin?«

»Tom. McHale. Nach Poughkeepsie. Zur Frauenbeilage des *Eagle*. Soll er doch.« Sie schnipste mit den Fingern. »Einfach so.«

»Was? Aber warum sollte er?«

»Er wird es schon nicht tun. Er droht nur damit. Außer …«

»Außer was?«

Adeline seufzte. »Außer ich bekomme aus dir nichts raus.«

Edith entnahm der Tiefe ihres Seufzers, dass sie zerrissen war zwischen der Erleichterung, es erzählt zu haben und dem Abscheu vor ihrer Verwundbarkeit.

»Worüber? Was will er wissen?«, fragte Edith noch einmal.

Adeline lachte. »Alles. Wissen ist Macht. Wer hat das gesagt?« Adeline wartete nicht auf Antwort. »Er muss bei Dori mehr mitbekommen haben, als wir dachten, und bei dem, was du erzählt hast, läuteten alle Glocken hinsichtlich seines neuen Babys. Sein neues Interessenfeld oder eines davon. Gestern nach der Gerichtsverhandlung hat er mich beim Kragen gepackt und gedroht, mich zurück in die Staaten zu schicken, bevor ich auch nur Piep sagen kann, wenn ich nicht herausfinde, was du für die Briten machst.«

»Oh, Adie.« Edith machte einen Schritt auf sie zu, aber Adeline schüttelte brüsk den Kopf. Edith zögerte, fragte dann: »Also was *ist* sein neues Interessenfeld?«

»Wissenschaftler. Ärzte. Verwickelt in allerlei widerliche Sachen – Giftgas, biologische Waffen und deren Auswirkungen. Bisher hatten diese Typen keine Priorität. Roosevelt mochte diese Art der Kriegführung nicht, aber er lebt nicht mehr. Sie wollen todsicher nicht, dass die Russen sie sich schnappen.« Sie hielt kurz inne. »Oder die Briten, was das anbetrifft.«

»Also könnten sie hinter Kurt her sein?«

Adeline nickte bedächtig.

»Was wirst du ihm erzählen?«

»Ich werde ihn hinhalten.« Hände in den Taschen, zuckte sie die Schultern. »Behaupten, dass du nichts weißt.«

»Na ja, ist die Wahrheit, oder?« Ediths Lachen klang aufgesetzt. Was würde geschehen, wenn und falls sie etwas wüsste?

Adeline registrierte ihre schlagartige Erkenntnis. »Es ist ein gefährliches Spiel, Edith, aber du musst dich darin nicht verwickeln lassen. Du willst nicht der Käse in der Mausefalle sein. Du kannst dich von Leo fernhalten. Von Dori und mir. Fahr nach Lübeck. Bring die Schulen auf den Weg. Das reicht.«

»Nun, ich bin es längst, nicht wahr?«, sagte Edith ruhig. »Darin verwickelt, meine ich. Ich weiß nicht, wie ich da noch aussteigen soll.«

Kein Job für eine Frau, sagte man das nicht? Adeline hatte sich darum nicht geschert, hatte sich durchgesetzt. Jetzt konnte all das, wofür sie so hart gearbeitet hatte, alles, was sie erreicht hatte, in einem einzigen Augenblick auseinanderfallen, sich in Luft auflösen, als hätte es keinen Wert, und sie wäre wieder dort, wohin sie gehörte, Mode und Gartenausstellungen. Edith war dafür nicht verantwortlich. Davon abgesehen gaben Adelines Reportagen denen eine Stimme, die sonst niemals gehört würden. Sie hatte den nackten, blutigen Statistiken des Krieges Namen und Gesichter gegeben. Sie würde dasselbe bei den Nachwirkungen tun, die Schwäche, Feigheit und Schuld der Männer auf der Anklagebank in Nürnberg enthüllen, die Geschichte der besiegten Deutschen erzählen und wie sie jetzt lebten.

»Wir werden uns etwas einfallen lassen.« Edith nahm Adelines Arm. »Wirf ihm hin und wieder einen Knochen hin, wie Dori sagen würde.«

Sie lachten. Dennoch ließ das unvermittelte Schrillen des Telefons sie beide zusammenzucken. Edith nahm den Hörer ab und erwartete schon fast irgendeine sinistre Stimme, britisch, amerikanisch, sogar russisch.

»Frau Graham?« Die Stimme war eine deutsche Stimme, hell und freundlich – die Rezeptionistin. »Ihr Fahrer ist da.«

8

BRITISH OFFICERS' CLUB

Hamburg

5. Januar 1946

Officers' Club Lunch
Windsor Soup
Roast Beef
Roast Potatoes
Red Cabbage
Albemarle Pudding
Cheese and Biscuits
Coffee

Britisch, aber nicht zu sehr. Bratkartoffeln mit Salz und Kümmel bestreuen. Geschmorter Rotkohl. Eine kleine Sauciere Bratensoße, Fleischsaft mit Rotwein anreichern, reduzieren, mit Butter und Meerrettich aufmontieren. Mein Begleiter, der Offizier, zog sein Beef »blutig« vor.
Unter FLEISCH – GEBRATEN. Für FAST ROH – Regulo 8 etwa 12 Minuten pro Pfund, dann Regulo 9 für zwölf Minuten, dann fünfundzwanzig Minuten stehen lassen.

Jack Hunter wartete im Foyer auf sie. Er hatte seine Uniform gegen einen grauen Doppelreiher mit breiten Aufschlägen, ein blaues Hemd und eine Regimentskrawatte getauscht. Er sah ziemlich imposant aus, sehr groß, mit einem großen Kopf, hohen breiten Wangenknochen und ausgeprägten Gesichtszügen. Sein schwarzes Haar war an den Seiten kurz geschnitten, doch ein paar Locken hatten sich unter der Pomade schon selbstständig gemacht. Seine Mundwinkel rutschten leicht nach oben, und seine strahlend blauen Augen zogen Fältchen um die Augenwinkel, als ob er sich heimlich über etwas amüsierte, wahrscheinlich auf ihre Kosten.

»Sergeant? Das ist Adeline.«

Adeline deutete ein Winken an.

Jack nickte. »Wie geht's?«

»Adeline ist eine amerikanische Journalistin. Sie schreibt über deutsche Städte. Vielleicht könnten Sie mit uns die Tour machen, von der Sie sprachen, wenn es Ihnen nichts ausmacht?«

Adeline war der einzige Mensch, den sie hier kannte. Edith wollte sich nicht gleich schon wieder von ihr verabschieden.

»Ich bin hier, um zu dienen.« Er verbeugte sich ironisch. Seine Miene leichter Belustigung verwandelte sich in ein breites Grinsen. »Mache ich gern. Hat aufgehört zu schneien, es klart von Norden her auf. Frisch allerdings. Sie werden Ihre Mäntel brauchen.«

Er führte sie zum Auto und fuhr runter zum Fluss. Mehrfach hielt er an, damit Adeline Fotos machen konnte: ein halb versunkenes Schiff im Hafenbecken, ein weiteres, das auf der Seite lag, plätscherndes Wasser in den Trichtern, mehrere andere, aber vielleicht waren es U-Boote, im Trockendock mit aufgeschlitzten Seiten, deren Metall wie von einem riesigen Dosenöffner aufgebogen worden war. Überall ein unfassbares Wirrwarr von rostendem Metall: gefallene Kräne, umgestürzt und zerdrückt wie der ausrangierte Metallbaukasten eines Kindes, verstreute Stahlträger, die sich wie warnende Finger erhoben, um den nächsten Schlag abzuwehren.

»Alles unser Werk«, kommentierte Hunter. »Und ich meine nicht im Krieg. Haben alles in die Luft gesprengt, ob noch tauglich oder nicht. Schreit zum Himmel. Absolut brauchbares Material.«

Von der Elbe ging es weiter in eine unfassbare Einöde. Die Straßen waren leer. Schnurgerade Linien im Gittermuster unterteilten die planierte Landschaft. Kilometerweit schien das auf beiden Seiten der Straße so weiterzugehen, der gesamte Umkreis gegliedert durch die gezackten Fassadenwände zerstörter Wohnblocks.

»Sehen Sie das da drüben?« Er wies auf Kreuze, die auf gefallene Säulen gepinselt worden waren, auf Brocken von Mauerwerk. »Sie stehen für Leichen.« Ein Stück weiter lag ein verwitterter Trauerkranz auf den wenigen Überbleibseln einer rauchgeschwärzten Mauer. Alles war gefroren. Schnee lag in den Hohlräumen der schartigen Oberflächen. »Gott weiß, wie viele noch darunter liegen. Gut, dass es kalt ist«, fügte er hinzu. »Wenn der Sommer kommt, wird es zum Himmel stinken. Sehen Sie das?« Ein Hauch gelbgrünen Rauchs stieg von einem Schuttberg auf. »So leben sie. In den Kellern.«

Erneutes Anhalten. Erneutes Fotografieren.

Sie fuhren weiter. Ruinen hoher Wohngebäude rückten näher, nahmen Dimension an. Von oben würden die Häuser wie ein Bienenstock ohne das schützende Wachs aussehen, nichts als nackte, verletzliche Zellen. Zu beiden Seiten der Straße türmte sich der Schutt bis mindestens zur Höhe des zweiten Stockwerks auf, bildete Berge und Täler. Es erinnerte Edith an etwas, nichts in der Natur, aber auch nichts, was von Menschen errichtet worden war. Trümmerfrauen bildeten eine Reihe, die den Konturen folgte, und reichten mit der Emsigkeit von Ameisen Steine von Hand zu Hand weiter. Ironie des Schicksals, dass es aussah, als würden sie Wassereimer weitergeben, um ein Feuer zu löschen.

»Dreitausend Flugzeuge acht Tage und Nächte lang«, führte Hunter seine Erzählung fort. »Unsere Jungs und die Yanks. Ich habe einen Kumpel, der bei den Angriffen dabei war. Sagte, so was hätte er noch nie gesehen. Als würdest du über einen Vulkan fliegen. Eine riesige Rauchsäule, die zwanzigtausend Fuß hochsteigt, und die Erdoberfläche ein einziges Feuermeer. Von Horizont zu Horizont. Die Hitze so groß, dass sie es fühlen konnten, im Flugzeug den Brand rochen. Vierzigtausend Tote vermutlich. Wahrscheinlich mehr. Keiner weiß es genau. Es gab einen mächtigen Feuersturm, der hat die meisten von ihnen getötet. Fegte durch die Stadt wie ein Hurrikan. Geschwindigkeiten bis zu hundertsiebzig Meilen pro Stunde, Temperaturen so hoch, dass man einen Hochofen damit hätte befeuern können. Ich habe diesen Burschen kennengelernt, war Kriegsgefangener in Dresden und hat dort dasselbe erlebt. Musste hinterher beim Aufräumen helfen. Was der gesehen hat …«

Er fuhr mit der routinierten Gelassenheit eines Fremdenführers fort, wiederholte Fakten und bezifferte Tod und Zerstörung: ein Inventar des Horrors, das zwischen schauerlicher Anekdote und kühler Statistik changierte. Adeline lauschte aufmerksam, aber Edith hörte längst nicht mehr hin. Sie war am Tag nach dem Bombardement von Coventry zur Arbeit gegangen, um herauszufinden, wie viele Schüler ihr geblieben waren. Sie hatte ihren Weg durch die Innenstadt sorgfältig gewählt, ein Kessel voller Stein und Mörtel, aus dem noch immer Rauch aufstieg, Ruinen, die im Nieselregen zischten. Sie hatte gesehen, wie die provisorische Leichenhalle von Anfang bis Ende mit Körpern gefüllt gewesen war. Sie erinnerte sich an die verbrannte Wolle, das verkohlte Holz, den Gestank von verbranntem Fleisch. Sie wusste, was das Feuer mit Menschen macht. Sie waren als Menschen nicht mehr zu erkennen, wurden zu etwas Nacktem, Ausgetrocknetem, wie entkleidete Mumien, nicht länger menschlich, geschrumpft und entstellt wie Fetischpuppen, die aus Haar, Holz und Lumpen zusammengebastelt waren. Merkwürdig, was Flammen fraßen und was sie verschonten. Der Ärmel eines grünen Wollblazers so gut wie nicht angesengt, das aufgestickte Schulabzeichen noch vollkommen intakt. Der Angriff an diesem Abend hatte früh begonnen und die Kinder, immer noch in ihren Schuluniformen, beim Spielen erwischt. Von einem Moment auf den nächsten war ihre Stadt in einen Feuerkessel verwandelt worden. Eine Sekunde des Zögerns, eine kurze Verwirrung war alles, was zwischen Tod und Leben lag. Wie viele waren an diesem Abend im November gestorben? Fünfhundert, sechshundert? Die Zahl war ihr unerträglich vorgekommen. Aber das hier? Das war etwas vollkommen anderes.

Der Wagen drehte Richtung Fluss ab. Als sie durch die Relikte dessen fuhren, was vom Stadtzentrum übriggeblieben war, kamen sie an hässlichen modernen Gebäuden vorbei, die bis zu einem ganzen

Straßenblock einnahmen. Lichter flammten plötzlich auf, obwohl sämtliche Gebäude rundherum im Dunkel lagen.

»Victory Club. Vielgepriesene NAAFI. Man kann da alles bekommen. Es gibt Pläne, es sogar noch zu vergrößern, indem man die Parzelle räumt.« Jack wies auf die Gebäude im Umkreis.

»Aber die sehen ganz unbeschädigt aus«, wunderte Adeline sich.

»Genau so ist es. Herzlich willkommen in der britischen Zone.«

Sie ließen die ruinierte Stadt hinter sich. Die Zerstörung war nicht allumfassend gewesen. Das Zufallsmuster der Bombardierung hatte Teile der Stadt unbehelligt gelassen. Sie kehrten zur Außenalster zurück und fuhren um deren westliches Ende. Die Straße war breit und baumgesäumt. Jack wies nach links. Prachtvolle Häuser umgeben von Grün zierten den Abhang.

»Kontrollkommission für Deutschland oder Militärregierung, jedes einzelne von ihnen«, sagte Jack. »Leben wie die Könige, die.« Er schüttelte den Kopf. »Da geht's hin.« Er deutete auf ein Haus oberhalb der Flussbiegung. Hell, frisch gestrichen, Portikus, Fensterrahmen, Mauern passend zum gelben Stuck ganz in Weiß gehalten. Das Grundstück dehnte sich bis zum Ufer aus. »Gehörte irgendeinem reichen Industrieboss. Jetzt zur Benutzung durch britisches Personal requiriert, der Officers' Club. Die Ärsche sind zu beschäftigt damit, den richtigen Farbton auszuwählen, um sich darum zu kümmern, dass die armen Bastarde ein Dach über dem Kopf haben. Entschuldigen Sie meine Ausdrucksweise. Verstehen Sie mich nicht falsch. Ich will nichts beschönigen, ich habe gesehen, was sie getan haben. Aber wenn ich die kleinen Kinder sehe, die ohne Schuhe rumlaufen und die Babys, die in Kellern leben müssen – das ist nicht richtig.«

Jack machte keinen Hehl daraus, wo seine Sympathien lagen und wo sein Herz politisch schlug. Adeline saß auf dem Rücksitz und spitzte die Ohren, zweifelsohne, um es später fein säuberlich aufzuschreiben.

Jack fuhr am Clubeingang vor und hielt Edith die Tür auf. Ein schlanker Offizier in makellos geschneiderter Uniform kam ihnen von oben entgegen. Jack stand neben dem Wagen und salutierte. Der Offizier berührte kaum seine Mütze zum Gruß.

»Miss Graham? Ich bin Bill Adams.« Er stand sehr gerade, einen Kopf kleiner als Hunter, ein Leichtgewicht. Kleine Hände und Füße. Er hatte den Kopf in den Nacken geworfen und blickte seine Adlernase entlang. »Und das ist?«

»Meine Freundin Adeline Croft.«

»Hi.« Adeline streckte ihre Hand aus.

»Amerikanerin?«

Adeline nickte. »Ich bin Journalistin.«

»Ah.« Captain Adams strich über seinen dünnen Schnurrbart.

»Ich berichte von den Nürnberger Prozessen.«

Adams lachte bellend. »Ziemlich weit weg, nicht?«

»Das Gericht tagt nicht am Wochenende«, erwiderte Adeline kühl. »Ich arbeite an einem Artikel über die Zerstörung deutscher Städte. Wollte mal nachschauen, was die RAF hier oben so gemacht hat.«

»Klaro. Gute Show.« Adams wandte sich von Adeline ab. »Fahren Sie irgendwohin, Hunter?«

»Ja, Sir, ich …«

»Jetzt nicht mehr. Bringen Sie Miss Croft, wohin immer sie will, und dann kommen Sie zurück, um auf Miss Graham zu warten.« Er drehte sich um. »Sollen wir?«

Edith blieb gerade noch Zeit, sich hastig von Adeline zu verabschieden. Sie umarmten sich herzlich.

»Pass auf dich auf, Süße«, flüsterte Adeline, als sie ihre Wange küsste.

Edith gesellte sich zu Adams, der oben auf der Treppe ungeduldig auf sie wartete.

»Halten Sie Ihren Fahrer im Auge.« Er nickte in Richtung des sich entfernenden Hunter. »Kein Vollmitglied der Querulantenriege, doch nahe dran. Ein ziemlicher Rebell. Nützlicher Mann, wenn es brenzlig wird, aber gib ihm den kleinen Finger, und er nimmt die ganze Hand.«

»Hört sich an, als würden Sie ihn gut kennen.«

»Oh, Jack und ich kennen uns schon ziemlich lange.«

Ein deutscher Bediensteter beeilte sich, ihnen die Tür aufzuhalten, während ein weiterer die Mütze von Adams in Verwahrung nahm. Ein Dienstmädchen nahm Edith den Mantel ab. Adams blieb vor einem Art-déco-Spiegel stehen und fuhr sich mit der Hand über sein brav gescheiteltes pomadisiertes Blondhaar. Er führte Edith in einen geräumigen Salon und geleitete sie an einen Tisch vor dem Fenster.

»Wir wollen es uns gemütlich machen, nicht?« Er schob seine Manschette hoch, um auf eine flache Golduhr zu blicken. »Ein Drink vor dem Essen? Was hätten Sie gerne?«

»Whisky und Soda.«

»Machen Sie zwei draus.« Ohne einen Blick für den Kellner, der neben ihnen aufgetaucht war. »Gute Aussicht von hier«, sagte er, als sie einen Schluck von ihrem Getränk nahmen. »Sehr hübsches Plätzchen. Schlittschuhlaufen im Winter, Segeln im Sommer. Einer meiner liebsten Clubs.« Er warf einen Blick auf die Speisekarte. »Nicht viel Auswahl, aber sie machen ein ganz anständiges Roastbeef. Sie haben hoffentlich Hunger mitgebracht.«

Der Speisesaal war gut gefüllt.

»Der Lunch am Sonntag hat schon Tradition«, sagte Adams, als man sie zu ihrem Tisch führte. Ein Kellner näherte sich mit einem Servierwagen. Unter Silberglocken verbargen sich gebratene Vorderrippen vom Rind. »Ich mag meins blutig und viel davon. Den Yorkshire können Sie vergessen, und Kartoffeln kriegen die hier gar nicht hin.«

Trotz seiner Mäkelei nahm Adams mehrfach von allem nach. Für einen so schlanken Mann hatte er einen guten Appetit.

»Was ist das?«, schreckte Adams zurück, als der Kellner begann, eine dicke helle Soße auf sein Fleisch zu träufeln.

»Semmelkren«, antwortete der Kellner.

»Meerrettich«, erklärte Edith.

»Nein, danke.« Adams hielt schützend die Hand über sein Fleisch. »Das kenne ich nicht. Sieht irgendwie teigig aus, igitt.«

Der Kellner hielt Edith die Sauciere hin.

»Ich danke Ihnen sehr, es sieht köstlich aus«, sagte sie auf Deutsch.

»Sie sprechen also Deutsch.« Adams schaute hoch. »Sie waren Lehrerin, wie ich höre? Und jetzt bei der Abteilung Erziehung?«

Edith nickte.

»Hat Leo Ihnen viel erzählt?«

»Eher nicht«, sagte Edith. »Er hat mich einfach nur beauftragt, nach schlimmen Fingern Ausschau zu halten.«

»Ganz der gute, alte Leo.« Adams schnitt sein blutiges Rindfleisch entzwei. »Nagel auf den Kopf getroffen. Mehr ist es nicht im Kern.« Er kaute und schluckte. »Die Männer, nach denen wir Ausschau halten, waren von Anfang an verdammt schwer aufzuspüren.« Er säbelte eine weitere Portion ab. »Ließen ihre Uniform ziemlich flott verschwinden. Haben Himmler als Sergeant verkleidet mit einer Augenklappe gefunden. Minus Schnurrbart, natürlich. Von einem Landser mit scharfen Augen entdeckt. So etwas brauchen wir, Miss Graham, ein scharfes Auge.« Er ließ das Messer sinken und legte den Zeigefinger leicht an seine Wange. »Je mehr Zeit vergeht, desto schwerer wird es, sie zu enttarnen. Tauchen in der Bevölkerung unter. Wir haben zu wenig engagierte Offiziere. Sie können nicht mehr als ein begrenztes Gebiet überprüfen. Viel mehr ist nicht drin. Deshalb benötigen wir Leute aus den verschiedensten Abteilungen: Erziehung, Wohnungswesen, Vertriebene, die mit der deutschen Bevölkerung interagieren und dabei Augen und Ohren offenhalten. Wie Abhörstationen, wenn Sie so wollen, jeder Einzelne ein Ortungsgerät. Zusammen ergeben sie dann ein Netz, das die ganze Zone abdeckt. Clever, nicht?«

Edith stimmte zu. Es war clever.

»Einige unserer besten Zugriffe verdanken wir Leuten wie Ihnen.« Er wischte etwas Soße mit einem Stück Brot auf. »Direkt vor Ort trifft man auf alle möglichen Deutsche, Vertriebene, Flüchtlinge – sie alle haben Kinder. Sie haben auch Frauen. Leos *Finde die Frauen* ist stets erfolgreich.« Er blickte von seinem Teller hoch. »Finden Sie etwas heraus, hören Sie etwas, teilen Sie es uns mit. Wir erledigen den Rest.«

»Welchen Rest?«

»Einfangen, ausquetschen, herausfinden, was sie wissen.« Er nahm sein Glas zur Hand, ließ den Wein kreisen und nahm einen Probierschluck. »Kein schlechter Roter. Offengestanden haben wir Probleme. Dieses Geschäft hängt von Informanten ab. Müssten sich scharenweise melden, die Deutschen, müssten ihre eigene Mutter für ein Päckchen Players verkaufen, tun es aber nicht. Wir wollen herausfinden, warum nicht.« Er lehnte sich zurück, während der Kellner den Tisch abräumte.

»Irgendeine Idee?«, wollte Edith wissen.

»Albemarle Pudding, würde ich sagen. Und Sie?«

»Ich meinte irgendeine Idee, warum die Deutschen nicht scharenweise kommen.«

»Oh, ich verstehe. Könnte sein, dass sie uns einfach nicht trauen, was unter den gegebenen Umständen verständlich wäre. Aber es könnte auch etwas anderes sei.«

»Beispielsweise?«

»Dass sie vor etwas Angst haben.« Er runzelte die Stirn. »Mag sein, dass die Leute, nach denen wir suchen, die Nazibonzen, immer noch Einfluss haben, Macht über sie.« Sein Blick suchte den deutschen Kellner, der herbeirauschte, um ihre Bestellung aufzunehmen. »Ich würde keinem von denen von hier bis dort trauen.«

»So weit?«

Adams lachte. »Sind Sie sicher, dass Sie keinen Pudding wollen?

»Ganz sicher.«

»Sie arbeiten für mich. Finden Sie irgendetwas heraus. Hier ist meine Nummer.« Adams legte seine Karte auf den Tisch, widmete sich dann seinem Pudding. Ein leichter Biskuitkuchen mit Zitronengeschmack, serviert mit einer hellen Soße. »Sie verpassen einen Leckerbissen. Der ist wirklich köstlich. Wenigstens einer in der Küche weiß, was er tut.« Bis auf die letzten zusammengekratzten Krümel schlang er alles in sich hinein. Er ließ seinen Löffel auf den Teller fallen. Er erhob sich und glättete seine Uniform. »Werde in Herford erwartet. Zeit zu gehen. Willkommen an Bord, Miss Graham.« Er schüttelte ihre Hand, als würden sie einen Vertrag besiegeln. »Hunter wird sie zurück in Ihr Hotel bringen. Oh, und ein Wort des Rats.« Er beugte sich zu ihr. »Wir müssen vorsichtig sein, mit wem wir darüber sprechen, wer unsere Freunde sind. Unbedachte Worte und so weiter.«

Letzteres mit fast so etwas wie einem Schurren abgeliefert. Er trat einen Schritt zurück, lächelte leicht, fuhr sich mit der Hand über sein dickes, helles Haar. Seine hohen, breiten Wangenknochen und der schmale Kiefer, die stumpfe Nase und die umschatteten Augen erinnerten Edith an den Pekinesen von Miss Lambert. Sie hatte das Gefühl, dass er gerade seine Krallen gezeigt hatte.

Hunter wartete in der Auffahrt. Er blickte finster drein, als Adams in seinen Mercedes-Sportwagen stieg.

»Hat mir die Hölle heißgemacht, weil ich keine Uniform trage. Arschloch!«

Edith stierte aus dem Auto, während sie ins Atlantic zurückfuhren. Der Abend nahte. Fast hätte sie den Sergeanten auf einen Drink hereingebeten, aber das gehörte sich wahrscheinlich nicht.

Er musste es im Rückspiegel gesehen haben. Er schüttelte seinen großen Kopf.

»Für niedere Ränge verboten. Sie können mit mir kommen. Ich will mein Mädchen Kay besuchen. Sie soll mir den Lindyhop beibringen.«

»Vielen Dank, Sergeant«, erwiderte Edith lächelnd, »aber ich glaube, ich werde früh zu Bett gehen.«

»Wahrscheinlich klug. Ich bin Montagmorgen da, um sie einzusammeln, Ma'am. Um acht Uhr.«

9

AUSSENALSTER CAFÉ

Hamburg

6. Januar 1946

Lebkuchen und Williamsbirne

Edith ging früh zu Bett und stand spät auf. Ein langer Tag lag vor ihr. Alleine zu sein machte ihr nichts aus. Sie musste nachdenken.

Sie lief einmal um die Außenalster. Jenseits des Sees ragten hohe Türme dünn und geisterhaft durch einen eisigen Dunstschleier in den Himmel. Kaum jemand war unterwegs. Diejenigen, denen sie begegnete, liefen eingemummelt in ihre Schals und hochgestellte Mantelkrägen mit gesenktem Kopf an ihr vorbei, unwillig, ihr in die Augen zu schauen. Ein Mann in langem Mantel und schwarzem Homburg zog den Hut vor ihr, sein Gesicht eingefallen und grau, durchzogen von Falten, die von Schmerzen und Gram zeugten. Edith nickte grüßend und ging weiter. Täter oder Opfer? Unschuldig oder schuldig? Unmöglich zu sagen. Ein geschlagenes Volk. Jetzt alle Opfer.

Sie machte Rast in einem Café und bestellte einen Kaffee und einen Schnaps, um sich aufzuwärmen. Die Fenster waren beschlagen, der Gastraum rauchgeschwängert. Die meisten Gäste waren Briten von der RAF, eine Handvoll Soldaten, die deutsche Mädchen mit Zigaretten umgarnten, mit Kaffee und Kuchen. Die Mädchen tranken mit spitzem Mund und aßen mit Heißhunger. Ihr Lippenstift hinterließ Flecken auf Tassen und Servietten. Während der Rauch ihrer Zigaretten sich kringelte, lehnten die Männer sich zurück und schauten ihnen mit einer anderen Art von Heißhunger zu.

Der Kaffee wurde mit einem kleinen Teller Lebkuchen serviert. Sie biss hinein. Weich, mit Zimt und Nelken gewürzt, so ganz anders als die britischen Gingernuts. Der Schnaps war eine Williamsbirne. Sein scharfes Birnenaroma brannte in ihrer Kehle und in ihrer Erinnerung. Er versetzte sie zurück in den August 1938 zu den von Stavenows auf Schloss Steinhof. Lebkuchen und *Williamsbirne*. So wirkmächtig wie Prousts in Tee getauchte Madeleines …

Edith hatte keine Ahnung gehabt, dass sie Kurt treffen würde, noch weniger seine Frau. Leo hatte das eingefädelt. Sie wollten eine Schiffsreise auf der Ostsee machen (wobei ihre Familie annahm, dass sie mit Stella verreiste). Leo hatte kein Wort darüber verloren, und Edith hatte nicht gefragt, aber sie nahm an, sogar damals schon, dass diese Ausflüge mehr als nur Ferien waren. Leo machte Fotos, während sie in die verschiedensten baltischen Häfen ein- und ausfuhren, die Kamera stets so griffbereit wie Adeline. Und wie Kurt. Schiffe, Hafenanlagen, Verschiebebahnhöfe. Im Nachhinein ergab das alles Sinn. Als ihr Dampfer Danzig erreichte, schlug Leo vor, vorzeitig von Bord zu gehen; er hatte gesehen, was er sehen wollte.

»Ich dachte, wir schauen mal bei den von Stavenows vorbei«, hatte er mit aufreizender Beiläufigkeit gesagt. »Er lebt in dieser Ecke. Du wusstest, dass er verheiratet ist, nicht wahr? Hat einen Sohn, wie ich höre. Ich dachte, wir könnten anschließend nach Berlin fahren. Uns ein bisschen umschauen.«

Ja, Edith wusste, dass Kurt verheiratet war. Ihr Name war Elisabeth, Kurt hatte bei ihrem letzten Treffen von ihr erzählt. Leo stiefelte los, um sie telefonisch anzumelden, hochzufrieden mit sich. Warum hatte er das getan? Seine grausame Ader wieder einmal. Dieses schreckliche Treffen im Jahr 33. Er wusste, wie es geendet hatte. Er wusste, dass sie nicht daran denken wollte, geschweige darüber reden. Leo kam zurück. Von Stavenow und seine Frau wären entzückt. Zuerst im Zug nach Königsberg und dann mit dem Nahverkehr in ein winziges Dorf. Ein Kutscher erwartete sie.

»Ich bin Andreas«, sagte er mit ausgesuchter Höflichkeit. Leos

Frage nach dem Anwesen der von Stavenows zauberte ein Lächeln auf seine Lippen. Sie würden Gäste auf Schloss Steinhof sein, die Gräfin würde sie erwarten.

»Die Gräfin, ja?« Leo lehnte sich zu Edith hinüber, als die Räder der Kutsche über das Kopfsteinpflaster ratterten. »Würde mich wundern, wenn es nicht *ihre* Familie wäre. Das würde das eine oder andere erklären. Nicht zuletzt, warum du den Kürzeren gezogen hast, altes Mädchen. Wie fühlst du dich jetzt? Immer noch ebenbürtig?«

Edith ignorierte seinen Spott, starrte nur auf die Räder, die sich auf der staubigen Straße drehten. Sie durchquerten fruchtbares Ackerland. Meilenweit helle Weizenfelder, rot und blau, von Mohn und Kornblumen eingefasst, wurden abgelöst von grünen Wiesen mit Weidetieren. In der Ferne waren smaragdgrüne Pferdekoppeln zu sehen. Jenseits der Felder erhoben sich Wälder, die sich bis zum blauen Dunst des Horizonts ausdehnten und der Wegstrecke die Textur eines gewebten Wandteppichs gaben. »Alles die Ländereien der Gräfin«, verkündete der Kutscher.

Die Kutsche nahm eine scharfe Kurve und passierte ein hohes Steintor. Eine schmale Schotterstraße führte in eine hügelige Parklandschaft, die mit hohen Bäumen gespickt war. Ein von dunklen Tannen gesäumter See gab einen in Hookersgrün umrahmten glitzernden, silbernen Spiegel ab, der das Haus auf der anderen Seite reflektierte.

Schlösser in Deutschland konnten alles sein, von düsteren Festungen über solide Herrenhäuser bis zu Märchenbauten, die auf unglaublichen Gipfeln thronten. Edith wusste das. Dies hier war ein vornehmes Landhaus im Stil des Palladianismus. Die Zufahrt erfolgte entlang einer breiten Lindenallee. Die sich berührenden Zweige spendeten der Straße sonnengefleckten Schatten. Rechts und links grasten noch mehr Pferde. Die Sonne ließ ihre hellen Flanken glänzen wie Satin. Stuten mit Fohlen an ihrer Seite hoben beim Geräusch der vorbeifahrenden Kutsche den Kopf, zuckten mit den Ohren und jagten davon. All das gehörte Elisabeth, Kurt auch, jedoch nur durch sie. Leos Rechnung, kühn wie immer, war aufgegangen.

Die Kutsche hielt vor einem breiten, säulenverzierten Eingang mit geschwungener Treppe. Die Pforte stand weit offen. Beim Lärm ihres Eintreffens stoben kläffende Hunde aller Größen und Rassen die Treppe herunter und umzingelten die Kutsche. In Stiefeln und Reithosen kam Kurt lachend hinterhergelaufen und versuchte, sie zu beruhigen.

»Verdammte Hunde«, rief er. »Keine Disziplin! Willkommen!«

Er sah so gut aus, wie sie ihn in Erinnerung hatte, sein Lächeln so blendend wie immer. Edith kämpfte gegen ihren Impuls an, den Blick abzuwenden.

Kurt mühte sich, die Hunde zur Ordnung zu rufen, während der Kutscher ihnen die Tür öffnete Ein durchdringender Pfiff ließ sie verstummen. Sie versammelten sich oben auf der Treppe und setzten sich nach Größe geordnet in einer Reihe auf, von der Dänischen Dogge bis zum Dackel. Brav gehorchten sie einer jungen Frau in offenem Hemd, Reithosen und Stiefeln. Sie strich sich das blonde Haar aus ihrem Gesicht und lächelte.

»Meine Frau Elisabeth.« Kurt wies mit der Hand auf die Blonde. »Sie weiß, wie man mit Tieren umgeht.« Er lachte wieder. »Ihr, wie ich sehe, wisst das nicht. Kommt! Kommt und ich stelle euch vor. Willkommen in unserem Haus!«

Der Kutscher setzte ihr Gepäck auf den Marmorfliesen der Eingangshalle ab. Ein Butler gab Anweisungen, es nach oben zu schaffen. Kurt machte kein Geheimnis aus seiner aristokratischen Herkunft, aber das hier war mehr, als Edith sich je vorgestellt hatte. Sie schaute sich um. Zimmer gingen von hier ab, Raumfluchten, die sich zu einer Abfolge von Innenräumen öffneten, ähnlich zwei Spiegeln, die sich gegenüberstehen und die Illusion der Unendlichkeit herstellen. Sie hatte noch nie etwas Vergleichbares betreten, auf so herrschaftliche Gebäude bestenfalls einen Blick von der Straße aus geworfen, war aber nie durch ihre dekorativen Eingangstüren getreten. Sie fühlte sich klein, geduckt von der Grandiosität des Ambientes, gesellschaftlich hoffnungslos unterlegen. Ein komplett naives Hascherl.

Am Ende des Gangs stand eine hohe Flügeltür weit offen, und dahinter befanden sich weitere Türen, die auf eine Terrasse führten. Edith erhaschte Farbtupfer, verschiedene Nuancen von Grün, Gras und Bäume in den Gärten wahrscheinlich, die sich bis in die Ferne erstreckten, eine so faszinierende und liebliche Aussicht, dass sie instinktiv einen Schritt in diese Richtung machte. Draußen könnte sie der bedrückenden Opulenz des Hauses entkommen.

Elisabeth trat an ihre Seite. »Kommen Sie! Ich würde Sie gerne herumführen.«

Sie traten in ein helles, luftiges Zimmer mit weißen Wänden und gekalkten Holzdielen, die mit Perserteppichen belegt waren. Ein großer Kachelofen stand in einer Ecke. Ein weitläufiger Raum, elegant, aber gemütlich mit einem Klavier eingerichtet, einer Chaiselongue, unterschiedlichen Stühlen und einem Sofa voller Kissen. Auf einem niedrigen Tisch türmten sich Bücher und Zeitschriften.

»Das ist das Gartenzimmer. Hier halten wir uns meistens auf.«

Elisabeth führte Edith auf die Terrasse. Sie schauten sich beide um. Edith studierte eher ihre Gastgeberin als den formellen Garten. Mit ihrem langen, seidigen honigfarbenen Haar mit Seitenscheitel, den großen, schiefergrauen Augen unter vornehm geschwungenen Augenbrauen, den hohen Wangenknochen, der geraden Nase und dem breiten, wohlgeformten Mund, sah sie schockierend wie Greta Garbo aus. Man war versucht, sie anzustarren, also tat man besser daran, sich auf die Muster der Blumenbeete zu konzentrieren, die um Wasserbecken und Fontänen angelegt waren, und das Geschick zu bewundern, wie das Auge auf die weitläufigen Rasenflächen gelenkt wurde, um dann wieder von Hecken und Bäumen begrenzt und zu einer winzigen Schlucht geführt zu werden, in der Wasser glitzerte.

»An schönen Abenden sitzen wir hier draußen«, brach Elisabeth das Schweigen. »Mein Ururgroßvater hat die Gärten angelegt. Es heißt, von einem Besuch in Versailles habe er sich nie erholt.«

Es gab bequeme Sessel, so arrangiert, dass man in den Park blickte. Ein Drink, und dieses Panorama wäre tatsächlich verlockend.

Etwas entfernt saß ein Kindermädchen neben einem Kinderwagen. Die Sonne schien, und sie döste vor ich hin, wobei ihr das Strickzeug vom Knie rutschte.

»Und das … das ist Wolfgang.«

Beim Klang der Stimme ihrer Herrschaft sprang das Kindermädchen hastig auf. »Gnädige Frau! Tut mir leid!«

»Ist schon recht, Katja.« Elisabeth lächelte beruhigend. Alle drei drängten sich um den Kinderwagen und warfen einen Blick hinein.

»Prima Name für einen kleinen Kerl«, merkte Leo an.

»Es war der Name meines Vaters«, sagte Kurt mit finsterer Miene. Er hatte Leos Humor noch nie verstanden.

Das Baby schaute sie aus großen, hellblauen Augen an, die Pupillen indigoblau umrandet. Eine äußerst ungewöhnliche Farbe, weder seinem Vater noch seiner Mutter ähnlich. Er war vielleicht achtzehn Monate alt, dachte Edith, sie war allerdings nicht sonderlich gut darin, das Alter von kleinen Kindern zu schätzen, mit Haaren so hell und fein wie Maisgrannen. Er betrachtete sie mit einer Starrheit, einer Art Verwunderung, als hätte er das Gefühl, die über ihn gebeugten Gesichter wiedererkennen zu sollen, aber nicht recht zuordnen zu können.

»Irenka, die Köchin, sagt, dass er eine alte Seele hat.« Trotz ihres Lachens schien Elisabeth unangenehm berührt zu sein.

Als sie Wolfgang genauer betrachtete, begriff Edith die Wahrheit ihrer Beobachtung. Es ließ einen fast an Reinkarnation glauben: als wäre das Bewusstsein eines Erwachsenen in einem Kleinkindkörper gefangen und er, ratlos ob seiner plötzlichen Machtlosigkeit, frustriert, unverständig, was hier geschah oder wie er hier gelandet war.

»Nonsens! Alles in Ordnung mit ihm, nicht wahr, kleiner Mann?«

Kurt hob den Jungen aus dem Wagen, warf ihn in die Luft und fing ihn geschickt wieder auf. Das Kind weinte nicht, kicherte auch nicht, wie andere Kinder es getan hätten. Es grunzte leicht, als Kurt es auffing, blieb aber ansonsten ganz ruhig und behielt denselben Ausdruck verblüffter Gleichmut bei.

»Bin mir nicht sicher, ob er das mag«, fand Leo.

Sie lachten alle, und das Kind wurde wieder in die Obhut der Kinderschwester gegeben.

Sie gingen zurück ins Gartenzimmer.

»Links oder rechts?«, wollte Elisabeth wissen. »Ost oder West?«

Sie entschieden sich, nach links zu gehen, und wurden von Zimmer zu Zimmer geführt, wobei Elisabeth die Namen zu den Porträtbildern beisteuerte, die auf sie herabschauten und die Geschichte und Herkunft der Einrichtung und Ausstattung beschrieb. Es war klar, dass es sich um ihr Haus handelte, ihren Titel, ihre Ländereien.

Zuletzt kam ein düsteres Arbeitszimmer mit einem riesigen Schreibtisch. Ledergebundene Depotbücher, Zuchtbücher und Nachschlagewerke zur Landwirtschaft füllten die Regale und hohen Bücherschränke. Die Wände quollen über vor Gehörn, raumgreifenden Geweihen und Köpfen von grinsenden, knurrenden Tieren: Bär, Wolf, Eber. Hoch oben über dem Tisch hing ein Porträt von Adolf Hitler.

»Das ist das Büro unseres Gutes«, erklärte Elisabeth. »Diese Tür führt nach draußen. Pächter und Arbeiter können eintreten, ohne durch das Haus zu müssen.« Sie blickte auf das Porträt. »Wir müssen das hier aufhängen. Das wird erwartet.«

Ihre vornehmen Nasenlöcher weiteten sich in aristokratischer Geringschätzung. Es war der einzige Hinweis in Schloss Steinhof auf das herrschende Regime.

Zwei lächelnde Dienstmädchen, beide mit dick geflochtenem Haarkranz und im gleichen blauen Karo gekleidet, brachten sie auf ihre Zimmer. Sie waren nicht miteinander verwandt, erzählten sie, hätten jedoch Zwillinge sein können. Jede das Abbild eines perfekten deutschen Mädels mit breitem Lächeln, blauen Augen, flachsblondem Haar und makelloser Haut, braun und mit Sommersprossen gesprenkelt wie das Ei einer Henne. Gerda legte Ediths Abendkleid aus, während Beate ihr ein Bad einließ.

Edith hatte erwartet, Elisabeth nicht zu mögen, und war darauf eingestellt, dass die Abneigung gegenseitig sein würde. Während der Hausbesichtigung hatten sie sich die ganze Zeit über gegenseitig abgeschätzt. Aber es war anders gekommen. Edith fühlte so etwas wie Erleichterung, dass die flackernde Flamme, die sie für Kurt gehütet hatte, die wie eine Altarkerze tief in ihrem Herzen glühte, endlich verlöschen durfte. Jegliche Tränen würden auf die Privatheit ihres Badezimmers beschränkt bleiben. Ohnehin, so sagte sie sich, trauerte sie eher dem Gefühl nach als dem Mann. Dem Ende der Liebe. Frisch gebadet und umgekleidet kam sie nach unten, bereit, sich geschlagen zu geben.

Das Abendessen war eine förmliche Angelegenheit mit Elisabeths Mutter am Kopfende der Tafel. Sie betrat das Zimmer an einem Stock mit Elfenbeingriff. Alle erhoben sich, als sie Platz nahm. Ihr Haar war schlohweiß, makellos frisiert und von einer kleinen Tiara gekrönt. Um den Hals trug sie ein Diamantcollier. Sie verströmte die opulente Eleganz einer längst verflossenen Ära und gab Edith das Gefühl, nicht passend gekleidet zu sein. Sie sprach Leo und Edith als den *englischen Besuch* an und entließ sie mehr oder weniger, als sichergestellt war, dass sie keinerlei Verbindungen zu englischen Familien hatten, mit denen sie vor dem Krieg bekannt gewesen war. Neben ihr saßen zwei ältere Damen, Elisabeths Tanten. Sie hatten irgendwo im Schloss ihre eigenen Wohnungen und erschienen nur zur Essenszeit. Auch sie waren nach der Mode von vor vierzig Jahren gekleidet, aßen wenig und sprachen noch weniger. Es gab noch eine Großtante, aber sie war sehr zerbrechlich und verließ fast nie ihr Zimmer. »Das ist üblich«, erklärte Elisabeth später. »Ein Haus wie das unsere ist ein Hafen für die Unverheirateten und Witwen.« Edith konnte vom anderen Ende der Tafel Elisabeths kühle Begutachtung spüren, aber das machte ihr keine Sorgen. Sie wusste um ihre Stellung in der Liebe, im Leben. Kurt war gutaussehend wie immer, aber irgendwie wirkte er gedrückt. Durch allerlei Ausflüchte, leichte Übertreibungen, Verdrehungen und subtile Unwahrheiten hatte er vorgegeben, all dies gehöre ihm. Dann hatte er geheiratet, um daran zu kommen und Edith nebenher entsorgt. Nicht, dass sie es ihm nachtrug. Elisabeth war reich, charmant, sehr, sehr viel schöner, das große Los für jedermann. Sie war in der Tat außergewöhnlich hinreißend.

»Ein ziemlicher Kracher, was?«, murmelte Leo. »Ist wohl am besten, sie nicht zu sehr anzustarren …«

Nach dem Essen zogen sich die alten Herrschaften zurück. Leo und Kurt gingen eine Runde Billard spielen, und die beiden Frauen begaben sich auf die Terrasse.

Der Tag neigte sich dem Ende zu. Der Butler brachte ein Tablett mit Karaffen und Gläsern.

»Vielen Dank, Brice. Was hättest du gerne, Edith? Wir haben Whisky, Brandy, Obstbrände?«

Edith entschied sich für einen Obstbrand. *Williamsbirne*. Es roch scharf und stark nach Birne, als Brice einschenkte. Ein Halbmond war aufgestiegen und schimmerte wie eine polierte Silberbrosche auf violettem Samt. Das Abendlicht war von einer Beschaffenheit, die der Erinnerung daran eine Leuchtkraft verlieh, eine glasklare Präsenz, dass Edith immer in der Lage war, in der letzten Wärme eines Tages die wohlriechende Schärfe von Birnenbrand heraufzubeschwören.

Da war immer noch eine Reserviertheit. Gesprochen wurde darüber nicht, aber es war klar, dass Elisabeth wusste, dass Kurt und Edith Liebende gewesen waren. Vielleicht hatte er es ihr erzählt, vielleicht hatte sie es erraten. Die Zurückhaltung war keine Antipathie, vielleicht das Gegenteil davon. Frauen mit demselben Liebhaber empfinden oft einen Schuss Zuneigung füreinander. Nicht, dass Edith jenseits der üblichen Schwärmereien für ein älteres Mädchen in der Schule solche Neigungen verspürt hätte, ein Verknalltsein oder zwei auf dem College vielleicht, doch irgendetwas in der Gesellschaft der anderen Frau machte sie befangen, scheu sogar. Einige der Gefühle, die sie bei ihrer Ankunft hier gehabt hatte, stellten sich wieder ein. Elisabeths Reichtum, Position, ihr Adel. Alles. Die Ländereien der Gräfin.

Elisabeth kippte ihren Obstbrand in einem Zug, Brice trat einen Schritt vor, um das Glas erneut zu füllen.

»Jetzt, wo wir alleine sind«, sagte sie, »möchte ich eine Sache gleich klären. Sie und Kurt …«

Edith war perplex. Das hatte sie nicht erwartet. Sie suchte nach einer angemessenen Erwiderung, den richtigen Wörtern im Deutschen, aber Elisabeth bedeutete ihr zu schweigen.

»Sie müssen nichts sagen. Ich möchte meine Gefühle nicht belasten. Ich meine nicht, Kurt gegenüber. Ich meine Ihnen gegenüber. Wir würden auf dem falschen Fuß beginnen.« Elisabeth bot ihr eine Zigarette an.

»Ich rauche nicht.« Edith klopfte sich auf die Brust. »Asthma.«

Elisabeth zündete sich eine an und lehnte sich paffend im Sessel zurück. Sie betrachtete das Panorama jenseits der Terrasse, die Wiesen und Wälder, verschwommen jetzt in der einsetzenden Dunkelheit und dem aufziehenden Nebel.

»Preußen lebt in der Vergangenheit«, sagte sie nach einer Weile. »Wir haben gerade erst die Leibeigenschaft abgeschafft und praktizieren immer noch dynastische Hochzeiten. Kurts Familie kann ihre Vorfahren bis zur deutschen Ritterschaft zurückverfolgen, aber in jüngster Zeit ist es ihnen nicht gut ergangen. Ich bin hier aufgewachsen. Mit alledem.« Sie lächelte und streckte ihre Arme aus. »Er wuchs in Königsberg in beengten Wohnverhältnissen auf.« Sie verfiel in Schweigen. »Ich wusste es. Ich wusste es immer. Das mit Ihnen. Er sprach von Ihrer schönen Intelligenz. Sehr sympathisch. Und – es gibt da ein Wort im Deutschen: leidenschaftlich?« Edith merkte, wie sie rot anlief. »Ich kann die Anziehung verstehen. Er hat seine Zeit in England genossen, aber als er zurückkam, war er mein. Es gab da eine Übereinkunft. Wir sind unterschiedlich, er und ich. Er reist gerne, trifft Leute, schließt schnell Freundschaften. Ich bleibe gerne hier bei meinen Hunden.« Ihre Hand tätschelte den geschmeidigen schwarzen Kopf der Dogge, Helmar, der an ihrer Seite lag. »Und natürlich bei meinen Pferden.«

Elisabeths wahre Liebe gehörte den Pferden. Ihre Familie hatte seit dem 18. Jahrhundert für die preußische Kavallerie Pferde gezüchtet. Sie zog sie den Menschen deutlich vor, wie Edith begriff. Sie war anders, wenn sie bei ihnen war, entspannter, sehr viel glücklicher.

»Ich mag es, bei meinem eigenen Volk zu sein. In meinem eigenen Land.«

Das Kind erwähnte sie nicht.

»Kurt und ich sind jetzt wirklich nur Freunde«, sagte Edith. »Alles«, sie suchte nach den richtigen Worten, »alles andere ist längst vorbei.« Sie goss noch einmal nach. Edith trank normalerweise kaum etwas, aber heute spürte sie das Verlangen, sich zu stärken. »Kurt ist jetzt Arzt? Voll ausgebildet?«

»O ja. Er besitzt die Erlaubnis zu praktizieren. Er will sich auf Psychiatrie spezialisieren, also studiert er weiter. Zuerst war er in Heidelberg. Unter Steiner. Jetzt ist er in Berlin bei Bonhoeffer. An der Charité.«

»Welches Arbeitsfeld?«

Elisabeth zuckte die Schultern, als würde es sie nicht interessieren. »Wenn er hier ist, reden wir nicht darüber.«

»Besuchen Sie ihn in Berlin?«

»Kurt ist ehrgeizig. Er will es in seinem Beruf zu etwas bringen. Berlin ist der richtige Ort für sein Fortkommen. Es gibt dort Dinge, die er zu tun hat, Menschen, mit denen er verkehren muss. Manchmal ist meine Anwesenheit erforderlich, aber ich mag dieses Leben nicht. Mein Platz ist hier.«

»Sie müssen ihn vermissen, wenn er nicht da ist.«

»Nicht so sehr, wie man annehmen würde.« Ihr Lächeln war schmallippig, verhalten. »Er kommt, wann immer er kann. Sie müssen wissen, Edith, dass wir eine Abmachung haben.« Sie hielt inne. »Sie waren Teil dieser Abmachung. Es hat andere gegeben. Kurt ist ein leidenschaftlicher Mann.«

»Macht es Ihnen nichts aus?«

»Warum sollte es mir etwas ausmachen?« Sie zuckte wieder mit den Schultern. »Er ist, wie er ist. Ich weiß, dass er immer zu mir zurückkehren wird. Das ist alles, was zählt.«

Hier verebbte ihr Gespräch. Sie befanden sich nicht an dem Punkt einer Freundschaft, wo man Vertraulichkeiten austauscht. Davon abgesehen war Elisabeth nicht die Sorte Frau, die bei der kleinsten Nachfrage ihre innersten Gefühle offenbarte. Wenn es zwischen Ehemann und Frau Probleme gab, machte sie darum kein großes Aufhebens. Was ihn und sie betraf, blieb sie verschwiegen.

Wie viel Zeit verbrachten sie dort? Eine Woche? Es fühlte sich länger an. Sie gingen spazieren, ritten, machten Picknicks im Wald und am Fluss. Es gab Ausflüge: nach Königsberg, um Kants Grab zu besuchen und das große düstere Schloss, das vom Deutschritterorden gegründet wurde. Es ging ans Wasser, um in der schmerzhaft kalten Ostsee zu schwimmen und vor Wind und Sonne in einem Strandkorb Schutz zu suchen, der auf dem knochenweißen Sand stand.

Jeden Abend gingen sie auf ihr Zimmer, badeten, zogen sich zum Abendessen um und trafen sich dann zu einem Umtrunk auf der Terrasse. Edith liebte diese Stunde. Sie war gerne vor den anderen dort, nippte an ihrem Getränk, betrachtete das weiche, bernsteinfarbene Licht, das die Rosen gegen das dunkel glühende Scharlachrot der Gartenwand golden und rubinrot erscheinen ließ. Sie lauschte gerne dem merkwürdig bellenden Lied der Frösche, das rund um den See erklang.

»Wunderschön, nicht?« Kurt stand neben ihr, Hände auf der Balkonbrüstung, wobei seine Finger die ihren fast berührten. Edith konnte die Wärme seines Arms spüren, sein Vetiver Cologne riechen. »Ich wollte so sehr, dass du das alles siehst. Ich bin froh, dass du gekommen bist, Edith. Ich habe gesehen, dass du jeden Abend sehr früh nach unten gekommen bist. Ich wollte mit dir reden. Es tut mir so leid, dass wir auf diese Weise auseinandergegangen sind.«

Sie wandten sich einander im selben Moment zu. Edith wusste, dass er sie küssen wollte, wusste, dass sie es auch wollte. Wie schnell die Flamme wieder aufloderte! Die Wärme seiner Lippen, die kühle Glätte seiner frisch rasierten Haut machten ihre Glieder willenlos vor Verlangen.

»Nein, Kurt«, sagte sie und zog sich zurück. »Ich glaube, das ist keine gute Idee.«

Er streckte seine Hand aus, um ihr eine Haarsträhne aus dem Gesicht zu streichen. Diese Geste, intimer als jeder Kuss, ließ die Jahre verfliegen, führte sie zurück in den Sommer, als sie so verliebt in ihn gewesen war.

»Ich muss mit dir reden, Edith«, flüsterte er. »Es ist wichtig, dass du verstehst. Ich werde heute auf dein Zimmer kommen. Heute Nacht.«

»Nein, Kurt.« Edith wandte den Kopf ab, um seinen Kuss abzuwehren. »Ich meine es ernst! Du bist verheiratet und hast ein Kind!«

Sie schüttelte den Kopf. Es hatte nichts mit Kurts Frau oder seinem Kind zu tun. Es ging darum, sich selbst zu retten. Das Feuer, das sie für erloschen gehalten hatte, konnte jederzeit wieder aufflammen, die Wunde, so lange schon verheilt, wieder zu bluten beginnen. Sie wollte noch etwas sagen, als Leo auftauchte.

»Ich dachte, ich hätte Stimmen gehört.« Er blickte sie hinter den Gläsern seiner Schildpattbrille fragend an. »Ich störe nicht, oder?«

»Nein, natürlich nicht«, wandte Kurt sich mit einem Lächeln Leo zu. »Wir haben gerade die Aussicht bewundert.«

»Alles ein bisschen vertrackt hier«, flüsterte Leo, als sie zum Essen gingen.

»Nur ein bisschen.«

»Geiler Bock! Ich kümmere mich um Kurt, keine Bange. Ich stelle ihn zur Rede, falls nötig. Meiner Frau nachzusteigen, wie kann er es wagen?« Der Gedanke, Leos »Frau« zu sein, ließ Edith auflachen. »Entweder das, oder ich mache ihn so betrunken, dass er dich nicht mehr belästigt.«

Nach dem Essen zogen die Männer sich in die Bibliothek zu Brandy und Zigarren zurück. Als es auf der Terrasse zu kalt wurde, leisteten Elisabeth und Edith ihnen Gesellschaft. Elisabeth redete ungern über Politik, aber das Thema war kaum zu vermeiden. Das Hakenkreuz war in jeder Stadt und jeder Straße zu sehen. Leo stellte

Fragen und bohrte nach, wollte ihre Ansichten dazu herauskitzeln, die Ansichten von anderen aus ihrem Freundeskreis, ihrer Klasse. Elisabeth und ihre Mutter betrachteten Hitler als hoffnungslos vulgär und beklagten den Tag, als Preußen seinen Einfluss auf die Nation verloren hatte. Sie schienen immer noch zu glauben, dass die alten Familien Hitler unter Kontrolle bringen würden. Was war mit dem Anschluss Österreichs? Der Ärger, der sich in der Tschechoslowakei zusammenbraute? Hier griff Kurt ins Gespräch ein. Hitler gab nur den Regionen Europas Stabilität, die durch den Vertrag von Versailles destabilisiert worden waren. Was war mit den Juden? Schrecklich übertrieben, unzutreffende Berichterstattung. Hier gab es solche Probleme nicht. Leo hörte zu, den Kopf zur Seite geneigt, während wohlriechender Zigarrenrauch ihn umwaberte. »Könnte es Krieg geben?«, fragte er und griff nach dem Dekanter. »O nein.« Da war Kurt sich ganz sicher. »Nicht zwischen England und Deutschland.« Russland war der wahre Feind beider Nationen. Leo nickte, schenkte sich noch einen Brandy ein und brachte das Gespräch auf Sport.

In dieser Nacht hörte Edith das Kratzen von Nägeln auf Holz, das Signal, dass sie in Gorton benutzt hatten. Sie rührte sich nicht, wollte nur, dass er wegging. Sie konnte es nicht riskieren. Einmal angefacht, würde das Feuer, das sie längst für tot gehalten hatte, ungebremst wieder lodern.

Edith wich ihm bewusst aus, verbrachte Zeit mit Elisabeth, ging nach unten, um sie zu begleiten, als das große Scheunentor geöffnet wurde und die Pferde auf ihre Koppeln und Wiesen strömten. Elisabeth war schockiert, dass Edith nicht ritt, und entschlossen, es ihr beizubringen. Sie gingen auf lange Exkursionen durch die Wälder, wobei sich ihre Knie fast berührten, wenn sie nebeneinander ritten. Sie legten Pausen ein, um wilde Himbeeren und Hundspflaumen zu pflücken, wilde Pflaumen. Elisabeth griff nach oben, um Edith beim Absitzen zu helfen. Sie sammelten Pilze: geriffelte gelbe Pfifferlinge, Steinpilze, schwefelgelber Porling, die Hühner des Waldes, für Irenka, die Köchin. Köpfe zusammengesteckt, Hände, die nach demselben Pilz griffen. Edith Elisabeths ganz besonderen Duft atmend: Pferde, Gardenien und leichter Sommerschweiß.

Anschließend hatten sie ihre Ausbeute zu Irenka gebracht. In Ediths Erinnerung befinden sie sich entweder in den Ställen oder in der großen, gekachelten Küche mit ihren breiten, tiefen Waschbecken, Arbeitsplatten aus Marmor und dem schwarzen, gusseisernen Herd. Sie sitzen an dem langen Holztisch, trinken starken, bitteren Kaffee und naschen Lebkuchen, den Halina gebacken hat, Irenkas Tochter. Sie bereiten Früchte für die Marmelade vor, Pilze zum Trocknen, arbeiten zusammen Hand in Hand.

Als sie Schloss Steinhof verließ, war Edith in sie beide verliebt.

Wie war es Halina und den anderen ergangen? Man hatte die schrecklichsten, schockierendsten Geschichten über diejenigen gehört, die vom russischen Vormarsch eingeholt worden waren. Die Russen hatten jede Frau vergewaltigt, der sie begegneten, ganz gleich, ob jung oder alt. War dies das Schicksal der Frauen, die sie gekannt hatte? Sie haben es doch verdient, sagten die Leute, aber wie ging das zusammen mit der vollen Stimme der singenden Irenka, wenn sie den Brotteig knetete, ihre starken Hände weiß vor Mehl? Da waren Gerda und Beate, wie sie lachend die Federbetten ausschüttelten, das Kind, Halina, so fleißig arbeitend unter der Anleitung ihrer Mutter und ihr heller Sopran, der sich mit der Altstimme ihrer Mutter vermischte. Hatten sie es wirklich verdient, von russischen Soldaten so brutal behandelt zu werden? So jung und schon für das ganze Leben gezeichnet, bevor es überhaupt begonnen hatte? Was die älteren Damen auf dem Schloss anbetraf, war es unerträglich, auch nur daran zu denken. Und was war mit Elisabeth? Wie sah ihr Schicksal aus? Oder starb sie bei dem Versuch, ihren Besitz und ihre Leute beim Klang der russischen Waffen mit eigener Hand zu verteidigen?

»Mehr Kaffee, Schnaps?« Die geräuschvoll abgesetzte Kaffeekanne brachte Edith zurück in die Gegenwart.

»Nein, danke.«

Sie verließ das Café und lief weiter. Wie viel hatte Elisabeth über Kurt gewusst? War auch sie eine eingefleischte Nazi-Anhängerin gewesen? Man hatte nichts davon bemerkt, bei ihm aber auch nicht. Inwieweit war sie verwickelt? Wäre es richtig, ihre Freundschaft zu suchen, um sie zu verraten? Wäre Edith dazu in der Lage? Würde Freundschaft – Liebe sogar – ihr Pflichtgefühl besiegen? Und was war mit Kurt? Würde sie ihm noch einmal erliegen, was immer er auch getan haben mochte?

Edith blieb stehen. Sie war weiter gelaufen, als sie vorgehabt hatte. Jenseits des Sees glänzte das Atlantic wie ein Ozeandampfer in der Ferne. Es wurde dunkel. Es war kälter geworden. Ihre Finger und Zehen waren taub in ihren Handschuhen und Schuhen, ihr Atem hing dicht und weiß in der Frostluft. Als sie sich auf den Rückweg um den See herum machte, war der weiß gepuderte Weg vor ihr spiegelglatt und hart. Die Kälte war anders als in Britannien, eine Kälte, die gekommen war, um zu bleiben, Temperaturen, die fielen und fielen und viele Monate nicht ansteigen würden.

Zurück im Hotel wählte Edith im Foyer einige der dort angebotenen Ansichtskarten aus. Das Hotel Atlantic in Hamburg; handkolorierte Aufnahmen aus verschiedensten Blickwinkeln. Vorkriegsware. Sie erkundigte sich an der Rezeption nach dem Preis für Briefmarken nach England und nahm die Karten mit aufs Zimmer. Oben legte sie die Karten auf den Schreibtisch vor dem Fenster, nahm ihr Federmäppchen zur Hand, ihren Füller und ihre Ausgabe des Radiation Cookery Books.

»Es muss nicht kompliziert sein«, hatte Dori gesagt. »Nachrichten müssen keine langen Schreiben sein. Halte sie kurz, im Plauderton, Essen, Rezepte und so weiter. Die Länge einer Postkarte reicht.«

Edith suchte eine Ansichtskarte aus: das Atlantic, von der Außenalster aus gesehen. Sie schraubte ihren Füller auf und begann, eine Nachricht zu verfassen.

Liebe Dori,
bin gut angekommen. Reise war friedlich. Dachte, Du würdest ein holländisches Rezept für Broodje kroket mögen, Teil eines leckeren Picknicks, das ich mit einem jungen Armeeoffizier im Zug geteilt habe. Du hast recht, englisches Essen ist langweilig. Ich hoffe, weitere werden folgen.
Das Atlantic ist so luxuriös wie zuvor. Die Besatzer leben gut. Ich lege ein paar Speisekarten bei, um Dir zu zeigen wie gut!

Liebe Grüße, Edith

PS Bin froh, dass Du mit unserem Kochkurs weitermachen willst – auch wenn er über große Distanz geht! Stella freut sich!

Sie öffnete das Radiation Cookery Book, um ihre Mitteilungen zu verschlüsseln, die sie neben anderen Beobachtungen und Beschreibungen in den Rezepten untergebracht hatte, um die Illusion zu verstärken, dass sie sich lediglich über Speisen ausließ, die ihr geschmeckt hatten. Dann steckte sie alles in einen Umschlag des Hotel Atlantic und gab ihn an der Rezeption ab, zugeklebt und an Dori in London adressiert.

Am nächsten Tag würde sie nach Lübeck reisen und sehen, was die Zukunft für sie bereithielt.

DORI

34 Cromwell Square
Paddington, W2

Dori in ihrem Hauseingang, immer noch in ihrem Shantung-Morgenmantel. Schwache Wintersonne fiel schräg durch die Schmutzkruste des Oberlichts.

»Du findest von allein heraus, ja, Darling?« Sie hatte den jungen Mann, der unschlüssig hinter ihr stand, nicht einmal angesehen. »Wir telefonieren.«

Die Tür wurde geöffnet, schloss sich. Dori schaute nach ihrer Post.

Rechnung, Rechnung, Rechnung. Augen zusammengekniffen wegen des Rauchs, der von ihrer Zigarette aufstieg. Ab auf den Stapel ungeöffneter brauner Umschläge. Dann *Dori Stansfield*. Deutsche Briefmarke. Stempel aus Hamburg. Das war doch mal was anderes. Sie ließ den Rest liegen und nahm den Brief mit in ihre Küche im Basement.

Ansichtskarte aus dem Atlantic. Sehr schick. Gerade erst angekommen und schon fleißig. Sie wusste, dass Edith klarkommen würde. Vera war ein kleines bisschen skeptisch gewesen, aber Dori hatte keinerlei Zweifel.

»Du kümmerst dich um sie«, hatte Vera gesagt. »Sie ist dein Bier.«

Dann mal los. Dori griff nach dem Radiation Cookery Book und setzte sich mit Papier und Bleistift an den Küchentisch. Edith hatte Drummond im Zug getroffen, ihn als Person von Interesse identifiziert. Gut gemacht, Edith. Sehr nützlich. Vera konnte ein wenig Nachforschungen anstellen, eruieren, was Drummond von ihrer Neuerwerbung hielt. Sie hatte mit diesem Treffen durchaus gerechnet. Das Folgende war etwas vertrackter. Halb Code, halb Kreuzworträtsel. *Omelette zum Frühstück* fand sich in *Eier, Käse und Vegetarische* Gerichte, *Rührei mit Schinken* in *Frühstücksgerichte*. Dori blätterte zu den relevanten Seiten. McHale in der britischen Zone an Stavenow interessiert. Musste mehr mitbekommen haben, als sie gedacht hatten.

Dori hatte McHale in Frankreich kennengelernt, gesehen, wie er vorging. Hatte gesehen, wie er eine Reihe von Verrätern, Kollaborateuren und deutschen Gefangenen entlangschritt und mit funkelnden blauen Augen und einem Hauch von Lächeln um die Lippen jedem einzelnen in den Nacken schoss, als würde er es genießen.

Edith hatte eine Notiz hinzugefügt. Crêpe Suzette bedeutete Adeline. Es war ihr Lieblingsdessert. Edith hatte eine bemerkenswert ekelhafte Kriegsversion mit Marmelade und Gin entwickelt. Gefahr bedeutete Gefahr. *Äußerst ungenießbar*. Eine Drohung gegenüber Adeline? Adeline war ein großes Mädchen. Sie konnte auf sich selbst aufpassen. Dori wandte sich wieder der Nachricht über McHale zu. Amerikaner auf der Jagd in der britischen Zone? Ihre Abteilung War Crimes würde sich dafür interessieren. Vera würde einen Weg finden, das weiterzugeben.

Sie nahm die nächste Speisekarte zur Hand. Edith hatte einen Adams getroffen (*Fleisch: Braten*). Dori kannte ihn. Hatte zumindest von ihm gehört. SIS, britischer Auslandsgeheimdienst während des Krieges. Jetzt in Deutschland mit dem militärischen Abwehrdienst. Einer von Leos Männern. Gut zu wissen, wer Edith führte.

Sie hatte wirklich Gefallen an ihrer Arbeit gefunden. Dori hatte es gewusst. Sie verbrannte ihr Transkript und steckte die Rezepte in ihre Ausgabe des Radiation Cookery Books neben einem Ausriss aus *Stella Snellings 10 schnelle und nahrhafte Wintermahlzeiten*.

Dori lächelte. Sie war stolz darauf gewesen, Ediths »Stellaseite« zu kultivieren. Das war es, was sie unterschied, was faszinierte und anzog, ein Schmetterling nach der Verpuppung, aber es war die reale Edith, in die Dori nun ihre Hoffnung setzte. Praktisch und verlässlich, ihre Unscheinbarkeit ihr bester Schutz. Etwas, das Leo ebenfalls gesehen hatte, aber er hatte nicht mit ihrem ausgeprägten Sinn für

Moral gerechnet. Seinen jedenfalls hatte er längst verloren, falls er je einen besessen hatte, was zweifelhaft war. Die meisten Menschen würden Dori nicht mit irgendeiner Moralphilosophie in Verbindung bringen. Schlief mit vielen, soff wie ein Loch, machte ständig Rabatz. Sie stierte ins glühende Innere ihres Herdes. Sie hatte getötet und Tötungen veranlasst, aber trotz all ihrer Sünden war sie nie eine Verräterin gewesen, und es *hatte* einen Verräter mitten in der SOE, der Special Operations Executive, gegeben. Zu viele Agenten waren im Stich gelassen worden, zu viele Netzwerke aufgeflogen. Die Hoffnung, den Schuldigen zu finden, schwand von Tag zu Tag. Schon kamen Akten abhanden: verloren, gestohlen, verstreut, unauffindbar verlegt. Dori würde sich nicht wundern, von einem Feuer in einem entfernten Depot oder einer eingemotteten Luftbasis zu hören. Entweder das, oder sie würden fein säuberlich unter Verschluss gehalten bis jeder, der auch nur ansatzweise damit zu tun hatte, gestorben war, tot und vergessen. Oder die Hölle würde zufrieren, was immer auch als Erstes eintrat.

Die Antwort lag in Deutschland. Vera war mit Drummond bei War Crimes in Bad Oeynhausen. Sie lieferten sich ein verzweifeltes Rennen mit der Zeit, um herauszufinden, was den Mädchen und Männern widerfahren war, die in den Lagern verschwunden und nicht mehr zurückgekehrt waren. Drummonds Truppe war offiziell aufgelöst worden, die SOE vor Monaten abgewickelt, Leute wie Dori umstandslos vor die Tür gesetzt, »Vielen Dank, auf Wiedersehen«. Der Secret Intelligence Service übernahm Leo und seine Jungs vom MI6. Als Frau und dazu von ausländischer Abstammung war Dori plötzlich suspekt. Vera war operativ tätig, aber wie lange noch?

Dori wollte unbedingt auf die freie Wildbahn. Sie empfand die Verpflichtung gegenüber den vermissten Agentinnen so stark wie Vera, und das Zivilleben bekam ihr nicht. Schon seit dem Tag der Befreiung war sie ruhelos. Nachdem die erste Euphorie verflogen war, suchte sie anderweitig nach Nervenkitzel: Sie trank zuviel, trieb sich in zwielichtiger Gesellschaft herum, mischte auf dem Schwarzmarkt mit. Mehr als Mitmischen. Es wäre gut, für eine Weile aus

London herauszukommen. Und dann waren da ihre Schuldgefühle. Stets vorhanden, egal wieviel Gin sie trank, eine Düsternis, die sie im Wachzustand verdrängte, doch in ihren Träumen sah sie die Gesichter der Mädchen, hörte ihre Schreie. Letzte bestätigte Sichtung: Nr. 84 Avenue Foch.

Dori wusste, dass sie sich beide angesichts der vermissten Agentinnen in der Pflicht sahen: Vera, weil sie die Mädchen nach drüben geschickt hatte, Dori, weil sie zurückgekommen war. Es ging weit darüber hinaus, nur herauszufinden, was geschehen war, sie wollte, dass der Gerechtigkeit Genüge getan wurde, wollte, dass die Verantwortlichen zur Rechenschaft gezogen wurden. Die Verantwortlichen für die Befehle verdrückten sich schon.

Dori musste nach Deutschland, aber es gab irgendeinen Kuddelmuddel mit ihren Papieren. Nachvollziehbar auf den ersten Blick, doch alle ihre Anfragen endeten in Verschleierung oder zunehmendem offiziellen Unwillen. Nichts wurde erklärt, vieles angedeutet. Wenn Dori noch mehr Aufhebens machte, würde sie gar nicht reisen dürfen. Rat an Dori: abwarten und Tee trinken. Es ging ihr gegen den Strich, aber alles in allem war es vielleicht gar nicht so schlecht. Mit Edith da draußen könnte sie hier vielleicht nützlicher sein. Sie schaute auf die Uhr. Zeit, zum Special Forces Club zu schlendern. Sie hatte sich mit jemandem verabredet, der vielleicht etwas über die vermissten Mädchen wusste: Gerüchte über eine Gruppe von Frauen, die in ein kleines Lager namens Natzweiler gebracht worden waren, ein abgelegener Ort in den Vogesen, ein Ort, wo Gefangene verschwanden, wo etwas »vernebelt« wurde. Dieser Jemand hatte es schon vor Monaten zu Protokoll gegeben, aber sein Report war verlorengegangen, versteckt worden oder vergessen. Nun suchte er auf eigene Faust nach Beweisen.

Wo waren diese Frauen? Wie waren sie dorthin gekommen und auf wessen Befehl? Das war es, was Dori herausfinden wollte.

10

CCG MESSE
Lübeck
7. Januar 1946

Lunch Menu
Potage Parmentier
Gekochte Rinderbrust
Senfsoße
Kohl in Dressing
Pomme Purée
Spotted-Dick-Pudding, Sahnesoße
Kaffee

Roz findet: langweilig, fad, das meiste aus der Dose, davon aber viel.

Das Education Branch Office in der Königstraße befand sich in einem hohen, schmalen Gebäude, das noch mehr oder weniger intakt war. Edith sollte sich bei ihrem direkten Vorgesetzten melden, Brigadier Thompson. Er hatte seinen Militärtitel beibehalten, obwohl er nun für die Kontrollkommission tätig war, er trug grauen Mantel, aus dem leicht violette Fingerspitzen aus seinen Halbfingerhandschuhen lugten. Seine Nase war rot und tropfte. Wenn er sprach, knarzte seine Stimme vor Kälte.

»Miss Graham?« Er erhob sich und begrüßte sie mit eiskalter Hand. »Gott sei Dank sind Sie hier! Kommen Sie, nehmen Sie Platz.« Er nieste. »Sie müssen entschuldigen.« Er nieste noch einmal und putzte sich ausgiebig die Nase. »Tut mir leid, heute keine Heizung. Wohl besser, Sie behalten ihren Pelz an.« Er drückte auf einen

Knopf der Sprechanlage. »Können wir etwas Tee haben? Und einige dieser Ingwerplätzchen.«

»Lebkuchen?«, wollte Edith wissen.

»Genau die!« Er lächelte. »Sie sprechen Deutsch? Dann sind Sie doppelt willkommen.«

»Ich dachte, das tun alle hier.«

»Wäre schön, zweifelsohne, allerdings ist das leider nicht immer der Fall …«

»Ich verstehe.«

Mehr fiel ihr dazu nicht ein. Es ergab keinen Sinn, aber sehr wenig in dieser neuen Welt, die einen überraschte und gelegentlich erschreckte, ergab Sinn.

»Ah, die unschätzbare Miss Esterhazy mit dem Tee.« Das Lächeln des Brigadiers legte vorstehende gelbliche Zähne unter einem borstigen militärischen Schnurrbart frei.

Die unschätzbare Miss Esterhazy war jung, in ihren frühen Zwanzigern. Sie blickte den Brigadier über die Ränder ihrer Hornbrille an, als sie den Tee eingoss. Sie hatte auffallend violettblaue Augen.

»Ich persönlich ziehe Gingernuts vor.« Der Brigadier tunkte seinen Lebkuchen in den Tee. »Die hier sind mir zu weich. Nicht, dass die armen Teufel da draußen sich beklagen würden.«

Trotz seiner erklärten Vorlieben machte er mit dem Lebkuchen kurzen Prozess.

»Also, wo fangen wir an?« Er wischte sich ein paar Krümel von dem breiten Revers seines Mantels. »Wir haben alle Hände voll zu tun, keine Frage.« Er zählte die Probleme an seinen halb behandschuhten Fingern ab. »Keine Räumlichkeiten, keine Lehrer, keine Bücher, kein Papier, keine Tafeln, keine Kreide, keine Stühle und Tische, keine Heizung, keine Unterstützung.« Mit einer großen Geste der Hoffnungslosigkeit breitete er die Arme aus. »Und ständig mehr von den kleinen Nichtsnutzen, die minütlich aus dem Osten dazustoßen. Machen es zu einer wahren Lawine.« Er lehnte sich mit nun gefalteten Händen vor, wobei seine ohnehin gefurchte Stirn noch mehr Falten zeigte. Es war nicht nur seine Erkältung, die ihn müde und ausgelaugt wirken ließ. »Als Abteilung Erziehung der Kontrollkommission müssen wir Schulen aufbauen, wo es keine gibt, und die Kinder hineinstecken. Die meisten von ihnen haben seit mindestens drei Jahren keine Schule mehr von innen gesehen, das ist schon für sich ein gutes Stück Arbeit. Wir müssen alle Einrichtungen inspizieren, die bereits offen sind, sicherstellen, dass das Personal überprüft wird. Keine fanatischen Nazis, heimliche Anhänger von Herrn Hitler, die sich auf seine Wiederkehr einrichten. So etwas. Sie müssen ein Auge dafür entwickeln, wer sich an die Regeln hält und wer nicht. Und was Verpflegung und Ausrüstung angeht – machen Sie das Beste draus. Hört sich nach viel an, ich weiß …«

Die Stimme des Brigadiers verebbte, als würde ihm die Untertreibung selbst bewusst.

»Und was genau ist meine Aufgabe?« Edith traute sich kaum zu fragen. Sie hatte das alles schon gehört, aber es war ein Unterschied, es in einem Briefing in Kensington zu hören oder hier vor Ort. Sie fühlte, wie ihr das Herz angesichts der enormen Aufgabe in die Hose sank, und hatte eine Ahnung davon bekommen, was es heißen könnte, *das Beste daraus zu machen* …

»Miss Esterhazy wird Ihnen die Unterlagen zukommen lassen. Jetzt entschuldigen Sie mich bitte. Ich brauche dringend einen Grog. Aus medizinischen Gründen. Sie machen ihn gut im Club.« Edith folgte ihm aus dem Büro. »Es gibt eigentlich gar nicht so viel, was ich Ihnen erzählen kann«, sagte er, während er sich eine Balaklava über den Kopf zog. »Am besten lernen Sie alles in der Praxis.«

Er setzte seine Kappe auf die Balaklava, und weg war er. Von ihrem Schreibtisch aus blickte Miss Esterhazy auf die sich schließende Tür und rollte die Augen. Sie war in einen Bouclémantel gehüllt, der ihr bis zu den Ohren reichte. Sie zog den Mantel enger um sich und steckte ihr Kinn tief in den Schalkragen. Ihr lakritzschwarzes Haar war in der Mitte so akkurat gescheitelt, dass sich das Weiß der Kopfhaut zeigte.

»Den werden wir heute nicht mehr sehen.« Miss Esterhazy warf Edith einen Blick zu. »Er hat sich wirklich eine furchtbare Erkältung eingefangen, aber er würde alles dafür tun, die hier nicht abarbeiten zu müssen.« Sie legte ihre Hand auf einen Stapel Papiere, der sich vor ihr türmte.

»Worum handelt es sich?« Edith schaute über ihre Schulter.

»Fragebogen, die die Deutschen ausfüllen sollen.« Miss Esterhazy nahm einige der Papiere zur Hand. »Einhundertdreißig Fragen von religiösen Überzeugungen bis zur Mitgliedschaft in vierundvierzig verbotenen Naziorganisationen. Wer alle Hürden genommen hat, wird entnazifiziert und bekommt ein Entlastungszeugnis. Die Deutschen nennen es Persilschein, weil man dann reingewaschen ist. Eines unserer größten Probleme neben vielen anderen besteht darin, Personal zu finden. Die hier«, sie wedelte mit den Formularen, »müssen von jedem ausgefüllt werden, der sich für irgendetwas bewirbt. Dann müssen sie durchgesehen werden. Auf was?« Sie drehte sich auf dem Stuhl herum. »Die meisten Aufzeichnungen sind vernichtet worden, entweder von den Nazis oder den Bomben. Selbst wenn Aufzeichnungen existieren, sind Menschen vertrieben worden, ihre Papiere befinden sich vielleicht Hunderte Meilen entfernt in der russischen Zone.« Sie drehte sich wieder zurück. »Bevor wir die Formulare erhalten, durchlaufen sie Public Safety, die sich ewig damit aufhalten, meistens, weil sie kein Deutsch sprechen. Dann werden sie hierher geschickt, damit der Brigadier sie durchsieht, was er tut oder auch nicht, und nur dann sind wir *vielleicht* in der Lage, jemanden zu beschäftigen.« Sie ließ die Formulare auf ihren Schreibtisch sinken. »Willkommen bei der Kontrollkommission, Miss Graham. Willkommen in der britischen Besatzungszone. Willkommen in Deutschland.« Sie steckte die Hände in ihre Manteltaschen und schauderte vor Kälte. »Dazu kommt noch, dass es verdammt kalt ist. Nichts wie raus hier.«

Sie traten auf die Königstraße. Edith hatte Lübeck vor dem Krieg besucht. Die alte hanseatische Hafenstadt war eine Station auf ihrer Ostseereise gewesen. Der mittelalterliche Teil befand sich auf einer Insel. Brücken überquerten den sie umgebenden Fluss Trave und die Kanäle. Sie erinnerte sich an Kirchen mit hübschen grünen Spitztürmen, die kegelförmigen Türme des Holstentores, die Salzspeicher mit ihren steil aufragenden rostfarbenen Dächern, die mittelalterlichen Gebäude hinter charakteristischen Staffelgiebeln. Jetzt sah es hier anders aus. Der größte Teil des Zentrums fehlte und war in einer großen Schneise vom Lübecker Dom bis zur St. Petrikirche und Marienkirche ausradiert worden. Die Kirchtürme ragten hoch und hinfällig über dem geschleiften Boden, ihre Seitenwände schwarz vom Feuer, ihre grünen Kupferhelme abgestürzt, ihre Backsteine zu verschneiten Haufen aufgestapelt für einen Wiederaufbau, wann immer der auch stattfinden würde.

»Bei einem einzigen Angriff am Palmsonntag 1942 wurde mehr als die Hälfte der Gebäude in der Innenstadt beschädigt oder zerstört. In der Messe hieß es, dass es fünfzig Jahre dauern könnte, bis alles wiederaufgebaut ist.« Miss Esterhazy blickte Edith an. »Sie sind aus Coventry, nicht wahr?«

Edith nickte. Die nackten Ruinen der Chorräume, die mit Schutt übersäte Leere, die einmal das Gewirr historischer Straßen in ihrem Umfeld gewesen war – sie wusste, welchen Schaden ein konzertierter Angriff einer kleinen Stadt zufügen konnte.

Ein scharfer Wind pfiff von der Trave her und peitschte durch die Straßen, ließ Zettel an Wänden, Schaufenstern und Laternenpfählen flattern, die mit wertlosen Briefmarken befestigt waren und die das Angesicht von Hitler zeigten. Nachrichten von Vertriebenen, Flüchtlingen und Heimkehrern, die versuchten, ihre vermissten Verwandten zu finden.

Edith blieb stehen, um die kleinen Anschläge zu lesen: *Ich suche meine Frau, meinen Mann, meine Tochter, meinen Vater, meine Mutter, mein Kind … zuletzt gesehen … letzter Aufenthaltsort …*

Einige hingen schon so lange, dass die Farbe der Briefmarken verblichen war, das Papier ausgebleicht von Sonne und Regen, die Nachricht fast unleserlich. Sie hatten etwas Verlorenes und Hoffnungsloses, die Chancen eines Wiedersehens waren verschwindend gering. Erwähnten irgendwelche von ihnen Elisabeth von Stavenow? Stammten welche von ihr? Die Aussicht schien noch geringer zu sein. Ediths Herz sank ob der Unmöglichkeit ihres Unterfangens.

»Die Behörden beseitigen sie von Zeit zu Zeit«, erzählte Miss Esterhazy, »aber sie tauchen immer wieder auf.« Sie stellte ihren Persianerkragen gegen den beißenden Wind hoch. »Kommen Sie, wir sollten nicht zu lange in dieser Kälte bleiben.«

Wie in jeder zerbombten Stadt war der Schaden ungleich verteilt. Außerhalb des Stadtzentrums war Lübeck bemerkenswert intakt. Die Messe lag ein gutes Stück von den Szenen der Verwüstung entfernt. Ein stattliches Haus, requiriert von einem Architekten. Helle Eichentäfelung und Parkettboden. Das Innere erinnerte Edith an ein Kolleg der modernen Sorte. Oben gab es Räumlichkeiten für Besucher, erklärte Miss Esterhazy, außerdem eine Bibliothek und einen Speisesaal.

Ein deutscher Bediensteter nahm ihnen die Mäntel ab. Unter ihrem voluminösen Bouclé war Miss Esterhazy winzig, adrett gekleidet in dunkelblauem Rock und Twinset, um den Hals ein Hauch von Tuch mit scharlachroten Punkten, um etwas Farbe hinzuzufügen.

»Ich weiß nicht, wie es Ihnen geht«, sagte sie. »Aber ich brauche jetzt einen großen Sherry.

»Ich bin ich dabei.«

Sie betraten einen weitläufigen, gemütlichen Salon. Ein Kellner brachte ihre Getränke. Miss Esterhazy nahm ihre Brille ab, um zu quittieren.

Ohne Brille sah sie jünger aus, weit auseinanderstehende violette Augen unter schwarzen Brauen. Sie war wirklich sehr hübsch mit fein modellierter Nase und spitzem Kinn. Ihr karminroter Lippenstift betonte die Form ihres Mundes mit einer Oberlippe wie ein scythischer Bogen. Ihre schräg stehenden Augen hatten etwas leicht Osteuropäisches, ebenso wie die flachen Wangenkochen und die lilienweiße Haut.

»Esterhazy, ist das nicht ungarisch?«, fragte Edith, um das Schweigen zu brechen, das sich zwischen ihnen breitgemacht hatte.

»Mein Vater war Ungar, meine Mutter Österreicherin, deswegen spreche ich Deutsch. Wir sind nach London gezogen, als ich ein

Kind war. Mein wirklicher Name ist Rozália – meine Mutter änderte es in Rosalind um, damit es englischer klingt, aber alle nennen mich Roz.« Sie spielte mit ihrem Glas. »Ich habe in der Heimat in einem Büro gearbeitet. Als ich hiervon hörte, habe ich die Gelegenheit beim Schopf gepackt. Ich habe mich für Österreich beworben, wir haben da immer noch Familie. Stattdessen lande ich hier, so weit davon entfernt wie nur irgend möglich!« Ihr Lachen klang etwas verbittert. »Soviel zu mir, Miss Graham.«

»Nennen Sie mich Edith, bitte.«

»Der Brigadier wird das nicht mögen.«

»Wer sollte es ihm sagen? Nennen Sie mich Edith, wenn wir uns außerhalb des Büros bewegen«, sagte Edith. »Und ich kann sie wirklich nicht Miss Esterhazy nennen.«

»Ein Zungenbrecher.«

»Edith und Roz, also.« Edith hob ihr Glas zu einem ironischen Toast. »Hätten Sie gern noch einen?«

»Lieber nicht. Ich habe noch diese verfluchten Fragebogen durchzuarbeiten. Es *gibt* gute Leute«, sagte sie, »von den Nazis entlassen, Gewerkschaftler und so. Die meisten sind etwas in die Jahre gekommen, aber sie sind noch da. Ich glaube, sie könnten helfen, Personal zu rekrutieren. Sie kennen den Unterschied zwischen denen, die überzeugte Nazis waren, und denen, die es nicht waren. Auf jeden Fall besser als eine Bande pensionierter Polizisten, die nicht Deutsch sprechen und hier nur ihre Pension aufbessern wollen. Es treibt Jeff in den Wahnsinn!«

»Wer ist Jeff?«

»Er arbeitet für Public Safety. Sie durchleuchten die Deutschen.«

»Ist er Ihr Freund?«

»O nein. Wir gehen nicht aus oder so! Wir gehen manchmal zusammen ins Kino, das ist alles.«

Der Hauch Rot, der plötzlich auf Roz' Wangen lag, ließ vermuten, dass es wohl etwas mehr sei.

Bevor sie etwas sagen konnte, kam der Kellner und führte sie in den Speisesaal.

»Wir werden gut versorgt, Miss Graham«, sagte Roz, als sie nach der Speisekarte griff. »Das meiste aus der Dose, fad, langweilig, davon aber viel.« Sie setzte ihre Brille auf, um sich das Tagesangebot anzuschauen. »Kohl, nun ja. Der dürfte kaum aus der Dose sein, die Kartoffeln auch nicht. Rindfleisch ist eine andere Sache. Spotted Dick.« Sie verzog das Gesicht. »Da werde ich wohl passen. Ich habe ein paar Pfund zugelegt, seit ich hier bin.« Miss Esterhazy lachte und zeigte ihre kleinen perlmuttfarbenen Zähne. »Alle reden die ganze Zeit nur vom Essen. Und vom Trinken natürlich.« Sie schaute aus dem Fenster. »Wir stopfen uns hier voll, und die da draußen verhungern mehr oder weniger. Die Rationen für die Deutschen reichen kaum aus, um Körper und Seele zusammenzuhalten. Kommt mir nicht richtig vor.«

Sie verstummte und warf einen Blick auf die anderen Gäste. Sie hätte nicht darüber sprechen müssen, was sie als falsch empfand, auch nicht Edith gegenüber, aber so lief es nun einmal. Dem Sieger die Beute.

»Personal ist nicht unser einziges Problem«, sagte Roz, als die Suppe serviert wurde. »Alle Lehrbücher sind mit Nazi-Ideologie ›kontaminiert‹, sogar die Mathematikbücher sind unbrauchbar. Überflüssig zu erwähnen, dass es keinen Ersatz gibt. Des Weiteren fehlen Gebäude. Was noch steht, ist reparaturbedürftig oder in Gefahr, für andere Zwecke requiriert zu werden. Selbst wenn wir ein Gebäude haben, gibt es kein Öl für die Heizung. Es fehlt an allem. Dann die Kinder. Lübeck ist sowieso schon überbevölkert, und weitere Ankömmlinge verschärfen das Flüchtlingsproblem. Kinder sind von ihren Eltern getrennt worden und umgekehrt. Und wir müssen sie in die Schulen bringen. Das Fehlen von Schuhen ist in diesem Winter ein ganz besonderes Problem. Dazu kommt das Fehlen von geeigneter Kleidung und Verpflegung – wie sollen die Kinder etwas lernen, wenn sie nichts zu essen haben? Die meisten kommen ohne Frühstück. Tut mir leid.« Sie lächelte entschuldigend. »Ich rede und rede.«

»Überhaupt nicht«, sagte Edith, als sie mit ihrer ziemlich klebrigen Suppe fertig war. »Ist gut zu wissen.«

Roz lachte, als der nächste Gang ankam: gekochtes Rind, gekochter Kohl und Kartoffelbrei, sorgfältig auf dem Teller arrangiert. »Sehen Sie, was habe ich gesagt!«

»Der Brigadier klang mehr als … äh … hoffnungslos«, äußerte Edith vorsichtig, als der Kellner kam, um ihre Teller abzutragen.

»Er ist ziemlich überfordert, das arme Lämmchen. Hat so gut wie aufgegeben, ist einfacher, auf seinen Händen zu sitzen. So muss es aber nicht laufen.« Roz hantierte nervös mit dem Salzstreuer und malte Muster auf die Tischdecke. »Wir können durchaus etwas tun. Ich habe Ideen. Aber er will nicht zuhören. Ich bin ja nur die Sekretärin.« Sie seufzte und blickte auf die Uhr. »Keine Zeit für Kaffee. Ich sollte lieber aufbrechen.«

»Ich komme mit Ihnen.«

Sie liefen die Strecke ins Büro zurück. Es war noch kälter geworden. Eine dünne Schneedecke bedeckte den Boden.

»Ihr Freund, Jeff?«, fragte Edith in beiläufigem Ton, als sie an den verblichenen Suchmeldungen vorbeikamen, die im kalten Wind flatterten. »Könnte er jemanden finden? Eine Deutsche, meine ich.«

»Ich kann ihn fragen.« Roz blieb stehen und blickte Edith an. »Um wen handelt es sich?«

»Eine Frau, die ich vor dem Krieg kannte.« Edith fuhr mit der Hand über die kleinen Zettel. »Aus Ostpreußen nahe der polnischen Grenze. Sie hatte Verwandte in der Nähe von Lübeck. Ich habe mich gefragt, ob sie hier ist, das ist alles.«

»Möglich. Viele aus dem Osten sind hier. Geben Sie mir ihren Namen, und ich gebe ihn weiter.«

11

CCG UNTERKUNFT
Lübeck
7. Januar 1946

Dinner
Rindersuppe mit Klößchen
Schmorbraten
Sauerkraut, Erbsen und Möhren
Steckrübengratin
Reispudding mit Aprikosen

Das Kochen wird von Deutschen übernommen, und die Speisen spiegeln das wider. Nicht alles ist bei den Einquartierten beliebt. Instinktiv misstrauisch gegenüber den Klößen in Brühe, obwohl sie köstlich waren. Hassten das Steckrübengratin und teilten meine Gefühle, was Sauerkraut angeht.

Die Unterkunft befand sich in einer großen Vorstadtvilla in einem anderen unzerstörten Vorort. Ein deutsches Mädchen öffnete die Tür und ließ Edith wortlos herein. Sie nahm ihre Tasche und verschwand nach oben. Ein anderes Dienstmädchen nahm ihr Mantel und Hut ab und hing sie an die Garderobe.

»Danke. Wie heißen Sie?«

»Grete.«

»Danke, Grete.« Sie lächelte Grete an, aber das Dienstmädchen lächelte nicht zurück.

Eine englische junge Frau im aufgeknöpften Jackett einer CCG-Kampfuniform erschien in der Tür zum Wohnzimmer und zog mit nervöser Hast an einer Zigarette. Sie beobachtete diesen Dialog ungeduldig, wobei ihre vorstehenden blauen Augen starr blickten. Trotz ihrer aggressiven Art zu rauchen sah sie jung aus, jünger als Roz. Etwas kindlich Rundes lag noch immer über ihrem Gesicht. Ihr lockiges braunes Haar war streng gescheitelt und an beiden Seiten mit Haarnadeln gebändigt. Sie trug einen roten Rollkragenpullover unter ihrem Jackett und Hosen statt eines Rocks.

»Sie müssen die geheimnisvolle Miss Graham sein.« Sie stieß sich vom Türrahmen ab. »Ich bin Angela – Angela Parker. Meine Freunde nennen mich Angie.«

»Schön, Sie kennenzulernen, Angela. Ich bin Edith.«

»Kommen Sie rein. Sie müssen durchgefroren sein.« Angela führte sie in ein großes Zimmer mit hoher Decke, das von einem stattlichen Kachelofen in der Ecke beheizt wurde. Nach der Kälte draußen war es hier angenehm warm. Angela warf sich in einen Ledersessel. »Machen Sie es sich bequem.«

Sie wies auf ein Sofa, das mit zahlreichen bestickten Kissen vollgestopft war. Edith nahm Platz und schaute sich um. Leere Bücherschränke, aber das schwere Sideboard war mit Nippes überladen: Keramikblumen, Statuetten, verzierte Vasen, Porzellantiere, ein Bambi, ein Hase und einige deutsche Schäferhunde, bemalte Kacheln mit strohgedeckten Hütten, Wassermühlen, Hirtenszenen. Bilder eines idealisierten Deutschlands, längst untergegangen, falls es je existiert hatte. Ein Zettel *Nicht berühren bitte* war neben diese Ansammlung geklebt. Ihre Augen wurden von einem hellen, rechteckigen Fleck an der Wand darüber angezogen, wo das Porträt von Adolf Hitler gehangen haben musste.

»Tut mir leid wegen der Aufmachung.« Angela nestelte am Kragen ihres Pullovers. »Es ist verdammt kalt im Büro. Wir arbeiten in Mänteln, Schals, Handschuhen und so.«

»Für wen arbeiten Sie?«

»Ich bin Schreibkraft in der Rechtsabteilung. Sie?«

»Erziehung.«

»Glaube nicht, dass wir schon mal jemanden aus dem Haufen

hatten. Wir sind hier zu sechst, mit Ihnen sieben. Keine schlechte Truppe. Möchten Sie eine Tasse Tee?«

»O ja, bitte. Das wäre nett.«

»Du!« Edith brauchte eine Sekunde, um zu verstehen, dass die junge Frau Grete ansprach. »Tee. Schnell, schnell. Comprenez?«

»Verstehen Sie«, sagte Edith ruhig.

»Entschuldigung?«

»Verstehen Sie«, wiederholte Edith. »So lautet das deutsche Wort.«

»Sie sprechen Deutsch, ja?«, fragte die junge Frau misstrauisch. »Wir sollten sie nicht zu sehr verwöhnen.«

»Wen?«

»Besonders die Mädchen, die hier arbeiten, aber eigentlich alle.« Sie wedelte mit ihrer Zigarette, als meinte sie die gesamte deutsche Nation. »Es bringt nichts, mit ihnen auch nur das kleinste bisschen freundschaftlich umzugehen«, fügte sie mit Gewissheit hinzu. »sonst nutzen sie einen sofort aus.« Sie drückte energisch ihre Zigarette aus. »Die sind immer noch etwas zu arrogant für meinen Geschmack, und schauen Sie nur, wohin das geführt hat. Wir sind hier, ihnen eine Lektion zu erteilen, nicht, um uns mit ihnen anzufreunden. Finden Sie nicht auch?«

Edith fand das ganz und gar nicht, schwieg jedoch. Angela war die meiste Zeit des Krieges zur Schule gegangen und hatte hier wahrscheinlich kaum Zeit verbracht, aber flugs die weitverbreiteten Vorurteile übernommen. Zweifelsohne, um akzeptiert zu werden, sich einzufügen.

»Stell ihn auf den Tisch.« Angela sprach laut und langsam mit dem Mädchen, wobei sie jede Silbe artikulierte, als wäre sie schwachsinnig. »Jetzt geh! Ich werde einschenken.« Sie wandte sich an Edith. »Wie nehmen Sie den Tee?«

»Milch. Kein Zucker.«

»Echte Milch. Nicht aus der Dose«, sagte Angela stolz, als sie den Tee eingoss. »Kein Sorge, Edith. Sie werden bald den Dreh heraushaben«, fügte sie mit dem nassforschen Gehabe der sehr Jungen hinzu.

»Wie lange sind Sie schon hier, Angela?«

»Irgendwie ewig. Seit Oktober. Ich bin ein Urgestein. Ich kann Ihnen erzählen, wie alles läuft.«

Sie reichte Edith eine Tasse. »Wir nehmen das Dinner so gegen halb acht. Drinks hier unten um sieben. Sie werden dann auch die anderen treffen. Oh, und wir ziehen uns gern hübsch an. Nicht zu formell, aber es ist eine gute Entschuldigung, aus dieser grässlichen Uniform rauszukommen.«

In Ediths Zimmer war es warm, lauwarm immerhin. Geheizt von einem Ofen in der Ecke. Das Bett war gemacht, ihr Koffer stand auf den Bettbezügen, ihr ramponierter Gladstone daneben. Doris Pelzmantel hing alleine an der massigen Garderobe aus Mahagoni. Ziemlich wenig Bügel, daran hätte sie denken sollen, aber viel Stauraum. Selbst wenn ihr Schrankkoffer ankam, würde sie nur die Hälfte davon füllen können.

Dampf stieg von einer Porzellanschüssel mitsamt Krug auf, die jemand für sie auf einen marmornen Waschtisch gestellt hatte. Ein Handtuch, fadenscheinig, aber sauber, hing daneben auf einer Stange. Das deutsche Mädchen musste es für sie hochgebracht haben. Es würde bald Abendessen geben. Edith fand ihre Kulturtasche und zog ihre Uniform aus. Es fühlte sich an, als hätte sie seit Tagen nichts anderes getragen.

Sie warf sich ihren Shantung-Morgenmantel über, ging zu dem mit Walnussholz verkleideten Toilettentisch in Nierenform und begann, ihre Utensilien auszulegen – ihre Mason-Pearson-Haarbürste, Bluegrass-Talkum, eine Dose mit Gesichtspuder – und nahm ihren Bereich damit in Besitz. Der Hocker war zu hoch. Der mit Samt bezogene Sitz in Altrosa kippelte ein wenig und wies alte Spritzer sowie Lippenstiftspuren auf. Während Edith ihn neu justierte, fragte sie sich, was wohl aus der ehemaligen Bewohnerin geworden war. Niemand wusste es oder scherte sich darum. Hat bekommen, was sie verdient hat, würde es heißen, aber Edith musste daran denken, dass sie wohl arglos Lippenstift und Puder aufgetragen hatte, wie man es vor dem Abendessen oder einem Tanzvergnügen tut oder einfach nur vor einer Einkaufstour, wenn man Freundinnen zu Kaffee und Kuchen trifft, ohne die geringste Vorahnung zu haben. Wo sie wohl jetzt war? Aus diesem großen Haus geworfen, ihrem komfortablen Leben, um wo zu enden? Sie hatte all das verlassen müssen. Edith berührte die gläsernen Art-déco-Tabletts, welche die Frisierkommode zierten. Die dazu passende Schale mit ihrem matten Deckel enthielt noch etwas Körperpuder. Gardenie. Der Duft der Frau, die es zurückgelassen hatte.

Das Zimmer befand sich an der Rückfront des Hauses mit Blick auf den Garten. Einige Stufen führten auf eine weitläufige Terrasse hinab, dann weiter zu einem Rasen, der sich bis zu ein paar vereinzelten Obstbäumen erstreckte, deren Äste sich schwarz gegen den eisengrauen Himmel abhoben.

Fußabdrücke zeichneten eine Spur durch den Schnee bis zum Ende des Gartens, bevor sie sich in einem Gewirr von Büschen verloren. Anscheinend gab es dort unten einen Holzstoß, obwohl unter dem Dachsims viele zugeschnittene Holzblöcke gestapelt waren. Merkwürdig.

Essengeruch zog nach oben, ein Vorgeschmack darauf, was es zum Abendessen geben würde. Der Geruch von Rindfleisch, das mit Wurzelgemüse gekocht wurde, und darunter noch etwas anderes. Hinterhältig und aufdringlich scharf, aber mit einer moderigen Note des Verfalls. Sauerkraut. Edith scheute zurück vor der Erinnerung, die er mit sich brachte. Sie musste schlucken. Der kleinste Hauch davon verursachte ihr Übelkeit. Sie überlegte, ob sie sich zurückziehen konnte, aber es war ihr erster Abend. Man sollte sich hübsch machen, hatte Angela gesagt. Sie durchwühlte den Inhalt ihres Koffers und entschied sich für ein mitternachtsblaues Jerseykleid mit Schalkragen. Nicht zu förmlich, aber auch nicht zu leger, und hoffte, dass es ausreichen würde.

Sie zog ein Paar Pumps an und ging nach unten zu Zigarettenrauch und Konversation, die vom Wohnzimmer hochstiegen. Als sie eintrat, verstummten alle.

»Edith, kommen Sie zu uns!«, rief Angela rasch, um die Stille zu durchbrechen. Sie hatte sich umgezogen und trug einen engen dunkelblauen Rock und eine Seidenbluse mit Punkten, die im Nacken zusammengebunden war. »Darf ich Sie bekannt machen …«

Miss Barratt, Miss Potts, Miss Jones, Miss Campbell. In dieser Reihenfolge starrten Lorna, Ginny, Frances und Jo sie argwöhnisch an wie eine neue Klasse. Edith versuchte, sie zu fixieren, wie sie es in der Schule gehalten hatte. Lorna Barratt: ältere große Rothaarige, langes, bleiches Gesicht. Ginny Potts: jung, gutaussehend, spitze Nase, kinnlanges hellbraunes Haar mit einem Haarreif zusammengehalten. Frances (Frankie) Jones: schmales Gesicht, schmale Schultern, tiefliegende dunkle Augen, spröde Haare in dichte Wellen gelegt. Jo Campbell: gutaussehend, ein Hauch Bohème, kurzes dunkles Haar mit einem grünen Tuch zusammengebunden, purpurner Lippenstift, große, mit Khol umrandete Augen. Sie alle arbeiteten als Schreibkraft oder Sekretärin in unterschiedlichen Abteilungen der Kontrollkommission. Miss Barratt bei Finanzen, Miss Potts bei Öffentliche Ordnung, Miss Jones im Büro des Quartiermeisters, Miss Campell bei Vertriebene.

»Welches Gift für Sie, Edith?«, fragte Angela und ging zu einem Arsenal alkoholischer Getränke auf dem großen Sideboard. »Wir haben fast alles. Whisky und Soda? Gin and Tonic?«

Edith entschied sich für Whisky und Soda.

»Hoch die Tassen!«

»Hals- und Beinbruch!«

Sie erhoben ihre Gläser und plapperten dann alle gleichzeitig los, wobei sie sich bemühten, den Neuankömmling mit einzuschließen und damit zu beeindrucken, was sie alles »auf dem Kasten« hatten: den herrschenden Mangel, Seife im Allgemeinen, Waschpulver im Besonderen, am besten sofort im ersten Brief nach Hause um ein Stück Lux bitten. »Oh und Hygieneartikel«, sagte Ginny mit einem Seitenblick auf die anderen. »Lassen Sie sich viele davon schicken.«

»Ja, Tampons sind immer knapp«, fügte Angela lauthals hinzu und trotzte Jos ungeduldigem Seufzen und Lornas missbilligendem Stirnrunzeln.

Das Gesprächsthema wandte sich dem Essen zu. Reichlich, aber monoton, anfällig für unerklärliche Mangelsituationen. In der einen Woche keine Kartoffeln. In der nächsten? Kartoffeln, aber keine Zwiebeln. Es gab Sauerkraut, sämtliche Nasen wurden gerümpft, und Wurzelgemüse – besonders Steckrüben, Grund für weiteres Naserümpfen. Alles andere kam aus der Dose. »Wer kochte?« Frau Schmidt, die Haushälterin. Mit Hilfe der deutschen Mädchen, die außerdem bedienten und aufräumten, die Wäsche machten und die restliche Hausarbeit erledigten. Keines der Mädchen schlief hier im Haus. Abends gingen sie nach Hause und kamen morgens zurück, um das Feuer anzuzünden, Warmwasser bereitzustellen und das Frühstück zu machen.

»Wir müssen gar nichts tun. Es ist ein ziemlich gutes Leben, eigentlich«, fasste Angie zusammen. »Besser als zu Hause jedenfalls.«

Die anderen nickten. Sie kamen aus Leicester, Bedford, Salisbury, Brighton. Die englische Provinz. Sie sprachen mit Stolz von ihren Heimatstädten, aber ohne Nostalgie. Besser hier.

Das Gespräch wandte sich Frau Schmidt zu, ein »echter Schatz«, die das Haus führte und die Mädchen im Griff hatte. Ihr Mann Stephan war dagegen vollkommen nutzlos und tat gar nichts, außer wenn Molly ihn um etwas bat, dann war er Feuer und Flamme. Der Himmel wusste, wie Frau Schmidt es mit ihm aushielt …

Edith musste die Haushälterin ebenso wie die mysteriöse Molly noch kennenlernen, aber da kam sie schon wie auf Kommando.

»Frau Graham? Ich freue mich sehr, Sie kennenzulernen, gnädige Frau!« Sie wischte sich die Hände an ihrer Schürze ab, bevor sie Edith die Hand schüttelte. »Grete sagte mir, dass Sie Deutsch sprechen. Gut. Gut!«

Frau Schmidt nickte. Jedes Wort ließ ihre glänzenden, kastanienbraunen Löckchen erzittern. Sie waren in Aussehen und Anordnung so identisch, dass es sich um eine Perücke handeln musste. Ihr Lächeln ließ ein perfekt ebenmäßiges Gebiss aufblitzen, das nicht recht passte. Es lag etwas Falsches in ihrem Lächeln, und das betraf nicht nur die Zähne. Ihre Augen blieben dabei so hart wie Onyx. Sie war eine stattliche Frau mit wogendem Busen und einem so frischen, strahlenden Teint, als wolle ihre Haut jeden Moment platzen. »So bin ich nun mal«, pflegte sie zu sagen. »So bin ich schon zur Welt gekommen.« Edith war sich da nicht so sicher. Die meisten Deutschen zeigten mindestens einige wenige Anzeichen von Mangelernährung. Frau Schmidt hingegen sah entschieden rosig aus. Nicht jeder hatte im Krieg unter Entbehrungen gelitten, und jetzt ging es ihr auch nicht schlecht, wie es aussah.

Frau Schmidt war gegenüber ihren Gästen charmant, weniger nett allerdings zu ihren Dienstmädchen. Von Anfang an begegnete sie Edith, die älter war, erfahrener und Deutsch sprach, mit einer gewissen Zurückhaltung. Frau Schmidt befand sich nicht in der Position, irgendwelche Animositäten an den Tag zu legen, ließ es sich aber nicht nehmen, Ediths Leben in der Unterkunft durch ärgerliche kleine Akte der Subversion ein wenig unerquicklicher zu machen: Habseligkeiten waren verlegt, Wäsche wurde falsch abgegeben, Bitten wurden überhört, oder es wurde ihnen nicht entsprochen.

Nach dem ersten Kennenlernen und den üblichen Verhaltensregeln für Neulinge ignorierten die Mädchen Edith mehr oder weniger. Das Geplauder um sie herum brandete auf und schwoll ab. Sie hätte auch alleine essen können. Das Essen an diesem ersten Abend begann mit einer Suppe: Rinderbrühe mit Klößen. Die Mädchen konzentrierten sich auf die Brühe und ließen die Klößchen links liegen. Gekochtes Rindfleisch folgte, mehr Soße als sonst was, serviert mit einer Art Gratin von Steckrüben. »Schon wieder Steckrüben!« Miss Campbell zog eine Grimasse, und die anderen lachten wie bei einem alten Scherz. Das Sauerkraut war noch unpopulärer. Niemand von ihnen rührte die graugrünen Schnitze auch nur an. Sogar sein Anblick, sein saurer, gammeliger Geruch waren zu viel für Edith. Sie spürte, dass eine Migräne im Anmarsch war, ein Schmerz in ihrer rechten Schläfe wurde schärfer, ein kurzes Aufflackern, als würde eine Glühbirne platzen. Ausnahmsweise war sie darüber fast froh. Es würde ihr eine Entschuldigung verschaffen, den Tisch zu verlassen. Nur noch ein paar Minuten ausharren.

Edith versuchte, sich auf das Gespräch um sie herum zu konzentrieren. Eine von ihnen fehlte. Molly. Molly Slater. Frau Schmidt hatte schon nach ihr gefragt, und das Gespräch drehte sich in der Hauptsache um sie. Molly machte dies, Molly machte das. Draußen ertönte ein Kreischen, und die Geräusche eines leistungsstarken Motors erstarben zu einem Brummen. Ginny Potts rannte zum Fenster.

»Da ist sie endlich.«

Miss Slater trat mit theatralischem Zittern ein und klammerte sich an ihren Mantel, der sehr nach Nerz aussah.

»Mädels! Es ist echt arschkalt da draußen.«

»Bist du auf einem Motorrad nach Hause gekommen?«, wollte Ginny wissen.

»Bei diesem Wetter? In diesem Aufzug? Bist du verrückt? Ein Mercedes, *falls* du erlaubst!«

Und wie auf Kommando wurde zwei Mal gehupt, ein Motor heulte auf, und Räder quietschten.

»Du hast das Essen verpasst«, stellte Lorna fest.

Molly zog eine Grimasse. »Ein *kleiner* Mercedes! Und würde irgendjemand mir bitte einen Drink machen, bevor ich das Leben aushauche!«

Angie gehorchte eilends. Molly ließ sich am Kopf der Tafel nieder. Ginny bot ihr eine Zigarette an.

»Andy hat mich von der Messe hierher kutschiert. Er ist so ein Schatz!« Sie steckte die Zigarette in eine Zigarettenspitze aus Elfenbein. Lorna beeilte sich, ihr Feuer zu geben. »Sagt mal, die Auffahrt ist furchtbar glatt. Ich dachte, Stephan sollte sie räumen?« Sie unterbrach die Betrachtung ihrer hübschen Beine in Nylons mit Naht, als sie Edith erblickte. »Und wer ist das?«

»Das ist Edith«, erklärte Angela. »Sie ist heute Nachmittag angekommen.«

»Ist das so?« Mollys Blick war abschätzend und gerissen zugleich. Obwohl sie kein Zeichen des Wiedererkennens gab, erkannte Edith sie sofort als das Mädchen aus dem Zug, das mit ihren üppigen platinblonden Haaren wie ein Filmstar ausgesehen hatte. »Nun, Edith«, sagte sie affektiert. »Herzlich willkommen in unserem zauberhaften Domizil.« Molly wandte sich wieder den anderen zu. »Mädels, ihr werdet es nie erraten …«

Und damit war Edith entlassen. Molly scharte ihre Zuhörerschaft um sich. Als Edith den Tisch verließ, schienen sie es kaum zu merken, so sehr waren sie darin vertieft, Molly zu hofieren. So war es auch an ihrer Schule gewesen. Stets gab es eine, die Macht hatte, während die übrigen ihr ihre Durchschnittlichkeit darboten, als wären es Blumensträuße.

»Machen Sie die verdammte Tür zu, ja?«, rief eine Stimme ihr hinterher, und Edith hörte vernehmliches Kichern. »Und Ihnen auch eine gute Nacht!«

Wenn ihre Arbeit sich schon schier unmöglich anhörte, würde die Unterkunft das reinste Fegefeuer sein. Was machte sie nur hier? Sie schleppte sich die Treppe hoch. Hatte sie einen schrecklichen Fehler begangen?

Sie schrieb ihre schlagartig düstere Laune ihrer Migräne zu. Sie schaffte es kaum auf ihr Zimmer, bevor sie das Wenige erbrach, was sie gegessen hatte. Sie legte sich nieder und kämpfte nicht mehr gegen die Gefühle an, die sie überwältigten. Als sie die Augen schloss, sah sie Fahnen in Rot und Schwarz.

•••••

März, 1933. Nazi-Banner flatterten vor dem Heidelberger Hauptbahnhof. Kurt sollte sie abholen. Sie hatte ihn auf dem Bahnsteig an der Schranke erwartet, aber er war nirgends zu sehen. Sie hatte Himmel und Hölle in Bewegung gesetzt, um einen Austausch zwischen einem Lyzeum in Heidelberg und ihrer Schule zu arrangieren. Eine Freundin, die dort als Assistentin arbeitete, Stella Snelling, war ihr dabei behilflich gewesen. Stella war auf dem Sprung, wieder eine Stelle in England anzutreten. Eine Lehrerin des Lyzeums, Fräulein Rolf, würde Ediths Platz an ihrer Mädchenschule einnehmen. Die

Rektorin war Feuer und Flamme gewesen. »Bewundernswerte Initiative«, hatte sie gesagt.

Kurt hatte sich wegen der Neuigkeiten anfänglich überglücklich gezeigt. Seine Briefe strotzten nur so vor Passion und Plänen. Die Spaziergänge, die sie unternehmen, die Orte, die sie besuchen würden, all die Wunder, die er ihr zeigen und mit ihr teilen wollte. Zwischen den Zeilen erklang seine Stimme so klar, dass er ihr ins Ohr zu flüstern schien. Sein gehetztes und leicht holpriges Englisch, die Wörter, die sich im Eifer überschlugen. Gelegentlich verfiel er ins Deutsche, wenn es ihm nicht gelang, das auszudrücken, was er sagen wollte. Dann kamen seine Briefe seltener, waren kürzer, das Englisch überlegter und korrekter. Er war so stark eingespannt in die Arbeit an seiner Universität und bei den Gesellschaften und Organisationen, denen er beigetreten war.

Inzwischen wurde sie schlau daraus, aber damals hatte ihr der veränderte Ton seiner Briefe wehgetan. Sie hatte sie auf der Reise in diesem schrecklichen Zug nach Deutschland wieder und wieder gelesen, wollte das Traumgespinst, das er gewoben hatte, am Leben erhalten, doch tief im Innersten wusste sie, dass etwas sich verändert hatte, so wie ein strahlend klarer Morgen die Aussicht auf Regen mit sich führt.

Sie wartete und wartete auf dem Bahnhof, ratlos, was sie unternehmen sollte. Sie beobachtete die Menschen, die kamen und gingen, ankamen und abfuhren, wobei die Angst, die sie im Zug verspürt hatte, sich langsam zu Grauen steigerte.

Als er schließlich auftauchte, küsste er sie auf die Wange, als wäre sie seine Cousine, irgendeine weibliche Bekannte. Sein Lächeln kam so prompt wie immer, aber er war distanziert, gedankenverloren. Es tat ihm leid, dass er nicht pünktlich am Bahnhof gewesen war, doch die Wahlen neulich hatten allerlei Ärger verursacht. Er wurde momentan an anderer Stelle gebraucht, würde sie aber später treffen. Er rief ihr ein Taxi und verschwand in der Menge. Dennoch griff sie nach jedem Strohhalm. Sie war zu einer schwierigen Zeit gekommen. Es *gab* Ärger in der Stadt. Man hatte Wahlen abgehalten, und es hatte Straßenkämpfe gegeben. Die Auswirkungen waren überall zu sehen: Parolen waren übermalt worden, Plakate verunstaltet und zerrissen. An jedem Laternenpfahl hing ein Adolf Hitler mit abgerissenem Schnäuzer.

Wenn sie Kurt nachher traf, würde alles anders sein.

Aber so war es nicht. Sie trafen sich in einem Café am Fluss. Es wimmelte von SA-Männern in braunen Uniformen und Armbinden mit Hakenkreuzen, die Bier tranken, Wurst und Sauerkraut aßen, was das Einzige war, was man hier zu servieren schien. Kurt saß an einem Tisch unter einer Linde. Die hellgrünen Blätter ließen Schatten über sein blaues Hemd tanzen. Das Mädchen, das ihre Bestellung aufnahm, trug Tracht, gesmokte weiße Bluse, bestickte Weste, der schwarze Rock des Dirndls abgesetzt mit roten Zackenlitzen. Kurt bestellte ein Bier und Wurst mit Sauerkraut.

»Da gibt es etwas, das du wissen musst«, begann er. Er hatte einen bestimmten Gesichtsausdruck, wenn er etwas Unangenehmes zu verkünden hatte, sein Mund wie eingefroren, die Lippen in so etwas wie ein Lächeln gezwungen. So sah er auch jetzt aus. Edith legte Messer und Gabel beiseite. »Es gibt keine einfache Art, es zu sagen.« Er strich sich das blonde Haar aus dem Gesicht, noch so eine Geste, wenn er nervös war. »Die Sache ist die …« Kleine Pause, die sein Unbehagen noch steigerte. »Ich muss es dir sagen, es wäre sonst nicht fair dir gegenüber. Oder Elisabeth. Ich bin verlobt.«

»Wer ist Elisabeth?«, fragte Edith. Es war das Einzige, was ihr einfiel.

»Meine Verlobte.« Er nestelte an dem schweren goldenen Siegelring seines Mittelfingers. Er war mit einer Gemme verziert, sah alt aus – und wertvoll. Sie hatte ihn nie zuvor gesehen.

»Ich verstehe.« Es hörte sich an, als wäre ihr Mund mit Watte verstopft.

»Ich hoffe, dass wir Freunde bleiben können, Edith.« Das steife Grinsen wurde breiter. »Ich schätze deine Freundschaft sehr.« Er blickte auf den Ring an seinem Finger, den er drehte und drehte. »Du kannst dir nicht vorstellen, wie sehr.«

Edith hörte nicht länger zu. Die Geräuschkulisse um sie herum, die lachenden und schreienden Männer, wurde zu unerträglichem Gebrüll. Sie blickte hinab auf die blasse, schlaffe Pelle ihrer gekochten Wurst, den grünlich-gelben Haufen fermentierten Kohls und atmete seinen Geruch ein. Ihr Mund füllte sich mit Spucke. »Entschuldigung«, brachte sie gerade noch heraus und schaffte es knapp bis zum Straßenrand. Nach vorn gebeugt stand sie dort und übergab sich, während die SA-Männer lachten, ihre Bierkrüge auf den Tisch knallten und *Mehr Bier*! riefen. Kurt kam nicht zu ihr. Als sie sich wieder besser fühlte, war er schon gegangen. Das Mädchen räumte gerade die unberührten Teller ab und steckte das Geld ein.

Wie blind lief Edith in das unvermittelt blendend helle Sonnenlicht. Die Fahnen in Rot, Weiß und Schwarz, welche die Gebäude zierten, blähten sich und flatterten an den Enden hoch, wodurch sich die gekrümmten Kreuze bogen und wellten. Der schreckliche Zwiebelgeruch, der sie von der Menschenmenge um sie herum anwehte, war penetrant. Das war der Beginn ihrer Migräne. Sie würde im Lauf der Zeit lernen, die Zeichen zu deuten. Sie musste mehrfach stehenbleiben, um sich zu übergeben, sehr zum Entsetzen der Passanten. Instinktiv fand sie das Lyzeum. Glücklicherweise war niemand da. Sie stolperte in ihr kleines Zimmer am oberen Ende einer Wendeltreppe, zog die Vorhänge fest zu, um jedes Licht auszusperren, und griff nach der Waschschüssel. Wellen von Übelkeit durchfuhren sie. Sie legte sich auf das schmale Bett und war dankbar für die Schmerzen. So musste sie nicht mehr an Kurt denken.

Stunden später ein zaghaftes Klopfen. Die schwarze Flut war abgeebbt. Sie kämpfte sich hoch, fiel dann wieder zurück aufs Bett.

»Geht es Ihnen nicht gut?« Eine junge Frau mit schmalem Gesicht und dunklen Locken kam verlegen ins Zimmer. Sorge stand in ihren freundlichen Augen, als sie näher ans Bett trat. »Ich habe eben schon nach Ihnen geschaut, aber Sie haben geschlafen. Ist Ihnen übel?«

»Eine Migräne, glaube ich.« Edith warf einen peinlich berührten Blick auf die Waschschüssel mit ihrem säuerlich riechenden Inhalt. »Es tut mir sehr leid. Ich …«

»Oh, Sie Arme!« Die junge Frau entfernte die Schüssel schnell. Sie kam mit einem Krug frischen Wassers zurück. »Trinken Sie das, und dann mache ich Ihnen einen Lindenblütentee. Der ist gut gegen Kopfschmerzen und Übelkeit.« Sie setzte sich auf eine Ecke des schmalen Betts mit seinem Eisenrahmen. »Ich bin übrigens Sarah. Sarah Weill. Ich wohne im Zimmer nebenan.«

Sarah machte das Lyzeum ein wenig erträglicher. Nach Hause konnte Edith unter keinen Umständen. Sie würde das Semester durchhalten müssen, obwohl ihr nicht danach zumute war. Ganz und gar nicht. Es war nicht nur die Geschichte mit Kurt, in der Schule herrschte eine unangenehme Atmosphäre. Die Rektorin, Fräulein Weber, stand kurz vor ihrer Pensionierung. Ihre Stellvertreterin, Fräulein Grafstadt, war ihre rechte Hand. Sie war eine überzeugte Nazi-Anhängerin, stolz darauf, eines der ersten Mitglieder der Nationalsozialistischen Frauenschaft zu sein. Sie hatte sich angewöhnt, die Armbinde mit dem Hakenkreuz in der Schule zu tragen, was andere bewog, es ihr gleichzutun, besonders Fräulein Wilhelm, die Leiterin des Sportunterrichts, eine Amazone von Frau mit riesigen Brüsten und winzigem Kopf, die die Mädchen zu endlosem Drill und unablässigen Wettkämpfen in rhythmischer Sportgymnastik nötigte. Diese beiden hatten in der Schule das Sagen. Sie bestanden auf dem Hitlergruß zu Beginn und Ende jeder Schulstunde. Sie ermutigten die Mädchen dem *Bund Deutscher Mädel* beizutreten und Mitschülerinnen sowie deren Familien oder auch Lehrerinnen zu denunzieren, die sich gegenüber Hitler und den Nationalsozialisten kritisch geäußert hatten. Die ein, zwei jüdischen Schülerinnen hatten es besonders schwer. Fräulein Weill traf es am härtesten.

»Ich gehe«, sagte Sarah schließlich. »Es ist nur eine Frage der Zeit, bevor sie mich sowieso vor die Tür setzen. Ständig gibt es neue Gesetze. Diesen Triumph will ich ihnen nicht gönnen.« Sie hielt inne, kämpfte ihre Tränen nieder und biss sich auf die Lippen. »Daniel und ich haben Pläne.« Daniel war Sarahs Freund. Als Kommunist und Jude war er doppelt gefährdet. »Wir werden nach Amsterdam gehen. Er hat dort Familie. Dann wollen wir weiter nach Amerika.

Daniel meint, in ganz Europa gibt es für uns keine Zukunft mehr. Ich möchte nicht aufdringlich sein, aber …«

»Ob ich behilflich sein kann? Da müssen Sie nicht fragen.« Edith nahm ihre Hand. Sie lächelte, obwohl auch ihr die Tränen kamen, ob wegen Sarah oder sich selbst, konnte sie nicht sagen.

Sarah reiste nach dem Unterricht am Samstag ab. Edith brachte ihren Koffer zum Bahnhof. Falls jemand fragte, schickte sie Bücher an einen Freund in der Universität. Niemand fragte. Sarah verließ die Schule, als würde sie einfach nur für den Abend ausgehen. Vor Montag würde man sie nicht vermissen, wo Edith angab, Sarah fühle sich nicht gut, habe Fieber und bleibe auf ihrem Zimmer. So gewann sie einen Tag oder zwei. Die Belegschaft hatte eine Heidenangst vor jeder Form von Infektion. Ihre Abwesenheit wurde nicht vor Mittwoch bemerkt. Edith hoffte inständig, dass Sarah und ihr Verlobter inzwischen weg waren.

Sie gab sich ahnungslos, doch niemand glaubte ihr. Man forderte sie auf, ihre Koffer zu packen. Sie war noch nie so froh gewesen, irgendwo abzureisen, obwohl sie Angst hatte, was bei ihrer vorzeitigen Rückkehr geschehen würde. Die Reaktion ihrer Rektorin war unerwartet. »Sie armes Ding! Das muss ja grässlich gewesen sein! Dieser Herr Hitler. Schrecklicher Mann. Ich war gerade dabei, Fräulein Rolf zurückzuschicken.« Sie schniefte. »Trichterte den Mädchen allerlei Unsinn ein. Ich erlaube nicht, dass solche Art von Ansichten hier verbreitet werden.« Edith war angesichts dieser unerwarteten Anteilnahme in Tränen ausgebrochen. Miss Jameson hatte ihr auf die Schulter geklopft und geraten, ein paar Tage freizunehmen. Die Tage waren zu Wochen geworden. »Nervöse Erschöpfung«, nannte Dr. Elliot es. Eine freundliche Umschreibung für ein gebrochenes Herz.

Sie musste geschlafen haben. Ein zaghaftes Klopfen hatte sie geweckt.

»Frau Graham?«

Ein Gesicht schaute herein, schmal und dunkel, umgeben von

schwarzen Locken. Einen Moment lang hielt Edith sie für ihre Freundin Sarah aus dem Lyzeum.

»Ich bin Seraphina.« Das Mädchen trug einen schweren Krug. Sie war einfacher gekleidet als die anderen. Ihr Haar war halb unter einem Tuch versteckt, ihre Wickelschürze viel zu groß für sie, die Ärmel ihrer Bluse waren aufgerollt bis über die Ellbogen. »Ich bringe heißes Wasser.«

Als Seraphina zum Waschtisch ging und die Schüssel sah, machte sie große Augen.

»Tut mir leid, ich …«

»Nein, nein.« Das Mädchen stellte den Krug ab. »Ich bringe das weg. Ich werde Frau Schmidt sagen, dass Sie sich nicht wohl fühlen.

»Nein.« Edith streckte eine Hand aus. »Bitte nicht.«

Sie konnte kein Gewese vertragen, und irgendetwas sagte ihr, dass Frau Schmidt eines machen würde.

»Ich sage es niemandem, wenn Sie nicht wollen.« Seraphina tauchte eine Ecke von Ediths Handtuch in den Krug, wrang es aus und kam herüber zu ihrem Bett. Mit leichten, vorsichtigen Bewegungen tupfte sie Ediths Stirn ab. Ihre aufgerissenen roten Hände rochen nach Lauge. »Was kann ich für Sie tun?«

Sie blickte auf Edith hinab, wobei ihr winziges Gesicht sich vor Sorge in Falten legte. Sie war kleiner als die anderen, schmächtig gebaut und schien deutlich jünger zu sein, kaum über zehn, obwohl sie wahrscheinlich etwas älter war. Unter ihren Augen fanden sich tiefe Augenringe, und ihre Haut hatte die Farbe billigen Papiers.

»Wasser. Ich hätte gern einen Schluck Wasser.«

»Bringe ich.«

In der Tür drehte Seraphina sich noch einmal um. Mit ihren großen dunklen Augen und zarten Gesichtszügen musste das Mädchen sehr hübsch gewesen sein. Würde eines Tages wieder hübsch sein. Edith hoffte es jedenfalls. Sie verschwand so lautlos, wie sie gekommen war. Edith ließ sich zurückfallen. Wer war sie? Keine Deutsche. Tschechin vielleicht? Jüdisch ganz sicher. Als sie sich vornüber gelehnt hatte, um sie mit dem Handtuch abzutupfen, hatte Edith die eintätowierte Nummer auf ihrem Arm gesehen. Wie ihr Leben wohl aussah, bevor dieser ganze Horror über sie gekommen war? Edith konnte es sich nicht vorstellen. Jeder Hinweis darauf war ausgelöscht worden.

12

CCG MESSE
Lübeck
17. Januar 1946

Dinner Menu
Mockturtle-Suppe
Gebratene Seezunge in Butter
Dutch Steak in Espagnole Sauce
Schlosskartoffeln
Karotten
Himbeercreme
Käse und Gebäck
Kaffee

Das Menü löst seinen großspurigen Anspruch nicht ganz ein. Dutch Steak sollte ein echtes Steak sein, ist hier aber geformtes Rinderhack, serviert mit Soße und Röstkartoffeln. In der Messe gibt es reichlich Essen, sättigend und beruhigend britisch. Ein Kontrast, der gegenüber dem Mangel in der Außenwelt mehr als offensichtlich ist.

Ediths Koffer brauchte Ewigkeiten, um anzukommen, und sie hatte fast nichts mehr anzuziehen. Jeden Tag, wenn sie aus dem Büro zurückkehrte, hoffte sie, ihn vorzufinden, aber keine Spur von ihm. Schließlich bat sie Roz, sich darum zu kümmern.

»Verstehe ich nicht«, sagte Roz nach einem Telefonat. »Die sagen, er wäre schon vor Tagen geliefert worden!«

Edith eilte nach Hause und fand den Koffer im Flur vor. »Wann ist der angekommen?«, fragte sie.

Frau Schmidt zuckte ihre massigen Schultern. »Als ich gerade aus dem Haus war.«

Edith wandte sich den beiden Mädchen Grete und Hilde zu, die auf den Boden starrten.

»Macht nichts«, seufzte Edith. »Jetzt ist er ja da.«

»Grete und Hilde werden ihn für Sie nach oben bringen«, bot Frau Schmidt munter an.

Edith warf ihr einen Blick zu. »Nicht Stephan?«

»Er hat einen schlimmen Rücken von seinen Kriegsverletzungen.« Zur Veranschaulichung legte Frau Schmidt sich eine Hand ins Kreuz.

Edith bemerkte den Blick, den die beiden Mädchen wechselten, als sie den schweren Koffer nach oben schleppten. »Was *tut* Stephan eigentlich?«, fragte Edith, als sie den Koffer in ihr Zimmer brachten. Blond und mürrisch stolzierte er arrogant herum, und man sah ihn selten bei der Arbeit. Wieder dieser Blick. Edith entließ die Mädchen, um sich ihren Koffer genauer anzuschauen. Nichts schien zu fehlen, aber jemand hatte sich am Schloss zu schaffen gemacht. Es hätte überall auf der Strecke von Coventry passieren können, sagte sie sich, aber sie hatte das Gefühl, dass es hier irgendwo ganz in der Nähe geschehen war.

Es schneite in dieser Nacht. Am nächsten Tag stapfte Jack durch den knirschenden Schnee, um sie abzuholen. Stephan sollte draußen Schnee schippen, aber davon konnte keine Rede sein, als sie das Haus verließ. Er lehnte am Kotflügel des Humber und zündete sich eine Zigarette an.

»Weg vom Auto, du faules Stück«, brüllte Jack. Stephan starrte Jack mit kaum verhüllter Unverfrorenheit an, wobei er betont langsam das Gewicht auf seine Schneeschaufel verlagerte. »Der ist ein falscher Fuffziger«, sagte Jack im Wegfahren. »Man entwickelt eine Nase dafür. Wohin heute Morgen, Ma'am?«

Edith war für eine gewisse Anzahl Schulen im Bereich Lübeck zuständig. Der Brigadier hatte am ersten Morgen ihre Aufgaben umrissen, aber draußen in den Schulen oder dem, was als Schule durchging, fand Edith seine Einweisung vollkommen unzureichend. Sie nahm es ihm nicht übel. So ging er mit einer Arbeit um, die ihn überforderte.

Jedermann überforderte, dachte sie, während sie durch marode Straßen krochen und sich einen Weg zwischen Ruinen und Trümmern bahnten. Überall Menschen. So viele Menschen. Die Brücken barsten vor Männern und Frauen, alt und jung, Kindern und alten Leuten, die Kinderwagen schoben oder Karren zogen, auf denen sich ihre Habseligkeiten befanden.

»Ostvertriebene«, sagte Jack, als sie unter Zuhilfenahme der Hupe langsam vorwärts schlichen.

Die Menschenströme teilten sich unwillig, wogten dann wieder zurück, ein unablässiger Marsch, der sich mit der verbissenen Müdigkeit von Menschen bewegte, die schon lange zu Fuß gelaufen waren und keine Ahnung hatten, wo sie ankommen würden. Als der Wagen langsamer vorankam, klopfte jemand ans Fenster. Ein grinsendes Gesicht lugte herein, schmutzig wie bei einem Bergarbeiter. Noch eines tauchte auf und noch eines. Bald rannten Kinder neben ihnen her, die Hände ausgestreckt, bettelnd um Zigaretten, Kaugummi, Schokolade, was immer sie erhaschen konnten. Überall Kinder. Das Auto anhalten lassen und fragen, warum sie nicht in der Schule wären, gäbe nur großes Gelächter. Sie würden loslaufen und wieder über Ruinen und Trümmergrundstücke streifen, ihre Karren im Schlepptau auf der Suche nach irgendetwas Verwertbarem. Wie um alles in der Welt sollte sie die in ein Klassenzimmer locken? Schwer, bei der Ausweglosigkeit des Unterfangens nicht zu verzweifeln. Sie fühlte sich wie eine Trümmerfrau, die das Geröll einer ruinierten Stadt abtrug, ein Stein nach dem anderen, als hätte man ihr eine dieser unmöglich zu bewältigenden Aufgaben gestellt: ein Feld mit nur einer Sichel abernten, eine Schlinge binden mit einem Seil aus Sand.

»Wohin, Ma'am?«, fragte Jack noch einmal.

»Oh, Herr Hecht. Dann Frau Holstein.«

»Frau Graham.« Herr Hecht stand schon bereit, sie willkommen zu heißen. »Wir fühlen uns geehrt. Schön, Sie zu sehen.«

Er hieß sie lächelnd willkommen, und Edith spürte, wie ihre Stimmung sich besserte. Er war wahrscheinlich nur mittleren Alters, sah aber viel älter aus. Sein Gesicht war von Furchen durchzogen, sein Haar mitsamt sauber ausrasiertem Bart schlohweiß. Er bedeutete ihnen mit seiner Knochenhand, ihm in die Ruine der Schule zu folgen. Er ging langsam, wobei er sich schwer auf einen dünnen Stock stützte.

Der Unterricht fand im einzigen funktionstüchtigen Raum statt, dem einzigen Raum, den man heizen konnte. Ein alter Eisenofen stand in der Ecke. Etwas Öl daneben, ein paar Brocken Koks und Kohle, ein paar Holzscheite, kaum mehr als Anmachholz. Der Raum hatte keine Decke mehr. Das bisschen Wärme, das der Ofen abgab, zog durch die Dachsparren nach oben. Dampf stieg aus einem großen Topf auf dem Herd und fügte dem sauren Geruch ungewaschener Kleider und Körper noch einen Anflug von Gemüse hinzu.

Die Kinder waren je nach Alter eingeteilt, Jungen und Mädchen zusammen, vier bis fünf pro Tisch. Alle erhoben sich, als Edith eintrat. Sie bedeutete ihnen, sich hinzusetzen und weiterzumachen mit dem, womit sie gerade beschäftigt waren. Mathematik. Die Lehrer mussten ohne Lehrbücher auskommen, die sämtlich konfisziert worden waren. Viele wurden in London von einem Komitee neu geschrieben, wusste der Himmel, wie lange das dauern würde. Papier war überall knapp, weshalb die Kinder Schiefertafeln und die Ränder alter Zeitungsseiten für ihre Arbeiten nutzten.

Herr Hecht führte Edith durch das Klassenzimmer. Anfänglich waren die meisten Kinder zu schüchtern, um auf ihre Fragen zu antworten, aber ermutigt von Herrn Hechts Lächeln und seiner zugewandten Art wurden sie mutiger.

Die Kinder waren gut gekleidet: die Haare der Jungs gekämmt und gescheitelt, die Mädchen mit Zöpfen und Bändern, ihre Kleidung sauber, aber eine Mischung aus Sommer- und Wintersachen und fast alle fadenscheinig, gestopft und geflickt, verwaschene Stoffe kurz vor dem Auseinanderfallen. Es gab sichtbare Zeichen von Unterernährung. Manche der Gesichter, die zu ihr aufschauten, waren grau und gelblich, die Augen trüb und eingesunken, rote, verschnupfte Nasen, der Bereich um den Mund verkrustet mit Grind. Die Nacken derjenigen, die sich über ihre Arbeiten beugten, waren mit Furunkeln und Ausschlag übersät. Zuhause in England hätte man das als Zeichen von Verwahrlosung gedeutet, man hätte die Eltern aufgesucht, Wohnungen inspiziert. Hier konnten die Eltern nichts dafür.

»Sie tun ihr Bestes.« Herr Hecht schüttelte den Kopf. »Sie geben ihre eigenen Kleider her, ihre Schuhe, damit die Kinder zur Schule kommen können. Schuhe sind das größte Problem. Die Kinder wachsen so schnell raus, aber ohne«, er zuckte die Schultern, »ist es unmöglich, überhaupt zu kommen.«

Ein Blick unter die Tische enthüllte die traurige Wahrheit. Kaputte, zerrissene Schuhe, die Spitzen abgeschnitten, weil sie ein paar Nummern zu klein waren, abgenutzte Sohlen, die durch grob gesägte Holzblöcke ersetzt worden waren, improvisierte Clogs mit Lumpen zusammengebunden. Manche trugen Sandalen, obwohl der Boden gefroren war, rote Frostbeulen puckerten auf nackten Zehen. Andere schlurften in viel zu großen Stiefeln umher wie kleine, traurige Clowns. Die Kinder hielten ihre Schuhe wohlweislich außer Sichtweite. Edith ging mit Jack durch die Reihen und achtete darauf, niemanden zu beschämen oder sich anmerken zu lassen, wie sehr ihre tapfere Würde sie zu Tränen rührte.

Zuerst waren die Kinder von Jack eingeschüchtert. Seine Größe und, wie Edith klar wurde, seine Uniform. Dann ertönte ein sprudelndes Lachen, darauf noch eines, als Jack mit den Ohren wackelte, grässliche Fratzen zog, Kaugummistreifen und Schokoladenstücke verschwinden ließ, um sie sich wieder aus Nase oder Ohren zu zaubern.

»Sie können gut mit Kindern«, sagte Herr Hecht lächelnd, als Jack einem begeisterten Jungen seine Mütze zum Aufsetzen gab.

»Meine Schwester hat Kids.« Jack grinste und überreichte ihm den Rest der Schokolade, um sie später zu verteilen.

Es war fast Mittagszeit. Die Kinder stellten sich auf, um Suppe in Empfang zu nehmen. Er war dünnes Zeug, kaum mehr als Wasser mit Gemüseschnitzen. Sie aßen an ihren Pulten und tunkten alles bis zum letzten Tropfen mit kleinen, harten Brotstückchen auf.

»Es ist leider wenig, aber mehr, als sie zu Hause bekommen«, bemerkte Herr Hecht. »Jede Woche habe ich zehn, mehr sogar, die fehlen, weil sie zu schwach sind, hierherzukommen. Was an Essen da ist, geht an den Mann, falls es einen gibt, den älteren Bruder, die ältere Schwester, an jeden, der Arbeit hat. Aber es wird besser werden, Frau Graham.« Er musterte das überfüllte Klassenzimmer. »Unsere derzeitigen Entbehrungen sind nur körperlicher Natur. Im Lauf der Zeit wird sich das geben. Ich war mit dem vorigen Regime nicht einverstanden, aber ich habe Glück gehabt. Ich habe überlebt.« Edith wusste von Roz, dass er eine Zeit lang in einem Konzentrationslager war und dann zur Zwangsarbeit nach Belgien geschickt wurde. »Jetzt ist es besser, glaube ich. Wenigstens sind wir frei«, er tippte sich an die Schläfe, »hier oben.«

»Ich werde tun, was ich kann, Herr Hecht.«

»Davon bin ich überzeugt.«

Edith gab ihm zum Abschied die Hand. Sie war immer noch schwielig, die Knöchel geschwollen, die Knochen unter seiner trockenen, papiernen Haut hervorstehend. Edith vermutete, dass er all sein Essen mit den Kindern teilte, auch wenn er selbst dabei hungrig blieb.

»Haben sie gesehen, was im Topf war?«, unterbrach Jack ihren Gedankengang. »Nicht genug, um Leib und Seele zusammenzuhalten, arme Würmchen. Bitterkalt da drinnen und alles.«

»Sie bringen mit, was sie können, Jack.« Das einzige Öl hier war von den Kindern gekommen. »Ich habe versucht, mehr für sie zu erhalten, aber nichts passiert …«

Die Hand in Ediths Schoß ballte sich zur Faust, und sie wandte sich ab. Sie wollte nicht, dass Jack ihren Zorn sah, ihre Frustration und, ja, ihre Beschämung. Es gab genügend Nahrungsmittel in den Geschäften und Lagerhäusern, Kohlen in Speichern. Sobald Edith gesehen hatte, wie schlecht es um die Schulen stand, war sie zu den zuständigen Stellen gelaufen – nur um jedes Mal abgeblockt zu werden. Verwiesen an eine Kette von Menschen, die tiefe Befriedigung daraus zu ziehen schienen, »nein« zu sagen, daraus, einen unmöglichen Job noch unmöglicher zu machen, was zusätzlich zu ihrem nagenden Gefühl der Nutzlosigkeit beitrug. Sie war hierher gekommen, um ihren Beitrag zu leisten, um etwas zu tun. Warum glaubte sie, Erfolg haben zu können, wo andere scheiterten? Bisher hatte sie absolut nichts beitragen können und gar nichts getan. Sie ließ die Kinder im Stich, genau diejenigen, denen sie helfen wollte.

»Ein Penny für Ihre Gedanken«, sagte Jack.

Edith seufzte. »Oh, nichts.« Sie glättete ihre Handschuhe. »Es kommt mir nur so aussichtslos vor, das ist alles.«

Er hielt seine Augen auf die Straße gerichtet, während sie sich langsam durch die immer noch überfüllten Straßen schoben. »Ich war im Krieg bei den Panzern. Wir pflegten zu sagen: ›Wenn du nicht drüber kannst, geh drunter. Wenn du nicht drumherum kannst, geh mittendurch.‹ Ich werde mal sehen, was sich da machen lässt.«

In der nächsten Schule sah es viel besser aus. Hier lief alles wie am Schnürchen. Die Kinder kamen regelmäßig zum Unterricht. Die Belegschaft war jung, schien aber zu wissen, was sie tat. Die Rektorin, Frau Holstein, war etwas älter, eine Haarnadel von einer Frau, ganz in Anthrazit gehüllt, eisengraue Zöpfe streng geflochten, an den Seiten aufgerollt wie Ohrenschützer. Nach vielen Jahren unter dem Motto »Kinder und Küche« war sie in ihren alten Beruf als Lehrerin zurückgekehrt. Ihr Mann war bei einem Angriff getötet worden, also musste sie nun arbeiten. Ihre Referenzen waren hervorragend, und da sie relativ früh aufgehört hatte zu unterrichten, war sie nicht belastet. Ihr Persilschein hing stolz über der Tafel, dort, wo sich wahrscheinlich früher Herr Hitler befunden hatte.

Frau Holstein unterschied sich deutlich von Herrn Hecht. Ihr Willkommensgruß fiel frostig aus, fast barsch. Sie würde die Schule vielleicht auf Vordermann bringen, aber Edith hatte das Gefühl, dass irgendetwas hier nicht stimmte.

Die Kinder schossen stocksteif in die Höhe. Als sie ihnen ein Zeichen gab fortzufahren, beugten sie sich über ihre Arbeiten, als hinge ihr Leben davon ab. Im Klassenzimmer war es mucksmäuschenstill. Kein Gezappel. Nur das Quietschen von Kreide auf der Tafel. Wenn Edith ihnen eine Frage stellte, wanderten ihre Augen sofort zu Frau Holstein. Niemand antwortete lauter als im Flüsterton, und sie wichen sichtlich vor Frau Holsteins aufmunterndem Schulterklopfen zurück.

»Wie Sie sehen, Frau Graham, herrscht hier absolute Disziplin. So wichtig zum Lernen, da werden Sie mir recht geben.« Sie wartete Ediths Antwort nicht ab, sondern fuhr gleich fort. »Natürlich sind Sie neu hier. Sehr neu. Vielleicht nicht sonderlich vertraut damit, wie es hier zugeht. Der Brigadier überlässt *uns* gerne die Leitung der Schule. Das hat er sehr deutlich gemacht. Es ist nicht an Ihnen, hier irgendwie einzugreifen.«

Edith spürte, wie sie rot wurde.

»Da wäre ich mir nicht so sicher«, sagte sie so gelassen wie möglich. Ein lauter Streit könnte die Kinder verschrecken, und Frau Holstein würde es an ihnen auslassen, sobald sie weg waren.

Edith kannte diesen Typ Lehrerin, und sie erkannte Angst, wenn sie ihr begegnete. Das Kollegium legte die gleiche Vorsicht an den Tag wie die Kinder. Aufmerksam verfolgten ihre Augen alles, was Frau Holstein tat. Die Frau überstieg höchstwahrscheinlich ihre Kompetenzen. Disziplin war erforderlich, natürlich, aber Edith würde hier keine Grausamkeit oder irgendeine Form von Tyrannei dulden. Davon hatten sie genug gehabt, nicht wahr? Und es war ja so einfach. Die Niederlage hatte ihnen jede Sicherheit genommen, hatte Menschen verletzlich und ängstlich hinterlassen, Kinder wie Erwachsene.

Am Feierabend ging Edith mit Roz nach Hause.

»Sie sind so still«, sagte Roz.

»Es war ein langer Tag. Wenn ich das alles sehe, den Zustand ihrer Kleidung, ihre Schuhe, die Art, wie die Eltern versuchen, sie sauber und anständig zu halten, könnte ich heulen, aber das bringt uns auch nicht weiter, nicht wahr?«

»Nein, sicher nicht. Wen haben Sie besucht?«

»Zuerst Herrn Hecht, dann Frau Holstein.«

»Herr Hecht ist ein Schatz.« Roz lächelte. »Aber Frau Holstein ist ein harter Brocken.« Sie schüttelte sich ein ganz klein wenig vor Ekel. »Ich bin froh, dass Sie sie am Hals haben und nicht ich.«

»Ja.« Edith runzelte die Stirn. »Irgendetwas ist da im Gange. Ein Überraschungsbesuch wäre sicher nicht falsch.«

»Wenn ich Sie wäre, würde ich eine Woche warten.« Roz vergrub ihre behandschuhte Hand tiefer in ihren Taschen. Es war kalt und wurde noch kälter. Die Trave fror zu. »Sie soll sich ruhig in Sicherheit wiegen. Dann schlagen Sie zu. Na los, Sie brauchen einen Drink!« Roz hakte sich bei Edith unter. »Abendessen in der Messe?«

»Warum nicht?«

»Geht Ihnen das Quartier auf die Nerven?«

»Ein wenig.«

Der erste Abend schien das Muster dafür abgegeben zu haben, wie die Dinge im Haus liefen. Edith fühlte sich nicht ernsthaft geächtet, eher isoliert. Sie gehörte nicht dazu. Die anderen waren jünger als sie und in deutlich untergeordneten Stellungen. Edith fühlte sich wie eine Aufseherin in einer Mädchenschule. Das Geschnatter verstummte, sobald sie den Raum betrat, die Stimmung wurde unbehaglich und gezwungen. Lachen und Leben flammten erst wieder auf, wenn sie gegangen war.

Besonders Miss Slater verspürte eine tiefe Abneigung gegen Edith, was nicht gerade hilfreich war. Sie war das Zentrum der Aufmerksamkeit. Die Emotionen unter der Oberfläche des Hauses brodelten um sie herum, doch sie gab sich mit ihren Sympathiebezeigungen kapriziös. Jeder, der sie auch nur im Geringsten verärgerte, bekam ihren bösartigen Spott zu spüren, wurde außen vor gelassen und geschnitten, bis er Abbitte leistete. Es war alles äußerst pubertär, aber die Mädchen waren noch sehr jung. Jung genug, dass so etwas zählte. Edith hatte Heulkrämpfe im Badezimmer mitangehört. Dann gab es da die Spitznamen, die Molly ihnen gegeben hatte, Rusty, Joey, Baby, Gol, Betty Boop. Namen, die auf erbarmungsloser Beobachtung beruhten, die verletzen und verunsichern sollten und ein Quäntchen Wahrheit enthielten. Kein Zweifel, dass sie auch einen für Edith hatte, und er würde nicht schmeichelhaft sein.

Edith lachte. »Sie sind eine ganz nette Truppe. Ein bisschen jung. Aber eine von ihnen …«

»Es gibt immer eine von ihnen.«

»Ihr Name ist Molly Slater.«

»Die große Blonde, die denkt, sie wäre Jean Harlow?«

»Genau. Kennen Sie die?«

»Vom Hörensagen. Bonde Sexbombe. Ein ziemliches Flittchen.«

»Das Dumme ist, dass sie die Quartieraufsicht ist. Sehr dicke mit Frau Schmidt.«

Edith war überrascht gewesen, wie viel Miss Slater sich in häuslichen Dingen herausnahm. Diese Rolle passte eigentlich nicht zu ihr. Teils Quartieraufsicht, teils Hausmutter. Die Quartieraufsicht arbeitete Hand in Hand mit der Haushälterin bei der Bestellung von Nahrungsmitteln, die in der Unterkunft zu sich genommen wurden und für die Erfordernisse des täglichen Lebens: Tee, Kaffee, Zucker, Seife. Es gab einen Zuschuss pro Person, der ihren Zuteilungen entnommen wurde.

»*Wirklich*? Hm.« Roz betrachtete düster den frostigen Boden. »Würde mich nicht wundern. Besser, ein Auge darauf haben. Es gibt eine Menge Schwindeleien. Sie glauben gar nicht wie viel. Das Leben in der Zone hat seine dunklen Seiten.« Roz verfiel ins Flüstern, obwohl sie allein waren. »Es gibt da eine berüchtigte Gegend am Hafen mit Bordellen und Schwarzmarktgeschäften. Zigaretten, Kaffee, Konserven und sonstige Nahrung, Toilettenartikel und so weiter werden gegen alles Mögliche getauscht: Kameras, Radios, Feldstecher, Uhren, Juwelen, Tafelsilber, Porzellan, Gemälde, Möbel, Fahrräder, sogar Autos. Sie verstecken das Schwarzmarktzeug in den verfallenen Speicherhäusern. Es gibt zwar regelmäßig Polizeirazzien, aber das tut dem Ganzen keinen Abbruch. Jeder ist da. Sonntags trifft man dort die halbe Kontrollkommission, um Sachen für Zuhause zu ergattern. Wird alles von Vertriebenen aus dem Osten organisiert. Laut Jeff verwandeln sie sich in Windeseile in eine Horde Halsabschneider.«

»Glauben Sie, deswegen ist sie Quartieraufsicht?«

Zusammen mit anderen Dingen, die Edith aufgefallen waren, ergab das Sinn. Irgendetwas stimmte nicht mit Miss Slater. Die Geschichten, die sie über sich erzählte: ihre Familie, ihr Landhaus, ein weiteres in London, die Schule, die sie besucht hatte. Nichts wollte passen. Eine gewisse Vagheit in den Details. *»Irgendwo an der Südküste, ich kann mich nicht genau erinnern.«* Eine Gereiztheit bei Nachfragen. *»Ist das wirklich wichtig?«* Als ob sie eine Rolle spielte. Die anderen schluckten es, aber Edith durchschaute sie, und Molly wusste das. Einer der Gründe für ihre Antipathie.

»Oja.« Roz nickte, als ob es offensichtlich wäre. »So etwas wird genutzt, nicht nur um alle möglichen kriminellen Banden zu finanzieren, sondern auch Untergrundorganisationen, die flüchtige Nazis verstecken oder ihnen dabei helfen zu flüchten. Verursacht einem gehörige Kopfschmerzen, sagt Jeff.«

»Ich habe mich gefragt, ob Jeff etwas herausgefunden hat«, sagte Edith, als sie sich zum Abendessen niederließen.

»Wegen ihrer Freundin?« Roz blickte von ihrer Speisekarte hoch. »Bisher nicht. Er findet es offen gestanden ein wenig merkwürdig.«

»Oh, warum das?«

»Deutsche müssen eigentlich registriert sein, um Bezugsscheine zu erhalten und so weiter, aber sie steht auf keiner Liste. Vielleicht ist sie gar nicht hier.«

»Vielleicht.«

War das eine gute oder schlechte Sache? Schwer zu sagen.

Roz schaute wieder in ihre Speisekarte. »Suppe, die nie im Leben eine Schildkröte gesehen hat, und ein holländisches Steak mit spanischer Soße«, schnaubte sie. »Frikadelle mit Bratensoße. Nichts hier ist echt. Ist Ihnen das schon aufgefallen?« Sie nahm die anderen Gäste ins Visier. »Wie diese Leute hier. Geben vor, etwas zu sein, was sie nicht sind. Leben wie die Lords. Stecken sich die Taschen voll. Profitieren, soviel sie können.« Sie schlug die Speisekarte zu. »Soll ich Jeff sagen, dass er weiter Ausschau halten soll?«

»O nein«, antwortete Edith. »War nur so auf gut Glück, das ist alles.«

Edith war enttäuscht, dass ihre einzige Spur, so klein sie auch gewesen sein mochte, im Sand verlaufen war, aber ein Gefühl riet ihr, nicht zu viel Aufmerksamkeit auf die Suche nach Elisabeth zu lenken.

Als sie die Messe verließen, war es so eisig kalt, dass es ihnen den Atem verschlug. Die von einem platinhellen Mond beleuchtete Stadt wirkte wie die Szenerie eines Märchens der Gebrüder Grimm: Eisglitter auf Dächern und Türmen unter einem Sternenhimmel aus Diamanten.

»Ordentlich kalt, nicht? Und schrecklich glatt.« Roz hakte sich unter, und sie hielten sich aneinander fest, während sie weiter rutschten und schlitterten. »Oh, bevor ich es vergesse.« Roz fasste Ediths Arm fester. »Dieser Kerl hat wieder angerufen. Captain Adams. Er bittet um Rückruf.«

»Danke, Roz.«

»Kommen Sie von hier alleine zurecht?« Sie hatten die Hüxtertorbrücke erreicht. Roz blickte zu ihr hoch. »Hat die Kälte Sie erwischt? Abgesehen von Ihrer Nase sind sie ein kleines bisschen blass geworden. Ist nicht gut, lange stehen zu bleiben. Ziehen Sie besser Ihre Schlittschuhe an!«

Über ihren eigenen Witz lachend ging sie davon. Edith hielt sich am Brückengeländer fest.

Keine Spur von Elisabeth. Nichts, was sie Dori mitteilen konnte. Sie sammelte Speisekarten und Rezepte als eine Art Gedankenstütze, aber bisher waren sie nichts als das: Rezepte. Für Stella keine Verwendung. Und jetzt wollte Adams etwas von ihr. Was sollte sie ihm nur sagen? Sie war damit beschäftigt, sich einzuleben, sich in den Job einzuarbeiten. Oder auch nicht, wenn man den heutigen Tag in Betracht zog. Misserfolge allenthalben. Offensichtlich war sie für so etwas nicht gemacht. Manchmal fragte sie sich, was sie hier überhaupt zu suchen hatte.

Edith lehnte sich über das Geländer. Eisblöcke trieben im zäh fließenden Wasser. Jeden Tag gab es mehr davon. Sie lehnte sich noch weiter vor. Wie lange man darin wohl überleben konnte? Eine Minute? Weniger wahrscheinlich. Es war sehr kalt, ihr Mantel fror am Eisen fest. Ihr Atem waberte wie Rauch.

Wenn sie noch länger stehen blieb, brauchte sie gar nicht erst hineinzuspringen. Sie beherzigte Roz' Rat und machte sich auf den Heimweg. Sie hatte so ein Gefühl, dass die Dinge sich nur unterhalb der Oberfläche bewegten wie dunkles Wasser unter dem Eis. Die Briten gaben nach außen hin ein Bild von Büroroutine und Clubabenden am Wochenende ab, aber dies war nicht die Heimat. Roz hatte diese vorgetäuschte Harmlosigkeit Lügen gestraft. Was die Deutschen betraf, waren sie bestenfalls ein Rätsel. Schwer zu sagen, was hinter ihrer Maske ergebener Gehorsamkeit steckte. Auf beiden Seiten gab es viel Verborgenes, aber wie sollte sie herausfinden, was?

13

CCG UNTERKUNFT
Lübeck

17. Januar 1946

Refugee Potato pancakes (Kartoffelpuffer)

Zutaten
Kartoffelschalen
Handvoll Mehl
Salz und Pfeffer

Man nehme Kartoffelschalen, schneide sie in sehr feine Streifen, vermische sie mit etwas Mehl und Salz und brate sie auf dem Herd.

(Seraphinas Rezept – Flüchtlinge leben davon)

Edith wurde Zeugin einer ziemlich hässlichen Szene.

Frau Schmidt und Miss Slater trommelten die deutschen Mädchen im Flur zusammen. Für die anderen waren sie einfach nur »diese Mädchen« oder »dieses Mädchen« oder »das Mädchen«, aber Edith hatte sie inzwischen kennengelernt, jedenfalls soweit sie es zuließen. Sie plauderte mit ihnen, während sie ihr Bett machten, morgens den Tee brachten oder heißes Wasser. Hilde war die offenherzigste. Blond mit rosigem Gesicht. Ursprünglich aus Hannover, die Familie 1944 ausgebombt. Man hatte sie zu einer Tante geschickt, wo sie in einem Dorf außerhalb Lübecks wohnte. Sie radelte jeden Tag hierher. Grete, kleiner, mit schärferen Gesichtszügen, hier geboren und mit Frau Schmidt verwandt. Magda, dünn, dunkelhaarig mit stechend braunen

Augen. Sie kam aus dem Osten und sprach kaum darüber, was ihr widerfahren war, sprach überhaupt selten. Und dann war da Seraphina. Die anderen bedienten am Tisch, brachten heißes Wasser, bezogen die Betten. Seraphina wurde wie eine Dienstmagd behandelt. Sie bediente Frau Schmidt und die anderen und erledigte die schweren, schmutzigen Arbeiten: Schnee schaufeln, Kohlen und Holz holen, die Öfen reinigen, Feuer anzünden. Die Arbeiten, die Stephan erledigen sollte. Entschuldigt wegen seiner Verletzungen, wie anzunehmen war.

Hilde, Grete und Magda standen ein wenig abseits von Seraphina. Alle drei trugen denselben Gesichtsausdruck zur Schau: Unschuld, versetzt mit einem vagen Vorwurf, als ob diese Kombination jede Beschuldigung von ihnen fernhalten würde. Seraphina stand mit hoch erhobenem Kopf da, Tränen in den dunklen Augen, die sie nicht vergießen würde.

Die anderen Bewohnerinnen schauten von der Treppe oder vom Durchgang zum Wohnzimmer zu.

»Was ist hier los?« Edith zog ihre Handschuhe aus. Irgendein Tamtam wegen nichts würde das Fass wirklich zum Überlaufen bringen.

»Es ist mir zu Ohren gekommen«, den aufgeblasenen Ton hatte Miss Slater offenkundig von einem Vorgesetzten auf der Arbeit übernommen, »und durch Frau Schmidt zu meiner Kenntnis gelangt, dass Seraphina gestohlen hat.«

»Verstehe.« Edith nahm ihren Hut ab.

Miss Slater bedeutete Frau Schmidt mit einem Blick fortzufahren.

»Sie ist Jüdin«, sagte die ältere Frau abschätzig. »Was soll man da groß erwarten? Ich gebe ihr eine Chance und dann so was. Ich hätte es wissen müssen.«

Seraphina schaute weiterhin stur geradeaus. Edith fragte sich zum wiederholten Mal, welches Leben sie wohl früher geführt hatte. In diesen Augen stand so viel Intelligenz, und sie hatte etwas so Verfeinertes in Aussehen und Auftreten, was die Schreckenszeit nicht hatte ausmerzen können. Wie immer ihre Vergangenheit auch ausgesehen haben mochte, bezweifelte Edith, dass es ihr bestimmt war, für eine Frau Schmidt und ihresgleichen die Dienstmagd zu spielen. Aber solche Stellen waren heiß begehrt. Wenn sie die verlöre, verlöre sie alles. Viele würden Schlange stehen, um ihren Platz einzunehmen. Wahrscheinlich geschah das längst. Frau Schmidt würde schon jemanden in petto haben, das war sicher.

»Eine Jüdin!« Miss Slater verzog den Mund und schüttelte sich ein wenig vor Ekel. »Ich hätte es wissen sollen.«

»Wieso wussten Sie es nicht?«, fragte Edith, als sie ihren Mantel auszog. »Haben Sie nicht die Nummer auf ihrem Arm gesehen?«

Selbstredend hatte sie die Nummer nicht gesehen. Bis jetzt. Seraphina hatte sich unterhalb ihres Radars bewegt.

»Was soll Seraphina gestohlen haben?«, fragte Edith mit ruhiger Stimme, wie sie es auch in der Schule gehalten hätte.

»Nicht soll«, zischte Miss Slater. »Sie *hat* gestohlen. Sie wurde von Frau Schmidt in flagranti ertappt.

Edith wandte sich an die ältere Frau. »Und was hat Seraphina gestohlen?«

»Kartoffelschalen.«

Edith blickte von einer zur anderen. »Das ganze Brimborium wegen *Kartoffelschalen*?«

»Es ist gegen die Regeln«, gab Miss Slater zurück. »Deutsche dürfen kein Essen mit nach Hause nehmen. Auch nicht Abfall und Reste.«

»Nicht? Was geschieht damit?«

Miss Slater zuckte die Schultern. »Es kommt in den Müll, vermute ich.«

»Oder in Frau Schmidts Kellerwohnung.« Sie wandte sich an die anderen deutschen Mädchen. »Stimmt das nicht, Mädchen?«

Sie schwiegen, aber Hildes rotes Gesicht verriet sie, und Frau Schmidts aufbrausendes Leugnen blieb ihr im Hals stecken.

»Es ist also in Ordnung, wenn Frau Schmidt alle Reste nimmt«, fuhr Edith fort, »und die anderen wahrscheinlich auch, falls Frau Schmidt davon etwas erübrigen kann, aber Seraphina nicht? Sehe ich das richtig?«

Sie unterdrückte ihren Zorn, entschlossen, nicht die Fassung zu verlieren, doch niemand sonst hier verteidigte Seraphina. Alle drückten sich, Augen abgewandt, aber sie wollte nicht – konnte nicht – hinnehmen, was hier geschah.

Miss Slaters Miene zeigte Missmut und Trotz. »Es ist gegen die Vorschriften. Man sollte sie melden.«

»Ich verstehe. Und niemand von uns sonst verstößt gegen die Vorschriften? Das ist eine sehr schöne Uhr, Miss Slater.« Edith nahm den Arm des Mädchens. »Macht es Ihnen etwas aus, wenn ich sie mir einmal genauer anschaue?«

Sie stammte wahrscheinlich vom Schwarzmarkt. Miss Slater wollte ihren Arm wegziehen, aber Edith hatte sie eisern im Griff.

»Aus der Schweiz, wenn ich mich nicht täusche. Und teuer.« Edith drehte sie um. »Sehr teuer. Würden Sie uns erklären, woher Sie die haben?«

»Sie war ein Geschenk.«

»Oh, von wem?«

»Einem Bewunderer.« Sie befreite ihren Arm. »Ich habe sie schon ewig.«

»Wirklich? Und das ist ein sehr hübscher Anhänger, den Sie da tragen. Den habe ich an Ihnen noch gar nicht gesehen. Gold mit einem Rubin in der Mitte, wie es aussieht. Antik.«

»Es ist ein Familienerbstück, wenn Sie es genau wissen wollen.«

»Dann wird er einen britischen Echtheitsstempel haben, nicht? Darf ich mal sehen?«

Edith starrte in ihre eisblauen Augen, bis sie den Blick abwandte.

»Woher soll ich das wissen?« Gereizt und schmollend wandte Miss Slater sich ab, eine schützende Hand auf den Anhänger gelegt. Sie fing sich wieder. »Hören Sie mal zu, Sie haben kein Recht …«

»Ich wollte nur etwas klarstellen«, sagte Edith, ohne die Stimme zu erheben. »Sie haben ebenfalls kein Recht. Niemand hier hat das.« Ihr Ton wurde härter, als sie die anderen Mädchen der Reihe nach musterte. »Wie viel bezahlen Sie in Zigaretten, damit die Wäsche für Sie gemacht wird? Ihre Haare? Die Änderungsschneiderei? Wir alle tun es, und es ist zweifelsohne gegen die Vorschriften. Jeder Einzelne von ihnen könnte gemeldet werden. Ich schlage vor, wir lassen Seraphina in Ruhe, finden Sie nicht auch? Ist es das wirklich wert, das Leben von jemandem wegen ein paar Kartoffelschalen zu ruinieren?«

Niemand sagte ein Wort.

»Ich habe für so etwas einfach keine Zeit. Ich muss mich fertig machen, ich gehe aus«, rief Miss Slater über die Schulter hinweg, als sie nach oben stürmte.

»Wer möchte einen Drink?« Angela ging ins Wohnzimmer zurück, da die Show vorüber war. »Ich könnte einen brauchen!«

Die anderen folgten ihr in einer Wolke aufgeregten, nervösen Lachens, angestrengt bemüht, die Peinlichkeit zu vertreiben, und wahrscheinlich in der Hoffnung, dass Edith niemanden anschwärzen würde.

Frau Schmidt scheuchte die Mädchen in die Küche.

»Frau Schmidt, haben Sie einen Moment Zeit?«, rief Edith ihr hinterher. »Ich möchte nicht, dass Seraphina aufgrund dieses … Missverständnisses in irgendeiner Form zu leiden hat. Und ich will nicht länger mitansehen, dass sie die Einzige ist, die hier die harte Arbeit erledigt. Achten Sie darauf, dass die Arbeit zwischen den Mädchen gleichmäßig verteilt wird, und ich fände es noch besser, wenn Stephan ein wenig mehr tun würde, ansonsten müsste ich meinerseits beginnen, ein paar Fragen zu stellen, zum Beispiel: Wozu ist er überhaupt da? Und warum leben sie beide im Untergeschoss, was, wenn ich es recht sehe, gegen die berühmten Vorschriften verstößt. Seraphina? Bringst du bitte meine Tasche nach oben? Ich habe keinen Hunger und noch Arbeit zu erledigen.«

Edith schritt zur Treppe und registrierte befriedigt das resignierte Nicken von Frau Schmidt, als diese die Stufen ins Untergeschoss hinabschlurfte.

»Setz dich, Seraphina. Ich möchte mit dir reden.«

Seraphina nahm Platz, wobei sie nur ein winziges Eckchen der Bettkante nutzte.

»Hast du sie genommen?«

»Die Kartoffelschalen? Natürlich. Das machen alle. Frau Schmidt und die anderen Mädchen auch. Ich wollte Kartoffelpuffer für meine Schwester machen. Sie hat Hunger. Sie ist krank und muss essen. Sie nehmen alle von dem Essen. Ich dachte, sie würden sich nicht daran stören.«

»Tun sie aber.«

Seraphina nickte.

»Eine Regel für sie, eine Regel für dich, was?«

Müde zuckte Seraphina die Schulter. »Hilde und Magda sagen nichts, aber Grete erzählt alles Frau Schmidt, die dann zu Miss Slater läuft.« Sie blickte zu Edith hoch. »Ich dachte, die Engländer wären auf meiner Seite. Was machen denen ein paar Kartoffelschalen aus? Ich war überrascht.«

»Auch bei uns gibt es Fanatiker und Antisemiten.«

»Ist das überall so?«

»Ich fürchte, ja.«

»Ich möchte irgendwohin, wo das nicht so ist.«

Edith schaute das Mädchen lange an. Sie hatte keine Antwort für sie.

»Sag mir Seraphina, wo wohnst du?«

»Wir haben eine Unterkunft in einem Haus.«

»Nicht in einem Lager?

»Nein.« Sie schüttelte entschieden den Kopf. »Ich will nicht in ein Lager. Ist mir egal, wie schlimm wir wohnen. Ich möchte, dass wir alleine leben.«

Edith nahm sich eine Zigarette. »Möchtest du eine?«

Seraphina nahm sich eine Zigarette, lehnte das Feuer jedoch ab.

»Hier nimm das ganze Paket. Nimm zwei. Und hier ist Schokolade. Für deine Schwester. Sie ist krank, sagst du?«

»Ja, sehr krank. Sie braucht Medikamente, aber ich habe kein Geld, nichts.« Seraphina wischte die Tränen weg, die sie sich vorher verkniffen hatte. »Ich weiß nicht, was ich machen soll.«

»Ich werde morgen vorbeikommen und nach ihr sehen. Das wird schon wieder.« Edith legte einen Arm um die schmalen Schultern des Mädchens und bot ihr ein Taschentuch an. »Mal sehen, was sie braucht, damit es ihr besser geht. In der Zwischenzeit hast du ja gehört, was ich Frau Schmidt gesagt habe. Wenn so etwas noch einmal passiert oder sie dir schwere Arbeiten gibt, möchte ich es wissen. Furchtbar, diese Frau! Ich hätte nicht übel Lust, sie loszuwerden.«

»Das können Sie?« Seraphina blickte sie ehrfurchtsvoll an.

»O ja.« Edith schnipste mit den Fingern. »Einfach so.«

Alle Deutschen waren ausgesprochen verletzlich, weil jeder Aspekt ihres Lebens der Kontrollkommission unterlag. Als Senior Officer konnte Edith mehr oder weniger machen, was sie wollte.

»Aber das dürfen Sie nicht.« Seraphinas schmales Gesicht wurde todernst. »Frau Schmidt ist sehr einflussreich.«

»Einflussreich, inwiefern?«, fragte Edith.

»Sie kennt viele Leute. Sie kann Ärger machen.«

»Mir Ärger machen?«

Seraphina schüttelte rasch den Kopf.

»Dir Ärger machen?«

Seraphina nickte ebenso schnell.

»Oh, ich verstehe. Welche Leute genau?«

»Ich … ich kann das nicht sagen, aber …«, sie senkte die Stimme und schaute sich um wie eine gejagte Feldmaus, als ob Frau Schmidt auf der Lauer läge, jederzeit bereit zuzuschlagen. »Das hier ist nicht ihr Haus, obwohl sie es sagt. Sie war nur die Haushälterin. Ich habe gehört, wie Grete das erzählt hat. Die Familie ging fort, als die Briten kamen. Dann hatte Frau Schmidt das Haus für sich allein.« Sie hielt inne. »Diese kleinen Tiere – im Wohnzimmer.«

»Die Porzellanfiguren?«

Seraphina nickte.

»Die sind etwas Besonderes. *Porzellanmanufaktur Allach*. In Dachau für die SS hergestellt.«

»Woher weißt du das?«

»Ich weiß es«, sagte Seraphina leise, wobei sie ihre kleinen Hände zusammenpresste. »Frau Schmidt hat mir gesagt, dass ich sie nicht berühren darf, nicht einmal abstauben. Nicht, dass ich das vorhatte.«

Ihr kleines Gesicht bebte vor Abscheu und Ekel. »Bilder von Hitler können sie nicht mehr aufhängen, aber sie behalten Dinge, die nicht so offensichtlich sind, um zu zeigen, dass sie sich nicht geändert haben. Wenn Sie genauer hingucken, sehen Sie es.« Sie schrieb eine SS-Rune in die Luft. »Dieser Stephan«, sie senkte ihre Stimme noch mehr. »Er ist nicht Frau Schmidts Mann. Es handelt sich um ein Versteck. Sie hilft ihm.«

Das alles ergab Sinn. Edith hatte die elegante Schlafzimmereinrichtung – insbesondere den hübschen kleinen Hocker in Altrosa – nicht mit Frau Schmidts üppigem Hinterteil in Einklang bringen können. Und Stephan. Er sah jünger aus als Frau Schmidt, was an sich natürlich nicht verdächtig war, aber sie passten irgendwie nicht zueinander. Er mochte keine harte Arbeit, drückte sich meistens, und da war irgendetwas in seiner Art. Die mürrische Feindseligkeit könnte dem Schrecken geschuldet sein, nicht zu verstehen, warum ihm das alles widerfuhr.

»Danke, Seraphina.« Das Mädchen nahm dies als Zeichen, sich zu verabschieden. »Nein, warte einen Moment. Diese Kartoffelpuffer! Wie machst du die?

Seraphina guckte verblüfft. »Das ist Essen für arme Leute …«

»Ich sammle Rezepte. Sei nachsichtig mit mir.«

Edith nahm einen Bleistift zur Hand und suchte in ihrer Tasche nach Papier. Sie fand die Speisekarte der Messe. Edith schrieb das Rezept auf deren Rückseite.

Was das Mädchen ihr erzählt hatte, passte zu dem, was Adams über die Angst gesagt hatte, die hier immer noch umging, und die versteckten Einflussnahmen unterhalb der Oberfläche. *Als ob sie vor etwas Angst hätten. Als ob die Leute, nach denen wir suchen, immer noch Einfluss und Macht hätten.* Seraphina war so weit nicht gegangen, aber genau das hatte sie gemeint. *Es handelt sich um ein Versteck. Sie hilft ihm.* Meinte sie damit, dass er sich versteckte oder jemand anderen? Und wie genau half Frau Schmidt dabei? Und die Porzellantiere. Kunstgewerbe. Ein für alle sichtbarer kleiner Schrein für das alte Regime. Sollte jemand es erkennen, würde Frau Schmidt sich im

Handumdrehen herauswinden. *Oh, ein Missverständnis! Sie gehören den Leuten, die früher hier gewohnt haben!*

Kleine Dinge, Strohhalme im Wind, aber das war etwas, was sie an Adams weitergeben konnte. Und endlich Rezepte für Dori. Dutch Steak und Kartoffelpuffer. Refugee Potato pancakes. Das Aufeinandertreffen dieser beiden Rezepte erzählte seine eigene Geschichte von Luxus und Mangel …

14

MIETSHAUS MOLTKESTRASSE
Lübeck
British Hospital
Hamburg
18. Januar 1946

Moltkestraße Tee

Kiefernnadeln, kleingehackt
kochendes Wasser

von Hungrigen zubereitet, die sonst nichts haben.

Edith dirigierte Jack zu der Adresse, die Seraphina ihr gegeben hatte, ein Gewirr von Wohnungen in der Moltkestraße. Jedes Zimmer war mit Heimatlosen aus ganz Europa belegt, Flüchtlinge aus dem Osten, ehemalige Zwangsarbeiter, Kriegsgefangene, deren Länder jetzt von den Russen besetzt waren und die nicht wieder zurück wollten.

Sie alle teilten sich eine Betonschachtel mit sehr wenig Licht. Die Fenster waren mit zerfledderter Pappe verrammelt. Der Ofen in der Ecke rußte vor sich hin und heizte kaum. Es war kaum wärmer als draußen. Über einer Flutlinie aus grünem Schleim zierte schwarzer Schimmel die Wand. Es roch stark nach Feuchtigkeit.

Eine in zahlreiche Lagen Kleidung gewickelte Frau rührte in einem Topf auf dem Ofen. Sie blickte nicht hoch, als sie eintraten, krümmte sich nur noch mehr. Aus Gemüseabfällen und Wasser machte sie Suppe. Neben der Pfanne köchelte etwas in einer verbeulten Dose. Sie warf eine Handvoll von irgendwas hinein. Kiefernnadelduft vermengte sich mit dem Geruch kalter Feuchtigkeit und dem Rauch des Holzes. Die Frau sei keine Verwandte, erklärte Seraphina, sie teilten sich einfach nur das Zimmer. Ihr Sohn lebte auch hier. Er war im Krieg verwundet worden. Seraphina tippte sich an die Schläfe.

Er war draußen unterwegs, und der Kiefernnadeltee würde den Hunger seiner Mutter dämpfen. Die Suppe war für ihn, wenn er von seiner Suche nach Essensresten und Holz zurückkehrte.

Die Deutschen sollten eintausendfünfhundert Kalorien am Tag bekommen, obwohl es mehr nach tausend aussah. Diese Leute hier erhielten weit weniger, sechshundert, wenn überhaupt. Das bedeutete Unterernährung, den Hungertod sogar. Doch zur selben Zeit wurde in der Messe Kaffee gereicht, dazu kostenloser Toast mit Marmelade. Dann ein Lunch, stets gehaltvoll, oft vier Gänge. Jeder schlug zu, die Mädchen beklagten sich schon über ihre Taille.

Sie haben es verdient – so hieß es –, aber niemand verdiente so etwas. Seit wann ergab zweimal falsch richtig? Und diese Mädchen waren Opfer, um Himmels willen. Gab es für sie kein Entkommen?

Die Schwester, Anna, lag auf einem improvisierten Bett in der Ecke, eine Holzpalette mit Strohmatratze und einem Haufen zerlumpter Decken. Sie kauerte unter einer schmutzigen Steppdecke.

Seraphina entschuldigte sich, als Edith näher trat, um sich das Mädchen genauer anzuschauen. »Ich habe hier keine Möglichkeit zu waschen.«

»Das ist völlig in Ordnung, Seraphina.« Edith beugte sich hinab. »Dann wollen wir mal sehen.«

Das Mädchen öffnete die Augen. Sie waren von einem äußerst erstaunlichen Kobaltblau. Edith schob ihre langen Ponyfransen beiseite. Ihre Stirn war kühl und nass, ihr blondes Haar dunkel vor Schweiß. Auf den Wangen zeigten sich Fieberflecken. Sie atmete schwer, und ein besorgniserregender Pfeifton war zu hören. Edith war keine Krankenschwester, aber das Kind war offensichtlich sehr krank.

Sie nickte Jack zu. »Bringen wir sie von hier weg.«

»Dann wollen wir dich Vögelchen mal nehmen.« Jack beugte sich hinab und hob das Mädchen hoch, als würde sie nicht mehr wiegen als eine Feder. »Im Kofferraum des Humber liegen Decken.« Er gab Edith die Schlüssel. Das Kind rührte sich in seinen Armen. »Keine Angst, in Windeseile bist du gut verpackt.«

»Deine Schwester ist blond.« Edith wandte den Kopf, um nach dem Mädchen im Fond des Wagens zu sehen. Eingewickelt in braune Armeedecken lag sie dort, den Kopf in Seraphinas Schoß gebettet.

»Ja, mit ihrem blonden Haar und den blauen Augen sieht sie anders aus. Hübsch.« Seraphina zeigte den Anflug eines Lächelns. »Nicht wie ich. Das hat uns wirklich gerettet. Wir haben in Prag gelebt. Mein Vater hat an der Universität gearbeitet. Als die Nazis kamen, haben sie meinen Papa verhaftet. Man hat uns nach Theresienstadt gebracht. Meine Mutter ist dort gestorben. Mein Großvater und meine Großmutter auch. Dann haben sie uns nach Auschwitz gebracht. Meinen Vater und meinen Bruder habe ich nie mehr gesehen. Ich weiß nicht, ob sie noch am Leben sind. Meine Schwester blieb bei mir. Da stand ein Doktor an der Rampe. Er hat sie aus der Schlange gezogen. Sie hielt mich bei der Hand und wollte nicht loslassen. Er rief eine Wache, um uns auseinanderzureißen, sie zu nehmen, mich in die Gaskammer zu schicken. Dann fragte er, ob wir Schwestern wären. Ja, sagte ich, Zwillinge, obwohl wir unterschiedlich aussehen. Das fand er interessant, und deswegen hat er auch mich genommen. Er machte alle möglichen Experimente mit uns, messen, fotografieren, Blutproben, auch andere Dinge … aber wir haben überlebt.« Seraphina verstummte. Edith hatte sie noch nie über sich selbst sprechen hören, über das, was ihr widerfahren war. Vielleicht fühlte sie sich freier, jetzt, wo sie sich außerhalb von Frau Schmidts Haus befand, erleichtert durch ein bisschen Hoffnung, wie klein auch immer. »Dann kamen die Russen, also brachte man uns zuerst nach Buchenwald, dann nach Dachau. Manchmal zu Fuß, manchmal auf Lastwagen. Ich habe zu Anna gesagt: ›Wir dürfen jetzt nicht aufgeben. Die Deutschen verlieren. Bald werden wir frei sein.‹ Dann kamen die Amerikaner und haben uns befreit.« Sie sagte das ohne jede Spur von Ironie. »Meine Schwester hat mich gerettet. Jetzt muss ich sie retten.«

»Wohin fahren wir?«, fragte Edith.

Jack nahm die Straße aus Lübeck heraus und fuhr Richtung Autobahn. Sobald sie sich außerhalb der Stadt befanden, drückte er auf die Tube.

»Sicher nicht ins örtliche Krankenhaus. Das platzt aus allen Nähten. Sie ist nicht gut beieinander. Wenn sie da rein geht, kommt sie nicht wieder raus.« Laut Roz, die eine Mitbewohnerin aus der Abteilung Öffentliche Gesundheit hatte, waren die Krankenhäuser überfüllt. Reihe um Reihe wächserne Patienten mit TBC, Lungenentzündung, Gott weiß was für Infektionen, die vom Winter und den Lebensumständen verursacht wurden. Entweder das oder Leiden, die der Hungersnot geschuldet waren: extreme Auszehrung oder die aufgeblähten Gliedmaßen eines Hungerödems, Fleisch wie Spachtelmasse, wenn man darauf drückte. »Ich bringe sie nach Hamburg. Zu meinem Mädchen, Kay.«

»Ihre Partnerin beim Lindyhop?«

Jack grinste. »Genau die.«

»Woher wissen Sie, dass man Anna behandeln wird? Es ist eine lange Fahrt und vielleicht heißt es ›British Only‹?«

»Ist ein gemischtes Krankenhaus. Hauptsächlich wir, aber es gibt auch einen Flügel für die Krauts. Sie haben dieses Programm. *Wissen teilen und Leben retten*, so nennen sie es. Die Krauts wissen nichts über Penizillin, also bringen unsere Ärzte sie auf den neuesten Stand. Besser, als alles an unsere Landser mit Tripper zu verschwenden.«

Das Krankenhaus in Hamburg war größer und besser ausgestattet als alles, was in Lübeck zu finden war. Jacks Freundin, Kay Winston, war groß und schlank, mit dunklem Haar, das mit Nadeln unter ihrer Haube festgesteckt war. Sie sah vertrauenswürdig aus, streng geradezu in ihrer grauen Unform, dem roten Umhang, den weißen Manschetten und der Haube, aber ihre blauen Augen blickten freundlich. Am rechten Aufschlag ihres Capes trug sie ein silbernes Dienstabzeichen. Zwei rote Bänder am Ärmelaufschlag zeigten ihren Rang an, Rauten ihre Dienstzeit im Ausland. Sie sah einschüchternd aus. Edith konnte sich vorstellen, dass Jacks Kameraden Angst vor ihr hatten.

Sie begrüßte sie kühl, professionell. Jack stellte Edith vor.

»Miss Graham. Ich habe viel von Ihnen gehört.« Ihr Blick war fest, gescheit, ein Kräuseln der Lippen wies auf Humor hin, aber man brauchte eine gute Portion Fantasie, um sich Jack und sie beim Lindyhop vorzustellen. »Lassen Sie mich einen Blick auf das Kind werfen. Hierher bitte.«

Jack brachte Anna in eine Kabine und legte sie vorsichtig auf ein Bett.

Schwester Winstons Untersuchung erfolgte kundig und flink. Sie rief den Arzt, einen blonden jungen Mann in Armeeuniform unter seinem fliegenden weißen Kittel.

Er wies die Schwester an, die Vorhänge zu schließen. Seraphina wollte ihre Schwester nicht alleinlassen und bat Edith darum, bei ihr bleiben zu dürfen.

»Aber sicher, Sie können bleiben.«

Der Arzt nahm Annas Puls und hörte dann Brust und Rücken ab, wobei er sie bat, ein- und auszuatmen.

»Noch einmal. Und noch einmal bitte.«

Zwei Finger auf zwei Finger gelegt, klopfte er und lauschte, wobei er vor Konzentration die Augenbrauen zusammenzog.

»Was meinen Sie?«, fragte Edith.

»Hört sich nach einer Lungenentzündung an. TB vielleicht. So oder so wird sie eine Weile bei uns bleiben.«

»Wie stehen ihre Chancen?«

Der Arzt zuckte die Schultern. »Wer weiß? Fifty-fifty. Weniger.« Er nahm erneut ihr Handgelenk und drehte es um, um sie auf die dort eintätowierte Nummer hinzuweisen. »Wie es aussieht, hat sie schon eine Menge durchgemacht. Wir werden unser Bestes tun.«

Er ging zu einem Waschbecken in der Nähe. Seraphina hatte ihn beobachtet: sein Gesicht, seine Hände, die Bewegungen seines Stethoskops über Annas magerem Körper. Ihr Blick glitt von Gesicht zu Gesicht, während sie ihrem Wortwechsel folgte. Sie schwieg jedoch, bis sie kamen, um ihre Schwester zu holen.

»Wohin bringt man sie?«, wandte sie sich an Edith.

»In eine andere Abteilung des Krankenhauses.«

»Ich muss mit ihr gehen.«

»Das ist vielleicht nicht möglich, Seraphina. Sie werden Anna gut pflegen. Du musst ihnen vertrauen.«

»Nein.« Seraphinas dünne Hand umklammerte den Metallrahmen des fahrbaren Krankenbetts. »Wir bleiben zusammen.«

»Du darfst bleiben.« Schwester Winston sprach Deutsch mit Seraphina. »Wir brauchen auf der Station Helferinnen, um sauber zu machen und bei den Betten behilflich zu sein. Könntest du das erledigen?«

Seraphina nickte. Es war das erste Mal, dass Edith sie lächeln sah.

»Sehr gut.« Sie wandte sich an Edith. »Die deutschen Krankenschwestern haben ein Schwesternheim. Ich werde sehen, ob ich sie dort unterbringen kann.«

»Ich kann Ihnen gar nicht genug danken«, antwortete Edith. »Sie ist ein gutes Mädchen. Fleißig. Sie …«

»Es wird ihr gutgehen. Wir werden uns um sie und ihre Schwester kümmern.«

»Können Sie mich auf dem Laufenden halten, so oder so?«

»Selbstverständlich. Ich werde Sie über Jack informieren.«

»Ich möchte sie besuchen, sobald ich kann. In der Zwischenzeit …«

»Sie ist in guten Händen. Wir tun, was wir können.«

15

CCG UNTERKUNFT
Lübeck
18. Januar 1946

Dinner
Kohlsuppe mit Spätzle
Piroggen, Kohl, Röstzwiebeln
Blaubeerkuchen mit Soße

Landestypische Geschmacksrichtungen. Spätzle aus dem Süden und Piroggen aus dem Osten. Meine preußische Quelle hat vielleicht Rezepte für mich. Unsere Stuffed Pancakes würden letzteren am nächsten kommen. Grundrezept. 120 Gramm Mehl, 1 Ei und ein Viertelliter Milch. Fünf Minuten schlagen, dann 2 Stunden stehen lassen. In 30 Gramm Schmalz braten oder auf Untertassen bei Reg. 4 backen.

Es war wieder ein langer Tag gewesen. Edith war müde. Sie wünschte sich nur noch einen großen Whisky und ein heißes Bad, vorzugsweise beides gleichzeitig.

»Miss Graham, Edith.« Eine Stimme ertönte von der Treppe her. »Haben Sie einen Moment Zeit?«

»Miss Barratt, Lorna.« Edith schaute hoch. »Was kann ich für Sie tun?«

Lorna Barratt war die große, ruhige Rothaarige, die als Sekretärin in der Abteilung Finanzen arbeitete. Sie nannten sie Rusty. Einer von Mollys Spitznamen. Sie schien ihn nicht sehr zu mögen, aber der Name war an ihr kleben geblieben.

»Es geht um Molly – Miss Slater«, begann Lorna.

Edith seufzte. »Ich bin wirklich nicht an Klatsch und Tratsch interessiert, Lorna. Das sollten Sie inzwischen wissen.«

»Ich mache mir Sorgen.« Lorna runzelte die Stirn. »Nicht nur ich, wir alle.«

Edith befürchtete, dass sich ihr Bad gerade in Luft auflöste.

»Ist jemand da drin?« Sie nickte Richtung Wohnzimmer. Wenigstens einen Whisky könnte sie sich gönnen. »Möchten Sie einen?«

Lorna schüttelte den Kopf und hockte sich auf die Sofakante, wobei sie nervös die Hände rang. Offensichtlich hatten die anderen sie geschickt, was ihr sichtlich unangenehm war. Trotz ihrer Müdigkeit war Ediths Interesse geweckt.

»Nun«, begann sie. »Es ist merkwürdig, wissen Sie …« Sie hielt inne und biss sich auf die Lippen. »Die Sache ist die …«

»Also bitte, Lorna. Spucken Sie es aus.«

»Nun, die Sache ist die …« Sie hielt ihre Hände nun still und verschränkte die Finger. »Wir machen uns Sorgen wegen Molly. Miss Slater ist gesehen worden mit …« Sie sah beiseite, hin- und hergerissen zwischen Loyalität und Verrat.

»Mit wem gesehen worden?« Edith war erstaunt wegen des dramatischen Getues. Das war ja wohl kaum ein Verbrechen. Außer … »Ein Deutscher?«

Lorna schüttelte nachdrücklich den Kopf, wobei ihr dickes rotes Haar aus der Haarspange zu rutschen drohte.

»Oh, nein, keinen Blick würde sie auf so einen werfen!«

»Habe ich auch nicht angenommen.« Edith trank ihren Drink aus. »Also, worum dreht es sich? Ist sie schwanger?«

»Oh, nein!« Lorna war schockiert. »Nichts in der Art.« Dann machte sie eine Pause und dachte nach. »Wenigstens glaube ich das nicht. Man kann sich da ja nie so sicher sein, nicht wahr?«

»Was ist es dann?«

»Es ist …« Die Frau zögerte schon wieder und versuchte, Worte zu finden, um ihre Enthüllung loszuwerden. »Sie geht mit diesem Kerl aus, und der ist keiner von der guten Sorte.«

»Oh, zu welcher Sorte gehört er dann?«

»Sie kennen das neue Mädchen, Agnese, das wir anstelle von Seraphina bekommen haben?« Frau Schmidt hatte keine Zeit verschwendet. Das Mädchen war am nächsten Morgen dagewesen. »Es ist ihr Bruder. Sie nennen ihn Val. Molly treibt sich schon seit einer Weile mit ihm herum. Er ist aus Litauen. Sie erinnern sich an die Uhr, die Ihnen aufgefallen ist? Er hat sie ihr geschenkt und den Anhänger und weiteren Schmuck und auch andere Dinge. Seidenstrümpfe, Parfüm und so weiter. Sie prahlt ständig damit. Sie wissen ja, wie sie angibt. Er hat ein Motorrad und trägt eine Lederjacke. Nimmt sie mit. Nach Berlin. Und er hat versprochen, sie mit nach Paris zu nehmen. Nach Amerika.«

»Amerika? Wie will er das anstellen?«

»Das hat sie nicht gesagt.« Lorna schüttelte den Kopf. »Sie meint, er wäre aufregend. Sie meint, die Messe sei voller alter Männer mit Doppelkinn.«

Edith lächelte. »Zumindest in dieser Hinsicht hat sie recht.«

Lorna ließ ebenfalls so etwas wie ein Lächeln sehen. »Wahrscheinlich … aber es ist praktisch Fraternisieren.«

»Nicht so ganz, wenn er kein Deutscher ist, nicht wahr?« Edith runzelte die Stirn angesichts dieser Mixtur aus Vorurteil und Verdacht. »Wenn er Lette ist, dann gilt er als Displaced Person, und sie kann jederzeit mit ihm ausgehen.«

»Ich weiß, aber …« Lorna hielt kurz inne, um ihre Gedanken zu sortieren. »Nun, das macht man einfach nicht, jedenfalls nicht als Mädchen.«

Bei Männern war das etwas anderes. Fraternisieren war in der ersten Phase der Besetzung streng verboten gewesen, hatte sich jedoch als nicht durchsetzbar erwiesen, da Sex – wie alles andere auch – für eine Dose Corned Beef oder ein Päckchen Players zu haben war.

»Und er mag vielleicht kein Deutscher *sein*, steht mit ihnen aber auf Du und Du.« Nachdem sie ihre ursprünglichen Skrupel beiseitegewischt hatte, packte Lorna nun aus. »Er ist ziemlich dicke mit Stephan. Er trinkt Schnaps mit ihm und zieht manchmal, nachdem er Molly abgesetzt hat, mit ihm auf dem Motorrad los. Seit sie ihn kennengelernt hat, ist sie so mit der Frau.« Lorna kreuzte ihre Finger. »Wenn Sie mich fragen, wollten sie Seraphina immer schon loswerden, um ihre Stelle Agnese zuzuschieben. Wir anderen waren froh, dass Sie in dieser Angelegenheit eingegriffen haben. Wir waren nicht einverstanden mit dem, was Molly sagte. Sie wissen schon, dass sie Jüdin ist und so weiter. Sie sollen wissen, dass wir nicht so sind. Wo ist Seraphina übrigens, wissen Sie das?«

»Ihrer Schwester ist sehr krank.«

»Oh, das tut mir leid.«

»Man kümmert sich gut um sie in einem Krankenhaus in Hamburg. Seraphina ist bei ihr.«

»Oh, da bin ich froh, ich wollte nicht, dass etwas Schlimmes passiert ...«

Aber Sie waren wiederum nicht so betroffen, um sich zu kümmern, wollte Edith sagen, schwieg jedoch. Letztendlich waren sie nur Mädchen, nicht stark genug, sich gegen Molly und Frau Schmidt zur Wehr zu setzen.

»Da gibt es noch etwas. Haben Sie es bemerkt?«

Das Schildchen *Bitte nicht berühren* missachtend, griff Lorna nach einem hübschen Kerzenhalter aus Porzellan. Putten mit rosigen Wangen und Kussmund, die mit pummeligen Ärmchen eine Fackel trugen. Es handelte sich um die Hälfte eines Paares. Edith nahm seinen Zwilling zur Hand, drehte ihn um und entdeckte die gekreuzten Schwerter des Meißen-Zeichens.

»Nicht mein Geschmack, aber kostbar, würde ich sagen.«

Lorna nickte. »Darum geht es allerdings nicht. Die Sache ist die: Letzte Woche waren sie noch nicht da. Neue Teile tauchen auf, während andere verschwinden. Ist Ihnen das nicht aufgefallen? Es sind sogar mehr Objekte hier als bei unserer Ankunft. Frau Schmidt glaubt offensichtlich, wir merken es nicht.« Edith setzte den Kerzenhalter ab und nahm einen harmlos aussehenden Hasen zur Hand. Auf seiner Unterseite fanden sich die Runen der SS und ein einziges Wort: *Allach*. Sie stellte ihn zurück. Um ein unschuldiges Häschen handelte es sich jedenfalls nicht.

»Haben Sie Frau Schmidt gegenüber etwas davon erwähnt?«

»Sie hat behauptet, sie würde einfach nur ein paar Sachen aus dem Keller hochbringen. Sie schiebt ständig Dinge hin und her mit dieser Freundin, die wie ein Frettchen aussieht.«

»Frau Kaufmann?« Edith musste wegen der zutreffenden Beschreibung grinsen. Frau Kaufmann war häufig zu Gast, kam auf einen Schwatz vorbei oder um sich dies und jenes auszuleihen. Sie war klein, dünn, ein wenig gebückt, mit ständig roter, tropfender Nase, grauem Haar hochgebunden mit einem Haarband und kleinen, glänzenden Knopfaugen, die nie stillzustehen schienen. »Und Sie glauben nicht, dass Frau Schmidt nur ›Dinge hin- und herschiebt‹?«

»Nein, warum sollte sie?« Lorna kräuselte die Stirn. »Und nichts passt zusammen. Manche sind, nun ja, hübsch, andere kitschig. Als ob sie unterschiedlichen Leuten mit unterschiedlichem Geschmack gehörten.«

»Leute, die nicht Frau Schmidt sind?«

Edith erinnerte sich an die Unterhaltung, die sie mit Roz über Schwarzmarktgeschäfte geführt hatte.

»Na ja, das ist nicht das Einzige. Ich weiß nicht, ob es Ihnen aufgefallen ist, aber manchmal fehlt es auch an Nahrungsmitteln: Zucker, Butter, Kaffee, Kakao, und das alles viel schneller, als es sollte.«

»Alles Dinge, die man auf dem Schwarzmarkt verschieben kann?«

Das war schlicht Diebstahl. Edith presste die Lippen aufeinander. Sie konnte diese Art scheinbar harmloser Unehrlichkeiten nicht ausstehen.

»Nun, ja …«

»Ich verstehe. Das lässt sich leicht ändern. Wir ernennen eine neue Quartieraufsicht. Wir besprechen das heute Abend beim Essen, aber ich denke, ein Führungswechsel geht in Ordnung. Sie scheinen ein vernünftiges Mädchen zu sein. Ich werde Sie vorschlagen. Einverstanden?«

Lorna sah bei dieser Aussicht mehr als beunruhigt aus; trotzdem nickte sie.

»Gut. Eine einfache Abstimmung dürfte reichen. Werden die anderen mitziehen?«

»Ich glaube, ja. Obwohl es Molly nicht gefallen wird und wir haben alle ein wenig Angst vor ihr.« Lorna lachte nervös. »Aber, nun ja, einige der Mädchen haben die Nase voll.«

»Wovon?«

»Molly bittet ständig um kleine Gefälligkeiten, aber manchmal sind sie nicht so klein, und manche Mädchen haben Angst, dass sie deswegen Ärger bekommen.«

»Wer genau ist ›manche Mädchen‹?«

»Besonders Ginny, Frankie und Joe.«

»Welche Art von Gefälligkeiten?«

»Oh, kleine Informationen, wo Dinge aufbewahrt werden.«

Edith legte die Stirn in Falten und versuchte, sich ihre jeweiligen Tätigkeiten zu vergegenwärtigen. Öffentliche Sicherheit, Heimatvertriebene und das Büro des Quartiermeisters. Das würde Sinn ergeben.

»Da ist noch etwas.« Lorna hielt kurz inne, fuhr dann rasch fort: »Manche von uns sind sich nicht sicher, ob man Molly trauen kann. Dinge sind abhandengekommen. Sachen, die von zu Hause geschickt wurden. Seife, Zahnpasta, Toilettenartikel. Kleinkram meistens, aber auch Wertsachen.« Lorna ließ die Stimme sinken. »Molly hat das entweder heruntergespielt oder …«

»Seraphina dafür verantwortlich gemacht?«

Lornas bleiche Wangen röteten sich. »Genau. Aber wir glauben das nicht. Nicht mehr.«

Molly Slater beehrte sie an diesem Abend nicht mit ihrer Anwesenheit, was ihre Absetzung deutlich vereinfachte.

Die Küche hatte einen starken Dreh ins Teutonische bekommen. Vielleicht gewöhnten die Mädchen sich langsam daran. Klaglos verputzten sie die ganzen Spätzle, die kleinen Eiernudeln, welche die Kohlsuppe sehr viel gehaltvoller machten. Das Hauptgericht wurde mit mehr Vorsicht aufgenommen. Sie inspizierten misstrauisch die Piroggen, knabberten zunächst vorsichtig daran, doch die Fleischfüllung war sehr schmackhaft. Zuerst erklärte eine, sie finde sie »nicht schlecht«, dann eine zweite. Der Blaubeerpudding war ein ähnlicher Erfolg.

Edith blieb am Tisch sitzen, bis Hilde und Magda kamen, um abzuräumen.

»Wer hat heute gekocht?«, fragte sie.

Die Mädchen blickten einander an.

»Wir zusammen«, sagte Hilde.

»Die Piroggen waren hervorragend, genau richtig für so einen kalten Tag.«

Magda wurde rot.

Edith glaubte, ein kleines, scheues Lächeln über ihr Gesicht huschen zu sehen.

»Sie haben mich an eine Zeit erinnert, in der ich vor dem Krieg eine Freundin in Ostpreußen besucht habe. Die Köchin hat etwas sehr Ähnliches gekocht. Sie gab mir das Rezept, aber ich habe es verloren.« Edith schaute auf zu Magda. »Könntest du es für mich aufschreiben?«

»Ja, natürlich.« Magda zog den Kopf ein. »Es ist ein Rezept meiner Großmutter.«

»Und der Blaubeerpudding?«

»Den habe ich gemacht«, sagte Hilde. »Wir haben letzten Sommer im Wald Blaubeeren gesammelt. Frau Schmidt legt sie in Schnaps ein, den ihr Cousin aus Kartoffeln macht.«

»Also habt ihr beiden gekocht?«

»Grete hat auch geholfen.«

»Und was ist mit Frau Schmidt? Wie ist sie so?«

Die beiden Mädchen tauschten Blicke, schauten dann zu Boden.

»Als Köchin, meine ich.«

Hilde biss sich auf die Lippen. Magda schüttelte sacht den Kopf. Gute Köchin oder nicht? Unterm Strich wohl nicht, dachte Edith, doch Frau Schmidt hatte die beiden gut im Griff.

Edith hatte vorgehabt, ihnen allerlei Fragen über ihre neue Kollegin und ihren Bruder aus dem Baltikum zu stellen und was sie vom häuslichen Arrangement der Schmidts wussten, aber sie wirkten wie Schäfchen, denen der Wolf über die Schulter schaut.

Und just in diesem Moment erschien auch schon Frau Schmidt. Die Mädchen zuckten bei ihrem harten, tadelnden Ton zusammen: »Fort mit euch! Ihr verschwendet nur die Zeit der gnädigen Frau!« Vom oberen Treppenabsatz aus zeigte Frau Schmidt ein wenig überzeugendes Porzellanlächeln und warf aus ihren funkelnden Nachtschattenaugen einen letzten Blick.

Edith starrte zurück, während Groll in ihr aufwallte. Was glaubte diese Frau, wer sie war? Was um Himmels willen ging hier vor? Hatten diese jungen Mädchen nicht genug Angst in ihren jungen Leben verspürt, ohne auch noch vor Frau Schmidt und ihresgleichen zittern zu müssen? Hatten sie diese Art von Furcht nicht hinter sich gelassen? Edith fragte sich, was sie dagegen unternehmen konnte, als sie auf ihr Zimmer ging, Wenig später klopfte es leise an der Tür.

»Herein.«

Magda stahl sich hinein und zog einen gefalteten Zettel aus ihrer Schürzentasche. Ein Rezept für Piroggen, geschrieben in reinlich schräger Sütterlinschrift.

»Vielen Dank, Magda.«

Das Mädchen ging zur Tür, aber Edith rief sie zurück. »Kann ich dich etwas fragen?« Magda wandte sich um, dünne Finger, die an ihrer Schürze zupften, verrieten ihre Nervosität. »Von wo in Preußen kommst du? Wie kommst du hierher?«

»Aus der Nähe von Königsberg. Die Russen kamen, dann …« Sie biss sich auf die Lippen, um ein Zittern zu unterbinden, unfähig Worte für das zu finden, was dann geschehen war. »Eines Tages konnten wir entkommen.«

»Es gibt hier viele Menschen aus Ostpreußen, nicht wahr?«

Magda nickte.

Lübeck beherbergte eine beträchtliche Zahl von Ostpreußen. Sie waren in Wellen gekommen. Manche wie Magda auf der Flucht vor den herannahenden Russen noch vor Kriegsende, andere später, ausgewiesen nach dem Potsdamer Abkommen, weil ihr Land nun zu Polen gehörte. Neuankömmlinge aus denselben Gebieten neigten dazu, sich zusammenzuschließen. Es gab die Möglichkeit, dass Magda etwas über Elisabeth wusste.

»Kennst du einige von ihnen?«

»Ein paar.«

»Dann frage ich mich, ob du mir helfen kannst«, fuhr Edith fort. »Ich versuche, die Freundin zu finden, bei der ich gewohnt habe und deren Köchin Piroggen gemacht hat. Sie könnte sich in Lübeck aufhalten. Ihr Name lautet von Stavenow. Sie kommt von einem Gut südwestlich von Königsberg. Hast du diesen Namen schon einmal gehört?«

Magda schüttelte den Kopf ein wenig zu rasch, wobei ihre braunen Augen sehnsuchtsvoll zur Tür gingen.

»Vielleicht könntest du dich umhören? Ich würde sie sehr gerne wiedertreffen. Könntest du das für mich tun?«

»Ich werde es versuchen.« Magda ließ den zerknitterten Stoff ihrer Schürze los.

»Danke, Magda.« Edith schwenkte das Rezept. »Und danke hierfür.« Sie nahm ein Päckchen Zigaretten aus ihrer Handtasche. »Die hier sind für deine Mühe.«

Magda steckte die Zigaretten ein und floh.

Sie wusste etwas. Nicht einfach, etwas aus ihr herauszubekommen. Sie schien stark verängstigt zu sein, aber warum und durch wen? Edith nahm das Rezept zusammen mit der Speisefolge des Abendessens, die in Frau Schmidts peniblen Großbuchstaben geschrieben war, mit aufs Zimmer. Furcht hatte immer etwas zu bedeuten.

DORI

34 Cromwell Square
Paddington, W2

Kohlsuppe und Spätzle, Piroggen, Blaubeerpudding. Der Ansturm der Erinnerung machte Dori benommen, katapultierte sie zurück in ihre Vergangenheit. Östlich der Elbe waren diese Gerichte weit verbreitet. Sie sah ihre Großmutter in ihren Stiefeln, sah ihren steifen, bestickten Rock mit Weste, Bluse und Kopftuch, wie sie die Gänse unten am Bach fütterte, die durch das Dorf flatterten und schnatterten. Und wie sie in der Ecke des Hauses, die als Küche diente, ins Feuer pustete, damit die Glut angefacht wurde, darüber die Kräuterbündel, die vom Gebälk hingen. Wie sie kleine Stückchen Teig vom Holzbrett direkt ins kochende Wasser streifte. »So macht man das Dorota. Jetzt bist du dran.« Spätzle. Nokedli auf Ungarisch. Halušky auf Slowakisch.

Dori behauptete, dass sie weder kochen noch nähen könne. Das gehörte zu ihrer Legende, aber natürlich konnte sie beides. Kein Mädchen in einem Dorf wie dem ihren war ohne diese Fähigkeiten aufgewachsen. Ihre Großmutter hatte es ihr in dem Zimmer beigebracht, in dem alles stattfand. Sie konnte die großen schwarzen Stiefel ihres Vaters in der Ecke neben dem Bett stehen sehen, das gewellte Leder an den Knöcheln, die Ausbeulung seiner muskulösen Waden. Daneben die Hausschuhe ihrer Mutter, die mit grünen Blättern und rosa Blumen bestickt waren.

Wenn sie nebeneinander saßen und nähten, erzählte Doris Großmutter gewöhnlich von ihrem Ururgroßvater, einem Metallarbeiter. Wie er aus dem Norden gekommen war und ein Mädchen hier aus dem Dorf geheiratet hatte. Er hatte den Grundstein gelegt für das

Haus, in dem sie nun saßen, große Baumstämme aus dem Wald herangeschafft, sie zu Balken verarbeitet und aus ihnen dicke Wände errichtet, darauf ein Gebälk, welches das Steildach aus gespaltenen Fichteschindeln trug, die inzwischen vom ersten hellen Gold zu Taubengrau verwittert waren. Er hatte das alles mit eigenen Händen gebaut. Sein Name, Josef Kováč, war in den großen Mittelbalken geschnitzt worden, dazu das Jahr des Hausbaus, 1796, und ein Schutzzauber, Rankenwerk, eingeschlossen in einem Rad. Er hatte neun lange Stahlnägel in das Holz oberhalb der Tür geschlagen, um den Teufel und ruhelose Tote fernzuhalten. Doris Großmutter erzählte ihr das, wenn sie unter der Ikone von Maria mit dem Jesuskind in der südwestlichen Ecke saßen und sie ihr das Sticken beibrachte. Dori besaß immer noch das Kopftuch, ihr erstes Stück, das Einzige, das ihr aus dieser Zeit geblieben war. »Möge die Mutter Gottes dich behüten«, hatte die Großmutter gemurmelt, als sie eine Schürze mit einem sich wiederholenden Muster säumte: zwei Dreiecke, bei denen eines auf dem anderen balanciert. Die Mutter. »Alle Muster bedeuten etwas«, pflegte ihre Großmutter zu sagen, während sie Röcke bestickte, Hemden, Bettdecken, Kissenbezüge. Manche sind für Männer. Andere sind für Frauen. Tulpen und Granatäpfel stehen für Fruchtbarkeit. Herzen für die Liebe, Vögel, besonders Pfauen, stehen für die Hochzeit. Dori schüttelte das Teil aus, an dem sie gerade arbeitete. Ein Nachthemd bestickt mit Pfauen. Ihre Großmutter bestickte Bettbezüge mit Tulpen, Granatäpfeln und Herzen. Dori war fünfzehn, einem Jungen aus dem nächsten Dorf versprochen. Er war siebzehn, groß und schlank, sein langes, dunkles Haar weich und glatt, sein erster Schnäuzer so weich wie das Fell eines Otters. Dori wusste, dass sie es nicht tun konnte. Nie wieder fädelte sie einen Faden ein.

Stattdessen sprang sie auf einen Güterwagen und fuhr Richtung Süden nach Budapest. Dort traf sie Tibor. Er gabelte sie in dem Café auf, in dem sie arbeitete, und machte sie zu seiner Geliebten. Sie war sechzehn. Wie alt war er gewesen. Fünfzig, als sie ihn traf? Das war ihr unglaublich alt vorgekommen. Er war auch unglaublich reich.

Er nahm sie in seinem Haus oberhalb der Donau in Buda auf. Dort brachte er ihr die Kunst der Liebe bei, wie er sich ausdrückte und sehr viel mehr.

Als er auf eine diplomatische Mission nach Polen geschickt wurde, reiste sie mit ihm als seine Sekretärin. Es lief nicht gut in Warschau. Sie war ihm über den Kopf gewachsen, hatte alles aufgesaugt, was er ihr beibringen konnte, und mehr. Er wurde auf eine Art eifersüchtig und besitzergreifend, die sie nicht an ihm kannte. Es gefiel ihm nicht, wie sie sich seiner Kontrolle entzog. Sie begann eine Affäre mit Andrzej Taczanowski, einem Offizier im 15. Poznań Ulanen-Regiment der polnischen Kavallerie. Er war ein Graf, aber das waren sie alle. »Polnische Grafen gibt es im Dutzend billiger, meine Liebe«, hatte Tibor gesagt. Was ihn wirklich ärgerte, was er wirklich hasste, war Andrzejs Jugend. Das verletzte seine Eitelkeit. Mit jungem Fleisch konnte er nicht konkurrieren. Es ließ ihn in jeder Bedeutung des Wortes impotent zurück, und dafür hasste er sie. Als er nach Ungarn zurückbeordert wurde, war es für sie beide eine Befreiung.

Dori und Andrzej heirateten, doch es hielt nicht lange. Jemand anderes war wieder in ihr Leben getreten. Bobby Stansfield, ein Offizier der RAF, der sich in Polen aufhielt, um Piloten auszubilden. Sie war ihm 1936 schon einmal in Budapest begegnet. Er war mit einem Empfehlungsschreiben von Tibors Cousin in Wien erschienen. Er war zu Fuß und zu Pferd gereist. Als sie ihn zum ersten Mal sah, trug er einen langen, braunen Mantel mit Kapuze, der ihm bis zu den Waden reichte, Hosen in die Stiefel gesteckt, eine bestickte Weste über einem schlichten Leinenhemd. Er sah aus wie ein Ziegenhirt, roch auch so, aber er war so schön. Wie ein Engel mit schmutzigem Gesicht und schmutzigen Händen. Als sie ihn das nächste Mal sah, hatte er ein Bad genommen, sich die Haare schneiden lassen. Er trug geliehene Abendgarderobe, und Dori war verliebt. Sie tanzten die ganze Nacht, und nach einigen wundervollen Tagen und magischen Nächten war er fort.

Sie würde ihn nicht ein zweites Mal verlieren. Sie flohen mitten im Chaos eines untergehenden Polen. Andrzej wurde am ersten

Tag in einem Gefecht getötet, niedergemäht vom Feuer eines Maschinengewehrs der deutschen Infanterie bei einem Scharmützel, das als Gefecht bei Krojanty berühmt wurde. Es gab niemals das Kommando polnische Säbel und Lanzen gegen deutsche Panzer, das war ein Mythos, aber Andrzej hätte das Heroische daran genossen. Alles, was Dori zu dieser Zeit dachte, war: »Jetzt bin ich frei, um Bobby zu heiraten.« Gott möge ihr vergeben.

Ihr Glück war nur von kurzer Dauer. Innerhalb eines Jahres war auch er tot. Deswegen war sie hier. Sie sah zu, wie ihre restlichen Notizen schwarz wurden und sich kräuselten. Mit dieser Erinnerung, die zusammen mit dem Rauch in einer Art Alchemie zerstob, schloss sich der Kreis.

Dori stand auf und fuhr sich mit einer raschen Geste über die Wangen. Schluss mit dieser Tagträumerei. Sie hatte den Herd mit ihren Notizen gefüttert. Gut zu wissen, dass das System funktionierte, obwohl sie begierig war auf mehr als nur Appetithäppchen. Sie machten noch nicht soviel her: ein Kontakt, der vielleicht zu Elisabeth von Stavenow führte. Machenschaften auf dem Schwarzmarkt. Winkelzüge in der Unterkunft. Nicht gerade viel, aber ein Anfang. Genau so war es, rief Dori sich in Erinnerung, ein geduldiges Sammeln. Ein Schnüffeln, ein Anhäufen von Kleinkram. Edith erwies sich als talentiert.

Dori stieg nach oben in die Diele, zog ihren Mantel an und setzte einen Hut auf. Sie hatte Dinge zu erledigen, Leute zu treffen. Vera hatte herausgefunden, dass die Mädchen, nach denen sie suchten, diejenigen, die in Natzweiler geendet waren, sich auf einem Kriegsgefangenentransport von Paris nach Karlsruhe befunden hatten. Sie würde das Gefängnis besuchen, wo man sie abgeholt hatte, und versuchen, ihre jeweilige Identität zu untermauern. In der Zwischenzeit sollte Dori Zeugen aufspüren, die auf diesem Transport gewesen sein könnten oder in diesem Gefängnis einsaßen und die Mädchen gesehen haben könnten oder ihren Namen gehört. Es war ein geduldiges Zusammenfügen von Informationen, ein Abgleichen von Aussagen, Befragungen, Tagebucheinträgen. Sie mussten herausfinden, was genau geschehen war, und die Mädchen mussten eindeutig identifiziert werden. Sie waren den Müttern und Vätern gegenüber in der Pflicht, den Ehemännern, Schwestern und Brüdern, die darauf warteten, immer noch warteten, und ängstliche Briefe schrieben mit Fragen nach Neuigkeiten, die sich immer noch an den letzten Strohhalm der Hoffnung klammerten, dass dieses Mädchen vor der Tür stehen würde – wie so oft zuvor – und nicht in einem abscheulichen Konzentrationslager gestorben war.

16

SCHULE LANDSTRASSE
Lübeck

25. Januar 1946

Suppe Gefangenenlager

Fischgräten und Haut
Wasser
**Kascha oder was immer erhältlich ist*
**Kascha – Buchweizen*

Lukas Rezept – wir haben nichts Vergleichbares, außer man zählt die Iren vor hundert Jahren dazu, als sie in der großen Hungersnot Gras aßen.

Wohin gehen Sie?« Roz sah von ihrer Schreibmaschine auf.

»Frau Holstein.« Edith hatte sich für diesen Überraschungsbesuch gewappnet.

»Schon wieder? Warum? Ihr Persilschein ist blütenweiß.«

Dem war vielleicht so. Edith handelte instinktiv, nicht nach Dokumentenlage.

»Ich wünschte, ich dürfte mitkommen.« Roz blies auf ihre verfrorenen Finger. Es war noch kälter geworden, falls das möglich war, und die Heizung funktionierte mal wieder nicht.

»Das können Sie, wenn Sie wollen.« Edith blieb in der Tür stehen. Es würde nicht einfach werden. »Ich könnte etwas Unterstützung gebrauchen.«

»Muss diesen Stapel schaffen, solange ich noch tippen kann.«

Roz wirbelte auf ihrem Stuhl herum. »Wenn es so weitergeht, sagt Jeff, wird die Ostsee zufrieren. Er hat versprochen, mich nach Travemünde mitzunehmen«, fügte sie durch einen Schwall von Tippgeräuschen hinzu. »Offensichtlich muss man das gesehen haben. Verdammt!« Sie riss eine Seite aus der Walze. »Wie soll man da arbeiten?«

»Ich habe was zum Futtern im Kofferraum«, sagte Jack, als sie in den Wagen einstieg. »Ein Sack Kartoffeln und so.«

Jack hatte sich darangemacht, zusätzlichen Proviant aufzutreiben. Jeden Tag öffnete er ein Schatzkästchen neuer Reichtümer: Kartoffeln, Möhren, Kohlrüben, Fleischkonserven in Kantinengröße, Trockenmilch, Säcke mit Haferflocken, bündelweise Anzündholz, ein Sack Koks. Edith fragte nie, woher es kam. Von der Ladefläche eines Lastwagens gefallen, fehlgeleitet von den Docks, aus irgendeinem Warenlager oder Depot. Keine Namen, kein Packzettel. Edith wusste es nicht und wollte es nicht wissen. Vor wenigen Wochen noch hätte sie panische Angst gehabt, jemand könne davon Wind bekommen. Nun sah sie es schlicht als Notwendigkeit an. Eine Pflicht. Wie sollte man verhungernde Kinder unterrichten? Wie konnte ein Kind lernen, wenn es hungrig war und fror?

Als sie ankamen, nahmen die Kinder gerade eine Milchsuppe zu sich, leicht gesüßte Magermilch, angedickt mit Haferflocken. Frau Holstein bedankte sich widerwillig für die Extraportionen.

»Ein Appetit auf *Lernen*, darauf kommt es an«, sagte sie mit ihrem dünnen Lächeln. »Zuviel Nahrung macht Kinder faul. Zuviel Wärme macht sie schläfrig.«

In Frau Holsteins Klassenzimmer war es mehr als kühl. Edith bat darum, etwas mehr Koks für den Ofen zu holen.

Edith blieb für die Dauer der morgendlichen Schulstunden. Vor dem Mittagessen erzählte sie den Schülern eine Geschichte, während das Kollegium sich um die Suppe kümmerte. Dank Jack und seinen Säcken würde es an diesem Tag ein gutes Essen geben. Wie alle Kinder liebten sie Geschichten. Edith bemühte sich, ihnen etwas

Abenteuerliches zu erzählen, das weit entfernt spielte, zu einer anderen Zeit, an einem anderen Ort.

Während sie erzählte, stahl sich ein Junge ins Klassenzimmer. Weil er vor Schmutz starrte und in mehrere Kleidungsschichten gehüllt war, ließ sich sein Alter schwer erraten. Er trug einen Wintermantel der Roten Armee, grob abgeschnitten, damit er einigermaßen passte, der ihm aber immer noch bis zu den Füßen reichte. Dazu Männerstiefel, die mit diversen Lagen Sackleinen wie Wickelgamaschen gebunden waren. Er sah jung aus, aber seine Augen waren alt, eingesunken, sein Gesicht von Falten gezeichnet, die sich durch die Patina seines Schmutzes zogen. Seine Haut war gerötet von Wind und Wetter und vom Leben draußen in Kälte und Sonne. Strähnen hellen Haares lugten unter einem verfilzten Hut hervor.

Er hielt sich im Hintergrund und hörte zu. Als sie zu Ende erzählt hatte, stellten die Kinder sich mit ihren Suppentellern in einer Reihe auf, aber er gesellte sich nicht zu ihnen.

Der Junge hielt sie im Blick, als sie sich ihm näherte.

»Hallo, ich bin Miss Graham.«

»Mein Name ist Lukasz«, sagte er. »Sie nennen mich Luka.« Er blickte umher. »Ich will wissen, was Sie hier machen.«

»Es ist eine Schule«, erklärte Edith. »Komm und schau es dir an.«

Er war vom Geruch der Suppe angelockt worden, ging aber nicht zu einer der Terrinen oder griff nach einem Stück Schwarzbrot. Stattdessen trat er an die provisorischen Schreibtische, befühlte eine der Schiefertafeln, betrachtete die Schultafel und fuhr mit dem Finger die Buchstaben nach, die dort geschrieben standen.

Er erinnerte sie an einen jungen Fuchs, der wachsam das neue Territorium inspiziert.

Die Kinder ignorierten ihn. Zu beschäftigt mit ihrer Suppe. Die Kollegen beäugten ihn misstrauisch.

»Bist du hungrig? Möchtest du etwas zu essen?«

Dumme Frage. Natürlich war er das. Natürlich wollte er.

Er warf einen Blick auf den dampfenden Suppentopf, seine Nasenlöcher flatterten, aber er antwortete nicht.

»Komm nur! Es ist genug da.«

Edith nickte Frieda Brandt zu, der jungen Lehrerin, die mit der Schöpfkelle hantierte. Der Junge nahm seinen Teller und ein Stück Brot und setzte sich auf das Ende einer Bank. Tief unter seinen Sachen versteckt zog er einen Löffel hervor und legte ihn behutsam auf den Tisch. Ein wertvoller Gegenstand. Er tunkte sein Brot in die Suppe und begann zu essen. Nicht gierig, nicht schlingend, sondern mit bedächtigem Genuss. Er wischte den Teller aus, bis er glänzte.

»Möchtest du noch etwas?«

Frau Holstein zog missbilligend die Augenbrauen zusammen.

Edith war entschlossen, den Jungen satt zu kriegen, wie viel es dazu auch brauchte.

Er aß noch einen Teller, behielt allerdings sein Brot und verstaute es in seinen Klamotten.

»Nimm noch etwas.« Edith hielt ihm den Brotkanten hin. »Für später.«

Er nahm ihn mit der liebenswürdigen Verbeugung und dem Lächeln eines Aristokraten entgegen. Der er sehr gut gewesen sein konnte. Wer kannte schon seine Herkunft unter den eroberten Völkern? Der Krieg respektierte weder Position noch Status. Der Junge wusste es wahrscheinlich selbst nicht. Er schaute sich um, als würde er einen Entschluss fassen.

»Ich mag es hier«, sagte er bestimmt. »Ich bleiben.«

Frau Holstein konnte nicht länger an sich halten. »Diese Schule ist für *deutsche* Kinder«, zischte sie. Sie sprach so laut, dass der Junge es hören konnte, als wäre er ein Tier ohne Sprache. »Nicht für Heimatlose. Sie haben ihre eigenen … Orte.«

Lukasz ignorierte sie. Er sprach direkt zu Edith.

»Ich kümmern«, kündigte er an. »Fegen. Tafel saubermachen. Feuer machen. Heizöl finden. Hier schlafen.«

Er wies auf den Platz neben dem Ofen.

»Das dürfen Sie nicht zulassen! Das ist eine Schule, kein Lager. Schauen Sie ihn nur an! Er ist dreckig.« Frau Holstein schüttelte sich. »Wahrscheinlich krank. Wir müssen an die anderen Kinder denken. Diesen Leuten kann man nicht trauen. Sie stehlen alles.«

Edith blickte sich um. Was gab es hier zu stehlen?

Lukasz starrte Frau Holstein an, aber seine Augen verrieten nichts. Er stand komplett unbewegt da, als ob jede Berührung ihn aus der Balance kippen könnte.

»Alles, was er braucht, ist ein wenig Seife und Wasser«, sagte Edith mild. »Und ein ordentliches Essen.«

»Dann sollte er sich auf die Socken machen. Dies ist eine Schule für *deutsche* Kinder«, wiederholte sie. »Er ist Pole, wenn ich mich nicht irre. Hier gibt es keinen Platz für diese Sorte.«

»Er ist ein Kind!«, sagte Edith. »Und als solches braucht er genauso viel Erziehung, Nahrung und Kleidung wie jedes andere Kind hier. Er bleibt.«

»Frau Graham, ich bin wirklich nicht einverstanden. Einen solchen … Jungen … aufzunehmen ist, nun«, sie ließ ein wieherndes herablassendes Lachen hören, »*total* gegen die Regeln.«

Sie blickte sich beifallheischend um, aber niemand sprang ihr bei. Der Blick der Kollegen wanderte von dem Jungen zu den beiden Frauen und zurück. Es würde einen Kampf geben.

Die Lippen aufeinandergepresst, wurden Ediths graue Augen hart. Es war ein Kampf, den sie gewinnen musste, nicht nur, um ihre Autorität zu wahren, sondern wegen der Kinder, für Luka und alle anderen wie ihn.

»Frau Holstein«, sagte sie ruhig. »Ich möchte, dass Sie Ihre Sachen packen und gehen. Sofort. Fräulein Brandt, Sie übernehmen.«

Frau Holstein riss die Augen auf. Ihr Mund stand offen. Unfähig, zu sprechen, brauchte sie einen Moment, um sich zu sammeln, aber Edith unterband ihren gestotterten Protest mit erhobener Hand.

»Gehen Sie! Sofort! Oder ich werde Sie entfernen lassen.«

Frau Holstein blickte auf Jack, der mit hochgezogenen Augenbrauen und verschränkten Armen dastand, und dann zurück auf Edith. Hier war keine Diskussion möglich, und sie wusste es. Edith hatte das Recht dazu. Ihr blieb keine andere Wahl, als zu gehen. Sie zögerte eine weitere Sekunde, trat dann an ihren Schreibtisch. Sie packte ihre Tasche in beklemmender Stille, wobei alle Augen auf sie gerichtet waren.

»Mein Persilschein …«

»Der bleibt hier. Unzutreffende Auskünfte ziehen ernsthafte Konsequenzen nach sich, das ist Ihnen sicher bekannt.«

Frau Holstein warf einen letzten Blick auf ihre wertvolle Bescheinigung und durchquerte ihren ehemaligen Wirkungskreis mit demonstrativer Langsamkeit. An der Tür drehte sie sich mit hasserfüllter Miene um. In der Totenstille des Klassenzimmers hielt Edith ihrem Blick stand.

Endlich zog Frau Holstein davon. Edith wandte sich den erwartungsvollen Gesichtern zu, die sie mit neu erwachter Bewunderung anblickten. Sie dachten, Edith hätte gewonnen, aber sie verspürte keinen Triumph. Sie wusste, dass Frau Holstein mit ihrer Mutter und einem invaliden Bruder lebte und die Einzige war, die Geld verdiente, aber manchmal musste man rücksichtslos sein. Edith würde die Geschichte nicht weiter verfolgen. Frau Holstein würde irgendeine Stelle finden, allerdings nicht als Lehrerin. Sie würde keine Diskriminierung tolerieren. Die Kinder waren diejenigen, um die es hier ging. Ihre Erziehung war zu wichtig, um sie von den Frau Holsteins dieser Welt vergiften zu lassen.

Lukas Beschreibung dessen, was er erlebt hatte, war lückenhaft. Von den Russen Richtung Osten verschleppt, war er in irgendeinem Lager gelandet.

»Hunger, immer Hunger.«

An viel mehr erinnerte er sich nicht. Und Suppe, Fischgräten mit Haut und Wasser. Manchmal ein bisschen Kascha. Später brachte man ihn in den Westen. »Warum?« Keine Ahnung. Sein Schulterzucken illustrierte die unglaubliche Irrationalität, die grenzenlose Dummheit des Krieges. Als die Deutschen kamen, riss er aus und schloss sich den Partisanen an, dann der Roten Armee.

»Dann ich gehe fort. Komme nach hier.«

Mehr von seiner Geschichte konnte oder wollte er nicht erzählen. Wie eine Feder vom großen Sturmatem des Windes aufgelesen und wieder abgesetzt. Dies würde sein letzter Landeplatz sein. Hier würde er bleiben.

Edith gab Frieda Brandt Zigaretten für die Witwe, die neben der Schule wohnte. Sie sollte ihn baden.

Als Edith am nächsten Tag zurückkehrte, erkannte sie ihn kaum wieder. Ein ordentliches Bad und ein Haarschnitt hatten aus ihm ein anderes Kind gemacht. Die Witwe hatte ihn ins Herz geschlossen, ihm sogar Kleider gegeben, die ihrem Sohn gehört hatten, der an der russischen Front gefallen war. Sie wollte ihn bei sich wohnen lassen, aber Luka zog es vor, in der Schule zu schlafen.

»Ich bleibe hier«, sagte er. »Wenn böse Leute kommen und stehlen wollen.«

Als Edith eine Woche später vorbeischaute, trug Luka wieder seine Armeejacke und die ramponierte Fellmütze. Neue Sachen rochen nicht gut, verkündete er. »Riechen nach totem Jungen.«

Er hielt sein Versprechen. Der Boden war geschrubbt, die Tafeln gewischt, der Ofen brannte. Luka war gut darin, alles Verwertbare aufzutreiben. Er wanderte in seiner alten Uniform durch die Stadt, streifte durch Ruinen, zog durch die verschiedensten Lager und lief von einer Gruppe Heimatloser zur nächsten. Dort fühlte er sich am wohlsten. Bevor er in die Schule spaziert war, hatte er in den Ruinen gelebt, einer der Höhlenbewohner in den eingestürzten Untergeschossen. Gelbe Rauchfähnchen, die durch Überbleibsel eingestürzter Mauern aufstiegen, zeigten an, dass dort jemand hauste. Wie alt war er gewesen, als die Russen in sein Dorf kamen? Vier? Fünf? Für ihn war der Krieg Normalzustand. Es war der Frieden, den er schwierig fand. Den anderen Kindern ging es ähnlich: durch die Straßen ziehen, auf Schuttbergen spielen, in Ruinen leben, Kohlen aus Eisenbahnschuppen klauen, in Lagern und Übergangsunterkünften rumhängen, Zigarettenkippen sammeln – das war das Leben, das sie kannten. Sie würden auf immer verloren sein, wenn man sie nicht schnellstens in Schulen verfrachtete.

»Könnte Luka helfen, andere Kinder hierherzubringen?«, fragte Edith und bot ihm ein Päckchen Zigaretten an. Er rauchte sie nicht. Zigaretten waren nicht zum Rauchen da. Sie waren eine Währung. Luka steckte sie in eine seiner vielen Taschen. Er würde sehen, was sich machen ließ.

Er hielt Wort, und bald begann Luka wie ein zerlumpter Rattenfänger Kinder einzufangen. Wenige nur zu Anfang, dann mehr, angelockt vom Versprechen auf Nahrung, Wärme und Geschichten. Er gewöhnte sich an, draußen vor ihrem Büro zu warten, um ihr von seinen Erfolgen zu erzählen und bot an, ihre Tasche zu tragen. Wenn Sergeant Jack nicht anwesend war, sah Luka sich als ihr Beschützer.

»Ist zu gefährlich für Sie«, sagte er, während er ihren Schritt aufnahm. »Viele schlechte Leute. Nicht überall gute Vertriebene.«

Zuerst hatte Edith Lukas Warnungen skeptisch aufgenommen. Der Strom der Flüchtlinge riss nicht ab, die meisten von ihnen Volksdeutsche, die aus ihren Heimatorten vertrieben worden waren, wo sie jahrhundertelang gelebt hatten. Edith konnte sich nicht vorstellen, dass diese traurige Karawane der Besitzlosen eine Bedrohung darstellte, aber es gab kriminelle Elemente, wie der Brigadier sich ausdrückte, die hier schon ansässig waren. Sie hatte nicht das Gefühl, beschützt werden zu müssen, freute sich aber über die Gesellschaft des Jungen, wenn sie alleine nach Hause gehen musste. In letzter Zeit hatte sie ein paar Mal den Eindruck gehabt, Schritte hinter sich zu hören, das Knirschen von Schnee, das Knacken des eisigen Gehweges. Eines Abends heulte ein Motorrad auf, wurde lauter, dann leiser, schloss nicht wirklich auf und jagte dann knatternd an ihr vorbei, als sie in ihre Straße einbog.

»Was denkst du?«, fragte Luka, als sie die Rehderbrücke entlangliefen.

»O nichts. Ich freue mich nur über deine Begleitung.«

Luka lächelte. Er mochte es, wenn man ihn brauchte.

»Ich habe mich gefragt …«, begann Edith.

Ihre Bemühungen, Elisabeth zu finden, waren gänzlich im Sand verlaufen. Magda wusste mehr, als sie zugeben wollte, und begegnete ihren Nachfragen lediglich mit hastigem Kopfschütteln. Die Deutschen redeten nicht gern. Wenn sie sich unkooperativ zeigten, konnten sie in Schwierigkeiten geraten, aber von sich aus rückten sie nicht mit Informationen heraus. Roz' Freund Jeff hatte nichts gefunden. Luka könnte sich als hilfreicher erweisen.

»Ich frage mich, ob du mir bei einer Sache helfen kannst«, sagte sie, als sie über die Brücke liefen. »Ich suche jemanden, eine Dame. Wahrscheinlich ist sie in Gesellschaft von Leuten aus Ostpreußen.«

»Ich weiß nicht.« Luka zog die Augenbrauen zusammen. »Vielleicht. Aber es gibt viele. Ostpreußen ist groß.«

»Ich weiß das, aber Ankömmlinge bleiben zusammen, nicht wahr? Diese Dame ist aus Mühlhausen in der Nähe von Elbing. Ihr Name ist Elisabeth von Stavenow. Kannst du das behalten?«

Er nickte.

»Hilfst du mir, sie zu finden?«

Luka sah zu ihr auf, Kopf abwägend geneigt. Er mochte Edith. Sie war freundlich zu ihm gewesen, sie hatte ihm geholfen, und das war es, was für Luka zählte. Sie hatte gegen Frau Holstein gekämpft und gewonnen.

»Ich versuche«, sagte er.

Am Gartentor übergab Luka Edith die Tasche. Frau Schmidt glotzte aus dem Fenster.

»Die mag mich nicht. Nazihexe, wie die in der Schule.« Luka warf Stephan, der auf seine Schaufel gelehnt stand, einen finsteren Blick zu. Stephan sah ihn ebenfalls böse an. »Er schlimmer.« Luka spuckte. »Vorsicht bei denen«, fügte er hinzu. »Schlimmer als schlimme Flüchtlinge.«

»Der Junge schon wieder!«, sagte Frau Schmidt, als sie die Tür öffnete. »Fallen Sie bloß nicht auf den rein, Frau Graham. Das sind alles Diebe und Lügner.«

17

CCG UNTERKUNFT
Lübeck
Travemünde
10. Februar 1946

Sonntagsfrühstück Unterkunft
Cornflakes oder Weizenschrot
Würstchen, Speck, Bratkartoffeln, Rührei
Toast & Marmelade
Tee

Obwohl Frühstück etwas sehr Britisches ist, gibt es ganz subtile Unterschiede in der Beschaffenheit der Würstchen, dem Räuchern und Schnitt des Specks. Nur die Cerealien aus der Tüte werden ohne Kommentar und Klagen zu sich genommen.

Es gab keinen Kaffee. Er schien nie für eine ganze Woche zu reichen, diesmal vielleicht aber doch, seit Lorna die Quartieraufsicht innehatte. Doch heute gab es nicht das übliche Gemurre darüber oder die seltsamen Würstchen, den zu fetten Speck, die öligen Bratkartoffeln, das Rührei, das aus Pulver hergestellt wurde. Ein Hausausflug nach Travemünde stand auf dem Programm. Es war sogar noch kälter geworden. Väterchen Stalins Wetter. Die Ostsee war endlich zugefroren. Es war ein klarer, heller Tag, und Edith wäre gerne mitgefahren, aber sie hatte etwas zu erledigen.

Die deutschen Mädchen machten Lunchpakete: Käse und Corned-Beef-Sandwichs, Kuchen, Thermoskannen mit Tee. Der LKW kam um zehn. Edith winkte ihren Mitbewohnerinnen zum Abschied zu, sie habe einen Migräneanfall und brauche Ruhe. Bevor sie abfuhren, sorgte sie dafür, dass Lorna ihr die Hausschlüssel gab. Sobald der LKW verschwunden war, teilte sie den Dienstmädchen mit, dass sie gehen könnten. Sie wollte das Haus für sich allein haben.

Ausstaffiert mit Lederhelm, Brille und fliegender Jacke war Miss Slater auf dem Motorradrücksitz ihres Freundes Val abgebraust. Ganz Amelia Earhart. Die Schmidts waren in Begleitung von Frau Kaufmann schon früh zu ihren Cousins auf dem Land gefahren. Ein Freund hatte sie mit einem Leiterwagen auf vier gummibereiften Rädern abgeholt, die von irgendeinem ausgeschlachteten Motorfahrzeug stammten, das von einem elend aussehenden Pony gezogen wurde. Mit sich führten sie einen prall gefüllten Koffer. Er würde mit ganz anderem Inhalt zurückkehren. Sie waren nicht die Einzigen. Halb Lübeck würde durch die Lande ziehen und für eine Handvoll Kartoffeln alles Mögliche tauschen. Das war es, was die Deutschen am Sonntag machten. Sie nannten es hamstern.

Als sie sicher war, dass alle weg waren, begab Edith sich ins Untergeschoss. Das Haus stand an einem Abhang, sein vorderer Teil war höher als der hintere. Das Küchenfenster wies zum Garten hinaus. Eine Treppe führte nach unten, wo die Schmidts wohnten. Edith probierte mehrere Schlüssel, um den passenden für die Eingangstür zu finden. Jedes Zimmer hatte zugänglich zu sein. Die britische Quartieraufsicht sollte Schlüssel für jede Tür und jeden Schrank haben. Sie waren alle fein säuberlich beschriftet: Küche, Untergeschoss. Hier war er. Nur, dass er nicht passte.

»Mist!«

Auch von den anderen Schlüsseln passte keiner. Ihr Plan würde schon an der ersten Hürde scheitern. Sie konnte Frau Schmidt fast lachen hören. Nun, sie war verflucht, wenn sie sich dadurch aufhalten ließ. Edith konnte zwar keine Schlösser knacken, kannte aber jemanden, der es wahrscheinlich konnte, und sie freute sich auf dessen Gesellschaft. Sie hatte nicht die Absicht, ihre Untersuchungen auf das Haus zu beschränken.

Sie rief Jack an, stellte einen Kessel mit Wasser auf und wartete auf das vertraute Klopfen an der Tür.

»Zwei Stück Zucker, danke. Also, worum geht es?

»Hier unten. Schnell.«

Jack folgte ihr ins Untergeschoss.

Er untersuchte kurz die Tür. »Das Schloss wurde ausgetauscht. Dreiste alte Schachtel! Keine Bange, ich habe genau das richtige Werkzeug dabei.« Er zog einen Ring mit diversen Dietrichen aus seiner Jackettasche hervor. »Geht blitzschnell. Bitte sehr!«

Das Schloss ließ sich beim ersten Versuch öffnen.

»Puh!« Er trat hinter ihr ein und hielt sich die Nase zu. »Bisschen muffig hier unten!«

Der Raum war überheizt. Der große Ofen in der Ecke war großzügig bestückt worden. Es war beengt und vollgestopft, roch nach Feuchtigkeit und noch irgendetwas: süßlich und menschlich, Schweiß und ungewaschene Kleidung. Das Untergeschoss war nicht als Wohnraum gedacht. Es gab wenig natürliches Licht oder Belüftung. Edith empfand einen Anflug von Mitleid mit der Frau, die von oben verbannt worden war.

»Wonach suchen Sie?« Jack umkurvte die schweren Möbel und die Kleiderberge.

»Ich weiß nicht genau …«

»Sie wissen es, wenn Sie es sehen?«

»So ungefähr.«

»Das ist ja eine regelrechte Pfandleihe.« Er legte seine Hand auf einen Berg Pelze. »Schauen Sie sich diesen Plunder an! Clever, das muss man ihr lassen. Sicherer hier als in den Lagerhäusern am Hafen. Dort liegen die Bullen auf der Lauer. Eine Großrazzia – und alles ist weg. Allerdings nur, wenn die Balten es nicht längst schon gefilzt haben. Lassen Sie uns mal nachsehen, was sie hier drin gebunkert hat.« Er benutzte seine Schlüssel, um einen massigen Schrank zu öffnen. »Ich werde verrückt. Kein Wunder, dass sie die Schlösser ausgetauscht hat. Schauen Sie sich das an!«

Das Porträt von Hitler, das oben gehangen hatte, befand sich an der Innentür, zusammen mit Göring, Goebbels und anderen Bildnissen des Führers in verschiedenen Posen. Einen Ehrenplatz hatte ein Foto bekommen, das Hitler zeigte, wie er einem jüngeren Stephan in SS-Schwarz die Hand schüttelte.

»Was ist das?« Jack benutzte einen kleinen Dietrich, um einen verbeulten Metallkasten zu öffnen. Innen fanden sich ordentlich gefaltet eine SS-Uniform und eine Mütze, Orden, ein Dolch und ein Totenkopfring. Jack schob sie vorsichtig beiseite. Darunter lag eine Luger.

»Warum würde man das alles aufbewahren?«, fragte Edith.

»Können nicht davon lassen, vermute ich.« Jack setzte sich auf seine Fersen. »Aber wenn jemand die Pistole findet, würden sie baumeln. Sie haben sie beide am Schlafittchen, würde ich mal sagen.« Er verstaute alles wieder und verschloss den Kasten. »Was ist das?«

»Ein Fotoalbum.« Edith blätterte darin. »Noch mehr Stephan in Uniform. Mit einer anderen Frau, nicht Frau Schmidt. Hitler, Kundgebungen. Aufmärsche. Da fehlt eine ganze Menge, seitenweise.« Sie wies auf die Klebeecken an den etwas dunkleren Quadraten auf der blauen Pappe. »Was könnte belastender sein als Stephan in voller Ausrüstung?« Jack zuckte die Schulter. »Wissen Sie etwas über SS-Uniformen? Wäre es möglich, seinen Rang herauszufinden, seine Einheit?«

»Vermutlich. Weiß nicht genug darüber.« Jack erhob sich und wischte sich den Staub von den Händen. »Fertig? Ich krieg hier die Krätze.«

Zurück in der Küche machte Edith ihnen Tee.

»Und jetzt in den Garten.«

Jack trat ans Fenster. »Was gibt es da zu sehen?«

»Ich bin mir nicht sicher.« Edith stellte sich auf die Zehenspitzen, um zu den verschneiten Büschen und Hecken hinüber zu schauen. »Stephan ist der Einzige, den man dort je sieht. Das möchte ich mir als Nächstes ansehen.«

Jack kniff die Augen gegen das gleißende Licht zusammen und betrachtete die unregelmäßigen Fußspuren, die durch den Schnee führten. »Öfters hin und her gelatscht. Eine Hütte, meinen Sie?«

»Vielleicht, um Sachen unterzustellen, Gartengeräte und so weiter?«

»Gärtnern bei diesem Wetter?«

»Dachte ich mir auch. Sie könnten ein Schwein halten. Würde zu ihnen passen.«

»Holen Sie Ihren Mantel und Ihre Stiefel. Wir wollen mal nachgucken. Falls Sie ein Gewehr haben, nehmen Sie es mit. Das Schwein könnte eines von der zweibeinigen Sorte sein.«

Draußen wurde man vom Schnee geblendet, der die Sonne reflektierte. Reif überzog das Laub der Büsche und Bäume und gab ihnen Kontur. Sie blieben auf dem Weg und achteten darauf, sich innerhalb der gefrorenen Fußabdrücke zu bewegen.

Die Hütte war ziemlich stabil. Das mit der Zeit silbrig gewordene Holz war stellenweise durch neue Planken ersetzt worden. Jemand hatte frische Teerpappe war auf das Dach genagelt und zerbrochene Fenster verrammelt.

»Geben Sie mir die Waffe und warten Sie hier.«

Jack näherte sich vorsichtig der Tür und trat ein, die Waffe mit beiden Händen gefasst.

»Niemand zu Hause.« Er signalisierte ihr näher zu treten.

»Kein Werkzeug, kein Rasenmäher oder Holz. Die Hütte roch nach Teer und kaltem Zigarettenrauch. Ein Bollerofen stand in einer Ecke, dessen zerbeultes Ofenrohr im Zickzack zu einem Loch in der Decke verlief. Das Sonnenlicht strömte durch ein paar Ritzen zwischen den Planken.

Jemand hatte sich bemüht, sie mit Pappe und Lumpen zu stopfen. Eine Art Pritsche stand hochkant an einer Wand. Mitten im Raum ein alter Stuhl und ein wackeliges Tischchen, das mit Kerzenresten bestückt war. Daneben der schwarze, zerbeulte Deckel einer Dose voller Zigarettenstummel, die bis zum Anschlag aufgeraucht waren. Zerdrückte Zigarettenschachteln und leere Flaschen lagen verstreut auf dem Boden. Jack lachte.

»Das erste Schwein, das Players raucht und Schnaps trinkt. Vielleicht kommt unser Freund Stephan hierher, um zu saufen und zu paffen, wenn die alte Schachtel ihn rausschmeißt.« Er trat an den Ofen. Das Ofenrohr war noch warm. »Oder …«

»Oder nicht *er* ist es, der das alles hier nutzt.«

»Zwei Dumme, ein Gedanke.« Jack schaute sich um. »Und egal wer es ist, er könnte nur eben mal weg sein, um auszutreten oder Holz zu holen oder sonst was zu erledigen. Lassen Sie uns abhauen.«

»Moment. Da drinnen steckt etwas.«

Edith öffnete eine kleine Tür im Ofen. Wer auch immer die Hütte nutzte, hatte hier etwas verbrannt. Sie zog ein Bündel halbverkohlter Fotografien heraus.

»Haben Sie es?«

Sie nickte und steckte sie in ihren Mantel.

Mit dem Gewehrlauf wirbelte Jack die übriggebliebene Asche auf. »Wir lassen es aussehen, als wäre alles verbrannt. Sollen nicht merken, dass jemand herumgeschnüffelt hat.«

Vorsichtig verließen sie die Hütte, aber es war niemand zu sehen, als sie zurück durch den Garten liefen.

»Sieht aus, als wären wir noch einmal davongekommen.« Jack grinste.

»Allerdings.« Edith grinste zurück, leicht schwindelig vor Erleichterung und Erregung.

»Schauen wir uns mal die Schnappschüsse an«, sagte Jack, als sie wohlbehalten zurück in der Küche saßen.

Die Abzüge waren von schlechter Qualität, entweder nachlässig entwickelt oder überbelichtet, an den Seiten angekokelt oder morsch von der Hitze. Edith studierte sie einen nach dem anderen, bevor sie die Aufnahmen in einer vorläufigen Reihenfolge auf dem Tisch anordnete. Drei Männer standen im Vordergrund, Kameraden, die für die Kamera posierten. Der Mann in der Mitte trug die schwarze Uniform der SS, eine Offiziersmütze mit Adler und Totenkopf, Reithosen und Stiefel. Er stand breitbeinig da und feixte in die Kamera, eine Hand auf seinem Pistolenholster. Die beiden anderen Männer trugen Schiffchen und Blousonjacken, die von einem breiten Ledergürtel gehalten wurden. Ihre Hände lagen auf Maschinenpistolen, die quer vor ihrer Brust hingen. Die Gesichter waren leicht unscharf, aber der SS-Mann war mit Sicherheit Stephan. Der Kerl zu seiner Rechten war jung, gutaussehend und grinste mit verschränkten Armen. Der auf der Linken blickte zur Seite, wobei er eine Flasche in der Hand hielt.

Die übrigen Fotos waren aus größerer Entfernung und einem anderen Blickwinkel aufgenommen. Die Schärfe lag auf etwas, was sich dahinter abspielte. Edith beugte sich vor. Der Abzug war ausgebleicht, unscharf und körnig. Das Gelände eine blasse, fast strukturlose Fläche, Wellenformen, durchbrochen von rustikalen Grasbüscheln. Trostlos, kalt, es erinnerte sie an ein verschneites Feld. In mittlerer Entfernung sah man eine unregelmäßige Spalte, eine breite Kluft, die mit etwas gefüllt war, was wie ein Haufen Bauholz aussah, als ob ein Holzstapel dort hineingekippt wäre.

»Wer sind diese Scherzkekse mit unserem lieben Stephan?« Jack deutete auf die beiden. »Sehen ganz schön selbstzufrieden aus. Haben sie etwas zu feiern?« Er ließ den Blick über die Bildsequenz schweifen. »Wo sind sie? Warum posieren sie so?«

»Ich habe oben eine Lupe«, sagte Edith. »Ich gehe sie holen.«

»Kein Schnee«, sagte Jack nach weiterer ausgiebiger Begutachtung. »Mehr wie Sand. Wüste vielleicht? Obwohl, das sind keine Wüstenuniformen, und die zwei sind nicht mal Nazis. Sie haben zwar deutsche Waffen, MP40, aber sie sehen irgendwie nach Hilfstruppe aus.«

Edith nahm das Vergrößerungsglas. Was *war* das da im Hintergrund? Waren das kleine Figuren, die neben der Kluft standen? Sie hantierte mit der Lupe, doch die Aufnahmen waren zu unscharf …

»Unmöglich zu sehen, was da passiert«, sagte sie schließlich.

»Was immer es ist, sie wollen nicht, dass jemand es weiß. Was unternehmen Sie jetzt?«

»Weiß ich noch nicht.« Edith sammelte die Bilder ein. »Ich werde sie gut verwahren, bis ich mich entschieden habe.«

»Es ist immer noch ein herrlicher Tag. Zu schade, ihn zu vergeuden. Hätten Sie Lust, irgendwohin zu fahren?«

Edith blickte aus dem Fenster in Richtung Hütte. Nichts rührte sich, aber sie wollte hier nicht allein bleiben.

»Fände ich sehr schön, Jack.«

In Travemünde war der Sand verkrustet und gefroren, er knirschte unter den Füßen. Sie gingen am Meeresufer entlang, das wie mit einer fragilen Spitze aus Gischt gesäumt war. Weiter hinten glitzerten zum Stillstand gebrachte Wellen grau und grün, als wären sie aus Travertin. Edith fotografierte, Zuhause würden sie das nie und nimmer glauben. Es war wie *Das Eismeer* von Caspar David Friedrich. In der Hamburger Kunsthalle, oder? Ob es sich dort noch befand? Hatte das Museum überlebt? War die Sammlung unzerstört?

Jack starrte landeinwärts.

»Sanddünen«, sagte er. »Das sind Sanddünen auf den Fotografien.«

Sie spazierten die Strandpromenade entlang und kauften sich Glühwein. Die Sonne wärmte kaum. Ein bitterer Ostwind blies von der See.

»Hier, nehmen sie einen Schluck.« Jack zog einen Flachmann hervor. Sie nahmen an einem der wackeligen Tische Platz. Jack zündete sich eine Zigarette an. »Ist das nicht Ihre Miss Slater dort drüben?«

Molly Slater stieg auf ein Motorrad, während ein junger Mann sie fotografierte. Dann nochmals mit verteilten Rollen. Er posierte vor der Maschine, grinsend mit gekreuzten Armen.

»Geben Sie mir mal Ihre Kamera.«

Jack lief los, um Fotos des zugefrorenen Meeres zu schießen. Im letzten Moment drehte er sich um und machte einen Schnappschuss des Pärchens.

»Hab ihn!« Er gab Edith die Kamera. »Wenn das nicht derselbe Typ ist wie die Grinsebacke auf dem Foto, dann ist mein Name nicht Jack Hunter.«

18

CCG UNTERKUNFT
Lübeck
10. Februar 1946

Lettisches Abendessen: Nāc rītā atka (leicht abgewandelt)
Die Deutschen nennen es »Komm morgen wieder«

Eine weitere Variante von gefüllten Pfannkuchen. Traditionell besteht die Füllung aus Bratenresten, aber Corned Beef ist ein akzeptabler Ersatz. Ganz einfach und eine ausgezeichnete Verwendung für das gefürchtete Eipulver. Zutaten: 3 Eier (zwei Esslöffel Wasser auf einen Esslöffel Eipulver), eine Prise Salz, 100–140 Gramm Mehl (für den Teig). ¼ Liter Milch, 90 Gramm gewürfelte Zwiebel, 200 Gramm Corned Beef (für die Füllung). Pfannkuchenteig zubereiten: Das Eipulver mit dem Mehl vermischen, Milch und Salz zufügen. Ruhen lassen. Das Fleisch (oder CB) mit Zwiebeln braten, bis es braun ist. Bouillon (OXO) hinzufügen, dazu etwas Sauerrahm (falls erhältlich), wenn nicht, reicht auch ein wenig geraspelter Cheddar.

Im Haus war es still bis auf das Ticken der Uhr, die in der Diele an die Wand geschraubt war, höchstwahrscheinlich der Grund, warum sie noch da war. Edith legte ihre Schals ab, hängte Hut und Mantel auf, zog die Stiefel aus und schlüpfte in ihre Hausschuhe. Es war wirklich wie in der Schule. Vom Untergeschoss kam ein Geräusch. Waren die Schmidts zurück? Wohl kaum. Von ihren Exkursionen aufs Land kehrten sie immer spät zurück.

»Hallo? Ist da jemand?«

»Ich bin es, Agnese.« Der Kopf des lettischen Mädchens erschien. »Frau Schmidt hat mich gebeten zu kommen. Abendessen vorbereiten.«

Edith ging nach unten in die Küche. Das Mädchen sah aus, als würde es gleich losheulen.

»Hat sie gesagt, was genau du vorbereiten sollst?«

Das Mädchen schüttelte den Kopf. »Ich weiß nicht, was ich kochen soll.«

»Mal sehen.« Edith öffnete und schloss mehrere Schranktüren. Es würde ziemlich einfach sein müssen. »Lass uns etwas Lettisches machen, oder?« Die Miene des Mädchens hellte sich ein wenig auf. Jeder kochte gern etwas von Zuhause. »Kennst du irgendwelche Rezepte? Was hättet ihr beispielsweise an einem Sonntag zu Abend gegessen, bevor …«

Bevor das alles geschah. Bevor dein Heimatland überfallen wurde, zuerst von den Russen, dann von den Deutschen, bevor du flüchten und alles zurücklassen musstest.

Agnese nickte. Sie verstand »bevor«.

»Im Haus der Großeltern gab es Nāc rītā atkal. Die Deutschen nennen es ›Komm morgen wieder‹.«

Edith versuchte, die Ironie zu ignorieren.

Agnese erläuterte das Gericht, und Edith suchte die Zutaten zusammen, wobei sie die Bouillon durch OXO ersetzte und den Braten durch Corned Beef. Der Sauerrahm war sowieso optional. Das Rezept benötigte viele Eier für den Teig, aber die getrocknete Variante war für Pfannkuchen gar nicht so schlecht.

»Wollen wir mit den Pfannkuchen beginnen? Der Teig muss ruhen.«

Agnese maß das Mehl ab. Ihr fehlte der kleine Finger, und die Nägel der übrigen Finger waren bis zum Anschlag abgebissen.

Edith kümmerte sich penibel und mit Augenmaß um die Trockeneier. Es war verführerisch, beim Pulver großzügig zu sein, aber das würde lediglich gummiartige Pfannkuchen ergeben. Dasselbe galt für Trockenmilch. Der Trick bestand darin, den Puder nach und nach unterzurühren und dabei ständig mit dem Schneebesen zu schlagen.

Sie plauderte dabei die ganze Zeit, um Agneses Vertrauen zu gewinnen. Das Mädchen war wie eine scheue, wilde Kreatur, die jederzeit Reißaus nehmen konnte. Sie behauptete, zwanzig zu sein, sah aber deutlich jünger aus. Ein argwöhnischer, ängstlicher Blick lag in ihren blassen, braunen Augen, doch als sie zusammen hantierten, begann sie, sich zu entspannen. Sie sprach Deutsch mit starkem Akzent und antwortete nur stockend auf Ediths behutsame Ermunterungen. Edith versuchte, nicht zu viele Fragen zu stellen. Es war am besten, Agnese einfach reden zu lassen. Sie hatte in Riga bei ihren Eltern gelebt. Valdis – Mollys Freund – war nicht ihr Bruder. Er war ihr Cousin. Seine Eltern waren tot, von den Russen ermordet. Er lebte bei ihrer Familie. Das Leben war hart gewesen, zuerst unter den Russen, dann den Deutschen. Wer schlimmer war? Ein Schulterzucken. Beide gleich. Das Leben war überall hart. Es war Krieg. Der Vater war nicht stark. Er hatte ein schwaches Herz. Valdis hatte sich um die Familie gekümmert. Sie sagte nicht, wie.

Als die Russen vordrangen, mussten sie fort. Warum? Noch ein Schulterzucken. Lag das nicht auf der Hand? Es war kalt. So kalt. Sie mussten bis nach Gdynia ziehen, die Deutschen nannten es Gotenhafen. Sie hatten ein Schiff gefunden, die *Wilhelm Gustloff*, die sie sicher nach Kiel bringen sollte. Edith legte die Stirn in Falten. Der Name sagte ihr etwas, und sie hatte das Gefühl, dass diese Geschichte nicht gut ausgehen würde. Es gab nur wenige Plätze, und so entschieden sie, dass die Eltern den Vortritt hatten. Das Schiff wurde von einem russischen Torpedo getroffen. Es war Winter. Ihre Eltern waren entweder ertrunken oder zusammen mit den meisten anderen Passagieren an Bord, fast zehntausend Seelen, auf den Eisschollen der Ostsee gestorben. Sie und Valdis hatten eine Überfahrt auf einem anderen Schiff ergattert, das nach Lübeck fuhr. So überfüllt, dass sie an Deck bleiben mussten. Das Eis war dick und hatte alles bedeckt. Sie hielt ihren verstümmelten kleinen Finger hoch. An den Frost verloren. Irgendwie waren sie dem Spießrutenlauf zwischen russischen Minen und U-Booten entkommen. Sie hatten Glück gehabt, hier zu sein, überlebt zu haben.

»Hallo? Wer ist da unten?« Die Stimme von Miss Slater, gefolgt von Schritten auf der Treppe.

»Fräulein Slater«, flüsterte Agnese. Sie sah beunruhigt aus, als ob man sie bei etwas Ungehörigem ertappt hätte.

»Nur wir«, rief Edith zurück. »Wir machen Abendessen.«

»Wer ist ›wir‹?«

Miss Slaters Platinmähne erschien. Ihre dünn gemalten Augenbrauen waren in die Höhe geschnellt, die blauen Augen funkelten dunkel vor Argwohn.

»Agnese und ich.« Edith wischte sich die Hände an einem Handtuch ab.

»Sollten das nicht die Mädchen erledigen?«

»Nur Agnese ist da, wie Sie sehen, und mir macht es nichts aus. Ich koche gern.«

Miss Slater ließ ihr schrilles Lachen ertönen. »Lieber Sie als ich. Agnese? Ich habe Wäsche zu waschen. Ich möchte, dass du sie einsammelst. *Falls* du dafür etwas Zeit erübrigen kannst.«

Das Mädchen zögerte und blickte von einer Frau zur anderen. Miss Slater trommelte mit ihren scharlachroten Fingernägeln.

»Wir sind fast fertig«, sagte Edith ruhig. »Da sind nur noch die Pfannkuchen, und die können wir nicht machen, bis die anderen eingetroffen sind. Geh ruhig, Agnese.«

»Was hast du gemacht?«, wollte Miss Slater wissen, als Agnese ihr folgte.

»Kochen. Frau Graham hat mir geholfen.«

Edith trat an den Fuß der Treppe, um soviel wie möglich von dem Gespräch mitzubekommen.

»Hoffentlich ist das alles. Sollte mir etwas anderes zu Ohren kommen, werde ich es Val sagen.«

»Miss Graham? Haben Sie einen Moment Zeit, bitte?« Molly Slater fing sie ab, als sie gerade nach oben ging, um sich umzuziehen.

»Sicher.«

Miss Slater lief mit verschränkten Armen, Hände unter den Ellenbogen, in der Diele auf und ab.

»Ich wäre Ihnen dankbar, wenn Sie aufhören würden, mir hinterherzuspionieren.«

»Spionieren?« Edith hoffte, dass sie sich angemessen perplex anhörte. »Wovon reden Sie?«

»Fragen nach meinem Privatleben stellen. Agnese ausfragen. Und heute sah ich Sie und ihren Fahrerfreund auf der Promenade. Wenn das nicht spionieren ist.«

»Spionieren? Ich habe nicht spioniert. Und ich habe Agnese nicht ausgefragt. Ich habe ihr geholfen. Man hat sie alleingelassen, armes kleines Ding. Und was den heutigen Nachmittag betrifft, war es ein schöner Tag. Der erste seit Ewigkeiten. Der Rest der Unterkunft war dort, zusammen mit halb Lübeck.«

Miss Slater ignorierte Ediths absolut logische Erklärungen. »Ich warne Sie. Wenn Sie weiterhin ihre Nase in alles stecken, werden sie in Windesweile der Unterkunft verwiesen.« Ihr sorgfältig einstudierter Akzent rutschte in etwas deutlich Gewöhnlicheres. »Wenn Sie so weitermachen, wird es Ihnen noch leid tun. Sie könnten eine Menge Scherereien bekommen. Eine Menge«, wiederholte sie mit Nachdruck für den Fall, dass Edith nicht verstanden hatte.

»Was für Scherereien?«, fragte Edith beiläufig.

Sie mochte es nicht, wenn man ihr drohte, und spürte, wie Unmut sich in ihr regte, bemühte sich aber um eine annehmbare Miene zwischen Verwirrung und Unschuld. Irgendetwas hatte sie getroffen, doch es reichte noch nicht ganz, um Miss Slater von ihrem hohen Ross zu holen.

»Das darf ich nicht verraten, aber Sie würden einigen Leuten auf die Füße treten, die verdammt noch mal wichtiger sind als Sie. Halten Sie sich also raus.« Molly Slater tippte sich kurz an die Nase. »Kümmern Sie sich in Zukunft um ihre eigenen Sachen.«

Sie rauschte an Edith vorbei die Treppe hoch. Edith ging ins Wohnzimmer und schenkte sich einen Whisky ein, unangenehm berührt von Mollys Auftritt, aber mehr daran interessiert, was ihn ausgelöst haben mochte. Was genau konnte Miss Slater unternehmen? Als sie an ihrem Drink nippte, kam ihr wieder Adeline in den Sinn. »Schmeiß einen Stein rein. Zähle die Ringe. Lass einen Stein hüpfen. Sieh, was rauskrabbelt.«

Nach dem Abendessen huschte sie nach oben, um eine Nachricht zu verfassen. Sie nahm eine Ansichtskarte von Travemünde zur Hand.

> Ein LETTISCHES Gericht (siehe Rezept). Noch
> eine Variation von Pfannkuchen. Deutsche
> Haushälterin (Frau Schmidt) und ihr Mann
> Stephan immer noch sehr eingenommen vom
> deutschen Äquivalent: »Komm morgen wieder«.
> Sie haben noch Hoffnung!
>
> Stets die Deine, Edith

Dori würde der Karte entnehmen, dass etwas von Interesse aufgetaucht war, was lettische Nationalisten betraf, ihre deutsche Haushälterin und ihren Mann. Sie verfasste das Rezept, die codierte Nachricht in der Liste der Zutaten untergebracht: *Nazis. SS. Fotografien.*

DORI
34 Cromwell Square
Paddington, W2

Das war die erste Nachricht mit echter Substanz. Die erste, aufgrund derer sie in Aktion treten konnte. Frau Schmidt und ihr Mann Stephan waren unbelehrbare Nazis. Er war bei der SS gewesen, wahrscheinlich in Lettland. Dadurch wäre er ein Teil der sogenannten Einsatzgruppe A. Interessant für die Abteilung War Crimes. Und für Harry Hirsch.

Dori öffnet die Herdtür und sah zu, wie das Papier verbrannte. Dann ging sie zum Telefon in der Diele. Es würde ewig dauern, falls es überhaupt klappte, über die Militärregierung einen Kontakt zu Harry herzustellen. Bulldog in Bad Oeynhausen wäre die bessere Wahl.

»War Crimes?« Eine entfernte Stimme in der knisternden Leitung.

»Oh, hallo. Ich versuche Alex Drummond zu erreichen …«

Jemand schrie: »Bulldog! Braut am Rohr für dich!«

»Drummond hier.«

»Hallo, Darling. Dori hier.« Sie machte eine Pause, um ihn sprechen zu lassen »Wir machen Fortschritte, aber deswegen rufe ich nicht an. Du könntest mir nicht die Nummer von Harry Hirsch besorgen, oder?« Dori hielt inne und spielte mit der Telefonschnur. »Ich hole eben einen Stift.« Sie schrieb die Nummer auf die Rückseite eines Briefumschlags. »Danke, Darling. Wirklich? Vielleicht kann sie die Sache für mich ein wenig beschleunigen. Dieses Wochenende? Sag ihr, ich möchte sie treffen. Der übliche Ort. Samstag. Gegen vier? Wiederhören!«

Sie beendete das Gespräch. Halte dich kurz und knapp. Gutgelaunt und munter. Besser, sich mit Vera am Wochenende bei einem Gin Tonic unter vier Augen auszutauschen. Dori lauschte einen Moment lang dem Freizeichen. In letzter Zeit war mehrfach ein verdächtiges Knacken zu hören gewesen. Sie hatte ein wenig das Vertrauen ins Telefon verloren. Sie legte auf und riss den Briefumschlag in Fetzen. Sie würde Harry vom Club aus anrufen.

Sie zog ihren Mantel an und zupfte vor dem Spiegel ihren Hut zurecht. Sie trug eine kleine Reisetasche, weil sie nach Lewes fuhr, um einen alten Bekannten der SOE, der Special Operations Executives, aufzusuchen, der vielleicht etwas über die vermissten Mädchen wusste. Er war ein Überlebender, der neben anderen grauenhaften Lagern auch in Natzweiler gesessen hatte. Zuerst hatte er sich an keine Frauen dort erinnern können. Wie bei vielen Männern aus den Lagern war unter dem Gewicht der schrecklichen Dinge, die er gesehen hatte, seine Erinnerung lückenhaft gewesen. Dann kam eine Szene, ein Gesicht, eine Stimme an die Oberfläche. Nun erinnerte er sich nicht nur an die Frauen, er konnte auch in lebhaften Einzelheiten ihre Ankunft beschreiben. Er hatte Zeichnungen gemacht. Doris Hand zitterte leicht, als sie Lippenstift auftrug. Sie freute sich und hatte gleichzeitig Angst, sie endlich identifizieren zu können. Die Frauen waren ihre Freundinnen gewesen. Solange sie als vermisst galten, *Aufenthalt unbekannt*, gab es stets den Hauch einer Hoffnung.

Eine Gestalt warf einen Schatten durch das Glas der Eingangstür. Anton Szulc, zurück von seinem morgendlichen Gesundheitsspaziergang. Sie öffnete ihm.

»Danke, Gräfin«, sagte er auf Polnisch. Er war der Einzige, der sie je so genannt hatte.

Er schüttelte seinen Schirm aus und trat ein. Anton war ein großer Mann, ziemlich altersgebeugt mit einem schmalen, harten Gesicht. Er setzte seinen Hut ab und strich sich vor dem Garderobenspiegel die hellen Haare nach hinten. Inzwischen mehr weiß als blond, trug er sie zurückgekämmt und mit einer nach Lavendel duftenden Pomade perfekt in Form gehalten. Sein Mantel war an Knopfleiste und Ärmelaufschlägen abgenutzt, doch immer sorgfältig gebürstet, nie ein Hauch von Schuppen oder Schmutz. Seine Hemden waren fadenscheinig geworden, aber gepflegt und von der Dame um die Ecke gewaschen. Auf seine Art war er so tadellos wie Tibor mit seinem weißen Seidenschal und schwarzem Homburg.

»Neuigkeiten?«, fragte Dori auf Polnisch.

»Hm …« Anton machte eine abwägende Geste. »Vielleicht, vielleicht auch nicht … Ich werden ein Auge darauf halten.«

Seinen immer noch scharfen blauen Augen entkam nicht viel. Anton verbrachte einen Großteil des Tages draußen auf dem Platz. Er kannte alle regelmäßigen Besucher: die Mütter, die Kindermädchen mit ihren Schutzbefohlenen, die Männer ohne Arbeit wie ihn. Wenn er nicht auf dem Platz war, hielt er sich in seiner Kammer oberhalb der Diele mit perfekter Aussicht auf.

Miete bezahlte er dafür nicht. Er hatte kein Geld, und davon abgesehen war er nützlich. Er passte nicht nur auf, sondern war auch auf andere Weise nützlich. Er mochte wie ein zerbrechlicher alter Mann wirken, aber der Anschein konnte täuschen. Er war unverwüstlich wie kaum ein anderer. Er war Agent gewesen, ein knallharter Mann an einem der härtesten Einsatzorte überhaupt, Nazideutschland vor dem Krieg. Noch monatelang nachdem der Krieg erklärt worden war, blieb er auf seinem Posten, wurde von der Gestapo aufgegriffen, in ein Lager gesteckt, entkam und flüchtete nach Dänemark, dann weiter nach England. Er war ein harter Brocken, hart und einfallsreich.

Dori gab ihm zehn Pfund für seine Mühe.

»Danke, Gräfin.« Er warf einen Blick auf ihre Tasche. »Ich werde ein Auge auf alles haben, bis Sie zurück sind.«

Er zog seine abgewetzte Brieftasche hervor und verstaute sorgfältig den Geldschein. Vor dem Spiegel richtete er seinen Hut, zupfte seinen Schal zurecht und ging wieder nach draußen. Er wandte sich nach rechts, schmale Schultern, gegen den kalten Nachmittagswind nach vorn gebeugt. Er würde den Polnischen Club in Princes Gate besuchen, um Wiejska zu essen, Wodka zu trinken und von der Rückkehr in sein Heimatland zu träumen. Das allerdings konnte dauern. Die Sowjets hatten die Kontrolle, und Anton hasste sie fast genauso sehr wie die Nazis. Zurückkehren würde er nur als toter Mann.

»Ich werde nicht eher zurückgehen, bis mein Land frei ist«, pflegte er mit freudlosem Gesicht zu sagen, wohl wissend, dass er dies nicht mehr erleben würde.

Er bekleidete einen Posten in der offiziell nicht anerkannten polnischen Exilregierung, die heimlich aus der privaten Residenz des Exilpräsidenten am Eaton Square operierte. Dort führten sie die Archive und hielten den Widerstandsgeist am Leben, während sie sich auf ihre Rückkehr an die Macht in einem freien Polen vorbereiteten. Sie könnten sich ebenso gut für die zweite Wiederkunft des Herrn vorbereiten, dachte Dori, als sie beobachtete, wie er mit steifen Beinen davonschritt, gerader Rücken, Militärschritt.

19

CCG MESSE
Lübeck

19. Februar 1946

Abendessen

Wenn es Dienstag ist, gibt es unvermeidlich
Potage St Germain: Erbsensuppe, egal unter welchem Namen. Getrocknete Erbsen, angereichert mit Zwiebeln und Kartoffeln. Nichts Frisches oder Grünes. Kein Blättchen Kerbel oder Salat.
Wiener Schnitzel: Eigentlich aus Rinderhack und Kalb, kann aber alles sein.
Espagnole Sauce – Braune Soße
Stampfkartoffeln
Möhren aus der Dose
Himbeercreme. Eine Mischung aus Himbeeren aus der Dose und künstlicher Sahne. Ähnelt einer rosa Zinksalbe.
Käse – Billigkäse oder amerikanischer Käse.
Kaffee – gewöhnlich der beste Teil des Essens.

Edith war früh nach Hause gekommen. Jemand war in ihrem Zimmer gewesen. Sie wusste es in dem Moment, als sie eintrat. Die Tür ihres Nachtschränkchens war nur angelehnt. Der Reisewecker war zusammengeklappt. Jemand hatte die Schubladen der Kommode durchwühlt und sich nicht einmal die Mühe gemacht, sie ordentlich zu schließen. Im großen Kleiderschrank herrschte Unordnung.

Die Briefe in dem Gestell auf ihrem Tisch waren verkantet, die Rezepte im Radiation Cookery Book verschoben, als hätte jemand sie kurz überflogen. An der Briefschatulle wies das Messing des Schlosses Kratzspuren auf. Hinter dieser Fahrlässigkeit verbarg sich Wut. Wer immer das gewesen war, scherte sich nicht darum, ob Edith es bemerkte, es war sogar beabsichtigt. Die deutschen Mädchen würden sich das nicht trauen. Frau Schmidt wäre vorsichtiger. Blieb nur Molly Slater. Stets die Letzte, die das Haus verließ. Bei ihrem Chef konnte sie kommen und gehen, wie es ihr beliebte. Wenn das eine weitere Warnung war, würde sie nicht funktionieren. Außerdem gab es hier nicht nur eine, die Spielchen spielen konnte.

Molly teilte das Zimmer mit Ginny. Edith klopfte leise an, öffnete dann behutsam die Tür. Es lag auf der Hand, welches Mädchen welche Seite nutzte. Ginnys Hälfte war karg wie eine Nonnenzelle eingerichtet. Ein kleiner Schwenkspiegel auf einem klapprigen Ständer diente als Frisierkommode, darauf nur eine weiche Haarbürste, ein Tiegel Cold Cream und ein Töpfchen Erkältungssalbe. Ihr schmales Bett stand unter dem Fenster. Auf dem Fensterbrett einige Bücher, eine Handvoll Porzellanfigürchen, die sie aus ihrem heimischen Schlafzimmer mitgebracht haben musste. Dann einige Fotos im Silberrahmen: ein Paar im Garten, der Mann in Uniform, das mussten ihre Eltern sein; Ginny, die die Zügel eines Pferdes hielt; Ginny kniend, Arme um einen Spaniel gelegt. Fast noch ein Kind. Wie jung diese Mädchen waren …

Edith drehte sich um und betrachtete den Rest des Zimmers. Mollys Kleider von gestern Abend lagen auf dem Stuhl. Weitere Kleidungsstücke quollen aus der Kommode hervor. Die Garderobe war mit Hutschachteln vollgestopft, mit Pelzen und Abendkleidern, der Frisiertisch mit Make-up und Parfümflakons übersät, am Spiegel hingen Halstücher. Ein geschnitztes Holzkästchen enthielt einen Goldschatz aus Ketten, Anhängern, Ringen, Broschen und Uhren. Die Schublade gab weitere Preziosen preis: Halsschmuck, Jade, Amethyst, Turmalin. Schöne Steine in schönen Fassungen. Eine Perlenkette mit dem elfenbeinfarbenen, seidigen Schimmer des Originals. Schwarzmarktware höchstwahrscheinlich. Die unterste Schublade enthielt bescheidenere Schätze: Cussons Talkumpuder, Yardley-Badeperlen, Lux-Seife. Edith schloss sorgfältig die Schubladen. Molly fühlte sich ziemlich sicher. Nicht nötig, etwas zu verstecken. Niemand von ihnen würde einen Blick riskieren.

An diesem Abend verkündete Edith Frau Schmidt, dass ihr Zimmer *jederzeit* abgeschlossen zu sein habe, außer beim Putzen und Beziehen des Bettes. Sie würde die Deutsche persönlich dafür verantwortlich machen, falls sie auch nur *vermutete*, dass jemand ihr Zimmer betreten hatte. Edith fuhr dann zum Abendessen in die Messe und ließ die Drohung in der Gewissheit in der Luft hängen, dass die Nachricht Molly erreichen würde.

»Hallo!«

Sie kannte die Stimme, wusste aber nicht genau woher. Sie sah auf, und da stand Harry Hirsch.

»Ich weiß nicht, ob Sie sich erinnern.« Er lächelte sie an. »Aber wir haben uns bei Doris Silvesterparty getroffen. Darf ich Ihnen Gesellschaft leisten?«

»Natürlich habe ich Sie nicht vergessen! Es ist mir eine Freude«, fügte Edith hinzu und meinte es so.

»Was trinken Sie?«

»Whisky und Soda.«

Harry Hirsch gab dem Kellner ein Zeichen. Sie erinnerte sich an ihn. Es war nur ein kurzes Kennenlernen gewesen, aber es hatte geknistert. Eine Hand, die bei der Verabschiedung etwas zu lange gedrückt wurde, ein Kuss zum neuen Jahr, der einen Hauch zu lange währte.

Er sah älter aus, dünner, seine Haut blass, Überreste von Hämatomen um die großen, dunklen Augen, die Stirn unablässig gerunzelt. Das Haar fiel ihm bis auf den Hemdkragen, und er hatte einen Dreitagebart. Erschöpft und zerzaust wie jemand, um den man sich kümmern musste, was ihn nur attraktiver machte.

»Entschuldigen Sie mein Aussehen«, sagte er und rieb sich das Kinn. »Ich bin gerade erst angekommen. Ich verhungere.« Er griff nach der Speisekarte. »Wie ist das Essen hier?«

»Geht so. Ein bisschen langweilig.«

»Ist mir gleich. Ich könnte ein Pferd verputzen.«

Edith warf einen Blick auf die Speisekarte. Wiener Schnitzel. »Das werden Sie wohl auch.«

Er lachte.

»Was machen Sie hier?«, fragte sie.

»Ich befrage Displaced Persons. Vertriebene, ehemalige Häftlinge und Zwangsarbeiter.« Er las weiter in der Speisekarte. »Balten, wie sie hier genannt werden. Letten, Litauer, Esten, um sie bei ihrer Nationalität zu nennen. Wir sind ein Team. Es werden Leute gebraucht, die ihre jeweilige Sprache sprechen. Wir sind in Zivil. Sie misstrauen Uniformen. Haben davon genug gehabt im Krieg.« Er ließ die Karte sinken und stöhnte. »Es ist hart. Was ihnen widerfahren ist, ihre Geschichten. Macht einen irgendwann fertig. Dasselbe wieder und wieder, aber es wird nie erträglicher, und es ist so wenig, was man tun kann. Sowieso nicht mein Job. Mein Job ist es, die schwarzen Schafe auszusortieren.«

»Welche gefunden?«

»Eins oder zwei.« Er nippte an seinem Drink. »Dori hat mich vor ein paar Tagen angerufen.« Es setzte das Glas wieder ab. »Sie schlug vor, dass ich Sie aufsuche.«

»Es ist schön, Sie zu sehen …«, begann Edith. Irgendwas Erwartungsvolles in seiner Miene, die Art, wie er *Dori* betonte, ließ sie innehalten. Sie blickte ihn lange an, bis es endlich klickte.

»O ja. Natürlich! Es könnte etwas dran sein oder auch nicht«, fügte sie schnell hinzu. Was hatte sie denn letztendlich in der Hand? Plötzlich kam ihr alles sehr vage vor. »Ich hoffe, Sie sind nicht extra deswegen …«

»Ich wollte Sie sehen.« Er lächelte. »Das ist meine Entschuldigung.«

»Es gibt da einen jungen Mann. Sie nennen ihn Valdis oder Val. Sein voller Name ist Valdemārs Jansons. Ich habe das überprüft. Er könnte eines Ihrer schwarzen Schafe sein.«

»Dori meinte, Sie hätten vielleicht Fotografien?«

»Ich bewahre sie im Büro auf. Sicherer dort.« Besonders nach heute. »Ich könnte sie holen.«

»Gute Idee.« Er blickte auf sein zerknittertes Hemd und die ungebügelten Hosen. »Was würden Sie dazu sagen, wenn ich mich ein wenig präsentabler mache und wir zusammen zu Abend essen?« Sein Gesichtsausdruck zeigte Hoffnung mit einem kleinen Schuss Sorge. Als gäbe es auch nur die geringste Gefahr, dass sie »nein« sagen könnte.

Edith ließ Jack rufen und fuhr mit ihm zurück in die Unterkunft, um sich umzuziehen.

Sie zitterte ein wenig vor Aufregung. Das war praktisch ein Date. Sie könnte für eine Nacht Stella anstelle der ziemlich verlässlichen Miss Graham sein. Sie holte das marineblaue Kreppkleid mit den kleinen roten stoffbezogenen Knöpfen heraus, entrollte ein Paar sorgfältig gehüteter Seidenstrümpfe und suchte ihre Pumps. Sie steckte ihr Haar zu einer Hochfrisur auf und machte sich daran, Make-up aufzutragen. Ein prüfender Blick in den Spiegel. Gar nicht so schlecht. Das Kleid saß viel besser. Sie strich das weiche Material über Bauch und Po glatt. Sie hatte sich angewöhnt, an den meisten Tagen zum und vom Büro zu Fuß zu laufen. Das Essen mochte reichlich sein, aber es war fad und schwer verdaulich, insofern fiel es im Licht des allgegenwärtigen Mangels leicht zu widerstehen. Sie trug ein wenig Blue-Grass-Parfüm auf und knöpfte den obersten Knopf wieder auf, um etwas mehr Dekolleté zu zeigen. Frau Schmidt ließ vom Fuß der Treppe aus alles auf sich wirken.

»Gehen Sie schon wieder aus?«, erlaubte sie sich zu fragen und lächelte anzüglich mit blitzenden Augen.

»Ja.« Edith ließ sie links liegen. »Und denken Sie daran, was ich Ihnen gesagt habe.«

Jack wartete draußen. »Teufel noch mal, haben Sie sich rausgeputzt! Ein besonderes Ziel? Treffen wir jemanden, vielleicht?«

»Nur Abendessen in der Messe. Danke, Jack. Könnten wir noch eben ins Büro fahren? Ich muss etwas holen. Und Sie brauchen nicht zu warten. Ich finde schon allein nach Hause.«

»Ganz bestimmt, Ma'am«, schmunzelte Jack, als er den Wagen startete. »Ganz bestimmt.«

Harry wartete an der Bar auf sie, das Haar ganz nass und glatt, als ob er gerade geduscht hätte. Er war frisch rasiert, und sein Gesicht hatte mehr Farbe. Die Ärmel seines Tweedjacketts, aus denen weiße Manschetten und kräftige Handgelenke hervorlugten, waren ein wenig zu kurz. Der oberste Knopf seines Hemds stand offen, seine kastanienbraune Strickkrawatte hing lose geknotet. Er trug anthrazitfarbene Hosen und Wildlederschuhe, nicht die übliche Kleidung für Herren in der Messe. Edith mochte ihn dafür umso mehr.

»Ich dachte, wir essen gleich. Ich sterbe wirklich vor Hunger. Sie können mir die Fotos beim Essen zeigen.«

»Lieber nicht, wenn es Ihnen nichts ausmacht.« Edith legte ihre Aktenmappe ab. Irgendetwas sagte ihr, dass diese Bilder nicht dazu taugten, während des Essens angeschaut zu werden und auch nicht in der Öffentlichkeit.

»Wir werfen später einen Blick darauf. Bei einem Absacker. Ich habe einen ganz guten Brandy, den ich auf der Durchreise in Paris aufgetrieben habe.«

Beim Essen bestritt Edith den größten Teil der Konversation. Sie erzählte ihm von ihrer Arbeit und was sie erlebt hatte, seit sie sich das letzte Mal gesehen hatten. Sie entschuldigte sich für das Essen, das schlechter war als sonst. Die Potage St Germain dünn wie Haferschleim. Das Wiener Schnitzel zu lange gebraten, bis es eine gummiartige Konsistenz hatte. Harry schien das nicht aufzufallen. Er schaute kaum vom Teller hoch. Er nahm dankbar von allem nach und aß mit der Hingabe eines Mannes mit Kohldampf.

»Schon besser.« Harry schob seinen Stuhl ein wenig vom Tisch weg. »Tut mir leid.« Er lächelte. »Ich bin keine besonders gute Gesellschaft, aber ich war am Verhungern. Ich sollte es wahrscheinlich nicht erwähnen, doch ich habe seit Tagen kaum etwas gegessen.« Er tätschelte sich den Bauch. »Endlich satt. Sollen wir? Oder hätten Sie gern ein Dessert?«

»Oh, nein.« Edith erhob sich mit ihm. »Die Himbeercreme wird ein synthetischer rosa Kleister sein und der Käse nur etwas für die Mausefalle.«

»Wie wäre es in dem Fall mit diesem Absacker?«

Oben auf seinem Zimmer trat Edith ans Fenster, während er den Brandy einschenkte.

»Also gut, was soll ich mir ansehen?«

Er brachte die Drinks, während sie die Fotos aus der Mappe zog.

»Die hier.« Sie legte sie auf den Tisch. Zuerst das, was Jack in Travemünde gemacht hatte.

»Das ist Jansons?« Harry nahm das Foto zur Hand und hielt es unter die Schreibtischlampe.

Edith nickte. »Er geht mit einer jungen Frau aus meiner Unterkunft aus.«

Harry trank seinen Brandy und schaute sich das nächste Foto an. Als er das Bild studierte, wurde er bleich. Er blickte sie an, gedankenfern und verwirrt, als wäre er aus einem Alptraum erwacht.

»Sie haben weitere?«

Edith legte sie auf den Tisch.

»Woher haben Sie die?« Seine Stimme hörte sich distanziert an, mechanisch, als wäre er hypnotisiert.

»Das Haus, in dem wir untergebracht sind. Am Ende des Gartens befindet sich eine Hütte. Jemand hat dort versucht, sie zu verbrennen. Ein Freund und ich haben sie sicherstellen können. Der Kerl in der Mitte, der SS-Mann, ist Stephan. Er lebt bei unserer Haushälterin, ist angeblich ihr Ehemann.« Er starrte weiter auf die Fotos, eine Hand vor dem Mund. »Wir konnten nicht herausfinden, wo das ist und was hier stattfindet. Wissen Sie es?«

Er nickte.

»Sagen Sie, ist alles in Ordnung? Ich mache Ihnen noch einen Brandy, ja?«

Harry antwortete nicht. Edith holte die Flasche. Jetzt war er wirklich grau im Gesicht, seine Miene erstarrt, seine Haut mit einem

Schweißfilm überzogen. Er wischte sich wieder über den Mund. Er sah aus, als müsse er sich jeden Moment übergeben.

»Valdemārs Jansons ist nicht sein richtiger Name«, sagte er mit zusammengepressten Zähnen. Harry würgte, als wäre der Name ihm im Hals steckengeblieben. »Entschuldigen Sie.« Eine Hand auf den Mund gepresst, stürmte er ins Badezimmer.

»Tut mir leid«, sagte er, als er kreidebleich zurückkehrte und sich den Mund mit einem Taschentuch abwischte. »Ich hätte nicht so viel essen sollen.«

»Nein, nein, es ist mein Fehler. Ich hätte sie warnen sollen.«

Harry goss sich einen großen Brandy ein. Er schluckte und schnitt eine Grimasse, setzte das Glas dann mit zitternder Hand ab.

»Woher hätten Sie das wissen sollen?« Er fuhr sich mit einer Hand übers Gesicht. »Sein Name ist Ivars Kalninš. Er gehört zum Kommando Arājs.« Er zeigte auf den lächelnden jungen Mann, der in Travemünde posierte. »Lettische Hilfstruppen, rekrutiert, um den Nazis zu helfen. Ihr Name stammt von ihrem Kommandeur Viktors Arājs, einem absoluten Arschloch.« Er wies auf die Gruppenfotografien. »Kalninš und ein Mann mit Namen Māris Ozols. Der in der Mitte ist ein SS-Hauptsturmführer, Einsatzkommando 2. A, Unterabteilung der Einsatzgruppe A. Eine mobile Tötungseinheit.«

»Das ist Stephan.«

»Der gehört ins Zuchthaus. Sie auch, weil sie ihn deckt. Sie hatten Befehl …« Er bedeckte den Mund, als wolle er die folgenden Worte zurückhalten. »Tut mir leid …« Er räusperte sich und nahm die Hand wieder weg. »Sie hatten Befehl, die baltischen Staaten judenfrei zu machen. Eine Säuberung. Und das bedeutete, alle zu töten.«

Edith war wie betäubt von demselben Grauen, das sie befallen hatte, als Leo ihr von Kurt erzählte.

»Aber … aber«, stammelte sie. »Das waren Tausende von Menschen!«

»Hunderttausende«, verbesserte Harry.

Edith konnte kaum aufnehmen, was er da sagte. Gerade wenn man glaubte, dass es schlimmer nicht werden könne, kamen weitere barbarische Einzelheiten ans Licht, weitere Schandtaten, ungeheuerlicher als alles zuvor. Es war, als würde man die Fundamente der Hölle aufreißen.

»Heißt das, Sie wissen, wo diese Fotos entstanden sind? Wann?«

»O ja. Liepāja. Ich kenne nicht das genaue Datum, aber es dürfte im Dezember 1941 gewesen sein.«

Sie beugte sich mit zusammengepressten Händen vor.

»Und das hier. Im Hintergrund. Wir wurden nicht ganz klug daraus.«

»Wir?«

»Mein Fahrer, Jack Hunter. Er war bei mir, als wir sie gefunden haben.«

»Was glauben Sie, was Sie hier sehen?«

»Ich weiß nicht. Es ist so unscharf. Überbelichtet. Zuerst dachten wir an Schnee, dann meinte Jack, es könnte Sand sein, aber es sieht hier nicht nach Wüste aus. Wir fuhren dann nach Travemünde, und er dachte, es handle sich vielleicht um Dünen. Wir haben nicht herausfinden können, was da im Hintergrund geschieht. Diese Spalte, diese Kluft mit etwas, was wie Holzklötze aussieht dort in der Senke.«

»Ich werde es Ihnen sagen, ja?« Er fuhr sich mit der Hand über die Augen, legte die Finger auf die Stirn und massierte seine Augenbrauen, als wolle er sich von körperlichen Schmerzen befreien. »Sie schauen hin, aber Sie sehen nichts. Warum sollten Sie auch? Sand stimmt. Das ist ein Strand, die Dünen hinter einem Strand, um genau zu sein, an einem Ort namens Šķēde, etwa neun oder zehn Meilen von Liepāja. Liepāja ist meine Heimatstadt. Die Spalte, die Kluft, die sie sehen, ist eine Grube. Die Holzklötze sind Körper.« Er machte eine Pause und starrte regungslos auf das Foto. Edith biss sich auf die Lippen. Ihre Nägel bohrten sich in ihre Handflächen, während sie sich bemühte, ihn nicht zu unterbrechen, um seine offensichtliche Qual zu beenden oder um ihr Entsetzen auszudrücken. Sie blieb ganz still, um zuzuhören. »Das hier …« Seine Hand zitterte, als sie über den tiefen Graben im Sand fuhr, von dem sie nun wusste, dass es wirklich Sand war. »Das ist der Ort einer Massenhinrichtung. Hier am Rand der Grube, diese hellen Schatten? Das sind nackte Menschen. Juden. Aufgereiht, um erschossen zu werden. Und dahinter … Sehen Sie die dunkleren Flecken ein wenig erhöht? Kommando Arājs, örtliche Polizei, SS, die Erschießungen in Schichten durchführen.« Er schloss die Augen und sah das, was nicht zu sehen war. »Sie sind so aufgestellt, damit die Wucht des Schusses die Körper in die Grube katapultiert. Sehr methodisch. Fielen sie nicht sauber, wurden sie von speziell abgestellten Gehilfen gestoßen. Die Menschen wurden in Zehnergruppen ermordet. Das ging so weiter, bis die Sonne untergegangen war.«

Stille breitete sich zwischen ihnen aus, als Edith versuchte zu begreifen, was er ihr erzählt hatte. Sie blickte wieder auf das Foto. Sie konnte die Gestalten in der verblassten, leeren Landschaft erkennen, aber das Bild war ihr immer noch ein Rätsel. Sie drehte und wendete es in den Händen, stirnrunzelnd, blinzelnd, ging näher und näher heran, als ob mit dem Sehen auch ein Verstehen einsetzen könne, doch was Harry sagte, war jenseits ihrer Vorstellungskraft.

»Sie waren *dort*?« Ihre Stimme war kaum lauter als ein Flüstern. »Mein Gott!«

»In dem Fall wäre ich nicht hier. Ich habe mich versteckt. In den Wäldern.« Er gab einen erstickten Laut von sich, irgendetwas zwischen Lachen und Schluchzen. »Sie waren zu sehr mit dem Töten beschäftigt, um mich zu suchen. Ich habe alles gesehen.« Er biss sich auf die Lippen, fuhr sich dann mit dem Handrücken über den Mund. Als er ihn sinken ließ, sah Edith Blut. »Lassen Sie mich Ihnen berichten, was geschehen ist, ja?«

Harry begann auf und ab zu gehen, wobei er sich selbst eng umschlungen hielt.

»Es hatte schon vorher Tötungen gegeben. ›Aktionen‹ nannten die Deutschen das. Im Juli und August wurden jüdische Männer zusammengetrieben und zu den Dünen gebracht, aber noch nicht in dieser Größenordnung. Dann hörten wir von Riga. Sie hatten das Ghetto geleert, alle getötet, Tausende und Abertausende. Sie in einen Wald gebracht, ein Ort namens Rumbula. Gräben ausgehoben. Forderten sie auf, sich hinzulegen, um getötet zu werden. Eine Schicht auf der anderen. Sardinen packen, nannten sie das. Ich wusste damals noch nicht alles, aber wir hatten gehört, dass etwas passiert war. So eine Sache kann man nicht geheim halten, und das Kommando Arājs war frisch von den Exekutionen eingetroffen. Verbrecher wie Kalninš und Ozols, die spöttisch *Der Nächste bitte* riefen. Am 13. Dezember, einem Samstag, veröffentlichte Kurzemes Vārds, die Zeitung, einen Befehl, der alle Juden aufforderte, in ihren Häusern zu bleiben. Da wussten wir Bescheid. Es war so weit.«

Er hielt inne. In seinem dünnen Hals arbeitete es, als er den Rest des Brandys trank.

»Leute fragen, ob man es wusste, wusste, was passieren würde, und warum man nicht versuchte zu fliehen. Sie verstehen nicht. So etwas war unmöglich. Wir waren in unseren Häusern gefangen. Das Kommando Arājs und die SS patrouillierten mit Gewehren und Hunden durch die Straßen auf der Suche nach einem Vorwand. Wohin sollten wir gehen? Wir trugen einen gelben Stern. Sogar ohne ist Liepāja ein kleines Städtchen. Jeder weiß, wer du bist. Lettland ist ein kleines Land. Jeder, der Juden geholfen hätte, wäre sofort erschossen worden und nur wenige trauten sich. Wir waren Fremde im eigenen Land, umgeben von Feinseligkeit, doch bis zur letzten Minute konnten wir es nicht glauben, wollten wir es nicht glauben. Die Hoffnung schwindet zuletzt, und wenn das geschieht, wird sie von Verzweiflung abgelöst, so schwarz und hoffnungslos, und jede Gegenwehr scheint – unmöglich.«

Beim Reden tigerte er durch das kleine Zimmer, als würde er versuchen, dem Käfig seiner Erinnerung zu entkommen. Während er so auf- und ablief, flatterten seine Hände, malten merkwürdige kleine Gesten in die Luft wie einer, der Hiebe abwehrt in einem Traum.

»In den frühen Morgenstunden begann die Polizei, die Menschen zusammenzutreiben und ins Frauengefängnis zu bringen. Dort wurden sie im Hof festgehalten. Als wir dran waren, war der Hof so überfüllt, dass sie uns draußen mit dem Gesicht zur Wand aufreihten. Wir blieben dort den ganzen Tag über und die ganze Nacht. Es war Dezember. Kalt. Am nächsten Tag mussten wir in Kolonnen aus der Stadt marschieren. Nördlich Richtung Meer bei Škēde. Männer, Frauen, alt, jung, kleine Kinder. Die örtliche Polizei und das Kommando Arājs droschen auf die Menschen ein, brüllten sie an, sich zu beeilen. Einige fielen hin, andere stolperten über sie, es gab einen Tumult, und die Kolonne kam zum Halten. Die Polizei rückte an, schlug links und rechts mit langen Stöcken um sich. Wir witterten unsere Chance. Oschar sprang den an, der ihm am nächsten war. Er hatte ein verstecktes Messer dabei. Er stach ihm in den Hals. Sie waren in ein Gerangel verwickelt. Die Polizei und die Arājs wollten nicht schießen, weil sie Angst hatten, einen der ihren zu töten. Das Blut, der Kampf steigerten das Durcheinander. Männer brüllten, Frauen schrien. Jan und ich rissen aus der Kolonne aus und rannten in den Wald.«

»Ihr Freund?«

»Schon tot. Sie schossen auf uns. Jan wurde getroffen. Ich schaute mich nicht einmal um. Hörte nur seinen Schrei. Ich rannte schneller. Ich war immer schon ein guter Läufer, und ich kannte die Wälder. Sie verfolgten mich nicht, wollten keinen Massenausbruch der Kolonne riskieren. Ich nehme an, sie gingen davon aus, dass sie mich später finden würden. Ich konnte die Erschießungen hören, die Gewehrsalven. Ziemlich nah. Ich musste wissen, was da in den Dünen vor sich ging. Ich kroch bis vorne an den Waldrand. Ich musste es sehen, musste Zeuge werden, wer würde es sonst glauben. Sie haben nichts bemerkt, zu beschäftigt mit ihrem Tun. Ich sah … was ich sah … Ich konnte es kaum glauben … Ich wartete, bis es dunkel wurde, und lief dann weiter durch den Wald, dem Küstenverlauf folgend. Ich kam zu einem unbedeutenden Hafen, wo kleine Boote vertäut waren. Ich stahl eines davon und stach in See. Ich war in Liepāja groß geworden und wusste, wie man mit einem Boot umgeht. Die Ostsee mitten im Winter ist kein Zuckerschlecken, aber ich wäre lieber im eiskalten Wasser gestorben als unten in einer Grube, wo man mich mit Sand bedeckt. Ich segelte Richtung Westen und machte mich nach Gotland auf. Von dort erreichte ich die sicheren Gefilde von Schweden. Ich plante, mich nach Großbritannien durchzuschlagen, um der Armee beizutreten.«

»Was ist mit Ihrer Familie?«

»Mein Vater und meine Mutter gingen mit den Russen. Wer weiß, was ihnen zugestoßen ist. Ich habe einen Bruder, Chaim, er ist in Palästina. Der Rest? Großeltern, Tanten, Onkel, Cousins und Cousinen – alle tot. Das Schlimmste, das Allerschlimmste ist, dass ich nichts tun konnte, um sie zu retten. Ich bin einfach nur gerannt und habe sie alleingelassen. So wie ich Jan verlassen habe.«

Er blieb am Schreibtisch stehen und blickte auf die Fotografien.

»Was Sie nicht sehen, sind die Farben. Das Blut, das den Sand an der Grubenkante rot färbt. Das entblößte Fleisch, weiß wie ein Fischbauch im Winterlicht. Kleine Kinder, die in den Armen ihrer Mütter erschossen wurden, Babys, die in die Höhe flogen, zerfetzt wie Tontauben. Sie hören nicht das Heulen des Windes, die Schreie, das Stöhnen und Schluchzen, Kinder, die wimmern und jammern, die Māmina! rufen, Tētiņš! Mutter! Vater! Aber keiner half ihnen. Keiner. Menschen standen herum, tranken Schnaps, fotografierten, posierten für die Kamera wie die da. Sie kamen kilometerweit, um zuzuschauen. Wie ein Ausflug an die See. Und die Wächter, die brüllen, johlen, lachen, die bis zum letzten Moment Beleidigungen rufen, dann die schnelle Abfolge von Gewehrfeuer, Stille danach, das Knirschen von Sand.«

»Sie waren so nah, dass Sie das alles gesehen haben?«

»Das bin ich in meinen Träumen.«

Er gab einen trockenen Schluchzer von sich, schlug die Hände vors Gesicht und begann zu weinen. Tränen perlten zwischen seinen Fingern hervor und rannen die dünnen Handgelenke entlang.

Edith legte einen Arm um seine Schultern und zog ihn zu sich heran. Während sie sein Zittern aufnahm, spürte sie tief im Innersten ihre eigene Erschütterung.

»Es tut mir leid.« Er wandte ihr das Gesicht zu. »Ich habe nie eine Träne vergossen. Bin von dort weggegangen, tränenlos. Als wäre nichts mehr in mir, nur Leere. Als wäre ich ausgeweidet worden. Ich weiß nicht, was gerade über mich gekommen ist.«

Angesichts dieses Grauens gab es nichts, das sie hätte sagen können. Was er ihr erzählt hatte, war jenseits der Sprache, jenseits der Tränen, jenseits aller Vorstellung. Sie hielt ihn fest in den Armen, tröstend, beruhigend. Sie küsste seine geschlossenen Augen, schmeckte die salzige Nässe auf seinen Wangen. Sie führte ihn zum Bett, streichelte seinen Nacken, seinen Hinterkopf. Sie schmiegte sich an ihn, nahm ihn in sich auf und spendete ihm den universellen, ursprünglichen Trost, den eine Frau einem Mann bieten kann.

Danach war er lange still. Von unten hörte man gedämpfte Geräusche: Lachen, Unterhaltungen, jemand spielte Klavier. Er legte seinen Kopf auf ihre Schulter. Sie fuhr ihm übers Haar, glänzendes Blauschwarz wie der Flügel eines Raben. Für einen Mann hatte er lange Wimpern. Am Kinn zeigte sich schon ein bläulicher Bartschatten. Er sah zu ihr auf, seine dunklen Augen mit den schweren Lidern ausdruckslos vor Müdigkeit. Er ließ ein Stöhnen hören und langte nach ihr, um ihren Mund herunter auf den seinen zu ziehen.

Beim zweiten Mal gingen sie ihr Liebesspiel geruhsamer an, mit mehr Muße.

Hinterher lagen sie da und redeten. Er erzählte ihr von seinem Leben in Liepāja, bevor er mit seinem Bruder nach Spanien ging, um sich den Internationalen Brigaden anzuschließen.

»Du warst Kommunist?«

»Man war entweder das eine oder das andere.« Er zuckte die Schultern. »Dort habe ich zum ersten Mal Leo getroffen.«

Leo war in Spanien in einer nebulösen Funktion als Beobachter gewesen. Er hatte nicht an Kampfhandlungen teilgenommen, aber Edith wusste, wo seine Sympathien lagen.

»Als Krieg drohte, bestieg Chaim ein Schiff nach Italien, dann weiter nach Palästina. Er flehte mich an, mitzukommen, aber ich beschloss, zurück nach Litauen zu gehen, um meiner Familie beizustehen. Als die Russen kamen, hießen wir sie willkommen. Dann fielen die Deutschen ein. Meine Eltern und meine Freundin Roza gingen in den Osten. Ich blieb und dachte, wir könnten irgendeine Art von Widerstand aufbauen.« Er fuhr sich mit der Hand über die Augen. »Wie dumm wir waren!«

»Deine Eltern? Roza? Du hast nichts von ihnen gehört?«

Er schüttelte den Kopf. Seine Augen waren geschlossen, seine Miene war reglos, düster, untröstlich. Edith beugte sich zu ihm hinüber und küsste ihn. Dann schlüpfte sie aus dem Bett.

»Wohin gehst du?«

»Ich muss zurück.« Sie zog sich die Strümpfe an. »Darf mich hier nicht erwischen lassen, das würde mich teuer zu stehen kommen.«

»Geh noch nicht. Du bist die erste Frau seit langer Zeit, bei der ich wirklich möchte, dass sie bleibt.«

»Wenn ich nicht in der Unterkunft erscheine, wird man mich vermissen.«

»Das ist dir doch bestimmt egal.« Er lachte.

»Natürlich, aber …« Sie schüttelte den Kopf. »Es ist zu kompliziert zu erklären.«

Frau Schmidt würde etwas in der Hand haben. Molly Slater würde die Gerüchteküche anheizen. Das konnte sie nicht riskieren.

»Wenn das so ist …« Er stand auf und tapste zu ihr. Er sah kleiner aus, jünger, ohne Kleider. Seine Haut war weiß wie Milch im Gegensatz zum gebräunten Nacken, den Armen und dem Pelz aus dunklen Haaren, der sich abwärts von der Brust verjüngte und über seinem flachen Bauch wieder aufloderte. Er legte die Arme um sie. Sie spürte, wie er sich an sie presste. Sie brauchte eine Weile, bis sie sich losreißen konnte.

»Nein«, sagte sie schließlich, »ich muss gehen.«

»Wann werde ich dich wiedersehen? Ich fahre morgen zurück nach Kiel. Ich werde dort mindestens eine Woche bleiben.« Er wandte sich von ihr ab, griff nach der Tagesdecke und wickelte sich darin ein. Er sah dabei aus wie ein kleiner Junge. »Ich kann übernächstes Wochenende in Hamburg sein. Atlantic Hotel. Wollen wir uns dort treffen?« Sie nickte, und sie küssten sich noch einmal. »Und Edith?

Wenn du einen von Leos Freunden triffst, sag nichts über die Fotos, die du gefunden hast. Das bleibt zwischen uns, okay?«

»Natürlich. Kein Wort. Nicht, wenn du meinst, ich sollte nicht ...«

»Nein, unter keinen Umständen.« Er runzelte die Stirn. »Ich habe gehört, dass sein Boss Viktors Arājs in der Zone ist und dass sie nach ihm suchen.«

»Dann könnte Jansons Auffindung zu ihm führen, dabei helfen, ihn vor Gericht zu bringen.«

»Du verstehst nicht. Sie wollen ihn nicht bestrafen, sie wollen ihn benutzen!«

Harrys jähes, bitteres Lachen erfüllte das stille Zimmer. Er sah nicht mehr wie ein Junge aus. Er sah aus wie ein Mann auf der Suche nach Seelenfrieden. Sie ließ es zu, dass er sie noch einmal zum Bett führte. Sie lag auf dem Rücken, als er begann, sie zu entkleiden. Langsam, sorgfältig rollte er zuerst den einen Strumpf nach unten, dann den anderen. Sie wollte ihn nicht zur Eile drängen, als er ein Kleidungsstück nach dem anderen beiseitelegte. Seine Behutsamkeit, seine Langsamkeit trugen zu ihrer außergewöhnlichen Hilflosigkeit bei.

20

CCG UNTERKUNFT

Lübeck

20. Februar 1946

Kaffee und Kuchen
Bienenstich – Hildes Rezept

Kaffee und Kuchen, eine sehr deutsche Tradition. Die Gelegenheit für Frauen zum gemütlichen Beisammensein. Bienenstich ist perfekt für ein solches Treffen. Es gibt nichts wirklich Vergleichbares bei britischen Backwaren. Der Kuchen besteht aus süßem Hefeteig, ähnlich wie bei unserem Sally Lunn bun. ½ Pfund Mehl, 1 Ei, 85 Gramm Zucker, 85 Gramm Butter, ein viertel Liter Milch, 20 Gramm Hefe. Dann weiter wie bei einem Sally Lunn bun. Den Teig in vier Portionen aufteilen. 8 Minuten zum Aufgehen stehen lassen, bei Regulo 6 etwa zwanzig bis dreißig Minuten backen. Der Kuchen wird mit Honig, Butter, Zucker und Mandeln überzogen, was ihm einen knusprigen, karamellisierten Belag beschert. Wenn er ganz abgekühlt ist, den Kuchen aufschneiden und mit Konditoreicreme bestreichen, die mit Kirsch oder Vanille aromatisiert wurde.

Edith ließ ihn schlafen. Niemand war zu sehen, als sie aus dem Zimmer schlüpfte und auf Zehenspitzen den Korridor entlanglief. Auf dem Heimweg unter den eisigen Sternen vermisste sie Harry schon. Zwei Wochen kamen ihr sehr lang vor. Sie schritt voran und spürte dabei kaum die beißende Kälte. In Gedanken war sie wieder in dem stillen Zimmer: das gelbe Licht der Schreibtischlampe auf seinem Gesicht, das die Wangenknochen hervorhob, das Glitzern seiner Augen einfing, die schmerzverzerrte Mimik seines Gesichts beleuchtete, als er seine Geschichte erzählte. Dieser Schluchzer, der sich irgendwo tief in seinem Innersten gelöst hatte; seine erhobenen Hände wie ein Damm gegen die Tränen, hatte sie in eine Gemütsverfassung versetzt, wo Wörter keine Bedeutung mehr trugen. Der Sex, der dem gefolgt war, seine schmerzliche Zärtlichkeit prickelte immer noch auf ihr. Sie hatte das schwindelerregende Gefühl gehabt, buchstäblich zu fallen. Sie hatte dieses Gefühl schon einmal verspürt.

Irgendein animalischer Instinkt scheuchte sie aus ihrem Tagtraum auf, ein Geräusch hinter sich, ein Kribbeln im Rücken.

Sie drehte sich um und blickte in aufgeblendete Scheinwerfer. Das Motorrad hielt genau auf sie zu. Sie rutschte aus, geriet ins Straucheln und verstauchte sich am Bordstein den Knöchel. Mit einem stechenden Schmerz landete sie hilflos in einem Haufen gefrorenen, schmutzigen Schnees, während das Motorrad mit lautem Aufheulen auf sie zusteuerte. Sie konnte den Benzingestank riechen, das Öl, die Auspuffgase, als das Gefährt abdrehte, seine Räder so nahe, dass sie die Hitze der heißen Reifen spürte. In letzter Sekunde wich der Fahrer aus und fuhr lachend davon.

Gefahr gebannt, lag Edith dort, aber die Schmerzen in ihrem Knöchel durchfuhren sie heftig, sobald sie versuchte, Gewicht darauf zu verlagern. In dieser ruhigen Straße war weit und breit niemand zu sehen. Die Schmerzenstränen auf ihren Wangen waren schon zu Eis gefroren.

Plötzlich schnelle Schritte und eine Stimme: »Frau Graham, alles in Ordnung?«

Luka hielt ihr eine Hand hin. Für seine Größe war der Junge erstaunlich stark.

»Ich bin hingefallen. Ein Motorrad. Hat mich nur knapp verfehlt.« Edith humpelte unter Schmerzen und stützte sich dabei auf seine Schulter.

Er ließ einen Schwall Verwünschungen in drei Sprachen vom Stapel. »Nix gute Heimatlose. Habe ich gesagt.«

»Woher weißt du das?«

»Er fährt R51 BMW. Ich sehe ihn am Ende der Straße. Weiß nicht, woher er kommt, aber ich finde raus, keine Sorge. Werde gut heimzahlen. Aber zuerst auf Luka stützen. Ich bring Sie nach Hause.«

»Sieht aus wie beim Dreibeinlauf.« Edith lachte, als sie loshumpelten.

»Was ist das?«, fragte Luka. Er blickte irritiert, als sie es beschrieb. »Beine zusammenbinden, um zu laufen? Warum das?«

Der Versuch, ihm das zu erklären, nahm den Rest des Weges in Anspruch.

»Jetzt gut?«, fragte er, als sie endlich die Unterkunft erreichten.

»Ja, danke dir, Luka.«

»Ich komme, um zu sprechen.« Er beugte sich vor. »Ich habe Neuigkeiten über Dame. Morgen weiß ich mehr.«

Er war weg, bevor sie ihm eine Frage stellen konnte. Er stürmte mit so sicherem Schritt durch Schnee und Eis, als wäre er ein Schneehase.

Edith betrat das dunkle Haus und versuchte, dabei keinen Lärm zu machen, doch sobald sie das Gewicht auf ihren Fuß verlagerte, stolperte sie krachend in den Garderobenständer.

»Ist da jemand?« Ginnys nervöse Stimme oben auf der Treppe.

»Ich bin es nur.« Edith zuckte wegen der stechenden Schmerzen zusammen und musste sich am Kleiderständer festhalten. »Ich habe mir den Knöchel verstaucht …«

»Oh, Sie armes Ding!«

Ginny rannte die Treppe hinunter und half ihr ins Wohnzimmer.

»Wie ist das passiert?«, fragte sie, als sie Edith auf das Sofa bugsierte.

Dann tauchten die anderen auf, neugierig geworden, was hier vor sich ging. Ediths Bitten, keinen großen Aufstand zu machen, wurden ignoriert. Ginny lief zu Frau Schmidt, während Lorna, die behauptete, Erfahrung in Erster Hilfe zu haben, niederkniete, um sie zu untersuchen. Angie und Franny holten Schüsseln mit kaltem und heißem Wasser. Frau Schmidt erschien und hatte Bandagen wie guten Rat für Lorna dabei. In diesem Moment öffnete sich die Tür, und Molly trat ein.

»Was ist hier los?« Mit verschränkten Armen stand sie dort und hörte sich an, was geschehen war. »Das wird Sie lehren, bei so einem Wetter nachts draußen unterwegs zu sein!« Sie ließ ihr schrilles Lachen hören. »Ich gehe ins Bett.«

Frau Schmidt ordnete an, eine Wärmflasche zu machen und nach Aspirin zu suchen. Auf den ersten Blick hätte die deutsche Frau sich nicht mehr kümmern können, aber hatte Edith da nicht einen Blick zwischen Molly und Frau Schmidt gesehen? Gab es da nicht einen Hauch von Enttäuschung, die Andeutung einer Überraschung, dass Edith überhaupt hier war?

Am nächsten Tag war die Schwellung zurückgegangen, Edith konnte jedoch ihren Fuß immer noch nicht belasten. Sie würde den ganzen Tag mit hochgelegtem Fuß auf ihrem Zimmer verbringen müssen. Sie ließ Roz benachrichtigen. Sie könnte den vernachlässigten Briefwechsel mit Zuhause nachholen, und es wäre eine gute Gelegenheit zu beobachten, was hier vor sich ging, wenn die britischen Frauen aus dem Haus waren.

Sie hielt ihren Brief allgemein: das Wetter, Bitten um Dinge, die schwer erhältlich waren. Alles andere würde missverstanden werden, verzerrt und umgedeutet durch Mutters anhaltenden Ärger wegen ihrer Abwesenheit und Louisas Bitterkeit, ihren Platz einnehmen zu müssen. Der Streit war nicht beigelegt worden. Um die Seiten zu füllen, beschrieb sie oft ein Gericht, das sie probiert hatte, ein Rezept, das sie gefunden hatte. Louisa hatte damit angefangen, Rezepte und Speisekarten von Teds jeweiligem Posten im Krieg zu schicken. Es war eine Leidenschaft, die sie teilten, unvermintes Gebiet. Essen und Kochen war eine Vorliebe, die sie einte. Der einzige Ort, an dem sie miteinander auskamen, war die Küche. So war es gewesen, seit sie kleine Mädchen waren, als Mutter ihnen erlaubt hatte zu helfen. Einfache Dinge. Rühren, Abmessen, Marmeladentörtchen und Teegebäck. Louisa war Ediths Beispiel gefolgt. Ruhig, aufmerksam den Anweisungen ihrer Schwester lauschend und alles nachahmend, was sie tat. Präzise und sorgfältig, nie eine Sauerei. Damals hatte sie Edith angebetet. Wie die Dinge sich ändern.

Edith überflog Louisas letztes Schreiben. Kleine Triumphe in der High Street. Die Lebensmittelknappheit beherrschte ihr Leben. Louisa war gut darin, diese »kleine Extraportion« aufzutreiben, indem sie ihr Aussehen und ihren Charme einsetzte. Davon abgesehen war Mutters Rheumatismus schlimmer geworden. Louisa musste alles allein machen. Rory war wieder mal nicht in der Schule wegen seiner Brust. Ted war keine Hilfe. Sie sah ihn kaum. Seine neue Schule nahm seine ganze Zeit in Anspruch. Wenn er nicht dort war, war er bei der Hilfsorganisation der Air Force oder der Legion oder im Schrebergarten oder beim Angeln.

Wie so viele andere Männer der Armee fand auch Ted das Zivilleben erdrückend und zog die Gesellschaft von seinesgleichen vor. Edith begann langsam, ihn zu verstehen. Louisas Briefe drückten die altbekannten Knöpfe, um ihr Schuldgefühle einzureden, aber das erweckte in ihr nicht den Wunsch heimzukehren. Ganz im Gegenteil.

Edith schrieb ihren Antwortbrief, als es an der Tür klingelte. Frau Schmidt öffnete nur selten die Tür, doch heute hörte man ihr aufgesetztes, perlendes Lachen. Eine überschwängliche Begrüßung wurde zu animiertem Geschnatter, das sich treppab entfernte.

Hilde brachte Kaffee und Kuchen. Bienenstich. Sehr lecker.

»Was ist da los?«, fragte Edith.

»Kaffee und Kuchen. Freunde von Frau Schmidt.«

»Macht Frau Schmidt das oft?«, fragte Edith. »Freunde einladen?

»O ja!« Hilde nickte. »Sehr oft. Wenn die britischen Damen bei der Arbeit sind.«

»Nachbarn?«, wollte Edith wissen. »Frau Kaufmann?«

»Ja, die ist normalerweise dabei und andere Damen, ich weiß nicht genau.«

Welche Damen?, wollte Edith fragen, aber das Mädchen zog schon skeptisch die Brauen zusammen. Edith wechselte das Thema.

»Das ist ein sehr leckerer Kuchen, Hilde. Hast du den gemacht?«

»Ja.« Die Miene des Mädchens hellte sich auf.

»Mein Kompliment. Du musst mir das Rezept geben.« Edith lächelte ermunternd. Alle Frauen, die gerne kochten, mochten es, wenn man ihre Kochkünste schätzte. Was könnte besser sein, als nach einem Rezept zu fragen?

»Mein Onkel besitzt Bienenstöcke, deswegen haben wir Honig. Ich bringe welchen für Frau Schmidt mit. Meine Tante hat Mandelbäume im Garten. Auch Kirschen für den Gugelhupf.«

»Gugelhupf! Das ist einer meiner Lieblingskuchen!«

»Meiner auch.« Hilde lächelte. »Es ist ein Rezept von meiner Mutter, die es von meiner Großmutter hat …«

Gugelhupf war ein reichhaltiger Kuchen aus Hefeteig, der in einer Napfkuchenform unter Zugabe von Früchten, Rosinen und in diesem Fall Kirschen zubereitet wurde, aber Edith hatte ihn noch nie gemacht.

»Das Rezept hätte ich gerne.«

Edith war ernsthaft daran interessiert, und es würde ihr helfen, ihren Brief an Louisa ein wenig aufzupeppen. Sie machte sich Notizen, während Hilde aufzählte, was zu tun war, und sich dabei an ihre Familie, ihre Mutter und die Küche ihrer Großmutter erinnerte. Mit jedem Sieben und Umrühren von Zutaten kam eine ganze Welt zutage. Hilde und ihr Bruder, die versuchten, die in Alkohol eingelegten Kirschen zu stibitzen, bevor er zur Luftwaffe ging und im Wasser der grauen Nordsee verscholl. Die Napfkuchenform aus Kupfer gehörte Hildes Großmutter. Hilde führte pantomimisch vor, wie sie unablässig mit ihrem hölzernen Löffel hantierte, bis der Teig geschmeidig und butterweich war. Großmutter, Kuchenform, alles bei dem Angriff auf Hannover verloren, woraufhin Hilde im Norden bei ihrer Tante Zuflucht suchen musste.

»Und deine Tante schickt Frau Schmidt Kirschen? Das ist sehr großzügig.«

»Das wird erwartet.« Hilde zuckte die Schultern. »Wir alle geben etwas. Das ist eine gute Stelle hier. Deswegen mochte Frau Schmidt auch Seraphina nicht.« Sie zuckte noch einmal die Schultern. »Hatte nichts. Jetzt muss ich aber los.« Sie blickte unruhig zur Tür. »Frau Schmidt und ihre Freunde …«

»Natürlich.«

In einem scheinbar häuslichen Tratsch war so viel zu erfahren. Beziehungen, darauf war jeder aus. Es verschaffte Frau Schmidt ein bemerkenswertes Maß an Macht. Sie hielt also regelmäßige Frauentreffen ab – Edith vermutete, dass sie von nah und fern kamen, vermutlich Frau Schmidts politische Überzeugungen teilten und deswegen mit großer Wahrscheinlichkeit Nazis auf der Flucht unterstützten und Beistand leisteten. Solche Zirkel bestanden aus Frauen, deren Männer tot waren oder als vermisst galten oder die sich versteckten. Leos Worte: Finde die Frau …

In der Diele flötete Frau Schmidt ihre Abschiedsgrüße, während sie alle die Auffahrt entlangliefen. Die Schwestern. Eingehüllt in ihre schwarzen Mäntel wie eine Hexenversammlung.

Die Eingangstür knallte. Hilde wieder. Ob Sie Lust auf ein Stück Kuchen habe? Ganz bestimmt. Er war köstlich. Würde Frau Schmidt ausgehen? Ja, sicher. Wohin wollte sie? Zum Markt? Kopfschütteln. Sie ging oft aus, aber *nicht* zum Markt. Das Mädchen zog eine Schnute. Dorthin würde Hilde später gehen müssen, das ganze schwere Gemüse, nachdem die Hausarbeit erledigt war.

»Frau Schmidt hat viele Freunde. Sie geht sie besuchen.« Hilde blickte zum Fenster, als ob jemand dort draußen sie sehen könnte.

»Wer sind diese Freunde?«

Hilde senkte ihre Stimme zu einem Flüstern. »Es ist gefährlich, über sie zu reden. Besser, vorsichtig zu sein. Ihr Fuß, ihr Unfall …«

»Du meinst, es war keiner?«

Hilde schüttelte bedächtig den Kopf. Ein kräftiges Klopfen am Fenster ließ sie beide zusammenzucken.

»Da ist ein Junge.«

Es war Luka.

»Lass ihn rein, Hilde. Und bring noch ein Stück Kuchen und mehr Kaffee.«

»Ich warte, bis Nazihexe weg ist.« Luka klappte sein Taschenmesser auf, dessen Klinge zur Schlankheit eines Stiletts geschliffen war, und schnitt sich ein Stück Kuchen ab. »Ich habe Neuigkeit.« Er aß mit der wählerischen Sorgfalt von jemandem, dem Nahrung wie die hier viel bedeutete und dessen Speiseplan sowohl monoton als auch spärlich war. »Gestern gehe ich in Zugdepot. Viele Kinder da von überall. Auch von Preußen.« Dorthin ging man, um Kohlen zu klauen. Er machte eine Pause, während er sich einem weiteren Stück widmete, es in der Hand drehte und wendete, an den honigbedeckten Mandelsplittern knabberte und die Creme schlotzte wie eine Katze. »Ich frage: ›Jemand von Elbing?‹ ›Sicher‹, sagen sie. Ich gehe hin, kennenlernen. Tommies jagen uns, ich zeige ihnen, wo gutes Versteck ist. Eine Ziggi zusammen rauchen. Frage: Woher kommen? Ort in Preußen. ›Ja?‹, sage ich. ›Woher?‹ Als ob nicht wissen. ›Nicht weit von Elbing‹, sagen sie. Wollen sprechen. Ich gebe ihnen noch eine Ziggi, sage: ›Kennst du die Frau?‹ ›Vielleicht‹, sie sagen, aber ich weiß, sie kennen. Ich sage: ›Treffen heute und ich zeige dir besten Platz für Kohlen.‹ Wir sammeln großen Sack, ich helfe tragen. Trauen mir jetzt. Bringen mich zu großem Haus. Ein paar leben da. Nette Frau gibt mir Brot und Marmelade. Ihr Name ist Elisabeth. Ich denke, das ist Frau, die Sie suchen.« Er zog einen Fetzen Papier hervor. Eine Ecke der Lübecker Zeitung. »Lebt da. Wollen Sie Kuchen?«

»Was?« Edith blickte von der gekritzelten Adresse empor. »Nein, der ist für dich. Und hier«, sie griff in ihre Tasche und zog ein Päckchen Players hervor. »Danke dir, Luka, du warst eine große Hilfe.«

Luka ging zum Fenster. »Fräulein Roz kommt. Ich mache auf.«

»Was will er denn hier?«, staunte Roz, als Luka ihr die Auffahrt entgegenlief. »Der Junge kommt wirklich rum. Es ist schrecklich draußen.« Sie schüttelte ihren Mantel aus. »Nasser Schnee. Schlimmer noch als trockener. Da haben Sie es hier drin viel besser.«

»Möchten Sie einen Kaffee? Es gibt Kuchen.«

»Für mich nicht, danke. Ich wollte nur kurz nach Ihnen sehen. Wie geht es Ihnen?«

»Viel besser.«

»Gut. Wir brauchen sie. Ich habe etwas gefunden, was wir vielleicht als Lehrerzentrum nutzen könnten – braucht nur noch Möbel natürlich. Und es gibt eine Nachricht von Captain Adams. Er möchte Sie in der Messe treffen.«

»Wann?«

»Heute Abend um acht.« Roz zuckte hilflos die Schultern. »Ich habe ihm erklärt, dass sie hors de combat sind, aber das schien ihn nicht zu interessieren.«

21

CCG MESSE
Lübeck
20. Februar 1946

Dinner
Mockturtle-Suppe
Gebratene Seezunge
**Holländische Steaks*
Möhren
Schlosskartoffeln
Birnen mit Sahne
Käse & Biskuits, Kaffee

Wenig Abwechslung auf dem Speiseplan der Messe.
**Holländisches Steak – zu finden unter Grillen, obwohl man es auch im Ofen braten kann.*
Dieselben Regeln wie bei Rindfleisch (siehe früheres Rezept).

»Habe gehört, dass Sie ins Schlittern geraten sind. Alles in Ordnung hoffentlich?«

»Ja, danke.« Edith blickte auf ihren bandagierten Knöchel. »Ist schon viel besser.«

»Sehr gut. Die falsche Schildkröte war ganz gut. Nicht, dass ich jemals eine echte Schildkröte gegessen hätte. Haben Sie eine Ahnung, woraus Mockturtle-Suppe gemacht wird? Hat nichts mit Schildkröten zu tun, nehme ich an? Ich habe gehört, dass Sie sich fürs Kochen interessieren.«

»Wo haben Sie das gehört?«

Adams antwortete nicht. Er starrte sie weiter aus seinen blauen Augen an.

»Ihre Vermutung ist richtig«, antwortete sie leichthin. »Sie wird aus Kalbsköpfen hergestellt. Eine ziemlich eklige Fummelei.«

»Wirklich?« Adams zog eine Augenbraue hoch. »Hört sich nicht sehr appetitlich an. Das Holländische Steak war in Ordnung. Ein bisschen knorpelig.« Er suchte mit einem Zahnstocher nach einem Bröckchen Fleisch. »Irgendetwas für mich? Leo fragte danach. Hm, Birnen und Sahne. Beide aus der Dose, nehme ich an. Darauf verzichte ich. Lassen Sie uns den Kaffee und Brandy im Salon nehmen, was? Wie geht es denn so?«, fragte er, als er Edith hinausführte. »Dem Vernehmen nach beschäftigt mit unseren baltischen Brüdern?«

»Woher wissen Sie das?« Ernsthaft verblüfft schaute Edith ihn mit großen Augen an.

»Das soll Ihre Sache nicht sein.« Er tippte sich an die Nase und führte sie zu den begehrten Ohrensesseln am Feuer.

Woher *konnte* er es wissen? Dori? Sicher nicht. Harry Hirsch? Unmöglich. Wenn sie nicht, wer dann? Molly. *Wenn Sie so weitermachen, wird es Ihnen noch leid tun.* Wenn Harry recht hatte und die Briten aktiv nach Vals Vorgesetztem Ausschau hielten, Viktor Arājs, dann war das keine leere Drohung.

»Ich würde Ihnen raten, vorsichtig zu sein«, fuhr Adams fort. »Das sind unberechenbare Leute, die leicht aus dem Ruder gehen. Mit denen sollte man sich nicht anlegen. Wie geht es dem Bein?« Mit übertriebener Fürsorge war er ihr mit dem Sessel behilflich. »Bequem? Brauchen Sie einen Hocker oder Ähnliches?«

Edith fixierte ihn. Auf seine Beflissenheit fiel sie nicht herein. Keine Minute. Wusste er etwas über den Angriff auf sie? War es ihm recht, oder hatte er ihn sogar bestellt?

Edith wusste, dass dies eine weitere Warnung war. Nicht in so deutlichen Worten. Bill Adams würde nie so viele Worte machen, Klartext enthüllte zu viel, aber die Andeutung war ziemlich happig. Sie hätte ernsthaft verletzt werden können. Wäre Luka nicht gewesen, hätte die Sache böse ausgehen können. Wut flackerte in ihr auf. Sie würde sich von Adams nicht einschüchtern lassen oder von Molly Slater übertölpeln.

»Nun?«, fragte er. »Was haben Sie für mich?«

»Zuerst«, Edith blickte ihn an, »erzählen Sie mir doch mal, warum ich mich nicht für die baltischen Brüder interessieren soll, wie Sie sich ausdrücken? Quid pro quo. Läuft es nicht so?«

Er wartete auf seinen Kaffee und Brandy und beugte sich dann vor.

»Ich sollte Ihnen das nicht erzählen. Striktes Schweigegebot, aber wenn es bedeutet, dass es weniger Katzen unter den Tauben gibt, dann ist es die Sache vielleicht wert. Es existiert da einen Plan, nun, es ist bisher noch nicht einmal ein Plan, mehr eine Idee. Die baltischen Staaten befinden sich jetzt unter der Fuchtel der Sowjets, aber wir bekamen Wind vom Widerstand durch Partisanengruppen. Nationalisten. Wir suchen nach passenden Typen, die wir dorthin schicken, um ihnen bei der Organisation zu helfen und so weiter. Wenn wir sie dort einschleusen können«, er sah nachdenklich aus, dann hellte sein Gesicht sich auf, »es sollte nicht allzu schwer sein. Wir haben das ehemalige Kommando Arājs im Auge, sich darum zu kümmern. Sie haben Blut an den Händen, natürlich, aber sie könnten nützlich sein. Besonders ihr Anführer Viktor Arājs. Wir können den Russkies da oben nicht allein das Feld überlassen, nicht wahr? Das Spiel ändert sich, Edith. Wir haben jetzt neue Feinde.«

Adams redete weiterhin über sich verändernde Prioritäten und darüber, auf der Hut zu sein, aber hinter seinen leeren Worten konnte Edith Harry Hirschs hohles, bitteres Lachen hören. *Du verstehst nicht. Sie wollen ihn nicht bestrafen, sie wollen ihn benutzen.* Sie sah die selbstgefälligen, brutalen Gesichter von Jansons und den anderen Männern vor sich, wie sie mit ihren Maschinenpistolen für die Kamera posierten, ihren Ferngläsern und Gott weiß welchem Krimskrams noch, Schulter an Schulter mit einem SS-Offizier, während hinter ihnen nackte Menschen in diesen trostlosen, kalten Dünen standen und darauf warteten, erschossen zu werden. Harry hatte recht. Adams und seinesgleichen ging es nicht darum, Jansons und seine Kumpane vor Gericht zu bringen. Sie wollten einfach nur wissen, ob sie für sie nützlich sein konnten. Sie wusste nun genau, warum Harry sie gebeten hatte, die Fotos nicht zu erwähnen. Und sie würde es gewiss nicht tun, nachdem Adams so deutlich die Pläne der Briten erklärt hatte, wie man Jansons und die seinen benutzen wollte.

»Also?« sagte er. »Was haben Sie nun für mich?«

»Es könnte etwas sein oder auch nicht.« Edith zuckte die Schultern. »Man hat mich beauftragt, Augen und Ohren offenzuhalten, und das habe ich getan. Die Unterkunft, in der ich wohne, wird von einer Haushälterin geführt, Frau Schmidt. Ihr Mann ist Stephan, falls er wirklich ihr Mann ist, und sie haben einen veritablen Schatz von SS-Utensilien im Keller angehäuft.«

»Ist das alles?« Adams lachte. »Sie und alle anderen Deutschen.«

»Nein, das ist nicht alles«, fuhr Edith ungerührt fort. »Es gibt da eine Hütte im Garten. Sie scheint bewohnt zu sein. Ich vermute, dass Stephan und Frau Schmidt dort jemanden verstecken. Ich habe Gründe anzunehmen, dass sie Teil eines aktiven Nazinetzwerks sind, das mit Einschüchterung arbeitet, ausgiebig auf dem Schwarzmarkt agiert und Kriegsverbrechern hilft.«

»Wer ist Ihre Quelle?«

»Das brauchen Sie nicht zu wissen.« Wie du mir, so ich dir.

»Ha!« Er lachte auf, ein kurzes, scharfes Bellen. »Mit den eigenen Waffen geschlagen und so weiter. Da sollten Sie dranbleiben. Wir haben Informationen über eine Untergrundorganisation, die aus örtlichen Zellen Gleichgesinnter besteht, unbelehrbaren Nazis, genau wie Sie sagen. Viele von ihnen sind Frauen, die ihren Männern dabei helfen, sich aus dem Staub zu machen.« Adams schaute sie über den Tisch hinweg an. »Wir haben unterschiedliche Namen gehört: ODESSA – die Initialen stehen für *Organisation der ehemaligen SS-Angehörigen*. Geben Sie das an Leo weiter, er liebt Akronyme. Der andere Name, den wir gehört haben, lautet *Die Spinne*.« Er nickte so befriedigt, als würde er einer besonders fleißigen Schülerin Beifall zollen. »Etwas metaphorischer in diesem Fall. Wir wissen nicht, ob es sich um ein und dieselbe Organisation handelt oder nicht. Wir wissen überhaupt nicht viel. Verdammt schwer, da rein zu kommen, also wäre alles, was Sie herausfinden, von großer Wichtigkeit. Wie immer ihr Name auch lautet, ihr Ziel ist es, die Brüder aus Deutschland herauszuschaffen, ihnen auf dem Weg nach Süden zu helfen, durch Italien und dann mit dem Schiff zu einem etwas angenehmeren Ort. Herr und Frau Schmidt sind möglicherweise in diese kleine Unternehmung verwickelt. Gut beobachtet, Edith. Wir werden natürlich ein Auge auf sie haben, aber wir werden sie weiter operieren lassen. Wäre gut möglich, dass sie uns zu ihren Komplizen führen. Dann können wir das gesamte Netzwerk ausheben. Das schreit doch nach einem weiteren Brandy.« Adams gab dem Kellner ein Zeichen. »Irgendwas über von Stavenow?«

Und wieder schaute er sie unverwandt mit einem leichten Kopfzucken an. Eine Katze, die eine Maus beobachtet.

»Nicht viel.« Sie wollte ihm noch nichts über Elisabeth erzählen. Ihre Gedanken rasten. Er brauchte etwas, worin er sich festbeißen konnte. »Aber ich habe Informationen, dass die Amerikaner sich vielleicht für ihn interessieren. Oder Männer wie ihn. Männer mit einer ähnlichen – Geschichte.«

»Ha. Ganz bestimmt! Altbekannt.«

»Ich meine hier. In der britischen Zone.«

»Wer hat Ihnen das gesagt?« Zum ersten Mal schaute Adams verblüfft drein.

»Meine Journalistenfreundin«, sage Edith. »Sie hat es aus verlässlicher Quelle.«

»Hm, ja, nun …«, Adams schlug die Beine übereinander. »Gute Arbeit, Edith. Nicht nachlassen! Ohren gespitzt und so weiter. Aber keine Alleingänge.« Er drohte mit dem Finger. »Geben Sie es weiter und kümmern Sie sich ansonsten um die Kinder. Sind Sie sicher, dass Sie keinen Absacker wollen?«

»Nein, danke. Mein Fahrer wird jede Minute hier sein. Das wär's dann für heute.«

»Ah, Hunter. Guten Abend, Sergeant.«

Jack salutierte elegant. »Guten Abend, Sir.«

Das Treffen mit Adams hatte Edith erschöpft, obwohl sie fand, dass sie nach Punkten gewonnen hatte. Als sie endlich die Unterkunft erreichten, war sie todmüde, aber bevor sie zu Bett gehen konnte, musste sie noch eine Karte schreiben.

Hoffe, Du mochtest das Gericht aus Lettland. Ich mag es inzwischen sehr. Bienenstich – überraschend lecker. Abendessen heute in der Messe. Holländische Steaks auf der Speisekarte (Rezept zu deiner Information) – Zu meiner Überraschung interessierte sich meine Begleitung für lettische Rezepte. Die Steaks mochte ich nicht – zu lange auf dem Grill, Deine Edith

PS Apropos regionale Küche – habe vielleicht bald eins aus Preußen für Dich.

22

MÖLLNSTRASSE 44

Lübeck

25. Februar 1946

Wildschwein Steinhof

Ein herzhaftes Gericht aus dem Norden. Eine Erinnerung an vergangene Zeiten und für immer verlorene Gebiete. Das Wildschwein in kräftigem Rotwein marinieren, Wacholder und Thymian aus dem Wald dazugeben, Zwiebeln und Möhren aus dem Küchengarten, aromatische Gewürze – Nelken und Pfefferkörner. Lange und langsam kochen. Ein Gericht aus der Vergangenheit, ein Aroma und Geschmack, der nur in der Erinnerung lebt.

Nicht mehr weit.« Edith studierte die Adresse. »Es muss hier irgendwo sein.«

Hatte der Junge es richtig aufgeschrieben? Konnte Elisabeth sich wirklich hier aufhalten? Ein Teil von ihr hoffte, dass er einen Fehler gemacht hatte. Was würden sie nach all der Zeit einander zu sagen haben? Soviel war geschehen, so vieles hatte sich verändert. Es war mehr als Jahre, was sie trennte.

Edith konzentrierte sich auf die Hausnummern, während Jack die Möllnstraße entlangschlich. Es war eine angemessene Gegend, war es jedenfalls einmal gewesen. Elisabeths Cousine könnte hier sehr gut ein Stadthaus besitzen. Die ansehnlichen Häuser waren dem Bombardement entkommen, aber sie zeigten alle möglichen Anzeichen des Verfalls: herabhängende Dächer, verrottete Simse, vernagelte Fenster, breite Kieswege voller Unkraut, zerborstene Treppenstufen, Gebälk, das als Feuerholz herausgerissen worden war. Einige der Häuser waren ausgebrannt, geplündert von Vertriebenen oder ehemaligen Zwangsarbeitern, weil ihre Bewohner, tot oder ebenfalls deportiert, nicht mehr zurückkehrten. Keines dieser Häuser würde leer sein. Jedes Fitzelchen Unterkunft war kostbar, wurde umkämpft in einer Stadt, die durch Flüchtlinge auf mehr als das doppelte ihrer Größe angewachsen war.

Während sie die desolate Straße entlangholperten, wurden die Häuser gepflegter. Die waren am gefährdetsten. Edith konnte niemanden an den Fenstern und Fensterläden entdecken, aber sie spürte Augen, die sie beobachteten. Die Gefahr von Plünderungen bestand inzwischen nicht mehr, diese Zeiten waren vorüber. Was die Bewohner jetzt fürchteten, war die Aushändigung einer British Requisition Order. Das Haus wurde von den Briten dann nach Gutdünken als Unterkunft, Messe oder Bürogebäude genutzt.

In der Auffahrt eines großen Hauses stand ein LKW. Edith konnte die Hausnummer nicht sehen, war sich aber ziemlich sicher, dass es das richtige Haus war. Soldaten standen herum und rauchten, lehnten sich an die herabgelassene Ladeklappe, genossen die schwache Wintersonne und verfolgten dabei einen Streit. Jack hielt den Wagen an und stieg aus. Er nickte ein, zwei Männern zu und grüßte sie munter. Sie grinsten ihn an. Sah so aus, als ob einer von ihnen sich in der Klemme befand. Er wurde von einer Frau angesprochen, die oben auf der Treppe stand. In ihrer klaren, eindringlichen Stimme sprach sie Englisch mit nur dem Hauch eines Akzents. Edith erkannte diese Stimme sofort. Sie hatte Elisabeth gefunden.

Der Sergeant hielt ein Klemmbrett vor sich hin wie ein Schutzschild.

»Sie wurden vor einer Woche benachrichtigt. Sie hätten das Haus räumen müssen. Sie haben unverzüglich aufzubrechen.«

»Aber hier leben viele Familien.« Ängstliche Gesichter sahen von den Fenstern aus zu. »Sie machen dreißig Menschen oder mehr zu Obdachlosen. Frauen, alte Leute, Kinder. Wohin sollen wir gehen?«

»Das ist nicht mein Problem.« Er stieg die Treppe hoch, doch die Frau stellte sich ihm in den Weg. »Sie haben eine Kündigung erhalten. Eine Ersatzunterkunft hätte für Sie gefunden werden sollen.«

»Aber wir haben nichts von einer anderen Unterkunft gehört! Wie soll das überhaupt gehen in einer Stadt, die so überfüllt ist wie die unsere?«

»Das betrifft nicht meine Abteilung«, sagte der Sergeant mit triumphierender Endgültigkeit, als ob damit die Sache erledigt wäre. »Wenn Sie mich jetzt bitte entschuldigen würden.«

Er versuchte, sich an ihr vorbeizudrängen. Die Frau hatte in dieser Auseinandersetzung keinerlei Macht, aber sie war bereit, die Stellung zu halten. Edith befürchtete eine Rangelei und war kurz davor einzugreifen, als Jack sie am Arm berührte.

»Auf ein Wort, Ma'am.«

Er sprach schnell, gestikulierte Richtung Sergeant und dem LKW hinter ihnen.

»Ich verstehe.« Edith straffte sich und schritt die Auffahrt entlang. Mit voller Absicht ignorierte sie Elisabeth und konzentrierte ihre gesamte Aufmerksamkeit auf den Sergeanten und seine Requirierung: klein von Statur, aufgeblasen, jemand, der sich in seiner Uniform versteckt. »Was ist hier los?«

»Was geht Sie das an?« Er wandte sich zähnefletschend um.

»Ich bin der Education Officer für diesen Bezirk. Ich bin gekommen, um nachzuschauen, warum die Kinder, die hier leben, keine Schule besuchen.«

»Die haben andere Probleme als das, scheint mir.« Er ließ ein unfrohes Lachen hören. »Zum Beispiel, wo sie pennen sollen. Das Haus ist requiriert.«

»Wofür genau?«

Der Mann schaute auf sein Formular. »Büros. Nicht, dass es Sie etwas anginge.«

»Wie ist Ihr Name?«

»Was hat das damit zu tun?«

»Ich möchte wissen, mit wem ich es zu tun habe.«

»Wilkins, falls das eine Rolle spielt. Wie heißen Sie?«

»Miss Edith Graham.«

»CCG-Frau.« In seiner Stimme lag Hohn, aber Edith hörte darüber hinweg.

»Ich bekleide den Rang eines Lieutenant Colonel.«

»Das ist nebensächlich, meine Liebe.« Wilkins schaute auf sein Klemmbrett. »Befehl ist Befehl. Dieser Haufen muss raus.« Er wies auf Elisabeth, die eine Stufe höher stand. »Und dieser Haufen«, er wies mit dem Daumen hinter sich, »muss rein!«

»Das glaube ich kaum.« Edith trat einen Schritt näher.

»Oh, und was haben Sie hier zu sagen?«

»Ich nichts, mein Fahrer, Sergeant Hunter. Kann es sein, dass Sie sich kennen?«

Jack salutierte spöttisch. »Tach, Wilko!«

»Und Ihr Vorgesetzter. Captain Morrison, nicht wahr? Jack fragte, ob Sie in letzter Zeit mal wieder unten in der Böttcherstraße waren? Oder befindet es sich inzwischen anderswo?«

»Weiß nicht, wovon Sie reden.« Seine Stimme klang nicht mehr höhnisch, eher nervös.

»Ich denke schon.«

Wilkins blickte finster drein, schürzte die Lippen und dachte nach. Er tippte mit seinem Stift im Stakkato auf das Klemmbrett. Einige der Männer, die mit Requirierungen befasst waren, machten ein hübsches Sümmchen nebenher, indem sie Staatseigentum umleiteten, Waren und Mobiliar aus Häusern, die sie übernahmen, »mitgehen ließen« und verkauften, dann mehr aufkauften und die wertvollsten Stücke davon nach Großbritannien verschifften oder in Brüssel verhökerten. Laut Jack ging es dabei um sehr viel Geld.

»Nun?«

Sergeant Wilkins musterte sie durch seine stahlgefasste Brille. In seinen Augen flackerte ein letzter Funken Arroganz auf und erstarb.

»Ich habe meine Befehle«, sagte er beleidigt.

»Haben wir die nicht alle?« Edith lächelte. Sie wusste, dass sie gewonnen hatte. »Meine Befehle lauten, Kinder in die Schule zu bringen. Wie soll ich das schaffen, wenn Ihre Leute sie obdachlos macht?« Nun wurde es Zeit, das Kommando zu übernehmen, schließlich war er nur Sergeant. »Also schlage ich vor, dass Sie Ihrem Vorgesetzten melden, dass dieses Anwesen ungeeignet ist. Das sollte nicht schwer sein, und Sie sind aus dem Schneider.«

»Und was soll ich hiermit machen?« Er wies auf den LKW.

»Was enthält er?«

»Schreibtische, Stühle, Tische, Aktenschränke. Eine Büroeinrichtung.«

Edith lächelte. Sie wusste einen perfekten Abnehmer dafür. »Wird ab sofort umgeleitet. Jack wird Ihnen zeigen, wohin es zu bringen ist.«

»Wie Sie wollen.« Er drehte sich um und stapfte die Treppe hinab zu seinen Männern. »Das juckt mich nicht.«

Der LKW fuhr ab und hinterließ nichts als eine Wolke blauer Abgase.

»Edith, das bist du, nicht wahr? Du bist ein Engel, den uns der Himmel geschickt hat! Ich weiß nicht, wie ich dir danken soll!« Elisabeth rannte die Stufen hinunter und nahm Edith in die Arme. Dann lehnte sie sich zurück, um ihr Gesicht zu studieren. »Du bist so gut mit ihm fertiggeworden, solche Autorität.« Sie musterte Edith mit amüsiertem Lächeln und einem kleinen Kopfschütteln, als ob sie versuchen würde, die Frau, die sie gekannt hatte, mit derjenigen zusammenzubringen, die mit dem ganzen Selbstbewusstsein, das ihr die Uniform verlieh, nun vor ihr stand. »Ich hätte nicht erwartet, dich hier zu sehen. Jetzt, nach alledem, aber die merkwürdigsten Dinge geschehen.«

Sie blickten einander an und versuchten herauszufinden, wie sehr sie sich verändert hatten. Es war sieben Jahre her, und fünf davon waren Kriegsjahre gewesen, die alles und jeden verändert hatten. Elisabeth hatte Schatten unter den Augen, und erste Fältchen waren zu sehen. Ihr Gesicht war schmaler, aber ihre stärker hervortretenden Wangenknochen betonten nur ihre edle Knochenstruktur, und mit ihrer blassen Haut sah sie fast ätherisch aus. Sie war immer noch hinreißend.

Elisabeth nahm sie bei der Hand, führte sie ins Haus und dann durch eine weitläufige Eingangshalle, die von improvisierten Pritschen gesäumt war. Schließlich ging es in ein Zimmer, das einmal ein lauschiges Frühstückszimmer zum Garten hin gewesen war. Jetzt wurde es durch eine krude Trennwand aus Holz geteilt. Von der anderen Seite hörte man Babygeschrei, und darüber hingen Laken zum Trocknen.

Möbel gab es kaum noch. Ein Tisch und ein Stuhl am Fenster. Ein paar alte Teppiche auf dem nackten Holzboden, Perser, wie es aussah, aber abgetreten. Zwei alte Ledersessel thronten in der Mitte des Zimmers. Ein geschnitzter Kasten zwischen ihnen diente als Tisch. Ein schmales Eisenbett mit Tagesdecke stand in einem Alkoven. Ein ramponierter lederner Ranzen und ein fleckiger Lodenmantel hingen an einem Haken hinter der Tür. Der Kachelofen war nicht geheizt.

»Du wirst es ziemlich kalt finden.« Elisabeth trug eine dicke Norwegerjacke über mehreren Schichten von Kleidung, sah allerdings selbst dabei noch elegant aus. »Ich habe mich daran gewöhnt.« Sie schlug den Kragen hoch, als ob ihr trotz des eben Gesagten kalt wäre. »Das ist das Haus meiner Cousine Lena. Ich bin mit so gut wie nichts angekommen. Was ich anhatte, was ich in einer Tasche tragen konnte. Sie war so freundlich, uns aufzunehmen. Das Bett stammt aus einer der Dienstmädchenkammern unter dem Dach. Wenigstens *habe* ich ein Bett.« Sie lachte bitter. »Sie schlafen oben auf Strohmatratzen, fünf oder sechs pro Zimmer.« Sie schaute sich um. »Ich würde dir etwas anbieten, aber …«

»Ich werde mich hüten, mit leeren Händen zu kommen.« Edith öffnete ihre Aktentasche und holte Tee heraus, Kaffee, Zucker, Schokoladenriegel und Päckchen von köstlichem Tee mitsamt Gebäck. »Mehr konnte ich leider nicht zusammenraffen.«

»Echter Kaffee! Das reicht! Lena wird außer sich sein!«

Elisabeth kam mit einem Tablett mit Kaffee und Biskuits zurück, die auf einer edlen Porzellanplatte arrangiert waren.

Aus Höflichkeit knabberte Edith an einem Plätzchen. Sie bot Elisabeth ein Päckchen Zigaretten an und legte es auf den Tisch zwischen ihnen.

Elisabeth bediente sich. »Was für ein Luxus, sie wirklich zu rauchen. Und so schön, nach all der Zeit wieder Englisch zu sprechen. Ich fürchte, meines ist ein wenig eingerostet.« Sie inhalierte tief. »Du auch?«

»Ich rauche nicht.«

»Asthma!« Elisabeths Gesichts leuchtete angesichts ihrer Eingebung auf. »Du hast es am ersten Abend erwähnt, als wir die zahlreichen Brandys auf der Terrasse getrunken haben.«

»Du hast Brandy getrunken.« Edith lächelte; sie ließ sich vom Netzt geteilter Erinnerungen einfangen. Es war ein magischer Abend gewesen. »Ich habe Schnaps getrunken.«

»Williamsbirne, ich erinnere mich.« Elisabeth ließ einen Abglanz ihres berühmten schallenden Gelächters ertönen, an das Edith sich gut erinnerte. Sie hatte sich stets so lächerlich geschmeichelt gefühlt, wenn sie Elisabeth zum Lachen gebracht hatte.

Sie schwelgten einen Moment still in der gemeinsamen Erinnerung, welche die vergangenen Zeiten so nah heranholte, den späten Abend im Dämmerlicht dieses letzten, verlorenen Sommers.

Das Licht erstarb in Elisabeths Augen so schnell, wie es aufflackert war.

»Ich kann nicht glauben, dass ich nie wieder dorthin zurückkehren werde. Morgens wache ich auf und glaube dort zu sein, nur um festzustellen … Es ist jeden Tag dasselbe. Ein Fegefeuer, dem ich niemals entkommen werde.« Als sie sich wieder Edith zuwandte, war ihr Lächeln müde, mechanisch. »Du bist hier bei der Kontrollkommission?«

»Ja.« Edith blickte auf ihre Uniform. »Zuständig für Erziehung. Ich war Lehrerin, wenn du dich erinnerst.«

»Natürlich. Erinnerung ist das Einzige, was ich noch habe.« Sie drückte die Zigarette aus und nahm sich eine neue. »Ich habe alles verloren. Haus, Land, Position, Familie. Meine Leute. Alles, was ich kannte und liebte. Unser Heim. Unsere Art zu leben. Alles weg. Wir waren mehrere hundert Jahre dort. Jetzt bleibt mir nichts.« Sie hielt inne. »Die Leute nennen die Stunde unserer Niederlage ›Stunde null‹. Ich fühle mich, als befände ich mich immer noch dort, als ob das Leben vorüber wäre oder noch nicht angefangen hätte. Zum Ende hin begannen die Menschen, Selbstmord zu begehen, ganze Familien. Es war sehr verbreitet. Nicht aus Liebe zum Führer, sondern weil sie wussten, dass ihre Zeit, alles Vertraute vorüber war.«

Lange Zeit saß Elisabeth sehr gerade und sehr still da. Ihre blauen Augen waren dunkel und von den Tränen vergrößert, die sie sich weigerte zu vergießen. Aus Bedauern? Verlust? Bitternis? Edith wusste es nicht und konnte sie auch nicht fragen. Muss man Tränen erklären? Und vor jemandem zu weinen ging gegen ihre Erziehung, ihre Klasse. Als sie sich zum ersten Mal getroffen hatten, war Edith gleichermaßen verblüfft und fasziniert gewesen. Jetzt sah sie die Frau hinter der Aura von Titel, Position, Reichtum und Privilegien und war tief bewegt, aber sie hütete sich davor, zu ihr zu gehen und sie zu berühren. Elisabeth würde jede Geste verabscheuen, die auch nur einen Hauch Mitleid enthielt. Sie war nicht die Art von Frau, die einer anderen in die Arme fiel.

Aber Elisabeth war immer noch Elisabeth. Vielleicht hatten ihre Strümpfe Löcher, und ihre norwegische Strickjacke war an den Ellenbogen durchgescheuert, doch es handelte sich um eine Strickjacke aus dem legendären Setesdalen, und der Lodenmantel an der Tür war innen pelzgefüttert. Edith spürte einen Anflug der Erregung, die sie bei ihrem ersten Eintreffen auf Schloss Steinhof verspürt hatte, einen Hauch derselben gesellschaftlichen Unbeholfenheit. Sie blickte auf ihre Uniform hinab, auf die Zigaretten und Plätzchen auf dem Tisch, diese Zurschaustellung von Großzügigkeit und britischer Überlegenheit, die möglicherweise wie Angeberei erschien, das Verhalten eines Parvenüs.

»Bist du in Versuchung geraten?«, fragte Edith schließlich. »Allem ein Ende zu machen, meine ich.«

»Was?« Elisabeth blickte auf, als ob sie vergessen hätte, dass noch jemand im Raum war. »O nein. Das hätte ich nicht getan.« Ihr Lachen klang ironisch, bitter. »Obwohl ich mir manchmal wünsche, ich hätte es getan. Aber nein«, wiederholte sie ruhig. »Ich habe es nicht getan. Ich musste überleben. Für meine Tochter.«

»Du hast eine Tochter?« Überrascht blickte Edith sich um, als ob sie hier irgendwo versteckt wäre.

»Elfriede – Elfi. Möchtest du sie sehen?«

»Ja.« Edith war erstaunt. Das hatte sie nicht erwartet. »Natürlich.«

Elisabeth klopfte gegen die Trennwand. »Lise? Kannst du mir Elfriede bringen?«

Ein Mädchen schlich herbei, schüchtern, Augen niedergeschlagen. Sie hielt einen Säugling im Arm. Ein kleiner dunkler Kopf lugte aus einem Schal hervor. Edith wusste nicht viel über Babys, aber dieses sah sehr jung aus.

»Meine Güte«, sagte sie im Nähertreten. »Sie ist winzig!«

»Sie wurde im Sommer geboren.«

»Also warst du schwanger, als du fort musstest?«

»Ja, sonst hätte sie niemals überlebt. Es war sehr kalt auf der Reise hierher. Zwanzig Grad minus, mehr. Kinder starben in ihren Windeln und gefroren regelrecht zu Eisblöcken. In mir, das war der sicherste Platz.« Es war eine schlichte Feststellung, etwas, das jeder wusste. Menschen wie sie. Deutsche. Edith spürte die Kluft zwischen ihnen, den Eroberern und den Eroberten. »Ich war krank nach der Geburt, sehr krank«, fuhr Elisabeth fort. »Ich konnte sie nicht stillen oder mich um sie kümmern. Lise ist eingesprungen. Sie hatte gerade ein Baby verloren.«

»Oh, das tut mir leid«, sagte Edith zu dem deutschen Mädchen.

»Es war Krieg, Edith.« Elisabeth sprach für Lise. »Du machst dir keine Vorstellung davon, wie hart es war. Lise wurde schwanger, weil ein russischer Soldat sie vergewaltigt hatte. Es ist wahrscheinlich gut, dass das Kind tot ist.«

Das Baby wachte auf und strampelte in Lises Armen. Edith trat vorsichtig näher.

»Darf ich mal sehen?«

Lise lockerte ein Stückchen des Schals. Das Baby gähnte, und zwei winzige Zähne kamen zum Vorschein. Edith beugte sich vor. Aus dem Gähnen wurde ein Lächeln, und es riss die Augen auf.

»Was für ein süßes, kleines Ding! So große braune Augen.«

Edith hob den Blick. Elisabeth hatte blaue Augen wie Kurt. Das Kind hatte dunkles Haar und dunkle Augen.

»Sie ist nicht von Kurt«, sagte Elisabeth. »Falls das die Frage war, die dir auf den Lippen lag. Vielen Dank, Lise, du kannst sie jetzt mitnehmen«, sagte sie auf Deutsch und entließ das Mädchen. Sie wandte sich wieder an Edith. »Es ist eine lange Geschichte. Es gibt soviel zu erzählen.«

Sie faltete die Hände fast wie zum Gebet und begann mit ihrer Geschichte.

Wir hatten seit Monaten geplant zu gehen. Wir machten uns keine Illusionen darüber, was geschehen würde, wenn wir blieben. Die Ostfront brach zusammen. Schon seit dem Sommer waren Flüchtlinge in den Westen geströmt wie Herden, die im Wind ein Feuer riechen. Im Herbst verbreiteten die Nazis, was die Russen in Nemmersdorf getan hatten. Kinder geschlachtet, Frauen, alte wie junge, vergewaltigt und ermordet, ihre Leichen auf Misthaufen geworfen, an Scheunentore genagelt. Wir nahmen an, dass es sich um die üblichen Lügen handelte, Propaganda, irgendwie erfunden. Wir glaubten nichts mehr von dem, was man uns erzählte. Dann kamen Flüchtige aus Goldap und Gumbinnen an. Alles stimmte. Das also hatten wir zu erwarten.

Heimlich trafen wir Vorbereitungen. Bis zuletzt behaupteten die Nazis, dass man die Russen mit einer Geheimwaffe besiegen würde, dass eine Armee aus dem Nichts auftauchen würde. Es sei eine Frage des Willens. Jeder, der auch nur ansatzweise »Defätismus« zeige, würde erhängt. Jeder Mann, körperlich gesund oder nicht, alte Männer und Jungen, die kaum älter als Kinder waren, mussten dem Volkssturm beitreten. Und sie nahmen sich Pferde – ich konnte das nicht erlauben. Ich konnte es nicht zulassen, dass die Armee sie requirierte oder dass sie in die Hände der russischen Wilden fielen, um sich zu Tode zu arbeiten oder geschlachtet zu werden. Ich musste so viele wie möglich retten. Ich musste die Zucht retten Die alten Männer und die Burschen sattelten mit Kaspar, meinem Stall-

meister, auf und trieben die Herde Richtung Westen. Meine Leute zu organisieren war nicht einfach. Manche zögerten. Sie lebten hier seit zahllosen Generationen. Andere hatten Angst. Dann änderte sich alles von einem Tag auf den anderen. Am einundzwanzigsten Januar gab es einen Evakuierungsbefehl. Ich ritt in die Stadt und fand heraus, dass die Nazis schon abgehauen waren. Das Parteibüro war leer, Akten waren vernichtet, verkohlte Papiere stoben herum wie schwarzer Schnee.

Es wurde Zeit. Ich ordnete an, sich bereit zu halten. Wir würden in der Nacht aufbrechen. Sie sollten nur das Nötigste mitnehmen. Die meisten kamen voll beladen an, aber wer kann es ihnen verdenken? Wenn man sein Leben auf einen Karren packt, was lässt man zurück, was nimmt man mit? Schwere Entscheidungen. Ich beschränkte mich auf das Nötigste: Kleider zum Wechseln, ein paar Fotos, Familiendokumente, Toilettenartikel, Verbände, leicht zu transportierende Wertsachen, eine Pistole, ein Gewehr, Munition.

Am letzten Abend veranstalteten wir ein Festmahl. Wir aßen Wildschwein und tranken Margaux. Château Haut-Brion, Château d'Yquem – all die großen Lagen aus dem Keller meines Vaters. Unsinnig, ihn aufzusparen. Als es soweit war, befahl meine Mutter uns, sie alleine zu lassen. Brice blieb, er hatte der Familie gedient, seit er ein kleiner Junge war, und war der alten Gräfin treu ergeben. Nun sind sie für immer zusammen. Meine Mutter ordnete an, im Keller für den Fall der Fälle ein Grab auszuheben. Brice sollte ihr mit der Dienstpistole meines Vaters die Ehre erweisen. Ich nehme an, dass es auch für ihn genügend Platz gab. Wir legten die Schlüssel auf den Tisch in der Halle, schlossen die große Pforte und ließen sie drinnen zurück. Lebendig begraben. Manchmal wünsche ich mir, dass ich mit ihr in den Keller gestiegen wäre, um dort bestattet zu sein, dass ich nie weggegangen wäre.

Ich sattelte meine braune Stute. Andreas ritt den jungen Hengst, damit wir ein Zuchtpaar hätten, wo immer wir auch landeten. Wir zogen im Konvoi los, die meisten mit Leiterwagen und Fuhrwerken, die von Pferden gezogen wurden. Traktoren waren nutzlos. Selbst wenn es Benzin gegeben hätte, wäre es gefroren.

Es war bitterkalt, die Pferde rutschten über die eisigen Straßen. Wir waren nicht die Einzigen, die loszogen. Sie kamen von allen Seiten. Wir brauchten Stunden, um bis zur nächsten Ortschaft zu gelangen, weitere Stunden, um sie zu durchqueren. Die Straße nach Westen war verstopft mit Fuhrwerken, Traktoren, Bollerwagen, Kinderwagen und Menschen, die Koffer auf Holzplanken hinter sich herzogen. Eine dicht gedrängte Elendskolonne so weit das Auge reichte, alle im Tempo der Langsamsten voranschreitend, oft zum Stillstand gebracht durch gebrochene Achsen, kollabierte Pferde, Truppen, die in die entgegengesetzte Richtung marschierten. Wie lange würde es so weitergehen? Hunderte von Kilometern? Tausende? Als die Nacht anbrach, waren wir kaum vorangekommen. Manche entschlossen sich, zurückzukehren, es mit den Russen zu riskieren. Ich verurteile sie nicht. Sie dachten, dass sie weitermachen konnten wie bisher, nur unter neuen Herren. Irenka war eine von ihnen und ihre Tochter, sie wollte ihre alte Mutter nicht verlassen, die wirklich zu gebrechlich war, die lange Reise zu überleben. Unsere Ländereien gehören jetzt zu Polen. Für sie war die Reise nur aufgeschoben, und wer weiß, was sie gelitten haben, als die Eroberer ihren Siegeszug antraten.

Weiterziehen, zurückgehen, sich nach Norden zum Meer durchschlagen? Niemand wusste, was zu tun war. Danzig war noch offen, aber für wie lange noch? Der einzige Weg dorthin führte über das gefrorene Haff, aber wenigstens würden Schiffe dort noch Flüchtlinge evakuieren. Für uns kam das nicht in Frage. Die Schiffe würden niemals unsere Pferde mitnehmen, und es war auch nicht ungefährlich. Auf dem Eis gab es keinen Schutz. Kolonnen wurden von den Russen im Sturzflug mit Bomben angegriffen. Das Eis färbte sich rot. Pferde und Fuhrwerke brachen ein, ganze Familien gingen unter. Selbst für diejenigen, die den Hafen erreichten und eine Passage ergatterten, war es nicht unbedingt die Rettung. Die Schiffe waren einfache Beute für russische Torpedos.

Wir ritten nach Westen, durchquerten das Land, benutzten Nebenstraßen. Andreas vorne, der Rest dahinter, auseinandergezogen wie eine Kavallerie in Linienformation. Wir hatten Karten, aber das Wetter mit seinem Frost, den starken Winden und dem Schnee war gegen uns, so dass die Pferde bis zu den Bäuchen in Schneewehen versanken. Jenseits der Felder konnten wir dunkle Gestalten sehen, die sich wie ein Geisterzug durch den weißen, verschleiernden Schnee bewegten, stets in derselben langsamen Gangart, wie eine historische Szene, der Dreißigjährige Krieg vielleicht. Wir mussten zurück auf die Autobahn. Wir sahen Leichen neben den Straßen. Meistens Alte, aber auch die sehr Jungen. Kinder. Niemand konnte anhalten, um sie zu begraben. Die Erde war steinhart. Sie wurden am Wegesrand für die Tiere liegen gelassen. Nach dem ersten Schrecken schauten wir diese zusammengekauerten Formen kein zweites Mal an. Wie alle anderen auch waren wir auf unser eigenes Überleben konzentriert, Nahrung zu finden für uns und die Pferde. Eine Unterkunft für die Nacht, etwas Wärme. Wir waren gut ausgerüstet. Ein Pferd war ein Vermögen wert, aber unsere waren unbezahlbar.

Wenn es ging, liefen wir querfeldein und versuchten, die herumwandernden, Armeen zu meiden. Wir wussten, wo die Armeen vorbeigekommen waren. Wir lernten, die Dörfer zu meiden, wo Krähen die Bäume schmückten. Wir ritten in den Westen, immer Richtung Westen, in die untergehende Sonne. Als wir Pommern erreichten, lebten die Menschen dort in derselben Unsicherheit, die wir verspürt hatten. Man hatte ihnen erzählt, die Russen würden nie bis hierher gelangen, eine letzte heroische Aktion würde sie retten. Niemand von ihnen glaubte es auch nur eine Minute, aber man hatte ihnen befohlen zu bleiben. Jede Stadt, jedes Dorf hatte noch seinen Fanatiker.

Als wir Stettin erreichten, konnten wir die Blitze der Artillerie sehen, das Gewehrfeuer hören, das Heulen der Stalinorgel, die in schneller Folge Raketen abschoss. Die Russen waren nah. Wie schlugen uns nach Norden über die gefrorenen Boddengewässer bis nach Usedom durch. Von dort machten wir uns in den Westen zum Gut meiner Cousine vor den Toren von Schwerin auf, aber als wir dort ankamen, entdeckten wir, dass sie in der Annahme nach Lübeck gegangen waren, in der Stadt sei es sicherer. Die Russen hatten die Oder überquert, und niemand wusste, wo sie Halt machen würden. Als ich die Eingangstür verschlossen vorfand, das Haus verriegelt und verrammelt, muss ich zugeben, mich auf die Stufen gesetzt und geweint zu haben. Wir rappelten uns wieder auf und machten uns auf den Weg nach Lübeck. Inzwischen sehe ich die Tatsache, dass sie ihr Gut verließ und uns zwang weiterzuziehen, als Glücksfall. Schwerin liegt in der russischen Zone, und wir sind in der britischen. Die Russen waren so versessen darauf, Berlin einzunehmen, dass die Briten hier vor ihnen eingetroffen sind. Dafür werde ich ihnen immer dankbar sein.

•••••

Erschöpft von ihrer langen Erzählung ließ Elisabeth sich zurück in den Sessel fallen. Zuerst hatte Edith Fragen stellen wollen: Was ist den alten Tanten widerfahren, beispielsweise? Doch ihre Fragen wurden durch den gewaltigen Bogen von Elisabeths Geschichte nachrangig. Leo hatte recht gehabt, als er sagte, dass sie in ihrer Ecke von Preußen bleiben und nach ihren Gütern und Leuten sehen und dabei großen Abstand zu den Nazis halten würde. Welchen deutlicheren Beweis konnte es geben? Was Elisabeth getan hatte, war heroisch in der ältesten und wahrhaftigsten Bedeutung des Wortes. Indem sie sich selbst und ihrer Klasse treu blieb, hatte sie sämtliche aristokratischen Tugenden an den Tag gelegt: Mut, Ehre, Verpflichtung und Verantwortung, die andere Seite der goldenen Medaille von Rang und Privileg.

»Was willst du von mir, Edith?«

»Ich … ich weiß nicht, was du meinst …«, sagte Ediths schockiert ob dieser plötzlichen Wendung.

Elisabeth zündete sich noch eine Zigarette an. »Dieser Junge, der kleine Pole.«

»Luka?«

»Genau der. Er ist klug. Alle Kinder lieben ihn. Er ist ein Held für sie.« Sie erhob sich und begann, auf und ab zu gehen. »Er verehrt dich sehr, aber er ist ein Überlebender, kein Hauch von Moral. Und er gibt gerne an.« Sie wandte sich an Edith. »Er hat mir erzählt, dass du mich überall in Lübeck gesucht hast, aber dass er es war, der mich gefunden hat.« Sie blieb stehen und blickte auf Edith hinab. »Ich wusste, dass jemand nach mir sucht. Das Mädchen, das in deiner Unterkunft arbeitet, Magda, hat mir erzählt, dass jemand von der Kontrollkommission unablässig Fragen stellt. Zuerst war ich besorgt, aber als sie sagte, dass es sich um eine Frau handelt und sie mir beschrieb, wusste ich, dass du es bist.«

»Warum hast du keinen Kontakt gesucht, dich nicht gemeldet? Irgendetwas …«

Elisabeth zuckte die Achseln. »Ich wusste nicht, warum du nach mir suchst. Ist nicht gut, Aufmerksamkeit auf sich zu ziehen, bemerkt zu werden. Es war so unter den Nazis und ist jetzt nicht viel anders. Du verstehst das nicht. Wir sind eure Spielzeuge. Ihr könnt mit uns machen, was ihr wollt. Wie dieser alberne kleine Mann mit seinem Lastwagen und seinen Soldaten. Ihr habt die Macht.« Sie drehte sich um und blickte auf Edith hinab. »Also, warum suchst du nach mir?«

»Ich habe mir Sorgen gemacht. Ich wollte wissen, wie es dir ergangen ist.« Edith breitete die Hände aus. »Ich dachte mir, dass du hier sein könntest, wo doch so viele aus Preußen ankommen. Ich wusste, dass du eine Cousine hast, die in der Nähe lebt, also war das eine Möglichkeit …«

»Verstehe.« Eine Hand unter dem Ellbogen, Zigarette im Anschlag, blickte Elisabeth zum Fenster. »Bin ich es, um die es geht, oder geht es in Wahrheit um Kurt?«

»Kurt?«

»Du hast nicht nach ihm gefragt.«

»So viel ist geschehen. Es gibt so viel zu erzählen.« Edith machte Ausflüchte. »So viel nachzuholen.«

Sie wusste, wie dünn das klang. Elisabeth war klug, intuitiv. Viel fixer als Kurt. Sie hatte Köpfchen. Sie sah nun eine andere Seite von Elisabeth.

»So viel, dass du nicht nach deinem ehemaligen Liebhaber fragst?« Elisabeths Augen wurden schmal. »Die Briten suchen ihn, nicht wahr?«

»Das könnte gut sein«, sagte Edith vage.

»Ach, hör auf. Du weißt, dass es stimmt. Man hat dich wahrscheinlich geschickt, um etwas herauszufinden. Ist es wahr oder nicht?«

Edith hatte keine Antwort parat. Elisabeth hatte sie durchschaut.

»Nun, ja.« Sie seufzte. »Ich werde es nicht leugnen …« Sie machte eine Pause, um nach Worten zu suchen. »Aber es geht nicht nur darum, Kurt zu finden. Das ist es, was Leo will, aber ich – ich wollte auch dich finden, wollte wissen, ob du am Leben bist, ob du überlebt hast. Als ich dich gesehen habe, war das so eine Erleichterung!«

»Die Gründe zählen nicht.« Elisabeth schenkte ihr eines ihrer seltenen Lächeln. »Ich habe die gleiche Freude verspürt wie du.« Sie drückte ihre Zigarette aus und zündete sich eine neue an. »Und ich suche Kurt ebenfalls. Du fragst auch nicht, was mit Wolfgang passiert ist. Also werde ich es dir erzählen.«

23

MÖLLNSTRASSE 44
Lübeck

25. Februar 1946

B-Kost-Diät: Eglfing-Haar
Winzige Mengen von Gemüse
Fettlose Flüssigkeit

Eine Diät, die langsam töten soll. Ein Rezept für die obszönste Grausamkeit.

Lebensunwertes Leben‹, das war der Terminus, den sie benutzten«, begann Elisabeth. »Die Behinderten, die geistig Behinderten, die psychisch Kranken sollten ausgelöscht und weggeworfen werden wie leere Hülsen, menschlicher Ballast, der zu nichts nütze ist. Unnütze Esser, Verschwendung von Ressourcen, die von Soldaten und Arbeitern benötigt wurden, damit die Nation stark blieb. Mit den Kindern fingen sie an, wusstest du das? Ließen sie verhungern, töteten sie mit Injektionen. Dann kamen die Erwachsenen. Tausende und Abertausende, Hunderttausende. Heime und psychiatrische Anstalten, Einrichtungen, die zur ärztlichen Behandlung gebaut worden waren, wurden zu Tötungsfabriken, Leichenhäuser mit Krematorien, die Tag und Nacht brannten.«

Edith hatte einiges darüber von Leo erfahren, aber es mit müder, resignierter Stimme ob der skrupellosen, unmenschlichen Bürokratie in solchen Worten zu hören, war etwas anderes.

»So eine Denkungsart ist unendlich zerstörerisch. Einmal in Gang gesetzt, wo soll das enden? Wer wird ausgenommen? Die Todkranken, die Verletzten nach Luftangriffen, die Alten, die Gebrechlichen, die obdachlos geworden sind, alle, die Krankenhausbetten belegen und die knapp gewordenen Mittel nutzen, die von der Armee benötigt werden? Soldaten, die unter Kriegsneurosen leiden? Wie nennt man das? Schockzustände. Nicht mehr länger in der Lage zu kämpfen, nutzlos. Es ist einfacher, schneller zu töten als zu heilen. All dies geschah, und wir wussten es. Es handelte sich nur um ein weiteres Vorkommnis von vielen, vor denen man die Augen verschloss. Was konnte man tun? Nichts. Das ist es, was wir uns sagten. In unserer Gegend gab es nicht so viele Juden. Als sie verschwanden und man sie zum Arbeiten in den Osten brachte, glaubten wir es nur halb. Die Zigeuner? Sie kamen einfach nicht mehr. Es ist leicht, eine Lüge hinzubiegen, indem man sich selbst belügt. Leicht, die Wahrheit zu ignorieren, bis sie vor der eigenen Tür steht. Kurt hat mich belogen, und ich habe ihm geglaubt. Oder genauer, das habe ich nicht getan, sondern mich geweigert zu sehen, was geradewegs vor meinen Augen geschah. Ich sah nur das, was ich sehen wollte, glaubte, was ich glauben wollte. Eine vertretbare Version der Vorkommnisse. Ich belog mich selbst darüber, über ihn genauso wie über alles andere. Ich suche nicht nach Entschuldigungen. Es kann keine Entschuldigung geben. Als wäre die ganze Nation blind geworden und von einem Haufen bösartiger Verrückter an den Abgrund geführt – und Kurt war einer von ihnen.«

»Als wir euch auf Steinhof besucht haben«, unterbrach Edith sie, »war er da in der Partei?«

»Er ist schon lange davor eingetreten, als er noch Student war.« Elisabeth lachte. »Wenn du nur wüsstest! Wärst du nicht so blind vor Liebe gewesen, hättest du es bemerkt. Aber so, warum solltest du? Er war sehr gut darin, zu verbergen, was niemand wissen sollte.«

»Aber du … du wusstest es?«

»Natürlich. Kurt hatte Ambitionen. Alles bei ihm ging nach Plan. Es war notwendig, in der Partei zu sein. Seine frühe Mitgliedschaft half ihm, in die SS zu kommen, einen Platz am Institut in Heidelberg zu ergattern, eine Stellung in Berlin. Er hat die Einzelheiten seiner

Arbeit nicht mit mir besprochen, und ich habe nicht zu sehr gebohrt. Ich hatte nur eine sehr vage Vorstellung davon, was er eigentlich machte. Ich war auf Steinhof. Ich hatte das Anwesen, meine Pferde und mein Kind.«

Sie schritt zum Fenster und schaute hinaus, als könne sie immer noch ihre Ländereien sehen, den gepflegten Garten und die Hügel dahinter, statt des Gartens voller Unkraut und der Ruinen in der Vorortstraße in einer Stadt, die ihr fremd war.

»Anfangs ist Wolfgang ganz normal gewachsen, stark, robust, groß für sein Alter, blaue Augen, blonde Haare, genau wie sein Vater. Sein Ebenbild, sagt man nicht so? Dann hörte er auf zu sprechen. Er schien sich zurückzuentwickeln, sich von der Welt abzuwenden und sich wie ein viel kleineres Kind zu benehmen. Kurt war zunehmend besorgt. Er war enttäuscht. Er wollte einen perfekten Sohn. Ich wollte einfach nur, dass Wolfgang glücklich war. Kurt sprach davon, nach einer Behandlung Ausschau zu halten. Ich hörte mich um. Ich wusste, dass Wolfgang intelligent war. Er war gut bei Puzzles. Mit der Laubsäge war er geschickter als alle anderen. Er zeichnete gern, besonders Vögel. Er beobachtete sie stundenlang und blieb dabei absolut regungslos an seinem Fenster oder im Garten oder unten am See, damit sie ihn nicht bemerkten. Die Mädchen nannten ihn ›kleine Katze‹, weil er so lange stillhalten konnte. Ich hatte von einem Arzt in Wien gehört, der sich auf solche Kinder spezialisiert hatte. Ein Dr. Lehmann. Vielleicht konnte er Wolfie helfen. Als ich Kurt den Namen nannte, lachte er. ›Der wird nicht mehr praktizieren‹, sagte er. ›Der war Jude.‹

Inzwischen war der Krieg ausgebrochen. Kurt befand sich die ganze Zeit über in Berlin. Er war an einer neuen Initiative beteiligt, die vom Führer selbst ausging. Er wollte mich bei sich haben. Frauen hatten bei ihren Männern zu sein, das wurde erwartet. Er kannte Spezialisten, bei denen Wolfie die allerbeste Pflege erhalten würde, so dass ich nach Berlin gehen könnte. Wäre für alle Beteiligten gut, sagte er. Katja und Irenka flehten mich an, Wolfie nicht wegzugeben. Gerüchte. Über Leute, die mitgenommen wurden und nicht mehr zurückkehrten, waren ihnen zu Ohren gekommen. Aber Kurt versicherte mir, dass Euthanasie eine Gnade wäre und sowieso nur bei den hoffnungslosesten Fällen angewendet würde. Bei schrecklich schmerzhaften unheilbaren Krankheiten oder denen, die grausam behindert waren. Es erfolgte auf Ersuchen der Verwandten, weil es unter solchen Umständen besser für alle war, besonders für die Einzelperson, die so schrecklich litt. Selbst dann mussten mehrere Ärzte zustimmen, und es wurde äußerst selten durchgeführt. Das ist es, was er mir erzählte. Nichts davon traf auf meinen Wolfie zu. Er war fit, gesund, hübsch, gut gebaut. Er war nicht ganz so wie andere Kinder, aber auch nicht geistig minderbemittelt. Er war nur – anders.« Elisabeth schüttelte sich und stieß einen Seufzer aus, erhob sich dann mit gebeugtem Kopf, in Gedanken verloren, einem Gebet oder in der Erinnerung. »Also stimmte ich zu.« Sie wandte sich mit feuchten Augen wieder an Edith. »Du willst mich sicher sagen hören, dass es falsch war, falsch und … und dumm.«

Edith schüttelte den Kopf. Sie weigerte sich, vorschnell zu urteilen. In der Rückschau war das zu einfach. Sie hatte gelernt, sich mit Verurteilungen zurückzuhalten. Sie fragte sich oft, wie sie in einer dunklen, verzerrenden Spiegelwelt gehandelt hätte, die von Furcht und abwegigen Ideen geleitet war, wo Pflegekräfte zu Mördern wurden, Ehemänner ihre Frauen betrogen, Frauen ihre Männer, Kinder ihre Eltern, Nachbarn einander. Sie kannte viele, die, ohne Fragen zu stellen, mitgemacht hätten, mehr noch, die nichts unternommen hätten. Sie kannte sehr wenige, die sich getraut hätten, etwas zu unternehmen, wenn sie mit einer Bedrohung durch die Gestapo und das Konzentrationslager konfrontiert gewesen wären.

»Kurt nahm ihn mit. Wolfgang war sechs Jahre alt. Er hatte gerade Geburtstag gefeiert. Es war ein schöner Tag im Spätsommer, ein Hauch von Herbst lag in der Luft, die Linden waren gerade gelb geworden gegen den blauen Himmel. Ich kümmerte mich darum, dass Wolfie in seinem besten Tweedmantel, Mütze, Schal und Handschuhen warm genug angezogen war. Er zeigte keine Emotion, aber das war ja immer so. Er mochte es nicht, wenn man ihn anfasste.

Dennoch ließ er es zu, dass ich ihn küsste. Er streckte seine Hand aus und wischte mir eine Träne weg. ›Warum laufen deine Augen aus, Mami?‹, fragte er. Er saß im Auto neben Kurt. Wir winkten alle, bis sie in der Auffahrt verschwunden waren. Es war das letzte Mal, dass ich ihn gesehen habe. Er hat sich nicht umgedreht.«

Die Arme eng um sich geschlungen, als müsse sie sich beieinanderhalten, verstummte sie. Edith hielt die Stille aus, bis Elisabeth in der Lage war fortzufahren.

»Kurt … Kurt versprach mir, dass unser Sohn die beste Pflege erhalten würde. Der Direktor war ein persönlicher Freund und ein sehr guter Arzt. Er war spezialisiert auf Kinder wie Wolfie. Ich ging nach Berlin, ging auf Partys, zu Empfängen, gab Essen für Kurts Kollegen bei der SS. Die Klinik war nicht weit von Heidelberg entfernt. Kurt würde ihn besuchen, wenn seine Arbeit an der Universität dort es erlaubte. Dadurch bekam ich regelmäßig Nachricht über seine Fortschritte. Er sei in guter physischer Verfassung, sagte Kurt, glücklich, gut aufgehoben. Weihnachten stand vor der Tür. Ich fragte, ob Wolfie zu uns nach Berlin kommen könne. Kurt sagte, dass es nicht ratsam sei, Wolfie so weit reisen zu lassen. Ich fragte, ob ich ihn mit einigen Geschenken besuchen dürfe: Puzzles, ein Malkasten, eine neue Mütze, die Irenka für ihn gestrickt hatte, und neue Handschuhe, weil er die immer verlor. Auch das war nicht ratsam. Patienten wurden durch solche Besuche durcheinandergebracht. Es störte die Routine, die das Wichtigste bei der Behandlung dieser Kinder war. Kurt selbst nahm die Geschenke auf seiner nächsten Reise nach Heidelberg mit. Als er nach Berlin zurückkehrte, erzählte er mir von den Weihnachtsliedern, die auf Wolfies Station gesungen wurden, dem Baum, der voller Leckereien und Zuckerwerk gehangen hatte. Wolfie hatte Spaß gehabt, das hat er mir erzählt. Aber alles war gelogen. Als mein Sohn sich angeblich mit Printen und Stollen vergnügte, war er höchstwahrscheinlich längst tot.«

Obwohl sie geahnt hatte, was kommen würde, war Edith jenseits aller Worte schockiert. Schließlich brach sie die schreckliche Stille, die sich in dem kalten, schäbigen Zimmer ausgebreitet hatte.

»Wie hast du es erfahren?«, fragte sie. »Was weißt du darüber?«

»An Neujahr fand ich einen Brief, der noch vor Weihnachten datiert war. Er besagte, dass Wolfie in ein neues Heim nach Hessen-Nassau verlegt worden war. Ich fand das merkwürdig. Kurt war unterwegs in Sachen Reich, ich konnte weder ihn noch sonst jemanden fragen. Kurt hatte sehr deutlich gemacht, dass es nicht gut wäre, wenn bekannt würde, dass mit unserem Sohn etwas nicht stimmte.« Sie seufzte wieder. »Ich wusste, dass irgendetwas nicht in Ordnung war. Ich entschloss mich, dorthin zu fahren, Wolfgang zu finden und ihn zurück nach Steinhof zu bringen.«

Edith wollte etwas sagen, aber Elisabeth hob eine Hand. »Es ist schwer, das Folgende zu erzählen, mir fällt es sogar schwer, daran zu denken, aber es ist wichtig, damit du verstehst. Ich muss es dir auf meine Art erzählen, anders bringe ich es gar nicht über die Lippen.«

Ich bin sofort losgefahren. Ich bin abends angekommen und habe mir ein Zimmer in einem Hotel gleich am Bahnhof genommen. Als ich am nächsten Morgen nach dem Heim fragte, deutete der Besitzer nur auf ein großes, rotes Gebäude, das mit Zinnen und Türmchen wie eine Festung aussah und auf einer Anhöhe dräuend oberhalb des hübschen Rheinörtchens lag.

Ich machte mich auf und stieg den Hügel hoch. Am Fuß der Auffahrt gab es eine Schranke. Ein Mann kam aus einer kleinen Bude. Er war bewaffnet und trug eine Art Uniform, mehr Wache als Aufseher.

»Was wollen Sie?«

»Ich bin hier, um einen Patienten zu besuchen.«

Er zeigte auf ein Schild: Zutritt wegen Seuchengefahr streng verboten. Ich pfiff darauf.

»Das Risiko gehe ich ein – lassen Sie mich durch.«

»Verboten!«, wiederholte er und umfasste demonstrativ seine Waffe.

Vielleicht hätten wir noch länger gestritten, aber ein Wagen hielt an, ein Kabriolett mit offenem Verdeck trotz des kalten Tages. Der Fahrer trug eine SS-Uniform.

»Gibt es ein Problem?«

»Mein Kind befindet sich dort, und ich möchte es sehen. Eine Ansteckung ist mir egal.« Er musterte mich von oben bis unten und öffnete dann die Beifahrertür.

»Schlagbaum hoch!«, befahl er, und wir waren drin.

Sein Name war Dieter Brauer. Ziemlich jung, ungefähr dreißig. Er war dort als Arzt tätig, aber dies war sein letzter Tag. Er war von seinem Weihnachtsurlaub zurückgekommen, nur um zu erfahren, dass man ihn der Armee zugeteilt hatte, was ihn nicht sonderlich glücklich zu machen schien. Ich nehme an, das war der Grund, warum er mich an diesem Morgen mitnahm. Er sagte, dass sie selten Besucher hätten und gewiss nicht so schöne Frauen im Zobel. Er flirtete heftig mit mir, was vielleicht ein weiterer Grund war. Er fuhr die lange Auffahrt an mehreren Bussen vorbei, deren Fenster zugeklebt waren. Vor dem Gebäude stiegen wir aus. Er forderte mich auf, den Blick auf das Dorf und den Rhein zu genießen. An einem klaren Tag könne man bis nach Mainz sehen, sagte er. Es war kein klarer Tag. Etwas weiter unten schaufelten Arbeiter Schnee. Sehr dünn angezogen für so eine kalte Witterung, in Lumpen eigentlich, barfuß in Holzschuhen. Dünn, unterernährt sahen sie aus, als könne jeder Windstoß sie umpusten. Patienten, sagte er, einige der Insassen, die sich nützlich machten. Was ist mit dem Rest?, fragte ich. Er zuckte die Schulter und blickte zurück zur Auffahrt mit den Bussen. Nicht mehr so viele da. Er hatte getrunken. Ich konnte Schnaps in seinem Atem riechen. Er sagte, er kenne meinen Mann. Er zog einen silbernen Flachmann heraus und bot ihn mir an. Ich lehnte ab. Er setzte ihn an seine Lippen. Prost! Dann fragte er, wann man Wolfgang hierhergeschickt habe und von wo aus? Als ich es ihm sagte, äußerte er sich dazu nicht weiter, sagte nur, dass wir auf die Kinderstation gehen würden, um nach meinem Sohn zu sehen. Die Kinderstation war etwas vom Hauptgebäude entfernt. Sie lag allein auf einem Hügel. Sie sah mehr wie eine Holzbude aus oder ein Chalet, eine provisorische Unterkunft. Es gab eine Veranda mit ein paar verstreuten Spielzeugen: ein gestreifter Ball, blau und rot, einige Bauklötze, eine bemalte Maschine, ein hölzernes Dreirad. Bei allen war die Farbe abgeblättert, rissig und schuppig. Unbenutzt lagen sie auf den Planken, als hätten sie den ganzen Winter über dort gelegen. Woran ich mich am besten erinnere, ist die Stille. Wo Kinder sind, ist es immer laut, aber hier war nichts, nicht einmal Weinen zu hören. Und der Geruch. Ein widerlicher Gestank von Desinfektionsmitteln, der etwas anderes Süßes und Unangenehmes überdeckte. Je weiter wir gingen, desto stärker wurde der Geruch. Wir traten in ein kleines Foyer ein, von dem Zimmer abgingen. Hier drinnen war es fast genauso kalt wie draußen. Doppeltüren wiesen auf eine Station. Er öffnete die Türen weit. Wir waren nur ein paar Sekunden dort. Manchmal ist das alles, was es braucht, sogar nur einen Bruchteil davon, um alles zu sehen. Die Station beherbergte vielleicht fünfzig Betten oder mehr. Beidseitig eines breiten Ganges standen sie eng beieinander. Ich entdeckte Betten, aber sie sahen mehr aus wie Krippen oder Särge, Holzkästen mit hohen Seitenwänden. Jedes enthielt ein Kind. Die Kinder waren abgemagert, manche nackt oder nur spärlich bedeckt. Manche waren blaugrau, andere gelblich-weiß wie Skelettdarstellungen, die man manchmal in Kirchen sieht. Der einzige Laut war das Quietschen der Schuhe der Krankenschwester auf dem polierten Holzboden. Hier und dort starrten Augen aus winzigen, zusammengefallenen Gesichtern. Das war der einzige Hinweis darauf, dass wir uns nicht in einer Leichenhalle befanden. Beim Geräusch der sich öffnenden Tür wandte die Krankenschwester den Kopf und zeigte sich über unsere Anwesenheit ausgesprochen beunruhigt. Sie kam uns mit weit ausgebreiteten Armen entgegen, um uns die Sicht zu nehmen. Andere liefen aus verschiedenen Ecken der Station herbei und verwehrten uns den Eintritt, drängten uns ins Foyer zurück. Die Schwester schickte die anderen zu ihren Schützlingen. Sie wollte wissen, was wir hier zu suchen hätten, was ich hier zu suchen hätte und was Dr. Brauer sich erlaube, jemanden von außerhalb auf diese Station mitzubringen? Man würde es Dr. Eckhard melden. Brauer antwortete, dass ich gekommen sei, um nach meinem Sohn zu schauen. Das Kind von Stavenow. Ihr Gesicht wurde zu einer Maske geheuchelten Mitleids. »Tut mir leid, dass ich Ihnen das mitteilen muss«, sagte sie, »aber ihr Sohn ist kurz nach seiner Ankunft hier an Lungenentzündung und Herzschwäche gestorben.« Das alles heruntergeleiert, kein Gedanke dahinter, nichts als Wörter, die ineinanderfließen. Lungenentzündung. Ja. Das konnte ich verstehen, aber Herzschwäche? Was sollte das heißen? Als er mich verließ, war mein Sohn stark. Gesund. Nie auch nur das geringste Anzeichen von Herzproblemen, nicht das geringste! »Das ist nicht ungewöhnlich bei Patienten mit seinem speziellen Leiden«, antwortete sie im selben Singsang. »Unheilbar.« Sie sagte das triumphierend, während ihr blasses, rundliches Gesicht mich mit mitleidiger Neugier betrachtete. Ihre dunkelbraunen Augen glänzten wie Knöpfe. Es war, als hätte jemand jedes menschliche Gefühl in ihr ausgeknipst.

»Wann ist das passiert?«, wollte ich wissen. Warum bin ich nicht sofort informiert worden? Kurz nachdem er ankam. Wann soll das gewesen sein? Vor Weihnachten. Ihr Ton verriet Ungeduld. Man hat Ihren Mann informiert. Falls es keine weiteren Fragen gibt, hätte sie noch eine Menge Arbeit zu erledigen. Brauer bot mir seinen Flachmann an. Diesmal lehnte ich nicht ab.

Wie konnte das so schnell gehen? »Wenn sie erst einmal hier sind«, antwortete Brauer, »machen sie es nicht mehr lange. Man lässt sie verhungern. Wir folgen hier der B-Kost, der Diät, die von Pfannmüller in Eglfing-Haar entwickelt wurde. Kein Protein, kein Fett. Wenn sie das nicht dahinrafft, gibt man ihnen etwas: Luminal, Veronal. Sulfonal, Trional. Morphium. Nicht genügend, um sie zu töten, nur damit sie an etwas anderem sterben – Lungenentzündung im Winter. Im Sommer Durchfall.« Aber warum? Warum tut man das? Weil sie auf dem Totenschein nicht lügen wollen. Wenn ein Patient infolge der Verabreichung von Drogen stirbt, würde es als Mord gelten. Was hier geschieht, untersteht nicht mehr der direkten Order des Führers. Mord ist nach deutschem Recht immer noch ein Verbrechen. Wo ist er? Wo ist mein Sohn? Wo ist sein Grab? Ich wollte ihn mit nach Hause nehmen, ihn in der Familienkapelle begraben. Brauer lachte. Man würde ihn in einem unbeschrifteten Papiersarg zusammen mit den anderen Kindern begraben haben, die an diesem Tag gestorben waren. Sein Gehirn und andere Organe entfernt, geerntet ist das Wort, das sie benutzen, aufbewahrt in Formalin in Spezialbehältern, zu Schneider nach Heidelberg geschickt oder zu Richter in Berlin zum Sezieren und Studieren. So hat er auf eine gewisse Weise wenigstens dem Reich gedient.

Ich musste Brauer bitten, den Wagen anzuhalten.

Ich übergab mich im Straßengraben.

Edith hatte zugehört, ohne sie zu unterbrechen. »Warum hat dieser Mann dir das alles erzählt?«, fragte sie nun. »Warum hat er dich diesem ganzen *Horror* ausgesetzt? Meist du, er hat es missbilligt?«

Elisabeth nahm sich eine Zigarette. Edith musste ihr beim Anzünden helfen.

»Oh«, stieß sie gedehnt aus. »Da war noch mehr. Er war ziemlich unbekümmert bei seinen Enthüllungen. Was hier geschah, war gar nichts im Vergleich zum Osten. Spezielle Lager, die dazu gedacht waren, Millionen zu töten, wo man Verfahren anwandte, die sie beim Töten der Krüppel gelernt hatten. Seine Worte, nicht die meinen. Juden natürlich. Alles organisiert von Kurts Büro in der Tiergartenstraße. Ich hätte überhaupt keine Vorstellung, was dort vor sich ginge. Es war einfach nur ›das Büro‹. Brauer wäre gern dort eingesetzt worden, nicht an der Ostfront. Er war wütend deswegen. Es war der Winter 1942/1943. Die Dinge wandten sich gegen uns. Er sah seine Versetzung wahrscheinlich als Todesurteil. Er war eifersüchtig. Auf Kurt. Mir das zu erzählen, war seine Rache an ihm. Kurt kam mit seiner Karriere voran, während Brauer abgeschrieben war. Er wollte, dass ich einen mit ihm trinken gehe. Ich bat ihn, mich zum Bahnhof zu bringen. Er sah enttäuscht aus. Meine Verführung wäre für ihn die Krönung gewesen. Sich vorzustellen, das wäre ansatzweise im Bereich des Möglichen gewesen! Diese Leute!« Sie schüttelte voller Abscheu den Kopf. »Es war, als lebten sie in einer anderen Welt, eine Welt bar jeden menschlichen Gefühls, und Kurt war einer von ihnen. Ich erinnere mich, wie ich das im Zug dachte. Er ist einer von ihnen. Ich fuhr direkt nach Steinhof. Ich habe Kurt seitdem nicht mehr gesehen.«

Elisabeth schwieg; zwischen ihnen trat Stille ein. Edith war von ihrer Erzählung vollkommen gebannt. Es gab nichts, was sie hätte sagen können. Jedes Wort verblasste, verbot sich als unzureichend, unangemessen. Ihr Briefing durch Leo war eine Sache gewesen, aber die unterdrückte Pein in Elisabeths Zeugnis, und es *war* ein Zeugnis, rückte die monströse Verworfenheit dieses obszönen »Projekts« anschaulich in den Blickpunkt.

Elisabeth sank mit geschlossenen Augen in den Sessel. Edith spürte ihre Erschöpfung, sah an ihren hängenden Schultern, hörte an ihrem flachen Atem, wie viel es sie gekostet hatte, sich so lange aufrecht zu halten, bis sie diese Geschichte erzählt hatte.

»Es ist mir schwergefallen, sehr schwergefallen, dir das alles zu erzählen, aber ich wollte, dass du weißt, welche Art Mann Kurt geworden ist.« Sie öffnete die Augen und fixierte Edith. »Du bist die Einzige, die mir helfen kann, ihn zu finden, und ich will, dass man ihn findet, und ich will, dass man ihn bestraft, vorzugsweise aufhängt. Das Kind ist Kaspars Tochter. Man hat mir ein Kind genommen. Jetzt habe ich sie. Ich möchte frei sein, um ihren Vater zu heiraten, das normale Leben zu leben, das mir vorenthalten wurde.« Sie zeigte ein kleines, müdes Lächeln. »Falls so etwas möglich ist in diesen schweren Zeiten.«

24

ATLANTIC HOTEL
Hamburg
2. März 1946

Menu Américaine
Potage du Jour
Jambon Virginie
Petits pois au beurre
Pommes Croquettes
Coupe Maison
Fromage
Café

In der britischen Zone, aber ein amerikanisches Menu. Meine Begleitung beim Essen mochte den Schinken wie beim ersten Mal, als wir hier waren, diesmal aber gebacken.
Rezept folgt.

»Es schneit«, sagte Frau Schmidt mit einer gewissen Portion Genugtuung.

Edith sah auf. Der zinngraue Himmel hatte eine gelblich-kränkliche Färbung angenommen, und es fing an zu schneien.

»Das sehe ich.« Sie fuhr fort, ihr Ei zu pellen. Frau Schmidt kochte sie stets hart.

Frau Schmidts Augen leuchteten durchtrieben. Sie wusste, dass Edith eine Tour nach Hamburg geplant hatte und wie sehr sie sich darauf freute.

»Wie geht es dem Knöchel?« Sie versuchte es anders.

»Viel besser.« Edith bestrich ihren Toast mit Margarine. »Danke der Nachfrage.«

»Vielleicht sollten sie nicht fahren. Wegen Knöchel und Schnee.«

»Nett, dass Sie sich Sorgen machen, Frau Schmidt, aber ich sehe keinen Grund, meine Pläne zu ändern.«

Edith biss in ihren Toast. Es war eine Woche her, seit sie Elisabeth gesehen hatte, aber die Geschichte ging ihr immer noch nach, war immer noch schockierend. Sie hatte sie noch einmal besucht und Vorräte für den Haushalt mitgenommen, Hilfe der handfesten Art. Sie hatten nicht weiter über Kurt gesprochen und das, was er getan hatte, es wäre zu schmerzhaft gewesen, aber sie beide wollten ihn finden und sie wollten auch, dass er bestraft wurde. Sie hatten dasselbe Interesse.

»Entschuldigung?« Ediths Gedankengänge waren durch einen von Frau Schmidts tiefen Seufzern unterbrochen worden.

»Ich sagte, ich mache Ihnen ein Lunchpaket für den Fall, dass Sie im Schnee stecken bleiben.«

»Danke, Frau Schmidt!« Edith tupfte sich den Mund ab und faltete ihre Serviette. »Das wäre sehr nett. Jetzt muss ich mich aber fertigmachen.«

Sie war entschlossen, nach Hamburg zu fahren, zuallererst, um Harry zu treffen, und zweitens, um aus Lübeck rauszukommen. Sie war nirgendwo gewesen, seit sie hier angekommen war. Ein Nachmittag in Travemünde zählte wohl kaum. Ankommen und Loslegen war die Devise gewesen. Zuerst ihr Knöchel. Dann diese Kälte, die von der Arktis her alles zum Stillstand brachte.

»So schlimm ist es nicht.« Jack schüttelte die Schneeflocken von seiner Mütze. »Es wird weiterziehen, Sie werden sehen.«

Er wollte genauso dringend nach Hamburg wie Edith. Er wollte mit Kay in ein kleines Hotel in Blankenese, und ein bisschen schlechtes Wetter würde ihn nicht davon abhalten.

Die Heizung des Humber war launisch. Jack trug seinen dicken Mantel. Edith hatte eine Decke über ihre Knie gebreitet. Notfalls gab es im Kofferraum noch mehr davon und zwei Thermoskannen Tee, die mit Whisky versetzt waren.

»Wir werden es schaffen, keine Bange«, sagte Jack, als sie durch die Windschutzscheibe spähten, während die Scheibenwischer unter der Last des fallenden Schnees ächzten. »Wenn wir erst mal auf der Autobahn sind, ist alles gut. Ich habe mich gefragt – haben Sie etwas wegen der Fotos rausgefunden?«

»O ja, das habe ich. Ich habe sie … jemandem gezeigt, einem Bekannten. Er ist Lette. Er konnte Jansons identifizieren. Er gehörte irgendwie zu den Hilfstruppen der SS.«

»Was ging da im Hintergrund vor sich? Wusste er es?«

»Ja.« Sie blickte Jack an. »Ein Massaker in Lettland. Juden wurden erschossen und dann in Gruben verscharrt. Sie hatten recht. Es handelt sich um Sand und Dünen.«

»Gottverdammt! Ich dachte, es wäre etwas …« Der Wagen geriet auf der Autobahnauffahrt ins Schlittern. Jack bekam ihn gerade noch in den Griff, bevor sie in einer Schneewehe landeten. »Scheiße! Der Humber taugt unter solchen Umständen zu nichts. Entschuldigen Sie meine Ausdrucksweise. Ich habe denen tausendmal gesagt, dass wir Schneeketten brauchen.«

Die Autobahn war zu zwei Dritteln mit Schnee bedeckt. Sie schwiegen. Jack benötigte sein ganzes Geschick als Fahrer, um zu vermeiden, dass sie steckenblieben, wie so viele andere Wagen, die überall am Straßenrand liegengeblieben waren.

Der Schnee nahm ab, als sie in die Stadt fuhren. Eine dicke weiße Decke lag über allem und erzeugte eine Stille, die noch mehr zu dem Gefühl allgemeiner Verlassenheit beitrug.

Jack setzte sie vor dem Atlantic ab. Edith ging zur Anmeldung und dann auf ihr Zimmer. Sie hatte kaum ihren Mantel abgelegt, als das Telefon klingelte.

»Fräulein Graham? Ich habe eine Nachricht für Sie. Ihre Freunde warten an der Bar.«

Welche Freunde? Freunde im Plural. Edith zog sich rasch um und ging nach unten.

Die Bar des Atlantic ging auf die Außenalster hinaus. Ein langgestreckter Salon mit hoher Decke und Kellnern im weißen Jackett, die mit Tabletts voller Drinks um Männer in Uniform und ohne herumschwirrten, die sich in gemütlichen Sesseln niedergelassen hatten.

Adeline saß bei Tom McHale und trank einen Martini. Beide sahen sehr glamourös aus. Er war in seinem blauen Ausgehanzug, und sie trug ein tief ausgeschnittenes Abendkleid. Die scharlachrote Seide passte ebenso gut zu ihrer blassen Haut wie zum Lippenstift. Ihr Haar umschmeichelte ihr Gesicht in weichen Wellen und Locken.

Tom erhob sich, als Edith an ihren Tisch trat. Edith war wieder einmal von seinem jugendlichen Aussehen überrascht: die weit auseinanderstehenden blauen Augen, der Schmollmund, die frische Hautfarbe und die glatten Wangen, als brauche er sich nicht zu rasieren. »Lass dich von seinem Babyface nicht täuschen«, hatte Adeline gesagt. »Er ist ganz und gar ein Killer. Außerdem ist er älter, als er aussieht.«

»Edith.«

»Tom.«

»Drink?«

»Ja, bitte. Ich nehme einen Martini. Danke.«

»Martini für die Damen«, sagte Tom zum Kellner, der in ihre Richtung geeilt war. »Ich muss Sie verlassen. Bis später, Edith.« Er schaute auf seine Uhr. »Abgang um acht, Adie.«

Er gesellte sich an der Bar zu einer Gruppe britischer Offiziere. Army, Navy und Air Force präsentierten sich alle drei in ihren Ausgehuniformen.

»Das ist wohl kaum ein Zufall.« Adeline warf einen Blick auf Tom. »Er wusste, dass du kommst.«

»Wie das?«

»Er weiß alles.« Adeline zündete sich eine Zigarette an. »Er ist wie die gottverdammte allsehende Dollarnote.«

»Was will er?«

»Normalerweise Informationen, aber diesmal soll ich eine Warnung aussprechen. Ihm ist zu Ohren gekommen, dass du dich für ein gewisses lettisches Individuum mit Namen Valdemārs Jansons interessierst. Freunde nennen ihn Val.«

Edith runzelte die Stirn. »Woher weiß er das?«

»Er weiß alles, wie ich dir gesagt habe.«

Edith nahm Tom ins Visier, sein kühler Blick aus blauen Augen berührte sie unangenehm. »Warum fragt er mich nicht selbst?«

»Das ist nicht seine Art. Er möchte, dass ich herausfinde, was du weißt.«

»Ich weiß nichts außer der Tatsache, dass Jansons eine irgendwie geartete Beziehung zu einem der Mädchen in meiner Unterkunft hat. Was ist mit ihm?«

»Schau, ich weiß es nicht. Ich bin nur die Botin. Bitte Leo oder wer auch immer deine Kontaktperson ist, Abstand zu nehmen. Dieser Typ gehört uns. Wir sind an ihm interessiert. Er möchte, dass du das nach oben weitergibst.«

»Was für ein Interesse, weißt du das?«

Adeline zuckte die Achseln. »Diese ehemaligen Naziverbrecher haben ihren Nutzen. Es geht nicht darum, was sie wissen, sondern was sie von wem wissen. Er möchte auch in Erfahrung bringen, ob du Neuigkeiten über von Stavenow hast.«

Edith hielt inne.

»Na los, Edith.« Adelines Augen zwinkerten Richtung Tom. »Irgendwas muss ich ihm schon liefern.«

»Möglicherweise.« Edith seufzte. »Ich habe seine Frau aufgespürt, Elisabeth.«

»Das könnte mir meinen Rückflug in die Staaten ersparen, jedenfalls für einige Zeit, einfach nur, bis ich mich rausgewunden habe aus … weißt du was? Ich müsste mir wirklich mal die Nase pudern.« Sie erhob sich und nickte in Richtung Toilette, um Tom wissen zu lassen, wohin sie gingen. »Möchtest du dich nicht auch ein wenig frisch machen, falls Harry ankommt?«

»Ich glaube, genau das möchte ich«, sagte Edith lächelnd.

»Ich bin nicht stolz darauf, ganz im Gegenteil«, sagte Adeline in der Sicherheit der Damentoilette.

»Ich würde dir immer helfen, das weißt du.«

»Ich weiß.« Adeline umarmte sie kurz. »Und ich liebe dich dafür. Ich werde dir das nicht vergessen, und ich weiß, dass eine Hand die andere wäscht.« Adeline lächelte. »Man kann es nicht zulassen, dass alles immer nur nach Toms Pfeife tanzt.« Sie wandte sich zum Spiegel. »Weißt du, worin die Nazis ebenfalls gut waren, außer Menschen zu töten? Akten anlegen.« Sie öffnete ihre Abendhandtasche, zog einen Lippenstift heraus und begann, ihn aufzutragen. »Wir haben sechshundertachtzig Tonnen gefunden und das ist nur der Anfang: Akten, Fotografien. Ich weiß nicht, was sonst noch alles. Ich werde für dich zu graben anfangen. Wenn man einen Namen hat, ist es nicht so kompliziert, und so viele von Stavenows dürfte es nicht geben. Ein Hauch Puder noch, dann bin ich fertig.« Sie überprüfte kritisch ihr Spiegelbild. »Dori würde stolz auf mich sein.« Sie blickte Edith im Spiegel an. »Hast du irgendwas von ihr gehört? Wie läuft es mit dem Cookbook?«

»Von ihr persönlich noch nichts, aber das mit dem Code funktioniert.«

Die Nachricht über die Letten, die sie gesandt hatte, war bis zu Harry Hirsch vorgedrungen. Das war Beweis genug, aber sie zögerte, dies Adeline zu erzählen. Es könnte sie gegenüber McHale kompromittieren, und das wollte sie vermeiden.

Adeline schien ihre Gedanken erraten zu haben. »Ja, ist besser so. Wir sollten uns lieber sputen, sonst sucht er noch nach uns.«

»Was? Hier drinnen?«

Adeline lachte. »Würde ich ihm zutrauen.«

An der Rezeption lag eine Nachricht für sie. Harry war eingetroffen. Edith rief ihn an, um nachzufragen, ob sie sich an der Bar treffen wollten.

»Nein, ich komme auf dein Zimmer.«

Edith öffnete beim ersten Klopfen.

»Harry? Ich bin so froh, dich zu sehen!« Sie umarmte ihn und zog ihn ins Zimmer.

Er hielt sie eng umschlungen und küsste sie. »Ich freue mich auch, dich zu sehen.«

»Wie lange bist du schon hier?«

»Eine Weile. Ich habe dich in der Bar mit einer Frau gesehen. Ihr schient ins Gespräch vertieft zu sein. Ich wollte nicht stören.«

»Das war Adeline.«

»Wirklich? Ich habe sie nicht erkannt.«

»Sie sieht anders aus, wenn sie zurechtgemacht ist.«

»Und war das McHale, den ich außerdem gesehen habe?«

»Ja, der ist für irgendein Treffen da. Sie gehen zu einem piekfeinen Empfang heute Abend. Möchtest du was trinken? Ich habe etwas Whisky da. Oder willst du nach unten gehen? Wir könnten zusammen essen.« Edith nahm eine Speisekarte zur Hand. »Schinken oder Hühnchen.«

Harry zog ein Gesicht. »Ich würde lieber hier bleiben.«

»Ich habe ein paar Sandwichs, falls du hungrig bist. Corned Beef oder Käse mit Zwiebeln.«

»Hatte genug davon in der Armee.« Harry lächelte. »Whisky reicht vollkommen.«

Edith schenkte zwei großzügig bemessene Gläser ein, und sie nahmen in den Sesseln am Fenster Platz. Die Vorhänge waren noch offen. Sie starrte durch ihr Spiegelbild in die abendliche Dunkelheit.

»Adeline agiert als Toms Erfüllungsgehilfin«, sagte Edith nach einer Weile. »Botschaften weitergeben, Warnungen eigentlich. Vorsicht bei meinem Freund Val, solche Sachen. Ich muss das Bill Adams erzählen. Er ist mein Kontaktmann.«

Harry sah schockiert aus. »Warum macht sie so etwas? Ich dachte, sie wäre auf unserer Seite?«

»Wenn sie nicht spurt, schickt er sie zurück in die Staaten.«

»Kann er das?«

»Offensichtlich.« Sie wandte sich ihm zu. »Hier zu sein, in Nürnberg, im Zentrum der Ereignisse, bedeutet ihr alles. Und ich glaube, sie ist wirklich auf unserer Seite, ich meine«, Edith hielt einen Moment inne, »es sieht so aus, als wären die Briten wie die Amerikaner an ihm interessiert. Aus unterschiedlichen Gründen, nehme ich an, aber keiner von beiden scheint auch nur das geringste Interesse daran zu haben, ihn für die Verbrechen, die er in Lettland begangen hat, vor Gericht zu bringen.« Sie stöhnte auf. »Es ist genau, wie du gesagt hast.«

»Jetzt ist Lettland von den Sowjets besetzt. Es handelt sich um einen Fall von: Der Feind meines Feindes ist mein Freund. Wir sehen das mehr und mehr …«

»Wir? Wer ist wir?«

»Eine Gruppe von Kameraden. Gleichgesinnte, die nicht mögen, was sie sehen und etwas unternehmen.«

»Bill Adams sagt, sie wollten Jansons zurück nach Lettland schicken, damit er dort den Widerstand organisiert.«

»Er würde keine fünf Minuten überstehen.« Harry stieß ein desillusioniertes Lachen aus. »Das ist so dumm, dass es schon fast wieder gut ist.«

»Wozu sollen die Amerikaner ihn denn wollen?«

»Ich vermute, dass er ein Doppelagent ist. Für die Deutschen arbeiten und für die Sowjets spionieren oder andersrum. Wie auch immer, dürfte er Kontakte haben, vielleicht ein Netzwerk, auf das er zurückgreifen kann. Wer weiß.« Er blickte finster drein. »Die Briten versuchen sowieso schon, seinen Boss Viktor Arājs auf diese Weise zu benutzen. Es ist alles verrückt. Diese neue Welt, in der wir leben, ist fast genauso verrückt wie die alte. Ist das alles, die Warnung wegen Jansons?«

»Ja, mehr oder weniger.« Sie wollte Harry gegenüber Kurt nicht erwähnen. Seine Verstrickung in das Euthanasieprojekt. Elisabeths Geschichte war verstörend jenseits aller Vorstellungskraft, und sie wollte jetzt einfach nicht davon anfangen. »Es war ein langer Tag.« Sie versuchte zu lächeln. »Können wir bitte über etwas anderes reden?«

»Sowieso genug geredet.« Er setzte sein Glas ab. »Komm her.«

Edith ließ sich von ihm umarmen. Er küsste sie zärtlich und dann dringlicher, als er sie zum Bett führte. Er griff an ihre Stümpfe, um sie ihr auszuziehen, langsam und sehr sorgfältig, so wie er es schon einmal auf eine Art getan hatte, die sie beide so aufregend fanden.

Wir entdecken einander, unsere Vorlieben, dachte sie verwundert. Sie streckte den Fuß aus, um es ihm leichter zu machen, ihren Strumpf abzurollen. Die Bewegung ließ sie zusammenzucken.

»Tut mir leid, habe ich dir wehgetan?« Er berührte ihren Knöchel. Die Abschürfung war fast verschwunden, aber die Haut war noch blau. »Was ist das, bist du verletzt?«

»Es ist nichts. Ein Unfall. Ist schon viel besser.«

»Ich sehe schon, ich muss ganz vorsichtig sein.« Er berührte ihren Fuß. »Du solltest mir erzählen, was passiert ist.«

»Nachher«, sagte sie.

Später erzählte sie ihm von dem Unfall, davon, wie sie nach Hause gehumpelt war mit Luka als unwahrscheinlichem Retter. Sie wollte es munter klingen lassen, keine dunklen Wolken mehr.

»Der Junge hat recht.« Er drückte seine Zigarette aus. »Sie sind gefährlich.«

Er fuhr mit den Fingern über ihre Schramme. Dann küsste er ihren Knöchel, dann ihr Knie und arbeitete sich mit quälender Langsamkeit nach oben vor, bis sie Luka vergaß, üble Displaced Persons, wichtigtuerische Amerikaner. Alles und jeden.

Als Edith aufwachte, war sie allein. Sie griff nach dem Briefpapier des Atlantic und schrieb ein paar Zeilen für Dori, in denen sie über ihr Treffen mit Adeline und Toms Interesse an Jansons berichtete. *Wildschwein Steinhof* über ihr Treffen mit Elisabeth hatte sie schon vor ein paar Tagen losgeschickt. Sie steckte noch die Speisekarte des gestrigen Abends dazu und verschloss gerade den Umschlag, als Harry in seinem Wintermantel zurückkehrte.

»Wo warst du?«

»Ich musste jemanden anrufen.«

»Konntest du das nicht von hier aus erledigen?«

Er zuckte die Achseln. »Ich wollte dich nicht stören. Komm, lass uns an der Außenalster einen Spaziergang machen. Einen kleinen wenigstens. Irgendwo werden wir schon Kaffee und ein Frühstück bekommen. Es ist ein herrlicher Tag.«

Er zog den Vorhang auf. Der Himmel war blau, die Sonne schien. Am zugefrorenen See tummelten sich schon Spaziergänger.

Auf ihrem Weg nach draußen gab Edith ihren Brief an der Rezeption ab.

Die Stufen waren gefegt, rechts und links türmten sich Schneehaufen. Der Wind hatte den Spazierweg freigepustet, aber er war vereist. Sie schlitterten und rutschten und hielten sich lachend aneinander fest. Seit Wochen trist und bewölkt, war der Himmel heute Lapislazuli. Die Sonne schien hell und gab sogar einen Hauch Wärme ab, ein Zeichen, dass der Frühling nicht mehr fern war. Hier und da zeigten die Bäume erste Knospen in zartem Sepia gegen den porzellanweißen Schnee.

Sie machten in dem kleinen Café halt, das Edith entdeckt hatte, als sie frisch in Hamburg eingetroffen war. Die Fenster waren beschlagen, im Gastraum waberte Zigarettenqualm. Sie aßen Brötchen mit Marmelade und dünne Scheiben Käse.

»Was willst du später machen?«, fragte er, als er an seinem Kaffee nippte.

»Später nach was? Nach all dem hier? Keine Ahnung. Ich bin gerade erst angekommen.«

Es war eigenartig, sie waren zusammen im Bett gewesen, hatten sich geliebt, aber nun führten sie eines dieser Gespräche darüber, was sie getan hatten und als Nächstes tun würden, jedoch nicht darüber, was sie momentan taten. Es war wie mit dem Krieg. Die Leute sprachen vom Vorher und vom Nachher. Ein schöner Tag morgen.

»Wirst du wieder als Lehrerin arbeiten?«, fragte er.

»Nein, in mein altes Leben kann ich nicht zurück. Ich bin hierhergekommen, um es hinter mir zu lassen.« Sie blickte sich im Café um, sah die Platten mit Keksen, die Kuchen auf ihren kleinen Ständern. »Eigentlich weiß ich, was ich machen will.«

Der Einfall kam so klar umrissen daher, dass sie wusste, er stimmte.

»Oh, und was ist das?« Er lächelte ob ihrer plötzlichen Entschiedenheit.

»Ich werde Kochbuchautorin. Um der Wahrheit die Ehre zu geben«, erklärte sie lächelnd, »habe ich damit sogar schon angefangen. Ich werde das zu meinem Beruf machen. Was ist mit dir? Willst du hier bleiben?«

Er zuckte die Achseln. »Das ist nur vorübergehend. Ein Umweg bis zu meiner Entlassung aus dem Militär.«

»Was willst du dann tun?«

»Ich weiß es nicht.« Er rührte in seinem Kaffee. »Wie bei dir gibt es keinen Weg zurück.« Sein Lachen hatte einen bitteren Beiklang »Im Gegensatz zu dir habe ich allerdings keinen Platz, an den ich zurückkehren kann. Mein Land gibt es nicht mehr. Für die Briten bin ich Ausländer, ganz gleich, was ich tue. Ich werde nie dazugehören, nie jemand sein, dem man traut. Es ist dasselbe wie mit Dori. Ihre Dienste im Krieg waren unvergleichlich. Eine der besten Einsatzkräfte, die das SOE je hatte, niemand dort konnte es mit ihr an Mut und Loyalität aufnehmen, aber sie wurde sofort kaltgestellt, als Sie nicht mehr so dringend gebraucht wurde.«

»Sie arbeitet jetzt mit Vera.«

»Für wie lange noch? Vera sitzt im selben Boot. Sechs Monate, höchstens ein Jahr. Danach werden beide ohne Arbeit sein. Weiblich und Ausländerin. Der Geheimdienst wird sich auf seine eigenen Leute verlassen, englische Männer aus der Upper Class, die auf die richtigen Schulen gegangen sind. Ich bin noch suspekter. Ein ausländischer Jude mit antifaschistischem Hintergrund, was heutzutage Kommunist bedeutet. Brauchbarkeit stark eingeschränkt.« Er seufzte. »Mein Bruder ist in Palästina. Ich nehme an, ich werde dort zu ihm stoßen.«

»Du willst dort leben?«

»Ja. Die Juden brauchen ein Heimatland, irgendeinen Ort, an den sie gehören. Die Überlebenden können nicht zurück, nicht wahr? Es bleibt ihnen nichts mehr. Sie brauchen einen Ort für sich. So geht es mir auch.«

»Aber Palästina ist britisches Protektorat.«

»Ja und?« Er schüttelte ungeduldig den Kopf. »Sie haben genug am Hals, hier und Zuhause, im Rest des Empire. Es wird geschehen.« Er beugte sich vor, wobei seine Augen plötzlich sehr eindringlich blickten. »Es geschieht schon. Sie können uns nicht aufhalten. Flüchtlinge machen sich derweil auf den Weg, ein Tröpfeln noch, aber es wird zu einer Flut anwachsen, der sie nicht standhalten können. Und wir werden kämpfen, wenn es nötig sein sollte. Wir haben gelernt, wie das geht.« Er lehnte sich mit verschränkten Armen zurück. »Dank der alliierten Armeen.«

»Warum bist du noch nicht dort, wenn dich das so leidenschaftlich beschäftigt?«

»Weil ich hier noch etwas zu erledigen habe. Wie, glaubst du, sollten diese Flüchtlinge ohne einen Penny in der Tasche, geschwächt durch alles, was ihnen widerfahren ist, ihnen immer noch widerfährt, wie, glaubst du, sollten sie bis nach Palästina kommen?«

»Du hilfst ihnen?«

»Wir nennen es *Brihah*. Es bedeutet Flucht, Entkommen.« Er zündete sich eine Zigarette an und musterte sie durch den aufsteigenden Rauch. »Kann ich dir vertrauen, Edith? Was ich dir nun sage, darfst du niemandem erzählen. Das musst du mir versprechen.«

»Selbstverständlich, ich verspreche es.«

»Das, was du um den Hals trägst«, er beugte sich vor, nahm ihren Anhänger in die Hand und betrachtete das Gesicht der Schwarzen Madonna, »ist das für dich etwas Besonderes?«

»Ja, Dori hat mir den Anhänger gegeben.«

»Und Dori traut dir?«

»Nun, ja …«

»Du würdest ihr Vertrauen nicht brechen, oder?«

»Nein.« Edith schüttelte den Kopf. »Nicht um alles in der Welt.«

Er nahm ihre Hand und schloss ihre Finger um die Ikone. »Dann schwöre darauf.«

Seine Faust um die ihre, die Ikone, die ihr in die Handfläche piekte, sein dunkler, eindringlicher Blick. Worte waren überflüssig. Im Krieg waren Freundschaften und Liebe schnell aufgeblüht unter dem Druck von Weggang, Trennung und der schrecklich nagenden Angst, dass es kein Morgen geben könnte.

»Ich schwöre es.«

»Sehr gut.« Er ließ ihre Hand los. »Nachdem ich nach Großbritannien gekommen bin, habe ich mich so schnell wie möglich gemeldet. Ich bin mit der Achten Armee nach Ägypten geschickt worden. Ich habe Chaim dort wieder getroffen. Er war in der jüdischen Brigade. Ich habe um meine Verlegung gebeten und bin mit ihnen die ganze Zeit über in Italien gewesen. Er wird nicht zurückkehren. Europa ist voller Geister, sagt er. Eine einzige Anklage. Er ist jetzt in der Hagana, im Widerstand gegen die Briten, und kämpft für einen jüdischen Staat.«

»Warum bist du nicht mit ihm gegangen?«

»Es gibt da eine Gruppe von uns, Mitglieder einer Brigade. Wir nennen uns *Tilhas Tizig Gesheften*, was soviel bedeutet wie *Das geht dich einen Scheißdreck an*. Wir sind noch nicht soweit aufzubrechen. Es gibt hier noch ein paar Sachen zu erledigen.«

»Sich darum kümmern, Juden nach Palästina zu bringen?«

»So in der Art.« Er drückte seine Zigarette aus. »Ich habe dir schon mehr erzählt, als ich sollte.«

»Ich würde dich nie verraten, das weißt du.«

»Ganz bestimmt nicht, Edith, aber je weniger du weißt, desto besser. Was möchtest du heute Nachmittag unternehmen? Ich dachte, wir könnten zum Mittagessen nach Blankenese fahren. Die Restaurants dort sollen ziemlich gut sein.«

»Oh, ich habe versprochen, jemanden zu besuchen.« Edith dachte kurz nach. »Vielleicht möchtest du mitkommen? Wir könnten hinterher essen gehen. Könntest du deine Uniform tragen?«

»Warum?«

Sie lächelte. »Wirst schon sehen.«

25

SANATORIUM LANGENHORN

Hamburg

3. März 1946

Frühstück:

Wird Genesenden serviert. Das Gegenteil der in Eglfing-Haar entwickelten B-Kost, um zu nähren, statt verhungern zu lassen. Ist dennoch äußerst unangenehm.
Unter Küche für Kranke? Obwohl es Regel Nr. 2 bricht.
Ersatzkaffee mit 2 Gramm Zucker
3 Gramm Butter/Margarine
2 Gramm Käse
2 Gramm menschliches Haar
Scheibe Brot
Maßeinheiten annähernd

Edith hatte mit Jack abgemacht, dass er sie abholen sollte. Er wartete in der Lobby auf sie. Sie stellte ihm Harry vor.

»Sehr erfreut. Wagen steht hier.«

Harry nahm auf dem Beifahrersitz Platz.

»Jüdische Brigade, was?« Jack warf einen Blick auf sein Ärmelabzeichen mit dem Stern.

»Ja, das stimmt. Ich war in der regulären Armee, wurde dann verlegt, als wir nach Ägypten kamen.«

»Da war ich auch«, sagte Jack, als sie losfuhren. »LRDG. Long Range Desert Group. Verdammt großartig war das.«

»Auch in Italien?«

»Deutlich haariger da. Ich war damals in der S.A.S. Erinnere mich an euren Haufen. Habt wie die Teufel in Faenza gekämpft. Ich habe da am Hang ein paar gute Freunde verloren.«

»Ich auch«, antwortete Harry, und dann sagten beide nichts mehr, aber die Stille war freundschaftlich. Die geteilte Erfahrung des Verlustes im Kampf schmiedete Männer zusammen.

Edith ließ sich auf den Rücksitz fallen und war froh, dass sie einen Draht zueinander gefunden hatten. Es fühlte sich an, als hätte sie ihrem Lieblingsbruder ihren neuen Freund vorgestellt. Jack hatte seinen eigenen Kopf, und wenn er jemanden mochte, war die Sache geritzt. Sie hatte seinen wohlwollenden Blick gesehen, als sie ihm Harry vorgestellt hatte, und die kleinen Haken in seinen scheinbar harmlosen Fragen sehr wohl registriert. Er mochte wie ein schroffer Kerl aus dem Black Country wirken, aber er war gerissen und scharfsinnig. Man sollte ihn nicht unterschätzen. Sie klinkte sich wieder in ihre Unterhaltung ein und stellte fest, dass die Stimmung deutlich heiterer war. Sie redeten jetzt über Bordelle, und Jack erzählte eine seiner Geschichten.

»Da war diese Hure in Neapel. Hatte nur ein Bein. Sehr beliebt, die Dame. Erstaunlich, was sie alles konnte. Sie schnallte das Holzbein ab und …«

Zeit für Edith, sich wieder auszuklinken. Sie kannte die Geschichte sowieso schon. Als sie wieder zuhörte, war Jack bei einem anderen Lieblingsthema angekommen.

»Die Russkies und die ganzen Vergewaltigungen sind wohl passiert, weil die Deutschen nicht dankbar waren. Überall, wo *wir* auftauchten, haben sich die Weiber auf uns draufgeworfen. Nicht nötig, jemandem Gewalt anzutun.«

»Es könnte auch daran liegen, dass die Russen Rache wollten«, erwiderte Harry. »Für all das, was die Deutschen ihnen bei der Invasion ihres Landes angetan haben.«

»Das einerseits«, gab Jack zu, »und dann hatte der Iwan auch nichts zum Handeln. Wir hatten immer irgendwas – Kippen und so. Als wir nach Italien kamen, war da dieses kleine Dorf, praktisch der erste Ort, in den wir kamen, wo die Leute aufgereiht mit ihren Einkaufstaschen standen.«

»Nichts, um stolz drauf zu sein, Jack«, warf Edith ein.

»Vielleicht nicht, aber so ist es nun mal. Krieg ist Krieg, und Menschen sind Menschen.«

Jacks gesalzene Sprache und seine unangepassten Ansichten waren nicht jedermanns Sache, aber er war ein gnadenloser Realist. Edith musste ihn dafür bewundern. Er lebte nach seinen eigenen Regeln und hatte seinen eigenen Moralkodex, der nicht so leicht zu verstehen war. Er konnte ungewöhnlich gütig denen gegenüber sein, die er der Hilfe würdig fand. Alle anderen? Vorsicht …

Er hatte Seraphina und Anna mehrfach besucht und ihnen Dinge mitgebracht, die sie benötigten, um sicherzustellen, dass es ihnen gutging. Er war außerdem behilflich dabei gewesen, dem Krankenhaus Penizillin zu besorgen. Edith wusste nicht, wie er das geschafft hatte, wollte es auch nicht wissen. Irgendetwas musste dabei für ihn herausspringen. Das war eine seiner Regeln.

Anna war in ein Sanatorium verlegt worden: ein großes Backsteingebäude mit mehreren Anbauten. Zwischen schneebedeckten Wiesen, die im intensiven Sonnenlicht blendend hell erstrahlten, fuhren sie eine lange, gewundene Auffahrt hoch. Auf glitzernden glasüberdachten Veranden sah man Patienten aufgereiht liegen, die frontal und an den Seiten den Elementen ausgesetzt waren. Frische Luft wurde als förderlich angesehen, solange die Patienten warm eingepackt waren. In England ging man ähnlich vor. Edith erinnerte sich an eine Schulfreundin, mit TB, die in ein Sanatorium in North Wales geschickt worden war, wo die Patienten im Freien schliefen.

Edith war erleichtert, wie gut Anna aussah. Sie hatte eine gesunde Gesichtsfarbe und Fleisch auf den Rippen. Ihre Augen funkelten. Seraphina sah ebenfalls besser aus, weniger dünn und von Sorgen gebeugt, endlich wieder wie ein Mädchen, eines mit dem Leben vor sich. Sie saß auf Annas Bett und sprang glücklich lächelnd auf, um sie zu begrüßen. Als sie Harry sah, wich sie ein wenig zurück. Sie war Fremden gegenüber immer noch schüchtern.

Harry lächelte. »Schalom.«

»Sie sind Jude und Soldat?«

Seraphina streckte die Hand nach dem jüdischen Davidstern aus, den er auf dem Ärmel trug. Dabei machte sie große Augen, als ob sie nicht ganz glauben könnte, dass er echt sei.

Harry lachte. »Ja, das bin ich.«

Kurz davor, Tränen zu vergießen, blickte sie ihn mit feuchten Augen an. Dann lachte sie und wandte sich ab, während sie sich mit einem Taschentuch die Augen wischte.

»Tut mir leid, wie albern von mir. Es ist nur …« Sie schüttelte den Kopf, unfähig, ihre Gefühle in Worte zu fassen. Sie blickte ihn immer noch erstaunt an, während er sie anlächelte. »Kommen Sie, Sie müssen Anna kennenlernen. Sie wird es nicht für möglich halten.«

Sie führte ihn ans Bett ihrer Schwester. Es dauerte nicht lange, und alle drei schwatzten auf Jiddisch.

»Das funktioniert ja prächtig«, kommentierte Jack. »Harry scheint die beste Medizin zu sein.«

»Ja, ganz hervorragend. Lassen wir sie eine Weile allein. Anna scheint es viel besser zu gehen. Ich frage mal nach dem Arzt, um etwas über ihre Genesung in Erfahrung zu bringen.«

Sie verließ die Station und begab sich Richtung Haupteingang und Direktionszimmer. Einen langen Flur mit hellgrünen Wänden und schwarzweißen Kacheln entlang folgte sie den Hinweisschildern. Fast am Ende blieb sie wie vom Blitz getroffen stehen. Er stand an einer Schnittstelle, von der mehrere Korridore sternförmig abgingen. Er war stehen geblieben, als wäre ihm gerade etwas längst Vergessenes wieder eingefallen. Er hatte die richtige Größe, war im weißen Arztkittel, Stethoskop um den Hals wie einen Kragen. Er musste unter einem Oberlicht stehen, denn er wurde mit einem starken, weißen, nordischen Licht von oben illuminiert. Als er auf die Akten blickte, die er in der Hand hielt, erfasste die Sonne das Gold in seinem Haar, das kürzer war als früher und an den Seiten rasiert.

Es war Kurt, ganz sicher.

All dies in der Spanne zwischen zwei Schritten. Dann war er fort.

Sie sah gerade noch den weißen Mantel aufblitzen und verschwinden, bevor sie die Verfolgung aufnahm. Sie war fast im Foyer, als sie beinahe mit Harry zusammengestoßen wäre.

»Hast du einen Arzt gesehen? Groß, blond. Er lief hier entlang.«

»Nein, ich …«

In der Sekunde tauchte er wieder auf. Es handelte sich eindeutig nicht um Kurt.

»Macht nichts.« Edith wusste nicht, ob sie erleichtert oder enttäuscht sein sollte.

»Anna ruht sich aus.« Harry lachte. »Die Krankenschwester hat mich rausgeworfen. Sehen wir uns draußen?«

»Ich muss noch den Direktor treffen.« Edith blickte auf die Uhr. »Dauert bestimmt nicht lange.«

»Gnädige Frau, was für eine Ehre. Bitte nehmen Sie Platz.«

Der Direktor, der Beckenbauer hieß, faltete die kleinen Hände über seinem beträchtlichen Bauch und zwinkerte heftig hinter randlosen Gläsern. Edith schenkte seiner Litanei von Problemen und Beschwerden kaum Beachtung. Sie war zu sehr mit der Frage beschäftigt, was sie getan hätte, hätte Kurt wirklich vor ihr im Korridor gestanden.

»Ernährung ist ein Problem«, sagte er. »Patienten können ohne gute Ernährung nur schwer genesen. Deswegen haben sie an einem Experiment teilgenommen …«

Edith sah auf. Hatte es davon nicht schon genug gegeben? Er trat an ein Regal, nahm eine Blechdose heraus und öffnete sie mit großer Geste. Sie glaubte, er würde ihr einen Keks anbieten, doch sie enthielt menschliche Haare, dunkel, blond, rötlich, kraus und glatt, alle gekämmt und gewaschen wie Wollstränge. Sie musste schlucken.

»Das Haar wird gesammelt, sterilisiert, klein geschnitten, und dann entzieht man ihm durch einen speziellen Prozess die Nährstoffe«, erklärte der Direktor und fuhr sich mit der Hand über seine glänzende Glatze.

Edith starrte auf die Stränge menschlichen Haars. Diese ganze Angelegenheit hatte einen ekelhaften, anstößigen Beigeschmack.

Hatte man in den Konzentrationslagern nicht auch Haare gesammelt? Sie wandte den Kopf beiseite.

»Das Endergebnis schmeckt wie Fischpaste. Möchten Sie einmal probieren?«

»Vielen Dank, Herr Doktor. Ich glaube es ihnen auch so.« Sie erhob sich und wollte nichts als dort weg. »Ich möchte sie nicht länger aufhalten.«

»Ich werde Sie zum Wagen bringen.«

Harry und Jack standen auf der Treppe und rauchten. Sie traten ihre Zigaretten aus und folgten ihr.

Jenseits des Parkplatzes befand sich ein Trakt etwas entfernt vom Hauptgebäude. Groß, aus rotem Backstein mit einem hohen verrußten Schornstein am Ende, die Fenster vernagelt. Dr. Beckenbauer hatte von Überbelegung gesprochen. Wie merkwürdig, dass dieses Gebäude leer zu stehen schien. Vielleicht war es im Krieg bei einem Angriff beschädigt worden, aber Edith sah dafür keinen Anhaltspunkt.

»Was ist das?«, fragte sie.

»Eine Einrichtung für geistig behinderte Patienten«, antwortete Dr. Beckenbauer. »Wird nicht länger genutzt.« Keine weitere Erklärung. »Meine Herren, die Dame.«

Er vollführte eine schnelle Verbeugung, bevor er zurück nach innen eilte.

26

RESTAURANT FISCHHAUS

Hamburg-Blankenese

3. März 1946

Menu
Aalsuppe
Matjes
Schwarzbrot
Räucheraal
Kartoffelsalat
Holsten Bier
Eiskalter Doornkaat

Schmeckt sehr nach Ostsee: Aal, Hering in unterschiedlichen Zubereitungen, mit Schnaps und Bier zu verputzen. Meine männliche Begleitung blieb bei Hering und Schnaps. Einer, weil Aale nicht koscher sind, der andere, weil ihre Haut schwarz ist.

Edith würde Roz darum bitten, sich Beckenbauers Fragebogen einmal genauer anzuschauen. Ihm hatte etwas Unappetitliches angehaftet, und es lag nicht nur an diesem merkwürdigen Rezept.

»Was passiert mit den beiden Mädchen, wenn sie hier rauskommen?«, wollte Jack wissen. »Ein Lager für Heimatvertriebene?«

»Nicht, wenn ich es verhindern kann.« Harry drehte sich finster nach dem Hospital um, während sie losfuhren. »Davon haben sie genug gehabt.«

»Ich werde schon etwas für sie finden«, sagte Edith. »Keine Sorge.«

Roz und sie hatten darüber gesprochen, aus ihren jeweiligen Unterkünften auszuziehen. Roz hatte erklärt, dass sie es keinen Tag länger aushalte, das Badezimmer mit anderen Mädchen zu teilen. Edith kannte das Gefühl. Sie war das Gemeinschaftsleben leid, und ihr Zimmer war trotz ihrer Warnung erneut durchwühlt worden. Frische Kratzspuren am Messingschloss ihrer Schreibtischschublade, als ob jemand versucht hätte, das Schloss mit einer Haarnadel zu knacken. Wenn Edith und Roz erst einmal eine eigene Wohnung hätten, könnten die beiden Mädchen fürs Erste bei ihnen unterkommen. Aber langfristig?

»Was werden sie wohl wollen?«, fragte Edith. »Wir bestimmen ständig über Leute, aber was wollen sie denn?«

»Sie möchten zurück in die Tschechoslowakei«, antwortete Harry.

»Das ist wohl natürlich«, meinte Edith. Sogar nach allem, was geschehen war, wollten sie zurück zu dem, was sie kannten, in die Welt, an die sie sich erinnerten, eine Welt, die es nicht mehr gab. »Das Problem ist, dass es so nicht mehr sein wird, nicht wahr?«

»Nein, wird es nicht.« Harry starrte aus dem Fenster. »Das ist weitverbreitet, wir erleben das oft. Sie wissen, dass nichts mehr übrig ist, aber ein Teil von ihnen glaubt insgeheim, dass es irgendwo noch Bestand hat und auf sie wartet. Sie haben Angst, dass niemand weiß, wo sie sind, wenn sie nicht zurückkehren. Außerdem wollen sie nachschauen, was von ihrer Familie übriggeblieben ist. Es hört sich brutal an, doch es ist Unsinn. Höchstwahrscheinlich gibt es keine Familie mehr. Sie werden niemanden finden. Und sie werden auf Ablehnung treffen. Man hat sich ihre Häuser geschnappt. Wenn sie nach ihrer Familie fragen, werden die alten Nachbarn nur lachen und zum Himmel weisen. Das ist noch das Beste, was passieren kann. Mir sind Berichte über neue Pogrome zu Ohren gekommen: Juden, Überlebende, die nach Hause kommen und angegriffen werden, ermordet, totgeschlagen.«

»Also? Was tun?«, fragte Jack.

Harry antwortete nicht. Edith wusste, was er dachte: *Tilhas Tizig Gesheften – Das geht dich einen Scheißdreck an.* Man würde sich um die Mädchen kümmern.

Sie näherten sich Blankenese. Edith schlug Jack vor, seine Freundin Kay abzuholen. Sie könnten zusammen zu Abend essen.

»Was war da los?«, fragte Harry, während der Kellner den Schnaps servierte.

»Was meinst du?«

»In der Klinik.« Seine Hände spielten mit einem Zahnstocher. »Warum bist du dem Typen hinterhergerannt?«

»Ich dachte, ich hätte ihn erkannt. Er sah ein wenig wie jemand aus, den ich vor dem Krieg kannte.«

»Der Typ, der Arzt war?«

Edith nickte. »Sein Name ist Kurt von Stavenow.«

Harry blickte sie prüfend an. »War das Zufall, oder suchst du nach ihm?«

»Letzteres.«

»Wird nach ihm gefahndet, diesem von Stavenow?«

Edith nickte erneut. Sie hatte Harry von ihm erzählen wollen, mit ihm über ihren Auftrag reden, aber es hatte sich nie ergeben, war nie die passende Gelegenheit gewesen.

»Naziärzte haben ein paar sehr schlimme Dinge gemacht …« sagte er, wobei die ekelverzerrte Miene sein Understatement Lügen strafte.

»Ja, nicht wahr?« Edith seufzte. Aus irgendeinem Grund standen ihr Tränen in den Augen. »Das haben sie wirklich.«

Ein leichtes Stirnrunzeln, ein Zucken der Augenbraue, ein fragender Blick aus seinen dunklen Augen. Er wusste, da war mehr. Sie wollte mit ihm nicht über Kurt reden. Über nichts davon. Noch nicht. Edith trank ihren Schnaps in einem Zug aus. Die kalte, klare Spirituose schmeckte wie Medizin und ließ sie schaudern, hob ihre Stimmung aber wunschgemäß. Sie blickte hoch und sah mit Erleichterung, dass Jack und Kay die Gaststätte betraten.

Ohne Unform sah Kay anders aus. Viel jünger und sehr attraktiv. Sie trug Lippenstift, ihre kurzen Fingernägel waren rot lackiert. Mit ihrer gesunden Gesichtsfarbe, den hohen Wangenknochen, dem vollen Mund und ihrem dunklen, lockigen Haar sah sie ein wenig aus wie Joan Crawford. Kein Wunder, dass Jack von ihr hingerissen war.

»Jack hat mir erzählt, dass Sie im Sanatorium waren, um Anna und Seraphina zu besuchen«, sagte sie. »Ich war ein, zwei Mal dort, um nach ihnen zu sehen.«

»Der zuständige Arzt ist ein bisschen komisch«, erwiderte Edith. »Er hat mir die Haarkost erklärt.«

»Haben Sie es probiert?«

Edith zog ein Gesicht und schüttelte den Kopf.

»Ich schon.« Kay lachte. »Sieht wie Anchovispaste aus. Schmeckt auch so. Ich hoffe um seinetwillen, dass es auch funktioniert. Er hat in Schwierigkeiten gesteckt, unser Dr. Beckenbauer. Er muss sich ziemlich in Acht nehmen.«

»Warum das?«, fragte Edith, die wissen wollte, ob es einen Grund für ihre spontane Antipathie gab.

»Ist Ihnen ein Gebäude etwas weiter abseits aufgefallen?«

»Vernagelt?«

»Genau das. Bei einem meiner Besuche hat Seraphina mir erzählt, dass sich dort Patienten befinden. Sie nannte sie Muselmänner.«

»Was soll das heißen?«, fragte Jack verdutzt. Er hatte dieses Wort noch nie gehört.

»Es bedeutet extreme Auszehrung«, erklärte Harry. »Es ist ein Begriff, den sie in den Lagern benutzt haben.«

Kay nickte. »Ich gehe also zu Dr. Beckenbauer und bestehe darauf, mir das Innere des Gebäudes anzuschauen. Aber gern doch. Seraphina hatte recht Diese Patienten zeigen Anzeichen fortgeschrittener Unterernährung. Es handelt sich um psychisch Kranke, erklärt er mir, sie erhalten nicht die gleichen Rationen wie die im Haupttrakt des Hospitals. Als ich frage, warum denn das, alle Patienten müssten doch die gleiche Ration bekommen, ist er schockiert. Er hatte nicht angenommen, dass das auch für ihn gilt.«

»Und dann?«

»Ich habe es gemeldet. Er wurde verwarnt, die Patienten wurden verlegt, die Einrichtung wurde geschlossen. Wir haben hier dieselben

Probleme mit deutschen Ärzten und Schwestern wie Sie mit Ihren Lehrern. Um bei den Nazis zu praktizieren, musste man in der Partei sein.«

»Das ist überall so«, sagte Harry düster. »Sie lassen sie wieder zu. Sie dürfen ihre Plätze wieder einnehmen.«

»Es gibt einfach nicht genügend Ärzte«, antwortete Kay. »Die Militärregierung muss die Todesrate in der Bevölkerung niedrig halten, also darf man nicht zu wählerisch sein. Die deutschen Ärzte werden von einem deutschen Komitee eingesetzt. Ich vermute, dass die meisten von ihnen ehemalige Nazis sind, aber was soll man machen?«

»Wo bleibt das Essen?« Jack blickte sich suchend um. »Ich bin am Verhungern.«

Harry mochte seine Suppe nicht und zündete sich eine Zigarette an.

»Was ist das?« Jack fischte ein Stück schwarze Haut aus der seinen. »Sieht aus wie Eingeweide. Schmeckt bestimmt auch so. Das esse ich nicht.«

»Es ist gut, Jack.« Kay kostete ihre Suppe. »Du solltest etwas Neues probieren.«

»Das überlasse ich dir.« Jack schob den Teller von sich. »Er isst es auch nicht.«

»Ich esse keinen Aal.«

Nicht koscher, fiel Edith ein. Das hatte sie in irgendeiner Schulstunde über religiöse Bräuche gelernt. Aale haben keine Gräten.

Die beiden Männer tranken Schnaps und aßen Hering.

»Was machen Sie, wenn Sie entlassen werden?«, fragte Harry.

»Keinen Schimmer.« Jack lachte. »Soweit habe ich noch nicht vorausgedacht.«

»Was ist mit Ihnen, Kay? Krankenschwester?«

»Nein, davon habe ich genug. Ich war auf der Kunstschule, bevor ich mich freiwillig gemeldet habe. Ich werde mich am Royal College bewerben, mein Leben dort wieder aufnehmen, wo ich es unterbrochen habe.« Kay tupfte sich mit der Serviette den Mund ab. »Hin und wieder mache ich mich mit meinem Rucksack auf, packe ein paar Sandwichs rein, eine Thermoskanne Tee, einige Höschen, eine Flasche Whisky und mein Zeichenbuch. Ich habe Galerien und Museen in Holland, Belgien und hier in Deutschland besucht und hoffe, bis nach Paris zu kommen. Ich hänge es nicht an die große Glocke und erzähle kaum jemandem, dass ich Künstlerin werden will. Man rät mir dann sowieso nur, Krankenschwester zu bleiben. Sie wissen, wie die Leute sind.«

»Ich mag Kay wirklich sehr«, sagte Edith, als sie und Jack auf dem Rückweg nach Lübeck waren. »Ich hoffe, Sie behandeln sie gut.«

»Habe mir schon gedacht, dass Sie beide gut miteinander klarkommen.«

»Sie wird also Kunst studieren.«

»Mhmm.« Jack starrte in die Dunkelheit. Sie waren länger geblieben als angeraten. Alles war vereist.

»Was werden *Sie* machen, Jack? Sie haben sich bedeckt gehalten.«

»Ich werde sie heiraten. Habe sie aber noch nicht gefragt«, fügte er fast schüchtern hinzu. »Wäre also froh, wenn Sie das für sich behalten könnten.«

Es war nicht gerade das, wonach Edith ihn gefragt, und ganz sicher nicht die Antwort, die sie erwartet hatte.

»Sie können auf mich zählen, Jack«, sagte sie. »Kein Wort kommt über meine Lippen.«

Jack konnte ebenso leicht ein Thema wechseln wie einen anderen Gang einlegen. Sie wusste immer noch nicht, was er vorhatte, und davon abgesehen auch nicht, was er früher gearbeitet hatte.

Sie waren spät dran. Alle anderen Häuser in der Straße lagen im Dunkeln, außer ihre Unterkunft. Die Vorhänge waren nicht zugezogen, und alle Lichter waren eingeschaltet. Sie warfen ein gelbes Licht auf den weißen Rasen. Sogar bevor sie den Jeep sah, der vor dem Haus stand, wusste sie, dass etwas nicht stimmte.

»Sieht nach Militärpolizei aus«, sagte Jack.

»Irgendwas muss passiert sein.« Edith stieg aus. »Ich glaube, Sie kommen besser mit, Jack.«

Die Tür öffnete sich, bevor sie auch nur den Schlüssel umgedreht hatte. Hildes blaue Augen trafen die von Edith und wichen ihr dann aus. Hinter der üblichen Passivität des Mädchens spürte Edith deutlich Angst.

Edith reichte ihr Hut, Mantel und Handschuhe. Jack blieb in Mütze und Wintermantel stehen, verschränkte die Arme und wartete ab.

Die beiden Militärpolizisten standen in der Mitte des Wohnzimmers. Groß und maskulin sahen sie aus und ein wenig unsicher, was zu tun sei. Die deutschen Mädchen standen aufgereiht an der Wand, die Hände ineinandergelegt, Augen niedergeschlagen. Angie, Ginny und Franny saßen aneinandergekauert auf dem Sofa. Sie hatten rote Augen und weinten. Lorna und Jo standen etwas weniger hysterisch am Fenster, hatten aber ebenfalls gerötete Augen. Frau Schmidt drückte sich in der Tür herum und rang die Hände, während ihr dicke Tränen über die Wangen liefen.

»Was ist denn passiert, um Himmels willen?«

»O Edith, Gott sei Dank, dass Sie zurück sind.« Angie blickte mit glasigen blauen Augen und nass verklebten Wimpern auf. »Es ist Molly. Es hat einen schrecklichen Unfall gegeben.«

Daraufhin legte Ginny wieder los, und beide brachen in Schluchzen aus. Aus ihnen würde sie nichts herausbekommen. Edith wandte sich an die beiden Polizisten.

»Vielleicht könnte einer von Ihnen mir erklären, was passiert ist?«

»Sie sind?«

»Edith Graham. Ich wohne hier.« Edith zeigte ihm ihren CCG-Ausweis. Er neigte den Kopf ein wenig zum Gruß, als er ihren Rang sah.

»Es hat einen Unfall gegeben, Ma'am. Es geht um Miss Slater. Tödlich, fürchte ich.«

Er nestelte an der roten Mütze in seiner Hand. »Wir brauchen jemanden, der die Leiche identifiziert.«

»Ich konnte es nicht! Ich konnte es einfach nicht!«, rief Angie.

»Ich auch nicht!« Tränen standen in Ginnys braunen Augen. »Es ist zu schrecklich.«

Franny schüttelte den Kopf und stierte auf ihr durchnässtes Taschentuch, das sie umklammert hielt. Von allen schien sie am schwersten mitgenommen zu sein, obwohl sie den grausamsten Spott abbekommen hatte.

»Wann ist das passiert?«, fragte Edith den Polizisten.

»Heute Abend. Sie saß auf einem Motorrad. Vereiste Straße. Kein Helm natürlich. Es ist, nun ja, kein schöner Anblick.«

»Verstehe«, unterbrach Edith ihn. »Danke, Sergeant.« So sehr sie die allgemeine Hysterie im Zimmer verabscheute, waren diese Mädchen jung und standen unter Schock. »Ich werde es tun. Ich werde sie identifizieren.«

»Ich komme mit«, meldete Lorna sich freiwillig vom Fenster her. »Ich hole meinen Mantel.«

Jack fuhr sie und folgte dem Jeep. Es war nicht weit. Man hatte das Mädchen ins Krankenhaus des Roten Kreuzes gebracht: ein modernistisches Gebäude aus rotem Backstein in der Marlistraße am Ufer der Wakenitz.

Sie folgten den beiden Militärpolizisten in den Keller. Ein starker Geruch hing in dem langen, beigen Korridor, Desinfektionsmittel und Formaldehyd mit einer darunterliegenden süßlichen Note, als ob Leichenhallen sich niemals vom Verwesungsgeruch befreien könnten. Lorna presste ein Taschentuch auf Mund und Nase. Einer der Polizisten öffnete mit Gummi abgedichtete Doppeltüren. Er knipste mehrere Wandschalter an. Aus paarweise niedrig hängenden Lampen erstrahlten weiße Lichtkegel, während ihre breiten Metallblenden Schatten an die Decke und in die Raumecken warfen. Sämtliche Oberflächen waren mit Fliesen bedeckt, das wenige Licht kam durch zwei kleine Fenster ganz oben in einer weit entfernten Wand. Es fühlte sich an, als befinde man sich in einem weißgefliesten Käfig.

Die Lampen illuminierten mehrere Seziertische aus Keramik auf massiven Sockeln, drei belegt, einer leer. Die Tische waren am Kopfende rund, am Fußende hingegen eckig mit einer Wölbung am Ende. Der leere Tisch wies eine geriffelte Oberfläche auf, die zur Mitte hin abfiel. Metallrohre sorgten für den Abfluss. Lorna würgte, als würde ihr übel, und wandte rasch den Kopf beiseite, als wäre die Wirklichkeit dessen, was hier vor sich ging, einfach zuviel für sie.

Edith legte ihr eine Hand auf den Arm. »Du musst das nicht tun, Lorna. Wenn du dich unwohl fühlst, kannst du gehen.«

»Nein.« Sie schüttelte den Kopf. »Ist schon in Ordnung.« Sie lächelte schwach. »Bringen wir es hinter uns, ja?«

»Gut«, sagte Edith und blickte den Sergeanten an.

»Die auf der rechten Seite mit dem heruntergezogenen Laken, Ma'am.«

Edith trat vor. Sie nahm Lornas Hand und drückte sie fest. Das Mädchen war so weiß wie die Kacheln an der Wand.

Von Molly Slater war nur der Kopf zu sehen. Ihr schlanker Körper war mit einem groben, abgenutzten Laken bedeckt. Die rechte Seite ihres Gesichts war unversehrt. Sogar ihr Make-up war perfekt. Dunkle, mit Mascara getuschte Wimpern streiften die bläuliche Haut ihrer Wange. Das platinblonde Haar war in Wellen gelegt. Kaum eine Strähne war verrutscht. Die andere Hälfte ihres Gesichts war eine Katastrophe. Das silbrige Haar verklumpt und blutig, der Schädel darunter verunstaltet, Abschürfungen allenthalben. Edith zwang sich, auf die gute Seite zu schauen, die Mollyseite. Sie hatte sie vielleicht nicht sonderlich gemocht, aber sie war kaum mehr als ein Kind. Die geschlossenen Augen wiesen einen verunglückten blauen Eyeliner auf, als wäre sie mitten im Schminken unterbrochen worden oder ihre Hand wäre abgerutscht. Edith spürte, wie aufkommende Tränen heiß in ihr brannten.

»Ist sie es?«, fragte der Sergeant. »Miss Margaret Slater?«

»Ja.« Edith nickte mit einem Kloß im Hals.

»Miss?« Er wandte sich an Lorna.

»Ja, sie ist es. Es ist Molly. Man nannte sie Molly, nicht Margaret«, fügte sie hinzu, als wäre das wichtig für ihn.

Edith deutete mit dem Kopf auf den Tisch neben Molly.

»Und dort liegt?«

»Miss Slaters Freund.« Er blickte auf seine Notizen. »Laut Ausweispapieren ein gewisser Valdemārs Jansons.«

Auf der anderen Seite von Molly befand sich noch eine Leiche, die vollständig verhüllt war. Nur eine Hand lugte unter dem grauen Tuch hervor. Eine schmale Hand mit abgebissenen Nägeln und fehlenden oberen Gelenken des kleinen Fingers. Die Haut war aufgerissen, gelblich wie die zerbrochene Oberfläche einer Porzellanpuppe.

»Wer ist die Frau?«

»Wer weiß?« Der Sergeant zuckte die Schultern. »So etwas nennen die Yanks Jane Doe. »Keine Identifizierung möglich. Displaced Person wahrscheinlich. Beim Eisbrechen aus der Trave gefischt.«

Edith widersetzte sich seinen Bemühungen, sie in Richtung Tür abzuschieben.

»Moment«, sagte sie. »Ich glaube, ich kenne sie. Darf ich einen Blick werfen?«

»Sind Sie sicher? Ist kein schöner Anblick, Ma'am. Sieht aus, als wäre sie eine Weile da unten gewesen.«

»Ist schon gut.« Edith konnte den Gedanken nicht ertragen, dass sie hier namenlos und von niemandem vermisst lag.

Er zog das Laken von ihrem zerstörten Gesicht. »Könnte schlimmer sein. Das Wasser war kurz vor dem Gefrierpunkt. Aber es sind die Fische, sehen sie? Besonders Aale.«

»Danke, Sergeant.« Edith musste schlucken. »Ich denke, ihr Name ist Agnese. Sie hat in unserer Unterkunft gearbeitet. Eine Lettin, wenn ich es recht weiß.« Sie wandte sich an Lorna. »Sie war nicht mehr da seit …?« Lorna zuckte die Achseln und schüttelte den Kopf. »Ich würde sagen ein paar Wochen jetzt.«

Er zückte sein Notizbuch. »Nachname?«

»Tut mir leid, den kenne ich nicht, aber sie behauptete, die Cousine dieses jungen Mannes zu sein, der dort drüben liegt.«

»Verstehe.« Er schrieb etwas auf und klappte sein Notizbuch zu. »Danke, Miss Graham. Sie haben uns sehr geholfen.«

»Sie kannten also das andere Frauenzimmer?«, fragte Jack, als sie zurück zum Wagen gingen. Den Kopf ihr beflissen zugewandt, lief der jüngere Militärpolizist mit Lorna voraus.

»Sie hat in der Unterkunft gearbeitet«, wiederholte Edith. »Die oberen Glieder des kleinen Fingers fehlten ihr. So habe ich sie wiedererkannt. Sie ist … war … Jansons Cousine.«

»Er ist ziemlich ramponiert«, sagte Jack ruhig.

»Jansons?«

»Ja. Der Kopf ist fast komplett abgetrennt. Ich hab einen Blick riskiert, als Sie mit dem Mädchen beschäftigt waren. Das war kein Unfall. Partisanentrick. Hab viele davon in Italien gesehen. Draht über die Straße gespannt.« Er ließ ein gutturales Geräusch hören und fuhr sich mit einem Finger über den Hals. »Erledigt.«

Sie war todmüde. Im Haus war es still. Die Mädchen waren mit einer Tasse Kakao zu Bett gegangen. »Für den Schock«, hatte Frau Schmidt gesagt und Edith ebenfalls welchen angeboten, aber das war so ziemlich das Letzte, wonach ihr der Sinn stand. Sie goss sich einen großen Whisky ein und ging auf ihr Zimmer. Sie hatte Postkarten, Speisekarten. Sie musste Rezepte schreiben und einen Code, aber sie schaffte es nicht, sich darauf zu konzentrieren. Was sie gerade gesehen hatte, überlagerte alles.

Sie starrte auf das leere Blatt Papier und geriet ins Grübeln. Agnese war sehr bald nach ihrem Gespräch in der Küche verschwunden. Und Harry Hirsch. Am Freitagabend hatte sie ihm von dem Angriff auf sie erzählt. Am nächsten Morgen war er nicht da gewesen. Ein Telefonat erledigen, hatte er gesagt. Tilhas Tizig Gesheften. Geht dich einen Scheißdreck an. Sie sollte mit diesem Spionieren aufhören. Das war nichts für sie. Den immer größer werdenden dunklen Schatten entkommen. Sich nicht länger einmischen. Sie schlug die Hände vors Gesicht, während Tränen durch ihre Finger strömten, Tränen für zwei junge Frauen, die im Leichenschauhaus lagen. Und vielleicht war das alles ihre Schuld.

27

BRITISH OFFICERS' CLUB
Hamburg
6. März 1946

Lunch

*Barnsley Chop – 2 x 300 Gramm Lammkotelett aus der Lende, serviert mit Cumberland Sauce**
Jam roly-poly Pudding – Lieblingsnachtisch von Schuljungs
**Cumberland Sauce (Siehe: Saucenempfehlungen)*
Vorbereitungszeit 8–12 Minuten. Kochzeit: 10–15 (simmern 3–4 Minuten, um anzudicken). Ergibt eine bis vier Portionen.

Diese Koteletts sind schrecklich gut. Die besten, die ich hatte, seit ich hier bin.« Bill Adams grub seine kleinen, scharfen Zähne in das rosa Fleisch nah am Knochen. Er wurde immer katzenhafter, je öfter sie ihn traf. »Warum nennt man sie Barnsley Chops, was denken Sie? Ich bin sicher, dass *Sie* das wissen. Mit Ihrem Interesse am Kochen …«

»Benannt nach einem Wirtshaus in Barnsley«, antwortete Edith gelassen, obwohl die Erwähnung von Kochen alle Alarmglocken läuten ließen. »›The King's Head‹, wenn ich mich recht entsinne, obwohl andere es wohl auch für sich reklamieren.«

»Jedenfalls sind sie verdammt gut.«

Edith war unter dem Vorwand eines Informations- und Trainingsbriefings zum Lunch im Officers' Club in Hamburg einbestellt worden. Als sie Ausflüchte machen wollte, war Adams kumpelhafter Ton plötzlich ins Aalglatte und Drohende umgeschlagen.

»Die Deutschen scheinen Lamm nicht sonderlich zu mögen, nicht wahr? Meistens Schweinefleisch, Kalbfleisch, diese Sorten. Es gibt immer Schnitzel, finde ich. Ganz lecker auf seine Weise, kann einem aber schnell zuviel werden, die ganzen Semmelbrösel, und ich mag hin und wieder mein Lamm. Der neue Koch ist Engländer. Das dürfte es erklären. Also, wo war ich?« Er legte ein sorgfältig abgenagtes Kotelett auf den Teller. »Ich weiß. Der Freund. Jansons?« Er wischte sich das Fett von den Fingern und schob den Teller von sich. »Die Sache ist die, dass es kein Unfall war. Kopf fast abgetrennt.«

»Oh?« Edith versuchte überrascht zu klingen. »Der Polizist meinte, dass die Straße eisig war. Er kam ins Schleudern, verlor die Kontrolle.«

»So hat man es ihnen eingetrichtert, das geben wir so nach außen, und es ist das, was man den Eltern gesagt hat.« Er zuckte die Achseln. »Stimmt nicht.«

»Was ist dann passiert?«

»Draht quer über die Straße gespannt. Hat ihn so erwischt.« Demonstrativ fuhr Adams sich mit dem Messer über den Hals und stieß dabei seinen Kopf ruckartig nach hinten. »Motorrad fliegt durch die Gegend. Sie sitzt hinten. Runtergefallen, kein Helm.« In einer Geste hoffnungsloser Unausweichlichkeit streckte er die Hände mit den Handflächen nach oben aus. »Wir wollen natürlich nicht, dass das nach außen dringt. Es ist ein Unfall und wird stets einer sein. Sie hätte bei der Wahl ihrer Freunde vorsichtiger sein können, aber so ist es nun mal. Ich meine … Sie haben Ihr Essen kaum angerührt, darf ich?«

Seine Gabel schwebte wie eine Tatze über ihren Koteletts.

»Nur zu. Ich bin so gar nicht hungrig.«

»Wäre doch Verschwendung. Was ist denn mit, Sie wissen schon …« Er beendete den Satz nicht, weil er zu sehr damit beschäftigt war, die Koteletts zu verschlingen. »Lust auf Pudding?« Er warf einen Blick auf die Speisekarte. »Sie machen einen guten Jam rolypoly.«

»Nur Kaffee.«

»Sie waren am Wochenende in Hamburg, habe ich gehört«, sagte Adams, als sein Pudding kam. »Vor diesem traurigen Zwischenfall mit der unglücklichen Miss Slater.« Er hielt inne, Löffel erhoben. »Das hatte nicht zufällig etwas mit ihrem jüdischen Freund Harry Hirsch und seinen Freunden zu tun?«

»Wie soll ich das wissen?«

»Wie konnte *er* das wissen, wäre meiner Meinung nach die naheliegendere Frage. Gewisse Regeln müssen eingehalten werden.« Adams gestikulierte mit seinem Löffel. »Wir können es nicht zulassen, dass Menschen das Gesetz in die eigene Hand nehmen. Nach dem Krieg haben wir einiges davon erlebt, das ist verständlich, und wir haben ein Auge zugedrückt, aber so kann es nicht weitergehen. Vielleicht könnten Sie diese Nachricht weiterleiten? Sein Bruder ist in der Hagana, wie ich höre.«

»Hagana?«

»Paramilitärische Organisation in Palästina. Wollen einen jüdischen Staat etablieren. Nicht gerade zimperlich in ihren Mitteln. Sind dabei, ein ziemlicher Dorn in unserem Fleisch zu werden.«

»Wollen Sie ihnen das vorwerfen?«

»Darüber habe ich nicht zu urteilen. Aber Palästina ist zurzeit unter unserer Herrschaft, und es könnte eine undankbare Aufgabe werden, zwischen ihnen und den Arabern zu vermitteln. Die Dinge ändern sich gewaltig, alte Loyalitäten und Allianzen lösen sich auf, neue formen sich.« Er stocherte mit seinem Löffel im Nachtisch herum, sah dann auf. »Wo wir gerade davon reden, dieses Interesse am Kochen. Erzählen Sie mir etwas darüber, ja? Sie sammeln Rezepte, nicht wahr? Speisekarten, solche Sachen. Kleine Schnipsel wie Mockturtle-Suppe, Barnsley Chops?«

»Ja, das stimmt.« Edith schaute in seine Katzenaugen und hielt seinem unvermittelt scharfen, fragenden Blick stand. Sie musste die Nerven behalten. Er war so etwas wie die finstere Ausgabe des schusseligen britischen Aristokraten: immer locker und lässig, darunter aber stets ein Hauch von Drohung. »Ich mache das schon ewig.« Sie lächelte und breitete unschuldig die Hände aus. »Ist ein Hobby von mir.«

»Teilen Sie dieses Hobby mit Freunden Zuhause?« Seine langen, schlanken Finger packten den Löffel fester. »Mit Gleichgesinnten?«

»Ja. Ich schicke ihnen Rezepte, Speisekarten, alles, was ich interessant finde. Meiner Schwester Louisa, anderen Freundinnen.« Edith zuckte die Schultern. »Frauen machen so etwas.« Ihre Hände lagen locker auf dem Tisch. Sie war nicht sicher, worauf er hinauswollte, aber sie durfte sich keinerlei Beunruhigung anmerken lassen. Wenn du befragt wirst, bleib so nah an der Wahrheit wie möglich. Das war Doris Rat gewesen. Spiel die verletzte Unschuld, so lange du kannst, dann geh in die Offensive. »Warum interessiert Sie das so sehr?«

»Einfach nur alles im Auge behalten.« Er löffelte weiter seinen Pudding, bei dem Marmelade heraustropfte. »Ich möchte nicht, dass etwas Vertrauliches öffentlich wird.«

»In einem Rezept für Mockturtle-Suppe?« Edith lachte, um zu demonstrieren, wie grotesk das war.

»Es sind schon seltsamere Dinge geschehen.« Adams fuhr sich mit der Hand kurz über den Mund. »Ich lasse das für den Moment so stehen.« Er legte seinen Löffel ab. »Die Marmelade ist zu heiß.«

»Wahrscheinlich eine gute Idee«, kommentierte Edith. »Sie wollen sich ja nicht den Mund verbrennen. Ein Hobby wie Kochen hat seine Vorteile. Woher wissen Sie überhaupt, dass ich meinen Freundinnen Rezepte schicke? Wird meine Post gelesen?«

Adams nahm den Löffel wieder auf. »Wo wir gerade von Nachrichten reden, ich bekam gestern eine von Leo. Der Grund für dieses Treffen übrigens. Er ist in Sorge, dass Sie ein wenig, äh, überfordert sein könnten. Sollten Sie in Zukunft etwas herausfinden, dann landet es nur bei mir.« Bei jedem Wort stach er mit seinem Löffel in die Luft. »Leichtsinniges Gerede kann Leben kosten, erinnern Sie sich? In diesem Fall buchstäblich.«

Damit nahm er seinen Pudding wieder in Angriff. Sie war froh, dass er seine Aufmerksamkeit auf das Dessert konzentrierte. Sie nutzte die Zeit, um ihren Gesichtsausdruck zu entspannen, ihre wachsende Unruhe in den Griff zu bekommen. Hatte dieser finstere Mann angedeutet, dass er etwas wusste, oder stocherte er nur herum? Was, wenn sie die Rezepte entschlüsselt hatten? Edith wurde schlecht, wenn sie nur daran dachte. Sie waren bestimmt verdächtig. Höchste Zeit, das Thema zu wechseln. Sie hatte sowieso die Nase voll, so behandelt zu werden. Zeit für den Angriff.

»Das ist mir durchaus bewusst, Captain Adams. Ich bin froh, dass Sie dieses Treffen anberaumt haben, denn ich wollte es Ihnen persönlich sagen. Ich fühle mich nicht mehr wohl dabei, Teil dieser ganzen Angelegenheit zu sein. Ich möchte das beenden. Sie können das an Leo weitergeben. Ersparen Sie mir die Umstände.«

Nun hatte sie seine volle Aufmerksamkeit. Der Löffel verharrte in der Luft kurz vor seinem Mund.

»Oh, warum das?«

»Liegt doch auf der Hand. Ich möchte nicht, dass meine Post gelesen wird, und ich möchte nicht, dass man mir hinterherspioniert. Irgendjemand hat in der Unterkunft mein Zimmer mehr als einmal durchsucht …«

»Das hat mit uns nichts zu tun.«

Edith hob eine Hand. »Ich bin noch nicht fertig. Ich hasse es, zum Objekt von Verdächtigungen zu werden. Ich habe Ihnen unter persönlichem Risiko wertvolle Informationen zukommen lassen, möchte ich hinzufügen, und was ist der Lohn? All dies hier. Es muss ein Mindestmaß an Vertrauen geben, Captain Adams.« Und nun von oben herab: »Das gilt für beide Seiten.«

»Kein Grund, in die Luft zu gehen, Miss Graham. Botschaft angekommen. *Haben* Sie denn etwas mitzuteilen?«

Edith merkte, wie das Blatt sich wendete. Stand da ein Hauch von Verzweiflung in seinen Augen?

»Könnte sein. Aber ich bin mir nicht sicher, ob ich mit dieser Sache weitermachen soll. Haben Sie nicht gehört, was ich gesagt habe?«

»Laut und deutlich. Lassen Sie uns wegen eines kleinen Anfalls von Übereifer nicht streiten. Ich werde Ihre Bedenken an Leo weiterleiten. Ich bin sicher, das Letzte, was er möchte, wäre auf ihre hervorragende Arbeit zu verzichten. Nun, können wir Frieden schließen, Miss Graham? Wir sind doch auf derselben Seite, nicht wahr? Also, was haben Sie denn?«

Aber sie waren nicht auf derselben Seite, oder? Nicht wirklich. Sie fühlte sich ihm gegenüber nicht verpflichtet. Leo auch nicht, um genau zu sein. Leo benutzte sie, hatte sie früher benutzt und würde es jederzeit wieder tun, wenn er Gelegenheit dazu hätte. Schon von Anfang an war er ihr gegenüber nicht aufrichtig gewesen. Er hatte sie gebeten, bei der Suche nach Kurt behilflich zu sein, aber er hatte nicht erklärt, wozu er ihn suchte.

»Neuigkeiten über von Stavenow, beispielsweise. Hmm, Jam roly-poly. Eines meiner Lieblingsdesserts.« Adams löffelte weiter. »Gehört das zu ihrem kulinarischen Repertoire?«

Edith ignorierte die Frage. »Ich habe vielleicht eine Spur zu Elisabeth«, sagte sie.

Wirf ihm einen blutigen Knochen hin, hätte Dori gesagt. Sie wollte nicht, dass er wieder mit den Rezepten anfing.

»Haben Sie? Sie müssen dem folgen, Edith. Von Stavenow ist für uns ausgesprochen interessant.«

»Warum das?«

»Was diese Leute getan haben, darf sich nicht wiederholen.« Er zog an seiner Pfeife, um sicherzustellen, dass sie brannte. »Unter keinen Umständen, nicht in einer *zivilisierten* Gesellschaft.« Befriedigt stieß er eine Rauchwolke aus. »Diese Forschungen, dieses *Wissen* könnte allerdings nützlich sein. Für die Medizin, die Menschheit und so weiter. Wäre zu schade, das nach all den Opfern, all dem Leid nicht zu nutzen. Unseres Wissens nach war von Stavenow mit sehr speziellen Aufgaben beschäftigt, und es ist wichtig, dass wir ihn schnappen, bevor jemand anderes es tut. Wir wollen doch nicht, dass die Russen ihn in die Hände bekommen. Oder die Amerikaner.« Er sog erneut eine Flamme in seine Pfeife und stieß eine Wolke von blauem, süßlich riechendem Rauch aus. »Um die Wahrheit zu sagen, waren wir ein bisschen schwer von Begriff. Die Amerikaner sind uns mit diesem von Braun und all den Raketentypen mehrfach zuvorgekommen, haben sie uns vor der Nase weggeschnappt. Nein, wir brauchen eine Feder am Hut, und das hier ist die unsrige.«

Edith schloss die Augen. Bei dem Pfeifenqualm wurde ihr übel. Egal wie sie versuchte, ihr Spiel zu spielen, war sie immer noch schockiert, dass keine Rede davon war, von Stavenow für seine Verbrechen zu bestrafen, für das Leid, das er verursacht hatte, dafür, seinen eigenen Sohn umgebracht zu haben. Sie dachte an Elisabeth und an die unvorstellbare Qual, die ihrer düsteren, erbarmungslosen Beschreibung des grauenhaften Ortes, wohin man ihr Kind geschickt hatte, zu Grunde gelegen hatte. Und so einen Mann wollten sie haben? Ratten hatten mehr moralisches Empfinden.

»Sagen Sie, geht es Ihnen gut? Sie sind ein wenig blass geworden. Trinken Sie einen Brandy. Das bringt die Farbe zurück.« Adams schnipste mit den Fingern, um den Kellner auf sich aufmerksam zu machen.

»Falls Sie von Stavenow finden«, fragte Edith mit den Augen auf ihrem Brandy, »was machen sie dann mit ihm?«

Vielleicht würde sie nun herausfinden, was er vorhatte.

»Es gibt da ein Forschungszentrum im Süden Englands. Da wird ein Platz freigehalten. Ein paar seiner Kollegen sind schon dort. Ich weiß nicht, woran sie genau arbeiten, es ist äußerst geheim, aber ich weiß, dass es verdammt wichtig ist. Könnte überlebenswichtig sein, falls der Iwan sich entschließt, ein schmutziges Spiel zu spielen. Nervengas, Bakterien, jede Art von anrüchigem Zeug. Und das könnte passieren, Edith, lassen Sie es sich gesagt sein. Wie auch immer, Tatsache ist, dass sie den Doktor vor Ort haben wollen und nicht hier irgendwo umherschwänzelnd, im Versteck von Stephans Hütte oder etwas Ähnlichem. Oder in Maryland, selbstredend. Sollten Sie also irgendwelche Neuigkeiten haben, dann lassen Sie es mich wissen.«

Edith dachte an die Abscheulichkeiten, die Elisabeth ihr erzählt hatte, wie die Gehirne von Kindern gesammelt wurden; geerntet hatte das Wort gelautet, das sie benutzt hatte, wie man sie in Formaldehyd aufbewahrte, in Spezialbehältern nach Heidelberg zu Kurts altem Professor oder an seine Kollegen in Berlin geschickt hatte.

»Ist der Arzt mit dem Namen Richter etwa schon in situ?«

»Äh, ja. Woher wissen Sie das?«

Der Ausdruck seiner blauen Augen wechselte von fragend zu kalt und abwägend. Edith spielte mit ihrem Brandy und nahm sich Zeit zum Nachdenken.

»Oh«, sagte sie schließlich. »Er war Kurts Boss – vor dem Krieg. Kann sein, dass ich ihm begegnet bin. Ich habe ein gutes Gedächtnis für Leute.« Sie stellte ihr Glas vorsichtig ab. Ihr psychischer Abscheu hatte sich in physischen Widerwillen verwandelt, so dass ihr flau im Magen war. »Wenn Sie mich entschuldigen würden, ich würde mich gern etwas frisch machen.«

Sie schaffte es gerade noch bis zur Toilette, bevor sie sich übergab. Der Alkohol brannte in ihrer Kehle. Sie wischte sich den Mund ab und putzte die Nase mit dem harten Toilettenpapier. Am Waschbecken spülte sie den Mund aus und spuckte. Die deutsche Aufseherin ignorierte sie. Sie atmete einige Male tief durch, um sich zu beruhigen. Ihre Hand zitterte leicht, als sie frischen Puder und Lippenstift auftrug. Ihr Abbild war leicht verzerrt, weil die abgeschrägten Ecken des Spiegels das Licht brachen.

»Sagen Sie, geht es Ihnen gut? Sie sehen etwas wackelig auf den Beinen aus.« Bill Adams erhob sich, als sie zurückkehrte.

»Da ist wohl eine Migräne im Anzug«, sagte sie mit belegter Stimme. »Ist wahrscheinlich der Brandy. Ich sollte die Hände davon lassen.«

»Meine Frau hat das auch. Schrecklich.« Sein hübsches katzenhaftes Gesicht verzog sich in Anteilnahme. »Lassen Sie mich einen Fahrer für Sie rufen. Wir sollten Sie nach Hause schaffen.«

Jack war äußerst besorgt. Er gab ihr Aspirin mit etwas Tee aus seiner Thermoskanne und legte ihr eine Decke für die Rückfahrt zurecht.

»Dieser Adams ist ein Arschloch, ich hab's Ihnen gesagt, Ma'am. Was wollte der überhaupt?«

»Ach, nichts Besonderes. Am liebsten würde ich nicht darüber reden, Jack, wenn es Ihnen nichts ausmacht.«

Der Schmerz war so übel, dass sie nicht klar denken konnte. Sie schloss die Augen. Leichtsinniges Gerede kann Leben kosten.

Als sie in Lübeck eintrafen, hämmerte die Migräne gegen ihre rechte Schläfe und wanderte dann auf die andere Seite ihres Kopfes. Dennoch verschrieb sie sich selbst eine Dosis Kopfschmerztabletten und versuchte, die Schmerzen so lange im Zaum zu halten, wie sie brauchte, um ihre Nachricht für Dori abzusetzen. Sie musste über ihr Treffen mit Adeline und ihre Unterhaltung mit Adams berichten. Ein paar der Dinge, die er gesagt hatte, waren hängengeblieben, aber sie konnte sie momentan nicht abrufen. Verdammte Migräne! Sie konnte nicht geradeaus denken, sich nicht auf die einfachsten Sachen konzentrieren. Dori musste wissen, dass ihre Post überwacht wurde und was man mit Stavenow im Sinn hatte.

Sie nahm ihren Stift zur Hand und setzte sich aufrecht hin. Das Treffen mit Adams hatte ihre Bedenken zerstreut. Alle Gedanken ans Aufhören hatten sich in Luft aufgelöst. Es gab keinen Weg zurück, sie hatte es mit Punkt und Komma persönlich aus Adams Mund gehört. Niemand hatte die Absicht, Kurt zu bestrafen. Das war gewiss. Leo wollte, dass man ihn aufstöberte, damit er nach Großbritannien gebracht wurde, wo man ihn einsetzen würde. Seine Erfahrung, sein Wissen, war nützlich, und es spielte keine Rolle, wie oder mit was für ekelerregenden Mitteln er es erlangt hatte. Dori arbeitete mit Vera Atkins und War Crimes zusammen, um ihn vor Gericht zu bringen, und Edith war stolz darauf, ihnen helfen zu können. Ihre Arbeit war wichtig, und es war nun ein Rennen gegen die Zeit, bei dem es darum ging, wer ihn zuerst auffinden würde.

Sie arbeitete langsam, legte nur hin und wieder eine Pause ein, wobei ihr Gesicht sich bei den jeweils anbrandenden und abflauenden Schmerzwellen zusammenzog und entspannte. Die Buchstaben und Zahlen verschwammen auf dem Blatt vor ihr, aber sie brachte sie geduldig in eine Reihenfolge, als sie die Nachricht schrieb.

Liebe Dori,
hoffentlich hast Du das versprochene
preußische Gericht genossen
und das Menu Américaine interessant
gefunden. Keine lettischen
Rezepte mehr, fürchte ich – das hat sich
irgendwie totgelaufen – aber
eine Auswahl von Speisekarten und ein paar
Kuriositäten.
Krankenkost – Experimente gehen weiter wie
zuvor. Ich hefte sie mit
einer Büroklammer an. Aber durchaus nicht
uninteressant. Nicht
verlieren oder verlegen.
Barnley Chops im Officers' Club in Hamburg.
Ein bisschen zu heftig
gegrillt. Ungenießbar. Siehe unter Fleisch.
Braten und Grillen. Mit
Cumberland Sauce serviert.
PS Auf die Post ist immer weniger
Verlass. Hoffe, dass Du diesen
Brief erhältst.
Deine Edith

DORI

34 Cromwell Square
Paddington W2

Braune amtliche Umschläge stapelten sich auf der Ablage im Flur. Hotel Atlantic. Briefe von Edith. Ediths saubere, elegante Handschrift, ihre Tinte in Königsblau. Dori hatte sie in die richtige Reihenfolge gebracht. Mit unterschiedlichem Datum am selben Tag eingetroffen. Sie wollte sie noch nicht öffnen, obwohl sie neugierig war.

Antons Schritte auf der Treppe. Er hatte seinen Gesundheitsspaziergang beendet. Es war ein kalter, grauer, nebliger Morgen, aber Anton lief bei jedem Wetter fünf Mal um den Platz.

»Sind Sie immer noch da?«, fragte Dori.

Er nickte, als er Hut und Mantel ablegte.

»Psy myśliwskie.« Jagdhunde – gehören zum Rudel. »Manchmal nur einer.« Er strich über sein weißes Haar. »Manchmal zwei, manchmal drei. Nie dieselben an zwei aufeinanderfolgenden Tagen. Junge Männer, die herumlungern, rauchen, dasitzen. Was haben sie auf dem Platz bei den Babys und den alten Damen zu suchen?«

»Hm.« Dori furchte die Stirn. »Behalt Sie im Blick, ja?«

Er nahm einen Brief nach dem anderen zur Hand und untersuchte sie mit Hilfe einer Juwelierlupe, die er aus der Tasche zog.

»Billiges braunes Papier«, sagte er, als er mit dem Glas über die versiegelten Stellen der oberen Lasche fuhr, dann über den gummierten unteren Rand. »Nicht einfach zu öffnen, ohne Spuren zu hinterlassen.« Das Papier war stumpf, wellig. Entlang der Enden des Siegels fanden sich kleine Risse. Die untere Lasche war ein klein wenig aufgeworfen, der gummierte Teil konvex. Anton nahm ein Papiermesser von der Ablage und schlitzte einen der Umschläge oben und an den Seiten auf und arbeitete wieder mit der Lupe. »Spuren von Klebstoff. Der ist unter Wasserdampf geöffnet und unbeholfen wieder verschlossen worden.«

Dori bedankte sich bei ihm mit einer Zehnpfundnote und brachte die Briefe in die Küche. Laschen und Siegel. Eindeutig geschnüffelt, aber nicht sehr geschickt. Die Korrespondenz mochte gelesen worden sein, ihren Code hatte man nicht geknackt, da war sie ziemlich sicher.

Es fiel ihr schwer, nicht im Küchenjargon zu denken. Da drüben erhitzten sich die Dinge bis zum Siedepunkt. Das preußische Rezept aufgetrieben. Die Verbindung von Balten und Deutschen ins Stocken geraten. Frau Schmidt und jene, welche Edith die Schwestern nennt, gleichgesinnte Nazis, treffen sich zu Kaffee und Kuchen. Und dann gibt es da ein amerikanisches Interesse an einer Verkostung …

Molchesaug' und Unkenzehe … – wie es bei Shakespeare hieß.

Ein Gebräu von urtümlicher Wirksamkeit. Ein Zauberspruch von großem Unheil.

Dann war da Adams mit den knorpeligen Barnsley Chops und seinem Misstrauen. Der Zauber der Hexen setzte sich in ihrem Kopf fort. *Hand des neugebornen Knaben, den die Metz erwürgt im Graben.* Adams, der von Leo aufgeschreckt worden war, kein Zweifel, und wer auch immer an diesen Umschlägen herumgepfuscht und sie unter Dampf geöffnet hatte. Eine deutliche Warnung an Edith, besonders, seit Stavenow von Interesse für die Operation Büroklammer war – wenn sie ihn erst gefunden hatten. Dori fütterte das Feuer mit den Papieren. Sie erinnerte sich daran, wie ihre Großmutter ihre Aufzeichnungen in den geheimnisvollen Symbolen eines lange verlorenen alten Skripts verfasst und sie dann den Flammen hingehalten hatte, damit sie sie aus den gichtigen Fingern entgegennahmen, die so verbogen und knorrig waren wie alte Zweige. Segen oder Flüche. Dori hatte sich nie getraut zu fragen.

Das letzte Blatt loderte noch einmal auf, wurde dann zu weißer Asche. Nun ergab alles Sinn. *Tigereingeweid' hinein, und der Brei wird fertig sein.*

Als ob sie ein schlechtes Gewissen hätte, zuckte sie beim schrillen Ertönen der Türklingel zusammen. Sie erwartete keinen Besuch. Sie hängte sich eine Schürze um, damit sie angemessen beschäftigt aussah, und rannte die Treppe hoch.

»Mrs Stansfield?« Einer von Antons verdächtigen jungen Männern stand vor ihrer Tür. Der Kragen seines Mantels war hochgeschlagen, ein Schal um den unteren Teil seines Gesichts gewickelt, und die Hutkrempe verschattete seine Augen. Ein Kumpan, ähnlich eingemummelt, stand am Fuß der Treppe. »Kommen Sie mit uns, bitte.«

»Sagt wer? Mitkommen wohin? Worum geht es?« Dori hatte die Arme verschränkt und blickte angemessen empört drein. »Ich bin in der Küche beschäftigt.« Sie wies auf ihre Schürze. »Wie Sie sehen.«

Der junge Mann stellte sich etwas breitbeiniger hin. Der andere hinter ihm stieg die Stufen hoch. »Das macht nichts. Wir bestehen darauf.«

»Also bitte.« Dori zog ihre Schürze aus. »Wenn Sie darauf *bestehen*. Ich hole nur meinen Mantel. Es dauert nicht lange.«

Der junge Mann stellte seinen Fuß in die Tür.

Dori zog ihren Mantel an und öffnete eine Schublade der Ablage. Unter dem Vorwand, nach einem Lippenstift zu kramen, zog sie eine kleine Beretta heraus, die sie dort aufbewahrte, und schob sie in ihre Tasche. Sie legte einen Hauch Chanel auf. Polizei? Unwahrscheinlich. Teure Schuhe und kein Dienstausweis gezückt. Man würde sehen. Sie presste die Lippen aufeinander und nahm ihre Schlüssel.

»Ich bin soweit.« Sie trat nach draußen und schloss die Tür. »Wohin bringen Sie mich?«

Keine Antwort. Sie liefen ganz nah rechts und links von ihr. Sie spürte, dass jemand ihnen folgte. Die beiden an ihrer Seite guckten stur geradeaus. Ihre Nähe, ihre ausdruckslosen Gesichter, gleichgültige Masken, die an Feindseligkeit grenzten, erinnerten sie an die Gestapo, obwohl sie keine Waffe spürte, weder am Rücken noch in den Rippen.

Am Ende des Platzes drehten sie nach links ab und dann nach

rechts, hielten vor einem Pub an der Ecke nicht weit vom Bahnhof. Die Männer traten einen Schritt zurück, damit sie eintreten konnte. Die quietschende Tür fiel langsam hinter ihr zu. Dori stand auf der Türschwelle und warf einen Blick in den Gastraum.

Ein trostloses weißes Licht kämpfte sich durch verschmierte Fenster aus Strukturglas. Zigarettenrauch hing in blauen Schwaden unter der Decke, die vom angesammelten Teer braun emailliert war. Die Wände wurden von flaschengrünen Kunstlederbänken gesäumt, die an manchen Stellen eingerissen oder aufgeschlitzt waren und Pferdehaar zeigten. Wackelige Stühle mit runder Rücklehne standen um verschrammte Rundtische mit Feuchtigkeitsflecken. Der kleine Kamin war leer. Die wenigen Kunden waren noch im Mantel. Einzelne Männer standen Ellbogen an Ellbogen an der Bar, ein Fuß auf der angelaufenen Messingstange. Der Wirt wischte mit einem Tuch den Tresen. Über seinem Kopf baumelten an altersschwachen Strippen einige schlammfarbene Lampen über einer Reihe von Ausgüssen. Sie sahen aus, als hingen sie seit Weihnachten 1938 hier.

Die beiden Männer führten sie zu einer abgelegenen Nische, die durch einen hölzernen Paravent abgetrennt war. Die obere Hälfte war aus buntem Glas.

Leo wartete auf sie, Crombie-Mantel bis obenhin geschlossen, Bowler noch auf dem Kopf.

»Danke, Crowther.« Einer ihrer Begleiter zog ab. »Burman, könnten Sie sich um die Getränke kümmern? Ich nehme zu dem hier einen Whisky.« Er wies auf ein milchiges Bier in einem genoppten Glas. »Und was immer Mrs Stansfield gerne hätte.«

»Gin. Und Tonic, falls sie hier welches haben. Wenn nicht, irgendetwas anderes.«

Leo rutschte in die Ecke, Dori neben ihn.

»Wollte mich nur ein wenig unterhalten«, sagte Leo, als die Getränke kamen.

»Worüber?« Dori probierte ihren Gin. Verwässert und noch weiter gestreckt mit irgendwas grässlich Belebendem. »Ich würde sagen, einer ihrer Männer sollte mir lieber einen Whisky besorgen. Was immer die auch da reingetan haben, es schmeckt, wie Desinfektionsmittel riecht.«

Dori sah zu, wie Leo einem der jungen Männer an der Bar, der sich seinem Bier widmete, ein Zeichen gab. Leo war nicht zu trauen, unter keinen Umständen. Schlüpfrig wie eine Schlange konnte er auch genauso schnell zuschlagen. Er war dem SOE von einem der anderen Geheimdienste zugeschlagen worden. Versetzt 1940. Zuständig für Strategie, weit über Dori in der verdammten Infanterie. Das waren Zeiten. Setzten Europa in Flammen. Wollte allerdings nicht so recht klappen, und als es begann, danebenzugehen, war da der gute alte Leo, der in Windeseile verdeckte und verschleierte. Den Schlamassel vertuschen. Schwamm drüber. Kollektives Arschretten. Ganz dicke mit Buckmaster, dem Boss vom SOE, dem größten Arsch, der zu retten war. Weniger dicke mit Vera. Vertuscht wurden geschützte Doppelagenten, aufgeflogene Netzwerke, SOE-Agenten, die aus unterschiedlichen Gründen betrogen wurden und in Doris Notizbuch unter »Verräter« firmierten. Es lief alles auf den Verrat an den Agenten in Frankreich hinaus, auf die Organisation, die sie entsandt hatte und letztendlich das Land. Sie hatte keine Beweise, dass er dahintersteckte, und alle Beweise, die es gegeben haben mochte, verschwanden minütlich, aber Dori traute ihrem Instinkt, und sie wusste, dass es Leo war.

Der junge Mann kam zurück mit einem Glas Whisky.

»Besser?«, fragte Leo, als Dori probierte.

»Oh, viel. Also«, Dori setzte ihr Glas ab, »worüber wollen Sie sich mit mir unterhalten?«

»Oh, dies und das.« Leo trank einen Schluck Bier. »Befehle schon eingetroffen?«

»Ja, sind sie in der Tat.«

»Gut, gut. Geht bald nach Deutschland?«

»Ja. Wollten Sie mich deswegen treffen?«

»Etwas ganz anderes.« Leo schob das Bier beiseite und spielte mit seinem Whisky. »Möchte nicht um den heißen Brei herumreden. Stehen Sie überhaupt mit Edith in Verbindung?«

»Ja.«

»Und worüber korrespondieren Sie?«

»Oh, dies und das.«

»Schickt sie Ihnen Rezepte?«

»In der Tat, das tut sie!« Doris lächelte überrascht, dass er das wusste.

»Hmm.« Leo rutschte tiefer in seinen Mantel. »Ich finde das ungewöhnlich.«

»Ungewöhnlich? Was ist ungewöhnlich an Frauen, die sich Rezepte schicken? Sie schickt auch welche an ihre Schwester Louisa.«

»Ich kenne Louisa. Sie ist eine gute Köchin. Sie dagegen sind es, soweit ich weiß, nicht.«

»Und was beweist das?«

Leo wusste, dass er an etwas dran war, aber er war sich nicht sicher, woran genau. Also versuchte er es ins Blaue hinein. Er sah auf, wobei seine hellen Augen hinter den vergrößernden Brillengläsern plötzlich scharf blickten.

»Das wird nicht reichen, Dori.« Bei jedem einzelnen Wort klickte er mit dem Fingernagel gegen sein Glas. »Es wird nicht reichen.«

»Was wird nicht reichen?«

»Ja, sie schickt Louisa Rezepte, Speisekarten und so weiter. Louisa war so freundlich, sie mir zu zeigen, aber das erklärt nicht die Hinweise auf das Buch.«

»Ah, das ist meine Schuld, tut mir leid. Mein kleines Geheimnis.« Sie merkte, wie sie rot anlief. Sie konnte immer schon auf Befehl rot werden oder weinen. »Wie Sie schon erwähnt haben, kann ich nicht kochen. Edith hat mir Unterricht gegeben. Sie ist in Norddeutschland. Kohlsuppe und Spätzle, Piroggen, Blaubeerkuchen«, zählte Dori auf. »Es sind die Gerichte meines Heimatlandes. Ich möchte sie selber zubereiten können. Edith weist mich auf ganz bestimmte Begriffe im Radiation Cookery Book hin und passt sie für mich an. Ungewöhnlich, da haben Sie recht, und ein wenig peinlich für mich, aber so ist es nun mal. Sie müssen uns Frauen unsere Eigenarten nachsehen.«

»Hmm.« Leo drehte und wendete das Whiskyglas in seinen Patschehänden. Dori schwieg und ließ ihn grübeln. »Es ist ungewöhnlich«, wiederholte er. »Edith hat ihre Eigenarten, aber sie ist keine Person für Doppelzüngigkeit. Sie macht einen sinnvollen Job. Möchte sie nicht abziehen müssen. Keine Fisimatenten.« Er erhob mahnend den Zeigefinger. »Ich weiß, dass Sie etwas im Schilde führen. Ich weiß nur nicht, was. Noch nicht. Was immer es ist, ziehen Sie Edith nicht mit hinein. Wie läuft es mit Deutschland?«

Leo feuerte die Frage ab. Ein schneller Griff in eine andere Schublade.

»Vera hat die drei Agentinnen identifiziert, die in Ravensbrück endeten. Sie arbeitet immer noch an Natzweiler.«

»Gut. Die Sache muss aufgeklärt werden. Einige der Eltern schlagen Alarm, rennen zu den Zeitungen, behaupten, dass wir nichts unternehmen. Der *Express* liebt solche Geschichten.« Er kippte seinen Whisky und erhob sich. »Viel Glück.« Er gab ihr eine weiche, leicht feuchte Hand. »Ich hoffe, Sie nehmen mir unseren kleinen Plausch nicht übel?«

»Ganz und gar nicht.« Dori erwiderte seinen weichen Händedruck mit ihrem festen Griff. »Immer gut zu wissen, wo man bei jemandem dran ist.«

»Genau, Dori.« Leo lächelte und tippte zum Abschied an seine Hutkrempe. »Á bientôt.«

Als er den Pub verließ, schlossen seine jungen Männer sich ihm an. Endlich allein, trank Dori ihren Whisky aus und bestellte sich noch einen. Sie trank ihn schnell aus. Leo hatte recht. Je schneller sie nach Deutschland kam, desto besser.

28

LÜBECK UNTERKUNFT/ATLANTIC HOTEL

Lübeck/Hamburg

16./17. März 1946

Frühstück Unterkunft
Rührei mit Speck
Eier blass und gummiartig, aus Pulver hergestellt. Frische Eier plötzlich nicht aufzutreiben.

ATLANTIC
Omelette au Champignons

Es regnet«, verkündete Frau Schmidt mir einiger Befriedigung. Regen war beim Reisen fast so störend wie Schnee.

»Ich weiß.« Edith blickte nicht von ihrem Rührei auf.

»Es regnet in Strömen. Ich bitte Stephan, das Holz ins Trockene zu bringen.«

»Sehr klug. Wir sagen ›Es regnet Katzen und Hunde‹.«

»Die Straßen werden schlecht sein.«

»Das weiß ich auch.«

Es war Wochenende. Sie fuhr nach Hamburg, um Harry zu treffen. Es war zwei Wochen her. Viel war passiert. Sie musste ihn sehen, und schlechtes Wetter würde sie nicht aufhalten. Es gab da etwas, worüber sie mit ihm reden musste, etwas, was er wissen sollte.

Jack traf mit nassem Cape ein. Wasser tropfte von seiner Mütze. Pitschnass stand er im Hausflur, während Edith den Mantel anzog.

Er breitete einen Teil seines Capes über sie, und sie rannten zum Wagen.

»Ist das Stephan?« Eine gebückte Gestalt in einem grauen Mantel verschwand um die Ecke. »Ein bisschen zu nass für ihn, nicht wahr?«

Er ließ den Wagen an. Der Motor sprang an, soff dann ab, sprang an, soff wieder ab.

»Verdammter Starter, macht Zicken. Ah, geht doch.«

Jack hielt die Augen stur nach vorn gerichtet und versuchte, durch die Wischbewegungen des Scheibenwischers zu spähen. Plötzlich schaute er nach unten.

»Verdammter Mist. Was ist jetzt schon wieder los?«

»Was ist passiert?«

»Nix, vermutlich. Die Bremsen fühlen sich ein bisschen labbrig an. Wasser überall.«

Sie fuhren weiter. Die hartgefrorenen Straßen waren zu zähflüssigem, milchigbraunem Schlamm geworden. Auf den durchnässten Feldern lugten dunkle Erde und Büschel von gelbgrünem Gras durch den schmelzenden Schnee. Sich auflösende Schneewehen gaben den Blick auf Aufklärungsfahrzeuge preis, Lastkraftwagen und sogar einen umgekippten Panzer. Daneben lag ein hölzernes Kreuz, gekentert und auf die Seite gefallen. Die Gräben waren randvoll. Bäche bahnten sich einen Weg durch den Straßenschlick, während Wasser von geschwärzten Bergen schmelzenden Schnees strömte.

Als sie die steil abfallende Straße erreichten, die hinab zum Fluss führte, kam der Wagen auf der nassen Fahrbahn ins Rutschen. Fluchend bearbeitete Jack die Bremse.

»Nichts! Da tut sich nichts!«

Jacks Gesicht wurde aschfahl, die Knöchel seiner Hände am Lenkrad verfärbten sich weiß. Edith krallte sich mit zusammengebissenen Zähnen in die Seiten ihres Sitzes, den Fuß auf eine imaginäre Bremse gepresst. Sie wurden immer schneller. Verzweifelt schaute sie von links nach rechts. Der Fluss war reißend. Sein braungraues Wasser wirbelte massige Eisbrocken auf, die aufeinanderprallten. Ganze Bäume knickten wie Zahnstocher ein. Der schwere Wagen geriet ins Schleudern, während Jack versuchte, ihn unter Kontrolle zu bekommen. Sie hielten geradewegs auf die Brücke zu: eine wackelige Behelfskonstruktion, die unter der Gewalt des Aufpralls der Eisschollen und des Schutts splitterte und ins Schwanken geriet.

»Halten Sie sich fest!«

Einen beängstigenden Moment lang glaubte Edith, ihr Wagen würde sich überschlagen, aber er fing sich wieder, und sie landeten halb in, halb neben einem Graben ganz kurz vor der Brücke.

»Nicht die Tür öffnen! Wir haben es noch nicht geschafft.«

Das Wasser stieg. Während sie zuschauten, erreichte es das Flussufer und die Fahrbahn der Brücke.

»Sie rühren sich nicht vom Fleck. Am Ende der Straße befindet sich ein Depot. Ich hole Hilfe.«

Jack stieg durch das Fenster aus. Er watete zur Straßenseite und lief über die Brücke, wobei ihm das Wasser bis über die Knöchel reichte. Edith blieb, wo sie war, und mummelte sich in eine Decke ein. Durch die Tür sickerte Wasser. Parallel dazu stieg ihre Angst. Das An- und Abschwellen des Wassers fühlte sich an wie das Schnüffeln eines monströsen Tieres.

Was ihr wie Stunden vorkam, konnte höchstens zwanzig Minuten gedauert haben: Ein LKW tauchte auf, der mit einer beeindruckenden Bugwelle die Brücke überquerte. Soldaten sprangen herunter.

»Wir haben Sie in Nullkommanichts da raus, Miss.«

Unter Jacks Anleitung hakten sie ein Zugseil an der Anhängerkupplung ein.

Der Motor heulte auf und nach mehrmaligem Ziehen war der Wagen schließlich aus dem Graben. Edith stieß einen lauten Seufzer der Erleichterung aus.

Sie fuhr auf der Ladefläche des LKW mit und trank heißen, süßen Tee aus einer Thermosflasche.

»Das war's dann wohl«, sagt sie zu Jack, als er ihr von der Ladefläche half. Der Humber stand schon auf einer Hebebühne.

»Ganz und gar nicht, Ma'am. Ich muss einfach nur einen neuen Motor finden. Und dann geht's los.«

»Was ist da passiert?« Sie warf einen Blick auf die Mechaniker, die den Wagen untersuchten.

»Bremsleitung durchgeschnitten.« Sein Gesicht wurde finster und hart. »Freund Stephan. Würde mich jedenfalls nicht wundern. Und sie sollten Ihren Kumpel Adams dazu kriegen, diesen Schweinen das Handwerk zu legen, oder ich kümmere mich darum.«

Als sie im Atlantic ankamen, ging Edith sofort auf Harrys Zimmer. Die Bar war zu öffentlich. Zu viele Menschen, zu viele Augen. Harry hatte eine Flasche Riesling kaltgestellt, dazu zwei Weißweingläser. Sie entschuldigte sich für die Verspätung und erwähnte Probleme mit dem Wagen, ohne ins Detail zu gehen. Es war ihr zu riskant, wie er reagieren würde.

»Irgendwelche Neuigkeiten über von Stavenow?«, fragte Harry und nahm den Riesling aus dem Weinkühler.

Edith schüttelte den Kopf. »Ich habe allerdings eine Idee. Ich habe mit seiner Frau Kontakt aufgenommen. Sie ist in Lübeck bei ihrer Cousine.«

»Leos ›Finde-die-Frau-Theorie‹?«

»So in etwa.«

»Was ist mit Adams? Hast du ihn in letzter Zeit gesehen?«

Edith nickte. »Er ist enttäuscht, weil ich keine weiteren Fortschritte gemacht habe. Er wird ungeduldig, fast schon ein wenig nervös.«

Er schenkte den Wein ein und brachte ihr ein Glas. »Hat er gesagt, warum sie hinter von Stavenow her sind?«

»Forschung. Sie halten ihm einen Platz frei.«

»Und er kriegt Zunder, wenn er nicht liefert. Adams ist ein Idiot.«

Er nahm sich den Sessel ihr gegenüber und zündete sich eine Zigarette an. »Die Briten sind so langsam«, sagte er und blinzelte wegen des beißenden Rauchs. »Sie brauchen zu lange, um etwas zu entscheiden. Zu viel Bürokratie. Zu viele Komitees. Ich habe einen Freund, einen Rechtsanwalt im Justizministerium, er bereitet in Nürnberg das vor, was sie den Ärzteprozess nennen. Er wird gegen Ende des Jahres beginnen.« Er erhob sich und begann, auf und ab zu laufen und dabei mit seiner Zigarette zu gestikulieren. »Diese Männer, Ärzte wie von

Stavenow, waren für ein riesiges Laboratorium verantwortlich, wo sie Menschen statt Ratten benutzt haben. Sie haben die Grenzen der menschlichen Ausdauer getestet, Männer stundenlang Minustemperaturen ausgesetzt und sie dann in kochendes Wasser geworfen. Sie haben Zigeunern nur Meerwasser zu trinken gegeben, Frauen vorsätzlich verwundet, dann die Wunden infiziert und die Infektion noch verschärft, indem sie Holzsplitter und gemahlenes Glas eingestreut haben. Die Wirksamkeit verschiedenster Gifte, wie lange diverse Gase brauchen, um zu töten. Experimente, die ebenso grausam wie sinnlos waren. Oder vielleicht nicht so sinnlos.« Er blieb stehen, um seine Zigarette auszudrücken, bevor er sein Tigern wieder aufnahm. Edith schloss die Augen und lehnte sich in ihrem Sessel zurück, während sie bestürzt dieser Aufzählung monströser Perversionen lauschte, die im Namen der Wissenschaft durchgeführt wurden. »Zwanzig von ihnen sind angeklagt, aber nicht einmal die Schlimmsten von ihnen. Wer weiß, wie viele sich schon aus dem Staub gemacht haben? Gewisse Personen scheinen ihr Wissen für wertvoll zu halten. Das Studium von Seuchen. Wie sie sich verbreiten. Welche die beste Waffe wäre. Es wird stets Feinde geben, nur die Namen ändern sich. Von Hakenkreuz zu Hammer und Sichel. Krieg ist nicht länger eine Angelegenheit von Armeen, es geht darum, wie viele Menschen man töten kann.« Arme verschränkt stand er da und starrte auf die zerklüftete Silhouette Hamburgs. »Schau dir diese Stadt an! Wie viele sind hier gestorben? Vierzigtausend, fünfzigtausend? Die meisten Gebäude sind mit ihnen verschwunden. Die Menschen töten, aber die Gebäude verschonen? Das wäre wertvolles Wissen. Nervengas. Die Deutschen waren ziemlich weit mit ihrer Forschung – viel weiter als die Alliierten oder Russen. Dafür würden sie von allem anderen absehen. Deswegen sind sie so scharf auf diesen Mann. Er soll weitermachen. Die Frage ist: Hilfst du ihnen? Er wandte sich zu ihr um. »Du musst deinen eigenen Weg finden, Edith.«

»Ist es das, was du tust?« Sie öffnete die Augen und erinnerte sich an den Grund, weshalb sie hier war: »Tilhas Tizig Gesheften. Das geht dich einen Scheißdreck an?«

»Ja, genau.« Er warf ihr einen trotzigen Blick zu. Es war so offensichtlich. Warum fragte sie überhaupt? »Wie sollen wir uns auf irgendeine andere Art von Gerechtigkeit verlassen? Manchmal muss man sie selbst in die Hand nehmen.«

»Wie das hier?«

Edith entfaltete eine Ausgabe der CCG Gazette und legte sie vor ihn hin.

Die Geschichte stand auf der ersten Seite:

Sekretärin der Rechtsabteilung
in tragischen Unfall verwickelt.

Der Artikel beschrieb, wie Miss Margaret Slater (Molly für ihre Freunde) bei einem tragischen Unfall auf dem Motorrad ihres Freundes ums Leben gekommen war. Er ging nicht auf die Nationalität ihres Freundes oder darauf ein, um welche Art von Beziehung es sich handelte.

Der Straßenzustand und das Frostwetter waren schuld. Die Gazette neigte dazu, die meisten Katastrophen dem besetzten Land zuzuschreiben: das schlechte Wetter, die Topographie, seine Einwohner oder andere fremdländische Anwesende. Miss Slater wurde als eine Art Heilige dargestellt: »treue Freundin«, »gute Kameradin«, »stets hilfsbereit und ein Lächeln auf den Lippen«.

Edith erkannte sie nicht wieder. Ihr Abteilungsleiter nannte sie »eine zauberhafte junge Frau« und fügte hinzu, man werde »ihren ansprechenden Anblick schmerzlich vermissen«.

Das traf zu, vermutete Edith. Miss Slater war nicht die Einzige, die mehr wegen ihres Aussehens als wegen ihrer Tippkünste eingestellt worden war. Doch trotz ihrer Fehler hätte es auf Miss Slater keinen Nachruf geben sollen, jedenfalls noch viele Jahre lang nicht.

Harrys Kopf bewegte sich langsam hin und her, während er den Artikel las. Als er aufblickte, verriet seine Miene keine Regung.

»Und? So schreibt man halt so etwas.«

»Ich bin nicht an der Korrektheit der *Story* interessiert.« Sie seufzte ungeduldig. Er wusste genau, worauf sie hinauswollte. »Ich möchte einfach nur wissen, ob du deine Hand im Spiel hattest.«

»Nicht persönlich.« Es klang eingeschnappt, nahezu aufsässig.

»Durch einen Vertreter?«

»Vielleicht.«

»Ich hoffe, das hat nichts mit mir zu tun«, fügte Edith hinzu und drückte eine Angst aus, die sie seit ihrem Besuch in der Leichenhalle umtrieb. Das war eine Schuld, die sie nicht brauchen konnte.

»Selbstverständlich nicht.« Er wandte den Blick ab. Sie wusste, dass er log. »Schau, Edith, manchmal sind solche Dinge notwendig.«

»Krieg ist Krieg. Ist es nicht das, was die Deutschen sagen?«

»Kalninš hatte es verdient. Sie hätten ihn niemals zur Rechenschaft gezogen. Das weißt du!«

Er starrte sie mit zusammengezogen Brauen an, darunter dunkle Augen, die sie herausforderten, ihm zu widersprechen. Sie starrte zurück. Es war, als sei der Boden zwischen ihnen aufgebrochen und sie stünden auf verschiedenen Seiten einer tiefen Kluft.

»Das gibt niemandem das Recht, ein unschuldiges Leben zu nehmen!«

»Nicht ganz so unschuldig, das hast du selbst gesagt. Sie hätte vorsichtiger sein sollen.«

»Es war mir nicht klar, dass die unglückliche Wahl eines Freundes mit dem Tod bestraft wird!«

»Du verstehst das nicht.« Er schüttelte den Kopf ob ihres Sarkasmus. »Du kannst nicht begreifen …«

»Ich weiß, dass zweimal Unrecht kein Recht ergibt, Harry«, unterbrach Edith ihn schneidend. »Es ergibt schlicht nur Unrecht. Als Nächstes erzählst du mir etwas über Eier und Omelettes. Wir wissen, wohin dieses Denken führt.«

»Ich will mich nicht mit dir streiten, Edith.« Er versuchte, nach ihrer Hand zu greifen.

Sie konnte seinen Zorn und sämtliche Gründe dafür nachvollziehen, aber es war dennoch falsch, wenn jemand sterben musste, der nichts verbrochen hatte.

»So einfach ist das nicht.« Sie entzog ihm ihre Hand.

»Was soll ich tun? Es war ein Fehler.« Er nickte in Richtung Schlagzeile. »Aber es ist nun mal passiert.«

»Es gab noch ein Mädchen in der Leichenhalle. Agnese, Kalninš Cousine. Sie hat in meiner Unterkunft gearbeitet. Man hat sie in der Trave gefunden. Was ist mit ihr?«

Für Agnese hatte es keinen Nachruf gegeben. Sie war lediglich ein weiterer Leichnam, den niemand beweinen würde. Ihre Abwesenheit war für Frau Schmidt einfach nur ärgerlich gewesen. Auf diese Mädchen ist gar kein Verlass, hatte sie gemurmelt und die Lippen dabei geschürzt. Sie verschwinden ohne ein einziges Wort, hatte sie angeekelt gemurmelt, und Agnese prompt durch ihre Nichte ersetzt.

Er schüttelte den Kopf. »Hat nichts mit uns zu tun. Wahrscheinlich ihre eigenen Leute. Haben gedacht, dass sie sich bei dir verplappert hat. Das sind eiskalte Killer, Edith.«

»Aber sie hat nichts getan!«

»Hat sie nicht? Hier gibt es keine Unschuldigen. Ihre Familie hat sich unsere Häuser geschnappt, unser Hab und Gut, als wir ins Ghetto verschleppt wurden. Sie haben gejohlt und uns angespuckt, als wir in den Tod geführt wurden. Sie sind erst weggegangen, als die Russen kamen, sind gerannt wie die Ratten, die sie sind. Warum, glaubst du denn, ist sie hierher gekommen?«

Edith antwortete nicht. Er hatte recht. Es gab keine Unschuldigen. Sie selbst eingeschlossen. Das arme Mädchen war wahrscheinlich ihretwegen gestorben.

»Es gibt da eine Sache, die du tun kannst«, brach sie das lastende Schweigen, das sich zwischen ihnen breitgemacht hatte. Vollkommene Wiedergutmachung war nicht möglich. Nichts konnte ein Leben ersetzen, aber irgendetwas Gutes konnte daraus vielleicht trotzdem entstehen.

»Was ist das?«

»Du kannst diesen beiden Mädchen helfen, Seraphina und Anna. Bring Sie nach Palästina.«

»Daran habe ich auch schon gedacht.« Erleichtert und auf Vergebung hoffend sah er zu ihr auf. »Planungen laufen schon. Können wir jetzt wieder Freunde sein? Bitte?«

Edith schüttelte den Kopf. »Ich gehe auf mein Zimmer. Ich möchte nicht hier bei dir bleiben.«

»Bitte, Edith. Nicht! Ich brauche dich!« Mit bittenden braunen Augen rang er die Hände. »Ich werde nicht … wir werden nicht … nicht, wenn du es nicht willst … aber bitte lass mich nicht allein. Ich kann nur schlafen, wenn du bei mir bist.«

Harry schlief fast auf der Stelle ein. Edith lag neben ihm und konnte nicht schlafen. Irgendwo schlug eine gesprungen klingende Kirchenglocke ein Uhr, dann eine andere. An diesem kalten, frühen Morgen konnte sie dem Gedanken nicht entkommen, dass sie am Tod dieser beiden Mädchen schuld war. Zum einen, weil sie mit ihr, zum anderen, weil sie über sie gesprochen hatte. Leichtsinniges Gerede kostet Leben. Du verstehst das nicht, hatte er gesagt, du kannst das nicht beurteilen. Und er hatte recht. Sie blickte auf den Mann neben sich. Er hatte ihr diese Schuld auferlegt, hatte den Tod mit etwa derselben Lässigkeit bestellt wie den Room Service. Warum war sie hier bei ihm?

Er strampelte im Schlaf, seine Augen bewegten sich unter den Lidern. Die Zähne zusammengebissen, Kiefer verkrampft, Lippen verächtlich verzogen.

Die Anspannung griff auf den Rest seines Körpers über, die Hände zu Fäusten geballt, die Armmuskeln angespannt, die Gliedmaßen mit kleinen Zuckungen, die unendlich viel Anstrengung zu erfordern schienen, wie ein Mann, der gegen eine Lähmung ankämpft. Schweiß stand ihm auf der Stirn. Seine Haut war bei Berührung todeskalt, feucht, nass. Edith deckte ihn zu. Er zitterte jetzt, rollte sich ein. Er wachte nicht auf, schrie nicht oder ließ auch nur einen Aufschrei hören. Die Laute, die er von sich gab, waren gedämpft, abgerissen, jenseits aller Artikulation, als ob ein Knebel oder die Eisenzunge eines Knebeleisens seinen Mund verschlossen hätte, während seine Augen angesichts unvorstellbaren Horrors unter seinen Lidern umso schneller flackerten. Schließlich warf er sich mit einem wimmernden Stöhnen auf die Seite und fiel in einen Tiefschlaf. Im sanften grauen Morgenlicht streckte er eine Hand nach Edith aus, und sie reagierte darauf, nahm seine Traurigkeit an, nahm sie zusammen mit ihm in sich auf.

•••••

Edith frühstückte allein. Harry war schon fort.

»Ein Penny für deine Gedanken.«

Edith sah auf, überrascht und erfreut, Dori zu sehen, die sie anlächelte. In ihrer maßgeschneiderten Uniform eines WAAF Flying Officer wirkte sie sehr elegant.

»War das Harry Hirsch, den ich beim Auschecken mit einem breiten Grinsen im Gesicht und stolz wie Oskar entdeckt habe? Wenn ich je einen befriedigten Mann gesehen habe, dann ihn.« Doris Lächeln wurde breiter. »Du warst immer schon ein stilles Wasser.«

Edith erhob sich, um sie zu umarmen und ihr unvermittelt rot angelaufenes Gesicht zu verbergen.

»Was machst du denn hier?«

»Wenn es nicht offensichtlich wäre«, sagte Dori mit einer hochgezogenen Augenbraue, »würde ich dich dasselbe fragen.«

»Hör auf, Dori. Du weißt, wie ich es hasse, aufgezogen zu werden.«

»Das macht es ja so verführerisch. Du nimmst alles viel zu ernst.«

»Du hast meine Frage nicht beantwortet. Was machst du hier?« Edith tupfte sich die Lippen mit der Serviette ab.

»Dich treffen.«

»Ich meine in Deutschland. Wann bist du angekommen?«

»Vor einer Woche oder so.«

»Du hast mir nichts davon erzählt.« Edith schob ihren Teller beiseite und war mehr als nur ein bisschen pikiert.

»Ich hatte viel zu tun.« Dori warf ihre Kappe auf einen Stuhl. »Ich hasse es, Uniform zu tragen.«

Ob das nun stimmte oder nicht – und Edith glaubte, dass es nicht stimmte –, liebte Dori es, sich aufzuhübschen und eine gute Figur zu machen, und sie genoss die Blicke der Männer in diesem Saal sehr. Ein Kellner eilte herbei, um ihre Frühstücksbestellung aufzunehmen. Mehrere Offiziere unterbrachen ihr Gespräch oder vergaßen ihre Gabel auf halbem Weg zum Mund.

»Nur Kaffee, danke. Ich bin wirklich nicht hungrig.« Dori lächelte. »Obwohl sie hier ein sehr gutes Pilzomelette machen, wenn ich mich recht entsinne. Vielen Dank für dein Rezept.« Sie rührte Zucker in ihren Kaffee. »Das lettische Gericht war sehr willkommen. Ist deiner Informantin nicht so gut bekommen. Eine Sackgasse, sagtest du?«

Edith nickte. »Buchstäblich. Das Mädchen, das mir das Rezept gab, ist in der Trave geendet. Ihr Cousin ist auch tot. Seine Freundin ebenfalls, ein Mädchen aus meiner Unterkunft. Motorradunfall.«

»Unfall?« Doris Augenbrauen schossen in die Höhe.

»So heißt es jedenfalls. Alles streng vertraulich.«

»Klar. Und das Gericht aus Ostpreußen? Irgendwelche Neuigkeiten?«

»Sehr vielversprechend.«

»Sehr gut. Und ihr Mann?«

Edith schüttelte den Kopf.

»Hmm.« Im Stakkato trommelte Dori mit einem scharlachroten Fingernagel auf die gestärkte Tischdecke. »Du warst essen. Barnsley Chops. So ein eigenartiger Name für ein Stück Fleisch, findest du nicht? War nicht gut?«

Edith zog ein Gesicht.

»Dachte ich mir schon, von dem, was du geschrieben hast. Britisches Essen kann schwer verträglich sein.« Dori zündete sich eine Zigarette an. »Um bei kulinarischen Themen zu bleiben: Ich bin selbst ganz schön durch den Wolf gedreht worden.«

»Oh?«

»Zwei von Leos Kumpeln haben mich aufgepickt. Leo wartete in einem Pub um die Ecke und wollte sich ein wenig unterhalten.«

»Wirklich? Worüber?«

»Über Rezepte.« Dori kniff wegen des Rauchs die Augen zusammen. »Du siehst nicht gerade überrascht aus.«

»Ich hatte da so eine Ahnung. Adams ließ sich übers Essen aus. Fragte nach meinen Hobbys. Nichts Offenkundiges, aber das ist auch nicht seine Art.«

»Was hast du gemacht?«

»Ich habe ihm einen Knochen hingeworfen, wie du sagen würdest. Habe ihm erzählt, dass ich eine Spur zu Elisabeth habe.«

»Nicht, dass du sie gefunden hast?«

»Das muss er noch nicht wissen.«

»Hat es funktioniert?«

»Oh, voll und ganz. Er begann darüber zu reden, wie scharf sie auf ihn sind und warum.« Edith hielt inne. »Ich habe ihm sogar erklärt, dass ich Schluss mit all dem machen wollte. Diese Mädchen in der Leichenhalle hätten mir den Appetit auf Ränkespiele verschlagen.«

»Aber das hast du nicht getan.«

»Nein. Er sprach von Kurt, von seiner Arbeit mit solch einem Enthusiasmus, Erregtheit fast.« Sie beugte sich vor und legte auf dem Tisch die Hände ineinander. »Elisabeth hat mir eine unglaublich erschütternde Geschichte erzählt …« Sie schwieg einen Moment. Sich auch nur daran zu erinnern ließ sie wieder Elisabeths Verzweiflung spüren. »Er war verantwortlich für den Tod seines Sohnes! Hat ihn an diesem grauenhaften Ort eingesperrt …« Sie hielt wieder inne, biss sich auf die Lippen und riss sich zusammen, um weiter erzählen zu können. »Er log Elisabeth an, machte ihr weis, dass es ihrem Sohn gutginge, während er schon tot war! Und so einen Mann wollen sie! Da wusste ich, dass ich weitermachen muss. Was ist mit Leo?«

»Ich habe ihn wohl abwimmeln können.«

»Hat er dir geglaubt?«

»Wahrscheinlich nicht, aber das spielt keine Rolle. Sie brauchen dich. Nur wenn das nicht der Fall ist, muss man auf der Hut sein. Wir brauchen dich auch. Vera und Bulldog sind sehr zufrieden, dass du mit Elisabeth in Verbindung getreten bist. Finde die Frau, finde den Mann und so weiter.« Dori seufzte und drückte ihre Zigarette aus.

»Ich muss los. Ich werde in Bad Oeynhausen erwartet.« Plötzlich sah sie sehr müde aus, eine Untröstlichkeit, die ihr von Harry vertraut war. »Wir interviewen Überlebende aus verschiedenen Lagern – Dachau in der Hauptsache, Ravensbrück, Belsen – und die Schweine, die dort am Ruder waren. Wir versuchen herauszufinden, was dort mit unseren Agenten und Agentinnen passiert ist. Da gibt es ein paar echte Herzchen. Willst du mal sehen?«

Sie zog eine Mappe aus ihrer Aktentasche. Fotografien von Männern, die in tadelloser Uniform posierten, perfektes Licht, jedes Haar saß. Bei manchen spielte ein Lächeln um die Lippen, und sie blickten in die Ferne wie in eine glorreiche Zukunft, andere saßen mit ernsten Gesichtern da und schauten direkt in die Kamera. Jeder Einzelne sich vollkommen sicher seines Platzes in der Herrenrasse.

»Und danach. Das bereitet mir einige Befriedigung.«

Dori legte weitere Fotografien wie Spielkarten aus. Dieselben Männer ungepflegt, ungekämmt, unrasiert, in schlecht sitzender Zivilkleidung, lose Hemdkragen ohne Krawatten, fahle Gesichter, eingesunken, dunkle Augenränder, wie die gebrochenen Männer, die man allenthalben auf der Straße sah. Nur an den Augen unterschieden sie sich. Diese Männer hatten sich schuldig gemacht, aber ihre Augen zeigten keine Schuld. Furcht war zu sehen, Resignation, mürrischer Trotz sogar und eine durchgängige Hinterhältigkeit, eine Weigerung, sich dem unbarmherzigen Blick der Kamera auszuliefern.

»Und nun die Mädchen.«

Sie sahen wie alle anderen jungen Frauen aus, die versuchten, das Beste aus sich zu machen. Sie lächelten frisch frisiert in die Kamera, trugen Make-up, waren jung und hübsch, einige von ihnen sogar schön. Daneben legte Dori die Bilder derselben Frauen, die nun grobe Kleider trugen, die Gesichter ungeschminkt, fettiges Haar nach hinten gekämmt. Sie waren leicht um zehn Jahre gealtert, zwanzig. Der Kontrast war schockierend. Wie die Männer zeigten sie kein Schuldbewusstsein. In ihren Augen stand eine kalte Leere, ein Wissen darum, dass das Spiel aus war und der Galgen drohte.

»Netter Haufen, was?«

»Wer sind sie?«

»Wachpersonal. Ein paar Kommandanten. Größtenteils kleine Fische. Die hier haben wir erwischt. Sie leugnen natürlich alles, wissen von nichts, wussten von nichts, führten lediglich Befehle aus. Wir arbeiten sie ab, entdecken jeden Tag weitere. Deswegen müssen wir weitermachen. Für mich sind Ärzte wie von Stavenow die schlimmsten von allen.« Dori sammelte die Fotografien wieder ein und steckte sie zurück in die Mappe. »Versteh mich nicht falsch. Ich hoffe, dass sie alle baumeln werden, aber was *die* taten … was die Überlebenden uns erzählt haben. Was man ihnen angetan hat im Namen der Wissenschaft …« Sie verstummte. »Schreckliche Verletzungen, wirklich grauenhaft. Du solltest sie sehen, Edith, die Überlebenden. Junge Mädchen, hübsche Mädchen.« Sie schüttelte den Kopf. »Sie werden nie wieder dieselben sein. Aber so *tapfer*. Entschlossen, alles zu bezeugen. Entschlossen, zu erleben, wie ihnen Gerechtigkeit widerfährt. So wie ich.«

Sie schaute mit Augen in die Ferne, in denen ein Schmerz stand, der nicht der ihre war. Edith streckte eine Hand über den Tisch aus.

»Harry hat mir einiges davon erzählt, was sie gemacht haben.«

»Er hat auch Überlebende befragt, er weiß, wovon er redet.« Dori schniefte und blinzelte rasch. »Meine Güte, wie albern! Irgendwas im Auge. Bringt meine Wimperntusche zum Laufen. Hast du vielleicht ein Taschentuch?« Dori tupfte sich die Augen und reparierte den Schaden mit Hilfe ihres Puders. Sie trug frischen Lippenstift auf und presste die Lippen aufeinander. »Wir müssen von Stavenow vor Adams finden, damit er nicht in irgendeinem gemütlichen Laboratorium in Blighty endet.« Sie begutachtete sich kurz, kritisch, ließ dann die Puderdose zuschnappen. »Wie geht es Adeline? Sie überrascht mich, macht den Handlanger für McHale. Ich weiß, dass sie ehrgeizig ist, aber es gibt Grenzen. Was wollte sie überhaupt?«

»Dasselbe wie Adams.«

»Der Sturmbannführer ist begehrt. Irgendeine Vorstellung warum?«

»Sein Forschungsgebiet. Harry meint Nervengas. Adeline sagte, dass sie versuchen will, auf eigene Faust etwas rauszukriegen, was uns helfen könnte.«

»Na, das ist doch schon mal was, vermute ich.« Dori lehnte einen weiteren Kaffee ab. »Ich muss los. Wir fahren morgen früh nach Karlsruhe. Wir haben neue Informationen erhalten, und Vera möchte noch einmal das Gefängnis besuchen. Einige der Mädchen wurden dort festgehalten, bevor man sie in einer Nacht-und-Nebel-Aktion in ein Lager namens Natzweiler-Struthof gebracht hat, ein Ort in den Vogesen.«

»Nacht und Nebel?«

»Einer dieser netten Nazi-Erlasse. Vermutete Widerstandskämpfer, Agenten und andere verschwanden dort spurlos. Deswegen Nacht und Nebel. Natzweiler ist einer der Orte, wo man sie verschwinden ließ.« Sie biss sich auf die Lippen, um nicht zu zittern. »Wir wissen, dass vier unserer Mädchen dort endeten. Nun ist es eine Frage positiver Identifizierung, um herauszufinden, was genau geschehen ist.«

»Dori!« Edith spürte, wie ihre Augen nass wurden, als sie Doris Hand wieder in die ihre nahm. »Es tut mir so leid.«

»Nein.« Sanft entzog Dori ihr die Hand. »Du willst eine Frau aus mir machen, aber dies ist eine Männerwelt, wie du noch herausfinden wirst. Wir arbeiten trotz der Adams und McHales.« Sie hielt inne. Ihre Miene hellte sich auf, die widerstrebenden Gefühle verschwanden, und sie lächelte, während in ihren Augen immer noch Tränen glitzerten. »Du bist ein Wunder, Edith. Ein echtes Talent. Ich *wusste*, dass du es packen würdest! Finde mehr über die Schwestern heraus. Mach Elisabeth mit ihnen bekannt. Du hast mich da auf eine klitzekleine Idee gebracht. In der Zwischenzeit habe ich mein verlässliches Kochbuch bei mir, und ich *liebe* es, Rezepte auszutauschen.«

29

CCG UNTERKUNFT
Lübeck
17./18. März 1946

Kaffee und Kuchen
Gugelhupf Frau Schmidt

Bei uns zu Hause haben wir nichts Vergleichbares. Am nächsten kommt ihm noch ein reichhaltiges Tea Bread (Gugelhupf wird mit Hefe hergestellt), wie der Bara brith, aber mit mehr Eiern und Butter, großzügig mit Kirschen belegt (wie in diesem Fall) oder mit anderen Früchten und Mandeln. Er ist in Süddeutschland weitverbreitet, wo jede Familie ihn nach ihrem eigenen Rezept backt (noch etwas, was er mit dem Bara brith gemeinsam hat). Er wird in einer tief geriffelten, dekorativen Napfkuchenform gebacken, gewöhnlich aus Kupfer. Gestürzt und mit Puderzucker bestreut, schaut er so hübsch aus, dass es fast eine Schande ist, ihn anzuschneiden. Ganz gewiss ein Kuchen, um Eindruck zu schinden!

Dori hatte recht. Elisabeth war der Schlüssel zu allem. Edith überlegte, wie man es angehen könnte.

Am Wochenende hatte Roz ein Apartment für sie beide besichtigt.

»Es ist perfekt!«, hatte sie mit vor Aufregung gerötetem Gesicht gerufen. »Zweigeschossig, nicht weit von der Stadtmitte entfernt.«

Sie hatte schon die Schlüssel. Auf dem Heimweg von der Arbeit nahm sie Edith mit, um es sich anzuschauen. Versiegeltes Parkett und eine Wandverkleidung aus heller Eiche. Die Wohnung war möbliert. Die ehemaligen Bewohner hatten alles mitgenommen, was sie tragen konnten, aber die Zimmer atmeten noch ihre Anwesenheit. Beide Frauen ertappten sich dabei, sich so vorsichtig zu bewegen wie Eindringlinge.

»Wenigstens müssen wir nichts mehr besorgen«, sagte Roz, um den Bann zu brechen.

»Wir brauchen eine Haushälterin«, sagte Edith.

»Da hast du recht.« Roz runzelte die Stirn. »Ich kümmere mich darum.«

»Nicht nötig«, erklärte Edith mit einem Lächeln. »Ich habe da jemanden im Auge.«

Am nächsten Morgen dirigierte sie Jack zu dem Haus in der Humboldtstraße, wo Elisabeth wohnte.

»Ich hoffe, du nimmst das Angebot an.« Edith packte Kaffee, Zigaretten, die verschiedensten Konserven und dies und das aus. Elisabeth würde diese Chance beim Schopf packen, aber sie musste ihr die Wahl lassen. »Es liegt so auf der Hand. Du brauchst Arbeit, wir sind nur zwei Personen, um die du dich kümmern musst, und es ist sehr viel besser als hier.«

Darüber ließ sich nicht streiten. Seit Ediths erstem Besuch war ein provisorischer Vorhang aufgetaucht, der Elisabeths Zimmer in zwei Hälften teilte.

»Was ist mit dem Kind?«

»Du kannst sie natürlich mitbringen.« Edith zögerte. »Ich möchte das auf eine ganz bestimmte Art regeln. Ich möchte, dass du über Frau Schmidt zu mir kommst.«

Elisabeth verschränkte die Arme und runzelte die Stirn. »Wie soll das gehen?«

»Klopf an die Tür. Frag nach einer Freundin, einer Verwandten, irgendjemandem, den du suchst, jemand von zu Hause, aus dem Osten.« Solche Erkundigungen waren nichts Besonderes. »Komm mit ihr ins Gespräch. Hat Frau Schmidt beispielsweise etwas von einer

Arbeitsstelle gehört? Sie wird von deiner Vornehmheit beeindruckt sein, von deinem Titel. Sie wird ihr Bestes geben. Ich erledige den Rest.«

»Wann?«

»Jetzt sofort. Die Frau erwartet eine Lieferung, also wird sie den ganzen Tag zu Hause sein. Während du bei ihr bist, lass ein paar Bemerkungen über Kurt fallen, dass du ihn suchst, so etwas. Stell sicher, dass sie seinen Rang erfährt und dass er in der SS war. Das wird sie noch mehr beeindrucken.«

Elisabeth blickte düster drein. »Warum?«

»Weil es der beste Weg ist, ihn zu finden. Sie hat Verbindungen zu allerlei Naziorganisationen, die Flüchtlingen helfen, aus Deutschland zu fliehen. Wenn sie überall herumerzählt, dass seine Frau ihn sucht, haben wir vielleicht eine Spur.«

Elisabeth würde in Windeseile mit Frau Schmidt dicke sein. Sie würde die Fühler ausstrecken, was vielleicht eine gute Gelegenheit wäre, mehr über Naziorganisationen wie Die Spinne zu erfahren, was wiederum Adams glücklich machen würde. Mit ein bisschen Glück würde das Geschick der Alten sich gegen sie selbst wenden.

»Frau Schmidt, haben Sie einen Augenblick Zeit?«, fragte Edith am nächsten Morgen.

»Geht es um die Eier? Wir können nicht immer frische besorgen.« Sie zuckte ihre fetten Schultern.

»Nein, es geht nicht um Eier.«

»Ist es wegen Fräulein Slater?« Frau Schmidt wischte sich die Augen mit einem Taschentuch, das die Initialen von jemand anderem zeigte. »So traurig! Sie war wie eine Tochter für mich. Das arme Ding! Die arme Familie!«

»Ja, es ist sehr traurig.« Edith tätschelte die Hand der Frau. Sie erinnerte sich daran, dass es nur einen Vater gab. Ihre Mutter war bei einem Luftangriff ums Leben gekommen, wie Molly in einem ihrer uncharakteristischen, von Gin beförderten Momente der Vertraulichkeit preisgegeben hatte. »Jetzt gibt es nur noch Vater«, hatte sie geklagt. »Und Mrs. Powell. Sie ist das Dienstmädchen. Die Geliebte eigentlich. Sie glauben, ich wüsste es nicht. Ich glaube, dass sie heiraten würden, wenn ich nicht wäre.« Jetzt würden sie wahrscheinlich genau das tun, und niemand würde Molly vermissen oder sich auch nur einen Deut darum scheren, dass sie tot war. Das machte es irgendwie schlimmer. »Wirklich sehr traurig.«

»Geht es um Ihr Auto, das ins Schleudern gekommen ist?« Ein Hauch von Bangigkeit. »Ich habe Sie vor dem Regen gewarnt.«

»Nein, das auch nicht. Ich denke darüber nach, mit einer Kollegin zusammenzuziehen.« Edith unterband ihren halbherzigen Protest mit einer Handbewegung. Frau Schmidt würde froh sein, sie hier nicht mehr zu sehen. »Ich weiß, ich weiß, ich werde Sie auch alle vermissen, aber ich brauche mehr Platz und weniger Aufregung.« Edith hielt inne und lächelte auf eine Weise, die hoffentlich überzeugend war.

»Wir werden eine Haushälterin brauchen. Ich würde mich über ihre Hilfe freuen, eine passende Frau zu finden.«

»Ach!« Frau Schmidts Gedanken galten einem weiteren Haushalt und zusätzlichen Rationen, die man abzweigen konnte. »Ich kann nicht kommen, Frau Graham. Während Stephan seinen Cousins auf dem Land hilft, habe ich hier zu viel zu tun …«

Stephan schien getürmt zu sein. Seit der Wagen »ins Schleudern« geraten war, hatte er sich rar gemacht.

»Sie werden seine … Hilfe vermissen«, sagte Edith diplomatisch. »Ich hatte aber nicht an Sie gedacht. Sie haben hier zu viel zu tun – besonders, da Stephan nicht mehr da ist –, und ich würde Sie niemals von den Mädchen trennen. Die brauchen Sie.« Edith setzte eine angemessen sorgenvolle Miene auf. »Besonders jetzt.«

»Es gibt ja immer noch Nina.« Frau Schmidt strahlte. Da sie ihre Nichte untergebracht hatte, konnte sie von dieser unverhofften Wendung vielleicht noch weiter profitieren. »Sie ist sehr fähig.«

Edith nickte, als wolle sie es sich überlegen.

»Nina ist ein reizendes Mädchen«, sagte sie, »aber ich dachte an jemanden älteres, eine reife Dame vielleicht. Respektabel natürlich, kultiviert. Jemand, der kochen kann selbstredend, aber ich brauche mehr. Jemand mit guten Englischkenntnissen.« Das würde Nina ausschließen. »Zum Telefonieren beispielsweise. Viele meiner Kollegen sprechen kaum Deutsch. Und Hilfe beim Papierkram. Es gibt jetzt so viel davon. Ich dachte, dass die Person so etwas wie eine inoffizielle Sekretärin sein könnte. Ich bin oft weg. Ich brauche jemanden, der selbstständig entscheiden und den Haushalt in meiner Abwesenheit führen kann.« Sie hielt ein paar Sekunden inne, bis ihre Anforderungen angekommen waren. »Kennen Sie so jemanden?«

Respektabel, reif, kultiviert, gebildet, des Englischen mächtig. Edith hatte alles getan, außer den Namen Elisabeth zu erwähnen.

»Kann sein«, gab Frau Schmidt vor.

»Dann überlasse ich es Ihnen.« Edith warf einen Blick auf ihre Uhr. »Meine Güte, ist es schon so spät? Jack wird jede Minute hier sein.« Wie auf Kommando ertönte eine Hupe. »Da ist er schon. Ich muss los.«

Edith beglückwünschte sich selbst, als sie in den Wagen stieg. Die Erwähnung von »Papierkram« war eine Eingebung gewesen. Edith wusste, wie Frau Schmidts Gehirn funktionierte. Elisabeth war vielleicht eine nützliche Spionin. Sollte sie Elisabeth empfehlen, würde es bedeuten, dass sie nichts ahnte. Sie würde den Köder geschluckt haben.

Am Abend wurde Edith von Frau Schmidt in Empfang genommen.

»Ich glaube, ich habe jemanden gefunden«, sagte sie, wobei ihre glänzenden Löckchen vor unterdrückter Aufregung erzitterten.

»Oh, wirklich?«, fragte Edith, als sie Hut und Handschuhe ablegte.

»Ja, ja! Eine sehr respektable Dame aus dem Osten. Eine Flüchtlingsfrau, aber aus *sehr* guter Familie. Sie ist genau das, was Sie suchen. Spricht Englisch. Sehr vornehm. Allerdings«, Frau Schmidt zögerte, »gibt es da ein Kind. Sie haben nichts von einem Kind gesagt.«

»Nein, daran hatte ich nicht gedacht.« Edith tat so, als müsse sie es abwägen. »Wie alt?«

»Nicht sehr alt«, sagte Frau Schmidt vage.

»Verstehe.« Edith gab weiterhin vor, unsicher zu sein. »Vielleicht sollte ich die Person treffen. Können Sie ein Vorstellungsgespräch arrangieren?«

»Sie ist hier!« Mit dem Gestus eines Zauberers, der einen ganz besonders beeindruckenden Trick zeigt, riss Frau Schmidt die Tür zum Wohnzimmer auf.

»Frau Graham? Darf ich Ihnen *Gräfin von Stavenow* vorstellen?«

»I'm delighted to meet you«, sagte Elisabeth. »And it is just plain Frau von Stavenow. I don't use my title.«

»Dann lasse ich Sie jetzt allein«, erklärte Frau Schmidt, stolz auf ihren Protegé. »Ich bringe Kaffee und Kuchen.«

»Do sit down, Frau von Stavenow«, sagte Edith, als Frau Schmidt das Zimmer verlassen hatte. »Hoffentlich nehmen Sie es mir nicht übel, wenn ich Ihnen ein paar Fragen stelle?«

»Selbstverständlich nicht, Miss Graham«, gab Elisabeth zurück. »Ask away.«

Edith schaute zur Tür. Elisabeth legte eine Hand hinters Ohr. Edith nickte. Sie fuhren mit dem vorgetäuschten Bewerbungsgespräch so lange fort, bis sie schwere Schritte hörten, die sich entfernten.

»Sieht so aus, als wäre sie darauf reingefallen.« Elisabeth zündete sich eine Zigarette an. »Sehr beeindruckt wegen Kurt.« Sie atmete durch den Rauch. »Überschlägt sich geradezu, um mir zu helfen.«

Es klopfte. Nina trat mit einem Tablett ein: eine ziselierte Silberkanne mit passender Zuckerdose und Milchkännchen, edle Porzellanteller, Tassen und Untertassen mit blauem Muster. Edith hatte nichts davon je zu Gesicht bekommen. Eine große Platte mit weißem Deckchen präsentierte Apfelkuchen und Gugelhupf.

»So viel Kuchen habe ich seit Jahren nicht gesehen«, sagte Elisabeth und nahm ein Stück vom Apfelkuchen. »Wo um Himmels willen hat sie die Zutaten her?«

»Viele davon mit freundlicher Empfehlung der Kontrollkommission. Die Rationen sind sehr großzügig, wie du sehen wirst.«

Frau Schmidt persönlich räumte das Tablett ab.

»Ist alles zu Ihrer Zufriedenheit?«

»Ja, sehr.« Edith setzte ihr nettestes Lächeln auf. »Sie haben sich selbst übertroffen, Frau Schmidt. Wir haben das meiste gegessen, wie Sie sehen.«

Die Teller waren nahezu leer, obwohl ein Großteil des Kuchens sich eingeschlagen in eine Serviette in Elisabeths Handtasche befand.

»Ich muss sagen, Frau Schmidt«, sagte Elisabeth und pickte ein paar Krümel auf. »Ihr Blitzkuchen mit Äpfeln war genauso göttlich wie der Gugelhupf. Einfach der beste, den ich je gegessen habe. Ich weiß nicht, wie sie unter den gegebenen Umständen so köstliche Kuchen backen können.«

Frau Schmidt wurde rot und wischte sich die Hände an der Schürze ab.

»Ich kann Ihnen das Rezept geben, wenn Sie mögen.«

»Würden Sie das tun?« Elisabeth lächelte. »Das wäre wundervoll. Dann könnte ich für Frau Graham ebenso köstlichen Kuchen backen.«

Frau Schmidt zog ihr Notizbuch mitsamt dickem Bleistift aus der Schürze.

»Es dauert nur eine Minute.« Sie setzte sich an den Tisch und begann zu schreiben, indem sie in ihrer sauberen, kurvenreichen Schreibschrift mühsam Buchstabe für Buchstabe aneinanderreihte.

»Bitte schön!« Sie riss das Blatt ab und hielt es Elisabeth hin.

»Herzlichen Dank, Frau Schmidt.« Elisabeth nahm das Blatt huldreich entgegen. »Das ist außerordentlich freundlich. Ich werde es sorgsam hüten.«

Frau Schmidt strahlte wie ein Kind, das eine Eins bekommen hatte. Elisabeths wohlüberlegte Kombination aus Hochmut und Schmeichelei wirkte Wunder. Sie hatte die gefürchtete Frau Schmidt voll in der Hand.

Frau Schmidt mochte Anspruch darauf erheben, aber das Rezept stammte von Hilde, und das Mädchen hatte wahrscheinlich auch den Kuchen zubereitet. Edith nahm sich vor, ihr später dafür ein Kompliment zu machen.

An dem Tag, als Edith die Unterkunft verließ, schenkte Hilde ihr ein Glas mit Kirschen. Sie übergab sie mit scheuem Stolz und einem Hauch Trotz. Edith war von der Großzügigkeit des Mädchens gerührt und lächelte über diesen kleinen Akt der Rebellion. Vielleicht gab es doch noch Hoffnung.

30

APARTMENT 2A SCHILLERSTRASSE
Lübeck
6. – 21. April 1946

Kirschmichel

Etwa einen halben Laib altes Weißbrot in einer Schüssel würfeln, darüber einen guten halben Liter Milch gießen und so lange stehen lassen, bis sämtliche Flüssigkeit aufgesogen ist. Eine Backform einfetten und mit Semmelbröseln bestreuen. Zwei Eier trennen. Das Eiweiß aufschlagen, bis es steif ist. 60 Gramm Butter, genauso viel Zucker mit dem Eigelb und etwas Vanille schlagen, das Eiweiß mitsamt den vollgesogenen Brotkrumen und den Kirschen unterheben. Auf der mittleren Schiene des Ofens bei moderaten Temperaturen 45 bis 60 Minuten backen. Mit Puderzucker bestreuen und warm mit Soße servieren.

Ziemlich ähnlich unserer Apple Charlotte – perfekt als vollwertige Mahlzeit oder als Beilage, da es unten im Ofen zubereitet werden kann. Bei sechs Portionen empfehle ich 10 Minuten auf der oberen Schiene, dann etwa 12 Minuten auf der unteren. 60 Gramm Butter zwei, drei Minuten schaumig schlagen. Die Anzahl der Brotkrumen von 110 Gramm auf 200 Gramm oder sogar 340 Gramm erhöhen. (Vom Rezept für Apple Charlotte 110 Gramm abziehen).

Wie wenig sie hier besaß, dachte Edith, als sie in ihr neues Apartment zog. Alles passte in einen Koffer und einen Kofferraum. Roz hatte sogar noch weniger.

Roz hängte ihren Mantel an einen Kleiderständer, der mit mehreren Schirmen und Spazierstöcken gespickt war: Wanderstäbe mit kleinen Plaketten, Stocknägeln, die auf die Stiele aus Kastanienholz genagelt waren.

»Merkwürdig, nicht? All das gehört jemand anderem.« Sie zog einen Wanderstock heraus und las die Namen von Orten, von denen sie noch nie gehört hatten: ELFERHÜTTE, Tirol, besucht von Menschen, die sie niemals kennenlernen würden. »Sie warten einfach, die Deutschen, spürst du das auch? Warten den richtigen Augenblick ab, bis wir einpacken und abziehen, dann alles zurück auf null. Sie können wandern gehen, diese Schildchen sammeln, und es wird sein, als wären wir nie hier gewesen.« Sie stellte den Stock sorgsam zurück. »Wir sind wie privilegierte Flüchtlinge.«

Elisabeth erwartete sie schon. Die Betten waren gemacht, Öfen angeheizt, Wasser war erwärmt. Mit Hildes Abschiedsgeschenk für Edith machte sie einen Kirschmichel. Sie lehnte jede Hilfe beim Kochen und Putzen ab. Edith war froh, dass sie Elisabeth aus dem überfüllten Kaninchenstall, in dem sie lebte, befreit hatte, aber es war eigenartig, sie in dieser Rolle zu sehen. Sie würde immer mehr Schlossherrin sein als Bedienstete.

Elisabeths Einstellung im Haushalt von Roz und Edith wurde nicht kommentarlos hingenommen. Ihr Umzug war nicht der Punkt, auch nicht ihre Wahl der Haushälterin, sondern die Tatsache, dass sie die Wohnung mit ihr teilten. Es war gegen die Vorschriften und konnte sich als Haken erweisen. Elisabeths Tochter blieb fürs Erste bei Lise, ihrer Amme, so dass sich dadurch keinerlei Komplikationen ergaben. Edith wusste allerdings, dass es Zeit wurde, Bill Adams einzuweihen. Als Offizier des Geheimdienstes konnte er etwaige Probleme verhindern. Sie rief ihn an. Er wollte sie sowieso sehen. Könnten sie sich auf einen Drink in der Messe treffen?

»Was höre ich denn da über zerschnittene Bremsleitungen?«

»Woher wissen Sie das?«

»Ein Vögelchen hat mir was gezwitschert. Warum haben Sie mich nicht informiert?«

»Schien mir nicht so wichtig zu sein. Es war wahrscheinlich Stephan, und der ist untergetaucht.«

»Dennoch …« Er blickte finster. »So geht das nicht. Die werden größenwahnsinnig. Ich habe Lust, die ganze Bande auffliegen zu lassen.«

»Das möchte ich nicht, jedenfalls jetzt noch nicht.«

»Warum nicht?«

»Zumindest wissen wir, wer sie sind und wo. *Die Spinne*. Wenn man ein Netz an einer Stelle zerreißt, wird ein neues gesponnen.«

»Nachvollziehbar, Ihr Argument.«

»Ich habe einen Plan.« Sie erzählte ihm von Elisabeth.

»Gut gemacht, Edith.« Fast hätte er sich erfreut die Hände gerieben. »Gut gemacht! Frau Schmidt vertraut ihr?«

»Hat den Köder gefressen. Mitsamt Haken. Elisabeth ist sehr charmant und aristokratisch. Frau Schmidt mag das.«

»Charmant und aristokratisch, ja? Ich würde sie gern kennenlernen.«

Dazu würde es nicht kommen. Edith wollte Elisabeth nicht in eine schwierige Lage bringen. Die meisten Männer waren Schürzenjäger, nicht nur Junggesellen. Sogar der Brigadier hatte eine Affäre mit einer Frau, die im Catering arbeitete, wie sie von Roz wusste. Die Ehefrau weit weg und ungebundene Frauen zur freien Auswahl, da war die Versuchung einfach zu groß.

»Ist sie attraktiv?«

»Sehr.«

»In diesem Fall möchte ich sie unbedingt kennenlernen.« Bill Adams lächelte und fuhr sich über den flaumigen Schnurrbart, den er gerade kultivierte.

»Gute Idee. Vielleicht bringe ich sie zum Abendessen mit.«

Adams lachte peinlich berührt. Beide wussten, dass Deutsche »verboten« waren, außer sie arbeiteten in der Messe als Personal.

»Ich habe einen Scherz gemacht.«

»Ich auch.«

»Gut, Edith.« Bill hob die Hände. »Sie haben gewonnen. Frau von

Stavenow ist sicher vor mir. Legen Sie es unter falsch verstandene Galanterie ab. Was ist mit ihrem Ehemann?«

»Frau Schmidt ist von Kurt ausgesprochen beeindruckt, seinem Rang bei der SS und so weiter. Also hat sie versprochen, Elisabeth bei der Suche zu helfen. Sie kontaktiert gerade einige Leute …«

»Das ist *gut*. Namen?«

»Ich kann Ihnen die Namen einiger hiesiger Frauen geben, aber das sind kleine Fische.«

Adams nickte. »Wir wollen das ganze Netzwerk.«

»Frau Schmidt nennt es ›Die Organisation‹. Laut Elisabeth ist sie da sehr zugeknöpft.«

Adams furchte die Stirn. »Wir müssen wissen, wie groß sie ist, wer darin verwickelt ist, wie weit verbreitet sie sind und ob sie mit anderen Gruppen zusammenarbeiten.«

»Ich werde sehen, was Elisabeth herausfinden kann.«

»Tun Sie das, aber seien Sie vorsichtig. Das sind unangenehme Typen, sehr unangenehm, und wir wollen keine weiteren … Unfälle. Gute Arbeit, Edith. Noch einen?« Er schnipste mit den Fingern, und der Kellner eilte herbei. »Whisky. Kein Eis.«

Elisabeth wurde als eine der Schwestern akzeptiert, und man traute ihr mehr und mehr. Eine gute Nazifrau auf der Suche nach ihrem Mann. Die hiesige Gruppe stand mit anderen Netzwerken in Kontakt, die wiederum mit weiteren Netzwerken verbunden waren. Frau Schmidt hatte eine Bitte um Auskunft über den Verbleib von Obersturmbannführer Kurt von Stavenow in die Wege geleitet. Sie wurde über das Geflecht von Naziorganisationen weitergegeben, die sich überall außerhalb des britischen Blickfeldes ausbreiteten.

Es schien gut zu laufen, vielleicht ein wenig zu gut.

»Wie war dein Wochenende?«, begann Roz, als sie von der Arbeit nach Hause liefen. Edith war den ganzen Tag unterwegs gewesen. Sie hatten sich seitdem nicht ausgetauscht.

»Gut, danke. Es war kalt, aber …«

Roz lachte. »Das war wahrscheinlich nicht so wichtig.«

»Nein, wohl kaum.« Edith lächelte zurück.

Sie hatte sich für ein kostbares Wochenende mit Harry loseisen können. Es war das erste Mal, seit sie ihn in Hamburg getroffen hatte, und sie hatte Zeit zum Nachdenken gehabt. Obwohl sie nicht billigen konnte, was er getan hatte – die Ermordung eines unschuldigen Menschen konnte niemals gerechtfertigt werden –, verstand sie, wie seine Erlebnisse seine brüchige Moral geprägt hatten. Es war nicht ihre Sache, ihm zu vergeben, das stand ihr nicht zu, aber er hatte sein Versprechen gehalten. Seraphina und Anna waren auf dem Weg nach Palästina. Wohlweislich hütete sie sich, nach Einzelheiten zu fragen. Keine Namen, kein Strafexerzieren, wie Jack zu sagen pflegte …

»Wie war dein Wochenende?«, fragte sie.

»Göttlich!« Roz hakte sich bei Edith ein. »So herrlich, die ganze Nacht zusammen in einem Bett zu verbringen. Wann siehst du Harry wieder?«

»Nächstes Wochenende in Berlin. Wenn ich mich freimachen kann.«

»Oh, ich kann ganz bestimmt ein paar Besprechungen für dich arrangieren«, erwiderte Roz und grinste.

Da war Edith sich sicher. Eine weitere Gelegenheit, mit Jeff das Ehepaar zu spielen. Am Wochenende hatte Roz die Wohnung nur für sich. Elisabeth fuhr aufs Land zu einem Bauernhof in Badendorf westlich von Lübeck, wo ihre Pferde unterstanden. Kaspar, ihr Stallmeister und Vater ihres Kindes, kümmerte sich dort um sie.

»Du kennst Elisabeth?«, setzte Roz an. Der Name löste irgendetwas zwischen ihnen aus.

»Ja, ich kenne Elisabeth«, antwortete Edith gleichmütig. »Hat Jeff ein tiefes, dunkles Geheimnis um sie entdeckt?«

»O nein, nichts dergleichen«, sagte Roz zu Ediths Erleichterung. Jedes Interesse vonseiten Jeffs und der Abteilung Public Safety könnte in der Tat ihren sorgfältig ausgearbeiteten Plan ins Wanken bringen. »Es ist nur, nun ja …« fuhr Roz fort. Es gab offensichtlich etwas, was ihr Sorgen bereitete. »Denkst du je über das Kind nach?«

»Elfriede? Warum?«

»Nun.« Roz hatte die Angewohnheit »nun« zu sagen, wenn sie ein heikles Thema anschnitt. »Warum will sie das Baby nicht bei sich haben? Mir kommt das eigenartig vor.«

»Die Kleine wird noch gestillt, und jemandem da oben könnte das missfallen«, sagte Edith leichthin.

»Wahrscheinlich«, gab Roz zu, »Aber sie erwähnt sie fast nie. Sie scheint sich mehr um ihre Pferde zu kümmern. Und dieser Kaspar …«

»Was ist mit ihm?«

»Hast du ihn je getroffen?«

»Nein, er lebt auf dem Land. Das weißt du doch.« Edith versuchte, nicht irritiert zu klingen. »Ich dachte, du magst Elisabeth.«

»Oh, das tue ich«, sagte Roz entschuldigend. »Sie kümmert sich sehr gut um uns.« Sie tätschelte sich den Bauch und lachte. »Vielleicht ein bisschen zu gut. Wir gehen nicht mehr oft in die Messe, nicht wahr? Es ist nur …«

»Nur was?«, fragte Edith vorsichtig, die sich ihre wachsende Verärgerung nicht anmerken lassen wollte.

»Ich weiß, dass sie deine Freundin ist und so weiter, aber manchmal …« Roz hielt inne. »Ich fühle mich manchmal ein wenig unbehaglich.«

»Wirklich? Warum?«

»Sie ist schrecklich nett und alles, aber es ist wie bei den anderen. Ich bin überrascht, dass du es nicht bemerkt hast.«

»Die anderen? Meinst du die Deutschen?«

»Ja, sie erinnert mich an die Kellner in vornehmen Restaurants oder Grand Hotels. Sie wissen, dass sie dich zu bedienen haben, und sind nach außen hin außerordentlich freundlich, aber im Grunde mögen sie es nicht. Sie halten sich für etwas Besseres.«

»Nun ja, sie war eine Gräfin. Es muss hart für eine Gräfin sein, nun etwas so Untergeordnetes wie eine Dienstbotenrolle zu spielen.«

»Wahrscheinlich«, gab Roz zu. Sie drückte Ediths Arm. »Und du bist nicht beleidigt, oder?«

»Natürlich nicht.«

Edith kämpfte gegen das Bedürfnis an, Roz' eingehakten Arm abzuschütteln. Sie gingen schweigend weiter, und Roz zog los, um Jeff zu treffen. Es war ihr Kinoabend. Edith nahm von ihrem fröhlichen »Auf Wiedersehen, bis später« kaum Notiz. Sie versuchte das, was Roz gesagt hatte, als die üblichen Vorurteile der Kontrollkommission abzutun, obwohl Roz eigentlich so nicht war, und es passte zu etwas, was Luka neulich entschlüpft war, als er sie zu ihrer Wohnung begleitet hatte. Etwas darüber, dass Elfriede nicht Elisabeths Kind sei. Als Edith Genaueres wissen wollte, zuckte er nur die Achseln und sagte: »Ich weiß nicht.« Dann lächelte er, als ob er schon zuviel gesagt hätte.

Sie hatte es damals verdrängt, weil Luka manchmal die Dinge durcheinanderbrachte, aber … Die Hände tief in den Taschen vergraben lief sie mit schnellen Schritten weiter, böse auf beide.

31

APARTMENT 2A SCHILLERSTRASSE
Lübeck
22. – 25. April 1946

Frau Schmidts Apfelkuchen

125 Gramm Margarine, 175 Gramm Zucker, 3 Eier, 10 Milliliter Milch, ein halbes Päckchen Backpulver, 250 Gramm Mehl, etwas Zitronenschale, 1 Kilo weiche Äpfel, 60 Gramm Zucker, Gewürze.

Butter mit Zucker und Eiern cremig schlagen. Dann Gewürze einstreuen, die Milch, das Mehl (vermischt mit dem Backpulver) in die vorbereitete Backform füllen. Jetzt die Äpfel hinzufügen, die ein paar Stunden vorher zubereitet wurden, in Spalten geschnitten, mit Zucker und Gewürzen bedeckt. Bei mittlerer Hitze (170 Grad) eine dreiviertel Stunde backen. Der Kuchen kann mit Mandelsplittern und Sultaninen oder Rosinen verfeinert werden, die vor dem Backen darüber gestreut werden.

Ähnlich unserer Apple Charlotte.

Elisabeth hatte Apfelkuchen gemacht. Sie servierte ihn zu einer Tasse Kaffee im Wohnzimmer. Der Kuchen war noch ofenwarm, innen von den Äpfeln und Rosinen saftig, oben zuckrig kross. Edith schmeckte Muskat und Zimt heraus, eine Erinnerung an Irenkas Küche.

»Wo hast du die Rosinen und Gewürze her?«, fragte sie. Die Köchin erwähnte sie nicht. Elisabeth sprach nicht gern über Schloss Steinhof. *Was gibt es da zu sagen? Es existiert nicht mehr.*

»Getauscht, wie alles andere auch. Ist er gut? Möchtest du noch etwas?«

Edith schüttelte den Kopf und trank ihren Kaffee. »Behalte noch etwas für Roz übrig. Sie kann ein Stück für Jeff mitnehmen.«

Der Kuchen war köstlich, jedoch auch so mächtig, dass sie Angst hatte, er könne ihr im Hals stecken bleiben.

Das Stück, das sie schon gesessen hatte, lag ihr schwer im Magen. Sie hatte die ruhigen Abende allein mit Elisabeth genossen, aber die Zweifel von Roz und Luka klangen ihr in den Ohren wie ein Tinnitus.

»Das Kind Elfriede«, Edith goss sich noch einen Kaffee ein, »vermisst du sie nicht? Keiner von uns hätte etwas dagegen gehabt, wenn du sie mitgebracht hättest.«

»Das könnte problematisch werden.« Elisabeth griff nach ihrem Nähzeug. »Für mich, für dich. Es ist besser, wenn das Baby bei Lise bleibt. Frau Schmidt handelt mit Edelsteinen und Juwelen, wusstest du das?« Edith registrierte den schnellen Wechsel des Gesprächsthemas. »Bekommt sie für 'nen Appel und ein Ei. ›Diamanten kann man nicht essen‹, sagt sie immer. Menschen geben alles her für Lebensmittel. Sie möchte, dass ich bei ihrem Geschäft einsteige. Sie sagt, ich hätte ein gutes Auge.«

»Ziehst du es in Betracht?«

»Ich brauche Geld für die Pferde.« Elisabeth fädelte Garn ein. »Ich selbst habe bald keinen Schmuck mehr.« Elisabeth bezahlte für den Unterhalt der Pferde in Diamanten und Perlen. »Kaspar versucht, herauszubekommen, was von der Herde übriggeblieben ist. Wir wollen wieder eine Zucht aufziehen.«

»Hat Kaspar je Elfriede gesehen?«, fragte Edith.

»Nein.« Elisabeth schaute unvermittelt hoch. »Natürlich nicht. Er lebt nicht hier, nicht wahr? Und es wäre hart für ihn zu reisen. Seine Papiere sind verlorengegangen.«

»Er ist nicht so weit weg …«

Elisabeth konzentrierte sich darauf, ihren Faden erneut einzufädeln.

»Ihr müsst euch auf den Tag freuen, wo ihr alle zusammen seid«, bohrte Edith weiter.

»Natürlich«, sagte Elisabeth vage, als sie die Bluse ausschüttelte, an der sie gearbeitet hatte. »Ich habe den Kragen umgedreht und die Ärmel gekürzt. Ich werde die Knöpfe ersetzen, alles ein wenig auffrischen. Frau Schmidt hat mir die hier gegeben.« Sie entnahm ihrem Nähkästchen ein Papierbriefchen, eine Seite aus dem Notizbuch von Frau Schmidt, was man sofort an dem dünnen roten Streifen sah. Sie öffnete es vorsichtig. »Was meinst du?«

Schon wieder ein rascher Themenwechsel, dachte Edith. Sie nahm einen Knopf zur Hand und hielt ihn ins Licht, wobei ihr besonders der perlmuttartige Glanz auffiel.

»Der ist alt. Echtes Perlmutt. Ich frage mich, von welchem Kleidungsstück er wohl abgeschnitten wurde? Und wer ihn angenäht hat?«

Elisabeth zuckte die Schultern, als würde es ihr nie in den Sinn kommen, darüber auch nur zu spekulieren.

»Gegen Nähmaschinennadeln eingetauscht«, sagte sie. »Das war ein genialer Zug, muss ich sagen, Edith.«

Edith hatte nach Hause geschrieben und um Nähzeug gebeten. Die meisten deutschen Frauen besaßen Maschinen oder Zugang dazu, aber keine Nadeln. Garn und Spulen waren praktisch nicht aufzutreiben und erzielten deswegen auf dem Schwarzmarkt Höchstpreise. Doris nützliche Ersatzwährung.

Elisabeth begann damit, die Knöpfe anzunähen, eine knifflige Arbeit, die Konzentration erforderte. Edith fand ihre Stelle in ihrem Buch und begann zu lesen. Sie hatte so wenig Zeit gehabt, seit sie hier eingetroffen war. Sie brauchte eine Weile, bis sie sich wieder in der Geschichte zurechtfand …

Plötzlich hob sie den Kopf. Elisabeth hatte aufgehört zu nähen und blickte sie an.

»Was ist?«

»Die Organisation hat sich mit einer Botschaft von Kurt gemeldet.«

Die Worte sprudelten so überstürzt heraus, als hätte Elisabeth sie fast gewaltsam zurückgehalten.

»Was?«, rief Edith ebenso überrascht wie schockiert. »Wissen sie, wo er sich aufhält?«

»In Berlin.« Elisabeth entnahm ihrem Nähkästchen erneut den Zettel mit dem roten Rand. »Hier ist die Adresse.«

Edith nahm ihn entgegen, wobei ihr Herz schneller schlug. Das war es. Das war es, worauf sie gewartet hatte, und sie würde an diesem Wochenende in Berlin sein. »Warum hast du das vorhin nicht erwähnt?«

»Das wollte ich nicht«, sagte Elisabeth, als sie den Faden abschnitt. »Du hast Fragen gestellt. Ich hatte Angst, dass du argwöhnisch bist. Ich glaube auch, dass Roz mir nicht traut.« Sie war erregt, ihr deutscher Akzent trat viel deutlicher hervor. Sie biss sich auf die Lippen, mit einem Mal besorgt, argwöhnisch, und murmelte, als sie sich über ihr Nähzeug bückte: »Ich möchte nicht, dass sie herausfinden, was ich wem erzählt …«

Einen Augenblick schien sie so ängstlich zu sein wie die deutschen Mädchen in ihrer Unterkunft.

»Einer von uns?«

Elisabeth nickte. »Sie hassen euch. Diese Leute machen vor nichts halt. Sie schmuggeln nicht nur Menschen. Sie handeln mit Juwelen, Devisen, Tabak, mit allem, was irgendeinen Wert hat. Die Einkünfte werden dazu verwandt, zukünftige Operationen zu finanzieren, hier und im Ausland.«

»Was für Operationen. Sprechen sie darüber?«

Elisabeth nickte erneut. »Sie glauben, dass Hitler am Leben ist. Irgendwo in Südamerika. Von U-Booten aufgenommen. Bormann auch und andere Nazibonzen, die nicht für tot erklärt worden sind oder vor Gericht stehen.« Elisabeth setzte einen weiteren Knopf an. »Sie wollen das Vierte Reich errichten. Es ist nur eine Frage der Zeit. Die Geschichten darüber, was den Juden in Belsen und Auschwitz widerfahren ist, sind nur das, Geschichten. Lügen und Propaganda, Bilder und Filme, die von den Alliierten fabriziert wurden, um die Deutschen schlecht dastehen zu lassen. Um zu rechtfertigen, was sie dem Vaterland mit ihren Bomben und der Zerstörung angetan haben. Um das zu rechtfertigen, was sie gerade anrichten, vorsätzlich die Bevölkerung verhungern zu lassen, während sie systematisch die Nation ausnehmen und sich alles von Wert unter den Nagel reißen. Unter Hitler war alles besser, sagen sie. Viele stimmen zu.«

»Wer?« Edith zog die Augenbrauen hoch. »Viele?«

»Meine Freunde aus den Schrebergärten.« Elisabeth hatte sich mit den Männern und Frauen angefreundet, die in den örtlichen Gartenkolonien arbeiteten. Die Aussicht auf frisches Gemüse war verlockend. »Viele Leute. Sie warten darauf, dass Hitler zurückkehrt und sie rettet. Leute wie Frau Schmidt und ihre Freunde bereiten dafür das Terrain.«

»Aber das ist grotesk.« Edith schüttelte den Kopf. »Was für ein Nonsens!«

»Sie glauben daran«, sagte Elisabeth emphatisch. »Wenn sie wüssten, dass ich … du weißt schon was … wäre mein Leben verwirkt. Deins auch. Sie haben schon versucht …«

»Sie waren das, nicht wahr? Der Wagen?«

Elisabeth nickte nur knapp. Ihre Nadel verpasste ihr Ziel. Sie gab keinen Mucks von sich, aber ihre Fingerspitze blutete.

»Umso mehr Grund, sie aufzuhalten.« Edith kämpfte gegen eine plötzlich aufsteigende Furcht an, griff nach Elisabeths Hand und wickelte sie behutsam in ihr Taschentuch. »Es kann so nicht weitergehen, dass alle weiter Angst vor ihrem Terror haben. Wir brauchen Namen, Kontakte. Wenn wir die hätten, könnte Adams sie allesamt verhaften lassen. Vielleicht mögen sie uns nicht sonderlich, aber wir sind hier, um für ein gewisses Maß an Ordnung zu sorgen, solche Sachen im Keim zu ersticken.«

Elisabeth wischte sich die Tränen aus den Augen. »Ich weiß nicht, was mit mir los ist. Früher war ich so furchtlos.«

»Furcht ist heimtückisch, und du hast zu lange damit gelebt.«

Edith konnte geradezu fühlen, wie ihr Verdacht sich in Mitleid verwandelte. »Irgendwann tritt sie zutage. Sie ist der Hausschwamm der Seele.«

Elisabeth schniefte und lächelte etwas hoffnungsvoller. »Frau Schmidt führt in ihrem Notizbuch Listen. Namen und Nummern.«

»Gut. Glaubst du, dass ich einen Blick darauf werfen kann?«

»Ich werde es am Donnerstag versuchen. Da hat Frau Schmidt Kaffeeklatsch.«

Apfelkuchen. Edith sandte die Nachricht in dem Rezept für Apfelkuchen nach Bad Oeynhausen.

Am Donnerstagabend erwartete Elisabeth sie schon im Flur. Sie musste den Schlüssel in der Tür gehört haben.

»Edith, kann ich dich kurz sprechen?« Sie wandte sich an Jack, der sie in der Hoffnung auf einen Tee und ein Stück Kuchen bis zur Tür begleitet hatte. »In der Küche steht frischer Tee, und ich habe gerade ein Blech mit Bethmännchen aus dem Ofen genommen.« Sie lächelte. »Nicht alle auf einmal essen!«

Als Jack sie alleine gelassen hatte, holte Elisabeth ein kleines, abgenutztes Notizbuch hervor, dessen Seiten eine rote Linie aufwiesen.

»Du meine Güte. Wie hast du das angestellt?«

»Ist ihr aus dem Overall gefallen. Ich habe es nur aufgehoben.«

Namen, Adressen, Nummern. Nicht nur in und um Lübeck und Hamburg, sondern auch in Schwerin und Rostock, die sich in der russischen Besatzungszone befanden. Adams würde es lieben.

»Vermisst sie es nicht?«

»O ja. Sie ist durchgedreht und hat das ganze Haus durchsucht. Aber sie wird mir nicht misstrauen, nicht wahr? Eines der Mädchen wurde beschuldigt.«

»Oh.« Edith schaute unvermittelt hoch. »Welches?«

»Ihr Name ist Hilde.«

Edith fröstelte plötzlich, jedes Gefühl von Triumph löste sich so schnell auf, wie es aufgekommen war. Frau Schmidt würde sie sicherlich entlassen, und das wäre für Hilde ein Desaster.

Roz' Schlüssel im Schloss.

»Kannst du zu meiner alten Unterkunft fahren? Jetzt?«, fragte Edith, als sie eintrat. »Da ist ein Mädchen. Hilde. Bring sie hierher.«

»Jetzt?«

»Ja, jetzt. Jack wird dich fahren. Jack!«

»Okay.« Roz knöpfte ihren Mantel wieder zu. »Wenn du es sagst. Oh …« Sie wandte sich in der Tür noch einmal um. »Ein Anruf für dich, als du schon weg warst. Jemand mit dem Namen Dori? Sie wäre am Wochenende in Berlin. Ich habe dieses Treffen bestätigt«, fügte sie mit einem Zwinkern hinzu.

Edith war erleichtert, als Hilde eintraf. Sie wollte nicht noch ein Mädchen auf dem Gewissen haben. Warum schien es, als müssten immer die Unschuldigen leiden? Sie ging auf ihr Zimmer, um zu packen, und steckte das Notizbuch in ein Päckchen für Adams. Sie würde es ihm am Morgen schicken. Genug, um ihn eine Weile zu beschäftigen. Elisabeth hatte das gut gemacht. Es gab wirklich keinen Beweis, dass sie etwas anderes war, als sie vorgab, und bisher hatte sie alles getan, um was sie gebeten worden war. Edith musste sich vor dem chronischen Argwohn hüten, der überall in der Kontrollkommission herrschte. Der Krieg hatte den Deutschen übel mitgespielt, und die Konturen verschwammen, was es einem schwermachte, ihr Verhalten zu interpretieren.

Jemand klopfte an der Tür.

»Komm rein, Elisabeth.« Edith saß auf dem Bett und sah auf. »Ich hoffe, es macht dir nichts aus, dass Hilde hierher kommt. Ich dachte, sie könnte dir zur Hand gehen.«

»Sicher. Aber das ist es nicht. Sie hat eine Nachricht von Frau Schmidt mitgebracht.«

»Worum geht es?«

»Ein alter Freund würde dich gerne treffen. Morgen im Tiergarten vor dem Reichstag um vier Uhr.«

32

HOTEL AM ZOO

Berlin

26. April 1946

Dinner – Hotel am Zoo
Schnitzel à la Holstein

Idealerweise ein Kalbskotelett, sehr dünn geklopft, dann in Paniermehl gewälzt und gebraten bis es goldbraun ist. Belegt mit einer Garnitur aus Spiegelei und Anchovis, dazu etwas braune Butter, Petersilie, kleingehackte Kapern und ein paar Spritzer Zitronensaft.

Nicht in diesem Fall. Die Eier zu lange gebraten, das Eigelb hart, das Eiweiß zu kross. Die Fischstreifen könnten Anchovis gewesen sein, waren wahrscheinlich aber gesalzener Hering. Die wenigen runzeligen Kapern ähnelten Kaninchenkötteln. Das Fleisch war saft- und kraftlos und mit etwas umhüllt, was die Textur und Konsistenz einer feuchten Socke aufwies.

Edith hatte Berlin bisher nur ein einziges Mal besucht. Nach ihrem Aufenthalt auf Schloss Steinhof war sie mit Leo nur für ein, zwei Tage dorthin gereist, während Leo sich »umsah«. Es war eine Stadt, die bei oberflächlicher Betrachtung ebenso wenig für sich hatte wie ihre Bewohner. Sie konnte sich nicht so recht daran erinnern und hatte die Stadt nicht gemocht. Darüber war sie froh. Schöne Erinnerungen wären ausgelöscht worden, hinweggefegt von den Bomben der Alliierten und den Granaten der Russen. Sie sah nichts als Ruinen. Natürlich hatte sie solcherlei Zerstörung schon gesehen.

Schrecklich, wie sehr man sich daran gewöhnte. Sie war auch nicht unbedingt schlimmer als in Hamburg oder jeder anderen Stadt, nur massiver, weil die Stadt größer war, weitflächiger, und erstreckte sich über Kilometer um Kilometer.

Jack setzte sie vor dem Hotel am Zoo ab. Sie hatte nicht erwartet, dass er sie fahren würde, aber er kam mit einer Entschuldigung: ein neues Spielzeug. Ein BMW Sedan in Creme und Schwarz hatte den Humber ersetzt. »Wunderschön, nicht wahr?«, hatte er gesagt und die Karosserie mit einer Mischung aus Respekt und Begierde betrachtet. »Muss ausgefahren werden. Einmal so richtig rangenommen.« Passte er auf sie auf, oder hatte er einfach nur Lust auf eine Fahrt nach Berlin?

Sie kamen in Windeseile voran. Harry war noch nicht eingetroffen, Dori auch nicht. Was gut war. Edith wollte nicht erklären müssen, wohin sie ging oder was sie vorhatte, aber sie musste bis zu ihrem Treffen mindestens noch eine Stunde totschlagen. Ihr Zimmer war klein. Ausgedehnte Risse wie auf einer Straßenkarte überzogen Wand und Decke. Etwas Farbe in einem anderen Ton sollte das vertuschen, trug aber lediglich zu dem Gefühl bei, dass das Gebäude jeden Moment einstürzen konnte. Innen war es bieder eingerichtet und roch leicht nach Moder und fremden Menschen. Sie öffnete das Fenster. Von unten erklang das penetrante Klopfen einer Trümmerfrau, die geduldig Mörtel von noch brauchbaren Ziegelsteinen klopfte.

Edith fand dort keine Ruhe. Der Zoologische Garten befand sich in der Nähe, der Tiergarten dahinter. Sie würde ausgehen, die Lage sondieren.

Aus den Ruinen des Zoos verkündete ein deutlich vernehmbares Trompeten, dass zumindest einer der Elefanten die Katastrophe überlebt hatte. Wusste der Himmel, was den anderen Kreaturen widerfahren war, die hier einmal gelebt hatten. Es gab Geschichten über Löwen und Tiger, die kurz nach der Niederlage durch die Straßen zogen, echte Bestien, die ihre menschlichen Äquivalente ersetzten. Ein russischer Veteran hatte offensichtlich dafür gekämpft, ein

Flusspferd zu retten, indem er stets neben ihm geschlafen, sich um seine Wunden gekümmert und es mit Wodka am Leben gehalten hatte, während rundherum die Menschen zu Hunderten, wenn nicht zu Tausenden starben. Was für eine merkwürdige Welt das doch ist!, dachte sie. Was für eine merkwürdige Spezies wir sind!

Jenseits des Zoos lag das Niemandsland des Tiergartens mit seinen zersplitterten, geschändeten Bäumen und den unzähligen Kratern und Granatenlöchern, die mit grünlich schimmerndem Wasser gefüllt waren. Einige wenige Statuen von Königen und Soldaten waren der Zerstörung entkommen. Viele Denkmalsockel waren leer oder beschädigt. Auf einem hohen Sockel befand sich nur ein Fuß. *Look on my works ye mighty*, wie es bei Shelley hieß. Die weitläufigen Wege und Promenaden waren von Panzerketten und bewaffneten Fahrzeugen aufgewühlt und zerfurcht. Edith lief in den mäandernden Spuren, die die Berliner auf ihrer Suche nach Feuerholz hinterlassen hatten. Es war der schnellste Weg von einem Punkt zum anderen. Edith nutzte die aufragende Siegessäule im Zentrum des Tiergartens als Orientierungspunkt. Sie war das Einzige, was unbeschadet zu sein schien. Die goldene Gestalt der Viktoria glänzte in der Frühlingssonne. Über ihr flatterte die französische Trikolore.

Es gab Schönheit in dieser Verheerung. Neues Leben spross aus den Stämmen zerschmetterter Bäume. Lindenblätter von lebhaftem Grün und so weich und zart wie frisch gewaschene Seidentücher. Frauen gruben den schweren Lehmboden um. Die Hände im Dreck, knieten sie dort, pflanzten Samen aus verbeulten Emaillebechern, wässerten sie und verwandelten so das, was einmal Blumenbeete und gepflegter Rasen gewesen waren, in Schrebergärten. Nahebei stand ein niedriges Kreuz aus den zusammengebundenen Zweigen einer Silberbirke. Ein grüner, rostbedeckter Helm baumelte an einem seiner Arme.

Der Reichstag oder das, was von ihm übriggeblieben war, lag nicht weit entfernt. Ediths Schritt wurde langsamer. Sie schaute auf ihre Uhr. Es war fast vier, aber sie zögerte, näher heranzugehen. Auf dem ganzen Weg durch den Tiergarten hatte sie sich im Kopf ein Drehbuch und Dialoge zurechtgelegt, aber immer noch keine Idee, was sie zu Kurt sagen sollte oder was er ihr sagen würde. Sie war sich noch nicht einmal sicher, ob sie ihn überhaupt treffen wollte. Sie konnte nach Lübeck zurückfahren, zu ihrer Arbeit bei der Kontrollkommission. Außer Schussweite der ganzen Geschichte. Einfach nur den Job machen, für den sie bezahlt wurde.

Dann sah sie ihn, wie er sich zwischen den Käufern und Verkäufern unter den Bäumen bewegte. Britische und amerikanische Soldaten, sogar ein paar Russen durchwühlten den Inhalt von Taschen und Bündeln, die ihnen auffordernd entgegengehalten wurden. Auf dem Boden standen offene Pappkoffer.

Er schien einfach nur ein wenig herumzustöbern. Kurz verlor sie ihn aus den Augen, dann stand er neben ihr.

»Edith! Ich bin so froh, dich zu sehen. Ich hatte Angst, dass du nicht kommen würdest.«

Edith trat einen Schritt zurück, als er sie umarmen und auf die Wange küssen wollte, wie er es im Bahnhof von Heidelberg getan hatte. Er roch verstaubt, ungewaschen. Sein Gabardinemantel war an den Aufschlägen speckig und saß schlecht. Die Ärmel waren zu lang, und eine Epaulette fehlte. Sein Hut war zerbeult, die Schuhe über den Zehen gesprungen. Sein Lächeln hatte den Schmelz verloren. Sein Charme war so abgenutzt und schäbig wie seine Kleidung.

»Du siehst mich ein wenig verändert«, sagte er, unangenehm berührt von ihrem prüfenden Blick. »Mir fehlt die Fürsorge einer Frau.«

Er rieb sich übers Kinn, das dringend einer Rasur bedurfte. Auf seiner Wange befand sich eine Narbe, nach ihrer rosa und blassblauen Farbe zu urteilen, recht frisch.

»Woher hast du die?« Sie konnte nicht aufhören, sie anzustarren. »Vor dem Krieg hattest du sie nicht.«

»Schrapnell.« Er berührte sie, als wäre sie noch empfindlich. »Sie hat sich infiziert. Hat ziemlich lange gedauert, bis sie geheilt ist.«

»Warum wolltest du mich sehen?«, fragte sie. Plötzlich wollte sie nur noch weg von ihm. So weit wie möglich. »Wie hast du überhaupt erfahren, dass ich nach Berlin komme?«

Er ignorierte ihre Fragen.

»Nun, was willst du?«, verlangte sie angesichts seines Schweigens zu erfahren und widerstand dem Drang wegzurennen.

»Warum denkst du, ich will etwas?« Er ließ sein eisiges Lächeln sehen.

Edith betrachtete die Geschäftigkeit hinter ihm, das Kaufen und Verkaufen, die Männer, die dem jungen Fleisch in die Büsche folgten, so traurig und so unendlich vorhersehbar.

»Jeder will etwas.«

»Ich will …«, begann er, beendete den Satz aber nicht. Er erblickte etwas oder jemanden über ihre Schulter hinweg. »Ich dachte, du kämest alleine. Ich wünsche dir einen schönen Abend.« Er zog den Hut und drehte sich auf dem Absatz um.

Adeline stand direkt hinter ihr, Kamera in der Hand.

»Edith! Dachte ich mir doch, dass du es bist. Was machst du hier? Kennst du den Mann?« Sie schaute dem sich entfernenden Kurt hinterher. »Was wollte er?«

Edith zuckte die Schultern. »Nur Feuer.«

»Du rauchst nicht.«

»Das habe ich ihm auch gesagt.«

Adeline ignorierend, drehte sie sich um und warf einen letzten Blick auf Kurt, der sich einen Weg durch die versammelte Menge vor dem Reichstag bahnte. Sie würde Adeline von ihm erzählen, wenn sie dazu bereit wäre, vorher nicht. Das Treffen hatte sie weitaus tiefer getroffen als erwartet. Adelines Erscheinen war sicher ein Zufall, hatte sie aber vor einem unerwarteten Ansturm der Gefühle gerettet: Abscheu, Ekel, Hass, körperlicher Widerwille, hervorgerufen von allem, was sie inzwischen von ihm wusste, allem, was er getan hatte. Ein paar Sekunden länger in seiner Gesellschaft, und sie hätte die Kontrolle verloren, Dori enttäuscht, alle enttäuscht.

»Und was machst *du* hier?« Edith zwang sich, Adeline wieder anzublicken.

»Fotos. Was denkst du denn?« Adeline schaute in den Himmel. »Das Licht reicht nicht mehr. Das war's dann wohl.« Sie steckte ihre

Kamera zurück in ihren Tornister, den sie sich über die Schulter geworfen hatte. »Tom McHale ist auch in der Stadt. Hat ein Apartment mit Blick über den Wannsee. Sehr schick.«

»Er hat dich also nicht nach Hause geschickt.«

»Noch nicht.« Adeline lachte. »Bin noch zu etwas gut. Er lässt sich gerade hier nieder. Berlin ist momentan the place to be. Es wird brenzlig mit den Sowjets, die Spannungen nehmen zu. Es hat ein Referendum gegeben, die sozialdemokratische Partei mit der kommunistischen KPD zu vereinigen. Die Sowjets sind natürlich dafür, die Westsektoren ihrerseits nicht so scharf drauf. Es hat Ärger gegeben. Leute wurden von der Straße weg verhaftet. Jede Menge schmutzige Tricks. Mit den Wahlen im Herbst wird es schlimmer werden. Berlin verwandelt sich in langsam in zwei Städte und wird zur Frontlinie einer neuen Art Krieg. Ost und West. Wir und sie. Tom möchte das auf keinen Fall verpassen.«

Zurück im Hotel fanden sie Dori, die immer noch in Uniform war, an der Bar vor.

»Drink?«, fragte sie. »Ich habe schon mal angefangen, wie ihr seht.« Sie gab dem Barkeeper ein Zeichen. »Noch drei bitte. Deine letzte Nachricht …« Sie wandte sich an Edith. »Du hast eine Adresse für von Stavenow?«

»Ja, es ist hier.« Edith zog den Notizzettel aus ihrer Handtasche.

Dori warf einen Blick darauf, faltete ihn sorgfältig und steckte ihn in ihre Tasche. Sie sah müde aus. Ihr Gesicht war noch blasser als sonst und zeigte Falten rund um die Augen, die ein wenig glasig aussahen und abwesend wirkten, als ob sie etwas mehr als nur einen Martini getrunken hätte.

»Das liegt im russischen Sektor«, sagte sie mit ausdrucksloser Miene. »Ergibt Sinn.« Dori trank ihr Glas aus. »Ich komme gerade aus diesem Ort mit den Nacht- und Nebeltransporten im Elsass, von dem ich dir erzählt habe. Natzweiler. Ein Geheimlager«, fügte sie für Adeline hinzu. »Ein Gelände, um Menschen verschwinden zu lassen. Dorthin verschleppte Gefangene kehrten nicht zurück. Zivile Widerständler meist, Spione, Kommandos aus dem Ausland, die sich dann in den Steinbrüchen zu Tode arbeiteten.« Sie zog die Stirn kraus und zupfte einen Rest Tabak von ihrer Unterlippe. »Sie hatten dort eine Apparatur, um Leichen von ihrem Fleisch zu befreien. Die Skelette wurden dann in die Sammlung des Anatomieinstituts der Universität Straßburg geschickt. Vier unserer Mädchen wurden dorthin gebracht und mit Injektionen getötet.«

»Die haben doch nicht … sicher nicht …« Edith fehlten die Worte für ihren Ekel angesichts eines weiteren unaussprechlichen Grauens.

»Nein, unseren Frauen ist das nicht passiert. Sie wurden eingeäschert.« Doris Lachen klang so stumpf wie gesprungenes Glas. »Es ist weit gekommen, nicht wahr, wenn man solche Dinge fast mit Erleichterung hört. Aber man hat sie nicht ohne Grund dorthin verschleppt. Es war ein geheimes Lager. Keine Zeugen. Ein Ort, wo sie dachten, dass sie tun können, was sie wollen. Doch das konnten sie nicht, weißt du? Es gab nämlich Zeugen. Hunderte von Augenpaaren, Tausende, sahen zu und merkten es sich. Die Gefangenen waren für die Nazis nicht existent, weniger als das, aber sie in Jacken, die mit einem Kreuz und einem N markiert waren, zu kleiden konnte die menschlichen Wesen, die darin steckten, nicht zum Verschwinden bringen. Nicht alle sind gestorben, und sie haben gesehen, was sich zugetragen hat. Sie haben es gehört. Und jetzt erzählen sie es uns.

Frauen kamen ins Lager. Vier Frauen. Gut angezogen, jung, attraktiv. Es war ein Lager für Männer. Wie sollte man keine Notiz von ihnen nehmen?« Dori drückte ihre Zigarette aus. »Wir haben drei von diesen Frauen identifiziert: Andrée Borrel, Vera Leigh und Diana Rowden. Die vierte war vielleicht Noor Inayat Khan, aber wir sind nicht sicher. Was wir wissen, ist, dass diese vier eines Nachmittags eingetroffen und in derselben Nacht gestorben sind. Sie wurden sofort umgebracht. Befehl aus Berlin. Das war unorthodox. Man zögerte, Verantwortung dafür zu übernehmen. Das war kein ethisches oder moralisches Dilemma, es war eine Frage der Verfahrensweise. So ging man üblicherweise nicht vor. Der Henker wollte sie nicht aufhängen, zu viel Drama. Die Entscheidung lag bei den Ärzten, aber die wussten nicht, ob sie genügend Drogen zur Verfügung hatten, um vier gesunde Frauen umzubringen.«

Dori sprach langsam, wie zu sich selbst, als sie penibel die Zeugenberichte referierte, die sie aufgenommen hatte, die Protokolle, die sie gelesen hatte. Nur die Anspannung um ihren Mund verriet ihre Gefühle und das Zittern ihrer Hände, als sie sich eine weitere Zigarette anzündete.

»Jedenfalls«, sie stieß den Rauch aus, »wurden die Frauen in Zellen gesteckt. Sie werden nicht geahnt haben, was ihnen bevorstand. Später am Abend wurden sie in das Gebäude gebracht, wo sich das Krematorium befand. Die anderen Gefangenen waren früh schon in ihren Zellen eingeschlossen worden. Sie alle wussten, was geschehen würde. Die Lagerärzte waren nervös. An dieser Stelle ist es schwer herauszufinden, wer was tat. Alle leugnen natürlich alles. Was wir wissen, ist, dass derjenige, der die Injektionen verabreichte, es verpfuschte. Die Gefangenen hörten Schreie, jemanden, der »Vive la France!« schrie. Es gibt Beweise dafür, dass zumindest eine der Frauen lebend in den Ofen gesteckt wurde.« Sie hielt solange inne, bis sie ihre Stimme wieder unter Kontrolle hatte. »Jedenfalls konnte ein holländischer Arzt eine weitere Person dem Lager zuordnen. Natzweiler war eines der Lager, die mit diversen wissenschaftlichen und medizinischen Experimenten beschäftigt waren, Giftgas unter anderem. Es gab da einen Arzt, der aus Berlin kam, um die Resultate abzuholen. Er besorgte die tödlichen Drogen und half dabei, die Frauen in den Ofen zu stecken. Dabei wurde sein Gesicht übel zerkratzt.« Dori fuhr sich über die Wange. »Tief genug, um eine Narbe zu hinterlassen.«

»Sie ist sichtbar.« Edith nickte schnell. »Sieht frisch aus.« Die Wörter sprudelten nur so aus ihr heraus.

»Du hast ihn *gesehen*?«

»Im Tiergarten.«

»Warum hast du nichts gesagt?«

»Du hast mich nicht gefragt.« Und Edith hatte es nicht erzählen wollen. Aber jetzt wollte sie. Und sie musste es.

»Er *war* es. Ich wusste es!« Doris dunkle Augen ruhten auf Edith. »Arrangiere ein weiteres Treffen. Deswegen bist du so wichtig für uns. Du hast Beziehungen. Vera reicht es, wenn wir herausfinden, was mit unseren Mädchen passiert ist, und wenn wir die Täter vor Gericht bringen, wo immer das möglich ist.«

»Aber dir nicht«, äußerte Edith vorsichtig.

»Nein, mir nicht. Vera war nie in Frankreich. Sie hat den Dienst vor Ort nie kennengelernt. Sie hat uns lediglich dorthin geschickt. Einige dieser Mädchen wurden direkt von ihren Landeplätzen weg verpflichtet. Das hatte zwar nichts mit Vera zu tun, aber sie fühlt sich verantwortlich. Sie muss herausfinden, was geschehen ist, die Strafverfolgung einschalten und wo immer möglich die Verwandten informieren. Damit hat sie ihre Pflicht erfüllt. Es kann alles irgendwo zu den Akten gelegt werden, erledigt und vergessen. Aber diese Frauen waren meine Kameradinnen. Meine Landsleute. Man hat sie in Frankreich festgenommen und nach Deutschland gebracht, um einen grausigen Tod zu sterben. Ich hätte es sein können, die man in den Ofen schiebt. Ich habe ihn gesehen, Edith. Ich habe die Eisentür gesehen, das Beladungsgerät aus Metall. Und da war ein Geruch, schwach nur, aber er hing immer noch in der Luft. Brandopfer.« Sie erschauderte. »Manche Dinge kannst du nicht vergessen. Und ich sage dir, falls es mein Schicksal wäre, an diesem grauenhaften Ort zu sterben, würde ich wollen, dass jemand mich rächt.«

Dori seufzte und versank eine Zeitlang in brütendes Schweigen. Edith und Adeline schwiegen in der Erwartung, dass sie noch mehr zu sagen hatte. »Wir sind gerade dabei, auch an anderen Orten die Spuren von Stavenows zu verfolgen.« Sie warf Edith einen Blick zu. »Die Mädchen aus Ravensbrück, das Frauenlager … sie hatten eine interessante Geschichte zu erzählen. Die Frauen dort kamen aus unterschiedlichen Ländern: Frankreich, Polen. Manche waren Juden, aber größtenteils handelte es sich um politische Gefangene, Agentinnen, Widerständlerinnen, die häufig in Ravensbrück endeten. Unter ihnen Kameradinnen, Frauen, die ich kannte. Manche kamen schwanger ins Lager. Die anderen Frauen versuchten dann, die Geburt geheim zu halten. Man nahm ihnen nämlich die Babys weg, wisst ihr. Aber es war unmöglich, irgendetwas geheim zu halten, und die Mütter waren zu erschöpft von der Zwangsarbeit. Sie konnten die Babys nicht ernähren. Ihr Weinen alarmierte die Wachen, und die Kinder wurden ihnen weggenommen. Wir haben mit einer Krankenschwester gesprochen, haben sie gefragt: ›Was wurde aus den Babys?‹.« Dori hielt inne und atmete tief durch. Als sie wieder zu sprechen begann, war ihre Stimme heiser, leicht zitternd, und ihr Akzent trat deutlicher hervor. »Sie hatten ihre Befehle, sagte sie. Die Babys sollten nicht verbrannt werden. Sie sollten aufbewahrt werden. Gehirne und andere Organe wurden entfernt und zu Studienzwecken konserviert. Befehl von einem Dr. von Stavenow in Berlin.«

Bevor sie das Bild beiseiteschieben konnte, sah Edith Säuglinge, eingelegt in Formaldehyd, dem Fruchtwasser der Toten.

»Sie werden ihn nicht verhaften, soviel wissen wir«, sagte Dori. »Es wird ein Tauziehen mit den Russen geben, wer seine Dienste erwerben kann.«

»Vergiss nicht die Amerikaner.« Adeline nippte an ihrem Martini. »Jetzt bin ich dran. Ich weiß, warum die Amerikaner ihn wollen, und sie wollen ihn unbedingt.«

Edith zog für den Abend das langärmlige Cocktailkleid an, das Dori bei Peter Jones für sie ausgesucht hatte. Merkwürdige Vorstellung, dass sich sein Geschäft immer noch am Sloane Square befand und elegante Kleider an elegante Damen verkaufte. Unmöglich, sich das vorzustellen.

Sie fragte beim Empfang nach, als sie nach unten ging. Telefonische Nachricht von Harry. Er kam später. So sehr sie sich auch nach ihm sehnte, war es vielleicht ganz gut so. Eine Komplikation weniger.

Adeline war allein.

»Wo ist Dori?«

»Zu einem Treffen gegangen. Wir sehen sie wieder im Kool Kat Klub. Lass uns etwas essen gehen.«

Die Soupe Julienne stellte sich als nichtssagendes Gemüsemischmasch heraus, das stark nach Kartoffeln schmeckte. Die Schnitzel à la Holstein waren sogar noch schlimmer.

»Was ist das?« Adeline spießte ein Stück Fleisch auf.

Edith schnitt ein winziges Stück davon ab und kaute nachdenklich. »Sollte eigentlich Kalb sein, ist wahrscheinlich aber Schweinefleisch.«

»Schmeckt menschliches Fleisch nicht angeblich wie Schweinefleisch?«

»So sagt man.«

»Sieht aus, als wäre mir der Appetit vergangen.« Adeline schob den Teller von sich.

»Hier in Berlin macht eine Geschichte die Runde. Habe sie von einem Kerl gehört, der sie von einem Kollegen hat, der beim *New Yorker* arbeitet, also muss sie wahr sein. Sie lautet jedenfalls so: Ein Mann geht den Kurfürstendamm lang oder auch die Knesebeckstraße, je nachdem, wer die Story erzählt. Der Kerl ist dünn und gebückt, in eine alte Wehrmachtsjacke gekleidet, dazu kaputte Stiefel, ausgebeulte Hosen. Ein alter Soldat, du kennst die Sorte, sieht man hier überall. Er ist blind, trägt eine schwarze Brille, hat einen weißen Stock und eine dieser gelben Armbinden mit den schwarzen Punkten darauf, die die Blinden hier tragen. Er läuft durch die Menge, als er auf ein junges Fräulein trifft, eines von den gutaussehenden, gut gebauten Mädchen. Er bittet sie um Hilfe. Er muss einen Brief abliefern. Ist er auf der richtigen Straße? ›Oh nein‹, sagt das Mädchen. ›Sie haben sich verlaufen.‹ Sie kehren um, aber es geht nur langsam voran, und die Adresse ist etwas weiter entfernt. ›Wissen Sie was?‹, sagt das Mädchen. ›Ich kann doch den Brief für Sie abgeben.‹ ›Würden Sie das tun?‹ Er ist ihr sehr dankbar. Seit Stalingrad nicht mehr so gut auf den Beinen und mit seiner Blindheit … ›Aber sicher.‹ Sie nimmt den Umschlag an sich und macht sich auf den Weg. Kurz darauf dreht sie sich um, weil sie sich Sorgen um ihn macht. Es geht ihm ziemlich gut, Dankeschön. Er ist gerade dabei, eine Straße zu überqueren und schaut nach rechts und links, um zu sehen, ob eine Straßenbahn kommt. Die schwarze Brille ist genauso verschwunden wie die Armbinde. Merkwürdig, denkt sie. Sie schöpft Verdacht und bringt den Brief zur nächsten Polizeidienststelle. Sie gehen geradewegs zu der angegebenen Adresse in der Annahme, dass es sich vielleicht um einen Schwarzmarkt handelt. Es scheint ein Schuhladen zu sein, aber irgendetwas kommt ihnen komisch vor, also entschließen sie sich, die Räume zu durchsuchen. Im Keller finden sie Blutstropfen, die zu einer versteckten Tür führen. Dahinter entdecken sie einen Kühlraum und eine große Ladung Frischfleisch. Schwarzmarkt auf jeden Fall, aber die Stücke muten eigenartig an. Nach Form und Beschaffenheit der Haut sehen sie wie menschliches Fleisch aus. Bisher hat niemand daran gedacht, einen Blick in den Umschlag zu werfen. Als sie ihn öffnen, finden sie eine Notiz. Sie lautet: *Das ist die Letzte, die ich dir heute schicke.*« Adeline lehnte sich zurück. »Gute Geschichte, oder?«

»Erfunden, hoffentlich?« Edith hatte ihre Gabel sinken lassen, obwohl sie die Geschichte nicht recht glauben mochte. Zu sehr wie Sweeney Todd.

»Ja, wahrscheinlich.« Adeline schob das blasse, labberige Schnitzel auf ihrem Teller hin und her. »Aber du musst zugeben, sie könnte wahr sein. Hast du dich nie gewundert, was Restaurants wie dieses hier alles zu bieten haben, während auf der Straße Menschen verhungern? Wahr oder nicht, trifft sie doch einen Punkt, nicht? Ich bin gerade dabei, sie für einen Artikel zu verwursten. Eine gute Metapher, und die Leser lieben so etwas.«

»Alles zu Ihrer Zufriedenheit?« Der Keller räumte ihre Teller ab.

»Perfekt.« Adeline lächelte ihn an.

»Etwas zum Dessert?«

»Nein, vielen Dank.« Sie wandte sich an Edith. »Fertig?«

Im Eingang des Kool Kat Klub drängten sich junge Frauen, die auf ihre Verabredung warteten oder einfach nur warteten. Sie standen herum und sprachen mit den Männern, die ankamen oder weggingen, während ihre kleinen Brüder herumlungerten und nach verwertbaren

Zigarettenkippen Ausschau hielten. Die Tür war nicht mehr als ein Loch in der Wand. Windschiefe Buchstaben über der Tür verkündeten, dass sich hier einmal das Krazy Kabarett befunden hatte. Die meisten Cabarets waren von den Nazis oder schlicht vom Krieg selbst geschlossen worden. Nun gab es sie wieder. In einer Stadt, die nur aus Siechtum und Tod zu bestehen schien, gediehen sie wie Fruchtkörper eines lange ruhenden Pilzgeflechts, das wieder zum Leben erwachte.

Schmale, dunkle Stufen führten hinab in einen Keller. Die Wände waren rot und schwarz gestrichen, unter der niedrigen Decke hing eine Plane, um den Regen aus den oberen Stockwerken abzuhalten. Unter dem strengen Geruch von Schweiß und Zigaretten witterte Edith verbranntes Holz, Fäulnis und Feuchtigkeit. Wie eine lange Höhle erstreckte sich der Keller bis zu einer kleinen Bühne und einer winzigen Tanzfläche. Im Rest des Raumes Tische, die größtenteils von Soldaten, manche in Zivil, manche in Uniform, besetzt waren: Amerikaner und Briten, sogar eine Handvoll Russen in Breeches und hohen polierten Schnürstiefeln. Die Männer wurden von jungen Frauen begleitet, dünn bekleidet und dick geschminkt. Beflügelt von Freigetränken auf nüchternem Magen lachten und flirteten sie angeregt. Kellner und Kellnerinnen glitten durch die Menschenmenge, servierten Drinks und nahmen Bestellungen auf.

»Dori muss hier irgendwo sein«, sagte Adeline, als sie sich vom Fuß der Treppe einen Weg durch die Menge bahnten. »Sie kennt den Besitzer. Befreundet seit der Vorkriegszeit.«

Sie zwängten sich an Tischen vorbei und drangen zu der winzigen Tanzfläche vor, wo einige Paare zu einem Quartett tanzten, das so etwas wie amerikanischen Jazz spielte.

»Später wird es Auftritte geben«, sagte eine Stimme in sorgfältig artikuliertem Englisch. Edith drehte sich zu einem Mann im Abendanzug um, weiße Krawatte und gestärkter Kragen. Die Brillantine in seinem Haar glänzte wie Schuhpolitur. Seine schmalen Wangen waren gepudert, seine Lippen, violett angemalt, seine Augen schwarz umrandet. »Willkommen, die Damen.« Er verbeugte sich. »Heute ist es sehr voll …«

»Wir gehören zu Dori«, erwiderte Adeline mit einem Lächeln.

»Ah, Dori. Ihr Tisch ist dort drüben. Kann ich Ihnen etwas zu trinken bringen?« Ein Fingerschnipsen und zu einem der Kellner: »Aufs Haus als Freunde von Dori. Wodka, Gin, Bourbon, Brandy, Champagner? Unsere Freunde von den vier Mächten sind sehr zuvorkommend. Ich werde es an Ihren Tisch schicken.«

Er verbeugte sich nochmals und verließ sie, um einen Offizier der Roten Armee in fließendem Russisch zu begrüßen.

»Das ist Rudi.« Dori war hinter ihnen aufgetaucht. »Sieht genauso aus wie damals, als Hitler dieses alteingesessene Lokal dichtmachte. Lustig, wer es geschafft hat und wer nicht. Gott weiß, wie er überlebt hat. Unser Tisch ist da drüben. Zusammen mit Tom McHale.« Sie winkte dem Amerikaner zu, der eine Zigarre rauchend an der Bar lehnte und gelangweilt aussah. »Alle sind da drüben.«

Er lächelte und kam zu ihnen herüber.

»Darf ich mich zu euch gesellen?«

»Natürlich nicht.« Dori küsste ihn auf beide Wangen. »Gut, dich zu sehen. Heute Abend scheinen alle hier zu sein.« Sie nickte in Richtung Nebentisch. »Einschließlich unserer russischen Freunde.«

»Hey, Süße«, sprach Tom eine vorbeihuschende Kellnerin an. »Könntest du eine Flasche Bourbon bringen? Für meine Freunde am Nachbartisch.« Er nahm Platz und winkte den Russen zu. »Es sind nicht mehr so viele wie früher, und die sind höchstwahrscheinlich vom NKGB. Jeder beobachtet jeden.« Tom McHale schaute sich um. »Die Hälfte der Mädels hier arbeitet für sie, handeln mit Bettgeheimnissen oder Erpressung.«

»Im Austausch wofür?«, fragte Edith.

»Dafür, dass Mama und Papa nicht in den GULAG gesteckt werden. Die Spielchen sind ganz schön schmutzig geworden.« Er erhob sein Glas und prostete den Russen zu. Just in diesem Moment klingelte das Tischtelefon. »Verdammt! War mir gar nicht klar, dass diese Dinger wirklich funktionieren.« Tom grinste und nahm ab. »Edith, es ist für Sie.«

Edith nahm den Hörer. Vielleicht war Harry früher zurück.

»Hallo?«

Sie sah einen Mann winken. Nicht Harry. Jack in Zivilkleidung mit einer Gruppe von Männern, umringt von einer Mädchenschar. Er erhob sich und kam auf sie zu. Edith legte auf.

»Das ist Jack«, stellte sie ihn vor. »Er ist mein Fahrer. Jack, das sind Tom, Dori, Adeline.«

Jack nickte in die Runde, hatte aber nur Augen für Dori.

»Waren Sie im Krieg bei der SOE?«

»Äh, ja …« Dori lächelte verdutzt.

»Ist mir eine Ehre«, sagte er ebenso verlegen wie beflissen, beides Charaktereigenschaften, die nicht gerade typisch für ihn waren. »Sie haben einem Fliegerkamerad von mir geholfen, aus Frankreich zu fliehen. Wir haben Sie einmal gesehen, als Sie aus dem French House, dem Pub in der Dean Street, kamen. Er hat mir die Geschichte erzählt. Hab Sie sofort erkannt. Kein Gesicht, das man vergisst.«

Dori zeigte ihr wärmstes Lächeln. Sie mochte die ehrfurchtsvolle Bewunderung gutaussehender Männer.

»Warum gesellen Sie sich nicht zu uns und erzählen mir alles über ihn? Wir hören ziemlich selten, wie es den Leuten ergangen ist, nachdem sie uns verlassen hatten.«

Jack benötigte keine weitere Einladung. Er schnappte sich einen Stuhl vom Nachbartisch und setzte sich neben sie.

»Ich kann es nicht glauben, dass ich mit Ihnen rede.«

Dori lachte und gab ihm einen Klaps auf die Schulter. »Seien Sie nicht albern!«

Schnell waren die beiden in ein Gespräch vertieft. Adeline unterhielt sich mit Tom. Wegen des ansteigenden Lärmpegels konnte Edith nicht hören, was sie sagten. Hin und wieder warf Tom ihr einen Blick zu, woraufhin sie annahm, dass sie über sie sprachen. Sie wandte ihre Aufmerksamkeit der Bühne zu.

Die Band hatte aufgehört. Eine verfallene Mauer aus Pappmaché wurde von einer jungen Frau in einem unförmigen Mantel und einem Paar übergroßer Herrenhosen hereingerollt. Ihre Haare hatte sie mit einem Lumpen zusammengebunden und sich das Gesicht mit Ruß beschmiert. Sie hielt eine Kelle und einen Backstein in der Hand und schlug sie aneinander, um die Aufmerksamkeit des Publikums zu erregen. Sie sang über Trümmerfrauen und die Misere deutscher Frauen mit ihren gefallenen oder vermissten Männern. Gegen Ende der Nummer nahm sie ihr Kopftuch ab, zog den Mantel aus und stieg aus den Hosen. Unter Pfeifen und Applaus stand sie in einem Spitzenhemdhöschen aus Seide da. Ihr nächstes Lied wurde in der Sprache der Besatzer gesungen. Es drehte sich um Sex und behandelte alles von der Vergewaltigung durch die Sowjets bis zu Hershey-Schokoriegeln und Zigaretten. Sie endete mit einer Verbeugung und einem Augenzwinkern für alle Mädchen wie sie. Die Botschaft war klar: Glaubt ihr, wir würden das machen, wenn wir eine Wahl hätten? Die Klingen der Satire waren so scharf wie eh und je. Das Publikum klatschte und johlte begeistert, die Frauen am lautesten. Sie alle schrien und juchzten für die Frau auf der Bühne, die ihrem sorgfältig kaschierten Zorn und ihrer Verzweiflung eine so aufmüpfig-lüsterne Stimme gegeben hatte.

Adeline schrie über den Tisch hinweg: »Schön zu sehen, dass das Cabaret lebt, obwohl sonst alles tot und begraben ist.«

Edith hatte das Gefühl, dass sie sich Notizen machte.

Die Band spielte einen Jitterbug. Pärchen erhoben sich zum Tanz. Jack nahm Dori bei der Hand. Adeline und Tom standen auf und folgten ihnen.

Edith nippte an ihrem Glas und spielte mit einem Päckchen Zigaretten auf dem Tisch.

»Nehmen Sie eine von meinen.« Über ihre Schulter hinweg hielt ein Mann ihr eine Camel hin.

»Ich rauche nicht.«

»Ich weiß.« Er rückte näher. Er war nun frisch rasiert und roch nach dem Vetiver, an das sie sich so gut erinnerte. »Triff mich morgen früh. Gleicher Ort, neun Uhr.«

Und schon war er verschwunden, untergetaucht in der Menge.

Arrangiere ein weiteres Treffen, hatte Dori gesagt. Das wäre erledigt.

33

RUSSISCHER SEKTOR
Berlin
27. April 1946

*1. **Pfannkuchen***
Spezialität der Stadt. Überall sonst in Deutschland heißen sie »Berliner«.

*2. **Streuselschnecken***
Ähnlich unserem Chelsea Bun (S. 136, Brot, Kekse und Kuchen), aber mit Früchten gefüllt (in diesem Fall Rhabarber) und mit grobem Streusel belegt. Schnecke beschreibt perfekt die Form des Gebäcks. Es ist hervorragend für die Verwendung von Rhabarber geeignet, den es so häufig gibt, wenn sonst kaum andere Früchte vorhanden sind und man nach einer weiteren Variante sucht, als ihn wie sonst kleinzuhacken und zu dünsten.

BERLINER NOTIZEN

Er trat unter einem Baum hervor. Er musste ihre Ankunft beobachtet haben. Es war noch früh. Nur wenige Menschen waren anwesend, doch er sah sich trotzdem argwöhnisch um. Er trug dieselbe Kleidung wie tags zuvor. Derselbe Hut, derselbe Regenmantel.

»Gestern Abend sahst du anders aus«, sagte sie.

»Tagsüber ist es hier draußen angeraten, nicht zu proper auszusehen«, sagte Kurt. »Komm, ich kenne einen Ort nicht weit weg.« Er legte einen besitzergreifenden Arm um ihre Schulter. »Ein kleines Café. Dort können wir reden.«

Er brachte sie in eine Gaststätte in der Nähe des Brandenburger Tors. Wie schnell diese Orte wieder eröffnet worden waren, zwischen Ruinen und Trümmern geschäftig wie eh und je. Kleine Tische mit Wachstüchern bedeckt. Der Kaffee serviert in dickwandigen Tassen.

Er bestellte Kaffee und eine kleine Platte mit Pfannkuchen, die mit Marmelade gefüllt waren.

Der Kaffee kam schwarz, war grob gemahlen, bitter und mit mehr als nur ein bisschen »Ersatz« darin. Kurt biss in einen der Pfannkuchen. Rote Marmelade tropfte aus seiner Mitte.

»Die musst du probieren.« Er streifte etwas Zucker von seinen Fingern. »Sie sind eine Spezialität der Stadt.«

Sie nahm einen der noch warmen krossen Pfannkuchen zur Hand, die mit gestoßenem Zucker bestreut waren.

Er trug immer noch diesen schweren goldenen Ring mit dem Karneol. Sie erinnerte sich an das letzte Mal, als sie so zusammengesessen hatten, vor diesem Café in Heidelberg, und staunte, wie wenig sie jetzt für ihn empfand. Kein liebeskrankes Mädchen mehr, dessen Herz in Stücke gerissen worden war. Keine Frau, die sich im Badezimmer einschloss und das Wasser laufen ließ, damit man ihr Schluchzen nicht hörte, als sie den Verlust ihrer Liebe beklagte. Er hatte sie betrogen, nicht nur einmal, und nun war sie dran. Für sich selbst. Für diese verschwundenen Frauen. Für Elisabeth.

»Woran denkst du?«, fragte er.

»Oh, nichts.« Sie riss den Pfannkuchen entzwei. »Habe mich nur gefragt, wo sie die Zutaten herhaben.«

»Die Briten, die Amerikaner. Sie handeln wie alle anderen auch.« Er wischte Zucker von seinen Händen. »Aber deswegen sind wir nicht hier?«

»Weswegen sind wir hier?«

»Du hast mich gesucht.« Er sagte dies als Feststellung. »Jetzt hast du mich gefunden.«

»Ich habe Elisabeth gefunden«, korrigierte Edith ihn. »Und Elisabeth hat dich gefunden.«

»Was will sie? Weißt du das?«

Edith überlegte blitzschnell. »Eine Scheidung. Sie will die Scheidung.«

»Und du?« Er lehnte sich zurück. »Was willst du?«

»Nicht ich.«

»Wenn nicht du …« Sein Gesicht hellte sich auf. Er ließ sein verkrampftes Lächeln sehen. Hoffnung blitzte in seinen blauen Augen auf. »Leo!«

»Ja.« Edith breitete die Hände aus. »Stimmt genau.«

Er lehnte sich vor, aufgeregt jetzt, die Hände ineinandergepresst, um seine Anspannung zu kontrollieren.

»Wann? Was ist geplant?«

»Man wird dich kontaktieren.« Edith machte sich zum Aufbruch bereit. Sie hatte nicht die geringste Ahnung. Falls es Pläne gab, hatte ihr niemand Genaueres mitgeteilt.

»Edith, warte.« Kurt griff nach ihrer Hand und hielt sie fest. »Geh noch nicht. Ich möchte dir noch etwas sagen. Das ist meine beste Chance. Ich weiß das. Meine einzige Chance, wenn ich nicht in Moskau enden will, aber ich muss sie sehen.« Er blickte flehend zu Edith empor. »Wir sind im Unfrieden auseinandergegangen. Wenn sie eine Scheidung will, dann bitte, aber ich werde nirgendwo hingehen, bevor du mir nicht versprichst, dass ich sie sehen kann.«

»Das steht nicht in meiner Macht.« Edith entzog ihm ihre Hand. »Aber ich werde dafür sorgen, dass sie es erfährt.«

Zurück im Hotel warteten Dori und Adeline in ihrem Zimmer auf sie.

»Und? Wie war es?«, fragte Dori.

Edith zog ihren Mantel aus. »Ich habe ihm gesagt, dass Leo an ihm interessiert ist«, sagte sie schlicht.

»Wie hat er reagiert?«

»Wie ein Ertrinkender, dem man gerade einen Rettungsring zugeworfen hat. Was ich nicht weiß, ist, warum *du* an ihm interessiert bist. Nein, das stimmt nicht.« Sie wandte sich an Dori. »Ich weiß, *warum* du an ihm interessiert bist, aber ich kenne den Plan nicht, natürlich nur, falls es einen gibt.«

»Selbstverständlich gibt es einen Plan!« Dori sah getroffen aus.

»Und? Wie sieht dieser Plan aus?«

Dori ließ sich zurück in ihren Sessel fallen und legte die Fingerspitzen aneinander. »Okay. Der Plan ist … Der Plan ist, ihn hier herauszubringen. Raus aus dem russischen Sektor fürs Erste, dann raus aus Berlin und Richtung Süden. Nach Italien. Wofür wir die Hilfe der Amerikaner brauchen. Sie nutzen die ganze Zeit über eine Fluchtroute, die sogenannte Rattenlinie, um ›Besucher‹, wie sie es nennen, aus Europa zu schleusen.« Sie warf einen Blick auf Adeline. »Adeline arrangiert heute Abend ein Treffen mit Tom McHale.«

»Ihr helft ihm zu entkommen!« Edith blickte entgeistert von einer zur anderen. »Ich verstehe nicht …«

»Nein«, schnitt Dori ihr das Wort ab. »Er wird nicht entkommen. Er wird überhaupt nicht entkommen. Ganz im Gegenteil. Aber wir müssen in der Lage sein, die Kontrolle zu übernehmen. Im russischen Sektor ist er zu nichts gut, nicht wahr?«

»Also überstellt ihr ihn den *Amerikanern*? Sie sind genauso scharf auf ihn wie Leo und aus denselben Gründen.«

»Wir wollen, dass sie *glauben*, sie hätten ihn. Dann schlagen wir zu.«

»Sie aufs Kreuz legen?« Adeline furchte die Stirn. »Das ist sehr riskant, Dori.«

»Ich weiß!«, fuhr sie mit glühenden Augen Adeline an. Sie mochte es nicht, wenn sie so in Frage gestellt wurde. »Ich arbeite mit Drummond bei War Crimes. Wir wissen, was wir tun – du musst uns einfach vertrauen!« Mit immer noch blitzenden Augen wandte sie sich an Edith. »Also, hier meine Frage: Woher wusstest du, dass du Kurt im Tiergarten treffen solltest?«

»Eine Nachricht über Frau Schmidt.«

»Woher wusste sie, dass du nach Berlin fahren wolltest?«

»Elisabeth vermutlich.«

»Frau Schmidt weiß also, dass du, ein Offizier der britischen Kontrollkommission, nach einem deutschen Kriegsverbrecher suchst, und sie arrangiert ein Treffen mit ihm in Tiergarten? Nein, nein, nein!« Adeline schüttelte heftig denn Kopf. »Das schlucke ich nicht.«

»Was soll das heißen?«

»Du hättest dort mit einer Abordnung der Militärpolizei auftauchen können, um ihn direkt nach Spandau zu bringen. Denk mal drüber nach, Edith!«

Das Telefon klingelte. Adeline ging ran.

»Der Fahrer ist da.«

Dori erhob sich und zog den Mantel an. »Ich habe dafür gesorgt, dass Jack uns abholt. Er soll es so einrichten, dass wir einen Jeep haben. Ich will einen Blick darauf werfen, wo Herr Dr. von Stavenow seinen Kopf zur Ruhe bettet.«

Während der ganzen Fahrt durch das Brandenburger Tor und entlang der breiten Durchgangsstraße in den russischen Sektor dachte Edith nach. Keine Bäume mehr. Die Straße Unter den Linden ohne Lindenbäume. Natürlich. Es lag auf der Hand. Es gab keine Nachricht von Frau Schmidt. Elisabeth selbst hatte sie ihr zukommen lassen. Was bedeutete das? Es bedeutete, dass sie irgendwie mit Kurt in Verbindung stehen musste. Verstört starrte Edith ins Leere. Elisabeth hatte ihr gegenüber kein Wort darüber verloren. Nicht ein einziges Wort …

»Dort drüben. Links einbiegen.« Dori leitete Jack.

Es war unmöglich, sich hier nicht mulmig zu fühlen. Die Stadt war dieselbe, aber diese Seite fühlte sich noch trostloser an, die Straßen waren menschenleer, überall an den Wänden riesige Fotos von Stalin, Plakate mit Hammer und Sichel, kommunistische Parolen in lateinischer und kyrillischer Schrift.

»Jetzt nach rechts. Und wieder links.« Dori blickte auf den Notizzettel auf ihrem Schoß. »Hier müsste es sein.«

Die kurvige Straße lag in einem Wohnviertel, oder was einmal ein Wohnviertel gewesen war. Sie hielten nach den Hausnummern Ausschau, die auf Wände oder Säulen gekritzelt worden waren, oder manchmal sogar auf noch existierende Gebäude. Das Haus stand frei. Die Behausungen rechts und links davon waren kaum mehr als ein paar wackelige Wände unter eingestürztem Mauerwerk.

Jack fuhr die letzten Meter im Leerlauf. Der Jeep hielt vor einem kleinen Café. Jack zog eine Show ab, als gäbe es Probleme mit dem Motor, und ließ ihn in der ruhigen Straße laut aufheulen. Er stieg aus und öffnete die Motorhaube. Dori ging in das kleine Café, und bat um Hilfe. »Danke. Ich versuche es auf der anderen Straßenseite«, sagte sie laut, überquerte die Straße und lief zu Kurts Haus. Jack legte seine Jacke ab und holte einen Sack mit Werkzeugen aus dem Kofferraum.

»Wahrscheinlich ist der Vergaser verschmutzt. Das liegt am Benzin. Weiß der Himmel, was da drin ist.«

Edith und Adeline gingen zum Café und ließen sich davor an einem der klapprigen Tischchen nieder, um zu beobachten, wie Dori die Treppen hochstieg und die Klingelschilder studierte. Hatte Elisabeth Kontakt mit Kurt aufgenommen? Edith versuchte, sich zu erinnern. Sie hatte ihr am Montag die Adresse gezeigt. Nicht unbedingt viel Zeit, um Botschaften auszutauschen. *Das war, als sie dir den Zettel gezeigt hat*, flüsterte die penible Stimme des Argwohns. *Du weißt nicht, wie lange sie ihn schon hatte …*

Adeline zupfte sie am Arm. »Sie geht rein!«

Ein Mann trat aus dem Haus, zog kurz den Hut vor Dori und hielt ihr die Tür auf.

Sie hat dir die Adresse gezeigt, weil sie wusste, dass du am Wochenende nach Berlin fährst, rief die Stimme in ihrem Kopf sie zur Vernunft. *Dann hat sie das Treffen arrangiert …*

Adeline stieß Edith erneut an. Eine kleine Frau kam aus dem Café und wischte sich die Hände an einer verwaschenen Schürze trocken. Edith erklärte ihr, dass sie eine Panne hätten. Die Frau nickte, fuhr sich durch das dunkle Haar, das von grauen Strähnen durchzogen war, und schob eine Locke unter ihr Kopftuch. Das hatte die andere Dame auch gesagt. Kein Telefon. Sie wies auf die nutzlos baumelnden Telefondrähte. Auf der anderen Straßenseite vielleicht. Ob sie in der Zwischenzeit etwas zu sich nehmen wollten? Die Streuselschnecken wären sehr lecker.

»Das klingt gut«, sagte Edith. »Und einen Kaffee bitte.«

Die Dame ging ins Café. Adeline zündete sich eine Zigarette an und starrte auf die gegenüberliegende Straßenseite. Jack untersuchte weiterhin den Motor, murmelte etwas vor sich hin und hantierte mit diversen Schraubenschlüsseln. Natürlich hatten sie Kontakt aufgenommen. Es hatte Kurt im Gesicht gestanden, als er nach Elisabeth gefragt hatte.

Die Besitzerin brachte Kaffee und Kuchen auf einem Tablett, ein Teller für sie und einer für Jack. Er wischte sich mit einem öligen Lappen die Hände ab und lehnte sich an den Jeep.

»Danke, meine Liebe.« Er trank einen Schluck Kaffee und verschlang seine Schnecken mit jeweils zwei Bissen. Dann streckte er den Daumen nach oben. »Sehr gut!«

Das Gebäck war noch warm. Edith biss hinein. Die Füllung war eine Überraschung.

»Rhabarber?«

Die Frau strahlte. »Ja, wächst im Garten.«

»Es ist sehr lecker. So etwas habe ich bisher noch nicht probiert.«

»Englisch?« Die Frau schaute von einer zur anderen. »Amerikaner?«

»Ich bin Engländerin.« Edith wies auf sich selbst. »Meine Freundin ist Amerikanerin.«

»Pleased to meet you. Ist das richtig?«

Edith nickte.

»I like to practice. Hier gibt es nicht so viele von ihnen. I am Frau Becker.« Sie lachte. »Der Name meines Berufs. I know.«

»Kann ich das Rezept haben?«, fragte Edith.

»Natürlich!« Frau Becker freute sich über Ediths Interesse und legte ihr kleines, runzeliges Gesicht in tausend Falten. Sie klopfte sich auf die Tasche. »Ich schreibe es für Sie auf.«

»Nicht nötig.« Edith lächelte. »Sie können es mir sagen. Das reicht.«

Edith zog ein Heft und einen Stift aus ihrer Tasche, um das Rezept zu notieren. Es würde seinen Platz in dem Kochbuch finden, von dem sie Harry erzählt hatte. Louisa würde es mögen. Eine zusätzliche Verwendung für Rhabarber. Und es würde sie auf andere Gedanken bringen, weg von ihrer unablässigen Suche nach Indizien, ihrem Verfolgen einer Spur aus Brotkrümeln durch dieses weite neue Hinterland von Doppelzüngigkeit und Betrug, das plötzlich aufgetaucht war.

Sie zwang sich, Frau Becker aufmerksam zuzuhören, die ihr Rezept herunterratterte, mit den Händen die Maßangaben anzeigte, von Handvoll bis halber Liter. Der Tisch wurde ihre Arbeitsfläche, als sie pantomimisch das Rühren, Rollen, Auswalzen, Füllung einstreuen, nochmals Rollen und Portionieren vorführte. Rezepte waren wie ein Tagebuch, hielten Zeit und Orte fest, Menschen und Gesichter. Dieses hier würde sich zu den Pfannkuchen gesellen. Ihre Tage in Berlin.

»Dann mit Streusel bedecken, den Ofen auf mittlere Hitze stellen und die Rhabarberschnecken backen. Fünfundzwanzig Minuten.«

»Vielen Dank.«

Edith klappte ihr Notizbuch zu. Sie kramte ein paar Reichsmark und ein Päckchen Zigaretten hervor und schob alles über den Tisch. Natürlich konnte sie auch falsch liegen. Vielleicht gab es eine andere Erklärung. Edith suchte kurz Zuflucht bei diesem Gedanken. Er erlöste sie von dem schleichenden Gefühl, sich komplett zum Narren gemacht zu haben.

Sie alle blickten hoch, als ein Auto langsam an ihnen vorbeifuhr. Der Wagen hielt an. Zwei Männer in Zivil, Hüte und lange Mäntel, stiegen aus.

»Polizei«, murmelte Frau Becker. »Gestapo. Genau wie früher.«

Sie steckte Geld und Zigaretten ein und verschwand im Innern.

Just in diesem Moment verließ Dori das Haus. Sie drehte elegant nach rechts ab und entfernte sich.

Die beiden Polizisten traten auf Jack zu.

»Oi! Mate«, schrie Jack auf Englisch. »Can you give a hand? Gib mir Hilfe?« Er wies mit dem Kopf auf den Motor. »Ist kaputt.«

Die Männer blieben stehen, um einen Blick zu werfen. Sie beugten sich über die offenstehende Motorhaube und betrachteten mit zurückhaltender Neugierde das Innenleben des Jeeps.

Jack nahm auf dem Fahrersitz Platz.

»Drücken, while I try. That's it. Started first time. Zumachen?« Einer von ihnen betätigte die Entriegelung. Die Haube knallte nach unten. »Danke, Freund. Danke.« Er ließ den Motor aufheulen. »Springt rein, Mädels.«

Jack legte eine elegante Kehrtwendung hin und raste in Richtung Friedrichstraße davon. Als sie Dori erreichten, verlangsamte er die Fahrt und hielt kurz an, damit sie einsteigen konnte.

»Ich glaube, wir sind noch mal davongekommen«, sagte er.

Edith wandte sich um. Die grüne Schnauze des deutschen Gefährts war zu sehen, wie es gerade mit chromglänzendem Kühlergrill aus einer schmalen Seitenstraße schoss.

»Da wäre ich mir nicht so sicher.«

Jack schaute in den Rückspiegel. »Okay, festhalten.«

Jack zog mit einer grün-beigen Straßenbahn gleich und überholte sie. Er riss das Lenkrad herum und bretterte über die Schienen, bevor er scharf nach rechts in eine Straße stieß, deren Schlaglöcher wegen großer Haufen Schutt und Trümmer an beiden Seiten schwer passierbar waren.

»Immer noch hinter uns?« Edith und Adeline drehten sich um und versuchten, durch den vom Jeep aufgewirbelten Staub etwas zu erkennen, während sie sich krampfhaft festhielten.

Edith sah Glas aufblitzen. »Ja, das sind sie.«

Jack bog links ein und lenkte den Wagen hinter die Fassade eines halb verfallenen Hauses. Die Mauer, eine zerklüftete Diagonale, begann weit oben und fiel in Abstufungen schartig nach unten ab.

»Ist wenigstens kein Panzerkampfwagen«, flüsterte Jack.

Dennoch duckten sie sich instinktiv beim Geräusch des herannahenden Wagens, der langsam und lauernd umherfuhr wie ein Raubtier auf Beutesuche. Angst ergriff Edith, als sie dem tiefen Brummen des Motors lauschte, hörte, wie die Räder über den Schutt holperten, der die Straße bedeckte. Die dünne Haut der Ziegelsteine vor ihnen kam ihr wie ein fragwürdiger Schutz vor. Dann veränderte sich das Motorengeräusch, als der Wagen umdrehte und mit quietschenden Reifen davonfuhr.

Jack wartete ab, bis es vollkommen still war, bevor er den Jeep wendete und zurück auf die Straße lenkte. Vorsichtig fuhr er los. Die Luft war rein.

»Puh! Das war …«

»Nicht so voreilig.« Dori stieß ihn leicht an. Der deutsche Wagen näherte sich schnell und machte sich bereit, den langsamen Jeep zu überholen.

»In Ordnung!«, schrie Jack. »Wenn sie es so haben wollen, dann bitte.«

Er riss das Lenkrad herum und lenkte den Wagen in eine Seitenstraße, die nur teilweise geräumt war. Die Schutthaufen trafen sich in der Mitte.

»Da kommen wir nie durch!« Adeline griff nach Ediths Arm.

»Die jedenfalls nicht, das ist mal sicher. Festhalten jetzt.« Jack nutzte den ansteigenden Schutt als Rampe und balancierte den Jeep auf zwei Rädern, um die schmalen Lücken zu bewältigen. Einen Augenblick lang fühlte es sich an, als würden sie sich überschlagen, doch dann federte der Jeep wieder zurück auf die Straße. »Das war's dann wohl mit ihnen.« Jack lachte laut auf. »Hab nicht mehr soviel Spaß gehabt, seit ich in einem Spähwagen saß.«

Er winkte mit zwei Fingern und gab Gas.

»Ich glaube, hier kenne ich mich aus«, sagte Jack dann. »Da müsste bald ein Übergang kommen. Brücke über die Spree.« Er wies mit dem Kopf auf einen öligen, langsam fließenden Fluss. »Voller Leichen, sagt man.«

»Das sagt man von jedem Ort, Jack.« Dori starrte auf das trübe Wasser, in dem jede Menge Unrat trieb.

Der Übergang zum britischen Sektor befand sich auf einer Brücke. Mit skeptischer Miene überprüfte der russische Soldat ihre Dokumente, während Dori auf Russisch auf ihn einredete. Sie bot ihm eine Zigarette an. Er nahm das Päckchen, inspizierte die gerollten Geldscheine in dessen Inneren und öffnete die Schranke. Nach einem flüchtigen Blick auf ihre Papiere winkte der britische Checkpoint sie durch. Es war Sonntagnachmittag, und er wollte zurück zu seinem frisch aufgebrühten Tee und seinem Kartenspiel.

Jack setzte sie an ihrem Hotel ab. Es lag eine Nachricht von Harry vor: *Verspätet. Tut mir leid. Bis später.* Edith faltete den Zettel und steckte ihn in die Tasche, froh darüber, dass andere Verpflichtungen sie auf Trab hielten.

»Hast du etwas gefunden?«

Abgesehen von dem Gespräch am Checkpoint hatte Dori kaum ein Wort gesprochen.

»Forschungsarbeiten. Ich vermute, dass er in der Charité war, um sie dort zu besorgen. Damit kann er dann handeln.« Dori griff in ihre Tasche und holte eine winzige Rolle Film heraus. »Ist alles hier drauf. Ich werde ihn an War Crimes weitergeben.« Sie zog eine Miniaturkamera heraus und gab sie Adeline. »Hier ist noch mehr drauf.«

»Eine Minox.« Adeline nahm die Kamera in Bonbongröße entgegen, drehte und wendete sie. »Woher hast du die?«

Dori zuckte die Schultern. »Wir wurden im Krieg mit allem möglichen Spielzeug ausgestattet. Manches davon wurde nicht zurückgegeben. Kannst du das Material entwickeln?«

»Wahrscheinlich. Könnte etwas dauern.«

Adeline hatte das angrenzende Badezimmer in eine behelfsmäßige Dunkelkammer verwandelt. An der Tür hatte sie ein Schild mit der Aufschrift *Außer Betrieb* angebracht. Solche Unannehmlichkeiten waren nicht ungewöhnlich und wurden mit einem Schulterzucken und einem Gang eine Treppe höher zur Kenntnis genommen.

Dori starrte abwesend aus dem Fenster. Sie war immer noch im Mantel und hatte die Arme eng um sich geschlungen, als wäre ihr kalt.

Einige der neuesten Fotos von Adeline lagen auf dem Tisch. Trümmerfrauen, die Geröll von Hand zu Hand weitergaben, Frauen, die vor Geschäften eine lange Schlange bildeten, auf Straßenbahnen warteten. Eine junge Frau im Wintermantel und mit Hut, die sich mit geschlossenen Augen auf einer sonnenbeschienenen Bank ausgestreckt hatte. Eine ältere Frau mit Kopftuch, die einen Kinderwagen schob, wobei ihre Füße in Lumpen gehüllt waren. Ein Paar, das angeschirrt wie Esel einen Karren zog. Eine Frau, die Wäsche auf eine Leine hängte, wo eine vierte Wand hätte stehen sollen. Ihre Wohnung war zum Balkon geworden. Kinder beim Spielen. Ein Junge hatte aus einem Stahlträger eine Rutsche gemacht. Zwei andere verwandelten eine Panzerkette in ein Auto. Zwei kleine Mädchen schichteten in einem geheimnisvollen Spiel Steine aufeinander. Wie unverwüstlich diese Kinder waren, dachte Edith, wie erfindungsreich! Sie hatten alles verloren, Elternhäuser, Mütter, Väter. Ihre jungen Leben waren wie ihre gesamte Umgebung zu Bruch gegangen in einem Krieg, den sie nicht zu verantworten hatten, und dennoch gelang es ihnen, aus der Einschlagstelle einer Bombe einen Spielplatz zu machen. Sollte dieses Land je eine Zukunft haben, dann lag sie in ihren Händen.

Die dunkle Kehrseite der Medaille: Fotografien von Wandbildern, die zeigten, was die Kinder manchmal auch im Klassenzimmer zeichneten, besonders die aus dem Osten: Soldaten mit Waffen, Leichen auf dem Boden, Männer, die an Laternenpfählen baumelten, grobe Darstellungen von Vergewaltigungen. Dinge, die diese Kinder erlebt hatten, Bilder, die sie für den Rest ihres Lebens mit sich herumtragen würden. Manchmal war es schwer, nicht jede Hoffnung fahren zu lassen. Nur dauerhafte Sicherheit, ausreichende Nahrung, warme Kleidung, bewohnbare Häuser und eine gute Erziehung konnten die dunklen Bilder des Horrors aufhellen, und sie waren weit davon entfernt, all dies bereitzustellen.

Edith griff nach einem weiteren Foto. Zwei Mädchen, ein paar Jahre älter. Sie trugen schulterfreie, gepunktete Oberteile und saßen neben GIs. Die Gegenwart der Männer wurde durch einen Hosenaufschlag dokumentiert, eine Schirmmütze auf dem Tisch, ein Arm in Uniform. Die Mädchen hielten Coca-Cola-Flaschen umklammert. Ihre Augen waren hinter dunklen Brillengläsern verborgen, ihre bleichen Gesichter verquollen, wobei Puder die schlechte Haut abdeckte, Erkennungszeichen schlechter Ernährung. So aufgedunsen und geschminkt sahen sie älter aus, aber Edith hielt sie für sehr junge Teenager, den Körpern nach zu urteilen kaum in der Pubertät. Ihre lackierten Fingernägel waren abgeknabbert.

Dahingekritzelt mit Bleistift: *Deutschland, wie es heute aussieht.*

Dori drehte sich um, als hätte sie sich zu etwas durchgerungen.

»Ich habe noch etwas gefunden. Es lag auf seinem Schreibtisch.« Sie hielt einen offenen Briefumschlag in der Hand. Basildon-Bond-Briefpapier. Adresse geschrieben in Elisabeths großer, charakteristischer europäischer Schreibschrift. »Traust du ihr immer noch über den Weg?«

Bevor sie antworten konnte, betrat Adeline das Zimmer.

»Seid ihr fertig? Ich denke, ihr solltet beide kommen und euch anschauen, was Dori gefunden hat.«

34

BAUHAUS-APARTMENT
Wannsee
Berlin
27. April 1946

Räucherschinken McHale

In einer Pfanne dünn geschnittene Zwiebeln in reichlich Butter andünsten. Zwei dicke Scheiben ungekochten, geräucherten Schinken kurz braten – etwa fünf Minuten. Eine halbe Flasche Rotwein und ein, zwei Prisen Pfeffer hinzugeben. Weitere zwanzig Minuten köcheln lassen, bis der Wein reduziert ist. Mit Rotkohl und Kartoffelbrei servieren.

(Berliner Rezepte)

Edith folgte Dori in Adelines improvisierte Dunkelkammer. Es roch nach Entwickler und Parfüm.

»Was steht in dem Brief?«

»Es gab keinen Brief, nur den Umschlag, der beweist, dass sie in Kontakt standen.«

»Mehr bekomme ich nicht hin.« Adeline wies auf einen noch feuchten Filmstreifen, der an einer Wäscheleine zwischen Seidenstrümpfen und Nylons hing. »Ich brauche eine richtige Dunkelkammer, um sie zu vergrößern …«

Verschiedene Männergruppen in Uniform, hochrangige SS-Offiziere, die herumstanden, Hände in den Hosentaschen, rauchend, lächelnd, lachend, ihre Frauen in Abendkleid oder Pelzmantel und

Hut. Dori wies mit einem blutroten Fingernagel auf ein bestimmtes Foto. Eine Gruppe an einem Tisch bei einer sommerlichen Gartenparty.

»Der stehende Mann ist von Stavenow.«

Edith trat näher.

»Und die Frau, die vor ihm sitzt, ist das Elisabeth?«

Edith stierte so lange darauf, bis das Bild verschwamm. Ja, so wie ihr Haar fiel, wie sie ihren Kopf hielt, ihre Zigarette, die Art, wie ihre Augen die Kamera herausforderten, handelte es sich um Elisabeth.

»Ich glaube schon. Es könnte allerdings eine harmlose Erklärung dafür geben …«

»Ach ja? Schau mal, bei wem sie sitzt. Siehst du ihn?« Dori zeigte auf einen korpulenten Mann am Bildrand, dessen Brillantine im Haar das Licht einfing. »Siehst du seinen Kragenspiegel? Eichenlaub. Ein General also. Und siehst du den?« Ihr Finger fuhr zu dem jüngeren Mann an seiner Seite. »Hochrangige Gestapo. Und der hier«, sie wies auf einen vierten Mann, der ihr zur Linken saß, seine Hand auf ihrer Sessellehne. »Wehrmacht. Die von Stavenows in Gesellschaft hoher Tiere.«

»Den kenne ich.« Adeline nahm eine Lupe zur Hand. »Das ist Ernst Kaltenbrunner, Chef des RSHA, des Reichssicherheitshauptamts, Himmlers Bereich, die Schwesterorganisation der Gestapo. Ich habe tagein, tagaus seine hässliche Tasse angestarrt.«

»Kennst du die anderen?«, fragte Dori mit hoffnungsvoll schweifendem Blick.

Adeline schüttelte den Kopf. »Vielleicht kann ich mehr sagen, wenn wir die vergrößerten Abzüge haben.« Sie lauschte auf ein entferntes Klingeln. »Entschuldigung, das ist euer Telefon.«

»Wir müssen sie identifizieren.« Dori starrte unverwandt auf die nassen Bilder, als würden sie dadurch ihre Geheimnisse preisgeben. »Elisabeths Verstrickung beweisen.«

Edith blickte die kleine Frau auf dem winzigen Abzug lange an. »Und wenn es nur ein gesellschaftlicher Anlass war?«

Ein Teil von Edith wollte sich irren, wollte so etwas nicht von ihr denken. Vielleicht war es nachvollziehbar, wenn sie aus irgendeinem Grund mit Kurt Kontakt gehalten hatte. Vielleicht war ihr Brief voller Vorwürfe gewesen, und sie konnte der Versuchung nicht widerstehen, Schuldzuweisungen und ihre ganze Bitterkeit loszuwerden. Sie hier jedoch umgeben von einem Haufen hochrangiger Nazis lächeln zu sehen? Da lag ein Verdacht schon nahe.

»Du hast gesagt, sie wäre nie in Berlin gewesen«, wandte Dori sich an Edith.

»Das habe ich nicht gesagt«, erwiderte sie barsch. »Sie war seine Frau! Sie musste dort sein, das wurde von ihr erwartet. Ich habe nur gesagt, dass sie nicht *die ganze Zeit* dort war!«

Dori seufzte frustriert. »Ich fasse es nicht, wie du versuchst, sie zu verteidigen!«

»Ich verteidige Elisabeth nicht!« Edith starrte sie wütend an. »Ich finde nur, wir sollten uns sicher sein!«

»Es bringt nichts, sich zu streiten.« Adeline hob die Hände. »Edith, du musst dich fertigmachen, um McHale zu treffen. Er war am Telefon. Er will dich sehen und sonst niemanden.«

»Warum?« Edith war ernstlich verblüfft und äußerst beunruhigt.

Adeline zuckte die Schultern. »Mach dich einfach fertig. So ist er nun mal. Wenn wir von Stavenow Richtung Süden schicken wollen, dann solltest du dich am besten zum Wannsee begeben. Ich werde dich dorthin fahren.«

»Was soll ich ihm sagen?« Edith spürte Panik aufkommen.

»Ich werde mit dir auf dein Zimmer gehen.« Dori, die jede Missstimmung scheinbar vergessen hatte, hakte sich bei ihr unter. »Wir werden uns ein wenig unterhalten und einen großen Gin kippen, um die Nerven zu beruhigen. Und dann werden wir dir etwas Passendes zum Anziehen heraussuchen.«

Tom McHales Apartment lag in einem modernistischen Gebäude mit Blick auf den Wannsee.

»Hübsche Gegend.« Er blickte aus dem großen Fenster. »Direkt am See. Eindrucksvoll, finden Sie nicht?« Um Zustimmung heischend wandte er sich um. »Bauhaus. Gehörte irgendeinem Nazi von Rang. Ganz normal für die Nazis. Erklären das Bauhaus für entartet, undeutsch und was sonst noch alles, während sie es sich selbst unter den Nagel reißen.« Mit großer Geste wies er auf das weiß gestrichene Zimmer mit seinem polierten Eichenparkett, den Tischen mit Glasplatte, der Einrichtung aus Leder, Bugholz und Metall. »Wer immer hier gelebt hat, er hatte Geschmack. Einiges davon gehörte ihm. Den Rest habe ich zusammengetragen.«

Mit Besitzerstolz streichelte er die Lehne eines seiner Stühle. An den Wänden hingen Werke von Braque, Matisse, Picasso, Chagall, wahrscheinlich auch im Lauf der Zeit zusammengetragen. Vielleicht hütete er sie, bis die Besitzer festgestellt werden konnten, obwohl Edith das bezweifelte. Höchstwahrscheinlich würde er alles einpacken und in die USA verschiffen. Er war nicht der Einzige. Ganze LKW-Ladungen an Möbeln, Porzellan, Silberwaren und Teppichen waren in die jeweiligen Heimatländer verschifft worden. Es war eine Versuchung, der wenige widerstehen konnten. Wie sie es sahen, plünderten sie lediglich die Plünderer.

»Aber wir sind nicht hier, um Architektur und Möbeldesign zu diskutieren, nicht wahr?« Er wandte sich vom Fenster ab. »Zu schade, dass Adie nicht bleiben konnte. Musste noch Abzüge machen.« McHale strahlte sie mit diesem beunruhigenden Lächeln an, offen und breit, während seine Augen unberührt blieben, Eis an einem sonnigen Tag. »Aber so ist Adie. Immer im Job.« Er reckte sich, Arme über den Kopf, und präsentierte seine geschmeidige, athletische Figur. »Ich hoffe, Sie haben Hunger, Edith. Sie interessieren sich für Kochrezepte?«

Edith musterte ihn scharf. »Richtig. Woher wissen Sie das?«

»Ich habe ein ausgezeichnetes Gedächtnis.« Er tippte sich an die Stirn. »Gehacktes mit Gemüse. Wie haben Sie es noch mal genannt? Gröstl? Gibt eine tolle Küche hier. Sie hat sogar einen Kühlschrank. Möchten Sie etwas trinken? Ich habe Scotch oder Bourbon.«

»Gern einen Bourbon.«

»Eis?«

»Nein, danke.«

»Bin gleich wieder da.« Und schon war er aus der Tür.

Als er zurückkehrte, brachte er zwei Gläser mit, in denen Eis klimperte.

Er trug lose sitzende Gabardinehosen und ein gestreiftes Polohemd, dazu ungeschnürte Tennisschuhe ohne Socken, Jungskleidung, in denen er fast wie ein Teenager aussah. Er warf sich in einen Sessel ihr gegenüber und machte sich wie ein Heranwachsender breit. Sein langer, biegsamer Körper ließ den Stahl und das Leder fast gemütlich aussehen.

»Ich koche gern. Hat Adie das erzählt?«

»Ja, das hat sie.« Edith nippte an ihrem Whisky.

»Ich koche wirklich gern.« Tom lächelte, schwenkte seinen Drink und ließ das Eis im Kristallglas klirren. »Das haben wir gemeinsam.« In einer einzigen fließenden Bewegung stemmte er sich aus dem Sessel. »Wollen Sie mir ein wenig zur Hand gehen?«

Edith folgte ihm in die Küche. »Was kochen Sie?«

»Schinken. Dieser bayrische Schinken ist so gut. Wäre doch eine Schande, das nicht auszunutzen. Und Rotkohl. Der ist im Ofen. Außerdem Kartoffelpüree. Wird ebenfalls im Ofen warmgehalten. Dazu Apfel- und Meerrettichsoße.«

Er begann mit schnellen, gleichmäßigen Bewegungen des Messers die Zwiebeln sehr fein zu schneiden. Er gab die Zwiebeln in die schäumende Butter und stellte die Flamme kleiner.

»Schauen Sie mal.« Er hielt eine dicke Scheibe Schinken hoch. Dunkelrosa Fleisch mit durchscheinender Fettschicht und dünner brauner Rinde. »Ist der nicht perfekt?«

Tom schob die Zwiebelringe sorgfältig zur Seine und legte jede Scheibe in die Pfanne.

Ein Blick auf die Uhr.

»Fünf Minuten auf jeder Seite. Dann füge ich den Wein hinzu.«

Mit dem unbändigen Vergnügen eines Kindes, das mit den Sachen der Erwachsenen spielen darf, sprang Tom durch die Küche, während seine Köchin, Haushälterin oder was immer sie auch war, ihren freien Abend hatte. Wenn sie sich überhaupt darum scherten, kochten Männer anders als Frauen. Weniger Instinkt, mehr Präzision. Sie gingen zu Werk wie bei jedem anderen Hobby, ob Modelflugzeug oder Spielzeugeisenbahn. Alles war vorbereitet. Zutaten kleingehackt, abgemessen und gewogen. Nichts sonst in Sichtweite.

»Ich habe nicht oft Gelegenheit dazu«, sagte er, als ob er ihre Gedanken lesen könnte. »Helga lässt mich nicht in die Küche.«

»Nicht?« Es gab immer eine Helga oder eine Frau, die den Alltagskram erledigte.

»Und die Lebensmittel hier sind von so guter Qualität.«

»Davon ist aber nicht viel zu sehen.«

»Und wer ist schuld daran? Es gibt reichlich Schinken, Wurst, Butter, Käse, Kartoffeln – alles für den Schwarzmarkt gehortet.« Er fuhr sich mit einer Hand über den Schopf. Das Licht ließ einen rötlichen Schimmer in seinem flachsblonden Haar aufblitzen. »Wir müssen für eine anständige Währung sorgen. Man kann ein Land nicht mit Zigaretten regieren. Noch ein Spritzer Wein, dann kann es vor sich hin köcheln.« Er tauchte einen Löffel in die Soße und bat Edith zu probieren. »Mehr Pfeffer?«

»Genau richtig.«

Er legte die dicken Schinkenscheiben auf elegante Porzellanteller.

»Edith, würden Sie die Teller mitnehmen? Ich muss den Wein öffnen. Hätte ich früher machen sollen, ihm etwas Zeit zum Atmen geben.«

Tom öffnete eine Flasche Château Lafite. Noch so eine Kriegsbeute.

Sie nahmen am Tisch Platz und Tom öffnete den Wein. Er reichte Edith die Schüssel mit Kartoffelpüree und Rotkohl.

»Wie finden Sie das Kartoffelpüree?«

»Sehr gut.«

Edith gab sich wortkarg. Dori hatte ihr geraten, ihm das Reden zu überlassen.

»Sahne und ein Hauch Muskat. Wie schmeckt Ihnen der Rotkohl? Ist ein Rezept meiner schwedischen Großmutter.«

Edith probierte eine Gabel davon. »Süßer als die deutsche Variante. Weniger beißend. Ich mag ihn.«

»Und der Schinken?«

»Köstlich,« antwortete Edith lächelnd.

Befriedigt lächelte er ebenfalls. »Zypriotisches Rezept, ob Sie es glauben oder nicht. Ein griechischer Kumpel hat es mir gegeben. Kopf weggeschossen am Strand bei Salerno. Wir haben ihn gleich neben dem Tempel Poseidons begraben. Antike griechische Stadt. Paestum. Hübsch da. Ich will eines Tages wieder hin.« Er machte eine Pause, bevor er mit seiner aufgesetzt guten Laune fortfuhr. »Jetzt gibt es einen Peach Cobbler und Sahne.«

»Hört sich wunderbar an.«

»Was meinen Sie?«, fragte er, als sie den Pudding aßen. »Gut?«

»Exzellent.«

»Das Rezept meiner Mutter. Cognac?«, fragte er, nachdem er den Tisch abgeräumt hatte. Er nahm eine Flasche vom Sideboard und las das Etikett. »Reserve. Es gab hier ein paar sehr gut gefüllte Keller. Erstaunlich, was die Russen übersehen haben. Wahrscheinlich nicht alles geschafft, nehme ich an.«

»Für mich nicht, danke.«

Er nahm sich eine Zigarre, schnitt das Ende ab und suchte in seiner Tasche nach einem Feuerzeug. »Wir haben auch Humidore gefunden.« Er ließ ein Zippo aufschnappen. »Die höhergestellten Nazis haben sich nicht lumpen lassen.« Er paffte ein oder zwei Mal, betrachtete dann die glühende Spitze, um zu sehen, ob sie gleichmäßig brannte. »So, Edith, dann wollen wir mal zum geschäftlichen Teil kommen. Was wollen Sie von mir?« Er paffte noch einmal und stieß eine Wolke aromatischen blauen Rauchs aus.

»Wer sagt, dass ich etwas will?«

»Ach, Edith!« Er grinste. »Nun machen Sie schon!«

»Im Gegenteil. Ich bin hier, um Ihnen etwas anzubieten.«

»Zum Beispiel?«

»Ich kann Ihnen Kurt von Stavenow liefern.«

Dori nannte dies »das Schmiergeld«. Und es funktionierte. Sie musste sich zusammennehmen, um nicht zu lächeln, als McHale sich fast verschluckte. Die weit auseinander stehenden hellen Augen betrachteten sie nun erwartungsvoll. In ihnen lag etwas, was sie vorher nicht gesehen hatte. Eine Art Respekt.

»Wirklich? Seine Frau auch?«

Da war eine Dringlichkeit in seinem Ton, als ob er auf sie besonders scharf wäre. Wie konnte das sein?

»Sie auch. Das garantiere ich.«

»Was verlangen Sie im Gegenzug?«

»Er ist in der russischen Zone. Sie müssen ihn dort raus und dann außer Landes bringen. Ich weiß, dass Sie dazu in der Lage sind.«

Er schaute etwas verdutzt drein. Jetzt hieß es vorsichtig sein. Das war nicht für die Öffentlichkeit bestimmt. Er zog an seiner Zigarre, während er nach einer Antwort suchte.

»Angenommen, wir helfen Menschen.« Er ließ ein kleines Lächeln sehen und streifte bedächtig die Asche von seiner Zigarre ab. »Angenommen, jemand ist von Interesse für uns. Natürlich gibt es Hunderte wie ihn. Tausende. Wir können sie nicht alle vor Gericht stellen, das wäre sinnlos. Wir müssen nach vorn schauen. Wir haben die Hauptschuldigen. Die Verfahren sind im Gange. Sollten ein paar kleinere Fische entkommen …«, er machte eine abrupte Bewegung, »… sei's drum. Die Wahrheit ist, dass wir sie hier nicht haben wollen. Die großen Kaliber sind schon in den Staaten. Der Rest? Einige haben ihren Nutzen, Ihr Kurt ist vielleicht einer von ihnen. Andernfalls können sie nach Südamerika gehen oder sonst wohin, dort den Nazi spielen, vom Vierten Reich träumen oder wovon auch immer. Sie haben ausgedient. Träume werden das Einzige sein, was ihnen bleibt. Ein neuer Krieg steht am Horizont. Ein neuer Feind. Wir müssen uns jetzt darauf konzentrieren.«

»Vom alten Krieg zum kalten Krieg?«

»Ganz genau.«

»Also werden Sie ihm helfen zu entkommen?«

»Nun ja, er ist für alle nutzlos, außer für die Russen, wo er sich jetzt aufhält. Das reicht als Grund.« Er verbarg seinen Eifer hinter einer Maske der Gleichgültigkeit. »Ich werde sehen, was sich machen lässt.« Er hob die Flasche kurz an. »Sicher, dass ich Sie nicht in Versuchung führen kann?«

»Ganz sicher.«

Er goss sich noch ein, zwei Fingerbreit ein und ließ die satte dunkelbraune Flüssigkeit im Glas kreisen.

»Was wollen Sie?«, fragte er. »Was springt für Sie dabei raus? Und Dori? Was hat sie davon?«

Edith wünschte fast, sie hätte den Cognac nicht abgelehnt.

»Ich möchte nicht ins Detail gehen«, umschiffte sie bewusst seine Frage. »Und ich stecke nicht in Doris Kopf.«

»Was *glauben* Sie denn?«

»Ich würde sagen …«, überlegte sie schnell im Bewusstsein einer möglichen Falle. »Ich würde sagen, dass sie davon überzeugt ist, er könnte etwas über die vermissten Agentinnen der SOE wissen, nach denen sie sucht. Die Chance, ihn zu befragen, ist möglicherweise Teil des Handels.«

»Hm.« Mit halb geschlossenen Augen wegen des Zigarrenrauchs nickte Tom. »Und sie … die von Stavenows? Was, glauben Sie, wollen die?«

»Sie wollen raus aus Deutschland, raus aus Europa vorzugsweise, aber …« Sie hielt inne. Jetzt hieß es vorsichtig sein, sehr vorsichtig. Keine Miene verziehen, sich nichts anmerken lassen. »Vor allen Dingen …«, hörte Edith sich sagen. »Vor allen Dingen …«. Sie geriet erneut ins Stocken. Sie hatte Mühe zu atmen. Der Betrug war enorm, nahm immer größere Ausmaße an. Der Notizzettel, der Brief, die Fotografien. Das alles summierte sich in ihrem Kopf. »Vor allem«, setzte sie erneut an, »wollen sie zusammen sein. Das ist es, was ihnen stets das Wichtigste war.« Sie schwieg, um sich wieder in den Griff zu bekommen. »Das ist es, worum sich alles dreht, und er wird nicht ohne sie gehen.« Sie atmete noch einmal durch »Ich weiß das.«

»Alles in Ordnung mit Ihnen?« Tom war aufgesprungen.

»Asthma«, konnte Edith gerade noch herausbringen. »Ihre Zigarre.«

»O Gott, das tut mir leid.« Er drückte den restlichen Tabak in dem grauen Aschenbecher aus. »Ich hatte keine Ahnung.« Draußen läutete es. »Ah, da ist Adeline«, sagte er hörbar erleichtert.

»He! Bist du okay?«

»So würde ich das nicht ausdrücken.«

»Hat er angebissen?«, fragte Adeline.

Edith antwortete nicht. Sie starrte nur in die Dunkelheit.

»Ist nicht so wichtig.« Adeline ließ den Wagen an. »Selbst wenn du gesagt hättest, Dori will von Stavenow nach Italien schicken, damit er dort gesteinigt wird, wäre es Tom egal gewesen. Er plant schon sein Doppelspiel. Wichtig ist nur, dass er ihn und seine Frau will, und du lieferst sie ihm auf dem Tablett. Ich habe jetzt die Fotos erhalten, die bei der Presseagentur vergrößert wurden«, fuhr sie fort. »Tornister auf dem Rücksitz.«

Edith wickelte das Band ab, das die Papiermappe zusammenhielt. Die inzwischen vergrößerte Fotografie zeigte die Sommerparty im Detail. Gläser auf dem Tisch, Aschenbecher, Champagner in Eiskübeln. Elisabeth saß im Zentrum der Gruppe, Kurts Hand auf ihrer Schulter. Kein Zweifel, dass sie es war und kein Zweifel an der Geste.

»Jemand im Pressebüro kannte die geheimnisvollen Männer«, sagte Adeline. »Der wieselflinke Gestapomann? Horst Kopkow. Heydrichs Protegé, sein leitender Mann für die Spionageabwehr. Der Typ von der Wehrmacht mit den großen Ohren und der Glatze? Reinhard Gehlen, Chef der FHO, Dienststelle zur Bewertung der Feindlage an der Ostfront. Feine Gesellschaft. In der Ecke unten steht ein kleines Datum, siehst du?«

1943. Nach ihrer Darstellung hatte Elisabeth da längst schon Berlin verlassen. Natürlich stimmte das nicht, natürlich war es eine weitere Lüge. Edith ließ das Foto in ihren Schoß sinken und kurbelte das Fenster herunter, um nach Luft zu schnappen. Nun hatte sie es also schwarz auf weiß.

»Sag mal, alles in Ordnung? Möchtest du, dass ich anhalte?«

Edith schüttelte den Kopf. »Nein, ich brauchte nur ein wenig frische Luft. Hast du es Dori erzählt?«, fragte sie in der Hoffnung, auf andere Gedanken zu kommen.

»Komme direkt von ihr. Ich vermute, dass Elisabeth für einen der Männer gearbeitet hat.«

»Gearbeitet?« Edith wandte sich ihr zu. »Sie hat in ihrem ganzen Leben nicht gearbeitet.«

»Da wäre ich nicht so sicher. Ich finde diese Frauen sehr interessant. Was tun sie eigentlich? Nur Kinder, Küche, Kirche? Das kann doch nicht alles sein. Anfangs vielleicht, aber nicht nach 43. Bei so vielen Männern, die eingezogen waren, mussten sie dem Arbeitsmarkt zur Verfügung stehen. Diese ganze Bürokratie, all das Protokollieren und Tippen, das haben doch sicher Frauen erledigt? Die Arbeit im Hintergrund, Verwaltungsroutine.« Mit gerunzelter Stirn lehnte sie sich vor, Augen konzentriert auf die Straße gerichtet. »Die jüngeren Männer wurden alle in den Kampf geschickt. Wer sonst sollte ihre Plätze einnehmen? Frauen. Ich wette, Elisabeth ist da eingesprungen. Sie war in Berlin. Als guter Nazi hat sie sicher ihren Beitrag leisten wollen. Sie dürfte mitten im Herzen der Regierung gesessen haben. Und du weißt, was man sagt: Wenn du etwas in Erfahrung bringen willst, frage nicht den Chef, frage seine persönliche Assistentin.«

Ediths Blick fiel wieder auf das Foto in ihrem Schoß. Die Liebe kann einem zwar das Gemüt vernebeln, aber hier sah man Elisabeths Doppelspiel schwarz auf weiß vergrößert. Natürlich hatten die Einzelteile von Elisabeths Geschichte nie zusammengepasst. Nicht nur, wie sie den Krieg verbracht hatte, sondern auch davor. Kurts Arbeit als Arzt bei der SS. Wie hätte sie *nicht* Bescheid wissen können? *Ich mag dieses Leben nicht*, hatte sie auf der Terrasse in Steinhof gesagt. Auf diesen Fotos schien sie sich jedenfalls zu amüsieren.

Manche der Dinge, die Elisabeth behauptete, hatten nie überzeugend geklungen. Deswegen war sie so wütend auf Roz gewesen, auf Luka. Edith wandte den Blick ab, schaute dann wieder hin. Kurts Hand auf Elisabeths Schulter. Ihre Nähe war deutlich sichtbar.

Ediths Gefühle für Kurt hatten es ihr leichtgemacht, sie zu betrügen, aber die Zuneigung, die sie für Elisabeth entwickelt hatte, machte den Verrat viel schlimmer.

»Ich hatte gehofft, es wäre irgendwie … unschuldig«, sagte sie fast zu sich selbst. Sie schaute zu Adeline hinüber. »Aber so sieht es nicht aus, nicht wahr?«

»Nein, das tut es nicht.« Adeline starrte weiter in den Lichtkegel, den die Scheinwerfer in die Dunkelheit warfen. »Einmal war ich bei der 82. Luftlandedivision, als sie weit nach Deutschland vordrang. Wir erreichten diese Stadt. Weiße Flaggen überall, weiße Betttücher, die aus den Fenstern hingen, aber niemand warf Rosen. Die Menschen standen einfach mit entgeisterten Gesichtern in den Straßen, als könnten sie es nicht glauben. Die Kapitulation war noch frisch. Ich begleitete eine Patrouille, um das Rathaus zu sichern. Zuerst fiel mir auf, wie ruhig es dort war, nur das Rattern von Gewehrfeuer in der Ferne, wie Reis, der auf eine Spielzeugtrommel fällt. Als wir die Treppe hochstiegen, schien die Stille sich noch zu vertiefen. Wir liefen einen langen Korridor entlang. Eine Tür am Ende eines Durchgangs. Eine schwere Türe aus irgendeinem dunklen Holz. Einer der Jungs stieß sie mit seinem Gewehr auf, und wir traten ein. Das Erste, was wir sahen, war ein Mann am Schreibtisch, Kopf in einer Blutlache. Dann eine Frau, die zusammengesackt auf einem Stuhl saß, ein Rinnsal Blut trocknete an ihrem Mundwinkel. Wir schauten uns um und entdeckten ein Mädchen. Sehr jung und ziemlich hübsch, die mit einer Art Uniform bekleidet war. Sie lag auf einem Ledersofa, Kopf zurückgeworfen, Mund offen, glasige Augen. Eine dünne Lage Staub bedeckte die Szenerie: die Möbel, die Schultern des Mannes, die Blutlache vor ihm, die Augen des Mädchens auf dem Sofa. Der Bürgermeister und seine Familie. Alle durch eigene Hand umgekommen.« Sie hielt inne. »Ich frage mich: Was ist mit denen, die sich *nicht* umgebracht haben? Was machen die jetzt?«

Adeline verfiel in Schweigen, als befände sie sich immer noch in diesem Zimmer mit dem toten Mädchen und ihren Eltern. Draußen glitzerte der Fluss silbern zwischen den dunklen Stämmen der Kiefern. Elisabeth hatte bei ihrem ersten Zusammentreffen von solchen Vorkommnissen berichtet. Edith erinnerte sich, wie sie gesagt hatte: *O nein, das hätte ich nicht getan … ich musste überleben. Für meine Tochter.* Dann Luka, der andeutete, dass das Kind nicht von ihr sei. War das eine weitere Lüge? War alles eine Lüge? Gesponnen, um Ediths Aufmerksamkeit zu erregen, ihr Mitleid? Edith betrachtete erneut die lächelnde Frau auf dem Foto. So charmant, so glaubwürdig. So schön. Sie hatte Edith mit ihrem Glamour eingefangen, sie im Netz ihrer Geschichten eingehüllt. Ediths Gefühl, eingeseift worden zu sein, schwand. Sie spürte erste Regungen von Zorn. Niemand wird gern zum Narren gehalten.

»Ich werde herausfinden, worin Elisabeth verstrickt war«, sagte Adeline, als sie durch die zerstörte Vorstadt fuhren. »Du und Dori, ihr solltet in Erfahrung bringen, was sie jetzt vorhat.«

Harry saß ganz allein in einer Nische der Hotelbar. Er schien sie nicht zu bemerken, und sie musste den Impuls bekämpfen, einfach vorbeizulaufen. Sie hatte das Gefühl, dass dies als Abschiedstreffen enden würde, dass er nach Palästina gehen würde, und sie wusste nicht, wie viel sie noch ertragen konnte. Der Tag war so lang gewesen, dass sie sich kaum noch an den Morgen und das Treffen mit McHale erinnerte. Die Enthüllungen über Elisabeth hatten sie erschöpft. In diesem Moment blickte er hoch, und sie spürte, wie ein wenig von der Last des Tages von ihr abfiel.

»Edith! Wo warst du? Möchtest du etwas trinken?« Er gab dem Kellner schon ein Zeichen. »Whisky und Soda?«

»Ich war unterwegs.« Edith zuckte vage die Schultern. »Wir müssen uns verpasst haben.«

»Du siehst müde aus. Was war denn los?« Er trank aus, während der Kellner einen neuen Drink brachte. »Willst du es mir nicht erzählen? Was hat dich so lange aufgehalten?«

»Ich will nicht darüber reden.« Der Whisky war billig, verlängert. Sie schob das Glas beiseite.

»Ich hoffe, es hatte nichts mit Kurt von Stavenow zu tun.«

Edith staunte ihn an, zu müde zum Heucheln.

»Woher weißt du das?«

»Ich habe Dori getroffen. Sie erzählte mir, dass du ihn gesehen hast. Hier in Berlin. Sie hat mir auch erzählt, dass er sich im russischen Sektor befindet, was bedeutet, dass er wohl raus will. Und dass du dich mit McHale zum Essen getroffen hast.« Er beugte sich vor. »Halt dich da raus, Edith.«

»Warum?«

»Weil es gefährlich ist! Ein schmutziges Geschäft, das von Minute zu Minute schmutziger wird. Rattenlinie, so nennen die Amerikaner das. Passender Name. Erstreckt sich von hier bis Südamerika, eine Verbindungsstraße für Naziungeziefer, organisiert entweder von den alten Kameraden der SS oder mit Hilfe der Amerikaner. Eine skrupellosere Allianz kann ich mir kaum denken. Und dann leistet der Vatikan noch ein wenig Schützenhilfe. Du musst verrückt sein, dich in so etwas reinziehen zu lassen. Überlass das den ...«

»Den Profis? Das sind diejenigen, die sie herausschmuggeln!«

Er zuckte die Achseln. Touché. »Warum bist du überhaupt darin verwickelt? Warum willst du ihn hier raus bekommen?«

»Will ich nicht.« Sie schüttelte den Kopf. »Darum geht es doch nicht.«

»Worum geht es dann?«

»Etwas Genaues kann ich dir nicht sagen, aber es ist nicht das, was du denkst. Was er getan hat, war abscheulich«, sagte sie ruhig. »Er darf nicht ungeschoren davonkommen. Du bist nicht der einzige Mensch, der so denkt.«

»Warum hast du mich nicht eingeweiht?«

»Ich weiß nicht, ich dachte nicht ...«

»Dass ich daran interessiert wäre?«, beendete er den Satz für sie. »Stand nicht ganz oben auf unserer Prioritätenliste? Warum nicht? Die jüdischen Wächter wurden als Erste beseitigt, da kannst du sicher sein. Und was sie von dem Euthanasieprojekt gelernt haben, hat es ihnen ermöglicht, mit noch größerer Effizienz zu töten. T4 baute das Vernichtungslager Sobibor. Hunderttausende Juden starben dort,

Millionen wahrscheinlich. Wir sind interessiert, verstehst du? Was ist mit Dori? Was hat sie damit zu tun?«

»Sie hat mit Vera Atkins gearbeitet. Es geht um ihre Agentinnen, die an einem Ort namens Natzweiler umgebracht worden sind.«

Harry beugte sich vor. »Natzweiler-Struthof?«

»Du kennst den Ort?«

»O ja.« Harry verknotete seine dünnen Finger. »Juden wurden aus Auschwitz dorthin gebracht. Sie wurden vergast und ihre Leichen für die Sammlung jüdischer Skelette entfleischt. Welche Rolle hat von Stavenow gespielt? Weißt du das?«

»Dori meinte, er könnte anwesend gewesen sein, als die Agentinnen getötet wurden.«

»Was ist mit Leo? Wo steht er bei all dem?«

»Nirgendwo, so weit ich weiß.«

»Aber sie wollen ihn, nicht wahr, diesen von Stavenow? Du hast es mir selbst gesagt.«

»Ja, aber Leo ist nicht damit beschäftigt, jedenfalls nicht direkt.«

»Dann sind also Dori und Vera allein auf weiter Flur?«

»Nein, sie arbeiten mit War Crimes zusammen.«

»Was Leo anbetrifft, wäre ich mir da nicht so sicher. Irgendwo wird er schon mitmischen.« Harry schaute sie an und versuchte, in ihrem Gesicht zu lesen. »Die sind gar nicht mehr so scharf darauf, diese Leute vor Gericht zu bringen. Zu zeitaufwendig und teuer. Die neue Strategie scheint zu sein, sie gegen die Russen einzusetzen oder sie davonkommen zu lassen. Von all den Bemühungen von War Crimes wird ›abgeraten‹.«

»McHale hat das mehr oder weniger auch so formuliert. Niemand ist mehr daran interessiert, sie zu verfolgen, sie für ihre Taten zu bestrafen.«

»Doch, Edith.« Er nahm ihre Hände in die seinen und drückte sie fest. »Wir sind daran interessiert.« In seinem Blick lag mit einem Mal eine düstere Intensität. »Wir sind geduldige Menschen. Wir erinnern uns über Jahrhunderte hinweg. Sie werden nie vor uns sicher sein, ganz egal, wie lange es dauert, ganz egal, wie weit sie weglaufen.«

Edith spürte, wie ein Schauder durch seinen dünnen Körper lief, als ob er sich für diese unbekannte Zukunft stählen wolle. Sein Griff wurde weicher, und er stierte nun in die Ferne, in eine Zukunft, die sie nicht mit einschloss. Er beugte sich vor, als ob da noch etwas wäre, etwas, das er ihr mitteilen wolle. Sie wusste, was es war, und wollte es nicht hören. Noch nicht.

»Lass uns auf dein Zimmer gehen, ja?« Sie blickte sich um. Die Bar füllte sich. Die Gäste erreichten langsam das Stadium lärmender Trunkenheit. Das war kein Ort für Verabschiedungen.

»Ich hatte dich früher erwartet«, sagte Harry, als er den Champagner in seinem Kübel mit den geschmolzenen Eiswürfeln drehte. »Er wird inzwischen warm sein.«

Sie nahmen ihn mit ins Schlafzimmer und tranken ihn trotzdem.

Die Art, wie er sie liebte, war so langsam und bedächtig und schmerzhaft zärtlich, dass sämtliche ihrer Vermutungen bestätigt wurden. *Am Ende hiervon steht ein Abschied, anders kann es nicht sein*, war ihr letzter bewusster Gedanke, bevor jede Besinnung sich in Besinnungslosigkeit verlor.

Danach waren sie lange still und rührten sich kaum. Beide wollten die exquisite Trägheit des Moments auskosten.

Schließlich seufzte Harry und stützte sich auf die Arme, um nach seinen Zigaretten zu greifen.

»Möchtest du eine?«

Edith schüttelte den Kopf.

Er fingerte eine Players heraus und nahm sein Feuerzeug.

»Ich muss fort«, sagte er, als er sich zurück aufs Bett fallen ließ.

»Wann?« Bald, wusste sie, aber sie musste das fragen.

»Höchstens ein paar Wochen.« Er atmete aus. »Meine Arbeit hier ist getan. Ich werde aus dem Wehrdienst entlassen.«

»Wohin wirst du gehen? Was wirst du tun?« Die Antworten auf diese Fragen kannte sie ebenfalls.

»Nach Israel.« Er nannte es nicht länger Palästina. »Um mich meinem Bruder bei der Hagana anzuschließen, meinen Platz in unserem Kampf einzunehmen. Die Briten sind nicht scharf darauf. Sie werden in einem Jahr nicht mehr vor Ort sein. Ich möchte dort sein, wenn das eintritt.« Er starrte auf die Glut seiner Zigarette. »Ich möchte von Anfang an dabei sein, dabei helfen, einen neuen Staat aufzubauen, ein neues Land, das mein Land sein wird.« Er drückte seine Zigarette aus und wandte sich ihr zu. »Komm mit mir, Edith. Wir können dort ein neues Leben beginnen. Zusammen. Ich will nicht, dass das hier ein Lebewohl wird.«

»Ich auch nicht.«

»Dann komm mit mir! Das Land ist wunderschön. Du wirst es lieben – und dort ist so viel zu tun. Es wird aufregend sein. Wir können einen Neuanfang machen. Mein Bruder lebt in Tel Aviv. Wir können erst einmal bei ihm wohnen. Du kannst dein Kochbuch schreiben. Wir werden durch Italien fahren, Griechenland. Du kannst dort Rezepte sammeln …«

Das hatte Edith nicht erwartet. Sie hatte sich für eine Trennung gewappnet. Sie wusste, dass er gehen würde, und das schon bald. Sein Leben würde sich irgendwo anders abspielen, ihre Beziehung war lediglich eine kurze Affäre. So hatte sie ihre Gefühle geleugnet, allerlei Gründe gefunden, dass es besser so wäre.

»Aber ich bin nicht …« Sie wandte den Blick ab.

»Jüdisch? Du kannst konvertieren. Mir ist das egal. Ich will dich, wie du bist. Du bist eine ungewöhnliche Frau, Edith.« Er setzte sich mit verschränkten Armen auf. »Die meisten Frauen, die ich treffe, zeigen zu viel von sich selbst, oder es gibt nichts zu entdecken. Du bist anders. So viel von dir bleibt verborgen, aber je häufiger wir uns treffen, desto mehr finde ich heraus.« Er beugt sich vor, um aufs Neue ihre Miene zu studieren. »Ich könnte das für den Rest meines Lebens tun und würde immer noch nicht alles wissen.«

»Das kommt so plötzlich …«

Sie wusste nicht, was sie ihm antworten sollte. Sie wollte es mehr als alles auf der Welt, und doch –

»Für mich nicht. Ich habe lange darüber nachgedacht. Die ganze Zeit, um genau zu sein.«

»Ich kann nicht.« Sie biss sich auf die Lippen. »Nicht jetzt. Ich muss das noch zu Ende bringen.«

»Ich werde mehr oder weniger dieselbe Route durch Italien nehmen wie die Nazis. Falls der Plan lautet, diesem von Stavenow zu folgen, kann ich sichere Orte empfehlen, Nachrichten bei Kameraden hinterlassen. Wenn ich helfen kann, werde ich es tun. Sei vorsichtig, Edith. Jede der beteiligten Parteien wird wachsam sein und darauf warten, den anderen zu hintergehen. Es wird darauf hinauflaufen, wer als Erster zuschlägt.«

»Ich weiß.« Edith seufzte. Jeder log, angefangen bei den von Stavenows. List und Tücke überall. Wer wusste schon, was die Wahrheit war, ob sie überhaupt existierte?

»Hinterher, wenn alles vorbei ist, kommst du zu mir.«

Hinterher? So weit konnte sie nicht vorausdenken. Sie liebte ihn, hatte ihn seit der eisigen Nacht in Lübeck geliebt, aber am Ende hatte immer ein Abschied gestanden. Seine Worte waren wie ein unverhofftes Leuchtsignal, das eine Landschaft erhellte, von der sie nicht einmal wusste, dass sie existierte.

»Du hast recht.« Er löschte das Licht. »Wahrscheinlich würde es nicht funktionieren.«

»So habe ich das nicht gemeint. Es kommt nur so … plötzlich. Ich möchte es mehr als alles andere – und doch muss ich dir eine Abfuhr erteilen.«

Sie drehte sich um, damit er nicht sah, wie ihr die Tränen kamen.

»Hey.« Er nahm ihr Kinn in die Hand und drehte es zu sich hin, streichelte zärtlich ihre Wange, dann ihre Lippen. Er lächelte sie an. Ihre Tränen waren ihre Antwort. Mehr musste er nicht wissen. »Nicht weinen, Edith. Das Angebot steht. Immer. Ich werde dir die Adresse meines Bruders dalassen. Ich werde warten. Wie lange es auch dauert. Ich weiß, dass du Dinge zu erledigen hast. Ich weiß, dass du andere nicht im Stich lassen willst.«

»Ein anständiges Mädchen, so bin ich nun mal.« Edith lächelte durch ihre Tränen hindurch.

Er lachte leise. »Und deswegen liebe ich dich. Wenn es vorbei ist, wirst du kommen, versprochen?

»Ja.«

»Genug geredet.« Seine Hände tasteten nach ihrem Körper. »Wir haben etwas Besseres zu tun.«

35

ALTE KÜCHE
Berlin
28. April 1946

Frühstück
Hoppelpoppel

Eine Art Omelette. Kartoffeln zusammen mit Schinken und Zwiebeln so lange braten, bis sie braun und knusprig sind. Eier mit etwas Sahne verquirlen, mit Salz und Pfeffer würzen, das Ganze mit etwas Petersilie und geriebenem Käse über die Mischung geben. Bei niedriger Temperatur stocken lassen. Kurz unter den Grill, bis der Käse geschmolzen ist.

(Berliner Rezepte)

Als Edith aufwachte, war Harry fort. Sie zog sich an und verließ eilig sein Zimmer. Zurück auf ihrem eigenen Zimmer ließ sie sich ein Bad ein. Sie war froh, dass an ihrer Affäre mehr dran war als nur der Reiz eines heimlichen Techtelmechtels, die stürmische Leidenschaft, wenn sie sich endlich trafen. Das konnte sich billig anfühlen – und schrecklich flüchtig. Hier zu sein, umgeben von all der Zerstörung, mutete an wie ein Ort, an dem der Krieg nie zu Ende gegangen war. Der fiebrige Wirbel jäher Leidenschaft, verstohlener Sex, zwanglose Affären und endloser Alkoholgenuss erzeugten einen Sog. Er hatte ihr einen Ausweg gewiesen, die Chance auf ein normales Leben an einem Ort, wo man nach vorn blickte anstatt zurück auf Tod und Verwüstung. Unvermittelt überkam sie ein Schauder, und sie musste sich am Badewannenrand festhalten, erschüttert von der festen Überzeugung, dass sie mit ihm hätte gehen sollen. Sie bekam Gänsehaut … Das Badewasser war kalt geworden, das war alles. Sie hätte nicht so lange im Wasser bleiben sollen. Sie erhob sich, griff nach dem Handtuch und begann über ihre Gänsehaut zu rubbeln.

Es klopfte an der Tür.

»Einen Moment.«

Ein zweites Mal würde sie nicht nein sagen. Sie nahm ihren Bademantel, während ihr das Herz zum Hals herausschlug.

Edith trat zur Seite, als Dori eintrat und dabei einen ihrer Handschuhe auszog.

»Kein Grund, so enttäuscht dreinzuschauen. Wer dachtest du, kommt? Harry?«

Edith antwortete nicht, konnte nicht antworten.

»Beim Rausgehen hatte er diesen Hundeblick, und du bist auch nicht gerade außer dir vor Freude, *mich* hier zu sehen, nicht wahr, Darling? Hast du geglaubt, er kommt zurück, um dich ins Gelobte Land zu entführen?« Dori wartete nicht auf eine Antwort. Sie zündete sich eine Zigarette an und stieß langsam den Rauch aus. »Adeline ist heute früh nach Nürnberg gefahren. Sie sagte, dein Essen mit McHale sei gut gelaufen.«

»Nun ja, er hat seine Hilfe angeboten …«

»Dachte ich mir. Er wird von Stavenow aus dem russischen Sektor schaffen und dann ab nach Italien. Anschließend wird er versuchen, uns zu hintergehen.«

»Das hat Harry auch gesagt.«

Dori blickte sie scharf an. »Das hast du nicht Hirsch erzählt?«

»Er hat es erraten. Einiges davon jedenfalls.«

»Nun, er wird den Mund halten. Solche Dinge sind ihm nicht gerade fremd, nicht wahr? Wir fanden, du hast das gut gemacht.«

»Wir?«

»Ich habe gestern Abend Bulldog Drummond getroffen. Jack war bei ihm. Offenbar alte Kameraden. Beide in der SAS.«

Edith nickte. Das überraschte sie nicht. Sie hatten etwas gemein: ein gelassenes, ganz und gar körperliches Selbstvertrauen, das eine komprimierte Kraft kaschierte, eine Stärke, die sie verborgen hielten. Sie erinnerte sich an Drummonds Hände. Die unverhohlene Kraft seiner Handgelenke, quadratische Handflächen mit stumpfen Fingern und diese sauber gepflegten Nägel. Hände, die töten konnten, die das Leben aus einem Menschen pressen konnten, als würden sie ein Abwaschtuch auswringen, was er wahrscheinlich oft genug getan hatte.

»Als Jack loszog, um mit seinem Mädchen zu telefonieren, haben wir ein paar Worte in Ruhe gewechselt. Wir werden warten, bis die Amerikaner von Stavenow nach Südtirol geschafft haben. Dort werden wir ihn uns schnappen.«

»Das ist mir wirklich ein Rätsel.« Edith breitete die Hände aus. »Warum schnappen die Amerikaner ihn sich nicht, sobald er ihren Sektor betritt?«

Dori betrachtete sie mit einer Mischung aus Zuneigung und Mitleid. »Weil wir Elisabeth haben. Du kannst darauf wetten, dass sie Teil der Abmachung ist.« Dori drückte ihre Zigarette aus und wühlte in ihrer Tasche nach Make-up. »Bulldog hat deine Versetzung in die Wege geleitet.«

»Was?«

»Nach Bad Oeynhausen. Er kann so ziemlich alles arrangieren. Du fährst natürlich nicht hin, ist alles nur Show.« Sie schaute Edith über ihren Schminkspiegel an. »Du willst doch mitkommen, oder? Habe gar nicht daran gedacht, dich zu fragen, sondern irgendwie angenommen …«

»Das möchte ich auf keinen Fall verpassen. Ich will sehen, wie Gerechtigkeit geübt wird«, sagte Edith mit Nachdruck. »Die von Stavenows bekommen ihre wohlverdiente Strafe.«

Sie hatte Kurts Hand auf Elisabeths Schulter vor Augen. Die Nähe zwischen ihnen. Die beiden hatten sie benutzt, ihre Zuneigung zu Elisabeth ausgenutzt. Das schmerzte am meisten. Und der Junge? Das Kind Wolfgang? Edith wurde plötzlich sehr kalt.

»Kein Wort darüber, wenn du wieder in Lübeck bist.« Dori legte ihren Spiegel hin, packte Edith bei den Schultern und blickte ihr ins Gesicht. »Keine Silbe. Elisabeth darf nichts ahnen. Die ganze Aktion hängt davon ab, verstehst du?«

Edith nickte.

»Gut.« Sie wandte sich wieder ihrem Make-up zu und legte Puder auf. »Ich hoffe, du hast gepackt, Darling. Jack kommt mit dem Wagen. Er ist letzte Nacht hier geblieben. Habe es nicht übers Herz gebracht, das arme Lämmchen in eine dieser schrecklichen Baracken zu schicken.« Da war es wieder, ihr übliches Frotzeln und Schäkern mit einem Hauch Frivolität. Mit dem Klicken einer Puderdose hatte sich die dunkle, ernste Stimmung verflüchtigt. »So kommt man zu einem Chauffeur nach Hamburg. Ich hoffe, es macht dir nichts aus. Ich weiß ja nicht, wie es dir geht, aber ich sterbe vor Hunger. Sex macht mir immer Appetit. Ich dachte, wir könnten uns irgendwo ein Frühstück besorgen, bevor wir losfahren.«

•••••

Die Alte Küche befand sich in einer Seitenstraße des Kurfürstendamms nicht weit von den Ruinen der Kaiser-Wilhelm-Gedächtniskirche entfernt. Sie bestellten sowohl Kaffee als auch drei Teller Hoppelpoppel, eine Mischung aus Schinken, Kartoffeln, Käse, Eiern und Sahne. Edith war überrascht, wie hungrig sie war. Jack bezeichnete es als so lecker wie ein heimisches Pfannengericht.

»Bin nicht so scharf auf den klebrigen Käse.« Er wischte den Teller mit einem Stück Brot auf. »Aber ich werde diesen Fraß vermissen, wenn ich wieder zu Hause bin.«

Dori trank ihren Kaffee aus. »Ich denke, ich schaue noch mal bei ›Damen‹ vorbei. Hoffentlich ist es nicht zu schmuddelig. Edith, kommst du mit? Ist eine lange Fahrt.«

»Ich warte draußen.« Jack erhob sich. »Ich traue diesen Nichtsnutzen nicht und schau noch mal nach dem Motor, nehme schnell die Radkappen ab und kontrolliere das Benzin.«

»Ich habe Schlimmeres gesehen, aber auch Besseres«, kommentierte Dori, als sie die Toilette betraten. Ihre Nasenflügel blähten sich angesichts des Gestanks von altem Urin und Abflussrohr. Die einzige Frischluft kam durch ein winziges rostiges Fenster.

»Diese Versetzung«, sagte Edith über die dünne Zwischenwand hinweg. »Wann geht das los?«

»Das muss schnell gehen.«

»Wie schnell?«

»Schnell. Du musst abreisebereit sein. Ferien in Tirol. Sehr malerisch.«

»Warum Tirol?«

»Da gehen sie alle hin. Die Gegend gehörte bis vor kurzem zu Österreich. Wimmelt da nur so von alten Nazis, die darauf warten, nach Rom oder Genua weiterzukommen und ein Schiff nach Südamerika zu nehmen. Gutes Land zum Jagen. So nennt Bulldog es: *Operation Hunting Trip*. Ha!« Sie lachte trocken. »Wir sacken sie direkt unter McHales Nase ein.«

»Aber es gibt dort keine Rechtsprechung.«

»Genau. Wir müssen sie nach Österreich bringen, wo es eine gibt.« Man hörte das Rascheln von Unterwäsche, und jemand betätigte die Spülung. Als Edith herauskam, lehnte Dori sich an eines der gesprungenen Waschbecken und rauchte eine Zigarette. Es gab keine Seife. Edith wusch sich die Hände unter ein paar Tropfen kalten, rostfarbenen Wassers, warf einen Blick auf das Handtuch und trocknete sich die Hände lieber an ihrem Taschentuch ab.

»Welche Rolle spielt Drummond dabei?«

»Er forscht nach dem Schicksal seiner Freunde – man hätte sie wie Kriegsgefangene behandeln müssen, stattdessen wurden sie erschossen.« Sie legte ihre Zigarette auf dem Rand des Waschbeckens ab und zog ihren Lippenstift nach. »Einige seiner Kameraden, von uns auch, wurden verraten und sofort festgenommen, nachdem man sie eingeschleust hatte. Achtzehn Agenten nach unserer Schätzung. Von den Nazis schon erwartet, obwohl sie keinen Schimmer von ihnen hätten haben dürfen. Wir wollen herausfinden, warum sie

Bescheid wussten. Könnte sein, dass sich im Herzen der SOE ein Verräter befindet. Entweder das, oder sie wurden absichtlich geopfert.«

»Zu welchem Zweck?«

»Wie Täuschkörper, die man von einem Flugzeug abwirft, um vom eigentlichen Ziel abzulenken.« Dori presste die Lippen aufeinander, damit sich das Karmesinrot besser verteilte. »Um zu vertuschen, dass ein Kreis aufgeflogen ist, um die eigene Haut zu retten, oder etwas noch Teuflischeres.« Beide Hände aufs Waschbecken gestützt, beugte Dori sich vor und überprüfte im gesprungenen Spiegel ihr Abbild. »Wir wissen es einfach nicht. Es ist wie ein Spinnennetz im Dunkeln. Wir suchen nach der Spinne im Zentrum.«

»Und die findet man leichter, indem man sich Kurt schnappt?«

»Nicht ihn. *Sie*. Denk mal an die Gesellschaft, in der sie sich befand. Kaltenbrunner, Gehlen, Kopkow.« Dori zählte ihre Zuständigkeitsbereiche an den Fingern auf. »Sicherheit, Militär, Geheimdienst, Spionageabwehr. Adeline ist zurück nach Nürnberg, um in den Akten zu wühlen. Natürlich sind wir auf von Stavenow scharf, aber es sieht so aus, als wäre sie ein zusätzlicher Bonus.«

»Tom McHale scheint nicht zu glauben, dass das, was während des Krieges passiert ist, noch eine große Rolle spielt.« Edith starrte auf ihr Spiegelbild in dem gesprungenen, blinden Spiegel. »Die Welt dreht sich weiter, sagt er.«

»Das war zu erwarten, nicht wahr? Und er hat unrecht. Er sollte vorsichtiger sein. Einmal ein Verräter, immer ein Verräter, jedenfalls meiner Erfahrung nach.« Dori packte sie am Arm. »Noch ein Wort, bevor wir gehen. Vorsicht bei dem, was du im Auto sagst.«

»Meinst du wegen Jack? Du wirst ihn doch nicht verdächtigen? Er ist grundanständig.«

»Diese Sache ist streng vertraulich.«

Es hatte begonnen zu regnen. Jack trat aus der engen Gasse, wo er sich untergestellt hatte. Er schaute hoch zum Himmel.

»Was sagen sie hier, irgendwas über Ströme?«

»Es regnet in Strömen«, sagte Edith. Hoch oben in der Wand über ihm stand ein Fenster halb offen. Hatte er etwas von ihrem Gespräch mitbekommen?

»Wie auch immer …« Er schaute in den Himmel. »Es scheint nachzulassen. Alle bereit?« Er schnipste seine Zigarette weg. Mit einer schnellen, verstohlenen Bewegung bückte ein alter Mann sich danach, drückte die Glut aus und schob die Kippe in seine Hosentasche. »Dori kommt auch, oder?«

»Sie bezahlt nur noch.«

Er lächelte. »Die ist schon eine Nummer für sich.«

»Ja.« Edith blickte ihn an. »Sie beide scheinen sich gut zu verstehen.«

»Kann man so sagen.« Jack lächelte abwesend, als ließe er ein angenehmes Erlebnis Revue passieren.

»Was ist mit Kay?«

»Ihr macht das nichts aus.« Er zuckte die Schultern. »Gar nichts. Ich hatte sie an der Strippe und habe Süßholz geraspelt. Davon abgesehen kennt sie mich. Ich und Kay, wir sind uns da einig. Was in Berlin passiert, bleibt in Berlin, wenn Sie verstehen, was ich meine.«

Edith öffnete die Wagentür. »Kein Wort kommt über meine Lippen.«

Der Wagen hielt am Checkpoint. Sie standen im Begriff, den britischen Sektor von Berlin zu verlassen und in die Zone der Sowjets zu fahren. Bewaffnete russische Soldaten in ihren grünen Mützen mit rotem Stern warteten dort. Eine behandschuhte Hand wurde mit der barschen Aufforderung durchs offene Fenster geschoben: »бумага, паспорт.« Papiere. Pass. Eine deutliche Erinnerung, dass das Spiel sich hin zu McHales »Wir« und »Sie« änderte.

Dori schlug ihren Pelzkragen hoch und schloss die Augen. Jack war ins Fahren vertieft und schwieg. Edith starrte aus dem Fenster. Draußen zogen Tannenwälder und Heideland an ihnen vorbei. Ganze Armeen hatten sie durchquert. Auf einem Hügel war ein ausgebrannter Panzer gestrandet. Die rostigen Überbleibsel eines Panzerwagens lagen kopfüber im Graben. Verstreute Gegenstände erinnerten an die Flucht von Zivilisten: die skelettartigen Überreste eines Kinderwagens, ein durchnässtes Paket, farblos, unförmig, das neben der Straße vor sich hin rottete. Elisabeths überstürzte Flucht aus Ostpreußen kam ihr in den Sinn.

»Elisabeth hat mir eine ganz unglaubliche Geschichte erzählt«, begann sie und zählte all die Geschehnisse auf, an die sie sich so gut erinnerte. Dori schien nicht zuzuhören. Jack konzentrierte sich aufs Fahren, aber so verging wenigstens die Zeit.

»Gleich kommt noch ein Checkpoint.«

Der Wagen rumpelte über Schlaglöcher und verlangsamte seine Fahrt. Dori öffnete die Augen.

Sie beobachteten, wie ihre Papiere hin und her gewendet und mit demselben düsteren Misstrauen geprüft wurden. Sie bemühten sich, möglichst unbeteiligt auszusehen, als die Schranke ruckartig nach oben fuhr.

»Halte mich nicht so gern beim Iwan auf«, sagte Jack, während er Gas gab.

Das Land war auf beiden Seiten dasselbe. Hügelig, Viehwiesen, Äcker, die mit neuen Feldfrüchten ergrünten und sich bis an den Rand der dunklen Wälder zogen, unbekannt und geheimnisvoll. Die grüne Grenze begann an der Ostsee. Lübeck lag nur ein paar Kilometer landeinwärts. Eine willkürliche Grenzlinie, die mit durchhängendem Stacheldraht zwischen ungehobelten Holzpfosten markiert war. Sie folgte den Konturen der Landschaft, ein unaufhaltsamer Verlauf über Stock und Stein, mitten durch Bauerngehöfte, Bahnhöfe, sogar Häuser, bis zur Tschechoslowakei. Die Trennung in Ost und West hatte begonnen. Eine Linie war gezogen worden, eine sichtbare Grenze für einen unsichtbaren Krieg.

In der Ferne klapperte ein mit Säcken beladener Pferdewagen die matschige Straße entlang. Es gab keine Sperren auf den kleinen, vernachlässigten Straßen, die über die neu errichtete Grenze hinweg die Dörfer mit den Bauernhöfen verbanden. Die Sowjets hatten dafür nicht genügend Einsatzkräfte. Edith erinnerte sich an die Wochenendausflüge ihrer Wirtin und richtete sich auf.

»So haben sie es gemacht«, sagte sie.

Jack schaute in den Spiegel. »Was gemacht?«

»Leute und Botschaften übers Land transportiert, zusammen mit Säcken voller Lebensmittel. Es gibt keine Grenzen auf diesen kleinen Straßen.«

»Macht es Ihnen etwas aus, wenn ich Sie zuerst absetze, Ma'am?«, fragte Jack, als sie sich ihrem Ziel näherten. »Wenn ich Dori nach Hamburg bringe, kann ich bei Kay vorbeischauen. Irgendwie zwei Fliegen mit einer Klappe.«

Dori lächelte. »Hübsch ausgedrückt, Jack.«

»Ich wollte nicht …« Sein Nacken lief rot an.

»Das ist absolut in Ordnung, Jack«, gab Edith zurück. »Gute Idee.« Sie wandte sich an Dori. »Wann sehe ich dich wieder?«

»Weiß ich noch nicht genau, aber bald.« Dori starrte aus dem Fenster.

Sie hatten kaum miteinander gesprochen. Nicht vor dem Personal. Verhaltensvorschriften. Ediths Augen trafen die von Jack im Spiegel. Er salutierte ironisch. Hatte sie ihn falsch eingeschätzt? War sie wegen seines Akzents, seiner Art, seiner Uniform, seines Rangs zu voreingenommen? Ihr Urteil über ihn geriet ins Wanken. Was wusste sie eigentlich über ihn? Er sprach nie darüber, wo er vorher gearbeitet hatte. Oder was er später tun wollte. Ja, er sprach so gut wie nie über sich selbst. Sie hatte sich in Elisabeth getäuscht, vielleicht lag sie auch bei ihm falsch.

Sie hatte ihn nie wie einen Chauffeur behandelt, wie ihre CCG-Kollegen es mit ihren Fahrern hielten. Es gab keine Barriere zwischen ihnen, keine Trennwand aus Glas. Sie sah ihn längst nicht mehr nur als Fahrer. Er war ein Freund, ständig präsent. Wenn sie sich gewundert hatte, warum er stets verfügbar war, hatte sie es auf seine Betriebsamkeit zurückgeführt. Sie vertraute ihm. Vielleicht zu sehr.

36

APARTMENT 2A SCHILLERSTRASSE
Lübeck
13. Mai 1946

Rote Grütze

Eine sommerliche Nachspeise, die ausschließlich aus roten Früchten besteht: Rote Johannisbeeren, Erdbeeren, Himbeeren. Ich bevorzuge Himbeeren pur, falls genügend vorhanden sind. Früchte grob pürieren, mit Zucker erhitzen (das Dessert sollte noch eine gewisse Säure aufweisen), dann die Mischung mit Speisestärke andicken. Traditionell wird dazu Schrot verwendet oder je nach Region auch Gries oder Sago. Das Ganze unter ständigem Rühren langsam aufkochen, bis es klar und dickflüssig ist. Dann weitere drei bis fünf Minuten köcheln lassen. Weißwein, Zitronensaft und Vanille können nun hinzugegeben werden, aber warum sollte man den Geschmack der Früchte überdecken wollen?

Edith war früher zurückgekehrt als erwartet. Stimmen kamen aus der Küche. Frau Schmidts aufgekratztes Lachen. Edith zog ihre Schuhe aus und lief auf Zehenspitzen, damit die Dielen nicht quietschten. Durch die Tür vernahm sie ein paar unvorteilhafte Bemerkungen über sich und noch einiges mehr. Elisabeth hielt sich nicht zurück. Zwei ergebene Nazifrauen. Teil ihrer Tarnung, hätte Edith annehmen können, aber dieser Vertrauensbonus war aufgebraucht. Es spielte keine Rolle mehr. Die Trümmer zerstörter Illusionen waren sämtlich weggefegt worden.

Das Scharren eines Stuhlbeins auf dem Boden kündigte Frau

Schmidts bevorstehenden Aufbruch an. Edith verspürte eine neue Kraft, als sie sich lautlos auf ihr Zimmer schlich. Alles sah wie immer aus, war es aber nicht. Ein Teil von ihr wünschte sich immer noch mit Harry gegangen zu sein, aber sie musste solche Träume derzeit außen vor lassen. Sie hatte hier etwas zu erledigen, und sie würde all ihre Kraft benötigen, mit Elisabeth fertigzuwerden.

Stimmen in der Diele. Sie wartete, bis die Wohnungstür ins Schloss fiel, und ging in die Küche.

»Edith! Meine Güte!« Elisabeth drehte sich vom Waschbecken um. »Wo kommst du denn her? Du hast mich ganz schön erschreckt.« Sie trocknete sich die Hände an der Schürze ab. »Ich habe dich gar nicht reinkommen hören.« Ihre leicht gefurchte Stirn sagte: *Hat sie etwas mitbekommen?* »Möchtest du Kaffee und Kuchen?«

»Ich bin schon eine Weile hier. Ich wollte dich nicht stören. War das Frau Schmidt?«

Elisabeths blasse Haut wurde von einem rötlichen Schimmer überzogen. Soll sie sich ruhig sorgen.

»Sie wollte nachsehen, wie wir uns einleben.«

»Wie nett von ihr. Was wollte sie wirklich?«

»Sie traut uns nicht. Dir. Mir. Meinen Absichten.« Elisabeth biss sich auf die Lippen. »Hast du Kurt gefunden?«

»Ja, ich habe ihn getroffen.«

»Wirklich?« Elisabeth errötete noch mehr. »Und wie geht es ihm?«

Ein winziges Zucken der Augenlider, bevor sie mit der Kaffeekanne hantierte. Edith wusste sehr gut, dass Elisabeth wusste, wo er sich befand und wie es ihm ging. Lastkarren klapperten gemütlich übers Land, Nachrichten wurden von Hand zu Hand weitergegeben, von Tasche zu Brieftasche. Planung und Ausführung. Sie steckten unter einer Decke, seit die Organisation ihn in Berlin gefunden hatte. Die mussten sie für eine leichtgläubige Närrin halten.

»Er möchte dich sehen«, sagte Edith so sachlich wie möglich. Elisabeth hielt inne. »Ich habe ihm gesagt, dass du die Scheidung willst, aber er besteht darauf. Er befindet sich jetzt im russischen Sektor, also müssen wir ihn dort rauskriegen und Richtung Süden schicken.«

»Was kann ich tun?«

»Überzeuge Frau Schmidt von deinen guten Absichten.«

Elisabeth erzählte, dass es Verhaftungen gegeben hatte. Eine Nebenwirkung der Tatsache, dass sie das Notizbuch von Frau Schmidt an Adams weitergegeben hatte. Er war sehr mit sich selbst zufrieden. Er rief Edith an, um ihr zu gratulieren. Er würde Frau Schmidt und die Schwestern fürs Erste in Frieden lassen, kleine Fische für ihn, aber sie waren nervös geworden. Elisabeth würde die Gemüter besänftigen müssen, eine Weile abwarten, bis sich alles beruhigte. Bisher keine Nachricht über Ediths Versetzung. Sie stürzte sich in die Arbeit, aber das Warten zerrte an ihren Nerven.

»Produktive Zeit in Berlin, wie ich sehe«, unterbrach Brigadier Thompson ihr Grübeln.

»Was? Ja, sehr.«

»Ausgezeichnet.« Er fuchtelte mit ihrem Bericht herum. »Ich habe ein paar Verbesserungen gemacht.«

Er ließ die Papiere auf ihren Tisch fallen und verabschiedete sich für den Rest des Tages. Edith machte es nichts aus, länger zu bleiben. Es fiel ihr schwer, sich in Elisabeths Gesellschaft aufzuhalten.

Straffällige Jugendliche. Eines der Lieblingsprojekte des Brigadiers. Teenager, die an Bahnhöfen und ähnlichen Orten herumlungern, Langfinger, Taschendiebe, Schwarzmarktgeschäfte und »nichts Gutes im Schilde führen«, womit er Prostitution meinte. Im Schatten der Ruinen für ein Päckchen Zigaretten, einen Schokoriegel oder eine Dose Corned Beef bei Soldaten strammstehen. Das musste »ausgerottet« werden. Dieses Projekt war sehr umstritten, es gab viel Aufsehen und Händeringen, aber es drehte sich immer nur um die Jugendlichen. Niemand hinterfragte, warum Männer es absolut in Ordnung fanden, sich gegen Lebensmittel von Kindern sexuelle Gefälligkeiten erweisen zu lassen.

Die Amerikaner hatten da eine bessere Methode. Die jungen Mädchen und Jungen brauchten einen Ort, wo sie sich mit Kaffee oder sogar Coca-Cola aufhalten konnten. Warum nicht ein Club?

Ein Jugendclub? Mit Pingpong und dergleichen. Eine Bibliothek vielleicht noch dazu mit Büchern und Comics und Zeitungen, ein Radio, ein Plattenspieler zum Tanzen. Die Amis waren eifrig dabei, aber es würde Geld kosten, und sie sah Thompson nicht gerade Luftsprünge machen.

Sehr zu ihrer Verblüffung war er entschieden dafür. Sie machte sich daran, ein paar Freiwillige unter den Junglehrern zu finden, und diskutierte mit ihnen Möglichkeiten, die Teenager einzubeziehen, um sie von der Straße wegzubekommen. Außerdem suchte sie nach Partnerschaften mit Jugendgruppen in England. Diese Arbeit war wichtig, ihre Zeit hier mit einem Mal begrenzt, was sie daran erinnerte, dass sie sich um Luka kümmern wollte. Im Gegensatz zum Rest war dieses Problem schnell gelöst. Gerade wurde ein Programm für Flüchtlingskinder aufgelegt. Sie würde am nächsten Morgen einen Telefonanruf machen, um Luka nach Großbritannien zu schicken. Allerdings musste sie ihn zuerst finden. Sie hatte ihn schon eine Weile nicht gesehen.

Eine Woche verging. Die Schwestern blieben still, bei ihrer Versetzung tat sich nichts, und Adams drängte auf weitere Informationen. *Das haben Sie gut gemacht, Edith. Leo war sehr zufrieden. Irgendwelche Neuigkeiten von der hinreißenden Gräfin?* Er sollte von ihrem Vorhaben keinen Wind bekommen, aber wie lange würde sie ihn noch hinhalten können? Dann steckte es zusammen mit den üblichen Memos und Anweisungen in der Morgenpost: Miss E. Graham. Sofortige Versetzung. Sie bemühte sich, keine Gefühle zu zeigen, als sie den Brief auf einen Stapel legte, der vom Brigadier abzuzeichnen war.

»Soll ich den für Ihro Gnaden mitnehmen?«, fragte Roz.

Edith schaute auf die Uhr. Fast Mittag. Er würde seinen Lunch im Club im Kopf haben.

»Warum nicht? Sag ihm, er soll sie sofort unterzeichnen. Warte, bis er fertig ist.«

»Okay.« Roz nahm die Papiere an sich.

»Und dann lass uns zur Trave gehen und dort unser Mittagessen einnehmen. Es ist ein herrlicher Tag.«

»Ich habe Neuigkeiten«, setzte Edith an. Sie hatte sich bisher gescheut, Roz mitzuteilen, dass sie abreiste, aber nun wurde es Zeit.

»Ich auch!« Roz hakte sich unter. »Jeff und ich heiraten, beim nächsten Urlaub oder sogar noch früher. Ich habe es dir noch nicht erzählt, weil das bedeutet, die Wohnung aufzugeben, so sehr ich es auch genossen habe, hier mit dir zu wohnen – und mit Elisabeth natürlich.«

»Oh, Roz.« Edith drückte ihren Arm. »Das ist ja wunderbar! Ich freue mich für dich!«

»Macht es dir auch nichts aus?«

»Kein bisschen. Die Sache ist die: Ich gehe auch. Ich werde nach Bad Oeynhausen versetzt.«

»Meine Güte!« Roz' Augen weiteten sich. »Du hast kein Sterbenswörtchen darüber verloren.« Dann verdüsterte sich ihre Miene. »Du hältst hier alles am Laufen. Ich wette, der Brigadier wird dich abblitzen lassen.«

Edith lachte. »Wahrscheinlich hat er die Anweisung schon unterzeichnet. Ich habe sie zwischen den üblichen Papierkram gesteckt, den du eben reingebracht hast.«

»Oh, sehr gut!« Roz lächelte. »Ganz schön clever. Echt cool, muss ich sagen. Ich hätte mir in die Hose gemacht. Ich werde es ablegen, bevor ihm klar wird, was passiert ist.«

»Selbst wenn, ist es zu spät.« Edith blickte hinüber zu den Salzspeichern deren auffällige Treppengiebel sich im unbewegten Wasser spiegelten. »Ich gehe nur zurück, um meine Sachen zu packen, dann bin ich weg.«

»So schnell?« Roz fasste sie am Arm. »Mach dir keine Sorgen. Es ist ein gutes Sprungbrett. Das Hauptquartier bedeutet Aufstieg.« Sie wandte sich Edith zu. »Sag mal, das muss gefeiert werden. Ein Glas auf unsere Zukunft.«

Sie saßen an einem der kleinen Tische, die unten am Fluss aufgestellt worden waren, nun, wo der Sommer endlich vor der Tür stand, und stießen mit ihren Bierkrügen an. Edith versprach, zur Hochzeit zu kommen und ganz sicher zur Taufe. Sie lächelte. Offensichtlich war eine doppelte Gratulation angesagt. Kein Wunder, dass Miss Esterhazy es eilig hatte, Mrs. Jeffrey Grant zu werden.

Edith sammelte ihre Sachen ein und rief ihren Fahrer.

»Wohin Ma'am?«

Der Mann, der ihr die Tür aufhielt, war ein Fremder.

»Wo ist Jack?«

»Auf Urlaub.«

»Oh«, sagte sie enttäuscht und spürte, wie ein Teil ihrer Überschwänglichkeit verflog. Sie hätte sich gerne von ihm verabschiedet. »Bringen Sie mich einfach nach Hause. Nein, warten Sie.« Ihr Blick fiel auf die Straße. »Ich habe es mir anders überlegt. Ich gehe zu Fuß.«

Luka. Die ganze Woche über hatte sie nach ihm Ausschau gehalten, und da stand er an eine Hauswand gelehnt.

»Ich habe dich gesucht«, sagte sie.

»Ich dachte, Sie wären böse auf mich.«

»Warum das?«

Er antwortete nicht, sondern nahm ihre Tasche. »Die ist schwer.«

»Ja, ich reise ab.«

Er sah getroffen aus. »Wohin gehen Sie?«

»Ich werde an einen Ort namens Bad Oeynhausen versetzt.«

»Ist das weit weg?«

»Ja, ziemlich weit.«

»Das können die tun? Sie wegschicken?«

»Ja, ich muss gehen, wohin man mich schickt.«

»Ich sehe Sie nicht mehr?«

»Nein, leider nicht.«

Er blickte sie an. Sie war erstaunt, Tränen in seinen Augen zu sehen. Plötzlich erinnerte sie sich daran, dass er nur ein kleiner Junge war.

»Nein, Luka. Alles wird gut.« Sie kniete nieder, um ihn anzuschauen. »Hier.« Sie zog einen Umschlag aus ihrer Handtasche, den sie speziell für diese Gelegenheit mit sich herumgetragen hatte. »Geh zu diesem Mann. Sag ihm, dass ich dich geschickt habe. Gib ihm diesen Brief. Er wird sich um ein neues Leben für dich in England kümmern. Würdest du das mögen?«

Er schniefte und blickte um sich. »Ist es besser als hier?«

»O ja, viel besser. Du wirst eine Familie haben. Neue Kleider. Neue Dinge …«

»Aber nicht von einem toten Jungen?«

»Nein! Deine eigenen Kleider. Deine eigenen Sachen. Und Spielzeug«, sagte Edith, obwohl sie sich ihn nie mit Spielsachen vorgestellt hatte oder überhaupt als spielendes Kind.

Sie gingen schweigend weiter, während Luka über diesen unerwarteten Vorschlag nachdachte und darüber, ob er ihn annehmen sollte.

»Kann ich einen Hund haben?«

Sie waren fast bei ihrer Wohnung. Er stellte die Tasche ab.

»Da bin ich mir ziemlich sicher. Du wirst alles haben können, was du willst.«

Er stand kurz da und wägte den Vorschlag ab. »Gibt es da Rennen mit drei Beinen?«

»Ganz bestimmt.«

»Dann mach ich es«, sagte er entschieden. »Ich gehe. Sie kommen mich besuchen?«

»Natürlich werde ich dich besuchen!«

Edith beugte sich weinend und lachend hinab und umarmte ihn.

•••••

Elisabeth öffnete die Tür.

»Ich habe Nachricht«, sagte sie und wischte ihre Hände an der Schürze trocken. »Frau Schmidt und Frau Kaufmann. Sie haben Papiere vorbeigebracht. Eine neue Identität. Eine Liste mit Ansprechpartnern und Orten.« Elisabeth wandte ihren Blick ab. Irgendetwas oder irgendjemand machte sie nervös. »Deine Freundin ist hier.«

»Guten Abend.« Doris Stimme kam aus der Küche. Sie stand am Herd und rührte in einem Gemisch, das so rot war wie ihre Nägel. In der anderen Hand hielt sie eine Zigarette.

»Rote Grütze. Ich weiß, dass du die magst, Edith.« Elisabeth übernahm wieder das Rühren. »Die ersten Sommerfrüchte aus dem Garten. Immer eine ganz besondere Zeit. Hilde hat ein Körbchen von ihrer Tante mitgebracht, und meine Freunde aus dem Schrebergarten hatten Früchte zum Tauschen.«

»Meine Versetzung kam heute Morgen durch.«

»Ah.« Dori wusste schon Bescheid. »Rate, was ich habe?« Sie wies auf den Küchentisch. »Wermut und echte Oliven. Vielleicht bin ich keine gute Köchin, aber ich kann einen fabelhaften Martini mixen. Was jetzt noch fehlt, ist Gin. Ich bin mir sicher, dass ihr welchen habt.«

Elisabeth brachte die Grütze zum Abkühlen in die Speisekammer, und Dori mixte einen Krug mit Martinis.

»Cheers.« Dori erhob ihr Glas. »Chin-chin. Darauf trinken wir. Wir kommen prächtig miteinander aus, nicht wahr, Darling?«, sagte sie, als sie mit Elisabeth anstieß. »Menschen aller Couleur und aus aller Herren Länder wieder vereint wie vor der jüngsten Auseinandersetzung, nicht wahr?«

Dori war in Hochform, überaus strahlend, charmant und entwaffnend.

Zum Essen gab es Wein, einen Riesling, den Dori ebenfalls mitgebracht hatte, und schließlich das berühmte Dessert. Säuerlich, nicht zuviel Zucker. Tiefrot. Wie arterielles Blut. Nach dem Essen wurde der Tisch abgeräumt. Dori entfaltete eine Karte von Deutschland, Österreich und Norditalien.

»Gut, nun zum Geschäftlichen. Das ist der Plan: Wir werden zusammen mit dem Zug reisen. Ich unter meinem Namen Dorothy Stansfield, Elisabeth als meine Übersetzerin. Ich habe Papiere für sie. Das bringt uns problemlos durch die amerikanische Zone bis nach Österreich. Du, Edith, reist als du selbst. Du fährst in Urlaub.« Sie fuhr die Route mit einem Kaffeelöffel nach. »Wenn wir in Innsbruck ankommen, trennen wir uns.«

»Warum das?«, fragte Edith.

»Weil ich keine Deutsch-Übersetzerin mehr brauche, wenn wir

erst mal Italien erreicht haben, und ich eine deutsche Staatsangehörige nicht über die offizielle Grenze bekomme. Elisabeth und ich werden die Alpenpässe nutzen. Das ist der einzige Weg. Dazu benötigen wir diese Papiere. Wir werden unterschiedliche Identitäten mit falschen Papieren annehmen. Die Schwestern haben für Elisabeth gute Arbeit geleistet. Genau das Richtige, muss ich sagen. Gut, aber nicht zu gut. Das ist es, was die Leute, die uns über die Grenze nach Italien schaffen sollen, erwarten. Ich habe etwas Vergleichbares. War Crimes hat es mir besorgt. Ich bin Frau Brunner, die ihren Nazi-Ehemann sucht. Es gibt mehrere Brunners auf der Flucht, ist also ein gutes Cover. Elisabeth ist Frau Kuschner, derselbe Name, den auch von Stavenow nutzt. Elisabeth und ich werden an diesem Ort warten.« Dori zeigte auf einem Fleck auf der Karte. »Steinach am Brenner. Die Schmuggler bringen die Leute dort gruppenweise über die Grenze.«

»Und wohin fahre ich?«, fragte Edith.

»Du fährst mit der Eisenbahn und verlässt den Zug in einer Kleinstadt in Tirol namens Vipiteno Sterzing. Dort gibt es am Hauptplatz das Hotel Aquila Nera – Schwarzer Adler. Miete dort ein Zimmer. Wir kommen in der Pensione Sterzberg unter. Die Besitzer sind Nazi-Sympathisanten. Dort wird von Stavenow alias Herr Kuschner übergeben.«

Edith blickte von der Karte hoch: »Wann geht es los?«

»Morgen. Schlafwagen von Hamburg nach München.«

»In dem Fall gibt es noch eine Menge zu tun.« Elisabeth erhob sich. »Gute Nacht.«

Am nächsten Morgen saß Dori schon mit Zigarette bei ihrem ersten Kaffee.

»Habe mich gerade reizend mit Rozália unterhalten. Du hast mir gar nicht erzählt, dass sie Ungarin ist. Haufenweise Gemeinsamkeiten. Ich kannte ganz sicher eine ihrer Tanten und habe anscheinend mit dem einen oder anderen ihrer Onkel Affären gehabt.«

»Wo ist Elisabeth?«

»Losgegangen, um sich vom Kind zu verabschieden und sich um

seine Betreuung zu kümmern.« Dori zog die Augenbrauen hoch. »Möchtest du einen Kaffee? Da ist noch etwas in der Kanne.«

Edith goss sich eine Tasse ein und kam zurück an den Tisch.

»Elisabeth ist absolut unser Mädchen«, sagte Dori nach einer Weile. »Deine Miss Esterhazy stimmt mir zu.«

»Du hast Roz ausgefragt? Wirklich, Dori …«

»Nur zur Bestätigung! Ein paar freundliche Fragen. Très discret. Elisabeth mag hübsche Sachen. Schmuck. Kleider. Wer möchte im tiefsten Ostpreußen begraben sein, wenn man jung, reich, gutaussehend ist und der Ehemann Nazioffizier? Ein wenig Spaß muss sein, besonders, solange man gewinnt. Und wer würde zurück wollen, wenn die Russen auf dem Vormarsch sind?«

»Sie war auf jeden Fall nur einen Teil der Zeit in Berlin.«

»Du verteidigst sie doch nicht noch immer? Sie war die ganze Zeit in Berlin«, sagte Dori mit Emphase. »Und was das Kind und diesen Kaspar anbetrifft: Hat irgendjemand ihn gesehen?«

»Kaspar? Nein.«

»Es gibt ihn nicht. Selbst wenn, wäre er nur dazu da, nach ihren kostbaren Pferden zu sehen. Er kommt ganz bestimmt nicht in ihr Seidenhöschen. Sie ist preußische Aristokratin bis in die Haarspitzen. Ich kenne die Sorte. Die ließe sich lieber von ihren eigenen Hengsten auseinanderreißen.«

»Das Baby ist allerdings real.«

»Nicht ihres, darauf wette ich. Für ein paar Äcker kannst du in Deutschland alles kaufen, sogar ein Baby. Sie ist gut, das gebe ich zu. Es ist eine verdammt überzeugende Geschichte. Erfunden, um Mitleid zu erwecken. Wir müssen es einfach hinkriegen, dass unsere genauso gut ist. Sie muss auf jeden Fall bis Vipiteno halten. In den Bergen mit einem Haufen Nazis und ihren Spießgesellen ist die Gefahr nicht gerade klein, dass ich enttarnt werde.« Dori zündete sich noch eine Zigarette an. »Elisabeth ist wichtig. Die Schwestern tauchten hier auf, kurz nachdem ich angekommen war. Eine von ihnen korpulent, ewig lächelnd und nickend und Elisabeth gegenüber ein einziges Verbeugen und Katzbuckeln.«

»Frau Schmidt.«

»Und eine kleinere Frau. Älter. Rote Nase. Kleine Knopfaugen.«

»Frau Kaufmann«, bestätigte Edith. »Eine Freundin von Frau Schmidt.«

»Schienen mir ziemlich zickig zu sein, also habe ich mich verzogen, bin aber natürlich in der Nähe geblieben, um zu horchen. Du hättest sehen sollen, wie sie Elisabeth behandeln. Wie Frau Himmler persönlich! Dann gab es noch eine Zugabe.« Sie kramte eine winzige Filmrolle hervor. »Die Schwestern haben ihr eine Liste mit Kontaktadressen gegeben. Von hier bis in die Schweiz und darüber hinaus.«

»Wie bist du daran gekommen?«

»Die Minox. Taschendiebstahl ist meine Spezialität. Schnell erledigt, während ich beim Kochen geholfen habe.« Pantomimisch drückte sie auf einen Auslöser. »Und zurück in die Schürzentasche. Ich dachte, die könnten wir für unseren Freund Bill Adams in die Post stecken. Wird Zeit, dass du ihm etwas anbringst. Es wird ihn beschäftigen und ablenken. Ich werde den Film für dich aufgeben. Ich muss auch Drummond ein Telegramm schicken.«

Edith warf eine schnelle Notiz für Adams aufs Papier. Dann schrieb sie ein paar Zeilen für Louisa, einschließlich des Rote-Grütze-Rezepts und der beiläufigen Bemerkung, dass sie vielleicht ein paar Tage Urlaub machen würde. In Italien. Dann noch eine Karte an Harry. Keine Zeit, sich lange damit aufzuhalten, kurz und knapp nur.

Ich nehme Urlaub und fahre nach Norditalien. Man kann mich postlagernd in Vipiteno Sterzing erreichen, Trentino-Alto Adige/ Südtirol. Ich vermisse Dich. Falls Dein Angebot noch steht, stimme ich vollen Herzens zu.
In Liebe, Edith

Sie versiegelte den Umschlag und adressierte ihn an seine BAOR-Unterkunft in Bad Oeynhausen in der Hoffnung, dass er ihn erreichen würde, dass er noch nicht abgereist war. Es war ein Vertrauensbeweis, eine Flaschenpost dem Meer übergeben. Sie drückte Dori die Nachricht in die Hand und war peinlich berührt, dass sie dabei wie ein Schulmädchen errötete.

»Wird ihn wahrscheinlich nicht erreichen«, sagte sie und versuchte unbeteiligt zu klingen.

»Man weiß nie.« Dori lächelte. »Es gibt immer Mittel und Wege.«

Danach musste Edith packen. Nach Doris Anweisung ein kleiner Koffer und ein Rucksack, nicht mehr, als man auf kürzeren Strecken problemlos tragen konnte. Ein Rock zum Wechseln, ein paar Blusen, zwei Kleider, eines davon etwas eleganter, Unterwäsche, Nachthemd, Kulturbeutel. Ihre Bürste von Mason-Pearson war verschwunden, ihr bester Lippenstift auch. Wie ärgerlich, aber sie hatte keine Zeit, ihn zu suchen. Sie würde mit einer Billigmarke und dem Kamm in ihrer Handtasche auskommen müssen. Die Zeit war knapp. Sie nahmen den Mittagszug nach Hamburg.

ITALIEN

1946

37

AMERIKANISCHER MILITÄRZUG

14. Mai 1946

Buffet Menu
Crème Tomate
Crevette au Mayonnaise Russe
Poulet Rôti
Pommes Chateau
Asperges au Hollandaise
Filet Mignon
Shortcake aux Fraises
Welsh Rarebit
Café

Das Menü auf Französisch, das Essen hingegen amerikanisch: Tomatensuppe oder Krabben in einer Art rosa Mayonnaise, Huhn oder Steak mit Bratkartoffeln und Spargel, Erdbeerkuchen. Welsh Rarebit, der Toast mit dem geschmolzenen Käse, als herzhafte Variante. Die amerikanischen Portionsgrößen weitaus großzügiger bemessen als das britische Äquivalent.

Edith hatte den Hamburger Hauptbahnhof seit ihrer Ankunft im tiefen Winter nicht mehr betreten. Nun bevölkerten Menschen in kurzärmeligen Hemden und Kleidern die zahlreichen Bahnsteige. Es roch nach Ruß und Dampf, vermischt mit Flieder aus den vernachlässigten Gärten, den säuerlichen Ausdünstungen kaputter Abflussrohre und einem Hauch Verwesung. Eau de Hamburg. Die Nachmittagssonne flutete das große Gewölbe, das helle Licht zerlegt in goldene Strahlenbündel, in denen Staub tanzte. Das Kreischen von Eisen auf Stahl, das dringliche Schnaufen und langgezogene Ausatmen ankommender und abfahrender Lokomotiven veranlasste schlafende Tauben in das Blau jenseits der glitzernden Scherben aufzusteigen, die noch immer in den verbogenen Rippen des Daches steckten.

Der Militärzug stand auf Gleis 4. Ein junger Rail Transport Officer kontrollierte an der Schranke die Papiere. Elisabeth im Schlepptau rauschte Dori heran. Sie trug ihre WAAF-Offiziersuniform, die ihre große, schlanke Figur und ihr blendendes Aussehen hervorragend zur Geltung brachte. Sie sah ebenso streng wie attraktiv aus. Die Papiere, die sie für sich und Elisabeth erhalten hatte, würden ihr freie Fahrt bis zur österreichisch-italienischen Grenze erlauben, aber sie war niemand, der etwas dem Zufall überließ, nicht einmal hier. Ihre Mischung aus Hochmut und Charme machte den Officer benommen. Elisabeths Papiere beachtete er kaum, nickte sie lediglich durch, während er schmachtend Doris Beinen in ihren Nahtstrümpfen hinterherschaute.

Der Zug war nicht voll. An der Tür nahm sie ein Bediensteter in Empfang und kümmerte sich um ihr Gepäck. Sie hatten das Schlafwagenabteil mit vier Betten für sich allein.

»So weit, so gut.« Dori zog ihre Puderdose hervor und legte frischen Lippenstift auf, dann etwas Puder. »Ich gehe in den Speisewagen. Kommt jemand mit?«

»Ich bleibe lieber hier«, antwortete Elisabeth. »Besser, wenn ich keine Aufmerksamkeit errege.«

»Hm.« Dori ließ ihre Puderdose zuschnappen. »Wahrscheinlich eine gute Idee. Edith?«

»Ich leiste Elisabeth Gesellschaft.«

»Muss das Terrain erkunden.« Dori schaute aus dem Fenster und studierte die Leute, die sich im Gang aufhielten. »Ein wenig herumstreunen. Nachschauen, wer sich an Bord so alles herumtreibt.«

Edith hatte sich einen Fensterplatz ausgesucht. Elisabeth, deren Aufmerksamkeit von etwas draußen erregt wurde, hatte ihr gegenüber Platz genommen. Edith saß mit dem Rücken zur Lokomotive und musste sich den Kopf verrenken, um zu sehen, was Elisabeth so faszinierte.

Am Bahnsteig, der am weitesten entfernt war, stand kein Zug. Keiner kam an, keiner fuhr ab. Abseits der anderen Bahnsteige war er so verkürzt, als gehöre er nicht wirklich zum Bahnhof. Er lag da wie eine Insel. Daneben zogen sich Abstellgleise voll mit rostigen Lokomotiven, beschädigten Waggons, verbogenen Schienenresten hin. Eine Halde für den Müll des Krieges. Der Bahnsteig selbst sah aus wie ein Lager für Vogelscheuchen, schwarz vor Menschen mit ihren versammelten Habseligkeiten unter zerrissenen Segeln, die man notdürftig errichtet hatte, um die heiße Maisonne abzuhalten. Menschen saßen dicht aneinandergedrängt, Arme um die Knie geschlungen, und stierten auf das geschäftige Bahnhofstreiben, die ankommenden und abfahrenden Züge. Sie studierten die Passagiere, die ein- und ausstiegen, von irgendwoher kamen und irgendwohin fuhren, während sie nirgendwohin reisten. Andere lagen lang ausgestreckt da, während die improvisierten Planen über ihnen wie schwarze, zerfetzte Fahnen flatterten. Kinder rannten zwischen ihnen umher oder klammerten sich lustlos an ihre Mütter oder aneinander. Hin und wieder erhob sich einer und fand einen Platz, wo er sich ziemlich öffentlich erleichtern konnte.

»Ostvolk«, sagte Elisabeth ruhig. »Leute aus dem Osten.«

Sie waren hier aus Ostpreußen gelandet, aus Pommern, Polen und sogar von noch weiter östlich: Ukraine, Weißrussland. Einige kamen vielleicht aus dem Süden. Sudetendeutsche aus der Tschechoslowakei und sonst woher, wer wusste das schon so genau? Alle zogen Richtung Westen, immer nur in den Westen, zogen von einem Ort zum nächsten, weil niemand sie wollte. Rechtsanwälte, Ärzte, Bauern, Zahnärzte, Musiker, mitsamt Frauen und Kindern, die gezwungen waren, sich diesem Treck auf Straßen und Schienen anzuschließen, gezwungen, die Alten, die sehr Jungen und die Schwachen am Wegesrand zurückzulassen, zu begraben oder sie der Verwesung preiszugeben. Weiter, immer weiter. Aber hier war Endstation. Es gab keinen Ort mehr, an den sie hätten flüchten können. Also saßen sie hier und warteten auf Rettung.

»Irgendjemand wird kommen und sich um sie kümmern«, sagte Edith wenig zuversichtlich. »Das Rote Kreuz, UNRRA, die Briten. Sie bauen Nissenhütten in den Straßen.«

»Für Hamburger, nicht für die.«

Edith widersprach nicht. Die Einwohner von Hamburg lebten immer noch in den Bunkern und Kellern ihrer ausgebombten Stadt.

»Schleswig-Holstein ist schon zur Black Area erklärt worden. Das Land ist voll, genau wie Hamburg.«

»Aber niemand hat das den Leuten gesagt, also kommen sie weiter hierher.«

Es war bedrückend, und in Wahrheit wusste niemand, was zu tun war.

Die letzte Tür wurde zugeschlagen, ein Pfiff ertönte. Ein sattes Tuten verkündete die Abfahrt, und die Lokomotive begann ihr langes, mühevolles Schnaufen, als sie den Bahnhof verließ.

»Wo ist Dori?«, fragte Edith. Sie war noch nicht zurückgekommen.

»Ich kann sie suchen gehen«, bot Elisabeth sich an.

Nach einer Weile war klar, dass Edith auch sie verloren hatte, aber das war ihr egal. Sie mochte Züge, und sie mochte es, alleine zu reisen. Sie zog ihr Buch aus der Tasche: Graham Greenes *The Ministry of Fear*. Leo gab damit an, Graham Greene persönlich zu kennen, zwar nur oberflächlich, aber dennoch empfand sie eine persönliche Verbindung. Sie hatte es aus der NAAFI-Bücherei. Sie würde es per Post zurückgeben müssen.

Bisher lag das Buch ungeöffnet in ihrem Schoß. Die zerstörte Stadt wurde von weniger vernarbten Vororten abgelöst, dann von ländlichen Gegenden: Ein Bauer trieb seine Kühe zum Melken, ein Junge lief Kartoffelreihen entlang. Die Felder wurden zu kargem Heideland mit blühendem Ginster und windgepeitschten Kiefern. Hier und dort waren rostige Überbleibsel des Krieges zu sehen: ausgebrannte Panzer, ein umgekipptes Feldgeschütz, die skelettartigen

Reste eines Lasters. Dann ein Waldgebiet, hohe, schuppige Baumstämme, die gefällt wurden, während der Zug an ihnen vorbeistürzte, die dicken verworreneren Wurzeln voller roter, sandiger Erde. Ab und zu dampften sie durch einen Bahnhof, an einem kleinen Dorf vorbei, einem Städtchen mit kupferverkleideten Kirchturmspitzen, roten Dächern und Türmchen, bevor Edith Zeit hatte, darüber nachzudenken, wer dort wohl leben mochte. Weiter ging es durch Niedersachsen. Flüchtige Blicke auf entfernte Schlösser auf malerischen Felsen, einsame Bauerngehöfte mit Bergen von Feuerholz für den nächsten Winter, obwohl es noch kaum Sommer war. Das Holz war bis unter die steilen Satteldächer gestapelt, die fast hinunter bis zum Boden reichten. Form und Bauweise dieser niedersächsischen Behausungen hatten sich seit der Eisenzeit nicht verändert. Wir sind tief konservative Menschen, schienen sie zu sagen. Unsere Geschichte reicht weit zurück.

Hier waren kaum Zeichen des Krieges auszumachen. Nur in den Städten sah man die echten Narben. Die ausgehöhlten Wachtürme von Hannover sahen genauso aus wie Hamburg oder Berlin.

Zeit, loszugehen und die anderen zu suchen. Edith hatte während ihres Aufenthalts hier schon genug Zerstörung gesehen.

Dori und Elisabeth saßen im Speisewagen und unterhielten sich mit zwei amerikanischen Offizieren, die sich wie Schuljungen erhoben, als Edith sich zu ihnen gesellte. Sie schienen jung für ihre Rangabzeichen, doch als sie näher trat, fielen ihr Spuren einer Schusswunde im blonden Haar auf und Augen, die nicht mehr jung waren. Da gab es eine Mattigkeit, als hätten sie viel gesehen, was sie gerne vergessen würden, und Falten um die Augen vom vielen Starren in Zielfernrohre und in die Sonne.

»Ich möchte nicht stören«, sagte Edith, als sie Platz nahm.

»Darf ich Ihnen etwas zu trinken bestellen, Ma'am? Ich bin übrigens Lew.« Er war älter als der andere. Ein Colonel. Er lächelte, wobei seine hellblauen Augen Fältchen warfen. Er fuhr sich mit der Hand über sein kastanienbraunes Haar.

»Ja, bitte«, erwiderte Edith und lächelte. »Whisky.«

»Es gibt leider kein Eis.«

»Das macht nichts.«

Edith lehnte sich zurück und nippte an ihrem Drink. Dori war ganz besonders einnehmend. Sie nahm die Zigarette von einem der Männer, das Feuer vom anderen, schaute unter langen Wimpern bewundernd nach oben, betrachtete sie aus ihren großen, dunklen Augen, während sie unablässig flirtete und scherzte, zwischendurch nur unterbrochen von scheinbar belanglosen Fragen. Wo waren sie stationiert? Was war ihr Ziel? Wie sahen ihre Aufgaben aus?

Lew grinste, als der jüngere Mann versuchte, sie ganz für sich zu pachten. »Ihre Freundin ist eine Wucht.«

Edith lächelte. Sie wusste, wie Dori arbeitete. Sich mit amerikanischen Offizieren anzufreunden würde ihre Probleme verkleinern, wenn sie die amerikanische Zone erreichten, und vielleicht gab es da noch etwas mehr …

Das Gespräch wandte sich dem Austausch von Kriegserlebnissen zu, wie meistens bei Leuten, die sich gerade kennenlernten. Elisabeth schoss den Vogel ab.

»Im Januar wussten wir, dass wir aufbrechen mussten …«

Elisabeth begann mit der Geschichte ihrer dramatischen Flucht auf Pferderücken, bevor die Russen einmarschierten. Die schneidende Kälte, die unmöglichen Entfernungen, das Heulen der Raketen und Pfeifen des Artilleriefeuers der kämpfenden Truppen, der endlose Flüchtlingstreck, ganze Provinzen auf den Beinen. Die Amerikaner hörten andächtig zu, nickten hier und da, um sie zu ermuntern weiterzuerzählen, weil sie ihnen bestätigte, was sie sowieso schon dachten. Sie waren nur zu bereit, die Russen nicht zu mögen, den neuen Feind, und dieser Augenzeugenbericht über Vergewaltigung und Abschlachten war genau das, was sie hören wollten.

Jeder gab Kriegserlebnisse zum Besten, ausgeschmückt, um ihnen Struktur und Spannung zu verleihen, um dem tristen Grau des Kriegsalltags ein wenig Farbe abzugewinnen. Die Menschen würden fraglos so lange damit fortfahren, bis der helle Mythos zur Erinnerung gerann, aber das hier war etwas anderes. Edith ließ sich in ihren Sitz sinken und hörte zu. Elisabeth erfand nichts, da war sie sich sicher. Die Geschichte enthielt zu viele winzige Details: die Warnungen durch die Krähen in den Bäumen der Dörfer, die sie meiden mussten, die Babys, deren gefrorene Windeln zu einem Panzer wurden. Solche Beobachtungen unterschieden ihre Geschichte von jedem Ammenmärchen. Daher ihre Kraft. Edith beobachtete, wie sich der Gesichtsausdruck der Zuhörer von Grauen, über Ekel und Mitleid zu Bewunderung veränderte, alles Gefühle, die auch sie beim ersten Hören verspürt hatte. Inzwischen konnte Elisabeth sie damit nicht mehr blenden. Das tiefe Mitleid, das sie damals entfacht hatte, war längst verflogen.

Sie aßen zusammen. Das Gespräch wandte sich leichteren Themen zu. In Kassel hielt der Zug. Die amerikanische Grenzpolizei lief durch die Wagen und kontrollierte die Papiere. Die Anwesenheit eines Colonels sorgte dafür, dass ihre Papiere nur flüchtig angeschaut wurden. Diejenigen, die den Zug hier verlassen wollten, wurden nun dazu aufgefordert.

»Wir steigen hier um.« Colonel Lew nahm seine Mütze. »Besuchen Sie uns doch, wenn Sie in Frankfurt sind.«

Alle lächelten mit der Mischung aus Bedauern und Erleichterung, die sich einstellt, wenn man weiß, dass man eine Person nie wiedersehen wird.

»Toms Männer«, sagte Dori, als die Türen zuschlugen. »Hatten alles im Auge, als sie mit uns plauderten. Zwei andere Jungs haben jetzt übernommen.« Sie nickte zu einem Paar hinüber, das gerade an einem Tisch Platz nahm. »Zeit, schlafen zu gehen, würde ich sagen.«

Als sie beim Frühstück saßen, hielt der Zug in Nürnberg. Die beiden vom Abend zuvor waren von einem anderen Gespann ersetzt worden, das ein paar Reihen weiter auf der anderen Gangseite Platz genommen hatte.

»Er traut uns wirklich nicht, was?«, hauchte Dori und lächelte sie an. Sie schauten flugs aus dem Fenster, ungeheuer fasziniert von der vorbeirauschenden Landschaft. »Sie sind es allerdings nicht, die mir

Sorge bereiten. Es sind diese beiden dort.« Sie zog ihren Spiegel hervor, als wolle sie ihr Make-up überprüfen. »Dritter Tisch rechts.«

Edith blickte durch den Wagen. Zwei Männer saßen einander gegenüber und lasen Zeitung. Als sie sich erhob, um den Speisewagen zu verlassen, faltete einer von ihnen sorgfältig seine Zeitung und folgte ihr.

Edith kehrte in ihr Abteil zurück und sah, dass ihr Platz besetzt war.

»Adeline!«

Edith umarmte sie stürmisch, übermäßig froh, dass sie hier war. Bald würden Dori und Elisabeth sie verlassen, und sie hatte sich nicht sonderlich auf die Weiterfahrt so ganz allein gefreut.

»Bin in Nürnberg zugestiegen.« Adeline nahm wieder Platz. »Dori hat mir telegrafiert, welchen Zug ihr genommen habt. Sie dachte, vielleicht hätte ich Lust mitzukommen. Nazis auf der Flucht sind eine verdammt gute Story. Außerdem habe ich delikate Neuigkeiten.« Sie klopfte auf den Tornister neben sich. »Wo ist Dori? Ist Elisabeth bei ihr?«

Edith nickte. »Sie frühstücken noch.«

»Gut. Ich habe da etwas, was du sehen solltest.« Adeline entnahm ihrer Tasche einen Ordner. »Ich habe mir die Kerle genauer angeschaut, mit denen sie auf dem Foto der Gartenparty war. Rate mal, was ich in den Fotoarchiven der Nazis gefunden habe?« Adeline legte einige Fotografien aus. »Elisabeth mit Gehlen.« Elisabeth in Pelzmantel und Hut neben einem Nazioffizier, wie sie durch ein Tor gingen, Stacheldraht zu beiden Seiten. »Und hier ist sie ebenfalls, diesmal mit Kopkow.« Elisabeth irgendwo in einem Büro, aufgenommen von der Seite. Sie tippte auf den Ordner. »Ich habe Beweise, dass Elisabeth zu unterschiedlichen Zeiten für beide gearbeitet hat.« Sie lehnte sich zurück. »Sieht für mich so aus, als wäre sie hier die Hauptattraktion. Der britische und der amerikanische Geheimdienst sind möglicherweise interessiert daran, Elisabeth als eine Art Detektor für die Geschichten zu nutzen, die diese Männer ihnen verkaufen wollen und was sonst noch alles.« Sie hielt inne. »Das ist natürlich nicht der Grund, warum Dori hinter ihr her ist. Diese Männer schickten ihre Agentinnen in die Gaskammern.«

In München nahmen sie den britischen Militärzug nach Wien. Die beiden aus dem Speisewagen folgten ihnen nicht.

Nachdem sie Münchens Ruinen verlassen hatten, durchquerten sie helle Wiesen und dunkle Wälder. Adeline fotografierte.

»Ist hier nicht irgendwo Berchtesgaden?«, fragte sie.

»Weiter östlich«, antwortete Elisabeth. »Sogar noch abgelegener.«

»Hatte Hitler nicht gewisse Pläne, sollten die Nazis nicht dort Zuflucht suchen? Die letzte Schanze oder wie hieß das noch einmal?«, fragte Adeline, als sie ein weiteres Foto schoss. »Alpenirgendwas?«

»Alpenfestung«, erklärte Elisabeth. »Ich glaube nicht, dass sie das ernsthaft vorhatten.«

»Tatsächlich?« Adeline richtete die Kamera auf sie. »Macht dir doch nichts aus, oder? Ich mag einfach Schnappschüsse, und du bist so fotogen.« Elisabeth errötete leicht. »Sogar noch besser. Nein, nicht posieren, bleib wie du bist, schau aus dem Fenster, gut so. Und worum ging es denn nun bei dieser Alpenfestung? Unsere Jungs haben sich sicher reinlegen lassen.«

»Es war ein Trick. Sie wollten die Alliierten Glauben machen, dass sie ewig in diesen Bergen ausharren könnten.«

»Aber warum?« Adeline knipste weiter.

»Wer weiß?« Elisabeth zuckte die Schultern. »Vielleicht wollten sie es selbst glauben.«

Edith beobachtete die beiden. Sie hatte früher schon gesehen, wie Adeline es anstellte, jemanden zu befragen, während sie gleichzeitig fotografierte. Es entwaffnete und verwirrte einen gleichzeitig. Adeline fand, so entstehe ein ehrlicheres Porträt.

»Wir werden bald die Grenze erreichen«, bemerkte Dori. »Ich spring eben raus, um eine zu rauchen.«

»Ich komme mit.« Adeline erhob sich, schnappte sich ihren Tornister und ließ Edith und Elisabeth allein im Abteil zurück.

»Sie können doch hier drinnen rauchen.« Elisabeth schaute konsterniert drein.

»Sie wissen, dass ich es nicht mag.«

»Die Grenze.« Elisabeth lehnte sich aus dem Fenster. »Wird alles gut gehen?«

»Sicher«, antwortete Edith, obwohl sie keinen Schimmer hatte.

»Zwei britische Offiziere, die am offenen Fenster an beiden Enden des Wagens rauchen«, sagte Dori ruhig, als der Zug langsam zum Halten kam.

Sie erreichten die französische Besatzungszone. Die Grenzwachen inspizierten ihre Papiere mit akribischer Höflichkeit. Sie tippten sich an die Mützen, alles in Ordnung, und gingen zum nächsten Wagen.

»Das lief problemlos.« Dori steckte die Papiere wieder zurück in ihre Tasche. »Sind unsere Freunde immer noch da draußen?«

Edith warf einen Blick auf den Gang und nickte.

»Zeit für eine Planänderung. Wir steigen am nächsten Bahnhof aus. Ihr beiden bleibt bis Innsbruck. Macht einen Spaziergang durch die Stadt, trinkt eine Tasse Kaffee, esst Kuchen, macht Fotos. Nehmt dann einen Zug nach Vipiteno Sterzing. Sollten unsere Freunde euch immer noch begleiten, fahrt ihr weiter als der Zielort und kehrt anschließend wieder um.«

Dori griff in die Gepäckablage und holte den Koffer herunter, den sie mitgebracht hatte.

»Dann auf Wiedersehen.« Dori umarmte erst Edith, dann Adeline. »Seid vorsichtig, ihr beiden.«

»Du auch, Dori.« Edith küsste sie auf die Wange.

»Yeah.« Adeline zog sie an sich. »Pass auf dich auf.«

Der Zug verlangsamte sein Tempo und hielt an. Passagiere stiegen aus, um umzusteigen oder sich die Beine zu vertreten. Dori und Elisabeth verschwanden in der Damentoilette. Einer der britischen Offiziere blieb wachsam am offenen Zugfenster stehen. Der andere lief ziellos auf und ab, als wolle er seine verkrampften Muskeln lockern, wobei er Edith und Adeline im Auge behielt, die unschuldig umherschlenderten, die klare Bergluft einatmeten, den schwachen

Sonnenschein genossen und hoch zu den Bergen schauten, die sich gezackt gegen den Himmel abhoben. Der Mann im Zug wurde immer nervöser, beunruhigt suchte er den Bahnsteig nach einer Frau in Uniform und ihrer Begleitung ab. Edith sah aus den Augenwinkeln Dori und Elisabeth Arm in Arm. Zwei vornehme deutsche Frauen eines gewissen Alters. Dori im hellen Staubmantel mit hochgeschlagenem Kragen, einen Hut mit Feder ins Gesicht gezogen. Elisabeth war ähnlich ausgestattet. Dori trug einen kleinen Koffer. Alles darin würde zu einer guten Nazifrau passen, die nach ihrem Mann suchte, bis hin zu Unterwäsche, Taschentüchern und Toilettenartikeln. Die Beretta, die sie bei sich trug, war ein Geschenk ihres SS-Ehemannes. Französische Kleidung, Parfüm, Make-up – alles von ihm in Paris erstanden. Dori war undercover. Ihre britische Unform würde im Warteraum liegen, abgelegt wie nach einer Häutung.

38

HOTEL AQUILA NERA/SCHWARZER ADLER

Vipiteno Sterzing

17. Mai 1946

Torta ai Carciofi
Mürbeteig
6 Artischocken
3 Eier
5 Esslöffel Emmentaler
Öl, Salz, Pfeffer
1 Zitrone

Die Artischocken putzen, in Stücke schneiden und in Wasser und Zitronensaft wässern.
In einer Bratpfanne etwas Olivenöl erhitzen, Artischocken abtropfen lassen, salzen und fünfzehn Minuten simmern lassen. Wenn nötig etwas Flüssigkeit zugeben.
Eier in einer Schüssel schlagen, den geriebenen Käse hinzufügen und die erkalteten Artischocken salzen und pfeffern.
Den Mürbeteig auf einem Backblech ausrollen, mit einer Gabel einstechen und mit den Artischocken belegen. Teig über die Artischocken falten und etwa zwanzig Minuten bei 190 Grad backen.
Mit Frischkäse servieren.

Angelinas Rezept

Vipiteno Sterzing war ein kleiner Ort. Zu klein. Kaum mehr als ein Marktplatz und eine lange, enge Hauptstraße. Der Grenzverlauf hatte sich vielleicht verändert, aber der Ort blieb entschieden österreichisch. Der Glockenturm zeigte immer noch den doppelköpfigen Adler, ein Motiv, das sich bei den Schmiedearbeiten an Geschäften und Häusern wiederholte. Deutsch war allgegenwärtig: geschrieben auf Schildern und Tafeln, gesprochen auf der Straße von Männern in Tirolerhüten und Lederhosen.

Wenn sie am Hauptplatz vor dem Hotel saßen und Espresso tranken, verursachten sie Aufsehen. Nicht immer im positiven Sinn. Die Region war nicht besetzt. Die Leute hier zeigten nicht die Unterwürfigkeit wie die Deutschen, wie auch immer ihre wahren Gefühle aussehen mochten. Engländer und Amerikaner waren hier nicht präsent. Die Einwohner waren zu nichts verpflichtet, niemandem Rechenschaft schuldig. Es gab niemanden, der sie ständig daran erinnerte, sich schuldig zu fühlen für den Krieg, den sie verloren, für den Schaden, den sie angerichtet hatten. Sie konnten empfinden, was immer sie wollten, und Edith spürte Ablehnung. Wimmelt hier nur so vor Nazis, hatte Dori gesagt. Die Alpenfestung hatte es nicht gegeben, aber viele Nazis waren wahrscheinlich über die Grenze geschlichen, um sich hier niederzulassen, und mit ihnen kamen weitere, die auf ihre Papiere warteten und die Zeit totschlugen bis zur Fortsetzung ihrer Reise ins Ungewisse.

»Nicht starren.« Adeline rührte Zucker in ihren Kaffee. »Entspann dich. Genieße den Sonnenschein.«

»Ich versuche immer, herauszufinden, welches die Nazis sind. Es fühlt sich an, als würden alle uns beobachten.«

»Die meisten von ihnen wahrscheinlich«, antwortete Adeline. »Wenigstens sind es nur misstrauische Nazis, die uns im Auge behalten. Keine Spur von Briten oder Amerikanern.« Edith war sich nicht sicher, wie sehr diese Einschätzung sie beruhigte. »Ich frage mich, was der Typ da will.«

Ein kleiner Mann kam quer über den Platz gelaufen. Er sprach sie auf Deutsch an, obwohl er offensichtlich Italiener war: klein, drahtig, dunkelhäutig mit schütterem, nach hinten gekämmtem Haar. Seine Augen hinter der dünn umrandeten Brille waren gelblich-braun. Sein breites Lächeln ließ kurz Gold aufblitzen.

»Signora Graham? So nett, Sie hier zu treffen.«

Edith schaute ihn überrascht an. »Woher kennen Sie meinen Namen?«

»Man hat mich gebeten, Ausschau nach ihnen zu halten. Wir haben hier nicht so viele Besucher. Und wer ist diese bezaubernde Dame?«

Adeline schwieg.

»Sie sind?«, fragte Edith.

»Ich habe mich nicht vorgestellt, tut mir so leid. Mein Name ist Signore Rossi. Zu Ihren Diensten.« Er verbeugte sich vor Edith. »Ich habe ein schönes Haus mit Blick auf den See. Pensione Alto Adige. Ich spreche eine Einladung an Sie aus, uns morgen zu besuchen. Um vier Uhr. Ich mache eine Marende. Sehr gut. Spezialität der Gegend.« Er beugte sich vor. Sein Atem roch nach Knoblauch und Nelken. »Für Sie und Ihren deutschen Gast, Sie verstehen? Nehmen Sie den Weg nördlich um den See«, fügte er etwas lauter hinzu. »Das erste Haus, das Sie sehen. Ein hübscher Spaziergang.«

Er strahlte sie an, aber es fand sich keinerlei Wärme hinter der Brille mit Goldrand, kein Licht in den dumpfen, lehmfarbenen Augen.

Eine großgewachsene Gestalt tauchte plötzlich neben ihm auf. »Belästigt der Kerl Sie?«

Signore Rossi beäugte ihn und eilte mit einem gemurmelten »Ich sehe Sie morgen« über den Platz.

»Sergeant! Was, um Himmels willen, machen Sie denn hier?«

Edith hätte überrascht sein müssen, ihn hier zu treffen, war es aber nicht.

»Urlaub.«

Jack setzte sich zu ihnen an den Tisch. Er trug lange khakifarbene Shorts und Armeesocken, die über seine Wanderstiefel gerollt waren, dazu ein hellblaues Aertex-Hemd und einen Cricketpullover mit kurzen Ärmeln. Gesicht und Nacken waren gebräunt, seine Arme und Beine zeigten ein überzeugendes Braun, als ob er tatsächlich auf Wandertour gewesen wäre.

»Ich bin hier mit Kay. Flitterwochen, um genau zu sein.« Sein Grinsen sah nun ein wenig verlegen aus. »Haben endlich die Ringe getauscht.«

»Oh?« Edith sah ihn forschend an. Das überraschte sie.

»Kurzentschlossen irgendwie. Haben kein großes Ding daraus gemacht, wissen Sie. Deutscher Krankenhauspfarrer. Nur ein paar von meinen Kumpels und einige ihrer Kolleginnen.«

»Wo ist Kay jetzt?«

»In der Kirche und schaut sich Fresken an. Bier, Birra!«, rief er dem herbeieilenden Kellner entgegen. »Und schnell, Alphonso. Was hat dieser Itaker gewollt?«

»Er hat mich in die Pensione Alto Adige zu einer Marende mit einem deutschen Freund eingeladen. Vier Uhr morgen Nachmittag.«

»Ach ja? Ich kenne sie. Unter der Pensione Sterzberg, wo Dori wohnt. Ich bin schon seit ein paar Tagen hier. Habe das Terrain sondiert.«

»Sie ist hier?« Edith war erleichtert zu hören, dass Dori sicher eingetroffen war, auch wenn die Neuigkeit von unerwarteter Seite kam. Was genau wollte Jack hier?

»Letzte Nacht«, fuhr er leise fort. »Ich werde sie informieren, sie über Giorgio benachrichtigen lassen, unseren Padrone. Ehemaliger Partisan. Man kann ihm trauen. Danke, Kumpel.« Jack griff sich ein Bier vom Kellnertablett und erhob sich. »Sollte mich besser beeilen. Kay wird in der Kirche bald fertig sein. Ist nur so groß wie ein Kaninchenstall.« Er schaute auf sie hinab. »Erzählen Sie ihr nichts von unseren Angelegenheiten hier.«

»Natürlich nicht«, sagten Adeline und Edith unisono.

»Bis später. An der Bar so gegen sieben?«

Er verließ sie mit einem Winken und ging ins Hotel.

»Was macht er hier?«, fragte Adeline. »Ist er hier als dein treuer deutscher Schäferhund, oder ist da etwas anderes im Gange?«

»Ja, Adie.« Edith schüttelte den Kopf. »Das würde ich auch gern wissen!«

Zum Essen erschien Jack mit Kay am Arm. Sie sahen sehr nach einem Paar in den Flitterwochen aus. Kay groß und gebräunt mit nur einem Hauch Lippenstift, ihr dunkles, im Nacken zusammengebundenes Haar fiel auf die Schultern ihres ärmellosen Sommerkleids. Jack in grauen Hosen und blauem Hemd ohne Krawatte. Seine widerspenstigen Haare hatte er nach hinten gegelt. Er war frisch rasiert, gekämmt und gestriegelt. Und war das Eau de Cologne? Kays Einfluss, keine Frage. In ihrer Gegenwart war er stiller, zurückhaltender.

Sie nahmen ihren Aperitif auf der Terrasse unter dem ausladenden Dachvorsprung des Hotels zu sich. Der grau gepflasterte Platz war außer einigen schwarz gekleideten Frauen, die zur Abendmesse in die kleine, gedrungene Kirche eilten, menschenleer.

»Sieht nicht nach viel aus, nicht wahr?« Kay nippte an ihrem Cinzano. »Drinnen verbergen sich aber wahre Schätze. Die Fresken sind großartig.«

»Keinesfalls verpassen, was, Kay?«, schaltete Jack sich in das Gespräch ein. Er blinzelte Edith zu. »Morgen früh ist vielleicht eine gute Zeit, um einen Blick darauf zu werfen.« Er schwenkte sein leeres Glas und schaute in die Runde. »Jemand noch einen? Hoffentlich gibt es bald was zu essen. Ich könnte einen toten Hund verputzen.« Er lachte. »Was ich wahrscheinlich auch tun werde.«

Das Abendessen kam als Menü, eine Mischung aus österreichischen und italienischen Gerichten, zubereitet von der Frau des Pensionsinhabers. Die Gäste saßen an einem langen Tisch in einem holzvertäfelten Speiseraum, der mit allerlei Trophäen dekoriert war: ein Eber mit Stoßzähnen, zierliche Gämsen, ein Steinbock mit gebogenem Gehörn, die mächtigen Geweihe von Rotwild. Da sie die einzigen Gäste waren, hatten sie den Tisch für sich allein. Ihr Gastgeber, Giorgio, war klein, dunkelhaarig und trug eine Brille wie der Mann auf dem Platz, damit endeten aber auch schon ihre Gemeinsamkeiten. Giorgios braune Augen strahlten, als ob er immer kurz davor wäre, in Lachen auszubrechen, sein Lächeln war aufrichtig, keine Goldzähne in Sicht. Er goss Wein ein, einen dunkelroten Marzemino. Angelina, seine Frau, servierte das Essen. Ruhig, verschlossen und auf eine unergründliche Weise hübsch, lächelte sie über ihre Komplimente, wobei ihre kräftige Gesichtsfarbe noch dunkler wurde, während sie sich eine Locke schwarzen Haares hinters Ohr schob.

Es gab viel Lob. Zuerst servierte sie eine riesige Platte mit Antipasti: hauchdünn geschnittener roher Schinken, dazu geräucherte Wurst und fast durchsichtige Scheiben von rosafarbenem Speck, der mit Wacholder aromatisiert war. Giorgio brachte Drahtkörbchen mit Brot, Weizen und Roggen, bestreut mit Fenchelsamen und Kümmel. Auf die Antipasti folgte ein herzhafter Kuchen. Edith musste fragen, um was es sich handelte. Torta ai Carciofi. Artischockenherzen. Edith hatte so etwas noch nie gegessen und bat auf der Stelle um das Rezept.

»Wie läuft es im Krankenhaus?«, fragte sie Kay.

»Viel zu tun wie immer.« Sie tupfte sich den Mund mit einer Serviette ab. »Allerdings weniger Fälle von TBC, weil das Wetter besser geworden ist. Anna und Seraphina haben mich besucht. Hat Jack Ihnen das erzählt?«

»Nein, hat er nicht.« Edith warf Jack einen Blick zu. Er hatte seinen Wein ausgetrunken und rief nach einem Grappa. Kay würde mit ihm alle Hände voll zu tun haben.

»Ich weiß, wie er ist«, sagte sie, als könne sie Gedanken lesen. »Man kann ihn nicht ändern. Ich würde es auch nicht wollen. Also, die jüdischen Mädchen.« Mit einem strahlenden Lächeln nahm sie ihr vorheriges Gesprächsthema wieder auf. »Dank Ihnen ist Anna wieder vollkommen gesund. Sie haben erzählt, dass sie nach Palästina gehen. Sie sagten nicht wie, und ich habe nicht gefragt. Alles von einem Freund organisiert. Der Himmel weiß, dass sie es verdient haben, nach allem, was sie durchmachen mussten. Wir hatten noch mehrere andere davon, wissen Sie. Jüdische Mädchen aus Polen. Sie waren in Ravensbrück. Jung, hübsch und so stark, trotz ihrer schrecklichen Verletzungen. Wirklich furchtbar.« Kay legte ihre Gabel nieder. »Was man ihnen angetan hat … Ich darf gar nicht daran denken. Wir tun, was wir können, aber sie werden nie wieder dieselben sein. Ich weiß nicht, wie die so etwas machen konnten. Ärzte, Krankenschwestern, die absichtlich Schaden zufügen, junges Fleisch verstümmeln. Sie werden Zeugenaussagen machen. Die Mädchen, meine ich. Beim Prozess gegen die Verantwortlichen. Sehr mutig von ihnen, aber sie sind wild entschlossen. Ich hoffe, dass die Schweine für das, was sie verbrochen haben, hängen werden.«

»Dolce, Signora?«

»Nein, danke.« Kay tupfte sich wieder die Lippen ab »Kein Appetit mehr. Er mag Sie sehr, müssen Sie wissen.« Kay nickte zu Jack hin, der mit Adeline anstieß. »Kümmert sich normalerweise nicht um CCG-Typen, sein Ausdruck, nicht der meine. Einer der besten Offiziere, unter denen ich gedient habe. Das hat er gesagt. Aus seinem Mund ist das ein großes Lob.«

Edith merkte, wie sie rot anlief. »Ich weiß gar nicht, womit ich diese Auszeichnung verdient habe.«

»Sie sind geradeheraus, hat er gesagt. Niemals Angst, das Richtige zu tun, keine Angst vor hohen Tieren und Sesselpupsern. Er hasst das alles.« Sie drehte sich zu Edith. »Ich weiß nicht, warum wir hier sind. Jack wollte es mir nicht sagen, aber ich nehme an, dass es trotz all seines Gesäusels nicht nur um Flitterwochen geht. Und ich glaube auch nicht, dass die Tatsache, dass er Sie hier trifft, nur ein Zufall ist. Er wird es mir schon erklären, wenn die Zeit reif ist und falls nicht, ist es besser, wenn ich von nichts weiß. Er ist hier oben schon früher gewesen, müssen Sie wissen.«

»Mir ist bekannt, dass er in Italien war.«

Kay nickte. »Er war zum Ende des Krieges hier oder hier in der Nähe. Sie haben von der letzten Schanze gehört?« Edith nickte. »Er war hier, um dem nachzugehen. Er blieb immer ein wenig vage, wenn es darum ging, was er im Krieg gemacht hat. Sie kennen seine

Sprüche: ›Ein bisschen dies, ein bisschen das.‹ Sieht aus, als hätte er sich aus der Schusslinie gehalten, ein kleiner Drückeberger.« Sie lächelte und schüttelte den Kopf. »Nichts könnte der Wahrheit ferner sein. Er war bei den Special Forces. Wussten Sie das?«

»Nun, ja ...« Special Forces. SAS. Da war die Verbindung. Bulldog Drummond. Das hier war seine »Show«.

»Ich nicht. Ich wusste nicht, was er tat. Eines Nachts – es war nach seiner Rückkehr aus Berlin – war er sehr betrunken, so betrunken, dass er sich kaum noch auf den Beinen halten konnte. Sie kennen Jack. Er kann was vertragen, und er war ...« Kay suchte nach dem richtigen Ausdruck. »... bewegt. Was ungewöhnlich war. Er zeigt seine Gefühle nicht, niemals. Immer ein Lachen im Gesicht, das ist Jack. Nicht in dieser Nacht. Ich fragte ihn, was los sei? Er sagte, er habe schlechte Nachrichten erhalten. Er hatte jemanden getroffen, einen Offizier, denke ich. Er war in Deutschland auf der Suche nach seinen Männern. Special Forces, die hinter die Feindlinien geraten waren. Man hegte Hoffnung, dass sie als Kriegsgefangene heimkehren würden. Der eine oder andere taucht immer noch auf, aber von ihnen gab es kein Lebenszeichen. Sie haben alles versucht, sogar eine Séance abgehalten.«

»Was steckt Ihr zwei die Köpfe so zusammen?« Jack ließ sich mit einem etwas eulenhaften Gesichtsausdruck zwischen ihnen nieder.

»Nichts, Jack«, sagte Kay. »Wir unterhalten uns nur.«

»Ist das so? Wenn ich es nicht besser wüsste, hätte ich gedacht, dass du aus dem Nähkästchen plauderst.«

Jack lächelte sie träge an, aber in seinen Augen blitzte etwas auf. Schwer zu sagen, ob er böse war oder nur ein wenig angesäuselt.

»Es ist meine Schuld, Jack«, sagte Edith. »Ich habe Kay ausgefragt.«

»Möchten Sie einen Schluck hiervon?« Er bot ihr die Flasche an. »Na los, trinken Sie einen mit.« Er schenkte zwei Gläser ein. »Ich kannte diese Männer. War mit ihnen in der Ausbildung, habe mit ihnen gekämpft. Es ist nicht leicht zu verstehen, aber diese Sorte Freundschaft ist enger als die meisten Ehen. Ich wusste, dass Bulldog nach ihnen suchen würde. *If these did not die well, it will be a black matter,* das hat er gesagt. Ich traf ihn in Berlin. Irgendein Lebenszeichen?, fragte ich ihn. Er war so betrunken, wie ich ihn noch nie gesehen hatte. ›Wenn ich das recht sehe, Sergeant, war das ein schlimmer Tod.‹ Hatte sie gefunden, allerdings. In irgendeinem Wald begraben. Nackt. Mit verbundenen Händen. Nackenschuss. Hätten als Kriegsgefangene behandelt werden müssen. Ich sollte ihm dabei helfen, die Bastarde zu finden, die das gemacht haben.« Er sah hinaus auf den leeren Platz. »Einige von denen halten sich vielleicht hier auf. Also los, Frauenzimmer.« Er hielt Kay seine Hand hin. »Eigentlich sind wir in den Flitterwochen. Zeit fürs Bett. Ich sehe euch morgen früh. Viel Spaß mit den Fresken«, fügte er mit einem Blick auf Edith hinzu. »So um acht nach der Messe.«

39

HOTEL AQUILA NERA/SCHWARZER ADLER

Vipiteno Sterzing

18. Mai 1946

La Prima Colazione
Erste Mahlzeit des Tages

Brötchen oder Toast mit ungesalzener Butter und Marmelade (oder einfach nur Marmelade), Cornetto, Croissant, Biscotti.
Serviert mit Cappuccino (Kaffee mit heißer Milch). In Alto Adige (Südtirol) gehören Käse, Schinken und Eier zum Frühstück, ein deutlicher österreichischer Einschlag. Brioches können die Cornetti ersetzen.

Edith wachte vom dünnen, merkwürdig scheppernd klingenden Ton der Rathausglocke auf. Ein Blick auf die Uhr. Fast acht. Sie kleidete sich schnell an, trat hinaus auf den Platz und schlängelte sich zwischen Budenbesitzern hindurch, die gerade ihre Marktstände aufbauten. Schwarzgekleidete Frauen mit Kopftuch begutachteten schon die Berge von Gemüse und Obst in den Auslagen.

Nach der Helligkeit draußen war es im Innenraum der Kirche dämmrig. Sie brauchte einen Moment, bis sich ihre Augen daran gewöhnt hatten. Kerzen loderten und flackerten; mit lichtdurchlässigem, geädertem Alabaster verglaste Fenster ließen gedämpftes, goldenes Licht ein.

Die Kirche war fast rund, so breit wie lang, ohne Seitenschiffe. Sie erinnerte Edith an die Templerkirchen, an byzantinische Basiliken. Sie sah sofort, was Kay mit den Fresken meinte. Die ausladende Gewölbedecke war wie die Wände komplett ausgemalt. Es fühlte sich an, als betrete man eine bemalte Höhle.

Die Kirche war fast leer. Zwei schwarz gekleidete Frauen saßen vor einem großen Beichtstuhl und beteten in unablässigem Summen wie eine Fliege hinter Glas den Rosenkranz. Eine weitere Frau kniete in einer Bank etwa in der Mitte der Kirche. Ebenfalls in Schwarz gekleidet, aber deutlich jünger als die alten Weiber, kniete sie mit durchgedrücktem Rücken, gefalteten Händen, den Kopf halb bedeckt von einem dunklen, dünnen Schal. Edith schlüpfte neben sie in die Kirchenbank.

»Du bist spät dran.« Dori blickte stur nach vorn. »So lange bin ich schon lange nicht mehr auf den Knien rumgerutscht.«

»Tut mir leid. Wurde spät gestern.« Edith kniete nieder. Die Bank roch nach altem Holz, Weihrauch und Gipsstaub. Sie neigte den Kopf zu ihren gefalteten Händen. »War das Jacks Idee, sich hier zu treffen?«

»Eine Kirche ist eine gute Tarnung, ein guter Treffpunkt.«

»Wie läuft es? Glauben sie dir?«

»Oberflächlich betrachtet könnte es nicht besser gehen. Mein Gastgeber schwört, dass er meinem Mann auf dem Weg zurück nach Deutschland geholfen hat. Wir wohnen in der Pensione Alto Adige. Sie liegt ein wenig höher am Berg als die Pensione Sterzberg, wo du Kurt treffen wirst. Beide gehören Rossi. Ich habe das beste Zimmer bekommen. Seeblick und so weiter. Aber meine Geduld geht zur Neige, um die Wahrheit zu sagen. Langsam fühle ich mich ein wenig überflüssig. *Heilige Maria voll der Gnaden*«, sagte Dori und ließ die Perlen in ihrer Hand klicken. »*Der Herr sei mit dir. Du bist gebenedeit unter den Weibern.*«

»Muss das sein?«

»Möchte keine Aufmerksamkeit erregen. *Gebenedeit ist die Frucht deines Leibes, Jesus* … Wie auch immer, ich bin Katholikin. Ein wenig eingerostet vielleicht, aber das habe ich schnell wieder drauf. So habe ich bei den Einheimischen einen Stein in Brett. Ein wahrer Segen. Mit der katholischen Kirche unter einer Decke. Den Flüchtlingen helfen, alle möglichen Dinge besorgen: Papiere, Pässe, Rückzugsorte in Abteien und Nonnenklöstern, von hier bis nach Rom. *Heilige Maria, Mutter Gottes, bete für uns, jetzt und in der Stunde unseres Todes. Amen.*«

»Amen«, fiel Edith automatisch ein. »Vielleicht sollte ich dir das hier zurückgeben.« Sie hielt das Medaillon hoch, das sie um den Hals trug.

»Nein.« Dori schaute auf das traurige, vernarbte Gesicht der Madonna. »Vielleicht brauchst du sie noch. Du wirst heute Nachmittag von Stavenow treffen.«

»Ist er hier?«

Dori schüttelte den Kopf. »Nein, noch nicht. Wir erwarten ihn im Lauf des Tages. Mein Gastgeber ist in heller Aufregung bei den Vorbereitungen.«

»Wo ist Elisabeth?«

»Unterwegs. In aller Frühe nach Meran aufgebrochen, um sich neue Papiere zu besorgen, nehme ich an.« Sie ließ die Perlen durch ihre Finger gleiten. »Ich bewundere sie immer mehr und vertraue ihr immer weniger. Sie ist schlau und sehr, sehr gewissenlos. Sie hat ein fotografisches Gedächtnis, wusstest du das? Die Routen, die wir gewählt haben – ein Blick und sie hatte sie sich eingeprägt. Einer der Führer wollte uns an der Nase herumführen. Er machte mit Elisabeth einen Spaziergang. Ich glaube, er rechnete sich Chancen aus. Er kam nicht zurück.« Sie betete noch einige *Gegrüßet seist du Maria.* »Die Beweise, die Adeline gefunden hat, bringen sie mit dem innersten Zirkel des nationalsozialistischen Geheimdienstes in Verbindung. Sie dürfte Namen kennen, Orte, Verbindungen zur Sowjetunion und Kontakte, die vielleicht immer noch bestehen. Sehr viel wert in jeder Währung. Vermutlich planen sie von hier zu einem Hafen zu gelangen, vorzugsweise Genua, wo die Amerikaner mit hübschen neuen Identitäten für die Weiterreise auf sie warten, plus Freifahrtschein für ein glückliches neues Leben. Sie ist gut, das muss man ihr lassen. Hast du sie mit diesen Amis im Zug gesehen? Diese Begegnung werden die nie vergessen.«

»Es ist eine sehr beeindruckende Geschichte.«

»Das kannst du laut sagen. Sie hat die nicht erfunden. Die Sache ist nur, dass ich die ganze Zeit über dachte, wie kommt es, dass sie in Preußen feststeckte? Ich glaube, es lief so: Im Juli 44, die Russen im Osten, die Alliierten im Westen. Jeder weiß, dass Bewegung in die Sache gekommen ist. Panik. Einige von ihnen versuchen, Hitler in die Luft zu jagen, und werden für ihr Engagement mit Klavierdraht aufgeknüpft. Großflächig werden die Spuren verwischt. Das war, als unsere Leute und die SAS-Typen zusammengetrommelt und entsandt wurden. Leute beginnen, Pläne zu schmieden. Heimliche Kontaktaufnahmen zu den Alliierten, ein hastiger Rückzug in die Alpenfestung. Manche fangen an, über ihr eigenes Überleben nachzudenken, beispielsweise Sturmbannführer von Stavenow und seine zauberhafte Frau. Sie entwickeln ihre persönliche Strategie. Nummer eins: Sie wollen nicht in Berlin sein, wenn der Iwan kommt. Nummer zwei: Sie haben Material, das für die Alliierten von Interesse sein könnte, etwa, wie man möglichst schnell eine große Anzahl Menschen tötet. Der Schlüssel zu wichtigen Spionagenetzwerken. Beide sind klug genug, zu wissen, dass dies nach Beendigung des Krieges eine wichtige Währung darstellt. Sie wollen heikles Material nicht in Berlin lassen. Ich vermute, dass sie es in Ostpreußen verwahrten, zusammen mit leicht zu transportierenden Wertsachen, Gold und Juwelen.«

»Und die Pferde«, fügte Edith hinzu. »Sie würde niemals die Pferde alleinlassen.«

Wieviel von Elisabeths Geschichten auch immer erfunden war, ihre Liebe zu Pferden war aufrichtig. Allein die Vorstellung, sie könnten in die Hände der Roten Armee fallen, würde ausreichen, um sie zurück nach Ostpreußen zu treiben, koste es, was es wolle.

Dori neigte zustimmend den Kopf. »Und die Pferde. Sie eilt zum Schloss, während er und seine glücklichen Patienten in den Norden geschickt werden. Aber es erwischt sie. Der Iwan rückt an allen Fronten vor. Der einzige Ausweg besteht darin, sich in den Sattel zu werfen, was Elisabeth auch tut, um zeitig in Lübeck zu landen und dich zu treffen.«

»Woher sollten sie wissen, dass ich dort bin?«, fragte Edith. Es war alles nur Spekulation, hörte sich aber plausibel an – bis auf den letzten Teil. Das roch zu sehr nach Zufall.

»Ah, das ist eine *wirklich* interessante Frage«, sagte Dori auftrumpfend.

»Also, woher wussten sie es?«

»Was weiß ich, Darling, aber ich habe da so eine Vermutung. Sag mir, wann wusste Leo darüber Bescheid, dass du dich für die Kontrollkommission beworben hattest?«

»Recht früh. Er war einer meiner Bürgen.«

»Und wie kommt es, dass du in Lübeck gelandet bist?«

»Keine Ahnung. Ich dachte, sie schicken die Leute dorthin, wo sie gebraucht werden.«

Groschen fielen, Einzelteile eines Puzzles passten plötzlich zusammen. »Du glaubst doch nicht …«

»Das tue ich in der Tat. Leo kann alles deichseln, er sitzt in allen möglichen Komitees, und es gibt immer noch den Club. Ergibt Sinn, nicht wahr? Er ist an von S. interessiert. Die Gräfin hat Verwandte in Lübeck. Sie würde doch nicht irgendwo landen …«

»Er hat mir von Anfang an eine Falle gestellt!«

»Du warst perfekt! Den Zielpersonen bekannt, über jeden Verdacht erhaben, kein Hauch von Hinterlist. Er muss sich die Hände gerieben haben. Und du bist gut. Es hat dir gefallen, er wusste das. Sie *trauen* dir. Elisabeth auf jeden Fall. *Ich* bin der Feind. Nicht du. Du bist die Einzige, die an von Stavenow herankommen kann. Also musst du jetzt das Treffen bewerkstelligen. Sehen, was er will. Und ihn zum Reden bringen. So lange wie möglich. Das ist sehr, sehr wichtig.« Sie erhob sich. »Den Rest erledigen wir. Nein.« Sie hielt Edith, die ebenfalls aufstehen wollte, am Arm zurück »Es ist besser, wenn wir nicht zusammen die Kirche verlassen. Bleib hier. Schau dir die Fresken an. Hans von Bruneck. 1402. Ganz ausgezeichnet.«

Dori trat aus der Kirchenbank, ohne sich umzudrehen. Als sie den Mittelgang erreichte, beugte sie den Kopf und legte einen graziösen Knicks hin.

Edith blickte zu den Fresken empor. Im Laufe der Zeit vergilbt, waren die Farben zu einem dunklen Pastell geworden. Stellenweise verwaschen, liefen die Figurengruppen und Szenen rund um den gesamten Kircheninnenraum, dicht gedrängt, eine nach der anderen. Engel stiegen in den Himmel auf. Heilige erlitten eine Vielzahl von Martyrien. Mit einer Reihe von kleinen Szenen umrandete die Leidensgeschichte das schlichte hölzerne Kruzifix, das an der östlichen Wand befestigt war: Christus am Ölberg, die Kreuzigung. Eine traurige Madonna schaute auf das Geschehen.

Sie schloss die Augen und beugte sich mit gefalteten Händen vor. Sie wusste nicht, wie lange sie in dieser Haltung verharrte. Vielleicht betete sie tatsächlich. Schließlich erhob sie sich. Zeit aufzubrechen. Sie ging zur Tür. Die Kuppel über ihr. Die Toten, die von ihren Gräbern aufstiegen, bleich und nackt, die Engel auf der einen Seite, die Teufel auf der anderen. Christus als Richter, der die Guten von den Bösen schied. Schafe von Ziegen.

Giorgio servierte ihr das Frühstück: Kaffee und ein Brioche, eine Platte mit drei Sorten Käse, Scheiben von Salami und dünn aufgeschnittenem Schinken. Die anderen hatten schon gefrühstückt, sagte er. Signora Hunter und die amerikanische Signorina waren mit dem Zug nach Verona gefahren, um die römischen Bauwerke und die Basilica Zeno Zaggiore zu sehen. Signore Hunter unternahm eine Wanderung und würde den ganzen Tag über unterwegs sein.

Edith aß ihr Frühstück langsam. Sie musste Zeit totschlagen. Sie notierte sich, was auf dem Tisch stand, stellte Fragen zu den unterschiedlichen Käsesorten. War da Fenchel in der Salami?

Giorgio beantwortete ihre Fragen und brachte mehr Kaffee. »Meine Angelina, sie hat das Rezept für Sie aufgeschrieben.« Er lächelte. »Die Torta ai Carciofi.«

»Danke.«

Edith folgte ihm an der höhlenartig dunklen Speisekammer vorbei, die mit runden Käsen bestückt war, in die Küche. Ein langer, kühler Raum, der durch zwei kleine Fenster Licht bekam, und eine offene Tür, die in den schon grünen, fruchtbaren Garten führte: Artischocken mit ihren silbrigen Stielen, Erbsen, die über Netze rankten, Bohnen, die sich an Stöcken wanden, Tomaten, die an robusten Holzstäben emporwuchsen, Reihen von Radieschen, Beete, Karotten, weiß gestielter Mangold, purpurner Radicchio und Salat, hellgrün und kraus, dunkelgrün, kupferfarben – Sorten, die sie noch nie gesehen hatte. Edith atmete den Geruch von Lavendel und Rosmarin ein, während die Bienen zwischen den roten und blauen Blumen schon fleißig waren. Mintgrüne italienische Petersilie und Oregano wuchsen in Terrakottatöpfen neben der Tür.

Angelina bereitete in der Küche schon das Mittagessen vor. Sie summte vor sich hin, während sie das Gemüse in einem Steinbecken wusch.

Neben dem Abtropfbrett stand ein Kistchen mit roten und weißen Zwiebeln und Kräuterbündeln: Salbei und Rucola, dünner, wilder Spargel und daneben die dicken weißen Stangen mit den violetten Spitzen ihrer kultivierten Cousins. Eine weitere Schachtel auf dem Boden enthielt Sellerie und Fenchel mit weißer Knolle und frischem Fenchelgrün.

»Die Signora«, sagte Giorgio.

»Scusi.« Angelina wandte sich um und trocknete ihre Hände an der Schürze ab.

»Nein, nein! Lassen Sie sich durch mich nicht stören. Ich habe gerade Ihren Garten bewundert«, erklärte Edith mit einem Lächeln. »Er hat mich an mein Zuhause erinnert. Mein Schwager Ted würde ihn lieben! Er zieht für sein Leben gern Gemüse.« Die Vorstellung von Ted, wie er in seinem Schrebergarten die Erde umgrub, trieb ihr unvermittelt Tränen in die Augen. »Sie haben so viele unterschiedliche Sorten«, fuhr sie rasch fort. »Einige davon habe ich noch nie gesehen, und er liebt es, neue Sorten anzubauen.«

Angelina nickte lächelnd, während Giorgio übersetzte.

»E la recitta.« Sie griff in ihre Schürzentasche und zog das Rezept hervor, das sie mit dickem Bleistift fein säuberlich auf weißes Pergamentpapier geschrieben hatte.

»Vielen Dank.« Edith steckte das Rezept in ihre Handtasche. Sie schaute sich in der Küche um. »Darf ich ein wenig hier bleiben?«

Es fühlte sich an, als würde der Tag sich vor ihr ausdehnen. Ein klaffendes Zeitloch bis zu ihrer Verabredung, die um vier Uhr nachmittags stattfinden sollte. Sie fühlte, wie die Angst wuchs und mit ihren kleinen, scharfen Zähnen an ihr nagte. Schön, hier zu bleiben, wenn auch nur für eine Weile, in dieser luftigen sonnenhellen Küche mit ihrem Geruch von Holzrauch aus dem Ofen, dem gärenden Brot auf dem gescheuerten Holztisch, dem Grünzeug aus dem Garten, den Käsen unter ihren Spitzendeckchen auf der langen Anrichte. Sie wollte etwas tun. Etwas hacken, rühren, ausrollen und formen würde ihr helfen, sich zu beruhigen. Sie hatte Kochen stets als Trost und Aufmunterung empfunden.

Angelina wollte von Mithelfen nichts wissen, doch sie erlaubte ihr, dazubleiben und zuzuschauen, während sie das Mittagessen zubereitete. Sie sprach kaum Englisch, und Edith hatte ihr spärliches Italienisch aus dem College größtenteils vergessen, aber Köchinnen kommen auch ohne Sprache aus. Es liegt alles im Wuchs, im Duft und in der Bewegung der Hände.

Angelina versprach, ein Picknick zuzubereiten. Edith würde den Nachmittag am See verbringen. Sie kaufte verblasste sepiafarbene Ansichten des kleinen Ortes, der Marktplatz mitsamt Uhr. Es wurde Zeit, nach Hause zu schreiben. Sie nahm die Ansichtskarten mit auf die Terrasse und schloss kurz die Augen, um sich eine weniger stechende Sonne vorzustellen.

Giorgio brachte ihr eine Kanne Kaffee und dazu ein Bündel kleiner brauner Pakete. Fast schüchtern legte er sie auf den Tisch. »Per tuo cognato. Aus unserem Garten.«

Die Paketchen waren sorgfältig beschrieben: lattuga, cipolle, cavello nero, prezzemolo, oregano, carciofo. Giorgios Übersetzungen standen ordentlich in Druckbuchstaben darunter.

»Vielen Dank, Ihnen beiden.« Edith lächelte, obwohl die Freundlichkeit ihr wieder die Tränen in die Augen trieb.

Sie kaufte eine letzte Postkarte und bat Giorgio um einen Umschlag. Er würde ihn für sie aufgeben. Sie würde das Rezept mit den Artischocken schicken. Louisa konnte es von den Pflanzen herstellen, die Ted ziehen würde.

40

PENSIONE STERZBERG

Vipiteno Sterzing

18. Mai 1946

Marende (hiesiger Name), Brotzeit (Deutsch)

Ein Imbiss (oft nachmittags serviert), eher österreichisch als italienisch, bestehend aus Speck, Wurst, Käse und eingelegten Gurken, serviert auf einem Holzbrettchen mit Landbrot (genannt Vorschlag), ein runder, flacher, gewölbter Laib mit feiner Struktur, dicker Kruste und leicht säuerlichem Geschmack. Dazu Wein.

Dori beobachtete alles vom Balkon ihres höher gelegenen Chalets.

In der Ferne schlug die gesprungene Rathausglocke vier, als sie Edith entdeckte, die vom See her hoch zur Pensione Sterzberg lief. Hinter ihr führte ein Steg ins Wasser. Dori beäugte die kleinen Boote, die dort vertäut lagen, und suchte dann mit ihrem Fernglas das Seeufer ab. Sie bemerkte eine verstohlene Bewegung unter den tiefhängenden Ästen. Sie schaute instinktiv weg, als würde ihr Starren Aufmerksamkeit erregen. Edith stieg gerade die Treppe hoch, die zum Eingang des ersten Stocks der Pensione führte.

Geranienkästen standen auf jeder Stufe, deren Geruch nach der Hitze des Tages sehr aromatisch war. Edith zerrieb ein Blatt zwischen den Fingern und atmete den scharfen, pfeffrigen Duft ein. Doppeltüren standen offen, deren Scheiben mit abblätternden Plakaten beklebt waren, die Skiwettbewerbe und Dorffeste bewarben. Harz trat aus dem Kiefernholz des Türrahmens aus und fügte der

Schärfe der Geranien eine rauchige Note hinzu. Am Ende der Rezeption befand sich ein Ständer mit gewellten Ansichtskarten.

»Ah, Signora Graham.« Signore Rossis kleiner, seidig glänzender Kopf erschien hinter den Karten. Er lächelte und ließ dabei sein Gold aufblitzen. »Tut mir leid, falls ich Sie habe warten lassen.« Er wedelte entschuldigend mit seinen kleinen Händen. »Kommen Sie, Herr Kuschner ist hier.«

Er führte sie an einer kleinen Bar vorbei in einen höhlenartigen Speiseraum. Die kiefergetäfelten Wände waren stark lackiert und mit gemalten Wappen bestückt: Schwarz, Rot, Gold für das alte Imperium, Drachen, Greife und Löwen für irgendwelche Adelsfamilien, die Patriotismus für einen Ort ausdrückten, der keine Unabhängigkeit kannte. Zwischen den Wappenschildern hingen die unausweichlichen Jagdtrophäen, ausgestopfte Köpfe und Schädel.

Sie traten durch eine offene Tür ins Sonnenlicht, das nach der Dunkelheit des Hauses blendete. Edith setzte ihre Sonnenbrille auf. Kurt saß an einem Tisch vor einem Glas Wein. Er trug eine grüne Lodenjacke, deren Hirschhornknöpfe geöffnet waren, darunter ein Trachtenhemd aus Leinen, am Hals offen, Kniehosen aus Cavalry-Twill in hohen, polierten Stiefeln. Er war gekleidet, als ob sich nichts verändert hätte, als wäre er noch immer der wohlhabende Graf, Eigner eines großen Gutes, der sich auf einem Jagdausflug befindet. Signore Rossi trug zu dieser Illusion bei, er hätte nicht unterwürfiger sein können. Kurt nahm seine Anwesenheit kaum zur Kenntnis.

»Edith!« Kurt erhob sich, als sie an den Tisch trat. »Komm, nimm Platz. Wein?« Er schenkte ihr ein Glas ein, ob sie wollte oder nicht. »Lagrein. Er ist von hier.« Er füllte sein eigenes Glas auf und hielt es sich unter die Nase. »Wirklich nicht schlecht.«

»Prosit!« Kurt erhob sein Glas.

Edith nahm den schweren Römer in die Hand. Der dunkle Wein war warm und süßlich vom zu langen Stehen in der Sonne. Edith roch eine Duftwolke von ranzigen Wurstwaren. Auf dem Tisch stand Rossis Marende: trocknendes Brot, zerlaufener Käse und dünne Scheiben von schwitzendem Speck. Zu früh geschnitten und zu lang stehen gelassen.

»Marende. Möchtest du mir Gesellschaft leisten?« Kurt schlug schwungvoll seine Serviette auf. »Ich habe einen Mordshunger.«

Edith schüttelte den Kopf.

»Eine wahre Gaumenfreude nach Deutschland. Hier gibt es so viel gutes Essen. Ich kann es nicht fassen.«

Kurt machte ein großes Gewese darum, welche Scheiben er von der Platte auswählen sollte, knabberte aber trotz seiner Beteuerung, hungrig zu sein, nur daran.

Edith setzte ihr Glas ab. »Was mache ich hier, Kurt?«

»Können alte Freunde nicht …«

»Wir sind keine Freunde, nicht wahr? Nicht mehr.«

Er schob die Brotzeit beiseite und nahm ihre Hand. Sein Ring glühte blutrot im Sonnenlicht. Edith zuckte bei der Berührung zusammen.

»Unsere Zeit ist begrenzt, und ich möchte, dass du es verstehst.« Er beugte sich vor. Edith roch den Wein in seinem Atem, den leicht ranzigen Geruch des Essens vermischt mit dem Vetiver seines Parfüms. »Zuerst meine Arbeit. Was immer man dir auch erzählt hat, alles Lügen und Propaganda. Was ich getan habe, war wichtig. Wir haben viel gelernt. Verwechsle mich nicht mit den Fanatikern, aber da das Material verfügbar war, schien es vernünftig, es zu nutzen.« Er verschränkte die Arme. »Die Toten oder Sterbenden oder diejenigen, die bestimmt sind zu sterben, können immer noch von Nutzen sein.«

Edith verstand ihn so, dass er die Juden meinte, die er auf »Material« reduzierte. Sie schwieg. Sie würde ihn reden lassen. Abwarten, wie weit er gehen würde, um zu rechtfertigen, was er getan hatte, die Wissenschaft bemühen, um das Unentschuldbare zu entschuldigen. Sich aus seinem eigenen Mund verdammen.

»Natürlich sind solche Prozesse wie beispielsweise eine Autopsie oder eine Sezierung unangenehm für medizinische Laien.« Er missverstand Ediths Miene des Ekels als Zimperlichkeit. »Ich möchte die Wichtigkeit der Forschungsarbeiten eines meiner Kollegen anführen, Dr. Mengele, über Zwillingspaare, die sich in seiner Behandlung befanden.« Er versuchte, seinen Mangel an Menschlichkeit als notwendige medizinische Abgeklärtheit zu verbrämen. »Diese Arbeit ist notwendig. Sie ist wichtig. Wir müssen wissen, warum Menschen sich von anderen unterscheiden. Wenn wir die angeborenen Ursachen finden, die diese Unterschiede auslösen, können wir den Schlüssel zum Leben in der Hand halten.«

Edith dachte an Anna und Seraphina, die polnischen Mädchen, um die Kay sich gekümmert hatte, und an die unzähligen anderen Namenlosen. Ihr Mund war trocken, und sie musste schlucken. Sie war froh, dass sie das Essen nicht angerührt hatte.

»*Ist* sagst du«, brachte Edith heraus. »Nicht *war*?«

»Oh, die Arbeit wird weitergehen. Vielleicht nicht in der Weise, wie sie durchgeführt wurde, solche … Freiheit wird vielleicht nicht wiederkommen, aber was wir entdeckt haben, ist von großem Wert. Nicht nur, was Menschen zu …« Er zögerte, um ein akzeptables Wort zu finden, »… Degenerierten macht und wie wir gnädig Leben beenden, sondern wie wir Krankheiten besser behandeln können und Wissen über gewisse … Substanzen erwerben, darüber, wie sie auf den menschlichen Körper wirken.«

»Wie man besser Menschen tötet, meinst du?«

»Besser *behandeln* und *schützen*! Um das zu tun, müssen wir wissen, wie der menschliche Körper sich verändert, wenn man ihn …« Er suchte wieder nach einem angemessenen Wort. »… Belastungen aussetzt.«

»Du findest also nicht, dass irgendetwas, was du getan hast, falsch war?«

»Im Gegenteil, es war, wie ich schon gesagt habe, notwendig.«

»Sogar«, nun zögerte Edith, »wenn es sich um deinen eigenen Sohn handelt?«

»Du hast keine Kinder, Edith. Du kannst nicht verstehen, was es für ein Gefühl ist, einen Sohn zu haben, der niemals zum Mann heranwachsen wird, der niemals eigene Kinder haben wird.«

»Und Elisabeth?«

»Oh, sie war ganz einverstanden, was immer sie dir auch erzählt hat, um dein Vertrauen zu gewinnen und Mitleid zu erregen. Es war eine Gnade, glaube mir. Wolfgang hätte nie ein normales Leben führen können. Wir waren zusammen dort, um sein Ableben zu erleichtern.«

Sie *war* also dort gewesen. Die Geschichte, die sie über ihren Besuch im Krankenhaus erzählt hatte, war nicht erfunden, sondern einfach nur umgemodelt und auf den Kopf gestellt worden, wo aus böse gut wurde. Dazu imstande zu sein lag so sehr außerhalb jeden menschlichen Gefühls, dass Edith sich inständig wünschte, Elisabeth *hätte* gelogen, hätte dies alles erfunden. Angesichts solcher Ungeheuerlichkeit gab es nichts mehr zu sagen. Hier versagten alle Worte.

»Das ist Fortschritt.« Kurts fortgesetzte Rechtfertigungen unterbrachen die Stille. »Um Schwäche zu eliminieren. Um Kraft zu fördern. Für das große Ganze. Letztendlich hätte es zur Verbesserung der gesamten menschlichen Rasse geführt. Eines Tages wird die Welt die Weisheit dieses Handelns verstehen.«

»Wie ich höre, wird es in Nürnberg einen Prozess geben.« Edith fand endlich ihre Stimme, klar und deutlich. »Ausschließlich für Ärzte. Ich hoffe, sie werden euch alle hängen.«

»Ein paar werden geopfert.« Kurt zuckte die Schultern. »Nur Show, das ist alles. Es wurde schon großes Interesse daran bekundet, was wir der Welt anzubieten haben. Die Russen, die Amerikaner, die Briten, alle wollen das, was ich ihnen bieten kann. Die Amerikaner sind natürlich die bei Weitem beste Option. Wie ich von Agent McHale hörte, haben wir dir dafür zu danken, dass du das möglich gemacht hast.«

Er lächelte. Ein reueloser Nazi ohne Respekt vor menschlichem Leben. Er strich mit seiner rechten Hand sein dichtes blondes Haar nach hinten, eine charakteristische Bewegung. Er gehörte zu der Sorte, die sich stets auf ihr gutes Aussehen verließ, ihren Charme, obwohl sein Gesicht grober geworden war: Seine blauen Augen hatten ihren Glanz verloren, sie waren trüb und hart wie unpolierter

Lapis. Und diese Narben im Gesicht. Zwei parallele Furchen, die tief eingemeißelt waren. Dort zurückgelassen von den scharfen Fingernägeln einer Frau; eine letzte trotzige Verletzung, um seine Schönheit zu beeinträchtigen, ihn sein Leben lang als mörderischen Unmenschen zu markieren.

»Gut, es gibt nichts mehr zu sagen.« Er griff nach einer Zigarette. »Ich mag keine Abschiede, du weißt das. Ich wollte dir nur danken, dass du mir meine Elisabeth gebracht hast, für alles, was du für uns getan hast.«

Edith erhob sich und trat ans Ende des Balkons. Sie hörte, wie von Stavenows Stuhl über den Boden scharrte, hörte das Aufklappen eines Feuerzeugs, roch den penetranten Rauch seiner Zigarette. Die untergehende Sonne ließ den Schnee auf den entfernten Bergen in warmem Gold und Kupfer erstrahlen. Unterhalb der Gipfel zog sich ein Streifen von Tannen dahin, maigrün gegen den dunkler werdenden blauen Himmel, der vom Stahlspiegel des Sees reflektiert wurde. Der Blick war berühmt, deswegen reisten die Menschen hierher.

Es war vorbei. Sie hatte getan, worum Dori sie gebeten hatte. Was nun geschah, blieb anderen überlassen. Sie war frei.

Deutschland schien weit weg zu sein. Zuhause noch weiter, und doch hatte sie es klar vor Augen: Mutter in ihrem Ohrensessel, die französischen Fenster geöffnet, um den Geruch der Rosen nach dem Regen hereinzulassen; Louisa in der Küche, die ihr schweres Haar mit dem Handgelenk nach hinten strich und auf das Klimpern von Teds Schlüssel wartete. Edith würde nicht zurückkehren, jetzt nicht, eine lange Zeit nicht, wenn überhaupt. Also war dies so etwas wie ein Abgesang.

Harry wartete auf sie. Sie würde ein neues Leben anfangen. Sie sah ihn jetzt, das leichte Zucken zwischen seinen Brauen, sogar wenn er lächelte, als wäre Glücklichsein eine unverhoffte Überraschung. Ich werde bald bei dir sein, mein Lieber, um diese Stirnfalte zu glätten. Ich werde sehr bald dort sein.

Sie hörte einen scharfen, kreischenden Schrei und hob den Kopf.

Ein Falke, oder war es ein Adler? Zog unablässig seine Runden, höher und höher … Ein Laut ließ sie auffahren. Kein Warnzeichen, kein plötzlicher Schauder der Vorahnung. Ein hartes Knacken, als ob ein Ast abbräche. Hoch oben kreiste der Vogel und zog nach einem kraftvollen Flügelschlag in Richtung Berge.

Dori schaute vom Balkon ihres Chalets zu. Die höher gelegene Position ermöglichte einen guten Blick auf die Geschehnisse in der Pensione Sterzberg. Sie sah Edith an das Ende des Balkons treten, sah, wie von Stavenow ihr folgte, sah, wie er sich eine Zigarette anzündete, und spürte einen Anflug von Unruhe. Wie sie so dastand, war Edith sehr ungeschützt. Und natürlich war sie … Sie suchte mit ihrem Fernglas das Ufer ab und entdeckte ein jähes Aufblitzen in den Bäumen. Ein Fernglas vielleicht oder das Visier eines Gewehrs, das in der Sonne glitzerte …

Sie drehte sich um und rannte los.

Der erste Schuss ließ die Vögel über dem See mit einer abrupten Kakophonie in die Höhe jagen. Das Geräusch schwoll an und hallte durch das enge Tal. Gewehrschüsse. Ein Knall nach dem anderen und noch einer. Dori spürte Hitze auf ihren Wangen, eine stechend warme Nässe, hörte ein Heulen, ein Schrillen nah am Ohr. Sie zog im Laufen den Kopf ein, nutzte die dünne Balustrade als Schutz. Als sie sich umdrehte, konnte sie Edith nicht mehr sehen, nur noch von Stavenow, der zum Steg rannte. Sie lehnte sich über den Balkon und feuerte einen Schuss nach dem anderen ab. Die Beretta war nutzlos auf diese Entfernung. Dennoch feuerte sie weiter, bis der Hammer klickte und klickte und klickte.

Unter ihr wurde ein Motor angelassen, abgewürgt, startete noch einmal mit tiefem Grollen und anhaltendem Dröhnen. Wellen schlugen gegen das Ufer. Das kleine Boot entfernte sich vom Steg und schoss in die Mitte des Sees, wobei es einen großen Bogen über sein eigenes cremeweißes Kielwasser machte.

Dori rannte die Treppen von ihrem Balkon hinunter, lief hinüber zur Pensione Sterzberg und stürmte die Stufen an der Außenseite des Chalets hinauf. Oben griff sie nach der Balustrade und stieß dabei eine Geranie in die Tiefe. Es regnete Blütenblätter. Edith lag dort, wo sie zusammengebrochen war. Von der Wucht des Schusses nach hinten geworfen, zeigte ihre Miene immer noch Überraschung. Es konnte keinen Moment des Erfassens, keine Zeit zu reagieren gegeben haben. Dori kniete nieder und tastete den Puls, wohl wissend, dass es keinen geben würde. Sie tastete dennoch.

Nichts. Sie war tot.

Dori nahm ihr die Brille ab. Ein Glas war zerbrochen, das andere dunkel vor Blut. Ihre Augen standen halb offen, das grünliche Blaugrau trübte sich schon ein. Dori schloss sie sanft und wischte ein scharlachrotes Blütenblatt von ihrer Wange. Sie berührte das wellige blonde Haar, das wie ein Heiligenschein ausgebreitet lag und sich mit der purpurnen Pfütze vereint hatte, die den Holzboden eindunkelte. Es gab nichts, was sie tun konnte.

Sie war sich der Menschen um sie herum bewusst. Rossis Hände paddelten durch die Luft. Schreie von »Orrore! Orrore!«; Dienstmädchen, Köchinnen, die sich bekreuzigten, Hände vor dem Mund, Augen weit aufgerissen, ein weinendes Mädchen, ihr Gesicht an der Schulter einer älteren Frau, während Dori sich über Edith beugte und so beschützend aufblickte wie eine Mutterkatze.

»Das ist ein Schlamassel.«

Drummond schritt durch die Gruppe. Er lief herum, Kopf gesenkt, und inspizierte den Leichnam.

»Carabinieri?«, wandte er sich scharf an die Leute, die am Rand standen. Rossi schüttelte den Kopf.

»Nicht. Keine Polizei«, sagte er brüsk und zog ein Bündel Lire aus seiner Tasche. »Wir kümmern uns darum.«

Er kniete sich neben den Körper und untersuchte das Loch in der Schläfe.

»Kopfschuss. Saubere Arbeit.« Er schaute auf die Beretta in Doris Hand.

»Ich habe auf ihn geschossen, aber …« Sie schüttelte den Kopf.

Er blickte auf die kleine Waffe. »So gut wie nutzlos.«

»Ein Scharfschütze in den Bäumen dort drüben.« Sie schüttelte wieder den Kopf und stieß einen tiefen Seufzer aus. Nutzlos, hoffnungslos, das alles. »Irgendwo auf der anderen Seite des Sees.«

Drummond kniff die Augen zusammen und suchte das gegenüberliegende Ufer ab. »Längst weg, das ist klar.«

»Von Stavenow ist in einem Motorboot entkommen. Es ist den See hoch gefahren.«

»Haben wir gesehen. Wir mussten das Schlauchboot für den Fall verlassen, dass er uns entdeckt hätte. Kamen dann zu Fuß. Noch ein paar Minuten und wir hätten ihn gehabt.«

Dori senkte den Kopf. »Ich habe nicht vorhergesehen ...«

Drummond half Dori auf. Sie lehnte sich an den Balkon. Als sie nach dem lackierten Geländer griff, das von der Hitze des Tages klebrig war, wurden ihre Knöchel ganz weiß.

Sie nahm Drummonds Männer, die in Stiefeln und Khakihosen auf dem Balkon umherliefen oder mit gekreuzten Armen Wache standen, kaum wahr.

»Du«, wandte Drummond sich an den Hotelbesitzer und deutete auf die Angestellten, die immer noch zusammenstanden. »Raus mit der Meute und Brandy für die Lady, pronto!«

»Mir geht es gut.«

Sie blickte übers Wasser. Es zeigte wieder seine spiegelglatte Oberfläche. Die berühmte Aussicht für Touristen. Sie konnte Edith nicht anschauen, das Loch in ihrer Schläfe, klein und rund, bläulich an den Rändern, das austretende Blut. Dori schloss die Augen, da sie fürchtete, in Tränen auszubrechen.

Drummond nahm ihre Hand in die seine. Eine überraschend zärtliche Geste. »Nicht zusammenbrechen«, flüsterte er. »Wir haben dafür jetzt keine Zeit.« Er strich ihr zärtlich eine Haarsträhne zurück und drehte ihr Gesicht, um die Wunde auf ihrer Wange zu begutachten. »Du bist verletzt.«

»Es ist nichts.« Dori berührte die Wange mit der Hand. Sie war nass.

Sie betrachtete das Blut an ihrer Hand und wandte sich ab. Er hatte recht, sie durfte jetzt nicht schlappmachen, war aber einem Zusammenbruch nah, verdammt nahe, näher als je zuvor. Es war alles ihr Fehler. Sie hätte Edith *niemals* in diese Geschichte reinziehen dürfen. Hätte sich besser um sie kümmern müssen. Ich sollte dort liegen. Sie stützte sich an der Balustrade ab, damit das Zittern nachließ. Ich sollte es sein.

»Gibt keinen Grund, sich schuldig zu fühlen«, sagte Drummond. »Wir müssen uns auf das Naheliegende konzentrieren.« Er schaute auf den See. »Wohin denkst du, ist er gefahren. Trifft er seine Frau?«

»Vermutlich in Meran.«

»Ich möchte ihr Zimmer sehen.« Er blickte auf Edith hinunter. Eine der Frauen hatte sie mit einem Laken bedeckt. »Komm mit mir, Dori. Die Jungs hier werden sich um alles kümmern.«

Drummond schaute sich nach dem Hotelbesitzer um, der bei der Tür herumlungerte, nervös die Leiche beäugte, die Konsequenzen abwog und sich fragte, wie er den Blutfleck vom Holz seines Balkons entfernen sollte.

»Zeigen Sie mir ihr Zimmer. Sofort.«

Rossi zögerte, zuckte dann die Achseln.

Rossi führte ihn zu dem etwas höher gelegenen Chalet. Dori schaute sich im Zimmer um. Elisabeths Sachen waren nicht mehr da. Übrig geblieben war nur der nachklingende Moschus ihres *Je-Reviens*-Parfüms. Drummond öffnete den Schrank und die Schubladen. Alles leer. Ein Lederkoffer stand neben der Tür.

»Gehört der ihr?«

Der Besitzer nickte knapp.

Drummond beförderte den Koffer aufs Bett. Er war verschlossen. Er zog ein Messer aus seiner Tasche und wählte eine Klinge aus. Die Schlösser öffneten sich mit einem Klicken. Er durchwühlte den Inhalt.

»Nein, Signor!« Der Besitzer lief mit abwehrend wedelnden Händen nach vorn. »Ist nicht ihr Besitz!«

Drummond schlug ihm mit der Hand so hart ins Gesicht, dass die Goldrandbrille zu Boden flog.

»Wo ist sie, du kleiner Scheißer?«

»Ich weiß es nicht.«

»Das glaube ich aber wohl. Auf jeden Fall weißt du, wohin sie will. Eine Lady lässt das nicht einfach zurück. Sie möchte es nachgeschickt bekommen. Wohin?« Er packte den kleinen Mann am Hemd und stieß ihn gegen die Wand. »Wohin sollst du es schicken. Sag es mir.«

»Ich kann es nicht sagen, bitte, Signore!« Die Wörter kamen wie ein Quieken heraus. Sein Gesicht war auf einmal schweißüberströmt. Dori konnte seine Furcht riechen, scharf und ranzig. »Ich muss hier leben. Wenn ich es verrate, werden sie mich umbringen.«

Drummond hob ihn höher, den Kragen verdreht zu einem Strick.

»Wenn du es mir nicht sagst, hetze ich meine Jungs auf dich. Sie werden dich auseinanderreißen und die Überreste als Fischfutter in den See streuen. Wie gefällt dir das?« Drummond schüttelte ihn heftiger, der Kopf des Mannes donnerte mit einem dumpfen Krachen gegen die Wand, dass Teile des Putzes abblätterten. »Wie?«

Der kleine Mann fiel in sich zusammen. Drummond ließ ihn fallen, stellte sich breitbeinig über ihn, wartete darauf, dass er sich erholte.

»Nein, nein, bitte!« Er schaute flehentlich nach oben, als Drummond sich nach unten beugte, um ihn wieder zu schnappen. »Aufhören! Bitte!« Er schützte sein Gesicht mit den Händen und krabbelte wie ein Krebs seitwärts, um zu entkommen.

»Dann redest du besser.« Drummond ging in die Hocke.

»Sie sagte, schicken nach Roma, Rom!«

»Wohin in Rom?«

Drummond griff nach seiner Kehle. Der Mann duckte sich weg, versuchte, dem Griff zu entkommen.

»Vatikan. Deutsches Kolleg.«

Drummond lehnte sich zurück, als wäre er zufriedengestellt, und erlaubte dem kleinen Mann, sich seinem Zugriff zu entziehen. Der griff nach seiner Brille und huschte die Treppe hinunter.

»Rom! Verlogene kleine Kröte.« Drummond erhob sich und

wischte sich die Hände an den Hosen ab, als ob die Berührung ihn beschmutzt hätte. »Der Koffer sagt Genua. Alles sorgfältig beschriftet. Habe nicht übel Lust, die Jungs auf ihn zu hetzen, ihn zu Mus zu machen. Aber wir lassen ihn fürs Erste davonkommen. Soll er ihnen ruhig erzählen, was für ein kluges Bürschchen er war und wie er uns von ihrer Spur abgelenkt hat.«

Adeline und Kay saßen in diesem goldenen Licht, das so bezeichnend für die Abende in Italien war, vor dem Hotel. Sie lächelten, weil Giorgio gerade mit Adelines Kamera ein Foto von ihnen schoss. Dori ging mit gesenktem Kopf auf ihre langen Schatten zu. Die Zeit unterteilte sich in vor der Nachricht und danach. Eine Sekunde davor konnte man noch lachen, reden, genau wie sie jetzt, und dann kam das danach, wo es keine Scherze mehr gab, kein unschuldiges Geplauder. Nichts würde jemals, konnte jemals wieder so sein wie zuvor.

»Was ist los? Was ist passiert?« Kay erhob sich von ihrem Stuhl. »Du bist verletzt. Hat es einen Unfall gegeben?«

Adeline war aufgesprungen. »Wo ist Edith?«

Dori schüttelte den Kopf, die Tränen, die sie zurückgehalten hatten, liefen nun. Wie oft hatte sie Lächeln und Lachen so einfrieren sehen? Gesehen, wie Augen sich in dümmlicher Verwunderung weiteten und sich dann in Trauer und Verzweiflung zusammenzogen? Zu oft – in Londoner Pubs und Pariser Cafés, auf Waldlichtungen und einsamen Landebahnen. Ich sollte es sein, dachte sie wieder, nicht zum ersten Mal, nicht zum letzten Mal. Ich sollte es sein.

»Ist alles schiefgegangen«, sagte Drummond. »Auf Edith ist geschossen worden. Sie ist tot.«

Nur das leichte Zittern in seiner Stimme milderte die Brutalität seiner Worte. Er wollte nicht mehr Gefühl zeigen, konnte es nicht. Gefühle mussten immer »bis später« warten. Es konnte Tage, Wochen, Jahre dauern, aber es kam stets.

»Wo ist sie?«, wollte Adeline wissen und schaute von Dori zu Drummond. Ihre Stimme klang schrill, ihr Gesicht war vor Entsetzen und Leid verzerrt. »Wo hat man sie hingebracht? Ich muss sie sehen. Bei ihr bleiben. Es ist nicht recht, dass sie allein ist.«

»In der Praxis des örtlichen Arztes, Signora« erklärte Giorgio sanft. »Dorthin wird man sie bringen. Angelina wird mit ihnen gehen, um dafür zu sorgen, dass alles getan wird.«

Er ging nach innen und drehte das »Offen«-Schild an der Eingangstür auf »Geschlossen«. Angelina kam mit ihm zusammen heraus und legte einen Arm um Adeline.

»Wo ist Jack?«, fragte Drummond Kay, als sie den beiden hinterhersahen, wie sie den Platz überquerten.

Kay drehte sich um und schaute ihn wegen der Strenge seines Tons missbilligend an.

»Gerade zurückgekommen. Er ist direkt auf sein Zimmer gegangen.«

»Dori, komm mit.«

Dori folgte ihm ins Hotel und die Treppe hoch.

»Öffnen Sie, Sergeant.« Drummond hämmerte gegen die verschlossene Tür. »Oder ich werde die Tür aufbrechen.«

Jack ließ sie herein. Handtuch um die Hüften, Oberkörper noch nass von der Dusche.

»Also? Was ist passiert?« Drummond stand mit verschränkten Armen vor ihm.

Jack setzte sich aufs Bett und bedeckte sein Gesicht mit den Händen. »Ich bin auf die andere Seite des Sees gegangen, um den Balkon zu sichern, wie sie gesagt haben. Es war unwegsames Gelände, viele Bäume und Gesteinsbrocken. Hat etwas gedauert, bis ich in Position war. Stellte sich heraus, dass jemand anders dieselbe Idee hatte. Durch den Sucher konnte ich sehen, wie Dori vom höher gelegenen Balkon zuschaute. Edith und von Stavenow genau darunter, sitzen da, reden. Edith steht plötzlich auf, tritt vor an den Balkon, von Stavenow folgt ihr. Dann Bumm, Bumm, Bumm. Er springt über die Balustrade ins Gras. Ich habe gesehen, wie Dori gefeuert hat. Einer von uns trifft ihn am Arm. Dann springt er in ein Boot und weg. Danach warte ich. Ein Typ kommt aus einer niedrigen Höhle genau unter mir, total kaltblütig. Ich puste ihm also das Gehirn raus, stopfe ihn zurück und blockiere den Eingang.«

»Irgendeine Idee, wer das war, für wen er gearbeitet haben könnte?«

»Keine Identifizierung. Keine Etiketten an der Kleidung. Eytie Carcano M91 Gewehr, französisches Zielfernrohr, Mauser Ammo. Gute Ausrüstung. Ein Profi. Wusste, was er tat.« Jack nahm eine leere Patronenhülse aus Messing zur Hand und gab sie Drummond »Ich habe gesehen, wie Edith getroffen wurde«, sagte er ruhig. »Ist sie …«

Dori senkte den Kopf.

»Dachte ich mir. Es ist eine Schande.« Er stieß einen tiefen Seufzer aus. »Es ist eine verdammte Schande. Sie war gut, eine gute Frau.« Er ließ den Kopf so tief sinken, dass sie sein Gesicht nicht sehen konnten. Er räusperte sich und rieb sich mit den Fingern die Augen. »Du hättest ihr volle Deckung geben müssen. Ihn erwischen, wenn du schon mal dabei warst.«

»Dasselbe könnte ich auch sagen.«

»Aufhören.« Drummond hob die Hände. »Was passiert ist, ist passiert. Das hilft niemandem mehr.«

41

VERONA

19./20. Mai 1946

Risotto al Radicchio

Eine Spezialität aus Verona. Risotto mit Radicchio und Rotwein. Das Gericht wird auf dieselbe Weise wie ein klassisches Risotto hergestellt, aber mit Rotwein anstatt des üblichen Weißweins. Die grob zerpflückten Blätter des Radicchio (Rosso di Verona) werden nach dem Reis hinzugegeben, dann ein Glas Valpolicella. Wein und Radicchio geben diesem Risotto seine charakteristische rötliche Farbe. Hört sich seltsam an, schmeckt aber hervorragend.

Stella Snellings Unvergessliche mediterrane Gerichte

Die von Stavenows waren wohl in Richtung Süden unterwegs. Drummond hatte Fahrkarten für den letzten Zug nach Verona besorgt. Sie würden dort übernachten und am nächsten Morgen weiter nach Genua fahren. Jack und Drummond hatten sich am Gang in die Ecken eines Abteils gehockt. Kay schlief, ihren Kopf auf Jacks Schulter gelegt. Dori starrte auf ihr Spiegelbild im Fenster, zu aufgewühlt, um Schlaf zu finden.

Adeline war bei Ediths Leichnam.

»Kommt nicht in Frage, dass sie allein ist«, hatte sie gesagt. »Ich bleibe bei ihr. Jemand muss sie sicher nach Hause bringen.«

Der schlichte Sarg aus Kiefernholz wirkte klein in dem altertümlichen, klapprigen Leichenwagen mit den verglasten Seiten, der von mit Federn geschmückten Rappen gezogen wurde. Es sah merkwürdig unpassend aus, wie er am Bahnhof vorfuhr, aber wie sonst sollte man einen Sarg transportieren? Drummonds Männer sprangen von der Bank, wo sie neben dem Kutscher gesessen hatten, und formierten sich zusammen mit Jack und Drummond als Sargträger. Sie trugen den Sarg zum nördlichen Bahnsteig, wo der Zug dampfschnaubend wartete. Passagiere traten zurück und nahmen den Hut ab, als sie vorbeikamen, die Frauen bekreuzigten sich. Es machte keinen Unterschied, dass dies der Sarg einer Ausländerin war, nach so vielen Toten war es wieder an der Zeit, Respekt zu bekunden. Der Sarg wurde in den Güterwagen geladen, und Adeline kletterte hoch. Die Schiebetür wurde geschlossen, eine Pfeife schrillte, das ungeduldige Zischen wurde zu einem langsamen Schnaufen, die Räder begannen sich zu drehen, und fort war sie.

Sie fanden ein kleines Hotel in der Nähe des Bahnhofs und buchten für eine Nacht. Zwei Zimmer. Sie reisten als Pärchen. Es schien weniger kompliziert.

»Mangiare?«, wollte Drummond wissen.

Der Mann an der Rezeption schaute auf seine Uhr, zuckte die Schultern und streckte die Handflächen nach oben.

»È tardi.« Es ist spät.

Drummond zog ein Bündel Lire hervor und begann, Geldscheine zu zählen.

»Un momento signor.« Es war spät, wiederholte er, nur wenige Restaurants seien geöffnet, aber die Lire verfehlten ihren Zweck nicht. »Venire, venire.« Er scheuchte sie nach draußen und entlang einer Seitenstraße zu einem kleinen Restaurant. »Il mio fratello.«

Sein Bruder öffnete das Restaurant für sie. Sie aßen bei Kerzenlicht, umgeben von Stühlen, die auf den Tischen standen. Aus der Küche hörten sie Geklapper, während seine Frau mit den Vorbereitungen begann. Sie wussten nicht, was es gab, und wurden auch nicht nach ihren Wünschen gefragt. Der Bruder brachte Teller, in der Armbeuge ein Korb mit Brot, ein Steingutkrug mit Wein baumelte an der einen Hand, und eine Handvoll Gläser wurde von der anderen gehalten. Er nahm Messer und Gabeln aus seiner Brusttasche und schenkte Wein ein. Es war kräftiges Zeug, schwarzrot und herb im Geschmack, aber sie waren wieder ansatzweise unter den Lebenden.

»Was nun?« Jack nahm sich etwas Brot, riss es in Stücke und tunkte es in seinen Wein. Er hatte bisher kaum ein Wort gesprochen.

»Du fährst nach Rom. Guckst nach, ob du dort ein Lebenszeichen von ihm entdeckst. Wir fahren nach Genua.« Drummond nahm sich eine dicke Scheibe Brot. »Ich kontaktiere unseren Freund im Konsulat. Er soll die Passagierlisten der Schiffe überprüfen. Nachschauen, wer die Argentinier besucht hat, fragen, ob unsere Freunde vom Roten Kreuz irgendwelchen armen, gottverlassenen, staatenlosen Deutschen interessante Pässe ausgestellt haben. Dieses Brot ist so trocken wie der Schlüpfer einer Nonne.« Er schluckte den Kanten herunter. »Hoffentlich ist der Rest des Essens besser als das hier.«

Das rote Risotto sah nicht vielversprechend aus, aber es schmeckte gut.

»Come si chiama questo piatto?«, fragte Dori.

»Risotto al Radicchio« antwortete der Patron mit einigem Stolz. »Specialità di Verona.«

»Ricetta?«

Er lächelte und wurde wegen ihres Interesses ganz zutraulich. »Si, signora.«

»Rezept?« Drummond sah skeptisch drein. »Ich wusste nicht mal, dass du kochen kannst.«

Dori zückte ihr Notizbuch. »Vielleicht habe ich mich geändert. Ich denke daran, eine neue Karriere als Kochbuchschriftstellerin zu beginnen.«

Drummond lachte. Offensichtlich glaubte er ihr nicht, aber ihr war es ziemlich ernst damit. Die Idee war ihr gerade gekommen, und sie wusste mit einem Mal, dass es genau das Richtige wäre. Sie würde sogar unter Ediths Pseudonym schreiben: Stella Snelling.

Der Patron brachte mehr Wein und erschien mit seiner Frau im Schlepptau. Sie diktierte das Rezept auf Italienisch. Eine Handvoll hiervon, eine Prise davon, mezzo Liter und quartos. Bis Dori das Rezept aufgeschrieben hatte, stand eine Runde Grappa auf dem Tisch. Drummond zog einen Stapel Geldscheine aus der Tasche, und sie gingen zurück ins Hotel.

Drummond schaute sich im Zimmer um.

»Ich wollte im Sessel schlafen, aber …«

»Es gibt keinen.« Dori musste ein wenig grinsen, zum ersten Mal seit langer Zeit.

»Es gibt immer noch das Bad.«

Dori küsste ihn hart. Eine Hand packte sie durch ihren Slip, die andere ging zu ihrer Brust. Da war nichts Zärtliches bei diesem Liebesakt. Er war schnell und brutal, aber genau so wollte sie es. Um die Ereignisse des Tages auszulöschen, alles auszubrennen, ihr wieder das Gefühl zu geben, lebendig zu sein. Sie lösten sich voneinander, schwitzend, beide noch halb bekleidet.

»Hier.« Er hob seine Hosen vom Boden auf und griff in die Tasche. »Das habe ich für dich aufbewahrt. Es ist deine, nicht?«

Er hielt ihr die Ikone hin, die Edith getragen hatte.

»Sie wollte sie zurückgeben.« Die Ikone baumelte zwischen ihnen. Die silberne Kette war beschmiert, das Gesicht noch dunkler. »Ich dachte, sie könne sie brauchen. In der Kirche. Ich …« Ihre Stimme brach bei dieser Erinnerung: der Geruch von Weihrauch und altem Stein, dieses leichte, blumige Parfüm, das Edith trug, die Wärme ihres Arms, als sie nebeneinander knieten. Und dann … dann spritzendes Scharlachrot über dunklem Purpur, Schreie von »Orrore! Orrore!« In ihren Träumen würde sie manchmal genau zu diesem Moment zurückkehren, zusätzlich zu allen weiteren Momenten auf dem sich abspulenden Filmstreifen ihrer Schuld. »Ich … ich habe sie der Gefahr ausgesetzt.«

»Wir alle. Sie hat es nicht verdient, was geschehen ist, das ist mal sicher.« Drummond strich das schwere dunkle Haar aus ihrem Nacken und legte ihr die Kette mit einer überraschend zarten Berührung um. »Ich erinnere mich daran, dass ich im Zug mit ihr darüber gesprochen habe. Wir alle haben etwas dabei. Dummer Aberglaube, nehme ich an.«

»Was hast du?«

Mit einem Mal sah er schüchtern aus, und Dori fürchtete, dass sie eine unsichtbare Grenze überschritten hatte, als ob das Zur-Schau-Stellen die Kraft mindern würde.

»Du kannst es ruhig sehen.« Er hob sein Hemd auf und nahm etwas aus der Tasche. »Hab ich in der Wüste gefunden.« Er ließ es in ihre Hand fallen. Eine kleine Scheibe aus Golddraht in der Größe eines Schillings und erstaunlich schwer. »Römisch, Mithras geweiht, dem Gott der Soldaten. Hat mir jedenfalls so ein cleveres Bürschchen erzählt.« Er lehnte sich zurück, wobei sein muskulöser Oberkörper gegen das Kopfteil stieß. »Also, wo klopfen sie an? Bei ihren Nazibrüdern?«

Dori zündete zwei Zigaretten an und gab Drummond eine davon. »Das sollen wir jedenfalls glauben.«

»Wer dann? Leo? McHale?«

Dori zuckte die Schultern. »Könnte jeder von ihnen sein. Keiner. Beide. Warten auf den richtigen Moment für ihr Doppelspiel.«

»Warum Edith?«

»Ist das nicht offensichtlich? Sie zu erschießen erlaubt den von Stavenows zu entkommen. Er hat auch auf mich geschossen. Uns beide los, niemand hat was bemerkt, und sie ziehen fröhlich ihres Wegs.«

»Wir werden sie kriegen«, sagte Drummond, wobei seine graugrünen Augen so hart wie Serpentin wurden. »Das sind wir Edith schuldig.« Er drückte seine Zigarette aus. »Wir müssen früh raus. Sollten eine Runde pennen.«

»Warum schickst du Jack nach Rom?« Dori runzelte die Stirn, als ihr ein Gedanke kam. »Hast du Zweifel, was ihn anbetrifft?«

»In diesem Geschäft kann man niemandem trauen.« Er rieb sich das Kinn. »Er war vor dem Krieg bei der Special Branch, hat Sachen für Leo erledigt. Könnte auf beiden Seiten der Straße unterwegs sein.

Lieber auf Nummer sicher gehen.« Er löschte das Licht. »Wie auch immer, die von Stavenows könnten noch auftauchen, und der arme Kerl hat ein bisschen Flitterwochen verdient.«

42

GRAND HOTEL SAVOIA

Genua

21. Mai 1946

Ristorante Al Porto Antico
Wolfsbarsch vom Grill

Den Barsch am Spieß auf einen Grill, dann die Kohlen mit einem altertümlichen Ventilator auf höhere Temperatur bringen. Den Fisch mit der geschwärzten Silberhaut so servieren, dass man das zarte, weiße, mit Dill aromatisierte Fleisch sieht. Zusammen mit goldbraunen, knusprigen Kartoffeln auf einem breiten, geschwärzten Eisenblech voller Taggiasca Oliven aus Ligurien servieren, rötlich in der Farbe und wunderbar süß, dazu Thymian, Lorbeer und Rosmarin. Die beste, die einzige Art, diesen großartigen Fisch zuzubereiten.

Dazu einen ligurischen Rossese di Dolceacqua reichen, strahlendrot mit einer Note von Kräutern und Schwarzer Johannisbeere. Ein intensiver, aromatischer Wein. Das leicht harzige Bouquet kündet von seinen griechischen Ursprüngen.

Stella Snellings Unvergessliche mediterrane Gerichte

In Genua nahmen sie ein Taxi vom Bahnhof zum Grand Hotel Savoia oberhalb des Hafens. Drummond buchte ihnen an der Rezeption ein Zimmer.

»Sie sind noch nicht hier«, sagte er. »Hab im Gästeregister nachgeschaut.«

»Wir wohnen im selben Hotel?«

»Warum nicht?« Er betrachtete die opulente Inneneinrichtung, die Marmorböden und Möbel in Rot und Gold. »Bin mir nicht sicher, ob sie hier aufschlagen, aber hier wohnen sie alle. Die mit Geld jedenfalls. Alle, die etwas gebunkert haben. Oder …«

»Die unterstützt werden?«

»Essatamente.«

Doppeltüren führten von ihrem Zimmer auf einen Balkon mit Blick über den Hafen. Drummond hatte für diese Aussicht ein paar zusätzliche Scheine über den Tresen geschoben. Ein Gutes hatten die Italiener: Sie waren ungemein bestechlich.

»Ich muss ein paar Leute treffen. Warum gehst du nicht ein wenig bummeln?« Er blätterte weitere Lire hin. »Kauf dir etwas Hübsches für heute Abend. Ich dachte, wir essen hier im Hotel.«

Dori nahm ihn beim Wort. Es gab viel Auswahl auf der Via XX Settembre und in den umliegenden Straßen. Sie fand ein Abendkleid von Madeleine Vionnet in schwarzer Seide, dazu einen passenden Umhang und eine Tasche, sogar ein Paar Pumps. Le signore tedesche, die deutschen Damen, erzählte die Frau im Geschäft verkauften alles, um die Überfahrt zu finanzieren.

Zurück im Hotel nahm sie ein Bad und wusch sich die Haare. Sie betrachtete ihr Gesicht im Spiegel und entfernte das Pflaster, das Kay ihr verpasst hatte. Die Wunde heilte gut. Wenn sie ihr Haar geschickt frisierte, würde es kaum auffallen.

Nach dem Baden legte sie sich etwas hin, nur kurz, wegen der Mittagshitze. Als sie aufwachte, war es später Nachmittag. Drummond stand auf dem Balkon und betrachtete durch sein Fernglas den Hafen.

»Konsulat. Wir wurden gewarnt. MI6 und so weiter«, sagte er, während er ihr den Rücken zukehrte. Seine Stimme klang äußerst angespannt und vibrierte vor unterdrücktem Ärger. »Nur nicht die Cousins verprellen. Die von Stavenows sind off limits. Man beobachtet jeden ihrer Schritte. Da unten liegt ein großer, großer Ozeanliner. Die *Don Giovanni* wartet schon darauf, mit Nazis gefüllt zu werden, die morgen nach Argentinien fahren. Ich werde morgen früh die Passagierliste überprüfen, aber ich wette, sie sind dabei.«

»Sie sind hier?«

Er wandte sich um, das Fernglas mit seinen kantigen Händen so fest umklammert, dass Dori fürchtete, es könne zerbrechen.

»Heute Nachmittag angekommen. Vermutlich steht er vor dem Konsulat und bekommt Visa von den Argentiniern. Die Straßen sind voll von blonden Männern in Homburgs, die Schlange stehen.«

»Und wir können nichts tun?«

»Ihn umnieten, meinst du?« Er lachte hart und trocken. »Ich wünschte, das könnte ich. ›Finger weg, Bulldog‹, das hat man mir gesagt. Diese Herrschaften haben einen Deal mit den Yanks gemacht. Und Leo hebt den Finger in der Hoffnung, noch ein paar Brosamen abzubekommen.« Er setzte das Fernglas ab und kam zu ihr. »Zieh dir einen schicken Fummel an. Wird Zeit für ein paar Cocktails an der Bar. Sie sollen nicht denken, dass sie ihr Schäfchen ins Trockene gebracht haben.« Er schaute auf seine Uhr. »Wir haben allerdings noch etwas Zeit.« Er küsste sie auf den Nacken. »Du riechst sehr gut. Ich frage mich, was wir tun könnten, um uns die Zeit bis zur Cocktailstunde zu vertreiben?«

Die Bar war voller Gäste in Abendkleidung. Doris Abendkleid hätte für sie maßgeschneidert sein können, und der Gesellschaftsanzug, den Drummond jemandem auf dem Konsulat abgeschwatzt hatte, passte hervorragend. Dori nahm seinen Arm. Sie waren ein gutaussehendes Paar.

Ein Mann in einem Frack spielte perlenden Jazz auf einem Flügel. An den Tischen saßen Paare, die kaum miteinander sprachen. Es lag eine Atmosphäre der Erwartung und stillen Spannung über dem Raum.

»Teutonisch aussehendes Publikum, nicht wahr?«, bemerkte Drummond. »Man könnte ein weiteres Kapitel schreiben: Die Ratten von Hameln verlieren ihren Fänger und nehmen Reißaus. Was trinken wir?«

»Einen Negroni, wenn wir schon mal hier sind.«

»Whisky für mich«, sagte er zum Barmann. »Und was immer sie möchte für die Lady.« Er wandte sich um, den Drink in der Hand. »Schau sie dir an. Aufgetakelt bis zum Anschlag. Tragen praktisch ihre Eisernen Kreuze. Glauben, dass sie sicher sind. Fast in trockenen Tüchern. Kein Buckeln mehr. Unterwürfigkeit passt den Deutschen so gar nicht.« Er drehte sich um und begutachtete den Raum im Spiegel hinter der Bar. »Das ganze Pack sollte im Zuchthaus sitzen.« Sein Blick fuhr die restlichen Tische entlang. »Die Italiener sind genauso schlimm. Ein Haufen Faschisten. Und die Argentinier auch, wo wir gerade dabei sind.« Er trank seinen Whisky aus und bestellte noch einen. »Macht mich krank. Was für eine Truppe! Da kommen sie. Die Koffer sind angekommen, wie ich sehe.«

Kurt und Elisabeth. Er sah groß und schlank aus, elegant in seinem schwarzen Abendanzug. Dori registrierte zufrieden, dass ein Arm sich unter dem Jackett in einer Schlinge befand. Eine Kugel musste ihr Ziel gefunden haben. Sie trug ein plissiertes Delphos-Kleid, ein Vorkriegsmodell von Fortuny. Die Seide glänzte beim Gehen, der einfache, elegante Schnitt folgte ihren Körperkonturen. Perlen aus Muranoglas schimmerten an den Seiten des Abendkleides. Um ihren Hals glitzerte ein Diamantcollier, passende Ohrringe fingen das Licht ein. Arm in Arm schritten sie zwischen den Tischen einher und sahen so sehr nach Filmstars aus, dass jedes Augenpaar im Raum sich ihnen zuwandte. Sie lächelten zu allen Seiten und nahmen die allgemeine Bewunderung entgegen, als stünde sie ihnen zu.

»Was sollen wir tun?«, fragte Dori und beobachtete die beiden auf dem Weg zu einem der großen Fenster, die auf den Hafen hinauswiesen.

»Nichts«, antwortete Drummond, ohne die Augen von ihnen zu lassen. »Wir können nichts tun. Von besonderem Interesse. Unter dem Schutz unseres Freundes Tom McHale, Leo nicht zu vergessen und aller anderen, eingeschlossen der Papst persönlich als Teil des neuen Kreuzzugs, um die Welt vor den Kommunisten zu schützen.

Es heißt also, Ruhe bewahren, Bulldog. Lass sie in die Pampa ziehen und sich dort gemeinsam mit dem Rest der Ratten vergnügen.«

Er lehnte sich an die Bar und starrte sie ostentativ in dem Versuch an, eine Reaktion zu provozieren. Als sie schließlich aufmerksam wurden, grinste er sie breit an, freudlos und scheel, und hob sein Glas zum ironischen Gruß. Ihr Blick streifte ihn ohne Zeichen des Erkennens.

»Ihr mich auch!« Drummond leerte sein Glas. »Komm, lass uns gehen.« Er zog die Nase hoch. »Mir stinkt es hier. Ich zeige dir ein kleines Restaurant, das ich kenne. Das Essen ist wirklich gut. Authentisch.« Er lachte wieder, aber es klang nicht vergnügt. »Das kannst du deiner Sammlung echter Genueser Rezepte hinzufügen.«

Dori wollte ebenso weg von hier wie er. Sie und Drummond waren auf der Seite der Sieger, aber es fühlte sich nicht so an. Ganz im Gegenteil schien der Sieg an Kurt und Elisabeth gegangen zu sein. Sie beobachtete, wie die beiden miteinander tuschelten, vertraut, Hände auf dem gestärkten weißen Leinen verschränkt. Sie schienen sich zu amüsieren. Elisabeth beugte sich vor, erzählte ihm etwas. Ein Kellner eilte herbei, um den Stuhl beiseitezuschieben, als sie sich erhob.

»Ich bin gleich bei dir.« Dori griff nach ihrer Tasche. »Ich treffe dich draußen.«

Die Damentoilette war ganz cremefarbener Marmor, Goldarmaturen und grüne Waschbecken aus Onyx, venezianische, mit Seide bezogene Stühle vor großen Spiegeln. Dori legte einen kleinen Stapel Lire auf den Teller der Wärterin und machte ein Zeichen Richtung Tür. Die Alte steckte die Scheine ein und war verschwunden.

Dori verschloss die Kabine und wartete. Was immer man auch Drummond aufgetragen hatte, sie betraf das nicht. Auch nicht Elisabeth von Stavenow. Die äußere Tür wurde geöffnet und wieder geschlossen. Eine Toilettenspülung rauschte, Wasser plätscherte. Dori zählte bis zwanzig, dann noch einmal bis zwanzig und schob den Riegel auf.

Im Spiegel hatte sie die ganze Toilette im Blick. Eine Frau saß auf einem der Stühle, Make-up vor sich, Lippenstift, Puder, Mascara, wie eine Schauspielerin vor dem Auftritt. Sie war auf ihr Spiegelbild konzentriert und bürstete ihr Haar mit einer Mason-Pearson-Bürste.

»Ich glaube, die gehört Edith«, sagte Dori von der Tür her.

Die Bürste wurde mitten in der Bewegung kurz angehalten, fuhr dann fort, das Haar nach hinten und zur Seite zu kämmen, immer entlang der seidig schimmernden Wellenlinie.

»Sie dürfte sie wohl kaum benötigen, nicht wahr? Jedenfalls nicht mehr.« Elisabeth fuhr fort, ihr Haar zu bürsten, bis es glänzte. Endlich zufrieden schüttelte sie den Kopf, wobei ihr Haar in perfekten Wellen aus Bronze und Gold fiel. »Was machen Sie hier, Dori?« Sie öffnete ihre Puderdose. »Es ist zu spät, uns aufzuhalten. Sie haben Ihre Chance verpasst.«

»Edith. Sie haben sie benutzt.«

»Sie nicht?« Elisabeth begann, mit schnellen, sicheren Aufwärtsbewegungen Mascara aufzutragen. »Der britische Geheimdienst, die Amerikaner. Alle haben sie benutzt. Naiv, eine Unschuldige. Das perfekte Werkzeug. Wir haben sie beide benutzt, wenn wir ehrlich sind. Sie wurde nicht mehr gebraucht, war überflüssig wie ein Kropf.« Elisabeth schloss die Wimperntusche und drehte ihren Lippenstift auf. »Immer schlecht.«

Der Lippenstift war karmesinrot und von Marcel Rochas. Genau so einen hatte Dori Edith geschenkt. Sie beobachtete, wie Elisabeth die Farbe auftrug und die Lippen aufeinanderpresste. Welche Frau würde den Lippenstift einer anderen Frau stehlen? Solche Kleinkariertheit sprach Bände. In diesem Moment wusste Dori, dass Elisabeth den Mord in Auftrag gegeben hatte.

»Der gehört auch Edith.«

»Nicht ihre Farbe«, sagte Elisabeth, als sie ihr Spiegelbild betrachtete. »Verschwendung an ihr.« Sie wandte prüfend den Kopf hin und her. Zufrieden sammelte sie ihre Make-up-Utensilien ein und steckte sie in ihre Handtasche. »Jetzt muss ich gehen.«

»Das glaube ich nicht.«

Dori hielt ihren Arm seitlich am Körper. Die Beretta war klein und lag gut in der Hand. Sie erhob sie langsam. Elisabeth beobachtete sie im Spiegel. Sie wussten beide, dass sie ihr Ziel nicht verfehlen würde. Bei dieser Distanz nicht verfehlen konnte.

»Maman, je dois faire pipi!«

Eine schrille Stimme, eine Kinderstimme. Die Tür flog auf. Dori ließ die Pistole sinken, als das kleine Mädchen in die Toilette rannte. Das Kind hielt mitten in der Bewegung inne, um die beiden Frauen mit ihren großen, dunklen Augen anzustarren.

»Je suis désolé.« Ihre Mutter betrat hinter ihr den Raum. »Excusez-nous.«

»Pas du tout. Nous avons terminé. Pas devant les enfants«, flüsterte Elisabeth Dori zu. »That wouldn't be nice.« Sie lächelte und berührte mit ihren Lippen Doris verletzte Wange. »Lebe wohl, meine Liebe, Lebe wohl.«

Und damit war sie entschwunden. Der Kuss auf Doris Wange fühlte sich an wie eine frische Wunde. Das Rot ließ sich durch Reiben entfernen, hinterließ jedoch ihre Finger wie mit Blut befleckt.

Drummond führte sie in eine kleine Osteria im alten Hafen. Drinnen war es dunkel, höhlenartig, erleuchtet nur mit flackernden Kerzen auf wachsverkrusteten Flaschen, die auf groben Holztischen standen. Das Menü war im ligurischen Dialekt an eine Tafel geschrieben. Unerheblich eigentlich, es gab sowieso nur Fisch. Branzino.

»Rossese di Dolceacqua, nichts Besonderes.« Drummond goss den Wein ein. »Muss er auch nicht sein, wenn man nur betrunken werden will. Sie haben gewonnen, Dori. Wir haben verloren. Auf ihr Wohl!« Er erhob sein Glas. »Hoch die Tassen. Fick sie, sage ich. Ich hoffe, dass das Schiff im Atlantik auf eine Mine trifft. Eine von den ihren vorzugsweise.« Er grinste. »Wäre das nicht reine Ironie?« Er lehnte sich zurück. »Nun ja, man kann nicht immer gewinnen.« Er verfiel eine Weile in brütendes Schweigen und saß mit verschränkten Armen da. »Ich hasse es allerdings, zu verlieren«, sagte er schließlich mit tiefer, fast abwesender Stimme. All sein Ärger und seine Frustration geballt zu einem unumstößlichen Entschluss: »Ich hasse es *so sehr* zu verlieren.«

»Ich auch.« Dori fühlte ebenso. »Wie konnte ich sie nur entkommen lassen?«

»Das Leben geht weiter, was?« Er trank seinen Wein aus und schenkte ihnen nach.

»Nicht für Edith.« Dori biss sich auf die Lippen und schaute zur Seite, nahezu überwältigt von einer unvermittelten Welle von Leid und Verzweiflung.

»Nimm es dir nicht zu sehr zu Herzen, hörst du.« Drummond nahm ihre Hände in die seinen. »Es ist wie im Krieg. Kameraden bissen ins Gras, ziemlich oft mehrere Kameraden, aber man saß nicht herum und jammerte. Bringt nichts. Aufstehen und weitermachen. Und das genau ist es, was wir tun werden, also Kopf hoch.« Er stupste sie unterm Kinn an. »Zeig mir ein Lächeln. Das ist schon besser.« Er grinste sie ebenfalls an. »Wir werden ein verdammt feines Abendessen haben. Das Essen hier ist exzellent, besser als in diesem gruseligen Hotel. Nichts geht über die verdammte italienische Küche. Dann überlegen wir uns, was wir tun werden.« Sein Lächeln verschwand. »Es ist nämlich noch nicht vorbei.«

Die Decks des Ozeandampfers waren mit Menschen übersät, die den Schaulustigen am Ufer zuwinkten. Es hätte sich um eine Pathé-Wochenschau handeln können, nur, dass es keine Kreppbänder gab und die Flaggen, die von den Schornsteinen wehten, verwaschen und zerfetzt waren. Rost war auf dem grauen Anstrich zu sehen, färbte den Wasserpegel rot und bröckelte von der Klüse, die die Ankerkette hielt. Das Schiff hatte bessere Tage gesehen.

»Ziemliche Rostlaube.« Drummond lehnte sich über die Balustrade des Balkons. »Können nur hoffen, dass es schlappmacht.« Er suchte mit dem Fernglas die Passagiere ab, die an der Reling standen. »Kein Wunder, dass sie alle lächeln. Kommen prima davon. Denen wird das Lächeln schon noch vergehen.« Er lachte. »Dieses Ding ist ein Pott, er wird hin und her schwanken.«

»Kannst du Kurt und Elisabeth sehen?«

Er bewegte das Fernglas. »Verlassen gerade das Hotel. Hab sie genau vor der Linse. Ich könnte sie beide kriegen, wenn ich Jacks Repetierbüchse hätte. Er trägt einen leichten Sommeranzug und einen hellen Fedora, sie ein Kleid mit Punkten, schwarzer Hut, rote Feder. Das müsste es einfach machen. Fertig?« Dori nickte. »Dann los.«

Sie verließen das Hotel. Sie gab Drummond ein Zeichen, links zu gehen, während sie auf der rechten Seite blieb. Sie folgten den von Stavenows durch die Straßen, die zum Porto Novo führten, wo das Schiff lag. Es war leicht, sie im Blick zu halten, der graue Fedora, die hüpfende Feder, aber schwer, nah genug an sie heranzukommen, um sie zu töten.

Am Dock gab es ein Gedränge von ankommenden und abfahrenden Passagieren. Ein Stau hatte sich gebildet. Ein Mann in Uniform stand an der Kajütstreppe und prüfte Dokumente und Fahrscheine. Dori konnte die Spannung geradezu spüren, die sich allenthalben zusammenbraute, Rufe von *Was ist los*? Dann eine Bewegung in der Menge, als die Ungeduld zu panischer Erkenntnis wurde, dass ihre Chance auf Flucht in letzter Minute vereitelt werden könnte.

Drummond nickte ihr zu. Die von Stavenows waren fast an der Kajütstreppe mitten in der wogenden, sich auflösenden Schlange. Sie würden abgelenkt sein, erfüllt von der Sorge, noch an Bord zu kommen. Dori mischte sich unter die schwitzende, rempelnde Masse, die sich durch sämtliche Schlupflöcher quetschte, um näher heranzukommen, während Drummond dasselbe von der entgegengesetzten Richtung aus versuchte. Der Schalldämpfer machte die Waffe schwer, unhandlich. Sie war auf kurze Distanz nicht ideal, aber notwendig, wenn sie hofften, davonzukommen. Dori schätzte den Raum zwischen ihnen und ihren Zielen zuerst in Metern, dann in Zentimetern. Sie würde die Frau nehmen, Drummond den Mann.

Dori war jetzt so nah dran, dass sie ihren Schweiß riechen konnte, überlagert von Talkumpuder und einem süßlichen, moschusartigen Parfum. Sie konnte die feuchten Flecken unter ihren Achselhöhlen sehen, die blauen Punkte, die wegen der Feuchtigkeit zwischen ihren Schulterblättern fast durchscheinend wirkten. Nur noch eine weitere Wellenbewegung der Schlange, und sie würde nah genug sein, um ihr den Lauf in den fünften Zwischenrippenraum zu rammen, abgewinkelt nach oben, um sicherzugehen, dass die Kugel durch das Herz fegte.

»Entschuldigung Ma'am«, das können wir nicht zulassen.«

Zwei Männer umzingelten sie. Die Waffe wurde ihr entwunden. Starke Hände rissen ihre Arme zur Seite. Sie sah, wie Drummond mit einem ähnlichen Paar kämpfte. Es gelang ihm, einem von ihnen einen Kopfstoß zu verpassen. Der Mann taumelte zurück, Blut schoss aus seiner zertrümmerten Nase, aber er ließ nicht los. Der andere Mann versetzte ihm einen harten Schlag gegen den Hinterkopf. Seine Gegner machten sich bereit, ihn aufzufangen.

Sollte in der Menschenmenge hinter ihnen Unruhe ausgebrochen sein, hatten die von Stavenows davon nichts mitbekommen. Der Stau hatte sich aufgelöst. Sie konnten jetzt an Bord gehen. Als sie die schwankende Gangway aus Metall hochstiegen, lächelten und lachten sie wie die anderen Passagiere auch, die ihr Glück noch nicht fassen konnten. Oben blieben sie stehen, drehten sich um und winkten, als wären sie Mitglieder des Königshauses.

Der Landungssteg wurde eingeholt, die Trosse eingezogen. Der Anker rasselte hoch. Die Maschinen wurden angeworfen, die Schiffsschrauben wühlten das Wasser auf, Hörner tuteten, und das Schiff dampfte begleitet von Pfiffen und dem Getute kleinerer Schiffe in die Bucht hinaus. Die von Stavenows gesellten sich zu den anderen Passagieren am Geländer und betrachteten den sich entfernenden Hafen, den letzten in Europa, bevor sie sich umdrehten, und in ihre Kabine gingen, um ihr neues Leben zu beginnen.

»Willst du ihnen nicht zuwinken?« McHale stand neben Dori und packte sie fest am Arm. Er schaute dem sich entfernenden Ozeandampfer hinterher.

»Was hast du mit Drummond gemacht?«

»Oh, er ist in Ordnung. Hat einen harten Kopf. Meine Jungs haben ihn zurück in euer Hotel gebracht. Und jetzt ist Schluss.« McHale blickte sie mit seinen hellblauen, fast farblosen Augen an. »Sag ihm das von mir.«

Grand Hotel Mirabeau,
Lausanne
11. November 1989

Tisane Verveine.

Echtes Eisenkraut als Tee aufgebrüht. Eisenkraut ist auch als Taubenkraut, Wunschkraut Katzenblutkraut und Sagenkraut bekannt. Im Französischen Herbe aux Enchantements, Herbe du Foie, Herbe Sacrée, Herbe aux Sorciers

Das war mehr als vierzig Jahre her. Dori fügte den vor ihr ausgebreiteten Aufnahmen ein zerknittertes Schwarzweißfoto von Drummond hinzu. Nach McHales Eingreifen hatten sie Genua verlassen, waren in einem »geborgten« Alfa Romeo losgerast, einfach der Nase nach nördlich bis Mailand und dann in die Schweiz. Drummond, immer noch wütend, fuhr mit beängstigender Rücksichtslosigkeit. Nur seine Fahrkünste retten sie davor, über eine Brüstung zu schießen und im Nichts zu landen. Just als die Sonne über dem See unterging, hielt er genau vor diesem Hotel an. Sie waren eine Woche geblieben, zum Schwimmen, zum Radeln und Segeln. Champagner auf dem Zimmer, Abendessen im Restaurant. Mehr Champagner danach und Liebe machen bis tief in die Nacht. Dann hatte Drummond sich Richtung Norden und aus ihrer Geschichte verabschiedet. Sie war in den Süden gefahren. Nach Mailand und dann nach Rom.

Dort hatte sie Jack gefunden, der das Deutsche Kolleg wie ein treuer Hund bewachte, während Kay die Schätze der ewigen Stadt besichtigte. Er litt immer noch, war gepeinigt von Schuldgefühlen, dass es ihm nicht gelungen war, Edith zu retten. Mochte Drummond an ihm zweifeln, Dori glaubte ihm. Selten hatte sie einen so niedergeschlagenen Mann gesehen. Die zwei Vögelchen waren ausgeflogen, erzählte sie ihm. Er könne ebenso gut nach Deutschland zurückkehren. Nach seiner Stationierungszeit war er zurück zur Polizei gegangen, Sondereinsatzkommando. Sehr viel später noch würde er eine Rolle bei Leos Ableben spielen und dem MI5 alle Ehre erweisen.

Sie hatte vorgehabt, von Rom nach Brindisi zu reisen und weiter über Griechenland nach Palästina, doch dann war sie tief betrübt und erschöpft in einem winzigen Küstendorf gelandet. Kobaltblaues Meer und blendend weiße Salinen, als einzige Zufahrt eine staubige Straße, deren Schirmkiefern Schatten spendeten. Sie hatte Zeit benötigt, um nachzudenken und sich zu erholen. Dabei kam sie auf die Idee, dass eine neue Karriere als Kochbuchschriftstellerin die perfekte Tarnung für ein Leben als Spionin war. Es funktionierte, aber das stand auf einem anderen Blatt.

Es war unmöglich gewesen, die von Stavenows zu verfolgen, sie waren entkommen, hatten sich im Strom der Gezeiten verloren. Nun waren sie wiederaufgetaucht, so wie eine Flasche, die man an einem Ort in den Ozean schleudert und die an einem weit entfernten Ufer wieder auftaucht.

Draußen ging die Sonne auf, goss Gold und Silber über den See. Zeit zu ruhen. Sie war die ganze Nacht über auf den Beinen gewesen. Sie würde vor ihrer Verabredung ein Nickerchen machen. Es war noch nicht vorbei, und sie musste auf der Hut sein, alle Sinne beieinander haben. Sie hing das *Do-Not-Disturb*-Schild an den Türknauf und stellte ihren Reisewecker auf 9:30 Uhr. Sie würde genügend Zeit zum Baden haben, für einen Kaffee und die erforderlichen Vorbereitungen.

Ein Kellner in weißer Jacke schob den Rollwagen ins Zimmer. Kaffee in einer Silberkanne. Zwei Tassen, ein Kännchen mit heißer Milch, eines mit Sahne, eine Zuckerdose mit silbernem Löffel. Ein

Kessel mit heißem Wasser auf einem Stövchen und ein Tablett mit verschiedensten Teebeuteln und Kräutermischungen.

»Darf ich einschenken, Madame?«

»Nein, vielen Dank. Ich warte auf meinen Besuch.«

»Sehr wohl, Madame.«

Er schloss geräuschlos die Tür. Sie arbeitete schnell. Sie hatte Dinge zu erledigen vor der verabredeten Zeit.

Das Klopfen an der Tür klang sehr bestimmt, fast gebieterisch. Sie widerstand der Versuchung, durch das Guckloch zu blicken. Sie hatte das Gefühl, am anderen Ende würde sie ein Auge sehen.

Die Frau betrat das Zimmer, immer noch der ausgreifende, langsame Schritt, während Dori leise den Schlüssel im Schloss umdrehte. So anmutig und selbstsicher wie immer, ihr graues Jackenkleid, teuer, makellos geschneidert, um ihre sorgfältig erhaltene Schlankheit zu unterstreichen. Ihr schulterlanges Haar fiel in immer noch derselben Welle. Das Blond hatte nicht die Nuance, an die Dori sich erinnerte, aber die Tönung war überzeugend.

»Sie sehen sehr gut aus, Elisabeth.«

Elisabeth blieb stehen und drehte sich um, verdutzt, dass jemand ihren Geburtsnamen kannte.

»Entschuldigung?« Sie trat näher und blickte Dori ins Gesicht.

»Sie erkennen mich nicht.« Dori lächelte müde. »Dorothy Stansfield. Sie kennen mich als Dori. Erinnern Sie sich nicht?«

»Ich …« Sie fiel in sich zusammen. Ein vorübergehender Verlust ihrer Selbstsicherheit bei einer Frau, die nur wenig aus der Fassung zu bringen vermochte. »Natürlich, aber es sind viele Jahre vergangen.«

»In der Tat. Und diese Jahre sind freundlicher zu Ihnen gewesen als zu mir.«

Dori schloss mit einem Seufzen die Augen und hielt ihre Hände fest umklammert. »Ich bin gekommen, um mir Ihre, äh, besonderen Fähigkeiten zunutze zu machen«, sagte sie in der euphemistischen Begrifflichkeit der Klinik. »Ich bin müde, Elisabeth. Müde des Lebens. Ich möchte es beenden. Das ist es, was Sie tun, nicht wahr. Es für Menschen beenden.«

»Die klinische Seite ist nicht mein Bereich, natürlich, aber … ja. Das ist der Service, den wir anbieten. Wenn Sie entschlossen sind.«

»Oh, das bin ich.«

»Ist da jemand?« Elisabeth blickte umher, als ob sich vielleicht jemand hier verstecken würde. »Jemand bei Ihnen?«

»Nein, ich bin alleine. Ich habe nie wieder geheiratet. Keine nahen Verwandten.«

»Wir müssen sicher sein …« Sie ging zum Fenster, als ob sie das Thema wechseln wollte. »Das ist ein schönes Zimmer. Herrliche Aussicht.«

»In der Tat, ein hübscher Ort für einen Abgang.«

»Oh, wir tun es nicht hier.« Elisabeth sah schockiert aus. »Das Hotel würde das nicht schätzen.«

»Der Tod ist schlecht fürs Geschäft?«

»So etwas in der Art, ja«, stimmte Elisabeth zu. »Man wird Sie zu unserer Einrichtung bringen. Es ist dort sehr angenehm. Sehr …« Elisabeth suchte nach einem passenden Wort. »… friedlich.«

Dori tat ihr Bestes, um beruhigt auszusehen.

Elisabeth trat an den Tisch. Sie betrachtete die Fotos, die dort ausgelegt waren, berührte sie vorsichtig, zog dann die Fingerspitzen zurück, als ob die Abbilder mit einer giftigen Substanz überzogen wären.

»Was soll das bedeuten?« Wieder schien sie verdutzt zu sein, sogar ein wenig nervös.

»Eine Weise, Abschied zu nehmen, nehme ich an«, beruhigte Dori sie schnell. »Viele Ihrer Klienten werden etwas Ähnliches haben, ein Fotoalbum zur Erinnerung. Erzählen Sie mir nicht, dass am Ende nicht noch einmal die wichtigsten Lebensstationen aufblitzen.« Dori ließ ein trockenes Lachen hören. »In meinem Fall nahm es fast die ganze Nacht in Anspruch. Wollen Sie nicht Platz nehmen, Elisabeth? Trinken Sie eine Tasse Kaffee mit mir.«

»Danke, nein.« Elisabeth schüttelte sich ein wenig. »Ich nehme kein Koffein zu mir. Schlecht für die Haut.«

»Dann einen Kräutertee.« Dori wies auf das Tablett. »Die Schweizer machen diese Dinge so gut.«

»Nichts, wirklich.«

»Es würde mir eine solche Freude bereiten.« Dori griff nach dem Kessel. Das Zittern ihrer Hand entging Elisabeth nicht.

»Lassen Sie mich das machen«, sagte sie und erhob sich halb aus ihrem Sessel.

»Nein, geht schon. Es ist das letzte Mal, dass ich etwas so Normales tue, wie einen Tee mit jemandem trinken.«

»Wie Sie wollen. Ein Kräutertee, danke.«

»Verveine, Minze oder Kamille?« Dori las die Etiketten vor.

»Verveine wäre gut.«

Dori ließ den Beutel in die Trasse fallen und goss Wasser darüber. »Es wird von einem kleinen Stövchen warmgehalten, ist das nicht clever?«

Elisabeth nickte geduldig. Sie nippte an der heißen Flüssigkeit und hinterließ dabei ein wenig Lippenstift auf der Tasse. »Sie sind nicht aus Zufall hier, nicht wahr? Wie haben Sie uns gefunden?«

»Es war Adeline. Sie hat Sie gefunden. Erinnern Sie sich an Adeline? Die amerikanische Journalistin? Wir waren uns einig, wenn die Zeit kommt …« Dori hielt inne. »Schauen Sie, sie war wie ich allein. Sie hat ein wenig recherchiert und Ihr Institut entdeckt. Es gibt nicht viele Plätze auf der Welt, die einen solchen Service anbieten. Zuerst haben wir nicht begriffen, dass es sich um Kurt und Sie handelt«, log Dori. Das hatte sie schon immer gut gekonnt. »Eine glückliche Fügung könnte man sagen.« Dori nahm einen Schluck aus ihrer Tasse. »Ich mag diese Kräuterzubereitungen sehr. Erfrischend und gut für einen, wie es heißt.«

»Ja.« Elisabeth neigte den Kopf. »Obwohl er ziemlich bitter ist.«

»Nehmen Sie doch ein wenig Zucker.« Dori löffelte etwas Zucker aus der Zuckerdose in ihre Tasse. »Man sagt, dass die bitteren die besten für einen wären. Verveine ist reinigend. Und heilt auch, wie ich mich erinnere. Die alten Ägypter nannten sie die ›Tränen der Isis‹, wussten Sie das?«

»Nein, das wusste ich nicht.« Elisabeth nippte weiter, ein wenig stirnrunzelnd, wobei sie die Lippen schürzte, als hätte der Zucker die Bitterkeit nicht sonderlich vertrieben.

»Sagen Sie mir, Elisabeth, denken Sie überhaupt noch an diese Zeit?«

»Nein, das ist lange her. Viel Wasser ist seither den Rhein runtergeflossen.«

»Ich schon. Ich sehe Sie geradezu vor mir, wie Sie mit Kurt am Geländer der *Don Giovanni* stehen und nach Südamerika abdampfen. Argentinien, nicht wahr?«

Elisabeth neigte den Kopf. »Wir waren dort nur kurz. Wir haben mehr Zeit in den USA verbracht. Kurt hat in einer Forschungseinrichtung in Maryland gearbeitet. Ein guter Ort für die Pferde. Wir haben die Zucht aufrechterhalten. Danach sind wir hierher in die Schweiz gezogen. Kurt hat diese Klinik gegründet. Sie ist äußerst erfolgreich. Ich werde seine Arbeit fortführen, jetzt, wo er tot ist.«

Vom Euthanasieprogramm bis hierher. Mittel und Wege finden, wie man Menschen tötet. Ihre Entwicklung war nahtlos verlaufen.

»Jedenfalls war es Adeline, die Sie aufgespürt hat.«

»Sie haben einen Pakt?«

Dori lächelte. »So etwas in der Art.«

»Das ist nicht ungewöhnlich.« Elisabeth nickte verständnisvoll. »Aber sie ist nicht hier?«

»Leider nein. Sie hat es nicht geschafft. Herzversagen.«

»Also sind nur noch Sie übrig.«

»Ja, ich.«

»Erkrankungen des Nervensystems können sehr quälend sein.« Elisabeths Augen ruhten auf Doris Händen. »Wir haben viele Patienten, die das ebenfalls durchgemacht haben.«

»Oh, da bin ich mir sicher.«

Dori hatte genug von der Scheinheiligkeit, dem falschen Mitleid, dem herablassenden Bedauern, dem versteckten Überlegenheitsgefühl, dass die Gesunden für einen sterbenden Fremden verspüren.

Es wurde Zeit, das Stück zu beenden.

»Außer, das mit mir alles in Ordnung ist.« Dori streckte ihre Hand aus. »Wie ein Fels in der Brandung.«

»Entschuldigung?« Elisabeth runzelte die Stirn. »Ich verstehe nicht …«

»Das werden Sie bald.« Dori lehnte sich zurück.

»Wenn Sie deswegen nicht hier sind …« Elisabeths Augen zeigten einen Hauch von Beunruhigung, die sich zu Panik steigerte, als sie aufstehen wollte und zurück in ihren Sessel fiel. Sie starrte in Doris unerbittliche Augen, als ihr die Wahrheit dämmerte.

»Was geschieht hier …« Ihre Stimme war zu einem heiseren Flüstern geworden, die Sprache verlangsamt wie eine Platte, die in der falschen Geschwindigkeit abgespielt wurde.

Elisabeth ließ die Tasse fallen und verschüttete den restlichen Tee.

Dori sprang nach vorn, fing sie geschickt auf und stellte sie zurück aufs Tablett. Sie lächelte. »Da ist genügend Diamorphin drin, um das halbe Hotel ins Jenseits zu befördern.«

Die Hände locker in den Schoß gelegt, lehnte Dori sich zurück und sah zu. Elisabeths Augen blieben offen, unbewegt, die Pupillen zogen sich auf Stecknadelgröße zusammen. Dori hatte viele Male den Tod gebracht, aber selten jemanden wirklich langsam sterben sehen. Sie würde es genießen. Es hatte lange auf sich warten lassen.

»Sie müssen geglaubt haben, dass Sie damit davonkommen, Kurt und Sie.«

Elisabeth ließ einen Ton hören, kehlig, animalisch. Sie konnte nicht mehr sprechen. Ein Flehen um Gnade? Ein bisschen spät dafür. Ein Hilfeschrei?. Niemand da, der ihn hörte.

»Wie fühlt es sich an …«, fragte Dori. Da war immer noch Leben in diesen blauen Augen. »… einen Tod zu sterben, wie sie ihn zahllosen anderen gebracht haben, Sie und Kurt, eingeschlossen Ihrem Sohn?« Sie hielt inne, um zu sehen, ob ihre Worte ankamen. Ein leichtes Zittern des Kopfes. Sie konnte sie hören. »Edith … erinnern Sie sich an Edith? Die Geschichte, die Sie ihr über Ihren Sohn erzählt haben. Wolfgang, war das sein Name? Sie hat Ihnen *geglaub*t.

Welcher anständige Mensch würde das nicht? Und sie war anständig, so anständig wie kein anderer. Edith ist seit vierzig Jahren tot. Auch ihr haben Sie das Leben genommen. Haben Sie geglaubt, dass sie davonkommen, als sie diesen Dampfer betraten? Keine Strafe? Keine Vergeltung? Dachten Sie, Sie haben gewonnen? Ich bin hier, um Ihnen zu widersprechen.« Dori erhob sich, ging zu ihr und setzte einen Kuss auf Elisabeths Stirn. »Lebe wohl, meine Liebe. Lebe wohl.«

Genug geredet. Dori verfolgte, wie Elisabeth mit offenem Mund zur Seite sank. Ihre blauen Augen wurden dabei grau und trüb. Sie wartete, bis kein Lebenszeichen mehr zu sehen war, und fühlte dann den Puls. Mit einer knappen Handbewegung schloss sie Elisabeth die Augen. Es war vollbracht.

Nun war noch einiges zu erledigen und es blieb nicht viel Zeit dafür. Sie reinigte die Tasse und das Tablett, räumte das Zimmer auf und beseitigte sämtliche ihrer Fingerabdrücke. Im Badezimmer setzte sie gefärbte Kontaktlinsen ein und erneuerte ihr Make-up, indem sie mehr Rouge auftrug und ein wenig Puder benutzte. Sie hatte immer schon eine gute Haut gehabt. Sie zog die Augenbrauen nach, nahm Eyeliner und Lidschatten, schließlich Wimperntusche. Es war erstaunlich, wie mit jeder Betonung der Augenpartie die Jahre nur so von ihr abfielen. Sie öffnete den Lippenstift. Yves St Laurent *Rouge Pur*. Roter Lippenstift konnte katastrophal für eine alte Frau sein, aber er verlieh stets einen Hauch Glamour. Sie bürstete ihr Haar, sprühte ein schmeichelhaftes Platin darüber und band es zu einem Knoten zusammen. Andere Frisur, anderes Gesicht. Dori war stets eine Meisterin der Verwandlung gewesen. Sie zog sich bis auf den Unterrock aus, ging zur Garderobe und schlüpfte in einen schwarzen Chanel-Hosenanzug, dazu eine Diamantbrosche ans Revers. Sie entschied sich für ein Paar mittelhoher schwarzer Pumps und betrachtete sich im Spiegel. Nicht schlecht. Etwas zusätzliche Größe und sie fühlte sich wie sie selbst. Sie packte alles in ihre Louis-Vuitton-Reisetasche, setzte eine Sonnenbrille der Marke auf, die Jackie Onassis bevorzugt hatte, nahm ihre Chanel-Handtasche und verließ das Zimmer ohne Blick zurück.

Sie holte den Lift und fuhr ins Foyer. Niemand bemerkte sie, am wenigsten die beiden jungen Männer in weißen Kitteln, die mit einem Rollstuhl warteten.

Draußen standen stets Taxis. Sie nahm das erste.

»Flughafen Genf, bitte.«

Im Taxi blätterte sie durch eine Sammlung von Pässen. Nach all den Jahren war sie unter ihrem wahren Namen gereist: Dorota Zophia Kováč. Die anderen landeten im ersten Mülleimer, den sie fand. Es gab keinen Grund mehr, ein weiteres Mal ihren Namen zu ändern. Am Schalter der Swiss Air kaufte sie sich ein Ticket erster Klasse nach Tel Aviv. Harry würde neugierig sein. Die letzte Schuld war beglichen worden.

LESEPROBE

IMOGEN KEALEY
Die
Spionin
Sie kämpft für die Freiheit –
und um ihre Liebe
ROMAN
RL

Kapitel 1

Das war keine gute Idee gewesen. Ganz und gar keine gute Idee. Verdammt.

Nancy duckte sich und lehnte sich gegen das, was von der gesprengten Hausmauer übrig geblieben war. Für einen Moment schloss sie die Augen. Der beißende Brandgeruch drang durch ihre Nase bis in den Rachen, der Rauch brannte in ihren Augen. Sie versuchte, noch tiefer in Deckung zu gehen, und spürte, wie ihre Muskeln verkrampften. Die deutsche Patrouille war nicht mehr weit entfernt, ihre Stimmen wurden immer lauter.

»Da, auf der linken Seite!«

Die Mauer der Wohnung, hinter der Nancy sich verbarg, war am Vortag noch Teil eines Hauses gewesen – des Heims einer Familie. Sie hatte zu den schmalen alten Mietshäusern Marseilles gehört, in denen die weniger angesehenen Bürger der Stadt lebten, liebten, sich in die Haare gerieten und mit Gaunereien über Wasser hielten.

Nancy schaute sich um. Sie trug ihren zweitbesten Mantel und ihre drittbesten Pumps, und nun hockte sie in diesem Schuttloch, vor ihr Mauerreste, leere Fensteröffnungen – und nur eine Tür. Ihre Schuhe drückten. Sie ließ ihren Blick nach oben wandern und blickte in den wolkenlosen Winterhimmel.

Diese verfluchten Nazis. Überall waren sie dabei, Sprengsätze zu zünden und die Bewohner des Viertels Le Panier zu vertreiben. Andere kontrollierten, ob sich noch jemand in den zerstörten Häusern aufhielt, und sie nahmen alles unter Beschuss, was ihnen über den Weg lief.

Nancy hörte, wie sie auf ihr Schlupfloch zukamen.

Irgendwo schlugen Granaten ein, fielen Mauern berstend in sich zusammen, weiter oben am Hang wurde geschossen.

»Wir haben noch ein paar Ratten aufgestöbert«, sagte jemand, der nach einem älteren Mann klang, wahrscheinlich ein Offizier.

»Dabei wollen wir doch eine weiße Maus«, warf ein zweiter ein, und alle lachten.

Der Großteil von Nancys wohlhabenden Freunden hätte nicht einmal im Traum daran gedacht, Le Panier zu betreten, weder jetzt noch vor dem Krieg. Es war für sie das Reich der Unterwelt.

Doch als Nancy vor fünf Jahren in die Stadt kam, war sie irgendwann auch in diese Gegend geraten. Sie sah die engen, steilen Gassen, die Ganoven, Trinker und Spieler, und sie verliebte sich sofort in das Viertel. Die verblichenen Farben der heruntergekommenen Häuser, das aufbrausende Temperament der Menschen, das Zwielichtige ihrer Geschäfte, all das zog sie an. Sie hatte von jeher ein Talent besessen, sich an Orten aufzuhalten, die man besser mied. Früher als Journalistin war ihr das zugutegekommen, und hier in Marseille wusste sie, dass man ihr als Australierin Dinge nachsah, die sich eine Französin niemals hätte erlauben können.

Noch vor wenigen Tagen hatte Nancy sich in den verwinkelten Gassen wie zu Hause gefühlt. Sie teilte ihre Zigaretten mit den kleinen Ganoven, die bei krummen Touren an den Ecken Schmiere standen, und wenn sie sich mit einem der Bosse unterhielt, benutzte sie dieselbe Sprache wie er. Auch seitdem sie mit einem der reichsten Geschäftsmänner der Stadt liiert war, hatte sie nicht aufgehört, durch die übel beleumundete Gegend zu streifen. Und es hatte sich bezahlt gemacht. Denn als der Krieg begann und die Lebensmittel sogar im unbesetzten Süden Frankreichs knapp wurden, war Nancy mit der Hälfte der Schwarzmarkthändler von Marseille auf Du und Du.

»Hier unten ist alles geräumt«, hörte sie draußen jemanden sagen.

»Also weiter.«

Dann besetzten die Deutschen den Süden Frankreichs, die Illusion, von ihnen verschont zu bleiben, löste sich in Luft auf. Auch in der Altstadt von Marseille lernte man ihre Schreckensherrschaft kennen, und nun sprengten sie hier seit dem Vortag die Häuser, um all die *provocateurs*, die Schmuggler und Diebe zu verjagen, die Nester des Widerstands zu zerstören und Juden aufzuspüren. Und all diejenigen, die sich nicht rechtzeitig davonmachten, wurden erschossen.

Nancy hätte sich ohrfeigen können. Wie war sie bloß auf die Schnapsidee gekommen, sich hier mit ihrem Kontaktmann zu treffen? Hatte sie nicht gewusst, dass die Deutschen überall sein würden? Hatte sie vergessen, dass diese gestiefelten Mörder nach nichts begieriger Ausschau hielten als nach der Weißen Maus, einem Phantom, das als Kurier und Fluchthelfer für die Résistance agierte? Und dass es vielleicht eine wirklich schlechte Idee sein könnte, ausgerechnet hierher zu kommen, da sich dahinter niemand anders als sie selbst verbarg – Nancy Wake, einst Journalistin, heute verwöhntes Mitglied der Marseiller Oberschicht?

Sie zwang sich zur Ruhe. Das Treffen war ihr wichtig gewesen, und es hatte an diesem Tag stattfinden müssen, selbst wenn die Deutschen dabei waren, die Straßen ringsum in Schutt und Asche zu legen. Und so hatte sie auf volles Risiko gesetzt, war Patrouillen ausgewichen und hatte ihren Kontaktmann aufgespürt, diesen windigen Kerl, bei dem sie bis zuletzt nicht gewusst hatte, ob er sich an ihre Abmachung halten würde.

Doch nun steckte die Beute unter ihrem Arm, eingeschlagen in eine der verlogenen Zeitungen der Vichy-Regierung. Tausend Francs hatte der Spaß sie gekostet, aber das, was sie erstanden hatte, war ihr jeden Centime wert – vorausgesetzt, sie schaffte es lebend nach Hause.

Nancy warf einen Blick auf ihre Uhr. Verdammt, sie musste los. Sie überlegte, was sie tun würde, wenn sie auf dem Rückweg an eine deutsche Patrouille geriet, und beschloss, gegebenenfalls ihre übliche Masche abzuziehen und so zu tun, als hätte sie sich verlaufen. »Du liebe Güte, wie bin ich bloß hierher geraten?«, würde sie mit Unschuldsmiene flöten. »Ich muss vom Friseur die falsche Abzweigung genommen haben. Wie gut Sie in Ihrer Uniform aussehen. Ihre Mutter muss sehr stolz auf Sie sein.« Natürlich konnte sie nie sicher sein, damit durchzukommen, aber bisher hatte es immer geklappt. Rot geschminkte Lippen, Augenzwinkern, ein tiefer Blick – und schon schaffte man es durch eine Kontrolle, ohne dass jemand die Handtasche durchsuchte, unter deren Futter sich Ersatzteile für ein Funkgerät verbargen, oder den Körper abtastete und entdeckte, dass eine Geheimnachricht an der Innenseite ihres Schenkels befestigt war.

Aber wie sollte sie von hier fortkommen? Zwei der Deutschen hatten das, was von diesem Haus übrig war, gerade betreten. Nancy überlegte. Wenn es ihr gelänge, sie zurückzuscheuchen, könnte sie über den Hof verschwinden. Wenn nicht, müsste sie sich den Weg freischießen.

Sie holte den Revolver aus ihrer Handtasche. Zeit, lange nachzudenken, hatte sie nicht mehr. Sie reckte den Hals und spähte durch die Fensteröffnung auf die Straße. Das gegenüberliegende Haus brannte, nur der erste Stock war noch halbwegs intakt. Durch die aufgerissene Fassade konnte sie ein vollständig eingerichtetes Zimmer erkennen, bis hin zu einer Blumenvase auf dem Tisch, in der die unergründlichen Wege des Lebens eine einzelne Rose das Geschehen hatten überdauern lassen.

Nancy öffnete die Trommel ihres Revolvers, ließ die Kugeln in ihre Hand fallen und schleuderte sie über die schmale Gasse in das brennende Haus.

Draußen drehte sich ein Soldat um, er musste die Bewegung aus dem Augenwinkel wahrgenommen haben.

Nancy presste sich gegen die Mauer und zählte mit angehaltenem Atem. Eins, zwei – dann kam der Knall. Das Feuer hatte die erste Kugel erreicht. Der zweite Knall folgte umgehend.

»Feuer erwidern!«, brüllte jemand.

Die beiden Deutschen stürzten hinaus in die Gasse und schossen ins Nichts. Nancy rannte durch das, was einmal eine Hintertür gewesen war, und durchquerte den Hof. Gleich darauf hastete sie durch das Labyrinth kleiner Straßen, bis sie die Rue du Bon Pasteur erreichte, wo weit und breit keine Deutschen zu sehen waren. Erleichtert atmete sie auf und lief den Hang hinunter, eine behandschuhte Hand auf ihrem Hut. Ihr Päckchen war gerettet.

Unten angekommen, lief sie beinahe doch noch einer Patrouille in die Arme. Glücklicherweise standen die Männer mit dem Rücken zu ihr. Nancy drückte sich an die Mauer eines Hauses und bewegte sich schrittweise rückwärts.

Im Fenster des Hauses saß eine Katze, die sie beobachtete. Nancy beschwor das Tier, lautlos sitzen zu bleiben, und hoffte, es spürte nicht, dass sie eine Hundefreundin war. Hinter ihrem Rücken öffnete sich eine Gasse, so eng, dass sie sich gerade so hineinzwängen konnte, und voller Unrat.

Nancy versuchte, mit dem Mantel nicht an die schmierigen Hausmauern zu stoßen. Der Gestank hier war schlimmer als der des Fischmarkts im Hochsommer. Nur noch durch den Mund atmend warf sie einen Blick auf ihre verdreckten Pumps und hoffte, dass Claudette wusste, wie man sie reinigen konnte. Es waren teure Schuhe gewesen, an denen Nancy hing, auch wenn sie drückten. Sie hörte die Stimmen der Soldaten. Offenbar hatten sie jemanden gefasst und brüllten ihn an. Seine Erwiderungen waren kaum zu verstehen, klangen jedoch verzagt.

Zeig ihnen nicht, dass du Angst hast, befahl Nancy ihm stumm. *Angst stachelt sie an.*

»Auf die Knie!«

Nancy blickte zu dem schmalen Streifen blauen Himmel hinauf und betete. Zwar glaubte sie nicht an Gott, aber falls es Ihn doch gab, erhörte Er sie vielleicht. Sie fragte sich, wie viele Menschen in den umliegenden Häusern mitbekommen hatten, dass einer von ihnen in Schwierigkeiten war, und ebenfalls beteten, ohne zu wissen, ob es etwas nützte.

Ein Gewehr wurde entsichert. Man hörte das Geräusch rennender Schritte, die sich ihr näherten. Der Dummkopf versuchte zu fliehen. Der Schuss hallte von den Häusern wider. Ein Schrei ertönte, die Schritte wurden schleppend. Mit einem Stöhnen fiel der Mann aufs Kopfsteinpflaster, genau auf Höhe der Gasse. Dann lag er still, das Gesicht zu Nancy gewandt. Er schien sie anzusehen.

Mein Gott, dachte sie, wie jung er noch war, bestimmt nicht älter als achtzehn. Er hatte den leicht olivfarbenen Teint eines Jungen, der unter der Sonne Marseilles groß geworden war, hohe Wangenknochen und dunkelbraune Augen. Das kragenlose Hemd, das er trug, war das eines Arbeiters, leicht verschlissen, aber sauber. Wahrscheinlich hatte seine Mutter es für ihn gewaschen. Unter ihm breitete sich eine Blutlache aus, sickerte in die Ritzen des unebenen Pflasters. Die Lippen des Jungen bewegten sich, als wolle er ihr ein letztes Geheimnis zuflüstern.

Dann versperrten ihr die Stiefel eines deutschen Soldaten den Blick auf das Gesicht des Jungen. Nancy wich, so weit sie konnte, zurück in die Gasse. Der Soldat rief etwas über die Schulter nach hinten, das sie nicht verstand.

Er nahm sein Gewehr von der Schulter, und Nancy konnte den Jungen wieder sehen. Ihre Welt verengte sich, bestand nur noch aus einem Stück Kopfsteinpflaster und dem Gesicht eines sterbenden Jungen. Der Schuss löste sich. Blut spritzte auf. Der Körper des Jungen zuckte und sackte in sich zusammen. Der Glanz seiner Augen erlosch.

Eine heiße Welle des Zorns brandete in Nancy auf. Sie schob eine Hand in ihre Handtasche, fasste ihren Revolver und erstarrte in ohnmächtiger Wut, als sie sich an die leere Trommel erinnerte.

»Sauerei!«, sagte der Schütze und wischte Blut von seinem Uniformrock. Er war zu dicht an sein Opfer herangetreten, beim nächsten Mal würde er es vermutlich besser wissen. Sein Blick glitt über die Häuser, verharrte auf dem Fenster, in dem die Katze gesessen hatte. Nur wenige Schritte trennten ihn von Nancy. Sie überlegte, was sie tun würde, sollte er sie entdecken. Mit bloßen Händen umbringen konnte sie ihn nicht, also musste sie sich irgendwie herausreden. Sollte sie die verschüchterte kleine Frau spielen? Oder die empörte Französin, die sich als Ehefrau eines einflussreichen Manns die Belästigung verbat? Oft war Angriff die beste Verteidigung, und in ihr drängte alles danach, den Deutschen anzuschreien – auch auf die Gefahr hin, dass er dann auch sie erschoss.

Er wurde von seinen Kameraden gerufen. Nachdem er sich ein letztes Mal umgesehen hatte, wandte er sich ab und verschwand.

Nancy wartete, den Blick auf das Gesicht des Toten geheftet. Bilder zogen an ihrem inneren Auge vorüber. Hitler, wie er in Berlin eine Rede hielt. Sie stand in einer kleinen Gruppe Auslandskorrespondenten, verstand kein Wort des Gesagten, spürte nur die hysterische Begeisterung der Menge um sich herum. Sie und ihre Kollegen waren aus Paris nach Deutschland gekommen, um sich selbst einen

Eindruck von diesem komischen Kauz namens Hitler zu machen. Die anderen Korrespondenten waren deutlich älter und erfahrener als Nancy, ihre Besorgnis schienen sie jedoch zu teilen.

Dann Wien. Truppen der SA schlugen die Schaufenster jüdischer Geschäfte ein, schleiften die Besitzer auf die Straße und prügelten auf sie ein. Einige der Umstehenden wandten die Gesichter ab, andere feixten und applaudierten.

Dann Polen, von den Deutschen überfallen, und die Monate des Ausharrens, die sich anschlossen, nachdem England und Frankreich Deutschland den Krieg erklärt hatten, und zunächst nichts geschehen wollte.

Die Flüchtlinge mit ihren Bündeln, die sich in Paris in ihren Wagen drängten, als die Deutschen in Frankreich einfielen und aus ihren Flugzeugen mit Maschinengewehren auf Karawanen von Frauen und Kindern schossen. Die Eroberung von Paris. Henri, der, gedemütigt von der Totalität der französischen Niederlage, mit gebrochenem Herzen von der Front heimkehrte.

Nancy ballte ihre Hände zu Fäusten. An jenem Tag in Wien hatte sie sich geschworen, die Nazis zu bekämpfen, und alles, was sie seitdem von ihnen gesehen hatte, hatte sie in ihrem Entschluss bestärkt. Der Hass auf diese Verbrecher verlieh ihr Kraft, jeder kleine Triumph gab ihr Auftrieb. Ihre Hoffnung war, dass die deutschen Truppen und ihr wahnsinniger Führer schon bald und endgültig an Russland scheitern würden.